家训里的乡愁

汪国山 著

江西高校出版社
JIANGXI UNIVERSITIES AND COLLEGES PRESS

图书在版编目(CIP)数据

家训里的乡愁/汪国山著. —南昌:江西高校出版社,2020.4(2022.2重印)

ISBN 978－7－5493－9650－4

Ⅰ.①家… Ⅱ.①汪… Ⅲ.①散文集—中国—当代 Ⅳ.①I267

中国版本图书馆CIP数据核字(2020)第043524号

出版发行	江西高校出版社
社　　址	江西省南昌市洪都北大道96号
总编室电话	(0791)88504319
销售电话	(0791)88522516
网　　址	www.juacp.com
印　　刷	天津画中画印刷有限公司
经　　销	全国新华书店
开　　本	700mm×1000mm　1/16
印　　张	24.75
字　　数	380千字
版　　次	2020年4月第1版
	2022年2月第3次印刷
书　　号	ISBN 978－7－5493－9650－4
定　　价	68.00元

赣版权登字－07－2020－190

序

柳春蕊

汪国山先生倾数年之力，网罗旧闻，益以新知，发前所集，并采传记、公私谱牒，与夫民间流传、访问口述者，所撰都昌县邑家训故事，洋洋洒洒，计有百篇，邮以示余，嘱余作序于其端。

世之所贵，同而贵之，谓之俗；世之所用，同而用之，谓之物。苟违于人，俗所不与；苟忮于众，俗所共去。故心皆殊而行为若一，所好各异而资用必同，此俗之齐，物之所饰，故所齐不可不慎，所饰不可不择矣。此尹文子之论俗，而庄生曰古之道术有在于是者。近人曾文正公生平志业，以转变风气、陶铸人物为己任。公谓天之生斯人者，于众人中尤一二贤且智者，往往达于通都，渐流渐广，善端宏大，不可量测，而遂成风俗。贾生有言曰：习与正人居之，不能毋正。犹生长于齐，不能不齐言也。是故尹文子、庄生之论，于中庸之境，未达一间。窃谓以仁为恩，以义为理，以礼为行，以乐为和，熏然慈仁，民同化而一自然，此易俗而齐俗也。一乡一邑之山川，谓之风；一州一国之民物，谓之俗。风清而俗美，齐俗而气充，气充则物聚，物聚则道一，道一而大同。

以故家诫新风，非惟笑谈，且为一乡一县之史乘也；非惟文明家风之政治职志，且为文化赓续之经世要义也；非惟文献之鉴往者，且为县邑发展之知来也。余杭章太炎先生潜心于国史旧闻之余，仍尽心于乡邦人物；太仓唐茹经先生创办国学专科学校，接迹乡贤陆桴亭之学谊，兴复江左人才。而先生此著，欲做育一乡一县人才之柱石，发越一州一国之楮持，厥功伟矣。山川之于风俗，风俗之于人心，人心之于政治，政治之于家国天下，宛转相生，如水灌注，条贯畅达，此为今国家者尤当瞩目，又洵吾人读书之责任也。

敝邑都昌，倚山枕湖，自江蕃论之，乃中流之砥柱；自境外望之，实赣北之锁钥。天地奇气蕴蓄千年，风气相召而人物出焉，诸贤挺立于阔湖碧山之间，传授宋明道学之真谛，昭示人心向上之一途，别真伪于微茫，救黎民于水火，代代俱在。强学以待问，忠信以待举，力行以待取，席珍以待聘，是故吾乡师儒者多，流风遗韵，古直尚存，不为今之俗称知识分子也。藏仁而行，抱义而隐，幽居而不淫，上通而不困，荐贤达能，礼必饮之以和，此前贤陶士行、朱门四友（梅坡公彭蠡、厚斋公冯椅、文懿公黄灏、文简公曹彦约）、江古心、陈经归诸先生之典型也。迄至今世，虽复偏僻穷壤，邑人犹能谂其贞直，世间芜杂而邑人未敢废义礼，人才相望，风仪未替，而读书种子亦繁。今汪先生搜括人物，溯姓氏之迁蕃，欲明盛衰消长之理，杂以古今数度沿革，以期士产丰富，事业烈烈，挺立天地间。其用心之勤，而器识厓略自远矣。

清方侍郎谓妇人尚志节，固已。而立孤尤难，能食之而不能教，非所谓可托也。若节母者，其真能教者与！先生之所述，于节烈贞孝，三复致意，叹息良多。忆昔读书，祖母必讲而诘问，闻程朱语则叹息起立曰："我固谓世间当有此。"某日，吾诵《世说新语》故事，祖母大怒，取裂掷之，以是吾未尝见邪杂不典之书。呜呼！闻读程朱之言则喜，否则怒，何其卓识也！吾又知程朱之言，当乎人心之公，其叛而去之者妄也。秉彝自天，有生同具，况且朱门礼义廉耻之说深入人心者乎？况且陶母芳馥遗泽之久而长者乎？故表而出之，可以风矣。此其一也。

晚清邑人黄尔轩及其家族，蔡元培与黄仲玉姻缘，高平叔之境遇，县域可资凭者少，大率据先生亲历之处多。抵京城，过津门，至绍兴，出入南昌，所获第一手材料夥矣。前年冬日，先生访余于万柳书院，院藏有黄世晖撰《蔡孑民先生言行录》、高平叔撰《蔡孑民先生传》。谈论甚欢，深夜乃去。先生辞约而气夷，貌温而情挚，以求立乎己而有以施泽乎人，追古人之义而从之，无所疑滞于心。谓使乡后学得以观览焉，自幼端所习，随其材之小大，董劝渐摩，徐底于成而已。甚哉，人不易知也！余恍然有悟，老成敦厚之风，少时乡里所习见者，今犹得一遇之。翌日，访蔡先生嗣孙女——教育学院蔡磊砢教授，拱拜蔡元培先生像，徘徊不忍去。

丙戌秋，吾入南开大学，时高平叔先生辞世已八年。间查阅南开图书馆、经管学院所藏高先生资料文献，慨然而后知《蔡元培先生全集》《蔡元培年谱长编》编撰之役，尽先生二十年心力矣。其意志与蒋天枢整理《陈寅恪文集》、纪健生整理吴孟复先生集，情出一理，斯文一线，孤诣然诺，天地明鉴，诚可念哉！诚可念哉！而汪先生用心力于文献者，又可知矣。故表而出之，可以劝者。此其二也。

盖千秋者，人与人相续而成焉者也。唯众人甘与草木者伍，腐而腐耳。自稍有智识，即不能无冀于不朽之名。智尤大者，所冀尤远焉。人能宏道，无如命何？或碌碌而有声，或瑰材而蒙诟；或佳恶同，时同，位同，而显晦迥别；或覃思孤诣，而终古无人省录。彼各有幸，不幸，于来者何与？先生诚可谓穷矣，乃举邑之仁人志士、革命先烈、百工巧匠，薄技微长，一一拾掇而光大之，或闻有称述者，不宜听其幽隐而不彰，将非长逝者之所托命耶？何其厚耶？

夫天地之不敝者，独赖有伟人焉以经纬之，倚其正气焉以鼓舞之，风水上下相遭，人文后先相续。盖天地之文，莫奇于山川，莫变于金石草木百物之生，而泄天地之精英，震荡锵洋，其流益远，莫盛于人。是以山川草木，凡物之生，终古未有易也。独于其人世，递盛递衰，递推递衍，更代而兴，若循环然。天地之生才，至于人，其力亦有所穷，而常有一二巨儒名德，起而承天地之运，以开之先，天亦遂畀之以老寿康强，使之博通厚积，迟久以导人之信从。故曰天地之道，贞胜者也。吾穷居京城，谫陋无似，期以真是，不为俗学，犹及乡前辈胡迎建、摩罗、王东林、罗建国、石和平、江期论、汪国山诸先生之绪论，勠力而为乡邦事业鼓舞，才士蔚起，何其幸耶？

至若奇闻逸事，相传世守，登南山以览形胜，奋文藻而存家史，古今相悬而不可以道里计者，兹不具论。今掇其义之大者，并著先生撰作之勉劳，与其有功于乡先哲者，揭诸叙端，以式乡邦而讯异世，使乡之后进者闻而劝也。

邑后学柳春蕊谨识于万柳书院

岁次庚子二月十八日

（柳春蕊，江西都昌人，任教于北京大学中文系。）

目录

一、源远流长

二、红色记忆

三、历史背影

四、家族存史

五、湖光山色

六、登楼览桥

七、民俗风情

八、文明新风

一、源远流长

1. 徐埠镇石柴村：东汉以降的那些族事

【家训家规】“八要”，即务要“孝悌、忠信、勤俭、忍让、读书、务农、善行、本分”；“八戒”即戒除“暴戾、淫荡、健讼、赌博、浮靡、凉薄、役胥、隶卒”。

近2000年的村史

天下石氏大致有六大分支：江西白水塘石氏、山东徂徕石氏、浙江新昌石氏、福建同安石氏、湘西苗族石氏、安徽松滋石氏，而繁衍最盛位居第一的“白水石氏”，即发源于现属都昌县徐埠镇马矶村委会的石柴村。石柴村成村于东汉章和丁亥年(87)，距今已有1932年了。石柴村现有村民280余人，自1930余年前肇村，原著石柴人一代代绵延至今，几可断定石柴村为都昌历史最为悠久的村庄了。要触摸近2000年的石柴村史，我们不妨检索石氏谱系的几位关键人物。

授姓始祖石碏。春秋时卫庄公上大夫公孙碏，字石，称石碏。石姓出自姬姓，以祖字为氏。石碏将从逆的儿子石厚斩首，《左传》中称其“大义灭亲，真纯臣也”。

都昌石姓始祖石仲先(？—30)及其父石端饰(前21—?)。石仲先徙居都昌，《石氏大成宗谱》上刊载着一个悲壮的故事。故事中说石仲先的父亲叫石袆，字端饰，曾任桂阳令。东汉光武帝建武六年(30)，石袆秩满回故里河南苣田，租赁一条小舟渡鄱阳湖，在武陵遭遇单、程二寇拦船劫财，这寇像是王莽的败兵。石仲先为上保父母、下护兄弟及妻儿，挺身而出迎战水匪，终因仓促上阵，身处险境而中箭溺水而亡。家人得以逃脱虎口，急奔吴后港，藏入九庙深林。次日，石袆携妻小，望山而行四十余里，途中遇雨入庙，但见庙宇书“韩田”二字。雨止，一个老人出来，戚戚地诉说自己的遭遇。老人叫张纯之，字克铭，祖籍是河南阳武，迁韩田已三世，儿子远服徭役亡命他乡，老人带着孙辈在此艰难度日。石祎他乡遇到河南老乡，感到格外亲切，更有“同是天涯沦落人”之感，在张纯之的邀请下，寓居韩田。石仲先的遗孤石益仁后来还娶了张克铭孙女张秀兰为妻，石、张两家结秦晋之好。15年寒暑交替后，石端饰带着幼子石季先回了祖籍河南，石仲先的母亲甄氏、妻子崔氏、儿子石益仁、儿媳张秀兰在韩田相依为命，经过1900多年的繁衍，石氏在都昌已成为望族，子孙后代遍布华夏5省49县。石柴村的入村门楼两侧有副对联：“孝谨传家居卜鄡阳迁白水，忠纯受姓远宗陵里近韩田。”下联所述背景就是石端饰起初落户韩田的事，其孙石益仁及其祖母、母亲三人的墓茔至今仍在韩田。如今的徐埠镇仍有韩田村委会。关于“韩田”之名，《武威石氏宗谱》里载录了石端饰所撰的一篇《韩田记》，文中叙说了“韩田”得名之一说。说鄡阳那时属西汉开国功臣、一代“神帅”韩信的封地“楚地”，“涧平水滞，地皆可田，令先老督垦，凡为沃土，收获尽利，以故方里之地，天下以韩为号”。从这个时间点推断，“韩田”之名，比石柴成村早了200余年。“韩田”那时的范围包括今蔡岭镇洞门村一带。

“白水翁”石振（又名石显英）。石柴村从韩田而“近白水”，石仲先的孙子石振于东汉章和丁亥年（87）由韩田徙居“三角塘、枣木墩”。“三角塘、枣木墩”是鄱阳湖区石姓村庄的宗族地理标识，正如山西洪洞县的“大槐树”。石柴里的门口塘形如三角，以至石柴里外迁的石姓人家，大多会固执地将门口塘掘成大致的三角形。“枣木墩”在石柴里现今的祖祠背后，想必当初石柴村人在村中土墩上看到的一棵是枣树，另一棵还是枣树。如今的石柴人将“三角塘”“枣木墩”立牌标示，让人生发幽思。如果说“三角塘”“枣木墩”是石振立村前就有，那么，“白水塘”从置塘到命名，都是石振致力于振兴家族之业的首创了。离三角塘一里许有个源泉涧，石显英砍斫树木，筑堰成塘，聚九垅十三畈之水以利灌溉。塘分上下，起初上塘90多亩，下塘50多亩，后皆扩至百余亩。石显英将“泉”拆开，命塘为“白水塘”，自称“白水翁”。清同治版《都昌县志》在卷二“水利”中载：“每春夏之交雨多水涨，泛滥汪洋，望无际涯，故名白水塘。”此说只是望文生义而已。

“财主”石崇与都昌的交集

冠村名者石柴。石柴村是以祖上之人名而命名的。如果将石碏确定为石姓一世祖，那么，石仲先、石益仁、石振分别为第25世、第26世、第27世。南宋年间第61世有个叫石楫的，字柴，石柴村由此而得名。

西晋的石崇（249—300）在中国历史上的头衔尽管也有“文学家”“官员”之说，但真正让他镌刻于史册上的标识是“富豪”，旧有“富不过石崇”之说。石崇的富可敌国在《世说新语》《耕桑偶记》等书籍中皆有记载。比如说，石崇与晋武帝的舅父王恺斗富，王恺饭后用糖水洗锅，石崇便用蜡烛当柴烧；王恺做了十里的紫丝布步障，石崇便做五十里的锦步障；王恺用赤石脂涂墙壁，石崇便用花椒；王恺拿出晋武帝所赐的珊瑚树显摆，石崇便用铁制的如意击碎珊瑚树，然后把家里光彩夺目的众多珊瑚树让王恺挑选。石崇竟可以和皇室比奢华，这当然是“夸张”的手法。晋武帝穿着外邦进贡的火浣布制成的衣衫，去了石崇那里。石崇故意穿着平常的衣服，却让50个侍女都穿着火浣衫迎接武帝。石崇的钱财来自巧取豪夺，特别是在荆州刺史任上，劫富掠财，积累殷产。劫富的同时，石崇还攀贵。他和“帅哥”潘岳巴结外戚贾谧，他们每次在路上望到贾谧车队扬起的尘土后，就把自己的车停在路旁望尘叩拜，后来衍生出文人笔下的一个成语“望尘而拜”。奢靡的石崇，只“崇财”不“崇德”，最终也亡于奢靡。西晋后来发生“八王之乱”，赵王司马伦的手下孙秀硬要夺取石崇的所爱绿珠，一代美女绿珠坠楼自杀。石崇因不从权贵之需而遭灭戮三族。唐代诗人杜牧写过一首《金谷园》的诗：“繁华事散逐香尘，流水无情草自春。日暮东风怨啼鸟，落花犹似坠楼人。”诗中咏吟的就是石崇与绿珠的命运。《红楼梦》里的林黛玉也以诗感叹石崇与绿珠的心意相投：“瓦砾明珠一例抛，何曾石尉重娇娆。都缘顽福前生造，更有同归慰寂寥。”52岁的石崇临终前也悟出了“得财失命”的教训，史书记载，崇被押到东市就刑，长叹道：“奴辈利吾财矣。”旁有押吏应声道：“早知财多害身，何不散给乡亲？”崇不能答，俯首就戮。

《晋书》上载：“崇字季伦，生于青川，故小名齐奴。”关于石崇，可以查阅到的典籍都认定石崇为“渤海南皮（今河北南皮县）人”。河北南皮县城故址还有“石崇宅”“绿珠楼”等与石崇有关的遗迹。关于石崇的身世，从石柴村老一辈传下来的信息是，石崇的根脉在都昌石柴村，石崇是从石柴徙居到鄱阳的石姓后裔。翻检石柴村旧修的《石氏大成宗谱》，确有石崇属第34世，其父石苞、祖父石桂以至上溯的谱系记载。关于石崇回都昌一事，《石氏宗谱》中还有具体情节记载：石崇与国舅王恺赛富后，回白水祭祖，慕周边山清水秀，“置庄居焉”。

湖庄取了个珠光宝气的名字,曰"金谷",还在金谷湖庄种上了玉莲花和金牡丹。石崇在"南山之南",置田百顷,建玳瑁阁。石崇在都昌建石氏湖庄,应该不是空穴来风。在清同治版的《都昌县志》中能找到数任县令咏吟"石祠"的诗。都昌历史名人研究会余星初先生,在2015年12月接受《江南都市报》记者采访时,持石崇曾避祸居都昌之说。不过后人的一些说法,是经不起推敲的。有一说认为,都昌县城的金街岭由石崇所置并命名。其时,都昌县城城治并不在现址,西晋更无"金街岭"。《石氏宗谱》上有石崇设"金阶岭"之说,说的是石崇之富,连上岭的台阶都铺金设银。都昌《石氏宗谱》还有石崇以珍珠三斛,娶雁门渠伯后绿井梁家美女为妾,美女名为绿珠,善吹弹歌舞的记载,也许对于考证绿珠的身世留存一说。

石崇与都昌在历史上的交集真相如何,有待历史学家去论说。但石崇是白水石氏的后裔,应当可信。

"法王"石仕凯的"法事"

在石柴村,有"三王"之说,"三王"者,指"财王"石崇、"力王"石辉德、"法王"石仕凯。"力王"石辉德所生活的年代要比石仕凯早,流传下来的故事不多,无非是力大无比,挑着晒篮大的巨石还能健步如飞。石柴村人最津津乐道的是明初时的"法王"石仕凯的传说。《石氏宗谱》里,对石仕凯有"公是神,能呼风唤雨"的评语。

石柴村有不少石仕凯"呼风唤雨"的传说。朱元璋与陈友谅大战鄱阳湖,在都昌北庙水域的某次战役,朱元璋部被陈友谅部追杀得丢盔弃甲。在湖面行舟的石仕凯见状,扯出一面大旗在船头迎风猎猎,既遮住了朱元璋弃逃的踪影,也挡住了陈友谅追杀的视线,算是救了朱元璋一回。朱元璋做了大明开国皇帝后,曾派人"三顾茅庐"接石仕凯到朝中为官,石仕凯不从。朱元璋最后一次派人来接时,石仕凯已身亡,躺在石柴家中的木板上,朝廷赐纱帽玉带厚殓之,并追敕官职。

在徐埠有座山叫怪山,怪山的洞穴怪石嶙峋,光怪陆离。传说先前怪山有白毛老鼠精作怪,在人间为非作歹。石仕凯独身深入洞穴,施法引洞外太阳光驱散洞内阴霾,让妖魔鬼怪无处可遁,还了当地一片太平。邻村的刘相公有一次来到石柴村,看见石仕凯的禾田里请了农人来收割,半下午时只剩一分田左右的禾抱未用禾斛打脱完，刘相公说：“你们今天反正干不完此活。”农人不信，打脱一分田的稻粒要不了半个时辰便可收工。刘相公也是个有道法之人，他在石家的风车上贴咒符，风车竟变成了一头梅花鹿奔向农人，田间脱稻粒的农人拿着扁担去驱鹿，左躲右闪，上蹿下跳，耗了一个时辰也没追上鹿。眼看追上鹿了，农人抡起扁担猛击下去，活蹦乱跳的鹿不见了，“咯噔”一声，打中的是石家的风车。天黑了，剩下的一分田禾抱只得明天再来劳作。石仕凯当天听了自家请的帮工的话后决定第二天“以法还法”。古有“石王斗富”，今有“石刘斗法”。石仕凯第二天半下午背着手穿着长袍，来到刘相公的田畴，但见刘家请的栽秧的四五个人眼看也只剩一分田未栽秧，石仕凯便说道：“栽禾日过午，汗滴禾下土。谁知栽不完，今日白辛苦。”雇工读了些诗书，应道：“也知盘中餐，粒粒皆辛苦。一行又一行，先生来比武？”石仕凯在田塍的柳树上捋了一把柳树叶，撒向插秧的田间，每枚叶子瞬间变成了一条条活蹦乱跳的“鲫鱼”。刘相公家雇工丢下秧，去摸鱼，不但没有“一行又一行”地插秧，还将已插好的一片绿秧踩踏得东倒西歪，一分田禾是插不完了，只待明天补栽。雇工回家喜滋滋地剖鱼，砧板上的鱼却还原成一片片长长的柳叶。

石柴村人为石仕凯做了塑像，将600余年前的先人奉若神明。石仕凯有个弟弟叫石仕玉，石柴的祖厅叫“凯玉堂”，可见石仕凯给石柴人的影响有多大。石柴村人也有不尊约定俗成的民间“法事”之处。村上老人亡故后，石柴村人在周边地界游丧时不丢黄表纸，意思是石柴村的亡人在阴间不用在黄泉路上留下买路钱。此番“法事”不从的说法是，此“白水”、彼“韩田”原是石柴人最先拥有的，何需留下“买路钱”？

石柴村的“白水”在历史的烟云里泛着微澜。徐埠这个千年商贸名镇，文化底蕴深厚。20世纪60年代，石柴属于徐埠的白池大队，其名显然有“白水”的身影，后来改作“灯塔大队”。其时徐埠公社的大队取名都具有鲜明的时代政治色彩。比如平塘称“光明大队”，莲花称“胜利大队”，港南、山峰称“团结大队”。2003年后，白池村并入马矶村，现在马矶村有12个村庄姓石，皆发脉于石柴村。“财王”“力王”“法王”俱往矣，新时代的石柴人信奉幸福都是奋斗出来的人生真谛，勤劳、纯朴的石柴人以“奋斗为王”，创造着属于自己的幸福生活……

2. 徐埠镇大塘余村：十万世家探源

【家训家规】余氏“家训十条”：父慈子孝、兄友弟恭、抚恤孤寡、怜贫救难、勤修职业、俭朴节用、立志安分、忍气省事、齐家正俗、忠君爱国。

溯源：由余授姓，元诏望族

“大塘”与“大唐”，一个是都昌县徐埠镇莲花村委会的村庄，名“大塘”，大塘村其实不大，现今只有30余个村民；一个是中华民族历史上的一段辉煌盛世，叫“大唐”，从公元618年至公元907年，李唐王朝存世289年。“大塘”与“大唐”的交集是，大塘建村于“大唐”代宗永泰年间的765年，距今1254年了。

木有其本，水有其源。大塘村的余姓最早可溯源至春秋时的始祖由余。由余，又称繇余、由虞、由畬，是中华始祖黄帝的三十五世孙，西周成王姬诵之弟叔虞的后裔，晋哀侯之子。公元前669年，因内讧诛杀诸公子，由余奔走西戎。戎王纳其为朝官，并使由余访秦，秦穆公慕其才而设法纳之。戎王日益骄奢，荒于酒色。由余秉直而谏，卒不行，遂归秦。文韬武略的由余辅佐秦穆公克国十二，辟地千里，后封相并食邑下邳（今江苏睢宁一带），天下余姓的“下邳世家”即源于此。子孙世袭簪缨，以王父字为姓，曰由氏、余氏，就有了“由”“余”同宗之说。

都昌重要一支余姓的始祖叫余元诏，因避讳又称余迪，号隐耕。余元诏往上溯四代的辈承是：太祖父余钦，致仕落籍于如今的安徽休宁；曾祖父余杲，后迁扬州之江东；祖父余明德以德显世；父亲余嗣光（706—763），唐玄宗天宝年间举进士，官至大理寺卿，因与时相李林甫相忤，外迁四川太守，再谪江州别驾，遂择居江州。江州即今天的江西九江。诗人白居易在千古名篇《琵琶行》中，自称“江州司马青衫湿”。唐时的官职“司马”与“别驾”均属刺史的佐官，无甚实掌，多为贬官，“司马”位在“别驾”之下。余嗣光约公元763年殁于官任，葬于江州湓浦。

关于余嗣光的三子余元诏（744—827）择居都昌大塘，有个传说。父亲余嗣光在余元诏分迁他地后留下遗言:“遇藤下马,遇雪安家。”一日,余元诏离开伤心地江州,信马由缰,颠踬于途,来到都昌腹地的一座山下,坐骑竟驻蹄不前。他问路人此为何地,路人答曰:苦藤山(即今紫藤山)。余元诏下马步行一里许,马又不前,他再询路人此为何处,路人答曰:雪岭(一说薛家岭,徐埠镇原有雪岭村委会,后并入莲花村委会)。余元诏思忖着这正合了父亲的临终所嘱“遇藤下马,遇雪安家”,便认定此地山环水绕,是块风水宝地,遂定居此地,安居立业,瓜瓞绵绵。是年是唐代宗永泰元年(765)。余元诏在享年84岁殁世时,葬于紫藤山中峰顶。相传殡葬的那天,突发狂风暴雨,抬棺的八仙下山避雨,一俟雨停复上山,但见停放灵柩之地已被崩塌的新土堆覆成冢状,应了福地等福人,算是“天赐良穴”。余元诏长眠于紫藤山中峰顶,福泽后人。

兴村:金殿是假,大塘唯真

余元诏号隐耕,寓意隐于山林,勤耕发家。余元诏在雪岭安家后,艰辛创业,历十余载,家资巨富。他的另一个更响亮的名字“余十万”的来历是:某年当地遭灾,饥馑连年,余元诏捐出十万银两赈济灾民,声名远播,人称“十万公”。中华余氏宗亲会副会长、都昌余氏十万公文化研究会会长余火玉提出了自己的一个推断:以余元诏“隐耕”之力,何聚“十万”之捐?余火玉认为,余元诏的财富积累应该来自李希烈叛唐称武帝时,其父乱世积聚的一些钱财,遗产连同“遇藤下马,遇雪安家”的遗言,一并归了儿子,才成就了余元诏后来的“余十万”之名。

“大塘”村名的由来,也有典故。传说十万公在村里造起巍峨堂皇、金碧辉煌的祖堂。邻村有人结怨相忤,向官府诬告,说余十万私造皇宫,夜卧龙床,宿九妻、骑双马,蓄志谋反。十万公听闻,连夜将祖祠焚毁,并在村头用九头牛犁土,请来亲友肩挑车推,挖成一口大塘。掘塘的泥土堆在塘西,成了一个小土岗。第二天,官府派的法官前来实地察巡“皇宫”何在,站在小土岗上环视村中,只见民房幢幢,未见“皇宫”赫赫。眼前的池塘倒是阔大,与村庄相连、与田畴相挽,作洗涤和灌溉之用,分明是尘世的一派农耕之景,何来脱世的一番宫殿之画?法官于是折回复命:金殿是假,大塘唯真!自此村曰“大塘”,法官当年站立察巡的那处小土岗,至今还称“法官咀”,葳蕤一片。

在《余氏宗谱》上,有“未有都昌县,先有大塘余”之说。曾任都昌县人大常委会副主任的余顺荣，是北山乡跑马巷余家咀人，也是十万公后裔，他以都昌置县的历史对此说做了辩证。都昌地域历史源远流长，夏、商、周为古扬州城，春秋战国为楚、吴地，属番邑。秦始皇分天下为三十六郡，番邑属九江郡。汉高祖六年（前201），都昌正式立县，叫“鄡阳县”，属淮南国豫章郡所辖的十八县之一，治所在四望山（今属周溪镇泗山）。现今流行的对都昌县情的介绍“是江西18个文明古县之一”即源于此。南朝宋永初二年（421）前后，发生“沉鄡阳，浮都昌”，鄡阳县沉沦于彭蠡湖中，其境域入彭泽，隶江州，彭泽县一度易名龙城县，隶九江郡。真正让“都昌”作为一县之名闪亮登场的准确年份是唐高祖武德五年（622），因地有都村，南接南昌，西望建昌（今永修），故名。都昌县临时治所在王市街（今蔡岭镇洞门口），能查阅到的文献记载是：唐大历年间（766—779），治所徙迁彭蠡之东，即今天的都昌县城。如果把“未有都昌县，先有大塘余”中的“都昌县”理解为现城址，那么，从时间来推断，唯一的一种可能是：出生于公元744年的余元诏在他21岁（765）那年在雪岭立村，而都昌县城就在唐大历元年（766）迁到新治所。也有人认为，“未有都昌县，先有大塘余”在时序上是有悖的，姑且当作是大塘余村历史悠久的说辞。兴于唐朝的大塘余村的建村历史的确很早，“鄱阳湖上都昌县”很多村庄，成于明初洪武年间。大塘村，不只是余十万后裔的寻根之地，也是一方锦绣乐园。

传家：六尺巷道宽，“十万公堂”新

在都昌县城的西街老棉麻公司宿舍附近，都昌余姓在明代末年合力建有余氏祠堂，其规模比其他姓氏祠堂宏大。关于余氏祠堂的建造，也流传着一个类似于清代康熙年间大学士张英故里安徽桐城“六尺巷”的故事。

传说明朝末年，余家在修建祠堂时与邻近的邵姓、吴姓因留巷路发生争执，各不相让。在当年的都昌县城，邵姓、吴姓皆为大族，有“邵半街”“吴老虎”之称。余姓族首修书一封，给得崇祯皇帝信任、任巡按湖广的同族人余应桂，意欲请他显威，让邵、吴两姓让步。余应桂以一诗示族人：千里修书只为墙，让他三尺又何妨？万里长城今犹在，不见当年秦始皇。余姓族人收到余应桂的复书，深明和睦礼让大义，遂让地三尺。邻里邵、吴两姓也礼让三尺，形成六尺之宽的巷道。都昌县城的余家祠堂一度先后成为都昌县国民党政府、都昌县人民政府的办事场所。余家祠堂“六尺巷”的故事，尽管发生的时间在安徽桐城的“六尺巷”之前，余应桂以秦始皇修长城类比的复诗未见于权威典籍，应该是后人伪托了清代张英的复诗。但两个“六尺巷”所体现的谦逊睦邻的中华传统美德，却是一脉相承的，在践行社会主义核心价值观的当下，仍是余姓人家恪守的“家训”。

据统计，都昌余姓现有169个村庄，4.8万人口，为全县第四大姓。都昌余姓除十万公后裔，另一支是南宋年间余杰一（1179—?）的后裔，多集中在中馆、南峰、芗溪、万户、狮山等乡镇（芗溪黄坡垅、南峰油山村一带等余姓村庄属十万公的后裔）。余杰一从朱熹讲学于白鹿洞书院，其子嗣耕读传家，厚德经世。

悠悠1200余载，余十万的后裔已繁衍10万人以上，分布于江西、湖北、湖南、安徽、广东、四川、重庆等省市的20多个县。都昌大塘余村是发脉之地，不少十万公的后裔前来寻根问祖。2010年，都昌编修了《余氏十万公宗谱》（三卷），叙昭穆、承家风。2018年，十万公的后裔筹资，在大塘余村建起的“十万公堂”，成为十万公后裔敬祖崇宗、议事弘德的一方胜地。

余家祠堂的“六尺巷”，宽的不是间距，而是承载着的虚怀若谷的宽广胸襟；大塘余村的“十万公堂”，让人感觉“新”的不只建造年代，还有古时余十万艰苦兴业、乐善好施的品行，在余氏后裔的心中历久弥新。当下，余姓人家奔向锦绣未来的大道越走越宽，描绘幸福生活的美景越来越新……

3. 左里镇董家湾村：董家湾的笑声

【家训家规】2008年戊子重修的《紊龙董家湾宗谱》“家规十二条”中论“职业”云：“士农工商，四民常业；务本逐末，两途攸分。是职业为治生之要道，而农桑尤养身之良策。倘一夫不耕或受之饥，一女不织或受之寒。故男勤耕耘，则有余粟；女勤绩纺，则有余布。”论“读书”云：“夫学犹植也，不植将落，若焚膏以继晷。则鸡鸣与鹿鸣同听，诚映雪而苦吟，则布衣随锦衣顿新。”

每个姓氏，都能找到历史上令后裔引以为荣的显赫人物。对于董氏后裔，旷世大儒董仲舒是一个绕不开的始祖。

董仲舒（前179—前104），广川人（今河北景县），西汉思想家、政治家、教育家、唯心主义哲学家和今文经学大师。“罢黜百家，独尊儒术”此八字是贴在董仲舒儒家宗法思想上的标签。汉武帝时，董仲舒以“天人三策”，规劝汉武帝“诸不在六艺之科、孔子之术者，皆绝其道，勿使并进”。汉武帝纳之，开此后两千多年封建社会以儒学为正统的先声。董仲舒的神学体系把神权、君权、父权、夫权贯穿在一起，为君权神授制造理论。他还提出“三纲”“五常”的封建伦理，晚年托病辞官，专门从事修学著书。著述有《春秋繁露》和《董子文集》。

一代硕儒董仲舒的后裔以“醇儒堂”为总堂号，一些分堂号的取名也与董仲舒的历史典故相连。比如“下帷堂”，以仲舒公“下帷讲授，三年不窥园”而定名；“三策堂”以仲舒公的“天人三策”而定名；“忠恕堂”之“忠”是对君王忠心不二，“恕”则是宽恕，皆为儒家学说的重要内核。

史册录载董氏名人，早于“百代儒家”董仲舒的是春秋时期的“千秋良史”董狐。晋国太史董狐不畏权势，秉笔直书，孔子赞其“古之良史也，书法不隐”。董姓堂号“直笔堂”“良史堂”纪念的就是董狐。比董狐更早的是董父，系黄帝的后裔，因善于豢龙（“龙驹”为千里马之谓），又称豢龙氏，舜帝时赐姓董，这就是董氏祖祠上冠之“豢龙世家”的来历。

都昌县左里镇付桥村委会董家湾，现有村民750余人。沐“醇儒”家风，走进新时代的董家湾文脉昌盛，人才辈出。董晋、钱宏父子均为中国作家协会会员。董家湾人无论是身居要职的从政者，还是身处尘世的谋生者，都以“仁”处世，以“义”行事。莘莘学子得“文蔚”之风气，承“儒门”之诲导，立德成人。2017年，左里中学的中考状元是董家湾人董阳阳，邻乡的多宝中学的中考状元也是董家湾人，名叫董婧婧。村理事会理事长董小华老人能说出村里两个中考女“状元”的分数，一个是668分，一个是682分。董小华老人发出爽朗的笑声，唱起董氏的辈派歌：“光宗祖高明，万世学道成。仁慈昭圣德，礼义振家声……”董氏名派论辈，连缀起来，也蕴含着儒气。

《董氏祥一公迁徙董家湾序》中有一段记述董家湾的肇迁：“晋公（唐代都昌、星子、永修董姓的一世祖）二十五世孙祥一公由董家湾迁居四十一都付家桥魏家湾。祥一公心怀志远，观风水、逐龙脉，闲暇之时偶至魏家湾南边大湾观望。此湾松柏苍翠，青山环绕，南西北三山连线，古树参天，东面鄱湖掩映，又与苏峰龙脉接壤，北面山嘴与南面柿山形成丹凤朝阳之势。湾内三潭碧水相连，长达二百余米。此湾纯属龙船地，祥一公欣喜安居，命名‘董家湾’，从此祥一公为董家湾肇迁祖。”

关于董家湾祖先的迁徙，在村中老人的口口相传中，还有一段生动的掌故。宋时，董家湾的祖先是居住在阳储山下的一方群山怀抱之地，即现汪墩乡新桥老山侯村附近。祥一公在鄱阳湖畔的“龙船宝地”繁衍生息后，对于阳储山下的故园便疏于管理了。某年清明，董家湾人到侯家山附近祭祀先人，见到的场景令他们很是诧异：先人的墓茔已被填平了，那里已立起了侯家祠屋。董家湾人“书法不隐”，诉之官府，称一年的功夫祖居便“天翻地覆”了。官家貌似重证据，派衙役到现场查验，但见侯氏祠屋木檩皆经年陈暗，墙外青苔漫散，怎么会是一年的岁月能打磨出的样子呢？原来侯姓人将湿的松枝点燃熏旧了柱梁，在墙上浇灌卤盐水，培植速生青苔。董家湾人有口难辩，转言有谱牒确凿记载四址，官家限七天之内明示证据。董家湾人派人急速赶往鄱阳湖对岸的星子归宗寺附近的董家畈，去取同宗族谱。天公偏作难，七天七夜大风狂刮，西河无法行船。七天期限一过，官府偏袒侯家山人，侯家山人赢了官司，董姓人家故园尽失。

沧海桑田，苍云白狗，当下的董家湾人在谈及侯门里的故园时，已没有了家族兴衰之憾。昔时的魏家湾能成为今天的董家湾，“上董家塘”“下董家塘”就能成为今天侯家的“上塘”“下塘”。董家湾人在如今的丰腴家园创造着更加幸福的生活。董家湾 2015 年被评为“江西省秀美乡村”，一幅幅乡村振兴的美丽画卷在徐徐展开：村文化活动中心巍峨矗立，气派非凡；一幢幢民居或以宽敞亮堂取胜，或以仿古留住乡愁；村庄美化绿化，令人心旷神怡，池塘边的村道曲径通幽，村中的“江都家塾”（董仲舒曾任江都相十年）老学堂古朴雅致；村前的新妙湖汪鼓塘水域跃动着好收成的期盼，村后田园里的黄栀子枝头绽放着大收获的喜悦；董家湾的年轻人每年春节筹办的“村晚”，让欢歌笑语在湾里湾外回荡……

4. 蔡岭镇曹炎村:历史深处的龟山曹

【家训家规】民国戊午年(1918)修的《曹氏宗谱》谱首载有“家规”:身不可以不修也;子不可以不教也;兄弟不可不爱也;婚姻不可不正也;闺门不可不肃也;子弟不可不学也;宗族不可不睦也;本业不可不务也;嬉戏不可不戒也;祭祀不可不谨也;节俭不可不崇也;嫖赌不可不戒也;争讼不可不慎也;输课不可不早也。

曹雪芹南宋祖先曹孝庆其人

《红楼梦》作者曹雪芹祖籍地研究,是“红学”研究的一个重要课题。一直以来,红学界对曹雪芹家族的祖籍有两种说法:一种是以周汝昌先生为代表的河北“丰润说”,另一种是以冯其庸先生为代表的辽宁“辽阳说”。2011 年 7 月 20 日,新华社记者以《曹雪芹南宋祖籍地研究出新证》为专电之题,报道称“新证的出现为曹雪芹南宋祖籍地都昌的确定提供了有力的证据”。

2011 年 6 月 26 日,北京曹雪芹学会年会在风景天下幽的庐山召开。6 月 29 日,曾任中央统战部副部长,时任全国政协常委、北京曹雪芹研究学会会长的胡德平先生,带领 40 多位海内外红学专家,来到都昌蔡岭镇的北炎龟山曹考察。第二天,在县城召开了“南宋尚书曹孝庆生平史料研讨会”。江西省曹雪芹祖籍调查首席研究员、江西省文物考古研究所陈江教授做了《历史家视野中的〈红楼梦〉——曹雪芹宋元江右祖系初探》的学术报告,力陈南宋礼部尚书曹孝庆就是曹雪芹的第 22 代祖先,尤以曹孝庆到曹雪芹的谱系赓续最具说服力,引起学术界的关注。

曹孝庆(1206—1276),其故里就是现在的都昌县蔡岭镇东风村曹炎自然村。曹孝庆在南宋朝廷为官时,攀附上贾似道官僚集团,咸淳六年(1270)官至礼部尚书,后继升端明殿学士、大参相公。曹孝庆的“政绩”得到了当朝官员的认可。文天祥在《贺曹尚书孝庆兼给事中》一文中曰“用颁一命再命三命之荣,特懋大书特书屡书之绩”。曹孝庆在宋史中没有单独列传,但在《宋史 · 皮龙荣传》《宋史·陈宗礼传》和《宋史·食货志上·农田》三处有间接记载。曹孝庆的贾党身份让他尝尽了人间的荣与辱,随着贾似道奸党的覆灭,曹孝庆退出南宋摇摇欲坠的政治舞台,避居邻邑湖口文桥的栖贞寺旁的绣野园,郁郁而终。《都昌县志》中对曹孝庆鲜有载录,有人推测是不想因为他的贾党身份蒙垢。

2008年,在曹炎村发现了立于大元成宗壬寅(1302)的极三公祖墓,石碑上刻有"用美居北炎孝庆尚书衙场"字样,这成为曹孝庆祖籍地是曹炎村的有力佐证。有媒体披露,都昌县石油公司退休干部曹明启研读《红楼梦》十年,找出《红楼梦》语言中有520多处都昌方言的痕迹,从而佐推曹雪芹的祖籍源自都昌。北炎龟山曹一带,有"九里得三衙"之说。所谓"三衙",指的是龟山曹发源地牌垅口曹彦约兵部尚书衙、北炎街曹孝庆礼部尚书衙、张岭衙前村曹云格的云南宣慰衙。曹彦约是曹孝庆、曹云格的祖父辈,相距九里,龟山曹竟有"三衙",这在古代是声名显赫的标志。

在以往的曹氏宗族文化研究中,"曹孝庆"更多是作为一个姓名符号在家谱中承前启后。近年来,红学家把曹孝庆还原成一个历史人物,使他的形象鲜活起来。2011年6月,都昌龟山曹后裔发起成立"都昌龟山曹雪芹南宋祖籍研究会",搜集、挖掘相关史实。在曹炎村的祖堂前,至今尚有旗鼓和旗杆石,让人感念历史上的尚书衙门之荣光。

"红花之乱"其谜

"红花之乱"是都昌曹氏宗谱绕不开的一个历史之谜。这一事件折射出"谯国世家"在历史上的一段坎坷遭遇,也是解读都昌曹氏迁居鄱阳、湖口及安徽等地繁衍的一把钥匙。

"红花之乱"有不同的版本,有的说法与曹孝庆有直接关联。版本一:锡盒轶诗说。民国启后堂都昌《曹氏宗谱》卷首独家保存宋元之际的一首《锡盒诗》:天子屈英豪,公孙却远逃;大海藏龙甲,深山隐凤毛。玉石分真假,金钱定价高;储丁游向艾,董项蔡祝包;黄洪兰陆段,舒藉戴莘饶;红花因乱起,岁久自归曹。"储丁游向艾,董项蔡祝包;黄洪兰陆段,舒藉戴莘饶"二十字是指曹氏为避诛杀而更氏。在现今中馆排山,民间还有"生向死曹"的说法。此诗为研究曹氏谱牒提供了很多解读的空间。版本二:抗乱罹难说。元末,陈友谅、徐寿辉、刘福通、邹普胜等在鄱阳湖区反抗当朝。《曹氏宗谱》记载:"元至正,徐寿辉等作乱，乡坊骚动，势甚昌炽，广一公率乡兵五百追击之，贼兵随灭，民赖以安。”后徐寿辉部反攻报复，以红花所染的红巾为号。在都昌北炎衙前曹村，村民遭到灭门屠杀，全村只有一个老太婆，身穿罗裙坐于古井之上（此井尚存），罗裙罩着的井口下用提桶藏着一男婴，才幸免于难，这名男婴名叫均铭，就是后来的衙前村祖先。这一版本的另一说为：元朝初年，湖口龟山曹一个叫“红花”的农民，揭竿反元，驻九江的梁王防其无术，上报朝廷，忽必烈派重兵剿杀，揣着《曹氏宗谱》按谱索人，誓言杀无赦。版本三：皇上信谗说。1984 年版的湖口县《曹氏宗谱》总纂曹明星老人曾讲述过“红花之乱”的俗传。南宋时，都昌曹氏掌控全国红花草籽资源的百分之七十。在龟山附近，至今仍有红花涧、红花冲、红花塘的地名。臣诬奏曹氏宗亲隐匿红花草籽，蓄谋造反。皇上听信谗言，派御林军满门抄斩，都昌曹氏被迫改名换姓，四处逃匿。版本四：贾党覆灭说。民间传说贾似道生于其父贾涉的江右吏衙前，呈口衔“红花”之兆，贾似道最后命丧“木棉庵”，应了“开花结子在绵州”的谶语。“红花”指木棉花，“红花之乱”喻贾党覆灭，作为党羽的曹孝庆以及族人受到株连，子弟四散。版本五：罂粟滞留说。在北炎曹文清、衙前曹等村，“红花之乱”流传着这样一种版本。所谓“红花”指的是罂粟开的红花，可用来疗治军队的伤兵。这是当地的特产。某年，南宋皇帝下令押解五车红花至临安，马车行至鸣山、中馆交界的山岭，因坡陡路滑翻散了一车红花，不能复原。皇上怪罪下来，对龟山曹氏斩尽杀绝，曹氏家族纷纷逃入深山老林、闯荡他乡。

都昌北炎的“龟山”犹在，紧邻景湖公路排垅路段，山并不巍峨，像丘陵地区背靠大村庄后面的山峦，山上草木葳蕤。“龟山”状如龟，而伸出的龟首像在吮水，两侧分别是上瓦泥塘和下瓦泥塘。

一段抗战史料其异

随着景九高速的修通，老景湖公路便旁落，北炎与张岭两乡合并成蔡岭镇，地理位置不再占先，人气也大不如前。民国时期的曹炎不是“村”，而是“街”，在老辈人的记忆中，是条商贾云集、车水马龙的“合面街”，街两边遍布商铺药栈、旅馆饭店、肉摊茶座、烟馆赌场。曹炎街是“瓷都”景德镇通往湖口、九江的驿站。现今九景衢铁路穿越的方汴隧道是曹炎街至湖口的通途，经乌龟岭至湖口，可通江达湖，畅行天下。那时南来北往的过客，最多时有 600 余人下榻曹炎街,有的干脆落宿百姓家。

2008年,江西人民出版社曾出版一本革命史料集《武山雄鹰——都湖鄱彭地区三年游击战争纪实》,纪念70年前在武山山脉,由陈毅领导、中共都湖鄱彭四县中心县委书记田英直接指挥的三年游击战争。1934年4月至1937年底,是艰苦卓绝的三年,也是"武山雄鹰"翱翔高邈的三年。曹炎村所处属于武山之麓,"曹炎里战争"成为游击战争"大仗"的首战。曹文英、曹显泰、曹光亨、曹明相,一个个从曹炎村走出的战争英雄,壮怀激烈,名垂青史。时下的年轻人知晓的"黄光裕",是一个成为阶下囚的富豪,而在曹炎村的老人口中,另一个战争英雄"黄光裕"的故事流传至今。黄光裕,江西永新人,1935年时是田英的警卫员,后久经沙场,穿过硝烟弥漫的炮火,1955年授海军大校军衔,驻防东海溗泗要塞,后任中国人民解放军上海警备区副司令员。黄光裕晚年撰写了回忆文章《战斗在鄱阳湖畔》,曹炎里是他挥洒战斗青春的热土。今年62岁的村民曹如意,讲起爷爷曹显泰向他讲过的故事时,激情飞扬。黄光裕有时住在曹显泰家,晚上同游击队员出去杀富济贫。黄光裕身边有两把枪,一把枪随身带在身上,一把枪放在曹家的木楼上。曹显泰发现后把木楼上的枪藏起来了,黄光裕半夜回来发现枪不在了,很是着急,调皮的曹显泰把藏的枪还给黄光裕,黄光裕热情地教他擦枪,干脆发展小显泰白天帮游击队放哨。

抗日战争时期,由于曹炎贯通南北,地理位置特殊,因而成为烽火的前线,日本侵略军就驻扎在曹炎街。土生土长的村民曹谷元,曾任都昌鸣山乡乡长,退休后热心村里的公益事业,同时还兼任蔡岭镇诗词分会会长。他铭记慈悲为怀的奶奶亲身经历的一段往事。奶奶姓黄,在她来到这个世界之前,父亲不辞而别去了九华山修行,对弃妻留下话来:"如果腹中是女儿,就取名'坤福'。"黄坤福也许是承袭了父亲的慧根,一生信佛,广施善心。1934年夏,曹炎街来了三个眉清目秀的年轻和尚,白天,在武山一带走村串户化缘,手敲木鱼,走三步跪一拜,甚是虔诚。吃素斋的黄坤福每次都热心地给化缘的和尚端茶递食。说中国话的和尚晚上借宿在曹炎村的祖堂内,关起祖堂门,在煤油灯下绘图,村民叫"打图"。三个年轻和尚离开曹炎时,送了一张"符"给黄坤福,以感谢她的施善之德,并嘱咐她将符咒贴在自家中堂前,可保平安。三年后,抗日战争全面爆发,残暴的侵略者在曹炎一带烧杀淫掠,奇怪的是,不只黄坤福一家未受日军的骚扰,整个曹炎村都未染兵燹。后来村民得到的说法是,三年前的三个"和尚"

其实是日本的大学生,被“鬼子”派来绘制地图、搜集情报,为即将爆发的侵略战争做准备,“符”是日本人暗号式的示佑。74 岁的黄坤福老人于 1955 年辞世,她的善心无意间佑护了曹炎村村民。

所谓“符祛兵燹”,当然不能褪去日本侵略军的残暴血性。战前日本蓄意派大学生乔装成和尚在中国民间化缘,实则是广采情报、绘制地图,为悍然发起侵略战争做足功课。这一鲜活的珍贵史料,在抗战史书和文学作品中几无载录,当可丰富波澜壮阔的抗战史实。其实沉的细节,远胜于时下荧屏上一些抗日神剧的胡编乱造。

文明新村其变

曹炎村是原北炎乡政府所在地,早先又称“曹北炎村”,其实附近还有“曹南炎村”,南、北两个村庄的祖先是明永乐年间的兄弟俩。曹炎村现有 600 余人,150 余户,其中 120 余户是祖居的曹姓人家,其他 20 多户是邹、高、石、王、方、万、黄诸姓人家,是当年“曹炎街”繁华开遍、多姓杂居的见证。如今,他们和谐相处,亲如一家。

每年正月初一,曹炎村村民齐聚祖堂,围绕“过去一年怎么看”“新的一年怎么干”等主题进行商议,由德高望重的乡贤发出倡议,响应者众。近三年的“倡议者”是老党员曹谷元。2016 年正月初一,曹谷元提出把曹炎村打造成“文明村”。当年成立了村民理事会,自筹资金 30 余万元拓宽和硬化村内道路,村民“行路难”的问题得以解决。2017 年正月初一,曹谷元提出以脱贫攻坚为契机,结合村庄整治重点完善村民文化活动设施建设。村里建设了 1800 余平方米的文化休闲广场,实行了绿化、亮化。安排 2 名保洁员,着力打造“卫生村”。2018 年正月初一,曹谷元倡议建设村民文化活动中心,并组织开展活动以丰富村民的文化生活。

从历史深处走来的曹炎村,在新时代决战小康的路上,不忘初心,逐梦前行。

5. 北山乡铺前秦村:村事越千年

【家训家规】孝悌宜尽、闺门宜肃、勤俭宜务、族邻宜睦、蒙养宜端、嫁娶宜慎、祖茔宜护、交友宜慎。

千年古村

说都昌县北山乡余铺村委会铺前秦村是“千年古村”,再恰当不过了。铺前秦村成村于宋真宗乾兴元年(1022),再过三年,将迎来“千年之庆”。

华夏秦姓源于嬴姓,即秦始皇的祖先。历史上知名度很高的秦姓名人有战国名医扁鹊,叫秦越人;唐初大将秦琼,字叔宝,民间为传统门神;北宋婉约派词人秦观;南宋奸相秦桧等。都昌秦姓承袭“天水世家”,还在祖祠上镶嵌“四贤遗徽”四字,“四贤”说的是孔子七十二贤中有四位秦姓子弟,分别是鲁国的秦非、秦冉、秦祖及楚国的秦商,“徽”为美好之意。千年铺前秦村不只是都昌秦姓15个村庄的发脉地(仅北山乡就有8个秦姓村庄),而且湖口、浮梁、萍乡、南昌以至湖北等地的秦姓人家皆追根于此。1941年出生的铺前秦村人秦筱生作为都昌秦姓宗亲文化研究会的长者,近年来每年都会热心接待清明时节前来祭扫祖先陵墓,敦本敬宗、和亲睦族的各地宗亲。

铺前秦村的肇村祖先叫秦瑾(968—1052),其父居湖北武昌府江夏县(今武汉江夏区)。秦瑾在宋真宗景德二年(1005)任姑苏刑官,后迁南康军刺史。因老来厌倦官场的劳碌与庸治,秦瑾于乾兴元年(1020)徙居都昌四十五都栎田。据《秦氏总谱》“源流”篇记载:“乃同幕宾曹儒与将校朱能仁率家丁三百余人,直至鄡阳横山头,卜筑家居。”秦瑾教子孙明礼义、申孝悌,传“四贤”之遗风。他在村前高旷之地建亭,种竹栽花,名“百花山”,这也是铺前秦村又称“花园湾村”的由来。2001年,村里重修了花园,供村民休闲,并在花园旁的临北多公路入村口修建了巍峨的门楼。北山乡余铺村之名的由来,也是有考究的。在北多公路原北山一中所在的窑场,古时亦是县城至多宝、左里的陆上必经之途,至老爷庙渡西河而赴南康府也经此道。驿道两侧店铺林立,方便商贾。周边有余姓村庄，便称“余铺”。花园湾村坐落在店铺前方一里许远，取名“铺前”。

悠悠千载，铺前秦村的历史上留下了一批功成名就的骄子的身影。《秦氏宗谱》上记载：中进士者三人，宋政和三年（1113）进士秦潮，后拜兵部右侍郎；胞弟秦浩宋政和元年（1111）进士，官至大司马；南宋嘉定十年（1217）进士秦孟明。荣登进士，这在封建社会已是很显赫的功名了，但1993年版的《都昌县志》对此三人均未录入。铺前村旧时多有能辩善讼的读书人。清道光年间的秦玉阶科取优贡后，历任德化县（今柴桑区）、会昌县教谕，为当地化解多起族群械斗，有“万民伞”之称。数风流人物，还看今朝。铺前秦村现有560余人，他们在新时代各展风采，逐梦前行。2016年、2017年，村里相继建成两幢村民活动中心兼祖祠。为奖掖后昆，村里筹集成立奖学金，对当年考上二本以上的莘莘学子予以奖励。

犀牛杯的故事

不少铺前秦村人，会很有兴致地讲述一个关于犀牛杯的故事。1989年出生的铺前秦村“新生代”秦阿民，江西师大金融专业毕业后在上海从事期货业。秦阿民从小就听到他爷爷给他讲爷爷的爷爷关于犀牛杯的故事。

清朝晚期，铺前秦村人秦辅臣年轻时随着众多的同村老乡，在景德镇以瓷谋生，他后来转移到安徽芜湖摆瓷摊为业。秦辅臣的瓷摊摆设在晚清重臣李鸿章在芜湖的宅邸前。李鸿章是安徽合肥人，与曾国藩、张之洞、左宗棠并称晚清“中兴四大名臣”，晚年任权重一时的直隶总督兼北洋大臣。秦辅臣为人笃诚，每天早早来到李鸿章家的当铺前，帮忙打扫卫生间、收拾勤杂。某日，李鸿章回到芜湖府邸，再次听到管家数表江西瓷贩秦辅臣的勤勉与实诚。李鸿章兴之所至，来到秦辅臣的摊位前与之攀谈起来。他问秦辅臣叫什么名字，秦辅臣惶恐地报上姓名，旁边一个瓜子贩嘟囔了一句：“他叫秦老二。”秦辅臣在四兄弟中排行第二，故有此绰号，而李鸿章世行也在第二，被乡间人称作“李二先生”，李鸿章因其名俗称“二”便有了一份亲近感。他继续问秦老二家的一些生计状况，也算“微服访民”。秦辅臣告诉他，家中兄弟多，家境困窘，这才到芜湖摆摊糊口。李鸿章心生恤民之心，说，你这样沐雨栉风地经营多辛苦呀，我家当铺旁边有间闲置的铺子，让给你居店而市，好好做你的瓷器生意，贴补家用。秦辅臣嗫嚅着说，无本钱经营店铺。李鸿章干脆一帮到底，让他如要钱兴业，只管到李家的当铺办贷就是了。天道酬诚，自此，江西都昌人秦辅臣在安徽芜湖的瓷器生意做得风生水起。后来，秦老二不再满足于进他人之货，自己在景德镇办起了窑场，自供自销，获利更丰，秦老二在芜湖还扩建了数家分店，大有日进斗金之势。

某一日，北洋水师的炮兵到秦辅臣的瓷店逡巡，打碎了店中的一件名瓷。清兵仗势不去理会，并口出狂言侮人。秦辅臣店中武功过人的一个族侄，施展武功将一个为头的清兵抛掷到街衢的那边去了，这下可惹火了炮兵营的人，他们扬言要炮轰秦老二的店。秦辅臣连夜赶赴京城去找恩公李鸿章。李鸿章可是淮军和北洋水师的创始人和统帅，他听了原委后让秦辅臣安心回去。三天之后，炮兵营的人送来花篮，打着爆竹向瓷店赔礼道歉，更让人诧异的是，李鸿章也委托芜湖的管家，前来抚慰秦辅臣。这回秦老二体面尽展，大出风头，以致后来民间有了一句顺口溜："不识秦老二，不算芜湖人。"

秦辅臣在芜湖经商赚得盆满钵满，便回家乡兴宅。他有七个儿子，他一口气在铺前秦村造起了七幢棋盘屋。至今村里还剩五幢当年秦辅臣所造的古屋，只是大多已破败废弃。秦辅臣还热心慈善，在都昌赈灾，广施义举。为秦姓家族捐建"四贤祠"，播传家训家规。20世纪60年代，"四贤祠"被拆，砖木用于当时北山一中校舍的建设。秦辅臣病逝后，他的三弟前往芜湖打理瓷业。后来世事沧桑，家道日渐衰败下来。

北山乡余铺村现任党支部书记秦旦生是秦辅臣的五世孙，他从小就听他父亲讲起祖上一只犀牛杯的故事。当年秦辅臣在景德镇进了名瓷，会呈上名瓷让李中堂把玩一番，彼此感情日笃。据说，秦老二还有个绘制地图的绝活，李鸿章的淮军练兵作战地图也让秦老二细描过。李鸿章赠给秦辅臣一只三足鼎型的犀牛杯。此杯在秦家的芜湖店铺关门大吉后，流落至铺前秦村，秦家人无人能识其珍稀，仅仅能叹服的是犀牛杯治病的奇功。比如婴孩发烧，只要刮些犀牛杯粉放入开水中冲服，烧便速退；灶间烧沸的一锅水，放入犀牛杯上剐下的一抹粉屑，便可瞬间止沸。犀牛杯的此种功效，让秦家人屡试不爽，以致杯足都被剐蹭得嶙峋起来。秦旦生的奶奶娘家是同邑的夏家山吴村人，在中华人民共和国成立之初，一个属西山乡，一个属北山乡。三年困难时期，秦家奶奶让她的弟弟取了犀牛杯去，看能否换得一升半斗的米粮来度饥荒。外表普通的犀牛杯没有换来救急的粮食，就一直放置在夏家山的舅公处。犀牛杯成为热点是在"文革"前，那时省城来了文博专家到都昌收购文物，秦家奶奶娘家的侄子拿着那只犀牛杯去了县城文物收鉴店。乍一亮相，但见省里戴眼镜的专家眼睛放亮，当即留下了吴家老表手中的犀牛杯，最后以不菲的价格（一说1.8万元）以公家的名义收下了那只杯。似乎省里的专家这次都昌之行就是冲这件宝物来的，犀牛杯入囊后，第二天他们便打道回省城了。夏家山的犀牛杯被卖了天价的消息不胫而走，秦家奶奶知道那就是当年她让弟弟用来换粮的那只独一无二的犀牛杯。亲情浓浓的姐弟俩当面也无争论，最后犀牛杯被购的钱款，被秦、吴两家平分了。

一只犀牛杯，见证着秦氏家族与一代名臣李鸿章特殊交往的历史，也见证了一个家族的历史变迁。当今的铺前秦村人，捧起幸福生活的金杯银杯，畅饮着琼浆玉液……

6. 都昌汪姓：宗传越国

【家训家规】汪氏家规家训“敦行”条云：孝弟忠信礼义廉耻，乃人立身大节，一刻不可或离，倘能依此遵行，做事不流于非僻，自无法网之事，庶不愧为闾里完人矣。

对于汪氏，有“天下汪氏是一家，天下汪氏出徽州”之说。

古徽州府的府治在现今的安徽省歙县，辖歙县、黟县、休宁、祁门、绩溪、婺源六县，前四县今属安徽黄山市，绩溪县今属安徽宣城市，婺源县今属江西上饶市。有人认为“安徽”之得名，为安庆府、徽州府各取一字而来。

在不少汪氏宗祠，可以读到这样一副简短对联：“越国家声远，平阳世泽长。”“越国”指的是被唐王李渊封为“越国公”的徽州人汪华，汪氏称“越国世家”即源于此。平阳是个地名，在今山东泰安市，是汪姓的郡望之地。关于汪姓姓源，通常的版本为：汪姓源于姬姓，春秋战国时期鲁成公黑肱生一次子，传说降生便见其左手有水字纹，右手有王字纹，“水”“王”合“汪”，因此取名姬汪。姬汪功立鲁国，被胞兄鲁襄王封侯，食采于颍川（古属曲阜，治所禹州今为河南禹州市），后世称“颍川汪侯”。姬汪的孙子诵，因卓著战功而获命姓特权，便以祖父之名为“汪”姓。出生于公元前573年的姬汪，便成了汪氏的鼻祖，汪诵为三世祖。

越国公汪华的世系是四十四世，汪氏家族在皖南大地显赫起来，是因了汪华，但始迁古徽州的，是三十一世祖汪文和。汪文和为汉末龙骧将军，因避董卓之乱而渡江南迁至会稽（今浙江绍兴），是为江南始祖。其孙汪澈始迁歙居住。汪华的高祖四十世汪叔举，南北朝时曾任护军司马，号称“司马公”，他在游览新安时心仪一个叫登源的山清水秀之地，便迁居此地，就是越国公故里大庙汪村。大庙即指隔河相望的纪念汪华的汪公庙，现今属绩溪县瀛洲镇，离县城约 5 公里，成为天下汪氏寻根问祖之祥地。

汪氏的先祖越国公汪华，在徽州是一个非同凡响的人物，被誉为“徽州第一伟人”。

汪华（586—649），宗国辅，原名汪世华，因避唐太祖李世民讳而名为汪华。汪华幼年丧父失母，9 岁寄养在歙县郑村的舅父家，14 岁拜师学艺，武功超群，招募入州军有了用武之地，在平定婺源山寇时因勇侠而建功。时值隋末隋炀帝杀父篡位、穷奢极欲，导致天下大乱，群雄割据。汪华毅然起兵以守家园，保境安居。他高举义旗，所向披靡，据有歙、宣、杭、睦、婺、饶六州之地，拥兵十万，号称“吴王”。当时战火不断，生灵涂炭，而汪华所治六州，十年不见兵戎，乡野不误农桑，百姓得以安居，一派平和景象，犹如世外桃源。

大乱之后，定有大治，后李唐王朝兴起，汪华审时度势，为避免再次战乱祸及百姓，他于唐武德四年（621）遣堂弟汪铁佛（后封开国公）奉六州图籍归唐，助推了唐王朝在全国的统一。唐高祖李渊赞汪华“往因离乱，保据州乡，镇静一隅，以待宁晏”，弃王归唐之壮举，当即颁发诏书，授予汪华歙州刺史，总管歙、宣、杭、睦、婺、饶六州之军事，并封上柱国，越国公，食邑三千户。贞观三年（629），汪华奉诏晋京，授衔参掌禁军，后任忠武将军。唐太宗李世民亲征辽东，任命忠心勤恳的汪华留京担任九宫留守。贞观二十三（649），汪华病逝于长安，享年 63 岁，被赐谥号“忠烈”。五年之后魂归故里，归葬歙县的云岚山，汪华墓后来经重新修葺，被列入安徽省文物保护名录。

纵观 1400 多年前的汪华一生，他有两大功德：一是乱世崛起保境安居；二是治时归唐促成统一，所为皆为“靖民”。有古联云：“乱称王，治称臣，两念都归一是；生封公，殁封帝，千秋曾有几人。”汪华去世后，受到历代皇帝的加封，更受到民间百姓的朝拜，被称为“汪公大帝”“太阳菩萨”。纪念和祭祀汪华的祠庙遍布古徽州一府六县，并散布全国各地。在各式祭祀活动中，“抬汪公”、游太阳、花朝会、嬉菩萨等祷赛民俗活动风行一时，汪华父子几乎成了徽州无所不能的地方神。

在黄山市新安江畔的徽州照壁上，首幅塑像便是汪华，被冠名“徽州人文之元”。汪华文化成为徽州文化的重要组成部分，黄山市成立了汪华文化研究会。中华汪氏宗亲会近年来在汪华的出生地绩溪，多次组织天下汪氏寻根祭祖活动。安徽省已着力打造“汪华文化”品牌，加大“汪华文化”的学术研究力度，加强“汪华文化”资源的挖掘、保护和利用。新安之族汪为臣，时人“无梦到徽州”时，总会与“汪氏文化”元素劈面相逢。大凡有关徽州人文历史的著述，“汪华文化现象”是绕不开的一章。歙县的唐模景区、黟县的宏村景区，皆是汪姓后裔的聚居地。学者胡适的故里是绩溪县的上庄，汪姓在上庄也是大姓，写过《蕙的风》的湖畔诗人汪静之，就是上庄镇余川村人。著名文学家汪曾祺，被称为“中国最后一位士大夫”，他 1989 年曾有过一次徽州之行，尔后在《皖南一到》一文中写道：“小时候听祖父说，我们本是徽州人，从他起往上数，第七代才迁居至高邮。祖父为修家谱，曾到过歙县。这家谱我曾见过，一开头是汪华的像。”汪曾祺感慨道：“我站在歙县的大街上想，这是我的老家，竟有一种说不出来的感情。慎终追远，是中国人抹不掉的一种心态。而且，也似无可厚非。”自唐以降，很多汪姓名人的祖籍地，皆为徽州。

都昌汪姓承袭“越国世家”，现有 43 个村庄，约 2 万人。越国公汪华娶五妻生九子，分别取名为建、灿、达、广、逊、逵、爽、俊、献。都昌汪姓是汪华长子汪建（朗州都督府法曹）、七子汪爽（岐王府法曹）、八子汪俊（郑王府参军）的后裔。首迁都昌的是俊公(631—705)的第 15 世孙汪洪(978—?)。北宋年间，汪洪游都昌，爱阳储山水，遂由歙县黄墩团丘村迁都昌四都阳储山下吉阳里，即今阳峰乡阳峰村委会团丘村。俊公一支在都昌发脉 22 个汪姓村庄。第二支迁来都昌的是汪华长子建公 18 世孙汪延皓，北宋年间由歙县迁入。现今的西源乡汪家边、狮山乡汪锡村和毛岗村属建公后裔。第三支迁入都昌的是汪华七子爽公的后裔，爽公第 25 世孙孟世于元末明初由休宁迁入，发脉 18 个汪姓村庄。汪姓从 81 世到 100 世的世派歌是“肇启乾元运，兴朝际会隆，克家宜孝顺，辅治重贤忠。”都昌汪氏宗亲联谊会组织开展汪氏文化研究交流和宗亲助学救困活动，每年年底在不同的汪村举办一次联谊年会，传承家训、弘扬新风。

唐代大诗人李白在《赠汪伦》中留下千古绝唱:“桃花潭水深千尺,不及汪伦送我情。”安徽泾县的汪伦是越国公汪华的六世孙。在古代,汪氏后裔重情重义,深过千尺桃花潭;在当下,都昌汪姓人家更是深情地拥抱新时代,其踏歌前行的挚念,一如汪洋一片的鄱阳湖,深邃而阔大……

7. 都昌蒋姓:乐安绵世泽

【家训家规】《蒋氏宗谱》家范摘录:敦仁让、勤耕读、体志意、慎视疾、禁非礼、惩忿争、守卑幼、节宴饮、肃闺阃、广作养、尽规谏、急输纳。

蒋 姓 渊 源

蒋姓源出姬姓,以国为氏。据《左传》《唐书·宰相世系表》《元和姓纂》等记载,西周初期,周武王姬发灭掉荒淫无道的商纣王之后,建立周王朝,在位不久便亡故,由儿子周成王姬诵继位。周成王年幼,便由其叔周公旦摄政。周公旦助成王平息了商纣王之子武庚和东方夷族的叛乱,确定宗治制,创立了典章制度,并不断分封同姓诸侯,将自己的第三子伯龄封至蒋地(今河南省淮滨县城东南)。公元前617年,弱小的蒋国被楚国所平,其后子孙以国为氏,伯龄是蒋姓受姓的始祖,距今已有2600余年的历史了。

蒋姓祖祠往往冠以“乐安世家”或“九侯世家”。“乐安”的来历是蒋氏望出乐安郡(今山东广饶、博兴一带)。蒋姓堂号除了乐安堂,还有钟山堂、九侯堂。钟山堂是纪念三国时的秣陵尉蒋子文,钟山在孙权立都的吴国建康(今江苏南京),孙权在钟山建庙奉祀后汉时战匪而死的蒋子文,钟山曾改名为“蒋山”。“九侯堂”说的是东汉蒋横一身正气、一门荣耀的故事。王莽篡汉后,蒋横忠于汉室,跟随光武帝刘秀南征北战,因功勋卓著,官拜大将军。后来刘秀听信谗言,以谋反之罪诛杀了蒋横,蒋横的九个儿子除第七子蒋稔为父守灵,其余八兄弟均逃往江南。后来光武帝又顺从民意为蒋横昭雪,并将蒋横的九个儿子全部就地封侯,“九侯”显赫一时。“九侯”中的第九子蒋澄所封的“山亭侯”(在今江苏宜兴)后裔繁衍最盛,都昌蒋姓便可追溯到山亭侯这一支。蒋澄的五个儿子皆有作为,有“番阳五牧”之称,蒋姓这一支名人辈出。

蒋村播迁

都昌蒋姓现今有14个村庄,2500余人。如果要为蒋姓在都昌的播迁繁衍理出个图谱,不妨从“三支”“四子”“四房”来标识。

“三支”是指先后徙居都昌的三支蒋姓。第一支,蒋姓始祖伯龄公第65世孙蒋伯崖,约于唐朝光启年间(885—888)从河南南首迁入都昌紫竹村女儿巷,今属周溪镇泗山村委会。蒋伯崖的后裔大多外迁,现今在都昌周溪泗山村的仅剩一户蒋姓人家,不及10人。第二支,伯龄公第103世孙蒋宪章(1397—1477),在南京做过工科给事,约于明宣德年间由江西乐平迁入都昌县城新政坊白莲池。现今老菜场附近的莲花苑小区对面的老体育馆、老教育局,那一片即为蒋家塘、蒋家祠堂所在地(县城彭家阁还有数户蒋姓人家),老电影院所在先前就叫蒋家山。此支后来迁往汪墩、大树、北山,发脉12个村庄,成为都昌蒋姓主体。第三支,伯龄公第108世孙蒋宏堂(1518—1571),约于明嘉靖年间中期由江西丰城迁入都昌白尾港,而后转迁西冲社,形成今天的左里镇清辉村委会蒋村,有村民260余人。

“四子”说的是从乐平迁入的蒋宪章这一支的繁衍分布。蒋宪章生四子:仕谦、仕勖、仕恒、仕桓。次子蒋仕勖远迁云南、贵州。相传贵州毕节的蒋仕勖后裔200余年前,曾乘船前来都昌寻根问祖,船至大沔池,不知祖居地在何处,只对着北向祭拜,铳炮掀天,大沔池水域的鱼跃腾一片。长子蒋仕谦(1411—1472)由县城白莲池迁入早禾畈村(今属北山乡跑马巷村委会),现有人口30余人。三子蒋仕恒(1415—1482)由县城白莲池迁入葛藤畈,又名傲里村,今属汪墩乡七角村委会,现有20余人。四子蒋仕桓(1417—1481)由县城白莲池迁入赤石岭七角塘,繁衍7个村庄,现今分属汪墩乡、大树乡。

“四房”说的是“四子”中的蒋仕桓。蒋仕桓后裔瓜瓞绵绵,从七角塘发脉为四族房。第一房有大房蒋村,紧邻现在的都昌三中,现有人口470余人,属汪墩乡七角村委会。第二房有塘下蒋村,现有180余人;东边舍蒋村,180余人;榨里蒋村(开基祖蒋业左以榨油为业),110余人;垅里蒋村,200余人;墩上蒋村,180余人;蔓驾岭蒋村,100余人;小三房蒋村,150余人。7个村庄除东边舍和榨里属大树乡龙门村委会,蔓驾岭属汪墩乡喆桥村外,其余皆属汪墩乡七角村委会。第二房村庄和人口在“四房”中居多,有“7 + 1”之说,即以上所列 7 个村庄另加北山乡的早禾畈蒋村,据说该村可被列入二房范畴是因承祧之故。第三房是雁塘蒋村,现有 460 余人,属汪墩乡杨港村委会。第四房是四房蒋村,现有 440 余人,地处龙望垴的篁竹峰下。

“四房”的 12 个蒋姓村庄地域相近,人脉相亲,田地相挽,水利相通,成为和睦的“蒋氏大家庭”。眼下的都昌蒋氏,辨起世系来,都可从“云仍继祖武,功业建辉煌,仁旺家惟法,谦恭道有光”的派语中叙出轩轾来。说是“天下无二蒋”,但各地蒋姓的字辈排行多有不同。比如蒋介石的浙江奉化蒋氏,尽管与都昌蒋氏同属“山亭侯”后裔,其字辈派语有“祁、斯、肇、周、国,孝、友、德、成、章”等。蒋介石之父谱名为蒋肇聪,蒋介石为“周”字辈,谱名蒋周泰,蒋经国为“国”字辈,他与章亚若所生的两个儿子以“孝”字辈排行,分别取名孝严、孝慈。1949 年后有一批蒋氏族人随蒋介石移居台湾。都昌蒋氏谱牒从宋天禧二年(1018)首修,到 2005 年都昌、湖口、彭泽“三邑”合修,修纂家乘十五届。

蒋家故事

都昌蒋姓的历史,有很多底蕴深厚的人文故事。

都昌县原文化局退休干部蒋水保,对都昌的地名文化颇有研究。他从《史记》《山海经》等典籍中考证出“鄡阳”“都昌”县名的来历以及县域的变迁,得到权威专家的认可。蒋水保是榨里蒋村人,他讲起与蒋姓村庄有关的地名时耐人寻味。“七角”之名,源于“七角塘”,即塘有七角。七角塘在塘下蒋村村头,七个角虽不能清晰辨出,但池塘面积阔大,碧波荡漾。临塘周边昔日曾是都昌县城通往景德镇的驿站,繁盛一时。都昌原有七角乡,后来并入了汪墩乡,但七角村委会保留至今,蒋姓村庄多聚于此。蔓驾岭蒋村的得名,传说是朱元璋与陈友谅大战鄱阳湖时,朱洪武在此处遭到了当地人的怠慢,于是将“怠慢”之“慢”谐音为“蔓”,赐名“蔓驾岭”。那时还没有蒋姓人家,蔓驾岭蒋氏是明代嘉庆年间后期从东边舍分迁而来的。同属老七角乡的还有叫“遇驾山”的黄姓村庄,也是源于朱元璋的赐名。雁塘蒋村现今因临近都蔡公路,交通变得畅达起来。肇村时此处群山环抱,进出难行。以至抗日战争期间,驻扎在苏山、左里一带的日寇不敢轻易进山来,惧怕形成瓮中捉鳖之势。山中有口塘,叫“雁塘”,意为此水域为大雁栖息之地,可见那时此地原生态之美。蒋姓村庄定居之地一般有

"水",一说"蒋"谐音"桨",有水好划桨行船;一说"蒋"为草字头,蒋氏部族图腾相传是一种叫"茭白"的菰类植物,生长在浅水里。

1919年出生的东边舍蒋村人蒋春久,曾担任大树乡龙门村委会支部书记多年。他讲起一个在都昌蒋姓老人口中流传下来的"北风吹海螺"的故事。明清之际,蒋氏"二房"拟建祖祠,一直想择处吉地。某日,师徒模样的两人来到墩上,一蒋姓人家主妇客气地搬来椅子让风尘仆仆的外客休息,并端上香喷喷的爆米招待。年长为师者四周逡巡一番后,移动座下的木椅颔首而笑,用过点心后将瓷碗、竹筷放置木椅上,言过姓名道谢而去。不一会儿,这家男主人回来,主妇告诉他刚才来的师傅的姓名,男主人拊掌说,那是云游四方最有名的地仙大师,说完便拔腿去追,在新桥头追上了师徒两人,并恳请大师为宗祠择地定向。师傅直言不看回头地,让主人速回,看看他刚才所坐木椅和置放的碗筷是否挪动,如原地未动,按"椅定地、箸指向"就是了,并嘱那块"螺丝地"拓展开来都是吉祥地,忌在螺丝底部兴宅折损风水。男主人谢过地仙返回家中,椅子和碗筷并未挪动。后来建祠的正门槛定在木椅处,朝向依了筷子的前梢所指的方向,建成稀有的北向。让人称奇的是,大厅后点燃的蜡烛和灯盏,哪怕冬天门外北风呼啸,厅内的火苗仍炯炯有光,从未被吹灭。后来村中增丁添户,蒋村有户人家把造宅的地基定在了"螺丝地"的尖底部,挖地基时伤及深层的泥鳅,传说因此影响了宗族的千烟腾达。至于那位大师,民间传说是地仙罗隐。罗隐是生活在晚唐的诗人,诙谐讥世,汪墩的北庙就有他的相关传奇故事。"二房"建村是在明朝,时间的衔接上与罗隐生活的年代相悖。"北风吹海螺"的遗址仍存,"二房"的蒋姓村庄规划在原地原向重建。

汪墩、大树的蒋姓村庄大多与县城毗邻,县三中、万宜物流、宁波工业园一带多属于蒋村,村民为都昌的城镇化驶入快车道舍小家、顾大家,做了可贵的奉献。蒋氏祖茔原在芙蓉山工业园区东门山的北面,为了工业园区的拓展,蒋姓有权属的山地池塘被征收了约80亩,祖茔后来移至现今的四房蒋家附近。芙蓉山东北面的权属,蒋姓村庄占了绝大部分。关于小部分的失权有个故事。相传早先蒋家嫁女,邻村的新郎家境并不宽裕,新娘是个小脚女子,她踮着双玉足至娘家,恳求父亲以芙蓉山陪嫁。父亲怜女,放出话来说,容你丈山半天,步行止处便是陪嫁之山界。女儿回了婆家,精明的婆家人雇了两个孔武有力的后生,用轿子抬着裹了脚的女子在山中疾驰半日,圈山为界,蒋家人也不好食言,芙蓉山便划走了近五分之一。为报恩，权归他村的那方山还叫“蒋家山”。

蒋家久远的故事，留下的更多的是传说。在乡村振兴的新时代，都昌蒋姓人家创造幸福生活的真实故事，演绎得挺拔且浩荡……

8. 汪墩乡后山陆村：心入“义门”

【家训家规】陆九韶《家制·居家正本篇》言：今行孝悌，本仁义，则为贤为智。贤智之人，众所尊仰，箪瓢为奉，陋巷为居，已固有心自乐，而人不敢以贫贱而轻之，岂非得其本而末自随之？

在中华姓氏文化的典籍里，“义门陈”可谓是厚重的一章。其实，在唐宋时受皇帝敕封为“义门”的，非陈姓独有，“义门郑”“义门汪”“陆氏义门”等皆为皇族所赐。他们共同的“义”的内核，是聚族而居，同炊而食，和谐共处不分家。都昌县汪墩乡新妙村委会后山陆村 2008 年重修的《陆氏宗谱》上，载录着南宋年间“敕旌”的“陆氏义门”的钦文：“奉天承运，皇帝制曰：象山陆氏，代有名儒载诸典籍，聚食一逾千指，合爨二百年，一门翕然，十世仁让，唯尔睦祖之道，副朕理国之怀，宜特褒异，敕旌尔门光于闾里，以励风化，钦哉敕命。宋理宗淳祐二年九月四日。”

赵宋皇帝旌表的一门十世两百余年合灶不分家的故事，不是发生在后山陆村。后山陆村成村于明代成化年间，比敕旌“陆氏义门”时晚了 200 余年。但“皇帝制曰”的“象山陆氏”，是被都昌陆姓奉为一世祖的陆九渊。陆九渊（1139—1193），抚州金溪（今江西省金溪县陆坊）人，南宋著名哲学家、教育家。陆九渊为宋明两代“心学”的开山鼻祖，与朱熹齐名。陆九渊理学的“金句”是“收拾精神，自作主宰”“学苟知本，六经皆我注脚”“宇宙便是吾心，吾心即是宇宙”。明代王阳明继承发展陆学，有“陆王心学”之称，对后世产生深远的影响。陆九渊孝宗乾道八年（1172）中进士。陆九渊在他 52 岁那年，出任荆门知军。当时荆门是处江汉之间的南宋边地，盗匪蜂起，民不聊生，陆九渊事事躬行，推行“荆门八政”，即除弊风、罢三引、蠲铜钱、建保伍、重法治、严边防、防北泄、勤视农。一年多后，荆门“政行令修，民俗为变”。一代大儒陆九渊 1193 年安逝于荆门任上,时年 54 岁,谥号“文安”。终生没做显吏的陆九渊,鞠躬尽瘁,死而后已,也算以“心”践“义”。南昌市有“象山路”,其命名是用于纪念陆九渊的。陆九渊曾在象山学院(位于江西贵溪)长期讲学,后人称他为“陆象山”。

在兄弟中排行第六的陆九渊,从小就受到良好家风的熏陶。他的父亲陆贺“采先儒之礼”,以礼治家。他的大哥陆九思著有《家问》,朱熹为之题跋。他四哥陆九韶制定《家制》,主张“居家为先正本”,“本”之旨便是“义”。据《宋书·陆九韶传》记载:“九韶以训诫之辞为韵语,晨兴,家长率众子弟谒先祠毕,击鼓诵其辞,使列听之。”这种“鼓磬聚合,为歌寓警”的做派,既直观又直白。诸如:“听、听、听,劳我心生天理定,若还懒惰必饥寒,莫到饥寒方怨命,虚空自由神明听!听、听、听,衣食生身天付定,酒肉贪多折人寿,经营太甚违天命!听、听、听,妇将孝悌酬身命,更将勤俭答天心,莫把妄思损其性!听、听、听,早猛省!”俨然是入心入脑的“劝世谣”。

在都昌后山陆村的祖祠门楼上,嵌书着的“理学世家”“陆氏义门”的字样,皆可溯源于陆九渊。都昌陆姓尊陆九渊为一世祖,陆九渊的五世孙陆文道(1267—?)于元大德年间贡授都昌县教谕,相当于现在的教育局局长一职,也算承袭了陆九渊作为教育家的遗风。陆文道秩满后在中堡长平港(今蔡岭镇东平村委会辖地)定居,娶张氏生三子,名宝德、宝信、宝理。都昌陆姓皆可从此兄弟三人的根脉中追源。长子陆宝德徙居古亭紫藤山,其九世孙陆贵九从前山陆村分居至后山陆村。按这样的代次循索下来,后山陆村的始祖陆贵九是陆九渊的第 15 世孙。次子陆宝信的后裔徙居阳田塔水桥。太平天国时期,塔水桥陆村有位“长毛”军中的旗手,一夜之间带走了村里 100 多位男丁,留下来的此支陆姓后又遭受天灾,以致繁衍缓滞,至今不足 60 人,大多迁居至蔡岭集镇。三子陆宝理的后裔分居至今天的大港镇里泗村一带,瓜瓞绵绵。

关于陆贵九肇居后山陆村,有一个传说。相传陆贵九家的母猪从前山陆村穿过荆棘丛,总是喜奔至后山陆村的地域上野逐,后来竟在此地产下猪崽,粉嘟嘟、闹哄哄的一窝共 16 个。以至有更形象的故事细节,说母猪腹下只有 15 个乳头,还要靠义犬代哺一只猪崽。这样的兴旺之迹昭示着的是福地,陆贵九站在紫藤山上往南眺望,但见祥云缭绕,氤氲一片。陆贵九备置重金,买下了原本属于鲍姓的这方风水宝地。陆贵九秉承义理治村,后山陆村自此兴盛起来,至今有 480 余位村民。

"陆氏义门"一条条义理内化于心，一个个义举外化于行，在培育和践行社会主义核心价值观的当下，焕发生机和活力。中纪委监察部网站2016年4月将陆九渊的义理列入"中国传统中的家规"，以《兄弟六人皆才俊，一门儒风传千年》为例予以推荐。后山陆村人将祖宗之"义"扎根于心间。

1923年出生的董青德老奶奶已96岁高龄了。她的善行义举录入《宗谱》，具有"菩萨心肠""烈女情怀"。老人在人生的特殊时期，以顽强的生命力直面生活中的厄运在"三年不吃夜饭，六年单裤过冬"的环境下拉扯大儿女。董青德对丈夫陆思华忠贞不贰，在特殊的年代，她曾带着儿女移居邻近的新舍傅村生活，走到哪里就把贤惠播撒到哪里。村里有个耳聋腿残的贫困户，老人让儿子义务为他挑水并照料三年。村里无人呵护的五保户生病了，老人不嫌脏，不怕烦，为五保户老婆婆擦洗身子，找偏方治疗咯血症。村里的谭婆婆因为中风，总是无力系好大襟褂的布扣。董青德经常悉心为谭婆婆整理衣衫，并帮她梳头、按摩。这些平凡的善事一做就是四年，直至谭婆婆体面地去世。

董青德老人的言传身教，潜移默化地润泽着儿孙。大儿子陆前浴曾担任新妙学校校长，恪守教书育人之职，传承立德树人之义，退休后精心护理卧床的老母亲。小儿子陆付尔已是颇有声誉的医学教授，将仁义注于仁医，受到当地村民的敬重。陆付尔20世纪70年代末考上九江医专，毕业后在家乡的基层卫生院识民情、施良术，救死扶伤，后来发奋考取研究生，并赴德国留学，获得医学博士学位，回国后在武汉一家著名的医院担任中西医结合研究所负责人，成为湖北省名中医。他主编的中医学教材成为大学中医学科的攻读范本。陆付尔丰厚的学识功底、一流的职业操守，使他成为国内糖尿病防治方面的权威。这位从鄱阳湖畔走出的名医，有着特别浓的家乡情结。对来自都昌的就诊患者，不分贫富贵贱，总是捧出一颗仁医之心倾情相待。对于后山陆村举行的传承中华传统文化、弘扬"义门"家风的活动，他总是积极加入。2017年，村民筹资120余万元兴修祖祠兼村民文化活动中心。作为九渊公31世孙、贵九公16世孙，陆付尔为重建祖堂撰序，并在门楼两侧拟联志怀：理学灵光日月同辉启圣贤，义门家风山河共荣育忠良。

年逾古稀的后山陆村的乡贤陆金宝，曾任原新妙乡紫藤村委会党支部书记，作为一名老党员，老人为村里的公益事业无私奉献。2018年，村理事会的接力棒传递给充满活力的年轻人。陆金宝对村里的文明乡风如数家珍。村民陆寒松从部队退役后，在南国致力于保健品的研发，事业做得红红火火。陆寒松致富不忘回报乡梓，资助改善村里的基础设施。村民袁金如的公公婆婆数年前患重病，袁金如作为儿媳之一，放弃在外务工的高收入，回家无微不至地服侍公婆。两老人本来在旧宅生活，袁金如主动把老人接到自家刚刚建造的新居，形影不离地悉心照料。不少人劝她不要让老人终老于新居，怕惹了“亡人”不吉利，袁金如笑着说：“老人是有福之人，做儿孙的让老人善终，是天经地义的事。”两老人三年前在温暖的大家庭里体面地告别了人世，袁金如让孝行长存在乡间。

一代大儒陆九渊创立了“心学”，其后裔将“陆氏义门”的家训家规深烙心田。都昌后山陆村人，在外打拼就业创业的，尊奉义行天下；在家恪守勤耕苦读的，坚信天道酬义。“都昌东”高速公路入口就在村后百余米处，快车道上一路疾驰的，还有村民们的幸福之车……

9. 汪墩乡老山侯村：上谷世家　老山新绿

【家训家规】2006年重修的《侯氏宗谱》卷首“家议”有言：居心处世务以积德为基语，云，有德者昌，又曰，积善之家必有余庆人，人能修德行善，则子孙日繁，人文蔚起可预卜矣。

迎客名流远，治道功泽长。

都昌县汪墩乡新桥村委会老山侯村，位于阳储山西麓，群山怀抱，峰峦叠嶂。东与阳峰乡接壤，南邻大树乡，西通新妙湖与鄱阳湖，北有村道田畴连都蔡公路，距新桥集镇2公里许。

中华侯姓自古“忠厚传家远，读书继世长”。2500余年前的孔子对其弟子侯郢说：“侯氏世有功德于民乎？盖郢始祖造字以有书契，代结绳正无穷功德也。”被后人尊为中华文字始祖的仓颉就是最早的侯氏。天下侯姓，或渊续仓颉，或源自姬姓，或晋侯缗隐居上谷郡（今河北保定一带）以封爵为氏，或外姓受赐，源远流传，瓜瓞绵绵。都昌侯氏后裔始祖忠素公（系安徽寿县人）1031年任都昌县尹，其母严氏病故后葬于县城近郊的大矶山，忠素公于墓旁以芦结棚守孝三年,秩满后不忍离去,遂卜居都昌县邑白莲池旁(现莲花苑)。其九世孙维化公南宋景炎三年(1278)为避战乱隐居南桥岭四都茶园冲(现阳峰乡阳峰村所辖)。公元1377年,十四世祖世通公翻越南岭另立门户于西边山下,十五世祖德仁公经名士指点选现址(原董姓山畬)安居乐业。经过640余年的繁衍生息,老山侯村现有1000余人,常住人口700余人。其间迁徙了7个村庄,人丁逾2400人。2004年农历六月廿八日,老山侯村新修的祖祠竣工,成为敬祖亲宗的家园和文化乐民的舞台。

方域雅号公子,侯景自称帝王。不少侯姓后裔文韬武略,史册留名。一代代老山侯村人以“勤慎”堂号为立世之本,现当代更是人才辈出,族运炽昌。侯重信叱咤于黄埔军校、侯延梧治政于抗日烽火下的景德镇、侯清华闻名于医坛杏林、侯慰农任职于机电部委、侯隆谟驰名于京城法院……他们既光宗耀祖,又身范后世。当下,一个个青年才俊,或学界撷英,或商海泛舟,或创业于南国,或立功于朔方,赓续祖上文脉,光大不凡风采。

新时代、新气象、新辉煌,老山侯村被列为国家“十三五”扶贫村庄,凭自立自强,得多方扶助,上塘下塘绿化美化,文化广场欢歌笑语,产业致富风生水起,村容村貌焕然一新。正所谓:上谷家风传百世,老山新绿满眼春。

10.阳峰乡屏峰新屋村:杨门之光

【家训家规】2008年重修的《杨氏宗谱》存录“祖遗家训”八条:父慈子孝;兄友弟恭;抚孤恤寡;怜贫救难;勤修职业;俭朴节用;忍气省事;齐家正修。

杨 姓 之 耀

远在周朝,就有杨国、杨邑,遂以“杨”为姓。世人谈及历史上杨姓的荣光,往往少不了“杨姓之耀”的话题。

杨震的清廉之耀。关西人杨震(59—124)是东汉安帝时大名鼎鼎的太尉。杨震为官时一身正气,两袖清风。相传杨震任荆州刺史时,故旧王密怀县令以金10斤贿赂杨震,对杨震悄然说道:“暮夤夜无知者也。”杨震大怒:“天知、地知、你知、我知，何谓不知?”行贿者惭愧而退。杨姓后裔以“关西堂”“四知堂”“清白堂”为杨姓堂号，纪念先祖杨震的为官之德。在反腐倡廉的当下，杨震更是成为光照千秋的廉吏。

隋朝的“国姓”之耀。杨震的后裔杨坚建立了隋朝，杨姓成为当朝最尊贵的“国姓”。尽管隋朝仅存38年，但毕竟是杨氏最辉煌的时代。

“杨家将”的爱国之耀。北宋杨家将精忠报国，抗辽破夏的故事在民间津津乐道，也成为戏曲表现的生动题材。佘太君、杨继业，八姐、九妹，杨宗保、穆桂英，杨文广、杨金花，杨门四代抗敌，为国捐躯，气壮山河，名留青史。

据统计，杨姓人口在全国排汉族姓氏第6位，都昌杨姓有60多个自然村，1.38万人，人口数居全县姓氏的第19位。鸣山乡九山村的源余里梨树下，是都昌杨姓的发祥地，大部分杨氏是从这里迁徙出去的。阳储山下的阳峰乡屏峰村委会辖厂下、新屋、老屋、土库、敬吾、五房6个自然村，皆为杨姓，合称“杨家山”，近2000人。杨家山人的祖先是明成化年间的茂春公。新屋杨村是茂春公的三子杨鋑(1451—?)从老屋村分迁而繁衍的。在杨家山的老人口中，流传着祖先茂春公“老来得子”“六杨不间”的故事。

茂春公早年只生育了女儿，他把老有所养、老有所亲的愿望寄托于孝顺的女儿，可有一件事还是让花甲之年的他深受刺激。有一天，茂春公到女儿家做客，宿姻亲的厢房。第二天清早，女儿为公婆和自己的父亲伺候早点，厨间让儿子端给老人。小孩向厢房里的茂春公走来时，茂春公笑吟吟地夸外孙懂事，知晓敬老。不承想，小外孙撂下话来：“我是服侍我爷爷受用的。”他说完便从茂春公面前移步而去。茂春公的笑脸呆滞地挂在脸上。他郁郁寡欢，顿生育儿传代的感悟。茂春公取走藏于女儿家搓衣草垫下的金银蓄存，花甲之年，娶年轻貌美待字闺中的少妻。自此雄风不减，连生六子，瓜瓞绵绵。现今阳峰乡屏峰村的6个杨姓村庄，并不是茂春公6个儿子“一子传一村”的格局。其繁衍的情状是：老屋村成村于南宋嘉定年间；历十五世后，茂春公次子杨锟于明成化年间，由老屋分迁至厂下杨村；杨锟次子于明正统年间分迁至土库杨村；茂春公幼子杨望，字敬吾，分迁至敬吾杨村；茂春公三子杨鋑于明弘治年间分迁至新屋杨村；茂春公五子杨锷同期分迁至五房杨村。

杨 门 之 光

杨家山人因了昔日杨姓帝王将相的荣耀而荣耀。新屋村自立村起，历经一代又一代的兴衰与荣辱，浸染500余年的风雨岁月，跨入了新时代。新屋村每年的元宵节闹龙灯，成为当地的一个民俗文化品牌。杨氏后裔将属于自己的尘世生活的荣耀，呈现在一盏盏的龙灯之光里。这光散发着欢乐、幸福、和谐。

新屋村元宵闹龙灯一向称誉乡间。1953年出生的杨廷顾老人，记得孩童时代，村里的龙灯元宵节要闹到老三汊港街头。盘龙灯的人立着、蹲着、跪着、伏着，千姿百态，挥洒自如，引得沿街观灯的人发出一片喝彩声。与蜿蜒的龙灯相辅相乐的是打狮子、跳蚌壳舞、甩钱散等表演。那年代元宵节的前两天，村里的人请来外来的赣剧团、采茶戏团搭台欢娱，有人在台下开设赌场取益，称“赌戏”。

在屏峰村委会主任杨献炼的记忆里，新屋村的龙灯一度黯然失色，束之高阁。伴随着改革开放的脚步，新屋村的龙灯重新欢快地舞在春风里。2017年元宵节，杨家山6个村庄的12支龙灯队，相约组织龙灯赛。赛场上，腾跃的是身姿，舞动的是活力；闪烁的是烛光，点燃的是梦想。杨家山的龙灯赛吸引了一大批当地的摄影师前来采风，有的凭借拍摄的闹龙灯的照片还得了全国性的摄影大奖。与杨家山同祖共宗的大沙镇杨老君村人，当晚还特意用车子装载着新屋村的龙灯队，到10余公里外的杨老君村，为上一年落成的祖堂祈福添欢。

2018年的狗年元宵节，新屋村的龙灯从正月十三晚上就开始舞起来。一条龙是手工扎的，按照习俗，戊戌狗年是12个月的“平年”，龙头、龙身、龙尾连在一起要12盏，要是碰上“闰年”，就要连上13盏。另一条龙是文具店里新买的，金光灿灿的，有16节。两条大龙在祖堂前的操场上由村里的后生们表演一番后，就到杨家山其他5个村庄舞着；同样的，其他5个村庄的龙灯也先后来到新屋村喧闹着。大人舞龙有力量感，最有趣的是由村中少儿牵引着的小龙。男孩前后系着的“骑马龙”，女孩手里擎着的是“花钵龙”。30余节龙，由大人引领着，到村里上一年建了新房的或是办了婚礼的人家去“串房”。主人家除了燃放喜花迎接外，还会送个红包。擎龙头的还会赏彩，一句句喜庆的彩辞在孩童的呼应声中送给主人家：“龙头进门笑嘻嘻，快拿剪刀剪龙须。剪得龙须生贵子，生得贵子穿朝衣。穿得朝衣骑白马，骑得白马做皇帝。皇帝皇帝，蜡烛四对。

高升高升，蜡烛四斤。披红挂彩，保护老板生崽。一年一个，两年一双，好崽驾船装……"

新屋杨村如今有100余户，400余人。早先闹元宵的龙灯会把"龙头进门笑嘻嘻"的祝福送至每家每户。现在村子大了，"串房"只限定上一年建新房、办新婚的人家。每次的发灯、收灯照例在祖堂内，发灯后到的第一家叫"起马灯"，收灯前的最后一家叫"下马灯"。依了民俗的挚念，"起马灯"启程聚福，"下马灯"收官有拢不吉之嫌，于是为了平衡，抓阄排定先来后到的次序。倘是正月十三这户人家"起马灯"，第二天即正月十四便到同一户人家"下马灯"。村民自然有村民的和谐相处的智慧。早年，杨家山的村庄因为舞龙竞地盘、收灯时"赶龙"争"龙脉"而发生械斗，后来在当地乡政府的调解下，握手言和。皓月当空，新风拂面，文明之光照亮乡村。

11. 莈溪乡良种场大胜村："忠义"洪门

【家训家规】鄱阳湖区的洪姓人家大都奉洪皓及其子洪适、洪遵、洪迈为南宋祖先，将洪皓父子的"忠义"融入血脉之中。文天祥称："三洪氏以其宗工大手掌朝廷文字，以为之缫籍粉泽，功光当时，垂休无穷。"同时代的贺启撰联："有是父，有是子，相传忠义之风；难为弟，难为兄，俱擅辞章之誉。"

千秋皓气

偏安一隅的宋高宗称洪皓"忠贯日月，志不忘君，虽苏武不能过"。气节堪比汉代苏武的洪皓，在风雅大宋的历史上，留下了气贯长虹的一笔。

洪皓(1088—1155)，饶州番易(今鄱阳县，一说乐平)人，南宋初著名爱国英雄。洪皓在宋徽宗时任秀州(今浙江嘉兴)司禄，宣和元年(1119)秀州水灾肆虐，民众流离失所。洪皓大开官仓，低价售粮，救济当地灾民。面对哀鸿遍野的灾情，洪皓心急如焚。适逢浙东将供宫廷受用的贡米送往京城，洪皓不顾郡守规劝，以"愿以一身易十万人命"的怜民情怀，截留大量皇粮赈灾。当地民众感念洪皓的慈善义举，以"洪佛子"称誉他。宋高宗面对岌岌可危的赵氏天下，乱世思忠良，擢升力主抗金的洪皓为徽猷阁侍制、假礼部尚书，任大金通问使，向北方的金国求和。建炎三年(1129)，洪皓抵金后被扣押，面对金人的威逼利诱，洪皓忠贞不屈，不坠名节。金人将大义凛然的洪皓囚于冷山(今吉林省北部)，长达15年之久。洪皓身处北国，心仪宋主，历尽孤独与磨难。绍兴十三年(1143)，金帝生子大赦，洪皓得以返回临安，得到宋高宗嘉许。从天寒地冻的朔北，回到暖风熏人的故国，洪皓一身正气依旧，却遭奸相秦桧陷害，被流放英州(今广东英德)。67岁那年，洪皓抑郁而终，卒谥“忠宣”。现今鄱阳县古县渡有洪皓墓园，余干等地有“洪公祠堂”文化古迹。

洪皓的民族气节，气贯长虹，光耀当下。

一门四相

洪皓生有八子，取名均从走之旁，其中长子洪适、次子洪遵、三子洪迈，个个道德文章誉满天下。

洪适(1117—1184)，号盘山，适公之“适”，洪氏后裔念“kuò(括)”。适公累官至尚书右仆射、同中书门下平章事兼枢密使、右丞相，卒谥“文惠”。洪适在父亲囚于朔方困苦之时，少年老成，自立持家；在地方为吏，为民请命，颇具政声；后身居要位，掌管军政大事，夙夜在公，恪尽忠义，为软弱的南宋注入一针强心剂。面对病入膏肓的赵宋王朝，洪适晚年辞相而退。《宋史》称“适以文字闻望”，有《盘州文集》存世，收入《四库全书》。洪适在金石方面造诣颇深，与欧阳修、赵明诚并称宋代金石三大家。

洪遵(1120—1174)，从小聪慧过人，绍兴十二年(1142)与兄洪适同中博学宏词科，洪遵第一为状元，洪适第二为榜眼。洪遵累官至翰林学士承旨、同知枢密院事、端明殿学士、提举太平兴国宫、右丞相，封鄱阳郡开国侯，卒谥“文安”。洪遵为官正直敢言，关心民瘼，注重边防，安靖一方。他学识渊博，成书于1149年的《泉志》，堪称中国钱币学的经典著作。洪遵还是一代名医，所撰的《洪氏集验方》五卷成为医家古籍。

洪迈(1123—1202)，累官至翰林院学士、资政大夫、端明殿学士、宰执，卒谥“文敏”。洪迈为官清廉、刚正不阿，重教兴业、惩恶护民。他一生勤学博识，读书每有心得，便随手记下来，集40余年成果撰写的《容斋随笔》，以资料丰富、格调高雅、议论精到、考证确切独树一帜。一代伟人毛泽东十分喜欢读《容斋随笔》，该书是他的案头书，也是他一生中所读的最后一部书。

洪氏后裔中流传着“一门四相”的传说，说的是洪皓当年截留皇粮赈灾，宋高宗信了秦桧的谗言要斩杀他。洪皓在刑场恳求皇帝让他见自己的三个儿子一面，得允。宋高宗见兄弟三人长相与其父酷似，皆仪表堂堂，便感叹道：“你们父子同相。”洪皓顺势跪伏，称颂皇恩浩荡，恤民宽臣。宋高宗欲借此归心于天下，竟相继册封了洪皓父子四人相当于宰相的官职。宋高宗后来还让一流的宫廷画师为“一门四相”画了一幅“全家福”，钤玺题词后，赐给洪遵。

悠悠八百余载，至今此画犹存。“同相”由“相同长相”到“同为宰相”的解读，这个新说在时序的衔接与场景的转换上都有诸多附会，但洪皓及洪适、洪遵、洪迈父子“一门四相”的爱国、忠义操守一代代赓续至今。

大胜村的变迁

年过甲子的芗溪乡良种场村党支部书记洪定坤，2017 年从担任了 18 年的村支书岗位上退了下来。他见证了良种场村的沿革和变迁。现今的良种场村，“文革”前属新光大队，“文革”中期，新光大队一分为二，一半属井头大队，一半属芗溪大队。1972 年成立的良种场大队后来合着时代的节拍成为良种场村。洪定坤所在的大顺自然村是洪遵公的后裔聚居区。大胜村又称东边岸村，村名“大胜”的由来与朱元璋和陈友谅大战鄱阳湖相关。朱元璋在现今的东边岸、西边岸洪村打败了陈友谅，当年“击鼓助阵”的西边岸的山岭取名“打鼓岭”，朱元璋的军队浩浩荡荡地从东边岸村“大胜”而归。

芗溪乡洪姓村庄，如东边岸（大胜）、西边岸、大坂、寺里、细大圣、居儒里（部分）等村的村民都是洪遵公的后裔，也有一些是洪适公的后裔。大胜村现有 700 余人，在当地属于洪姓大村庄。尽管濒临鄱阳湖，但大胜村人从十多年前开始就不再以渔为业了。20 世纪 70 年代修的新光圩堤和程家园圩堤，让大胜村离外湖相隔更远了，渔船也就没有了就近安全停泊的港湾。生产队年代的大胜村，棉花种得很有名，所谓“良种场”，指的就是盛产良种棉籽。那时良种场有 500 多亩良田，三座提灌站保障种棉用水。县里派来了顶呱呱的农业技术员，指导村民种棉花。丰产的籽棉通过水路，销往江苏、安徽等地，村里的经济很是活络。现在的“良种场”徒具此名，棉花已不再是优势产业了。村民大多外出务工，1500 余人的良种场，有 200 多人在景德镇从事建筑业。

良种场大胜村的南宋祖先，从鄱阳湖畔的历史烟雨中走来。“良相”也好，“良医”也罢，真正的“良种”，是植根于澎湃心田的“忠义”，一日日地生根发芽，枝繁叶茂，呈现出“大胜”的景致。

12. 大沙镇黄家山村：传家三字符

【家训家规】黄氏“家训九则”有言：为家长者，须公、须明、须言、须信，有量以容人，有恩以待众，毋听谗，毋妄作。

都昌黄氏，秉承“江夏世家”，尊后周任比部郎的黄俊伯为一世祖。黄俊伯第九世孙黄唐发有三子，名叫黄吁、黄颐、黄灏。一代理学大师朱熹在都昌有“朱门四友”黄灏、彭蠡、冯椅、曹彦约，“四友”实为四个得意弟子。“朱门四友”之首的黄灏有“考亭后学”之称，“考亭”者，朱熹在福建省建阳县（今建阳市）考亭村所建的第四所书院之名。黄灏后来从都昌迁至星子定居，都昌沙港黄氏有150多个村庄，属黄灏后裔的，唯大沙镇三里村委会黄家山村。朱熹曾为黄灏家族题赠“亲义理”家训，此堂匾原件至今仍保存在黄家山。

关于黄灏生平的记载，最权威的自然是《宋史》卷四三〇中的《黄灏传》，其次为南宋杜范（1182—1245）所著《杜清献公集》卷一九所存的《黄灏传》。后人关于黄灏生平的铺陈，大多出于此两处。且录《宋史·黄灏传》于后：

黄灏字商伯，南康都昌人。幼敏悟强记，肄业荆山僧舍三年，入太学，擢进士第。教授隆兴府，知德化县，以兴学校、崇政化为本。岁馑，行振给有方。王蔺、刘颖荐于朝，除登闻鼓院。光宗即位，迁太常寺簿，论今礼教废阙，请敕有司取政和冠昏丧葬仪，及司马光、高闶等书参订行之。除太府寺丞，出知常州，提举本路常平。秀州海盐民伐桑柘，毁屋庐，殍殣盈野，或食其子，持一臂行乞，而州县方督促逋欠，灏见之蹙然。时有旨倚阁夏税，遂奏乞并阁秋苗，不俟报行之。言者罪其专，移居筠州，已而寝谪命，止削两秩，而从其蠲阁之请。灏既归里，幅巾深衣，骑驴匡山间，若素隐者。起知信州，改广西转运判官，移广东提点刑狱，告老不赴，卒。灏性行端饬，以孝友称。朱熹守南康，灏执弟子礼，质疑问难。熹之没，党禁方厉，灏单车往赴，徘徊不忍去者久之。

从《宋史》和其他一些相关史料中,我们可以勾勒出黄灏的人生轨迹。公开出版的文史资料几无黄灏生卒年份的表载。香港中文大学教授马楚坚在 2016 年由江西人民出版社出版的他的专著《朱门都昌学派》中,对黄灏生卒年份这样表述"黄灏(约 1140—?)",黄灏的卒年当在 1200 年后。黄灏,字商伯,号西坡(这也是黄家山"西坡第"的来历),原籍都昌,后迁居南康府星子城西街,其七世孙黄丙午(1318—?)于元代至正八年(1348)由星子徙居都昌三都新城乡燕窝里,黄家的建村历史已有 670 多年了。

黄灏少时聪敏,博闻强记,曾在荆山精舍求学三年,后赴南宋国都临安(今杭州)入太学。隆兴元年(1163)中进士,旋任隆兴府(今南昌)学教授,他恪尽职守的体现是善贤访士,训勉诸生,增创斋舍,学政大举。黄灏后升江州德化(今九江市)县令,治政仍秉持"以教为本",大兴县学,修葺濂溪书堂,同时以理学家的悲悯情怀,在岁馑之年,赈济有方。宋光宗即位后,黄灏又升迁太常寺主簿、大府寺丞,其间复兴当地"礼教",操持的是北宋名臣司马光的范本。黄灏以政绩升为常州知州,提举浙西常平、信州(今江西上饶)知州,又以朝散大夫调任广西路转运判官。

黄灏"性行端饬",敢说敢为,在知常州时,针对灾年饥荒不堪,皇上免夏税圣旨还未到来,他就自行免粮,因而被罢官。黄灏失意后一度移居筠州(今江西高安),绍熙五年(1194)迁居南康府星子县(今庐山市),闲居十余年,在匡庐一带优游,寄寓山水,亦聚徒讲学。殁后葬星子县,黄家山人每年清明都会去星子温泉镇西坡上麓祭扫黄灏墓,黄灏墓被列入星子重点文物保护名录。黄灏谥"文懿",列都昌乡贤祠和白鹿洞书院宗儒祠(后改入紫阳祠)。黄灏有《西坡集》40 卷,多散佚。四川大学近年编辑的《全宋史》中,将宋代胡寅(1098—1156)撰、黄灏注的《叙古千文》收入其中。

黄灏不只列都昌"朱门四友"之首,在《宋史 · 道学传》中,列黄灏、黄干、李燔、张洽、陈淳、李方子为朱门六大弟子,可见黄灏在朱门地位之高。

黄灏投学于朱门,当是南宋淳熙三年(1176)朱熹知南康军的那一年。黄灏登门拜师,执弟子礼,"问难商榷,犁然有契于心。自是书问往还,疑必质之,多所许可"。黄灏坦言"不敢轻为人师"。朱熹曰:"以所知语人可也。"这既是朱熹对黄灏的鼓励,也是他与黄灏在儒学上平等切磋的一种姿态。在现今收入《朱熹集》答都昌诸生札子中,"答黄商伯"篇既多且长,有的单篇更是长达 3000

多字。在《朱子语类》中，有黄灏所述关于丧服、理气、戒惧、阴阳方位的语录五条。朱熹视黄灏为挚友，评论说："商伯时时得书，讲论精密，诚可嘉尚。"黄灏淳熙六年(1179)在兴隆府建祠纪念北宋理学大家周敦颐，朱熹应邀撰《隆兴府学濂溪先生祠记》。第二年，黄灏刻朱子所著《语孟要义》于府学，朱熹欣然作《书语孟要义序后》。朱熹还应黄灏之约，为《黄氏家谱》作序，并题匾"亲义理"以赠勉。

黄灏的《西坡集》散佚，但朱熹的高足、女婿黄干写的《西坡文集序》流传了下来。在这篇黄干应黄灏长子黄杭之请所写的序言中，记述了一件黄灏与朱熹超越生死的非同寻常之交。朱熹晚年，遭权相韩侂胄集团的打压，韩党以"道学"为"伪学"劾论排斥，大兴庆元党禁，朱子门生多有唯恐躲避不及另投他师，人人自危，而黄灏虽列"伪学逆党籍"，而无所畏惧。朱熹1200年去世，士子多有不敢前往凭吊者，黄灏其时正谪贬乡居，不远千里呼号奔丧，"徘徊多日，不忍离去"。黄灏以忠贞不渝的品行，践行着"亲义理"的真谛。

朱熹为《黄氏宗谱》撰序，序末言："予今守南康，讲道白鹿书院，门友黄商伯持其家谱征求序，谨以世之宗族富贵贫贱而子孙不坠其先业，如范文正公(指范仲淹)之训书于商伯。"显然，朱子撰序是应"门友"黄灏所请，斯年为淳熙六年(1179)。在都昌的其他一些姓氏的宗谱上，也有载录朱熹所作序言的，有的为伪托，而朱熹为《黄氏宗谱》撰序却是确凿的事。三年后，朱熹又为黄氏家族手书"亲义理"堂匾，作为传家之训，后人加柱联"圣学千年统，家传三字符"以配。

朱熹题款的"亲义理"堂匾，一直保存在星子的黄氏宗祠。黄灏的七世孙黄丙午在匾成166年之后的1348年，从星子迁居黄家山时，据说什么家业都未取要，只怀着故园难离的复杂情感，挟裹着这块"亲义理"的木匾而分居。木匾后来一直挂在黄家山祖祠堂上，匾额正中的"亲义理"三字方正而守拙，左下侧有"朱熹书"三小字署名。字体籀金，是用古法著的，即将丝麻、石灰、米浆捣成凸形以显示字体。相传200余年前的清代，此匾一度被邻村的村民私藏。自古有尚武之风的黄家山人，觅得线索后，软硬兼施终使堂匾完璧归赵。这块传家匾蒙670余载的历史尘埃，仍旧挂在破败的一间老宅里，字迹模糊难辨。2010年，黄家山新修祖祠，依照原貌，仿制了一块"亲义理"的堂匾，挂在祖厅的正中。大门柱上，以"忠臣孝子源流远，理学名儒世泽长"的对联相配。

亲近义理，传承美德，在一代代黄氏家族的血脉里搏动。黄灏的父亲黄唐发建炎二年(1128)进士,任文林郎,知永丰县令、平阳县丞,志书称他"学有本原,达不变塞""勤慎爱民,情操如一""廉正而通达,大有政声"。黄灏长兄黄吁乾道二年(1166)进士,曾授东阳丞、开化令,时人咸以贤令颂之。黄灏仲兄黄颐,南宋隆兴间举乡荐,累官鄱阳主簿,正学治事有绩。黄灏长子黄杭(字子通),太学生,官至安庆府太湖尉,后以功勋升总干,名垂当时。三子黄栝以进士授迪功郎,任黄州麻城县尉,后升知录。黄灏有裔孙黄虞、黄异、黄典、黄舆、黄巽兄弟五人,"一门五进士"曾鼎盛一时。

黄家山村现有1200余人,村民秉承"亲义理"的古训,放飞新时代梦想。黄谷喜、黄海军、黄友仁在浙江、福建、江西等地以"义"行天下,以"理"注基业,成为辉煌创业的佼佼者。中国书法家协会会员、"鄱湖三友"之一的黄阿六以不凡的功力在中国书坛崭露头角。村民黄纪仁孝亲敬老,年过古稀仍悉心照顾卧病在床的90多岁老母两年多,老母亲2017年在子女无微不至的关爱中无憾地离开了人世,黄纪仁以普通人的实际行动,将"义理"融汇到社会主义核心价值观中。亲近义理,赓续家风,黄家山人的"三字符"在乡村振兴的旋律中跃动……

13. 土塘镇老屋潘村:家在潘垅

【家训家规】老屋潘村新立了"宗亲守则":尽忠尽孝,爱国爱乡。立人立己,必炽必昌。勤俭是本,诚信为纲。慎终追远,祖德馨香。居仁居义,谨信淑行。敦宗睦族,天下为疆。富当济贫,强应扶良。和谐相处,共奔小康。互勉互励,自强不彰。团结奋发,振我伦常。

我们深怀敬畏之心,去探寻一个村庄的历史时,往往不能听到村中老人讲述关于人事兴衰预言式应验的故事,或吉兆、或谶言,亦道法、亦宿命。都昌县土塘镇潘垅村委会老屋潘村,上了年岁的人都能说出关于当地潘姓繁衍的一支歌诀:先发长房,后发幼房,二房四方平平过,三房守墓不绝嗣。解读这支歌诀的历史背景后,我们便可梳理出都昌潘姓村庄的搬迁轨迹。

都昌潘姓村庄现有10个,以荥阳为堂号,称"荥阳世家"。都昌潘姓尊北宋名将潘美(925—991)为一世祖。潘美辅佐宋太祖、宋太宗战功卓著,被视作忠臣，谥“武惠”。传统侠义小说和评书《杨家将》中的大奸臣潘仁美，以潘美为原型。但关于潘仁美陷害杨继业的诸多情节，都与史实相差甚远，北宋正史录潘美为开国名将。颇具政声的潘美，在宋真宗时被追封为郑王。潘美的六世孙潘角六，北宋宣和年间由庐山迁徙至都昌二十五都塘里（今蔡岭镇张岭水库下侧）。如今的蔡岭镇西山潘村，始祖是潘美的第 14 世后裔潘茂三（1343—1383）；大港镇的土墙山潘村，始祖是潘美的第 18 世后裔潘隶五（约生于 1410 年）；其余 8 个都昌潘姓村庄的村民，都是潘美的第 14 世后裔潘暹五（约生于 1330 年）的后代。从长房至幼房对应的是暹五公的五个儿子兰一、兰二、兰三、兰四、兰五。

后人关于潘暹五的两个预言类的传说，德论的指向皆关乎“恩报”。一个传说是，潘暹五元代至元年间由塘里迁居十五都的金塘山。起初是在老山潘村后的树林里搭草棚栖身，与寺庙里的和尚成为至交。和尚深怀大德，在生活上资助潘暹五，并称金塘山一带是福地，久居必发。和尚圆寂后，庙产也馈赠给了潘暹五。潘暹五每年都带着儿孙在后来兴建的祖祠里，以素食奉供友僧。潘家人过素食“年福”，很长一段时间成为习俗。另一个传说是，潘暹五在发家之后，厚待一个风水先生。风水先生堪舆术了得，在当地号称“法眼地仙”，风水先生对主家暹五公感恩于心。暹五公辞世，风水先生测定棺椁下葬的时辰后，只是神秘地留下话来：但见“头戴铁帽，鲤鱼上树”为宜时。暹五公的子孙对有违生活常理的八个字面面相觑，不得要领。下葬的当日，八仙等一行人在坐等“宜时”安椁。邻村一汉子赶集回来，头上盖着新买的铁锅，手上提着买回家美食一番的鲤鱼。汉子是个好奇之人，想在白喜事之地看个排场，再者累了歇歇脚，便将手中禾秆套了腮的鲤鱼挂于树杈上，好腾出手来取下头顶的铁锅。斯时斯景，正合了“头戴铁帽，鲤鱼上树”，于是，暹五公的儿子们燃响爆竹果断下椁，策了吉时，福延后世。

潘暹五洪武三年（1370）在土塘领民籍户帖，定居于金塘山，所生的五个儿子在潘垅一带瓜瓞绵绵。

长子潘兰一（约生于 1355 年），明永乐年间由金塘山分居至中洲的上港，即现土塘镇潘垅村峦里潘村。潘兰一的四子潘祺民（约生于 1400 年），明正统年间由峦里潘村迁至九都杨陂桥，即今万户镇杨桥潘村。兰一公五子潘祚民（约生于 1405 年），明景泰年间由峦里潘村迁至中洲官印墩，即今潘垅村委会官印潘村。相传村名“官印”,源于村里出了一个在河北当过县令的官吏。

次子潘兰二(约生于1360年),明永乐年间由金塘山迁至月山里,即今土塘镇珠光村委会月山里潘村。

三子潘兰三(约生于1365年),“不绝嗣”的潜台词是人脉总难发起来。“三房”没有单独成村,融入“四房”相居。现今在老山里潘村,潘兰三的后嗣人数较少。暹五公的坟墓就在宅后的山峦里,三房后裔世代尽忠,堪为美德。

四子潘兰四,明永乐年间由金塘山迁至王公尖山麓,即今土塘镇潘垅村委会老山里潘村。老山里在民国时期出了两个大财主,潘家缘和潘家福。潘家缘的人生命运在1950年打上了时代的烙印,他建造的以红条石砌墙的“花屋”,至今仍保存在村里2018年新建的祖祠前侧。

五子潘兰五,明永乐年间由金塘山迁至现今的潘垅村委会老屋潘村,又称“藕塘畈”,想当年此处荷花绽放,清香四溢。荷塘现今已填塞,但是老屋潘村祖祠前,一棵立于村前的葳蕤的樟树,历经600余年仍枝繁叶茂,成为一代代藕塘畈人记住乡愁的地方。潘兰五的六世孙潘廷樟(约生于1531年),明嘉靖年间从老屋村迁居中洲,即今土塘珠光中洲潘村。潘廷樟迁居中洲也有个传说:潘廷樟家养的母猪,最喜带着一群猪崽去中洲之地找吃的,屡驱屡往。后来潘廷樟干脆在此地搭了草棚栖息,再后来便在中洲定居兴村。潘兰五五世孙潘权济(1615—1683)明崇祯年间由老屋分迁至港下,即今潘垅村港下潘村。“幼房”潘兰五一支繁衍的三个村庄,现有人口1400余人,差不多占了都昌潘姓人口的一半。

老屋村的潘声定老人,俨然是潘氏宗亲文化的“权威人士”。潘声定1935年出生,耄耋之年的他身体硬朗,生活乐观,年过八旬还承担着家中“顶梁柱”的角色。潘声定老人的七口之家经济不宽裕,是当地建档立卡的贫困户。老人耕作了十亩责任田,好在重活累活都花钱请农机代劳。猪圈养了四头肥猪,贴补家用。平日里还到四乡八邻那做些油漆工,挣些油盐钱和香烟钱。老人十余年前曾是“新闻人物”。他2001年开始,整整花了三年,雕饰成香樟大型壁画《龙凤呈祥》,喜迎奥运会在北京召开那阵是一个热点新闻。后来,木雕被一家金融机构收藏。在老人家里,还保存了一幅近年创作的长5.4米、高3.1米的大型木雕,双面雕刻了“四大名著”人物谱,堪为民间艺术珍品。老人年轻时在景德镇陶瓷专业学校进修过两年,在乡间老一辈中算个文化人,他对潘氏宗亲文化颇有研究。2007 年 9 月，世界潘氏文化研究会第一届代表大会在河南荥阳召开，潘声定被推选为副会长。时任联合国秘书长潘基文，委派弟弟潘基秀参加了此次活动，韩国潘姓是从福建莆田迁出的，与中国潘姓同宗同源。2014 年 4 月，第二届代表大会在北京召开，79 岁的潘声定是名誉副会长，荣誉会长是潘基文，乡亲们调侃一介农夫成了"国际级"人物了。2008 年，都昌、湖口、彭泽三县统修潘姓宗谱，潘声定担任主编，找到了用武之地。

土塘镇潘垅村是"十三五"贫困村，当下村庄整治如火如荼，产业扶贫风生水起，"十大工程"落地生效，脱贫攻坚激战正酣。家在潘垅，对视垅上垅下，源远流长；家在潘垅，放眼垅内垅外，生机勃发。老屋潘村人传说中祖辈的预言，已成如烟往事；新时代实现小康的誓言，践行得如铁般坚定。

二、红色记忆

14. 北山乡三舍向村:先烈血洒鹏程时(上)

【家训家规】俭约为丰饶之本,奢侈乃穷困之基。盖奢侈日甚,虽积玉盈斗,变立尽之数耳。唯食时用体,则可足用。然俭约自父兄始,不可不以身先为子弟表。

都昌县北山乡松峦村委会有5个村庄姓向,分别是芳淑向村、富湾向村、桥头向村、向子来村、三舍向村。这5个村庄与周边北山跑马巷村委会向家垅村、向家畈村均系南宋向铨的后裔。三舍村的祖先向守冕,由芦林桥徙居松峦的时间是在清康熙年间。三舍村是个很小的村庄,现在也不过6户,20余人。后来修谱,三舍村一度改称"湖下向村",据说是近人总觉得"三舍""两烟"显得村里人口的规模太小而改名,当地人还是习惯称"三舍向家"。

革命先烈向先鹏(1907—1930)1930年3月至6月,在白色恐怖年代,受命于危难之时,年仅23岁担任中共都昌县委书记,同年被捕后面对国民党的威逼利诱坚贞不屈,英勇就义。向先鹏烈士就是三舍向村人,他的赤胆忠诚让家乡这片土地开出红色之花。

向先鹏派名源涛,1907年春出生于都昌县城,父亲向本源是三舍向村人。三舍向村离县城不过数里远,向本源先是在县城西街的茶馆做小伙计,后来精明的向本源深得东家老板的赏识,积攒下一笔薪金后,向本源自己开茶馆经商,日渐富家。向家最盛时在都昌县城有7家店铺、6栋家宅,还在周边有130余亩土地。向本源生三子一女,取名皆向水,依次名为:源涛、源滨、源浩、源波。长子向源涛即向先鹏,自然成了掌上明珠,家人呵护有加。关于向先鹏的出生年月,"向氏家谱"载录为"宣统庚戌年二月十二日",即出生于1910年。所有公开资料和向先鹏烈士墓碑均载录向先鹏出生于1907年,按他的人生轨迹去忖度,先烈向先鹏出生于1907年更合常理,"庚戌年"应为宗谱的笔误。这种笔误,在关于向先鹏大弟向源滨的生辰记载中也同样出现，宗谱记载其出生于“光绪丙午年”，是年为1906年，也有悖齿序。

向先鹏的革命引路人是都昌早期共产党员、曾任中共都昌县委书记、都湖鄱彭总指挥和红十军旅政委的都昌汪墩人刘肩三。刘肩三出生于1892年，比向先鹏长15岁。1919年五四运动爆发后，江西省立农专学生刘肩三毕业返乡，在都昌开展民主革命的宣传工作，其时正在县立高级小学读书的向先鹏受到熏陶。五四运动之后，刘肩三被留在县立高级小学任教，他的爱国思想更是给向先鹏以感染。1923年在老师刘肩三的鼓励下，向先鹏在九江报考了省立第三中学，向先鹏与进步学生一道，激发起以革命手段埋葬这个黑暗社会的强烈愿望。1926年，向先鹏回县里度暑假，经刘越、刘肩三介绍，先是加入了中国共产主义青年团，同年10月转为共产党员；同时根据组织的安排，向先鹏还以个人的名义加入了中国国民党。1926年11月，在国民党都昌县第一次代表大会上，向先鹏当选为县党部执委兼宣传部部长。

加入中国共产党那年向先鹏仅19岁，挥斥方遒的他从自家带头亮出革命行动。他恳求在父亲去世后掌家的母亲，带头减租、退租。向先鹏还将仓廪里的百余担存谷，分粮济困。

1927年1月，经中共江西区委批准，中共都昌地委成立；6月，根据中共五大通过的新党章，正式成立中共都昌县委，书记为刘越，向先鹏当选县委委员、宣传部部长兼共青团都昌县委书记。随后，都昌农民运动蓬勃开展，向先鹏发动共青团员到落后的乡村帮助建立农民协会组织，并亲自参加了栎田等乡农民协会的建立。

向先鹏在蒋介石发动“四·一二”反革命政变，都昌九区农会(多宝、左里一带)发生七烈士遇害惨案后，与刘越、刘肩三、刘聘三等中共党员先后赴南昌，争取中共江西省委和国民党左派力量的支持，对都昌实行“扑城行动”，回击反革命政变。1927年7月，一路由国民党驻湖口水上公安游击第3支队谢式南部攻打都昌县城大东门，一路由向先鹏与被逼离开都昌的国民党左派县长谢宝树带队，直取北门。守城的卫兵仓皇而逃，为阻挡扑城队伍，他们浇泼煤油点燃东街永昌布店，风助火势，连烧40余家东街店铺，城内号哭一片。扑城队伍放弃歼敌，组织救火，安定民心，稳定市面。向先鹏在扑城行动中，冲锋在前，扑城行动取得了短暂的胜利。随着南昌起义部队南下，白色恐怖重新笼罩江西，都昌的共产党人遭到通缉，向先鹏离开都昌。1928 年 7 月，向先鹏被东北特委任命为中共鄱阳县委委员兼共青团鄱阳县委书记，他化名杨海鹏，负责学生运动。

1929 年 7 月 12 日，向先鹏与中共鄱阳县委书记刘聘三（都昌人）一道参加会议返回时，在响水滩分水岭与当地国民党靖卫队劈面相逢，并遭盘问。当时向先鹏自称为学生，刘聘三则言自己为商人。搜身时，国民党搜到刘聘三身上一支手枪，于是将二人作为“共党嫌疑”逮捕。刘聘三、向先鹏面对酷刑拷打，死咬牙关不暴露自己的真实身份。两个多月后，他们被押解到南昌卫戍司令部茅家桥监狱。向先鹏的母亲听到长子出事，心急如焚，变卖家产，托人在南昌营救。在向先鹏扑城行动之后避至鄱阳初始，母亲面对反动当局的追逼，已卖掉了大部分田产，1200 块银圆被勒索。爱儿心切的母亲这次抱定挚念，哪怕倾家荡产也要将儿子救出。后来得向先鹏准岳父黄吉人的朋友余球出面保释，1929 年 12 月，刘聘三、向先鹏被营救出狱。余球时任省建设厅技士，北山松峦余村人，与向先鹏为同乡。1930 年 7 月 5 日，向先鹏慷慨赴死，国民党倒查一年前的“保释之人”，余球事发，8 月 21 日在南昌被枪杀，中华人民共和国成立后，余球被追认为烈士。

向先鹏 1929 年 12 月被营救出狱后，1930 年 2 月去了上海，通过刘越与中央接上了关系，旋即被派回江西，1930 年 3 月下旬，受命回都昌重建党组织，任中共都昌县委书记。

中共都昌县委新建之后，向先鹏着力筹建武装，以刘越老家汪墩老屋刘家为中心，秘密组织了 400 余人的赤卫队。1930 年 4 月，向先鹏带着特务队和赤卫队，配合赣东北第一游击队攻打湖口县城，救出赣东北特委书记黄光，烧毁国民党县政府，随后，向先鹏率领都昌赤卫队队员 80 余人，与湖口游击队、赣北游击队一起攻打姑塘海关。1930 年 5 月 5 日（农历四月初七），向先鹏组织发动汪墩 1000 多名贫困农民，在茅垅村举行了武装暴动，宣布成立都昌县革命委员会，向先鹏任主席。茅垅暴动，成立了都昌第一个红色政权，宣告了中国共产党领导下的都昌人民武装斗争的开始，为都昌革命史写下了光辉的一页。

1930 年 5 月 5 日这天天刚亮，汪墩茅垅周边 800 多农民在老屋村集合，向茅垅村进发，攻打目标是谭家“五老虎”。他们冲进“五老虎”家里开仓挖谷，“五老虎”除谭洪楼外逃外，其余“四老虎”被群情激愤的农民拖出山涧处决了。暴动队伍随即涌向排门等村庄发动群众“打土豪、废债契”，土豪劣绅闻风丧胆，贫困农民扬眉吐气。向先鹏又用“松树炮”(在松树上打洞装上火药)“机关枪”(在洋油铁皮桶内鸣放爆竹)在糊泥岭上吓退了县警察大队的追剿。中共江西省委在1930年5月20日向中央报告了都昌的斗争情况:“已发动了成千上万的群众分粮和没收土地斗争,而且开始了游击战争。”面对茅垅暴动起初的胜利,向先鹏心潮澎湃赋诗一首:“万恶劣绅合土豪,民脂吸尽吸民膏。愤情诉与溪流水,汇入江湖掀怒涛。”

茅垅暴动后,向先鹏与前来围剿的国民党县警察队、靖卫团展开了斗争。1930年6月23日,终因寡不敌众,力量悬殊,向先鹏在茅垅前头铺村的后山上被捕,落入魔掌。至此,坚持了50天的茅垅暴动失败,100余位共产党人、游击队员和革命群众献出了生命。茅垅暴动虽然失败了,但为以后的斗争积聚了革命力量和斗争智慧,还有少数游击队员突出重围,加入了红十军。

关于向先鹏烈士就义前的浩然正气,都昌县县志办原主任邵天柱先生在拟写的向先鹏烈士事迹材料中,留下了他在20世纪70年代采访有关人员和查阅相关档案后复原的场景:

靖卫团有人认出了向先鹏,团总陆士郊喜出望外,立即把向先鹏带到万求铺村的祖堂里,亲自端来一盆水,说:“你不姓杨,你姓向,我认得你,请先洗把脸。”然后,他又亲手端来一碗饭,有鸡有肉,又假惺惺地说:“军中的事不要放在心上,向先生,请吃饭。”吃过饭后,陆士郊又来了,问道:“向先生,你有几多人?几多枪?你要叫他们缴枪,一天不缴枪我们就一天不走的。”向先鹏见这个刽子手终于露出尾巴,便不冷不热地回答说:“我们的枪不要问,除了你的就是我们的。我们的人更难说,打开眼睛一个都没有,闭上眼睛到处都是。”说完,他指了指屋外被绑的7个赤卫队员,问陆士郊:“你捉这些农民做什么?你的兵就只能捉老百姓?”陆士郊为了讨好向先鹏,就命令士兵把抓去的那7名同志放了。“向先生,你家里不错,可你走错了路,走进了乱刺蓬。”陆士郊又说,“我是爱你文化好,才劝你上大路。”向先鹏听完,大笑起来:“陆先生,你才走到刺蓬里了,我爱你枪法好,也想劝你走上大路。”两人舌战了半天,陆士郊看问不出名堂,只得等搜山的都返回了,报告游击队已不知去向,就带着向先鹏去了徐埠团部。在徐埠,陆士郊又专门设宴为向先鹏“接风”,想再劝降,仍无法让这个年轻人屈服。此后一连数天,均无进展。向先鹏被捕的消息很快就传开了,革命群众无不焦虑万分,汪墩、徐埠、左里、新妙等地群众,纷纷秘密串联,计划武装攻打徐埠，抢出向先鹏。听到风声，陆士郊将向先鹏于7月4日傍晚从小路上秘密解送到县。时任县长石铭勋是湖南人，1929年11月到任。当晚他又将向先鹏“请”到办公室，劝降一夜，可向先鹏抱着宁死不屈的决心，对石铭勋的废话干脆不予理睬。石铭勋自知无趣，又担心留下向先鹏夜长梦多，便决定清晨就将向先鹏处决。7月5日清晨，敌人便趁黑将向先鹏押往大东门刑场；至城门口时，石铭勋又派了他的秘书拿着纸笔专程赶来，对向先鹏说：“向先生，只请你写上一句‘今后不再为共产党做事’，我们还可放你。”向先鹏一把将那用来写“悔过书”的纸撕得粉碎，厉声说道：“你告诉石铭勋，共产党不只向先鹏一个。”说完，喝令卫兵打开城门，转身朝刑场昂首走去。牺牲时，年仅23岁。

向先鹏烈士之墓坐落于南山烈士陵园。南山巍巍，鄱湖泱泱。可告慰烈士英灵的是，如今烈士的家乡三舍向村脱贫攻坚志在全胜，小康路上意气风发；都昌大地发展蓬勃，美好画卷徐徐展开……

15. 北山乡三舍向村：先烈血洒鹏程时（下）

【家训家规】俭约为丰饶之本，奢侈乃穷困之基。盖奢侈日甚，虽积玉盈斗，变立尽之数耳。唯食时用体，则可足用。然俭约自父兄始，不可不以身先为子弟表。

中共党史出版社2014年出版的《中国共产党都昌历史（1921—1949）》第八章“中共组织第二次恢复与发展”的第五小节，记述了“向先鹏英勇牺牲”一事。其中有这样一句话：“向先鹏同志的未婚妻终身未嫁，解放后，她在光荣敬老院中一直活到90多岁，都昌人民至今都盛赞这位烈士节妇的可贵精神。”这一处史料所提及的向先鹏烈士的“未婚妻”，就是黄正梅。关于她的年龄此处记载有误，黄正梅1993年逝于娘家细堰黄村，享年84岁。时任中共都昌县委书记向先鹏1930年7月英勇就义时年仅23岁，其时与他订婚的黄正梅21岁。在其后漫长的63载春秋岁月里，这位追求坚贞革命爱情的老人，有着怎样的人生轨迹和心路历程呢？且让我们从与黄正梅相处过的晚一辈的记忆里，回望她既纤弱又坚强的背影。

1940 年出生的黄黔桂老人是黄正梅的亲侄女，她随同姑姑生活了十余年，直至 19 岁从都昌镇细堰黄村嫁到北山乡松峦余村。黄黔桂可以说是最了解黄正梅身世的一个健在的亲人了。80 岁的黄黔桂在南昌小儿子家中颐养天年，她能清晰地追忆姑姑黄正梅的一些悲喜交集的生活场景。黄正梅出生于 1909 年正月，故名字中含了"正"字，她这一辈按黄氏派系是"芳"字辈，手下的一个弟弟叫"芳葵"，她的谱名叫"贞梅"，"坚贞的寒梅"倒是她的品行的生动写照。黄正梅的父亲黄吉人是当地颇有声望的"大先生"，曾任抗日战争时期都昌县立初级中学的校长。那时都昌没有一所高中，初中也仅此一所，已是当时都昌的"最高学府"了。黄正梅曾随父亲就读于战时搬迁至都昌大沙桃树岭沈村的县立中学，是那个年代很少能读上中学的女学生了。黄正梅后来的有关表籍中"文化程度"载述为"初中"，即源于此。黄正梅当时脸庞方正，气质优雅，堪称"大家闺秀"。她与向先鹏的定亲源于封建时代通常的"媒妁之言"。媒人是北山松峦一个叫向本教的人，牵线姻缘的基础也属"名当户对"。向先鹏的父亲向本源在都昌县城东、西街有数间店铺，家境殷实。向先鹏生得一表人才，且在设于九江的省立第三中学毕业，知书达礼。聘礼是 1927 年的腊月下的，那年准新郎向先鹏廿岁，准新娘黄正梅年方十八。

如果按照通常人家的礼制，订婚一年之后便行结婚之礼。可共产党人向先鹏志在革命，四处奔波，又遭国民党的追捕，生活动荡不安，何言娶妻生子？定亲后每年的正月，向先鹏都会到黄家拜年，准岳父黄吉人家族人丁兴旺，堂兄弟有 13 个，所以向先鹏从这家伯父到那家叔父，要在细堰黄村兜一个大圈子。向先鹏与黄正梅互生爱慕，心心相印。尽管一对年轻人见面少，但也有尺牍来往，诗词唱和，以至黄正梅晚年还会向晚辈吟诵早年与心中的夫君你吟我和的诗章，还会在箱箧里取出那时挥斥方遒的郎君写给她的长达 1600 字的一封书信，字里行间展革命豪情、诉爱恋柔情。黄黔桂回忆姑父向先鹏在 1930 年参加组织茅垅暴动前，曾与黄正梅相约携手同往上海，打算在上海开个书店营生，以避国民党对他的追捕。黄正梅肯定愿意随君走天涯，但其时父亲黄吉人在吉安一带从教，家中缺少拿主意的人，母亲张氏不同意没行结婚礼仪的女儿远奔，黄正梅于是作罢。有关向先鹏烈士革命事迹介绍的文章提到他 1930 年初曾到过上海："1930 年 2 月底，得知前中共都昌县委书记刘越的夫人徐鹤年去上海，向先鹏便与之结伴去了上海。这时，刘越正在上海法南区任中共区委宣传部部长，通过他，向先鹏与中共接上了关系。中央考虑江西各级组织严重破坏，亟待恢复，要他仍返江西工作。接受任务后，他立即买船票登程，3 月下旬，赶到代省委的九江中心县委报到，在那里他受命回都昌重建组织，任中共都昌县委书记。”这说明向先鹏在 1930 年是短暂到过上海的。

黄黔桂听姑姑讲过向先鹏烈士临刑前作为一个血性男儿闪烁的人性之光，黄正梅从来没为“生是你的人”的坚守而懊悔过。1930 年 7 月 5 日，农历是六月初一，此日天未亮，向先鹏被早早地押往都昌县城大东门，残忍的国民党要在出东门的刑场枪杀共产党人向先鹏。那天向先鹏被押至县城东门时，守城的戍卒还没那么早打开城门，心虚的刽子手怕生变，于是给向先鹏加了脚镣，等待天亮些再打开城门。这是向先鹏生命中的最后时光了，只要他肯写“悔过书”，他就会重获自由。向先鹏初心不改，慷慨赴死，在临刑前还向押解的士兵宣传红色革命的道理，也袒露了他的心迹。他说他为革命献身，死得其所，20 年后又是一个好后生。他深以为憾的有两件事。一是还有很多党的工作要做，他已不能再竭尽心力了，也未能看到革命胜利的那一天的到来。二是他今生最对不起两个女人——一个是他的母亲，一年前他在鄱阳被捕，是慈母变卖家产营救他逃出魔掌，作为家中长子，父亲早亡，他却不能为母亲尽孝了；第二个是他的未婚妻，自此一别生死两茫茫，他没有给未婚妻以美满的家庭、灿烂的明天。为了不让这两个他生命中挚爱的女人，听到他遭屠杀时伤心欲绝，他宁愿在天未亮时赴死。

向先鹏牺牲后的数日，老天一直下雨，像是在为浩气长存的英雄的逝去而恸哭，泪水似雨下的还有黄正梅。她在得知向先鹏牺牲的消息后泪如泉涌。三天后，她强忍悲痛冒雨来到了向先鹏烈士家中，烈士的遗骸已入殓，只见烈士的一身血衣。黄正梅撕心裂肺地用双手掐地，以致十指见血。向先鹏的母亲黄氏劝她忍住悲痛，以后无论她嫁给什么样的人家，向家人是她永远的亲人。黄正梅含泪表白，她今天能以未嫁女的身份来到向家，已认定自己是向家的人；她更要对得起这身血衣，她的心已属先鹏，终生不渝。

在之后的岁月里，黄正梅每年清明都会去细堰黄村给向先鹏起初安葬在三舍向村叶家峦的墓茔祭扫。白色恐怖年代，黄正梅还遭世人讥讽为“土匪婆”。后来的日子里自然也有门庭富贵的子弟，向年轻貌美、贤淑可人的黄正梅求婚，可她总是一口回绝。父母在知晓女儿的决绝不嫁之意后，也很体谅她，专门辟出一间瓦屋，让黄正梅独居，还分出一些田产给她，让她凭租金收入生活。年幼的侄女黄黔桂随她长大，宛若母女。黄正梅独居后，改为吃素，生活方式上清心寡欲，情感世界里坚贞不渝，直至终老。

1949 年 10 月 1 日，中华人民共和国成立，无数革命先烈的鲜血将共和国的旗帜染红。中华人民共和国成立之初，黄正梅并未被列为烈属对象予以生活上的抚恤。黄正梅心静如水，仍过着淡泊的生活。她的异于常人的"素食"方式，一度被当作"封建迷信"予以打击。1953 年，她被当地的治安队员押至公安局关押了 21 天。黄正梅在初级社、高级社时期，参加劳动，每天以五分半的底分计工分。后来有村民看她一个人靠挣工分生活实在困难，便向政府反映她与向先鹏烈士的不弃之情。当时的副县长谭绪言带着 20 元慰问金上门慰问黄正梅。问她有什么困难需要政府解决，她对自己的困窘只字不提，仅向政府提出向先鹏烈士的墓茔需要整修，以告慰亡灵。过了些时日，政府派人给向家送上 45 元向先鹏烈士之墓的修葺费用，20 元黄正梅的烈属生活补助。1960 年前后，黄正梅被安排进都昌县光荣敬老院生活，还以"烈属"身份被选为县政协第四届委员会会员。在 2010 年 10 月出版的《都昌县政协志》中，能查阅到黄正梅担任县政协第四届、第五届、第六届委员的名录。从 1965 年 10 月至 1987 年 4 月(1967 年 1 月—1980 年 1 月期间，县政协几近瘫痪)，黄正梅一直担任都昌县政协委员。

1952 年出生的向和平先生是向先鹏烈士小弟向源波的小儿子，他早年在金融部门工作多年，创办的设于万里大道繁华路段的"和平宾馆"，承载着他一路艰辛创业的梦想。向和平在《宗谱》上载录为大伯向先鹏的嗣子。关于这点，向和平回忆道，黄正梅老人在世时曾在一纸证契上盖上私印，予以确认。向和平中学时代总会照着父母的指教，在家里提些菜油、豆腐到紧邻老煤炭公司的县光荣敬老院，给单独开灶吃素食的黄正梅大娘。老人曾因为坚持素食而在"破四旧"的年代被指责为"思想不健康"。向和平记得大伯母在县光荣敬老院喜欢看《红楼梦》一类的书。大伯母的心很慈善，自己省吃俭用，有些零用的积蓄总用来帮衬特别困难的人。平日里她行善举、煎中药，为患疔脓的乡邻清毒料理。

黄正梅的娘家侄子黄观林、黄芦林兄弟回忆，姑姑黄正梅 70 岁以后身体日渐衰弱，便回到细堰黄村生活。村里的三个侄子给予老人生活上的照料，政府对烈属的抚恤也归老人所用。二侄子黄芦林在政府对烈士亲属的关照下进了县环卫所工作，成为九江市劳动模范。让黄家兄弟至今怀有愧疚之意的是，1993 年 9 月，84 岁的黄正梅驾鹤西去，经向家、黄家亲人积极呼吁和争取，当时的县六套班子领导集体研究后，同意黄正梅与向先鹏烈士合葬于南山烈士陵园。但后来由于堪舆之言等因素，合葬未成，黄正梅生前表达的与向先鹏烈士“但求死后共眠”的夙愿未达成。黄正梅最终葬于细堰黄村对门山上。

从 21 岁到 84 岁，63 年的坚贞，黄正梅从青丝少女变成了白发老人。黄正梅在世人的眼里抱朴守素，心底里静水流深。我们把党史资料中关于黄正梅的一句话的载录，经多方采访写成此文，以让她纯洁的灵魂长久地活在律动的文字里。

16. 蔡岭镇谢献村：甘洒热血献忠诚

【家训家规】武臣以忠信为甲胄，以谋勇为干橹，虽尝之以利而弗亏其道。阻之以险不更其守，杀其身有益于社稷则为之。

一

南北朝著名山水诗人谢灵运（385—433）曾两次到过都昌，据考证，第一次是晋永初年间，距今约 1600 年。谢灵运被贬为永嘉太守而愤然称病辞职后，走水路，经豫章进鄱湖到都昌，依矶山筑精舍，面壁幡台，古“都昌八景”之一的“石壁精舍”即源于此，谢灵运此行留下了《石壁精舍还湖中作》佳篇（一说此诗所咏并不是鄱阳湖）。第二次故地重游是在元嘉九年（432），他写下了《入彭蠡湖口》一诗。都昌谢氏承袭“陈留世家”，要追根溯源，还真可以归为谢玄（谢灵运祖父，东晋名将）、谢灵运这一族系。谢玄的南宋后裔谢瑞（1204—1264）追寻谢灵运旧迹，见云井（今蔡岭镇东平村委会所辖）山水秀丽，遂筑室以居，生息繁衍。都昌谢姓有 38 村，其中 33 村集中在蔡岭镇、大港镇。

都昌蔡岭镇牌垅村委会谢献村，成村于明中期，距今约 650 多年。村名之由来，源自先祖名“谢献”。早先有下谢献村、上谢献村，如今合二为一统称谢献村，全村约 320 余人。

二

谢献村血性男儿谢文珊(1906—1941),曾任中共都湖彭县委书记,1941 年 6 月被国民党杀害,同时就义的还有同村庄、同年龄的共产党人谢明礼。

2014 年中共党史出版社出版的《中国共产党都昌历史(1921—1949)》一书中,对谢文珊的革命活动轨迹有记载。坐落于谢献村后的谢文珊烈士墓的墓志事略中称,谢文珊“曾担任中共都湖鄱彭四县中心县委书记”,表述是有误的,谢文珊担任的是中共都湖彭中心县委书记,其时鄱阳县已单独建立县委,直属赣北特委领导。且让我们来回望那段峥嵘岁月。

1934 年 10 月,红军主力被迫长征后,南方各省的革命形势急剧恶化。在都昌、湖口、鄱阳、彭泽四县交界的武山地区,活跃着一支红军游击队,依靠当地人民群众的支援,进行着艰苦卓绝的三年游击战争。1935 年 10 月,闽浙赣省委游击队在武山东部的都昌蔡岭望晓源建立都湖鄱彭中心县委,田英(乐平人)任书记,谢文珊为委员之一,中心县委组织和领导都湖鄱彭地区的游击战争。中共都湖鄱彭中心县委旧址如今已成为当地不忘初心、牢记使命,传承红色基因,锤炼坚强党性的红色教育基地。1937 年 11 月底,游击队赴浮梁瑶里改编,奔赴抗日前线,田英留下来于 1938 年 1 月在大港街成立新四军驻都昌留守处,努力扩大抗日统一战线,谢文珊为留守处 16 人之一。不久,都昌县委恢复,县委书记为苏远全,谢文珊为 4 个委员之一。1938 年 4 月,田英、苏远全等英勇就义,都湖鄱彭中心县委遭到严重破坏,新四军都昌留守处也随之消失。1938 年 7 月,中共都湖彭中心区委建立,许其昌为书记,谢文珊为副书记。1939 年 5 月,许其昌在鄱阳县被国民党杀害,赣北特委指示将都湖彭中心区委改为中心县委,谢文珊为书记,谢明礼为 4 委员之一,同时兼任北炎中心区委书记。在白色恐怖年代,国民党政府到处搜捕谢文珊,他曾化名冯文水开展工作。1940 年,谢文珊被组织调往景德镇市从事船业工人运动,由徐国修(乐平人)于 1940 年 6 月到 1941 年 3 月代理书记。1941 年 4 月,谢文珊回都昌继任都湖彭中心县委书记,组织抗日游击队,在武山一带抗击日本侵略者。

1942 年 6 月 11 日,秘密叛变革命的石岳里区委书记石宏勋假装盛情邀请中心县委书记谢文珊和同为区委书记的谢明礼到他的老家张岭石岳里吃酒,商议工作。菜一端上桌,埋伏在厢房里的国民党便衣特务就扑上来抓捕谢文珊、谢明礼,当晚在程浪坂村进行审问和拷打。谢文珊痛斥石宏勋叛变革命出卖同志的可耻行径。第三天,石宏勋将谢文珊、谢明礼押送至国民党都昌县政府抗日期间的驻地阳峰卢家村请功领赏。当时还是国共合作共御外侮时期,国民党都昌县政府担忧捕杀共产党人会引起舆论大哗,便命令士兵在押解的路上一个叫黄梅岭的地方,将两人以“土匪”罪秘密杀害了。

谢文珊牺牲后,都昌的党组织遭到严重破坏,直到1949年5月12日都昌解放,随二野部队南下的河南濮阳县干部夏树屏担任中共都昌县委书记。谢文珊是中共都昌县委在人民政权成立前的最后一任县委书记。

三

谢文珊牺牲时年仅36岁,育有两个儿子谢明已、谢明春。1962年出生的谢换寿是谢明春的儿子,也是中共党员,曾在牌垅村委会做会计多年。作为烈士的嫡孙,谢换寿从父辈那儿听到过爷爷谢文珊牺牲时的悲壮故事。

谢文珊读过三年私塾,曾两次投师习武,开场授徒。1930年,他投身革命,任乡赤卫队班长。1934年加入中国共产党后,他在乡间的公开职业是一个走村串户的篾匠。谢文珊担任中共都湖彭中心县委书记后,有一次为躲避国民党保安队的追捕,躲在一个农户家的谷仓板底下。敌人追踪而来刺向谷仓,谢文珊肩膀被划了一条痕,他忍痛用衣服将刀刃上的血迹随刀抽出、揩掉,没被发觉从而躲过一劫。被捕的那天,秘密叛变的石奠安(即石宏勋)约谢文珊到石岳里摆酒,谢文珊带着族侄谢明礼一进大门,即被埋伏在两边厢房的四条彪悍的汉子反背抱住,谢文珊还没明白过来他们遭了诱杀,随口说了声:“你们不要乱搞!”只听莽汉吼道:“今天是要你的命!”谢献村自古就有习武之风,谢文珊小时学过一身武艺,平时遇到突袭,他一个箭步可跃过十几米的港汊。孔武有力的谢文珊被反身抱住,此时去掏腰间的手枪,已是回身无术了。

谢换寿小时候听小爷爷谢文告讲过,国民党刽子手杀害谢文珊、谢明礼的手段非常残暴。敌人将他们开膛破肚,在肚子里放上爆竹炸响。脸上被涂抹上墨水,只剩下一对眼睛能辨认。谢文珊的堂弟谢文春在烈士牺牲后,推着独轮车去黄梅岭收殓尸首,现场惨不忍睹。谢文珊被剁成四截,谢文春强忍着悲痛,在独轮车底木两边各铺上一块木板,又将木板斜覆在尸首上,推着烈士魂归故里。

可以告慰谢文珊、谢明礼烈士英灵的是，如今的谢献村生机勃发，满溢着幸福的味道。2019 年在当地党委、政府的支持下，村里着力新农村建设，对村前两口池塘砌岸立栏。村里户户通上了水泥入宅道，改修了水冲厕所，改造了用电线路。村民筹资近 80 万元，兴建祖祠兼村民文化活动中心。村民理事会推进精神文明建设，移风易俗，成风化人，文明新风劲吹。每逢清明节，当地的中小学生都会前来祭扫烈士墓，传承红色基因。作为烈士的后代，谢换寿总会动情地向祖国的下一代讲述烈士的革命故事。谢献村人在新时代将奋斗献给远方，将梦想献给明天……

17. 蔡岭镇洞门口黄村：穿越时光隧道的洞口

【家训家规】忠君孝亲，敬兄事长，为夫正内，尊师信友，专心习业，安分守法，惜身节用，睦族和邻，审娶择配，矜寡崇节。

都昌县蔡岭镇洞门村委会有 10 多个黄姓村庄，洞门口黄村是其中之一。村委会之名“洞口”就来自自然村之名“洞门口”。洞门口黄村民国时属中堡乡，20 世纪 50 年代这一带属“洞门乡”，20 世纪 80 年代属北炎乡，后并入蔡岭镇。洞门口村既不临浩渺的鄱阳湖，也不倚崇山峻岭，自然难觅溶洞、山洞一类。当我们穿越这时光隧道的洞口，去探微知著，一路寻迹，会发现洞门口承载的历史既厚重又凝重。

唐时 160 余载都昌县城所在

当宋代大文豪苏东坡游历都昌，在南山之巅远眺“灯火楼台一万家”的都昌县城，极目赣鄱时，“鄱阳湖上都昌县”喷薄而出。其时，以“都昌县”而名，已逾 300 余年了。距今 1240 余年前的最初的都昌县治所，就在如今的洞门口村村址。

翻阅不同版本的《都昌县志》，开卷便是“建置”卷中关于都昌“历史沿革”的概述。都昌地域历史渊源久远，夏、商、周时属古扬州域，春秋、战国时为楚、吴地，属番(pō)邑。秦始皇二十六年(前 221)，天下分为三十六郡，置番县，隶九江郡。汉高祖六年(前201),析番县地立鄡阳县,治所在四望山。今周溪镇泗山境有古鄡阳遗址,被列入全国文物重点保护名录。此后悠悠600余载,鄡阳县先后在豫章郡、淮南郡、九江郡、鄱阳郡、寻阳郡的怀抱中吟唱着"五子之歌"。

古时的鄱阳湖称"彭蠡湖",《汉书·地理志》就以"彭蠡泽"入书。有专家解读其名,彭者大也,蠡者瓠瓢也,形容湖大如瓢。其湖型也确如葫芦,可指证其葫身、葫颈来。彭蠡湖在南朝宋永初二年(421),盆地发生多次升降,湖水南侵,导致偌大的鄡阳县大部分淹入湖中。已难觅踪影的鄡阳县被当政者撤销,境域并入彭泽县。现今的都昌县邻县彭泽县的建县时间,与古鄡阳县同为汉高祖六年(前201)(一说洞门口为古彭泽县遗址,比鄡阳早一年设立),县名来源于"彭蠡泽在西"之述。扩并了鄡阳县地域的彭泽县,后来有了一个更气派的名字,叫"龙城县",隶江州。都昌人耳熟能详的"沉鄡阳,浮都昌",沉浮之间已然经历了622年的时光。直至唐高祖武德五年(622),安抚使李大亮因土地之饶,井户之阜,水陆之阻碍,遂割鄱阳县雁子桥之南境置都昌县。因地有都村,南接南昌,西望建昌(今永修县),故名"都昌"。这个带着一身祥气闪亮登场的都昌县县城治所在"王市",即今天的洞门口所在地。当然,那时的"都村"不是指洞门口黄村,洞门口成村于明朝。

洞门口一带的文化脉络可追溯到商代。1998年10月,省、市、县考古工作者在临近的西镇村对小张家遗址进行了挖掘,出土了30余件商代陶器。都昌县建县之初将治所设置在如今的洞门口,是在唐武德五年(622),典籍上往往会用"临时治所"来形容,这历史长河中的"临时"是160余年。唐大历年间(766—779),都昌县城徙迁至彭蠡湖东,就是如今的县城所在。都昌迁城已有1200年了,如今能在肇城之地找寻到的实证几乎没有。洞门口村年逾七旬的老党员黄天庆早年曾任洞门村委会书记,他记得年轻时挖墙基,挖到过约60厘米长、30厘米宽、15厘米厚的城砖,上有凸出的"王街市"字样。1941年出生的退休教师黄文讲述道,洞门这一带,明清时称中堡源,包括如今的吕岭、东平、田民、北炎、虎山等村。在万家亭附近,有个土墩至今还叫城隍墩,是古时城隍庙所在地,所谓"城隍",便与此地设城治相关了。在万双村附近有五显庙,庙里至今保存着一个刻有署名"王街市"的功德碑。更有人考证,洞门口此地置定县治时,三面环水,水上交通便捷,因西城墙有一洞门,后人便称此地为"洞门"。

1930 年区苏维埃政府所在

在洞门口村中，有一幢完整的带着天井的两进老宅，中堂上挂着“都昌爱国主义教育基地”的标示牌。这里是 1930 年八区苏维埃政府的办公所在，斑驳的旧宅里留下了红色的记忆。

1930 年 10 月，由前县委书记兼政委邵式平、军长周建屏率领的红十军二进都昌，驻扎在大港、蔡岭、张家岭一带，恢复党组织，建立苏维埃政权，实行土地革命，开辟农村革命根据地。中共中央 1930 年 6 月 5 日给赣东北特委的指示信要求：“要吃饭，要土地，反对军阀战争，建立苏维埃政权，是发动广大工农群众组织地方举动的中心口号。”由刘肩三兼任中共都昌县委书记的都昌县委恢复建立后，随之成立了都昌县革命委员会，发展革命武装，由红十军派驻干部汪义成任主席，地址就设在洞门口。在县苏维埃政府的领导下，当时都昌各地成立了 13 个区苏维埃政府，其中八区苏维埃政府就设在洞门口的这幢老宅里，主席为黄昌彬。有了红色武装，各区、乡苏维埃领导穷苦农民轰轰烈烈地打土豪、分田地，烧毁契约，平分土地，斗争情绪高涨。洞门口的劣绅向元寿、向元恕被愤怒的群众处决了。国民党政府眼看革命力量空前壮大，对“赤化”感到恐慌，他们把各种反共武装纠集在一起向苏区疯狂地反扑。都昌国民党政府保安队大队长陆士郊带领千余人，经土塘向蔡岭洞门口的苏维埃政府发起进犯，与区苏维埃赤卫队激战。刘肩三带着红十军特卫连和七、九区赤卫队，从张岭赶来支援洞门口所在的八区赤卫队，俘获保安队 120 多人，缴获枪支 20 余支。

1930 年 11 月，红十军撤回老苏区后，武山一带成立了都湖鄱彭四县总指挥部，由刘肩三任总指挥。国民党驻上饶的五师开至鄱阳，纠集四县的地方武装，对都湖鄱彭根据地进行围剿。刘肩三面对敌众我寡力量悬殊的现状，决定 11 月 13 日到洞门口布置赤卫队撤退至武山事宜。11 月 16 日，刘肩三在彭泽县黄板桥激战中被捕，次日英勇就义。都湖鄱彭党组织遭到破坏，设在洞门口的八区苏维埃政府只存在了 5 个月就被迫解散。洞门口的这幢老宅见证了都昌革命史上一段风起云涌、刀光剑影的岁月。还有件令人唏嘘之事，在《都昌革命烈士英名录》中有记载：洞门口有 4 位烈士均牺牲于 1930 年，他们分别是黄昌谨，赤卫队员，1930 年在禾尚滩（今洞门村委会办公楼所在地）牺牲；黄翌梅，八区赤卫队班长，1930年在禾尚滩牺牲；黄翼羡，八区苏维埃政府炊事员，1930年10月在徐埠河滩牺牲；游伦信，八区赤卫队员，1930年9月在洞门口牺牲。烈士牺牲迄今已有90年了，洞门口村竟无人知晓4位烈士的姓名和故事。或许有另一种可能：载录的烈士“籍贯”有误。这有待地方文史专家去核实。

新时代幸福之门所在

洞门口黄村又称“洞门老街”，“老街”当然不是唐时作为都昌县治所的老街，而是指清末民初时这里一度繁华的街市。洞门口村所在，自清末以来便成为九江至景德镇的一处必经的驿道。道侧店铺鳞次栉比，铁匠店、肉铺店、茶果店、打金店、歇店等一应齐全，形成热闹街市，其时，还分出了上街头、下街头。

那时人兴其市、物畅其流的便捷来自水运，洞门老街的港汊上有数座石桥，最有名的当是十八桥。蚌壳山下的十八桥由十八节石料相连，十八桥如今已荒弃。至今仍完好如初的只有当地的一座“寡妇桥”，此岸到彼岸30多米，人们通过这座桥从洞门口通行至黄闰村。寡妇桥当然有故事，传说清末洞门口的一个守贞的寡妇，热心慈善公益，决意倾其所蓄，捐来建桥。第一次请人采购优质石料，买石料的人起了歹心，卷款外遁，不见踪影。第二次寡妇亲自前往，押船从洞门口至徐埠港，再驶入鄱阳湖，从星子载运回建桥的麻石料。为了桥身安稳，港床下打了密密麻麻的松树桩，据说还用了民间的“斛桶金”“斛桶银”来“镇桥”。石桥的确坚固，经1998年百年不遇的大水后小修了一次，如今的样貌不逊当年。

洞门口村这块浸染过烈士鲜血的土地，在逐梦前行的新时代，围绕“产业兴旺、生态宜居、乡风文明、治理有效、生活富裕”的目标，脱贫攻坚志在全胜，乡村振兴扬帆起航。幸福之门打开后，洞门口人的生活别有洞天……

18. 蔡岭镇望晓源村：红色热土　绿色家园

【家训家规】据《武威石氏宗谱》载，望晓源石姓始祖生于周平王时，谱中其名字为左石右“昔”，翻阅《新华字典》，其中却无此字录入。《左传》载有石姓祖先忠君卫国的事迹：“诸侯皆称忠臣，闻于周，谥忠纯大夫，以其威武居郡石闽乡，遂赐。”“太上祖之忠悃而并不妨于慈，兹故详之以见忠孝同源。”望晓源石姓人家的门楣上多刻“忠纯世家”以示家训。

望晓源在武山山脉东部，其山脉绵延至都昌县的大港、蔡岭等乡镇。但名正言顺的望晓源村，是蔡岭镇的一个行政村。汽车从蔡岭镇沿景湖路至张岭街，往右通往张岭水库，而后车辆驶上盘山公路，总让人想起毛泽东主席上庐山时吟咏的诗句“跃上葱茏四百旋”。望晓源九曲十八弯的水泥路，长达20多公里，沿途的山景，并不亚于庐山。深秋时节入源来，两山夹着的是涧，公路便沿着山涧盘旋。干涸的山涧坦露着斑斓的鹅卵石，要是在春水漫泻的季节，溪流潺潺，群山巍峨，远方和诗意相连。

充满诗意的望晓源曾是血色的望晓源。进入望晓源后，在“不忘初心”的新时代，都湖鄱彭中心县委旧址是首选的去处。旧址在下冲村中央，砖木小屋，青砖灰瓦，2014年由都昌县政协倡导并牵头筹资20余万元翻新，成为传承红色基因的爱国主义教育基地。

1934年10月，中央苏区第五次反围剿失败，主力红军被迫长征，南方各省的革命形势急剧恶化。1934年12月，皖赣边苏区和七县（江西的彭泽、湖口、都昌、鄱阳和安徽的东流、至德、望江）中心县委遭到严重破坏。为集结革命力量，创建新的革命根据地，1935年2月，皖赣边区委书记柳真吾与彭泽少共中心县委书记田英几经辗转，来到望晓源，着手建立游击根据地。6月，中共都湖鄱彭中心县委在望晓源下冲村成立，田英任书记；同时组建了中国工农红军都湖鄱彭游击大队，田英兼任政委。旧址大门外一侧“武山游击队的形成及发展”的介绍中，用“山高林密、峰峦起伏、人烟稀少、地势险要”16个字来形容武山这道天然屏障。都湖鄱彭游击根据地依靠当地的人民群众，开展了三年艰苦卓绝的游击战争，壮大了革命力量。1937 年 12 月，田英带领 200 余人的游击队伍到浮梁接受陈毅领导的“瑶里改编”，编入新四军，奔赴抗日战场。1938 年 2 月，陈毅安排田英回都昌大港，成立新四军都昌留守处，从事我党抗日民族统一战线工作。4 月，田英被国民党杀害，壮烈牺牲。田英本名叫胡万生，当地老百姓叫他“老田”。他的忠魂，与望晓源的青山共存。

望晓源在同治版《都昌县志》上称“忘晓源”，山里的日子闭塞而悠闲，让人忘记了晨昏的交替。据当地学者考证，“望晓源”其名由田英所改，寓意为盼望革命胜利的曙光照亮这方青山。

望晓源村委会辖 5 个自然村：上冲石村、下冲石村、石大屋村、曹钥村、曹洪村。其中曹洪村剩下的两户人家，已搬出山外，曹洪村成为几近消失的村落。望晓源有村民 560 余人，平日里在村里生活的不足 50 人。由于山深路远，就医、上学、购物等多有不便，村民们大都选择移居山外，在蔡岭集镇或是县城租房、购房生活，山村因此显得异常地寂寥。上冲村有 20 多户村民 130 余人，平时只有两个老人在村里生活：一个是今年 91 岁的张桂香老人，一个是 84 岁的石书源老人。

张桂香和石书源老人与生活了一辈子的望晓源相伴。两位老人在自己的家中自给自足，在外谋生的儿女担心老人的饮水问题，就在山泉迸流处接上水管，引到家门口的水缸里。石书源老人身体还算硬朗，房前的菜地里，四季蔬菜从没断过青。老人对宁静的山里生活发生的变故记得特别的深，他至今能说出 2018 年山洪暴发的准确日子是农历五月十四日晚上。72 岁的石细喜老人，怀念山里的日子，经常从蔡岭镇回村里住上几日。石细喜是石书源的弟弟，老人的两个儿子都在浙江务工，他和老伴在蔡岭镇带孙子、孙女陪读。石细喜喜欢山里舒适的生态环境，对故土充满眷恋，隔三岔五地联系进山的便车，或是在北炎路口搭乘进山观光的车子回趟家。老人是 1969 年入党的老党员，对刚刚召开的党的十九大提出的“不忘初心、牢记使命”耳熟能详，望晓源党支部组织党员集中学习了党的十九大精神，石细喜把“忠纯”写在脸上。老人今年在县里的医院做了小肠下垂手术，医生说是挑担过累所致。2018 年农历五月十四日山洪暴发，山体滑坡，泥沙将他家的房子后墙堆压了两米多深，老人硬是一担一担地将泥沙挑走，总量在 240 方以上。即使用手扶拖拉机去装运，也要跑 240 趟。老人硬是花了大半年的时间，以愚公移山的精神清理完泥沙，守护着自己的家园。平日里两个老人留守的村落，在春节变得热闹起来。迁出的村民们大多会回村过年，村中的祖祠、村头的庙宇香火变得旺起来。

望晓源不是世外的“桃花源”，“万石”下冲村合着时代的脚步前行。下冲村的祖堂并不寒碜，但祖堂的铁栅门锈迹斑斑，上着锁。深红的墙砖上张贴着村委会的宣传单和商家的广告，大门正上面是“万石名家”四字。识字不多的老者会告诉进山的游客，此处的“石”念“旦”音。是古代的容量单位，合10升，合100斗，“万石”寓意的显然是富足和显赫。祖祠的侧墙上书写着“办事要公道，扶贫要公平”的标语，红色基因代代相传，望晓源村党组织成为村民的主心骨。

行走在下冲村，村民的房子大多是一层的瓦屋。两米左右的腰墙，是用当地山上的青石块垒砌起来的，颇有些艺术范。屋顶的青瓦破损了，容易漏雨，于是村民们换了红的、绿的琉璃瓦。石会生夫妇是村里少有的壮年坚守在村里生活的中年人。他家的三间瓦房就在都湖鄱彭中心县委旧址的前面，逢见山外人来瞻仰旧址，他便感到遗憾，因为自己不能做个好“向导”，讲解这段地方革命史。石会生的5个女儿已先后出嫁，最远的嫁到了四川绵阳，最小的是儿子，大学毕业在外就业。望晓源的许多家庭都像石会生家一样，主要的经济来源是外出务工的收入。武山有个属于县林业部门的红光林场，望晓源周边很多是公益林，村民并不能“靠山吃山”，凭着木材生财。山上的翠竹运往山外的成本高，风霜雨雪折损了的竹子被村民拖捡来当柴烧。望晓源有原生态茶树100多亩，茶品极佳，清明、谷雨时节的茶叶可销出600元一斤，全村一年产茶也就1000公斤左右。进山的水泥路三年前从下冲村一直修到了上冲村，进山出山方便多了，望晓源人特别感恩党和政府给予的温暖。近年来，进山里来进行红色教育体验的人越发多起来，下冲村头曹姓人家办起了一家“幸福山庄”，承接预定的用餐。山庄用山里的竹笋，涧溪里的棍子鱼、青虾待客。五彩斑斓的名片上，标识着打造的望晓源一日游景点，有抗日战壕、千年古树、红军饮马池，还有猕猴桃采摘园、生态茶观光园等。

望晓源又称幸福涧，山里山外的幸福滋味任人来品味。

19. 大港镇土目源村：大美源　小康门

【家训家规】2007 丁亥年编修的《武威石氏宗谱》中，辑录“家训引”论及“睦邻里”言：“邻也者，比近之家。频步往来，烟火相接，鸡犬相闻，田壤相错，出入相友，守望相助，有利当为之兴，有害当为之除。排其纷解其难，切勿以贫富强弱相形，致积怨祸于其间。凡属乡党，务以洽此为良。”

源　之　门

“土目源村”地处都昌县大港镇武山深处，其实是个行政村，辖两个自然村：土目源和侧家山，皆为石姓人家，一个为中岳公后裔，一个为中堡公后裔。至2017年底，土目源有340余人，79户；侧家山有60余人，13户。土目源村委会总计402人，92户，是全县人口最少的行政村之一。

武山深处，以“源”而名的有两个地方：蔡岭镇的望晓源、大港镇的土目源。“源泉”之“源”从“水”，土目源山涧汇聚的潺潺溪水成为“源头活水”，莽莽群山，重峦叠翠，山溪蜿蜒，春潮叮咚，满是生机与灵性，赣鄱大地的“源”迥异于陈忠实笔下苍凉的“白鹿原”。青山环抱的平地，有炊烟人家，有狭长的田垄，这种意境，分明是陶渊明笔下的“桃花源”。

土目源源内源外，都是大自然恩赐的绝色生态、大美风景。“土目源”历史上称“土门源”，石义锋亲历了更名。石义锋的父亲石尚东，曾任土门源大队支部书记，2009年以88岁高寿辞世。石义锋“子承父志”，得到乡亲的信任曾任村支书20年。石义锋的儿子没有成为土目源“第三代村支书”，而是学有所专做了一名化学工程师，远赴马来西亚的中资企业投身炼油厂建设。石义锋老人熟知村史。土目源在明永乐二年(1404年，一说为明成化甲午年1474年)建村之时，叫“土门源”。祖先秉泰公先在此择山而居，并力邀族弟秉诚公从七里之外的曹极里(又称沙庄畈，原村址沉入大港水库后搬迁至繁荣村)，一同奔赴深山里定居，繁衍生息。当年他们在村口的黄栎树旁，用土坯筑门楼，故村名取“土门源”，亦称“洞门庄”。进入土门，要跨过横贯村里的溪流。于是，秉泰、秉诚兄弟用石块垒起拱桥来，用糯米汁、桐油砌的石块、砖块，坚固无比。桥上建造起亭子，曰“锁溪亭”。亭子数度兴废，最近的一次重建是在2009年，锃亮的琉璃瓦取代了灰暗的土瓦，清澈的溪水一春又一春欢畅地流。

“土门源”的历史有500多年，时光流转到20世纪70年代初。大港公社的邮政投递员分发土门源大队的报纸时，龙飞凤舞地将“土门”写成“土目”，其时，石义锋已就任大队书记。1979年撤“公社”改制为“乡”，“大队”（林场）改制为“村”，由乡政府统一为各村委会雕刻印章，一枚木质的圆章送至石义锋手上时，印文赫然有“土目源”字样。也不知是分发报纸的潦草之笔带来的约定俗成，还是当事人的笔误，自此，“土门源”成了“土目源”，距今39年了。

源 之 血

土目源，是一片浸染过革命先烈鲜血的红色热土。1934年11月至1937年7月，武山山脉的都湖鄱彭根据地三年游击战争艰苦卓绝。红十军师长、中国工农红军都湖鄱彭游击大队司令员匡龙海，都湖鄱彭中心县委书记、游击大队政委田英在武山山脉开展的游击战争气壮山河。2014年底由中共党史出版社出版的《中国共产党都昌历史》（第一卷）对大港革命根据地的建立与发展的载录权威且详尽。土目源老人讲述的这段历史的细节温润而动人。

73岁的石家清老人记得父亲生前给他讲的田英的部队与土目源人一家亲的故事。1935年春，国民党的“围剿”部队为了打压红军游击队的生存和活动范围，割断游击队与人民群众的血肉联系，在游击根据地的每个村庄用树木筑起围墙，百户以上的村子都修建碉堡。土目源村的青壮年男丁都被当地的保安团采取“移民并村”的方式，合并到曹极里。石家清的父亲有一次偷偷地溜出来，在土目源村后的山头向家园探望时，看到田英带领游击队员在用耕牛犁田，帮村民开展春耕生产。后来，游击队员还把在外地打土豪得的财物分给村民。

土目源村老支书石义锋老人讲述“侧家山战斗”时绘声绘色。1935年6月，大港街上驻有国民党江西保安团十六团的两个排，一个排的排长叫何清，另一个排长叫段奎。他们感到红军游击大队对他们的威胁越来越大，决定主动进行“清剿”。游击队得知这一情报后，立即将情报送到中心县委。田英和匡龙海商量后，派出40余名游击队员利用侧家山的口袋地形进行伏击。由游击队员老朱站在山顶上观望，以手中的白纸扇为信号，纸扇摇动时即向敌人开火。同时派村民石金进到土门源送“情报”诱敌。何清和段奎得到“情报”后，决定由何清带26名保安团士兵到土门源对望晓源进行“围剿”，段奎带兵后援。由土门源到望晓源必须经过蜿蜒于侧家山中间的一条弯曲小道，山口形似布袋。当何清带领兵丁进入“布袋”后，山顶上的老朱急摇白纸扇发出信号，埋伏在山麓的红军游击大队战士猛烈开火，何清所带的士兵被打死两人，包括何清在内的24人全部被俘，缴获长枪24支、短枪2支。作为后援的段奎，听到枪声和喊杀声，就调头溜回了大港街。这次战斗中，游击队员侯班长受到重伤，后来救治无效英勇牺牲，长眠于土门源中。

侯班长的故事，时下土目源的年轻人都知晓。关于侯班长牺牲的细节，史料书上没有记载，土目源村人却铭记于心。侧家山战斗胜利后，红军游击队考虑到国民党部队和地方武装会反扑，只好撤出侧家山。匡龙海、田英把受重伤的侯班长留在只有5户人家的侧家山，委托村民石金诚兄弟照顾他，石氏兄弟5人当天用门板把处于昏迷状态的侯班长抬至附近的周家冲，隐蔽在一个山坳里，搭了茅棚守护。因缺医少药，侯班长十天后还是永久地闭上了双眼，石氏兄弟把侯班长就地埋葬在周家冲。侯班长的真实姓名叫什么？家乡在哪里？至今无人知晓。然而，烈士的英魂与土目源的青山同在。

源 之 变

从“土门源”到“土目源”，一字之变，也许是出于偶然。从寂静的深山到沸腾的战场之变，让红色记忆永久镌刻于巍峨的青山上。时代的帷幔一幕幕地拉开，土目源上演的变奏曲或深沉、或高亢，山民的质朴、坚韧演绎得淋漓尽致。

大港水库的修建，无疑是土目源惊天动地的一变。大港水库于1958年8月动土兴建，1959年底停工缓建；1966年9月复工续建，1969年12月基本建成，开始发挥工程效益；1972年续建，加高加厚；2008年3月开始除险加固工程，2010年10月通过竣工验收。大港水库属中型水库，武山流域面积为58.4平方公里，水库的最大库容为4716万立方米，正常蓄水位为76.88米，养殖水面面积为2970亩，设计灌溉面积为5.6万亩。当年的战火，成就了大港水库的功在当代、利在千秋。明镜般的水库，让土目源通往山外的路途由崎岖的山路变成了迢迢的水路。起初，土目源的山民涉水出入家园用的是摇橹的木船，后来有了机帆船，再后来政府配置了轮渡。水路的阻隔导致土目源发展滞后。土目源人渴望架桥修路，让进山的交通畅通起来。2011 年 10 月，土目源桥修成，车辆可以沿着水泥路直达村里。山里人张开热情的双臂欢迎山外来客，称此桥为“土目源迎宾桥”。

生态资源是土目源不变的亮丽名片。状土目源之貌有“十百千万”之说。所谓“十”，即从大港集镇入村来有十公里路程；所谓“百”，即村里有百亩土地可耕作；所谓“千”，即民居绵延千米；所谓“万”，土目源村有万亩山林，其中公益林 3680 亩，天然保护林 6000 余亩。经林权改革的山林，树定根，山定权，人定心，村民按户按亩享受着国家的生态补偿政策。土目源村人从来自浙江龙泉的师傅那里，学会了椴木钻洞，培植优质香菇、木耳的技术。土目源村委会原主任石木林对山里难刨的“穷根”也有些无奈。山里的树木列入了生态保护，山里的竹子也销得艰难，现在人们更多的用塑料制品，竹制品市场受到挤压，钢制的脚手架取代了条竹搭架，折枯的山竹只能做柴火。土目源山里的红色热土、绿色家园日渐成为城里人旅游的好去处。从家乡走出去创业，如今在广州从事建筑工程的石紫城，联合村里的两个年轻人，投资 400 余万元，兴建具有徽派特色的宾馆，着力打造山里特色旅游的一流接待中心。三层建筑面积达 1500 余平方米，品味高档、精致，取名“石公馆”。

2017 年 11 月，土目源村被列为江西省深度贫困村。都昌的贫困村还有土塘镇冯梓桥村、和合乡双峰村。2018 年至 2020 年，省财政将整合每个村不少于 1000 万元的扶贫资金，支持深度贫困村的脱贫攻坚。都昌县卫生和计划生育委员会根据安排派驻“第一书记”和小分队参与土目源村的脱贫攻坚。

在决胜全面小康的新时代征程上，土目源村的山乡巨变画卷在徐徐展开……

20. 西源乡曹泗村:与鄱湖长伴的烈士英灵

【家训家规】孝顺父母,尊敬长上,务本力农,教子读书,夫唱妇随,和亲睦邻,存心为己,公平待人,各安生理,早输国课。

翻阅《都昌县志》(1992版)《都昌英烈》等志籍,在"都昌烈士英名录"部分,从第一次国内革命战争时期的1927年开始,到中华人民共和国成立前夕的1948年,21年间载录的西源乡革命烈士仅曹应龙一人。曹应龙烈士的基本信息是:牺牲时27岁,西源乡籍曹泗村人,1927年参加革命,省农民协会特派员,1930年5月遭迫害后于家中去世。

革命烈士曹应龙生于斯、故于斯的曹泗村,归今天的西源乡长溪村委会管辖,现有人口880余人。当我们走访烈士家乡的老一辈村民、查证宗谱等资料时,志籍中关于曹应龙烈士的短短的一行字,浓缩了他生前身后的许多故事。

一

曹应龙的父亲曹敏棣(1885—1951)是乡间的一个私塾先生,喜吟诗抒怀。曹应龙是曹敏棣的长子,派名叫惠夔,生于1904年。2008年重修的《曹氏宗谱》上关于曹应龙烈士的生平记载为:

1920年入南昌省立师范匡庐中学攻读,深受五四运动影响,组织学生自治会,同革命先驱方志敏、邹努、向法宜等致力于革命活动,秉性刚直,意志坚强,才学冠群,尤善演说。1926年加入共青团,次年加入共产党,以省委特派员(此处表述有误,应是"省农民协会特派员")身份来赣东北等地领导农民运动,先从都昌开始,在西源、三汊港、张岭、周溪、多宝等地首创红色政权,成立区乡农民协会,建立农民自卫队,开展武装斗争,轰动各县,威震鄱湖。由于蒋介石发动"四一二"反革命政变而落入魔掌,解赴南昌入狱二年有余,受尽酷刑,为国捐躯,享年27岁。

1945年出生的曹泗村老党员曹达铨,曾在曹泗村(大队)历任会计、主任、书记多年。曹达铨不只和曹应龙同村,而且曹应龙还是他的姨祖父,他是了解革命烈士曹应龙生前身后事最详尽的人之一。曹达铨年轻时曾听他的叔父曹日畅讲过一些曹应龙的革命故事。1927 年 2 月，江西省第一次农民代表大会召开，方志敏当选为常务委员兼秘书长，负责主持省农协的全面工作，成为著名的农民运动领袖。随后方志敏根据中共江西省委的指派，以全国农协特派员的身份到吉安开展工作，发动农民减租斗争。其时，农民运动风起云涌，曹应龙以省农协特派员的身份回到家乡都昌，指导农民运动。自此，都昌农民运动在农委书记刘肩三等人的具体组织下，形成大规模的政治斗争、经济斗争和武装斗争的高潮。曹应龙回到家乡，在西源畈庙上江村组织召开千人大会，演说"打倒土豪劣绅，打倒贪官污吏"。县农协特派员余宝华（多宝人）等前来参加。农民运动蓬勃兴起，国民党右派和豪绅地主惊慌失措，他们纠集在一起，采用各种方式对农民运动进行破坏和抵抗。周溪虬门牌楼村的曹明浩等人，组织地方豪绅和武装力量攻击农民协会，并到曹泗村捉拿曹应龙。曹应龙闻讯，连夜让族兄曹惠潮用小渔船，经鄱阳湖送他前往鄱阳县，融入赣东北的革命洪流之中。小船行至二里水路远的徐家汊时，曹应龙发觉一份重要的公文和介绍自己身份的证件未取出，他便安排曹惠潮折回曹泗村去取，他下船在邻村村口等着。江姓村庄一个叫"肥瘌痢"的乡绅发现了着白长衫的曹应龙，便报告给曹明浩，曹明浩带一干人马来追拿。情急之下，曹应龙跳到半人深的粪窖内，用荷叶遮住头，最后经一个小孩指认，曹应龙被抓住了，曹明浩当即五花大绑地将他拉到周溪老街游行。时值农历六月，酷暑煎熬，曹应龙遭到臭猪肠缠绕颈脖的羞辱，忍受着麻石料压在胸膛上踩断两根胸骨的折磨，但他视死如归，声讨蒋介石发动"四一二"反革命政变后的倒行逆施。

曹应龙随后被押往南昌的国民党监狱，受尽折磨，本已伤残的他已奄奄一息。曹应龙在国民党执政时期有两个堂兄是少将，一个叫曹帅纬，曾任中央军政部少将秘书、江西省政府秘书长；一个叫曹飞鸿，曾任福建省训练所少将所长、江西省水警总队长，皆得同为乡邑的曾任江西省省长的曹浩森的提携。其时，曹飞鸿任江西省水警总队长，他找人疏通关系，出具担保，曹应龙在狱中待了两年之后从魔掌中回到曹泗村。他坚强的革命意志坚如磐石，他在家中一边疗伤，一边寻找党组织，并且在当地为红十军筹粮，对革命赤胆忠心，死而后已。1930 年 5 月，为革命耗尽心血的曹应龙，在他 27 岁芳华时病故于家中，葬于沙山垴之西。

二

为革命遭国民党牢狱迫害致死的曹应龙，1950 年被认定为革命烈士。

据说，那天县政府的革命干部来到曹家送革命烈士光荣匾时，曹应龙的父亲听说政府要将革命烈士的遗物收集展存，便翻箱倒柜将曹应龙 21 年前留下的遗物悉数递呈给来人。久经洗礼的革命干部一件件写下备存单时，发现一份署名"曹应龙"的给国民党当局的"自首书"，以乞求保释出狱，上面更有"生为国民党的人，死为国民党的鬼"的话语。此事非同小可，革命干部当即收回曹应龙的革命烈士光荣匾。第二天，在县城出席革命烈士家属大会的曹应龙的妻子吴新英，也被请出了会场。当天，同村人用独轮推土车推了 30 公里，将缠了足的吴新英送回了家。

吴新英，这位比曹应龙小一岁的贤淑女子，听到丈夫可能是变节者时，无论如何也接收不了这个毁誉的事实，她坚信丈夫是令人敬仰的革命者，是响当当的革命烈士。一个没有见过世面的农妇，对革命也有朴素的感情，遇此变故，她以绝食的方式表示对取消丈夫"革命烈士"身份认定的拒绝。

曹应龙的族亲曹日畅苦口婆心地做吴新英的说服工作，劝她保重身体，见证丈夫终有一天恢复"革命烈士"之名。曹日畅答应她想尽一切办法去佐证曹应龙不会做"变节"之事，甚至不惜上访、打官司，也要维护曹应龙的革命烈士荣誉，吴新英这才进食。

曹日畅知道，关键是要找到证据证明"自首书"不是曹应龙的手书，才能推翻疑虑。曹应龙为革命甘愿抛头颅洒鲜血，出狱后仍拖着病残之身，冒着生命危险，为革命尽力到最后一息，他怎么会做"软骨头"叛变革命呢？按常理推断，应该是当年曹飞鸿为保曹应龙出狱，在曹应龙毫不知情的情况下，向国民党当局假托其名书写了"自首书"。当年好心救他的当事人已难觅人影，无法予以澄清，关键之举便是找出曹应龙生前的笔迹，与之比对，以证其伪。经多次索求，终于在西源沙塘塅上村找到了一个叫曹达源的人，其弟曹棣年轻时追求进步，与曹应龙有书信和吟诗赋词的往来。曹达源在家中柜箱底部的夹层中，保存有一页曹应龙对其弟曹棣的诗作的唱和手稿，曹家人如获至宝，将烈士手迹上呈政府，逐级审核，很快重新认定曹应龙为"革命烈士"。

作为烈士遗属的吴新英，命运坎坷。她与曹应龙结为伴侣后并未生育儿女，后来收养过一个江姓人家的孩子作为继子。1954 年，鄱阳湖涨大水之年，吴新英平日里省吃俭用的积蓄，被人从藏匿处窃走，继子又时患重症，生活的重压让吴新英 1954 年底在家采取决绝的方式，与这个世界作别，在她的挚念里，也许追寻丈夫而去，是她在天堂里的幸福。后来，曹应龙的江家继子仍旧回归了原家庭。曹应龙的一个侄子曹良社过继给他作为嗣子，享受到了“革命烈士”子女的优抚政策，1958 年被安排在江西荣军疗养院工作，如今在贵阳随子女享受天伦之乐。

三

革命烈士的红色基因，在全社会得到传承。

1987 年，经江西省民政厅批准，曹应龙烈士纪念碑竖立于西源乡集镇中心，1998 年，百年不遇的洪水肆虐鄱阳湖，随后党和政府对受灾地区实行移民建镇，曹应龙烈士纪念碑实行迁移。2006 年，都昌县民政局拨款在曹泗村的一个开阔山坡上重建，占地 360 余平方米。高耸的纪念碑离鄱阳湖水域不足 400 米，不远处浩渺的鄱阳湖日夜长伴着烈士的英灵。2017 年，都昌县政府在县城南山建造了留存“红色记忆”的革命烈士纪念碑，巍巍南山，浩浩鄱湖，烈士纪念碑成为全县爱国主义教育基地。纵观烈士纪念碑在都昌全境的分布，并不是每个乡镇，更不是每位烈士都建有纪念碑，那么“曹应龙烈士纪念碑”得以建立的缘由是什么呢？据相关人员回忆，曹应龙的堂侄、江西财经学院讲师曹增（曹帅纬之子）多次到江西革命烈士纪念馆查找曹应龙的革命事迹材料，联络烈士亲属抚恤事宜。乡民政所干部程良玉和曹日畅也专赴省档案馆和烈士堂查阅过曹应龙的生平事迹。西源乡同时向省民政部门提出，在西源这片红土地上加大项目资金扶持，建设幸福西源。正是由于当地党委、政府的积极推动，曹增等人的多方跟进，1987 年，曹应龙烈士纪念碑在西源集镇落成。

曹泗村所在的西源长溪村委会是“十三五”贫困村。2019 年 4 月，来自九江市商务局的年轻干部詹杨斌，开始担任脱贫攻坚驻村第一书记。长溪村也是江西省省级生态村，詹杨斌在充分调研的基础上，提出“建设红色文化圣地，打造生态旅游基地”的发展思路，提升当地的产业扶贫效益；在曹应龙烈士纪念碑园周边，规划栽培 200 亩果树，并硬化直达烈士碑园的道路；与此同时，利用部门职能优势，开展系列招商引资活动，助推村民致富奔小康。当地党员干部和中小学生也定期前往曹应龙烈士纪念碑园开展主题教育活动，以此告慰烈士的英灵。

我们凝望着高高耸立的烈士纪念碑，耳畔传来鄱阳湖呜咽般的涛声。曹应龙烈士虽然没有浴血枪林弹雨的战场，但他对党的忠诚同样炽热，身躯同样伟岸；他的故事折射出的人性的光辉甚至朴拙，无损烈士的高大形象。我们怀着初心，用文字载录历史深处的革命烈士曹应龙的生前身后事，借一炷心香，献给为今天盛世的到来而舍身蹈志、长眠于鄱阳湖畔的英灵……

21. 左里镇蔡角塘村："九峰"之义行左蠡

【家训家规】敦孝友，息争论，隆教训，惩不率，崇俭约，勤本业，谨礼让，表德行。

都昌村庄的门口塘，以数序之角入名的有汪墩乡七角村的七角塘、徐埠镇石柴村的三角塘。左里镇周茂村委会蔡角塘村，现有村民 650 余人，对于村名含"角"字，村民从村庄所处的地理位置来解读。都昌人的母亲湖鄱阳湖古称"彭蠡"，现今的左里镇因处"蠡水之左（东）"而简写成"左里"。蔡角塘的北边，有渡船嘴，经多宝团子口通往鄱阳湖；南边的水路经傅家桥，通往鄱阳湖，蔡姓村庄居两港汊犄角之地，故有"蔡角塘"之名。蔡角塘还有个地理标识就是"十里陶家冲"，有学者考证这就是陶渊明笔下的"桃花源"的原形，也是陶渊明的曾祖父、东晋名将陶侃生活过的地方。左里之前山、苏山之后山，十里陶家冲几成其间的分界岭。蔡角塘在陶家冲有 700 亩以上的田地的产权，村民干脆称"陶家冲"为自家的"放牛冲"。

溯　源

天下蔡氏来源主要有二：一是商朝时姞姓的分系。蔡系在部落中多担任祭祀的职责，地位很高。古时蔡、祭二字可通用即源于此。二是春秋时有蔡国（今河南新蔡称"上蔡"，安徽凤台称"下蔡"），后为楚国所灭，后人以国为氏称蔡氏。蔡氏望出济阳郡，故地在今河南省兰考县一带。

都昌蔡姓承袭“济阳世家”，迁都昌的开基祖是蔡澄甫，后汉乾祐戊申年(948)任南康府守卫团练，秩满后于后周年间由福建莆田东堡迎仙寨迁至都昌尖山(今苏山乡)蔡家边。关于处于都昌次县域中心地位的“蔡岭”的由来，有人说，当地的原住民就是蔡姓人家，故名“蔡岭”。现在的都昌火车站建设时，就发现有蔡姓先人的墓碑，据说这支蔡姓早已徙居九江等地。蔡角塘成村于明成化年间，由上屋蔡村迁入(一说明代万历年间从三房蔡迁入)。其谱系上的几个关键坐标点是:蔡澄甫(914—977)——其第 11 世孙蔡福二(1238—1307)——其第 5 世孙蔡贵清(1330—1413)——其孙蔡镜(约生于 1424 年)。

蔡角塘村 2016 年新建了祖祠，村民蔡天初、蔡建平、蔡建国等热心公益，操心不少。新竣工的祖祠兼村民文化活动中心正门的上方，嵌着“济阳世家”四字，其下有古朴的“九峰”二字碑书。“九峰”是南宋理学家蔡沈创立的一个学派名。蔡沈曾隐居九峰山(今湖南衡阳)，故曰“九峰学派”。蔡沈的父亲蔡元定为“西山蔡氏学派”的创始人，是朱熹的门生。蔡沈的“九峰”学说兼有义理与象数学两个方面，他受朱熹所托，注释《尚书》，撰写的《书经集传》，是明清士人科考的必读书目。蔡沈对《易》颇有研究，尤精八卦之学。蔡角塘村村民理事会负责人蔡天初讲述道，先祖有元文、元武、元达三兄弟，蔡元武曾在有“道教第一祖地”之称的江苏句容的茅山修道学法，亦精八卦之术。蔡家祖祠重修于明万历丁巳年(1617)，蔡家塘至今仍保存一块碑刻，为祖祠修建留存下精确的时间明证。蔡元武在祖祠巢门门槛石正中，用小石子摆了个八卦图案，覆置于地下，祈佑千代之福。新祖堂仍坐西朝东，大门略偏北，仍设上、中、下三厅，比老祖堂高 3 米，且在南侧拓展了一个村民文化活动中心，显得更加的亮堂而大气。

热　血

蔡角塘村在 20 世纪 20 年代第一次国内革命战争时期，成为都昌农民运动的勃发之地。革命烈士蔡在巩让这片热土上的红色记忆显得特别鲜明。

1927 年 2 月，由共产党领导的都昌第一次农民代表大会和江西省第一次全省农民代表大会相继召开。“打倒土豪劣绅，打倒贪官污吏”的口号响彻云霄。农民运动的蓬勃发展，使豪绅地主和国民党右派惊慌失措，他们纠集一起，采用各种方法对农民运动进行破坏和抵抗。左里一带的农民活动的集中地是旧山村城山庙，活跃分子有下王村的王宗唐、陈蕃里的陈茂江、谭边周家的周阁初、赵子才村的赵敬绪、蔡角塘村的蔡在玑。左里与多宝同属九区农会，多宝在农会的骨干有九区农协常委马宗锦（马家堰人）、李瑞（寺前村人）。其时，农会组织的妇救会、自卫队等成为劳苦大众求翻身的依靠。

在有关都昌革命史的书籍中，对蔡在玑等七位烈士牺牲经过的记述是：1927年春是油菜籽丰收的时节，九区农民协会为了农民不受中间商的欺诈和盘剥，便替农民代售油菜籽，以增加收入。左里靖卫团总、大土豪陈范五（多宝西陈人）利用这一机会在群众中大肆造谣，说"农民协会要没收农户的菜籽"。当探知九区农民协会的负责人4月26日晚要在城山庙开会时，陈范五便收买了一批地痞流氓，偷袭了城山庙，将正在开会的农民干部捆绑到多宝金沙庵拷打。第二天上午，马宗锦正在村子里给农民做宣传工作，动员群众将油菜籽交由农民协会代售，以杜绝豪绅从中盘剥。突闻7名在城山庙开会的农协负责人遇袭，他便急奔10余里赴金沙庵营救。正当他愤怒斥责土豪时，一个流氓趁其不备，挥刀砍下了他的右臂，马宗锦当即痛得昏死过去，当他痛醒过来，又大骂不绝。这时，陈范五之子蹿上前凶残地用一根铁棒砸向他的头，马宗锦壮烈牺牲。被捕的7个农民协会负责人，除县农运特派员余宝华被人营救外，其余6人相继被陈范五手下人打死，一起震惊全省的"4·26"农会惨案发生了，这是蒋介石发动"4·12"反革命政变后，不到半个月在都昌发生的惨案。九区7烈士马宗锦、王宗唐、李瑞、赵敬绪、蔡在玑、陈茂江、周阁初是都昌农民运动革命史上的第一批牺牲者。

曾任多宝乡党委书记的蔡卖九，讲起小爷爷蔡在玑牺牲时的一个细节，与党史书籍记载有异。蔡在玑当天在田间车水浇地，不是在农会的会场，他听人说还乡团抓了农会的人到金沙庵，他放下水车杆，披了一件揩汗的毛巾，上身打着赤膊赶往多宝增援，尔后血洒金沙庵。蔡在玑1927年舍生取义时36岁，是7个烈士中年龄最大的一个，他生育了7个儿子。蔡角塘红色基因代代相传，中华人民共和国成立以来，村里有20余人先后投身军营。

古　树

古树是村庄的精灵。蔡角塘村近塘处有古树，塘之远处也有古树，一枝一叶舒展着乡愁。

村里门口塘靠村道的一边，原有两棵古樟。后来一棵枯死，另一棵至今枝繁叶茂。村民说,先前有个叫蔡福喜的老兵,1949 年随国民党溃退台湾。30 多年后,蔡福喜回家寻亲,凭着路人所指来到他魂牵梦绕的蔡角塘村。在他小时的记忆中,门口塘岸边有两棵古樟,但见眼前的村头只有一棵古樟,他以为自己找错了回桑梓的路,便折回到当年的集市地刘逊桥。当再次在当地人的引领下来到蔡角塘时,他才知一棵樟树已不见踪影,村里人伸开双臂迎接他的到来。蔡角塘门口塘的彼岸有一株傲然挺立的石桂,生长的年代久远到与古樟一样无从考证。石桂如今还是四季苍翠,在村民的眼里成了一棵"宝树"。

蔡姓人家似乎对树情有独钟。蔡氏宗祠通常可见到一副四字楹联:"纸造桂阳,桥留松荫。""纸造桂阳"说的是东汉蔡伦(桂阳人)首创的用树皮作为原料造纸;"桥留松荫"说的是北宋大臣、书法家蔡襄知泉州时,建洛阳桥,在桥头种松树 700 棵,闽人刻碑颂其德。出生于 1934 年的村民蔡先作 1962 年入党,曾任村支书 20 余年。他讲起蔡角塘村后的庙前原有一棵粗硕的松树,四个人拉手合抱都箍不住。庙干脆就叫"松树庙",是蔡在玑当年组织农会活动的一个场所。耄耋之年的蔡先作说,松树有"千年平顶,万年铺地"之说。那棵他记忆中的古松树树冠平整地伸展在空中,可见树龄之长。1958 年,村民在松树上割松香油,古树泪流不止,后来,古树连根被砍。

欢　舞

要说蔡角塘村的舞魅,首推龙灯之舞。村里旧时有"文班子、武班子"之说。"文班子"指村里的"戏班子",蔡角塘的戏团在左里一带唱戏,声情并茂,余音绕梁。后来,丝管黯然落幕了,用来搭戏台的厚实木板也被拆了,做了设在左里的粮仓底板。至于"武班子",说的就是村里的舞狮队。村民蔡绍维,舞狮场上的"梅花双刀"耍得银光闪闪,"齐眉棍"拨得虎虎生威。蔡角塘的舞狮队在正月里闹元宵、在二月里玩花朝灯,满场喝彩,喜气洋洋。在乡间跨村舞灯,没几招"杀手锏",是招架不住的。外村的人会在添乐的主场,这考验"班门弄斧"者的舞功。比如蔡角塘的狮子憨态可掬地入了邻村,但见祖厅内摆好了三层的八仙桌,地面不平处用来填平垫脚的是干牛粪,舞者若用力不匀,牛粪便崩塌致桌子失衡。蔡角塘的舞狮人借助一身轻功飞上三层的桌面上,腾挪辗转,稳稳当当,看得人眼花缭乱。从三层闪到二层、从二层闪到一层、从一层闪到地面,舞狮人又一次次用了暗力,桌角卸拆时,桌面平落,无须搬移。村里现在每年元宵还会舞龙灯，只是没了“双刀飞”，也没了“二层桌”的精彩表演了。

新的精彩之舞在闪亮登场。蔡角塘成立了广场舞队、太极拳队，村民在美好生活的舞台上，以新时代的价值观为旨义，尽情起舞，舞在赓续传统的祖祠里，舞在每年春节“村晚”绽放的光影里，舞在春光烂漫的田野里……

22. 左里镇秦傅岭村：抗战时期的那页血史

【家训家规】勿忘国耻，铭记历史，珍惜和平，开辟未来。

历史是最好的老师，一个村庄的村史，或簿册在手，或卷帙浩繁，往往会因为一些特殊人物，变得或丰盈、或凝重；也会因一些特殊事件，变得或斑斓五彩、或血色一片。都昌县左里镇林山村委会秦傅岭村，成村于明洪武年间，秦姓与傅姓合居，故名“秦傅岭”，现有村民 330 余人，秦姓、傅姓各居半。秦傅岭村在抗日战争时期，成了入侵左里一带的日寇屠杀中国人民的“杀人场”。曾经的累累白骨，控诉着日本侵略者在这片土地上的冷酷与残暴；曾经的殷殷鲜血，昭示着这方水土上不屈儿女的抗争与反击。

抗日战争胜利的 1945 年，秦才生出生于秦傅岭村。他在九江一中高中毕业后，因“文革”而无缘去大学深造，只得回到家乡，在大队担任会计。1970 年，当时公社组织在林山大队办一个“阶级教育展览”，内容是展示旧社会的苦、新社会的甜。那时没有相机，展览的“图文并茂”主要体现在收集的实物和手绘图画上。图画的绘制由一个叫雷克飞的南昌籍老师完成，年轻的秦才生主要搜集和挖掘展览史料。由此，他对村里的抗日战争时期的民间历史有了最为详尽的搜录。那时距抗日战争硝烟散去不过 20 多年，许多的抗战亲历者，特别是他们的下一辈还健在，他们讲述的秦傅岭村的抗日历史显得特别珍贵和鲜活。当时设在大队油榨坊的“阶级教育展览”，不仅吸引了本村、本公社、本县的人络绎不绝地前来参观，而且秦才生的母校九江一中的老师也带着学生前来接受教育，听秦才生讲解。秦才生后来一直在三尺讲台立德树人，曾任多宝中学校长、原新妙湖高中副校长。退休后的秦才生应邀向后人特别是当地的中小学生讲起那段发生在秦傅岭村一带的抗日历史。那段历史惨烈无比，成为激发人们的爱国热情的生动教材。

日本侵略军登陆都昌的准确时间是1939年3月13日，农历正月二十三。日军1000余人在日酋鼎村的指挥下，由星子县渡过鄱阳湖在苏山屏风登岸，先驻于八里湖谢家，然后经由徐港桥进入十里陶家冲，出左里清辉驻于桥边陈村。番号为日陆军一一六师团218联队小林大队。随后，一分队队长河野驻于左里横寨岭周村，在横寨岭村外的高处地藏庵（现为一片白茶园）构筑瞭望哨和炮台，以对四周特别是对新妙湖南岸的七角、汪墩一带进行监视与攻击。秦傅岭村被作为日寇的重点“杀人场”，一是因为村庄处于炮台居高临下的打击范围内，二是因为村庄距石子桥近，几成对岸国统区以湖相隔的火线“第一村”。对于发生在秦傅岭村的日寇实施的残暴行为，秦才生用“灭绝人性、罄竹难书”来形容。

日本侵略军驻扎在不远处的横寨岭后，把秦傅岭村设为“禁区”。村民遭驱赶，不少人逃往汪墩刘都炉等地避难。当时有两个体弱多病的老人，以为闯入家门的强盗对手无缚鸡之力的他们会手下留情，就不离开家园去避难。可当老人的子孙夜间悄悄回家照料老人时，两位老人都被日本鬼子杀害于床上。一个叫傅尚琏的老人的血水灌满了自家的帽筒。平民百姓会将这种瓷制的圆柱形帽筒置于中堂画下，平日里用来插些搞卫生的鸡毛掸一类的物件。旧时主人回家往往将冠帽放置于筒顶，客人入门便知主人在家，故称“帽筒”。彰显厚道人家礼仪的帽筒，成了盛装老人鲜血的器皿。

日本侵略军在都昌左里一带蹂躏百姓，留在人们记忆中的是油菜花开的季节。金黄的油菜花涂抹了血色，哪还有一丝田园风韵？只是将惨烈嵌成了记忆的底色。秦傅岭人秦隆凤、秦桂花、傅狮子、傅四喜四人惦记着辛辛苦苦种在地里的成熟的油菜籽，四个人晚上结伴收菜籽时，被日本鬼子抓获。鬼子用盛装油菜籽的谷箩绳索将四个人的手脚捆绑。傅狮子性情刚烈，拼死反抗，鬼子残忍地砍下了他的头颅。其余三人被押至横寨岭后，被推下村民周明熙家的粪窖，随后鬼子推翻旁边的一面土墙，将三人活埋于粪窖。江家排一个叫赵婆的老人，在自家的地里打油菜，被日寇开枪打穿肚皮后，爬着回家，肠子流了一地而亡。北山铺前秦村年过六旬的秦德勘，在素仙一户大地主的家中做账房先生，一手好算盘拨拉着麻利称绝。农历六月的一天，他乘船到左里收购油菜籽，被日本兵捉住，绑在秦傅岭村。刚烈而练达的秦德勘自知落入虎穴性命不保，悄悄地将身上马甲里用来收购油菜籽的纸币给了替日本人烧饭的伙夫，嘱伙夫找机会将他被抓的情状告诉家里人。傍晚，两个日本人将秦德勘押至一个叫三茅墩九升田的西北角，持枪逼他为自己挖坑，坑成便将秦德勘枪杀了，桑塘湾的一个叫傅通泉的村民将秦德勘埋在田里。日寇三年后从左里撤兵，秦德勘的家人才将其尸骨迁至故里。据说，坑埋秦德勘那方田地起初几年不长粮谷，数年后庄稼疯长，这是尸腐成肥的缘由。

1939 年夏秋之交，有四个星子县的农民渡过西河经多宝至左里做小生意时，被日寇抓住。四人被反绑在一个倒置的八仙桌的四个桌脚上，接着被放在秦傅岭村傅家门口塘与荷皮塘之间的塘坝上。日寇在炮台上用小钢炮轰击他们，以测试钢炮的精准度。四人中有一人侥幸挣脱，白天顺着村子的断墙残垣逃离魔掌，躲在村东心塘的荷叶下，天黑逃离才捡回一条性命。中华人民共和国成立后，星子县的家人来到秦傅岭村收殓三个亡人的尸骸，带回桑梓地。又一日，三个日本鬼子到清辉蒋家强奸民女，激起众怒，村民团结一心拿起锄头、铁耙追打，击伤日本兵。第二天，日寇对蒋家进行烧掠报复，过半的房屋被焚毁，并抓走蒋家两个青年，将他们带至秦傅岭一方姓人家的宅内，把他们反绑在长长的裙式板凳上开肠破肚，残忍杀害。

日军残暴的行径，激起都昌人民强烈的愤慨，自发的抗日斗争一直没有停止。1939 年 8 月的一天，左里龚家圈村的龚昌华，绰号叫汗狗，与老婆深夜在刘逊桥演完戏回家，在路过江景秀村时，路遇一个日本兵，这个日本兵竟要强奸汗狗漂亮的妻子。汗狗一把抱住这个野兽，咬破了他的一只耳朵，妻子也拿出一把剪刀，狠狠地刺日本兵。仓皇而逃的日本兵至横寨岭驻营地报告，谎称有中国军人。次日，日寇集结人员进行扫荡，因找不到汗狗夫妇，竟将江景秀至江家排的 18 幢棋盘屋烧为灰烬。他们抓来 9 个青壮年，用铁丝穿串手心，将其中一人的四肢用铁钉鲜血淋淋地钉在檩柱间的木板鼓壁上，然后用机枪将 9 人杀害。当年，杀人现场在村民傅书松的宅屋内，此屋的残墙上，还可以看到当年魔鬼扫射无辜平民的枪眼。

1952 年出生的村民傅卖贵讲道，日本人在秦傅岭村成立了地方维持会，村里的维持会有一个叫傅松秋的读书人，据说与后来做了国民党二级上将、江西省政府主席的都昌周溪人曹浩森曾是同学。傅松秋明里替日本人“维持”地方秩序，暗地里帮着村里人周旋逃脱日寇的魔窟，他那份家国情怀犹在。傅松秋在抗战胜利后得病早亡。秦傅岭村每户人家抗战时期都有一部血泪史。傅卖贵的大爷爷傅贤孟晚间在家中的灶间烧柴火，被突然窜入的日本兵枪杀。他的父亲傅德勤在田间干活时，被日本鬼子的冷枪射杀，但他命大，子弹从腋下衣套层穿过，他吓得一路狂奔逃往徐埠，在那边帮人打长工三年，在当地人面前他没姓没名，只知叫“难民”。直至三年后日本人撤离左里，傅德勤才重回家园。20世纪60年代末，傅德勤以自身的亲身经历参加县里的讲用团，控诉日本侵略者的滔天罪行。

曾经积贫积弱的国家，曾经生灵涂炭的家园，在秦傅岭的村史上洇渍了血红的一页。秦傅岭人深知，只有国家富强、民族振兴，人民才能幸福。在和平年代，他们铭记历史，开创未来，拥抱新时代美好的新生活。

23. 左里镇横寨岭周村：烽烟周遭起

【家训家规】宋理学家周敦颐在《爱莲说》中言：予独爱莲之出淤泥而不染，濯清涟而不妖，中通外直，不蔓不枝，香远益清，亭亭净植，可远观而不可亵玩焉。

都昌县左里镇集镇上有四个周姓村庄：火烧周村、周茂村、彦奉周村（又称念奉嘴）、横寨岭周村，分属左里镇左里、周茂、林山三个村委会，皆溯源于苏山元辰山马迹涧。四个村庄中成村最早的是元代至正年间的彦奉周村，距今有670余年了；成村最晚的是明正统年间的横寨岭村，距今也有580余年了。“横寨岭”，是都昌抗日战争史上绕不开的一个地方。1939年3月至1942年4月，日本侵略军在此驻军三年余，横寨岭上乱云飞渡，周遭烽烟四起。这片土地经历了日寇灭绝人性的蹂躏，也激荡起都昌人民血脉偾张的抗争。

1937年7月7日，卢沟桥事变爆发，中华民族的全面抗战打响。1938年3月13日（农历正月二十三），日军1000余人在鼎村的指挥下，由星子县登岸渡鄱阳湖至苏山屏风，随后驻军苏山和横寨岭，同时在左里和苏山的要害之地来龙山、苏山庙、葫芦仓、旧山、梅家山、龚家湖等地设立哨所、瞭望台、炮台、碉堡等。日军选择驻扎于横寨岭，在民间有个说法，说日本鬼子请中国当地向导带路至“流泗桥”，流泗桥属于与都昌交界的湖口县，结果被带到了谐音地名都昌左里“刘逊桥”，而后日军顺势驻扎于刘逊桥附近的横寨岭。这种说法肯定是牵强附会，日本侵略军选择驻营之地，是经过严密查证的。左里的老一辈人传下来一种说法：抗日战争爆发的数年前，就有日本人乔装成化缘的和尚、讨饭的乞丐、唱曲的戏子，走村串巷揣摩地形地貌，并绘制了精准的地图，以利蓄谋已久的战争爆发后的行进。1952 年出生的左里镇秦傅岭村村民傅卖贵分析道，日寇当年确定驻营于横寨岭，唯一的依据是军事上的考量。历史上横寨岭就属兵家必争之地，朱元璋与陈友谅大战鄱阳湖、太平天国洪秀全部在九江风起云涌之时，都扼守进入都昌腹地的要塞横寨岭。“横寨岭”是个很霸气的名字，或许就是古时某位草莽英雄“横刀立马，安寨为王”之地。横寨岭与日寇登陆都昌的另一个驻营点苏山，经陶家冲可筑修车路相连，有利于彼此换防和照应。横寨岭的制高点地藏庵又与石子桥南岸的国统区正面相望，建立瞭望台可俯巡四周，直逼对岸。

日军驻扎于横寨岭后，强征民工在村四周挖起了壕沟，构筑防御工事，并修建了与苏山驻军相通的行车公路，在地藏庵高处搭建起瞭望台和炮台，对当地百姓查验所谓的“良民”。日寇驻左里总部安营在横寨岭的祖祠内。祖祠大门外挂着的“濂溪世家”，承袭的是宋代理学大师周敦颐的“出淤泥而不染”的处事要义。祖祠门口的一方池塘雅致地叫“墨海塘”，可在野蛮的侵略者面前，“义理”荡然无存，兽行大行其道。周家祖祠内，至今仍可看到靠墙的柱子一米高处锯出的豁口，是日本兵用来搭木板落宿的卡口。进大门下进的两侧砖墙上用黑墨毛笔书写着“山口队”“岸本队”的字样。日军也有小分队驻于村民家中，炮兵连就驻扎在彦奉周村，有一个日本兵对房主说他是高丽人。不少横寨岭的民宅也用来做了日本兵的驻扎房，宅与宅之间的毗墙凿洞相通，以在紧急情况下，日军不从大门进出而穿洞呼应。村内还有日本兵的马厩，放马的是村中的小孩，马清一色地高大、威猛，套了铁蹄。祖祠中进、上进的墙上被日军刷成了章制一类的宣传墙，抗战胜利后，村民用白石灰覆盖了墙上蒙了耻辱的内容。近年来，村民又抹了层水泥覆盖内壁。

翻阅中共党史出版社 2014 年出版的《中国共产党都昌历史》（第一卷），“日军在都昌的暴行”一章，对日寇在左里横寨岭一带实施的残暴行为做了多处载录，以史警后。日军杀人花样众多，令人发指：一是把中国人当活靶子，用来练枪练炮；二是把活人推进粪窖淹死；三是活埋；四是剥皮肢解；五是军犬咬死；六是逼迫被捉的中国人互相斗殴。1941 年 5 月，两个日本兵从桥边陈村至清辉蒋家强奸妇女，在 3 户强奸了 3 名妇女。村里 6 个青壮年忍无可忍，将这两个日本鬼子痛打一顿，直到他们跪地求饶才放回去。次日，驻扎在桥边陈村的日军前来蒋家村，扬言逃往外地的 6 个人不主动站出来，就对蒋村实行“三光”（烧光、杀光、抢光）。躲避在火烧周村的 6 个青壮年为不让全村人遭劫，站出来挺身赴死。日军将他们捆绑，挖坑埋住大半身，脸上涂满蜜糖，让蚂蚁和各种虫子爬满头脸，结果 6 位村民在饥渴与噬咬中熬了三天死去，死状惨不忍睹。据民国政府在 1945 年底的不完全统计，抗战时期被日军杀害的都昌人总计 1476 人，其中左里乡就有 330 人。

1947 年出生的彦奉周村的老人周如玉，讲述了他六爷爷周绍幽全家被杀的悲惨情景。日寇怀疑周绍幽的儿子周勤夷是国统区的“情报员”，走漏了日军换防的消息，便将周绍幽的妻子、儿子、儿媳和一个女儿四人杀害。日本鬼子以烧杀为乐，将周勤夷用铁丝从左耳横穿至右耳，吊在树枝上晃荡，惨不忍睹。周家出嫁的女儿是邻村李源垅刘家人，当时她带着幼儿在娘家。这个幼小的周家外孙眼看也将遭杀戮，横寨岭村民向日本兵求情，说这个孩童确实不是周家人，才保住了性命。孩童长大成人后生育了四个儿子，他的后代对这段苦难家史铭记于心。

在当年日军驻扎的周家祠堂，都昌县关心下一代工作委员会挂上了“下一代爱国主义教育基地”的牌子，以此教育后人铭记历史、珍惜和平、热爱祖国、振兴中华。基地宣传牌上，以少儿的口吻生动地讲述了一个“夜袭梅家山”的故事。1939 年 3 月 17 日，驻防在徐埠的国民党保安大队第五中队的中队长陶家庆选派三名士兵化装成卖柴的村民，潜入横寨岭下日寇的据点梅家山侦察敌情，得知据点里的鬼子兵不多，便决定黑夜突袭端掉这个据点。3 月 18 日晚上三更时分，陶家庆领着士兵，悄无声息地包围了鬼子的据点梅家山。冲锋号响起，陶家庆一马当先，杀掉了鬼子哨兵，士兵们一齐冲上日军的防御阵地。鬼子从梦中惊醒，登上炮楼意欲顽抗。保安队的士兵一阵猛烈的扫射，打得鬼子鬼哭狼嚎。不到一个小时，便结束了战斗，共歼灭鬼子 13 名，俘虏 4 名，缴获轻重机枪各一挺，步枪 14 支，其他军需用品若干，取得夜袭梅家山的胜利。都昌有关抗战史料对这次夜袭结局的记载是：“横寨岭日军闻讯赶来增援，保安团奋勇抵抗。陶家庆身中数弹,背负重伤,还杀敌数人。最后力竭倒地,高呼‘中国不亡’,英勇捐躯。”其时,以国共合作为基础的抗日民族统一战线形成,在民族危亡之际,中国共产党人秉持着民族大义,在都昌的抗日救亡运动中一展锐力。在左里横寨岭一带还流传着民间抗日游击队在庙下熊村人熊华山的带领下,屡袭日营的故事。关于熊华山奇袭敌营的故事,一种版本是熊华山在前两次偷袭日营,取得不少枪支弹药,第三次突袭时,他孤身一人,剪断日营外围的铁丝网,爬进横寨岭,抱了两挺机枪出来。他带去的一条狗触碰铁丝网,惊动了日军。日本鬼子乱枪扫射,熊华山扔出手榴弹,最后熊华山中枪倒地。枪声过后,在背后山上接应的两个游击队员将血肉模糊的熊华山背回熊村。其儿子熊洪寿在新中国成立后成了一名英勇的人民解放军,在沙场大显身手。另一种版本是熊华山(一说熊是国民党党部)那天上午打听到了日本兵在横寨岭驻军大都往苏山驻扎地换防,计划晚上乘虚而入直捣敌营。狡猾的日本兵当天傍晚又从苏山回到了横寨岭。当晚熊华山的游击队与日本兵交战激烈,熊华山英勇赴死。村民第二天发现战场附近的子弹壳可用谷箩捡。

横寨岭上空的抗战烽烟逝散快 80 年了,但历史的警示值得铭记万年。洗刷“落后就要挨打”屈辱的最好方式,就是让国家变得无比强大,铸就对和平最好的守护。如今,横寨岭村人在中华人民共和国成立 70 周年之际迈着前行的脚步,描绘着乡村振兴的美好画卷。

24. 阳峰乡卢家村:村庄里的民国县政府

【家训家规】《卢氏宗谱集录》“立品”家训言:名节至重,穷而在下,不可妄学匪类以坏名节;达而在上,不可依附奸党以坏名节。……宁直无媚,宁介无通,宁恬无意,宁俭无奢,宁纳无辩。

一

都昌县阳峰乡龙山居委会卢家村与阳峰乡政府大院只一墙之隔,秉承“范阳世家”之风的卢家村的建村始祖叫卢天常,明隆庆丁卯年(1567)由都昌南山尾界山迁入，村址属“莲花吉地”，距今有450余年了，现有人口1400余人。卢家村是一个注定要载入都昌现代史史册的村庄。抗日战争期间的1939年初至1942年6月的三年多时间里，国民党都昌县政府迁至卢家村，卢家村见证了那段特殊年代的历史。

从1938年6月开始，长江的马当要塞失陷后，日机经常在鄱阳湖上空盘旋，轰炸都昌县城、三汊港、土塘等地。1939年3月13日（农历正月二十三日），日军千余人由星子县渡过鄱阳湖在苏山屏风登岸，驻扎于左里、多宝、苏山等乡。其时，国民党都昌县政府在清朝时的县衙旧地办公（现老人武部莲花苑小区）。因日寇轰炸县城，国民党县政府于是急忙搬至县城郊区周家嘴，数日后，即1939年春夏之交，搬迁至现今的阳峰乡卢家村。同年，都昌县立初级中学（任远中学前身）因日军轰炸县城，迁至大沙茅铺桃树岭沈家祠堂。1938年，国民党星子县政府徙迁到都昌阳储山，国民党湖口县政府徙迁到都昌大港太埠涧。烽烟四起，山河破碎，堂堂的国民党都昌县政府无安稳的立足之地。1942年6月，面对日寇对双湖乡（今三汊港、阳峰、土塘一带）的侵扰，国民党都昌县政府自卢家村迁至源头乡（今鸣山乡）九山段扪鼓村，后又在战火中迁至南峰白水塘，复迁三汊港。抗战胜利后，由三汊港迁至县城的余家祠堂（现实验小学对面）。

二

国民党都昌县政府搬离县城躲避战事，为什么首先选择的是卢家村？研究这段历史的人至少可以分析出三点缘由：一是卢家村在地理位置上居都昌的腹地，离县城20余公里，不远也不近，更重要的是，村庄倚靠的阳储山，成为天然屏障，而翻越黄梅岭、石牛岭，可直通蔡岭、徐埠等地；二是卢家村既不直接临浩渺的鄱阳湖，可避免敌寇舰艇从水路长驱直入，又可通过三汊港到达鄱阳湖，易于补给物资；三是卢家村当年有三个大厅堂做周转场地，原村民驱迁后，可容纳一应人等的办公和生活。在村里老人的记忆中，“左公厅”“右公厅”“石板厅”都是四进的大厅，每个厅都有189个屋柱。左公厅用作国民党都昌县政府的办公地；右公厅是保警队武装人员的驻扎地；石板厅是官员们和家属寄居的地方，有村民直呼“官太太厅”。当时的县长是江西安福人彭学游，他还在石板厅的一侧空地上种上树木，建了个小型花坛，搭了个戏台，推进“礼义廉耻”四维的国民教育运动，算是响应蒋委员长在南昌首推的“新生活运动”。

都昌县志办原主任、县委党校原副校长罗水生参与主编了《中国共产党都昌历史》(第一卷),时间跨度为1921年至1949年。他还在挖掘史料严谨地编写“第二卷”,时间跨度为1949年至1978年。罗水生批阅史料,指证当时的都湖彭中心县委书记谢文珊,在卢家村的途中被杀害的那段历史。1940年11月,赣北特委调派谢文珊回都昌,继任都湖彭中心县委书记。1941年3月,中心县委努力搜集枪支弹药,准备组织抗日游击队,在武山一带打游击,抗击日本侵略者。此时,石岳里区委书记石宏勋被国民党政府收买,叛变了革命。国共合作后,中共都湖鄱彭中心县委派出一些党员干部到国民党政府机关中去工作,担任一定的职务,和国民党当局一道共同抗日。当时担任党内区委书记的石宏勋,被派到国民党都昌县政府担任便衣队长。但石宏勋不仅没有为党努力工作,而且当都昌革命运动暂时受到挫折转入低潮时,在恐吓和利诱下,无耻地秘密地叛变了革命,出卖了中心县委书记谢文珊和县委委员谢明礼。1941年6月12日,石宏勋在张岭石岳里他的家乡摆酒,假意请谢文珊、谢明礼吃酒,让便衣特务埋伏在房里,当菜一端上桌,国民党的便衣特务就扑上来把谢文珊、谢明礼捉住。当晚就在程浪坂村进行审问和拷打,当问谢文珊在什么地方工作、有多少队伍,并说,坦白了可以释放。谢文珊和谢明礼斩钉截铁地回答:“工作在前方,部队也在前方。”并痛骂石宏勋叛变革命、出卖同志的可耻行径。石宏勋没有得到任何可以向主子邀功请赏的东西,恼羞成怒,就施用残酷的毒刑,把谢文珊和谢明礼折磨得身上没有一块好肉。谢文珊和谢明礼不但没有屈服,而且以绝食来表示对敌人的愤怒和抗议。第二天,石宏勋把谢文珊和谢明礼押送到国民党都昌县政府当时的驻地卢家村,请功领赏。在路上,谢文珊轻蔑地对敌人说:“老子前头死,你也要在后头来。”因当时是国共合作,捕捉残杀共产党干部怕引起舆论大哗,国民党都昌县政府便命令在押解的路上将谢文珊、谢明礼秘密杀害。下午,当谢文珊、谢明礼被押到黄梅岭时,就被杀害了。临刑前,谢文珊对谢明礼说:“你不要灰心,我们一条命要抵他们几百条命,为了革命,我们死得值得。”

三

日本侵略者在都昌犯下了滔天罪行,据1992年版的《都昌县志》载录,抗日战争胜利后的1945年年底,统计日军入侵都昌期间,杀害1488人,焚烧、烧毁房屋3705栋，劫杀耕牛2699头，使22乡120保2885户居民蒙受灭顶之灾，242人失踪，10626人流离失所。

抗日战争期间，卢家村面对敌人的屠杀，与日本侵略者结下了血海深仇，做着不屈的抗争。国民党都昌县政府搬离后，卢家村一对年轻夫妻走在出村路上，骚扰的日本兵喝令男子站住，男子拔腿就跑，日本兵抢上前去，用刺刀刺穿男子的腹部，屠杀男子，随后强奸了其妻子。村民卢封柳在左公厅附近遇到一个日本兵，日本兵端着刺刀前来搜身，卢封柳不从，野蛮的日本兵也是抡起刺刀便刺向他的腹部，年轻力足的卢封柳用双手握挡住锋利的刀刃，反力一推，将日本兵推倒在地，他趁机从左公厅的暗道逃走了。那时"暗道"终日不见阳光，在正厅隔离的侧边，是封建社会用于女子规避在典礼上露面的旁道。卢封柳躲过一劫，直至1970年去世，他的双手被日本人刺伤，一直颤抖不止，痛苦终生。

卢家村周边不近巍峨群山，在大沙太阳垴与三汊港丁仙垴之间，有一座并不高峻的山，叫"焦心山"，后来村里有文化的人改了个吉利的名字，叫"招宝山"。村里2012年新修的祖堂兼村民文化活动中心就在招宝山旁。当年山上建有国民党的碉堡，是用厚实的城墙砖砌的。有一次日军来犯，碉堡里的守军放了一排枪，便逃之夭夭了，让村民真"焦心"。抗日战争胜利后，国民党县政府在焦心山上建有一座抗日战争胜利纪念塔，20世纪60年代，塔被毁。

四

卢家村曾是国民党都昌县政府所在地，如今那段历史快过去80年了，烟云退去，当年的"左公厅""右公厅""石板厅"已难觅踪迹。右公厅和石板厅紧邻，10余年前一场大火，让原址成另一片废墟。不远处的一幢百年老宅的砖墙上，至今依稀可辨"兄弟同心把国保"一类的标语。左公厅的所在地已成了硬化的村道和数幢村民的新居，唯剩一堵残垣，让后人凭吊和感慨。如果把世事的沧桑比作一个明灭幻变的舞台，那么，舞台有更迭之日，曾在舞台上粉墨登场的各色人等，他们的绘像会在后人的记忆中，或清晰或模糊地留存下来。1941年出生的阳峰乡中小原副校长卢采发老人，是对卢家村人文历史了解得最多的"文化乡贤"。在他的讲述中，民国时期村里的卢龙山、卢凤山兄弟，因为时代的拘囿与捭阖，而个性迥异，命运跌宕。

卢家村人卢龙山，又名卢亚生，他与都昌汪墩下排门刘家村的国民党二级上将、国防部次长刘士毅，曾是文承白鹿洞书院的南康府中学学堂的同学，早年参加“讨袁运动”，也是催生民国的热血青年。据传江西省政府一个叫欧阳紫凌的高官，在“城头变幻大王旗”的年代，追查卢龙山“讨袁”的罪责，将他抓捕关押，施“电椅”酷刑。卢龙山的父亲卢良仁其时在景德镇做窑户老板，家底殷实，大儿子被官府追查生死未卜，卢良仁便想尽一切办法营救。他变卖了景德镇家产，连同家乡购置的三汊港小水里的 70 亩好田也卖了，给欧阳紫凌送了个厚礼，将儿子救了出来。

闯荡江湖的卢龙山一度生活困窘，特立独行的他常出奇招，绝处逢生。相传民国初年，生活在武汉的卢龙山看到当地晚报上刊登了一条消息，说某大军阀（一说段祺瑞）的儿子在武汉游长江时，被美国的一艘“洋驳船”撞得溺水身亡。卢龙山闻丧思谋“良机”，他赶赴北京，书写了哀亡的祭帐，赊钱请了浩浩荡荡的吹鼓队，奏着哀乐到大军阀的豪宅去吊唁。一干人等自然遭到守护士兵的拦阻，卢龙山叫嚷着自己是“亡公子”的同窗，前来泣血哀挽。士兵至府内通报，军阀正逢公务在外，其妻准允放行儿子的同学。卢龙山一入宅门，在灵位前跪伏不已，涕泗滂沱，哭诉的“亡公子”的身世来自小报的报道。军阀太太甚是动情，付了乐队的工钱，留下卢龙山在府内住了下来。十余天后，军阀归宅，太太禀告儿子同学卢先生之重情重义，军阀见卢龙山气度不凡，一表人才，感其恸情，就在总理府给他谋了个官差。卢龙山所入的官府九张桌九重门，张张桌后权势人，一门更比一门深。他初入官府，被安排在第一张桌办公，最后的第九张桌上坐着的才是官阶最大的“定案人”。就是卢龙山入门的“第一桌”，也是个炙手可热的位子，可卖官鬻爵。卢龙山受贿了一大笔钱财后，见时局动乱，便不辞而别，揣着乱世之财回到了武汉。浪荡子卢龙山，在武汉进理发店，掷钱请人放鞭炮，剃头花多长时间，鞭炮便响多长时间。他夜夜叫 12 个艺妓陪着，沉溺艳色，俗称“睡肉棺材”。更要命的是，他染上了吃鸦片的恶习。

卢龙山是个有才情之人，卢采发老人的笔记本上，抄录过“湘潭诗社”诗集中“卢亚生”写于 1902 年的两首诗。这本诗集同时也收录曾任湖北省委第一书记王任重的诗作，王任重对卢亚生的诗作给予了赞许。王任重被毛主席誉为“华北第一才子”，曾任国务院副总理、全国人大常委会副委员长、全国政协副主席和中宣部部长等职。署名“卢亚生”的诗，一首是哀婉风格的七绝：南无燕子暮春回，沦落江心痛楚才；一阵东风多少恨，沙滩夜夜杜鹃哀。另一篇七律是吟咏曾经的民国总统黎元洪，在他的家乡武汉建造“鄢东公园”的诗章：园外青山园外田，鄢东野老半神仙；门辕草塌催云鹤，杖携葫芦听树蝉；满径斜阳经以后，隔篱黄菊傲霜前；谁人买得青山旧，输起秋风又一年。卢龙山 1949 年前客死他乡，归葬于卢家村。

五

卢龙山有个弟弟叫卢凤山，是民国时期卢家村威仪一方的乡绅。卢凤山人生最得意之时正是 1941 年前后，其时，卢家村是国民党县政府的所在地。

卢凤山饱读诗书，能说会写，年轻时帮人拟状纸打官司，对案头上《刀笔青霞》一类的诉讼秘籍烂熟于心。相传国民党上将刘士毅父亲过世得早，刘士毅靠母亲含辛茹苦地养大，所以他对母亲极尽孝道。有一次回乡看望老母亲，其时刘士毅因台儿庄战役之勇，颇得国民党桂系白崇禧的赏识。刘士毅荣归故里，国民党景德镇专署官员远送，都昌县政府时任县长吕锟（江西兴国人）摆宴接风，恭迎刘士毅莅临卢家村。酒酣之际，刘士毅提及他有个同学叫卢龙山，就是卢家村人。县长闻讯找来卢凤山谒见刘士毅，言龙山不在，其弟凤山才德称誉乡闾。刘士毅但见卢凤山伶牙俐齿，甚是欢心。第二天，吕县长带着卢凤山一行跟在刘士毅所坐轿子后面，来到汪墩下排刘家村刘将军村上。刘士毅当着众人的面，让他在家里仗势胡闹的子侄，管卢凤山叫“叔叔”，让他们以后要听从“凤山叔”的管教。自此，卢凤山在都昌说话行事的地位就很不一般了，代人打官司也是十有九赢。1949 年前后，卢凤山在县城做教书先生，村里宗族上的大事，真正压得住台的还是他。1952 年前后，都昌出现“祭祖”风波，危及社会稳定，惊动了北京的高层，卢凤山被人民政府作为宗族势力煽动人物绳之以法，他被押至彭泽芙蓉农场劳改。卢凤山天生右腿残疾，劳改时得到照顾，干些捡棉花一类的轻活，1954 年回到卢家村，第二年去世。卢凤山有兄弟三人，还有个弟弟叫卢封洲，绰号叫“鸟山”，种田为生。卢凤山和其弟后裔兴盛，各自事业有成。卢凤山劳改后回到村中，卢采发捶背刮痧亲近卢凤山，卢凤山教他知道“江西简称赣，湖南简称湘”。

卢家村的这方水土，一度是民国县政府的所在地，在国破山河在的抗战岁月，蒙承了屈辱，也见证了抗争。牢记历史，毋忘国耻，是为了逐梦前行，开辟未来。卢家村人在新时代的舞台上，演绎着千姿百态的精彩人生……

25. 大沙镇桃树岭沈村:桃李成蹊

【家训家规】孝顺父母,和睦兄弟,善处宗族,严正称呼,教训子弟,崇奉师儒,严禁赌博,周恤贫乏,尊敬公婆,慈爱幼媳,勤于职业,培育英才。

都昌县大沙镇茅铺村委会桃树岭村,是个现今有1700余人的沈姓大村庄,人口居大沙镇所辖村庄的第一位。都昌沈姓承袭"吴兴世家",分五支迁入都昌,繁衍30余个村庄,近万人。桃树岭成村于元代大德年间,距今约720余年,开村始祖沈道轩(1271—?)由都昌二都杨家堑迁入,随后播衍出大沙镇的龙湖畈、马家边、岭背、沈家垅以及周溪沙岭沈村,三汊港茅岗沈村等。桃树岭之得名,有人说是因为村庄周边的岭上原开满了灿烂的桃花。至于所处的"茅铺",旧时的确是都昌到景德镇的驿道,商铺颇多。

桃树岭村载入史册的,不是桃花,也不是店铺,而是在抗日战争时期,都昌县立初级中学迁入村里办了6年。从如今的都昌一中毕业的莘莘学子,如果要追寻母校一路走来的足迹,那自然少不了桃树岭。桃树岭一度是穿过硝烟的出发之地。

一

都昌县第一中学是江西省首批省重点中学,几乎是都昌的"最高学府"了。一批批都昌学子从县一中毕业,考入大中专院校,成就辉煌的人生。如果要给都昌一中的校史定个起点,公开查阅到的资料是"1931年"。民国二十年(1931),时任县长李孑云(都昌人)同都昌教育名家李伯农、胡侠樵等,秉承"自强之道以作育人之本,求才之道尤宜以设立学堂为先"的理想,筹创县立初级中学,招收39名学生,一县之长李孑云任此"一班一校"的校长。这所在都昌土地上创办的首所"中学",沐风气之先,教学方法上采用"讲演式之注入法",教学课程有公民、体育、卫生、国学、英语、算学、劳作、图画、音乐等。当时的江西省教育厅对此"中学"不予备案,同年改设为都昌县立乡村师范,学制两年,首届毕业生36人,四年后,乡村师范停办。

抗日烽火四起，都昌一批有识之士认识到“育才备用，救亡情迫”，1939 年，时任县长彭学游，江西安福人，在 10 月份到任后，在关心教育的都昌知名人士曹伯溪、黄吉人、罗云秋等的支持下，以停办的县立乡村师范校产及部分教职员为基础，复办县立初级中学，校址在县城彭家阁附近的圣庙（老公安局内）。同年底，日机轰炸县城，学校迁到大沙茅铺的桃树岭。

二

都昌县立初级中学在乱世选择外迁到桃树岭，至少有两个因素在助推：一是国民党县政府搬迁到了阳峰卢家村，桃树岭距阳峰不远；二是办学要有现成的可用来作为教室的房宅，桃树岭阔大的沈家祠堂，提供了一时的校舍条件。

说是“沈家祠堂”，其实是乡绅沈显祯、沈显祥、沈显禄兄弟 3 人的私宅。1943 年出生的村民沈书阳介绍，他的大曾祖父沈显祯在清末是收粮卖粮的商人。沈显祯为人仁厚，来他家上户籴米的，不管买多买少，沈家都免费提供一顿用餐。茅铺到三汊港的道路上铺的麻石料，也是他捐建的。兄弟三人中老小沈显禄，“张显丰禄”的一种方式，也是捐资在三汊港、阳峰乡一带铺路、修桥，做些善事。阳峰乡金星村至今仍存的株家桥的建桥序文中仍留有捐款人“沈显禄”其名。在至今已废圮的沈家宅子的青石门楣上，还能辨出斑驳的“谨厚传家”的家训字样来。兄弟三人合建的三进大宅院，当年就是“县中”的办学所在。

桃树岭代代有商贾大家，比沈显祯三兄弟发家更早的是明代的沈希芹。沈希芹的盐船，经家门口的鄱阳湖水路，直达京城南京。采购去的是粮米，载回来的是食盐，生意做得风生水起。传说某天沈希芹在赚得盆满钵满后，得意忘形地在天子城下的江面上放起礼炮来，一个商人在京城放礼炮是犯了大忌的，官家治罪下来会有牢狱之灾。沈希芹的一个留京为官的都昌老乡在对沈家警诫之余，让沈希芹将放炮船上的一大仓稻米分给了码头上的穷人。后来沈家的行善之举做出了名声，浩荡皇恩赐沈希芹带回一对上马墩、下马墩石，置于村头，也算是为桃树岭立了威严。沈希芹的万贯家财后来还是败落了，败在一场烈焰里。那年的那场大火本来是在下塘的毗村房宅烧起的，火星竟溅到塘对岸的一排粮仓上，将满仓的储粮化为灰烬。

三

都昌县立初级中学的校长起初是由县长彭学游兼任，1941 年 8 月，彭学游卸任，校务主任黄吉人接任校长。黄吉人是都昌城郊细堰黄村人，毕业于江西省立农业专科学校，为人正直，办事公道。1944 年暑假，操劳过度的黄吉人病逝，全校师生哀恸。在学校为其举行的追悼会上，黄吉人遗像两侧的一副悼联沉痛而悲壮："大敌当前，国耻难雪，正待救亡图存，君意忍心归佛地；良师顿杳，衣钵空留，此后执经问难，泉台何处觅先生。"接任黄吉人担任校长的是程璜。程璜（1898—1953）别号云我，都昌汪墩人，北京大学法律系毕业，曾任江西寻乌县县长、都昌教育科科长，其少言寡语、谨小慎微。当时学校因学米被挤占而学潮兴起，喊出了驱赶"三程"的口号。"三程"者，校长程璜、总务主任程致远、教员程振鹏也。后来，"三程"返校复课。

都昌县立初级中学在艰难的抗日战争时期，能维持办学，薪火相传，实属不易。学校开办之初，向社会劝募基金 5 万元，家田 30 余亩。学生的学费是每个学生每学期交学米 6 斗，补助教师生活。起初没有教材，由教师口授和黑板抄写，后期学校油印教材。1943 年 9 月，学校负责筹办全县学生运动会。学校自创标枪、铅球、中低栏等运动器材，运动场是师生课余劳动一个月，将校侧的一片秃山坡平整出来的。运动会历时 10 天，时任县长曹兆征在开幕、闭幕式都出场致辞。当时学校聘请的教师大多有真才实学，思想进步。1943 年秋季，第一届初中学生 40 余人毕业，不少学生以优异的成绩升入省市公立高中。1944 年春，在校学生三班 170 余人。为培养合格的设在乡间保甲里的小学老师，后来增招 45 名简易师范科的学生，学习科目有语文、数学、史地、体育、音乐、美术、劳作、教育概论等。这批学生不仅不交学费，还得到月补贴稻谷 5 斗，由所在乡、保统筹。二十世纪六七十年代鼎鼎有名的中小学校长陈修发、张志良、詹虎文等，当年就求学于桃树岭。桃树岭人沈大兴也入校就读，后以教书为业。学校坚持"启迪民智，育才救国"的办学宗旨，组织学生深入民众，宣传抗日救国主张。1945 年 7 月 7 日，全县在三汊港公共体育场召开抗战 8 周年纪念大会，声讨日寇侵华罪行，并号召有知识的青年从军，报效家国。在"一寸江山一寸血，十万青年十万军"滚烫情怀的激励下，县立初级中学有 18 名学生投笔从戎。抗战胜利后，1945 年 9 月，学校由桃树岭迁回县城圣庙。在圣庙礼堂，书有一副对联:“做人做事做学问,效法古今圣哲;立德立功立言行,撷取中外精华。”彰显着这所学校办学境界上的提升。都昌县立初级中学在1949年暑假,与向法宜、刘士毅创办的私立任远中学合并,成立县立联合初级中学。中华人民共和国成立70年来,都昌中学一路砥砺前行,成为无数都昌学子成人成才的摇篮。

四

在大沙通往和合的途中,有座桥叫“寡妇桥”。世人以“寡妇桥”称之,多少有一丝刻薄。建桥的“寡妇”,是桃树岭村人。

都昌县政协2013年主编出版的《都昌名胜古迹》一书中,对“寡妇桥”做如下介绍:寡妇桥位于大沙镇彭家畈村南面约500米处,建于1921年,为墩式桥梁。其建造者是一位得到当时朝廷表彰、守节80年的寡妇詹坛香,是一座不可多见的“贞节桥”,当地人称之为“寡妇桥”。该桥是一座清代墩式桥梁,南北走向,麻石砌成,原长33米。20世纪90年代被洪水冲坏重修,重修后桥长16米,宽16米。

在桃树岭流传着一些关于“寡妇桥”的故事。寡妇叫詹坛香,是沈显祥家的大儿媳。丈夫婚后不久病故,18岁的詹坛香开始守寡,一直到1958年90余岁在桃树岭家中溘然长逝。詹坛香娘家是和合乡七房村人,把桥建在南溪港上,起初的原因应该是她从三都婆家到二都娘家,过南溪港要坐摆渡的小船,风雨时行人过港有很多的不便,于是,她体验了无桥之痛后,才生建桥之善。詹坛香在中年修桥,捐资来自其平日的积蓄。据说在20世纪20年代,她继承的家中田产就有18担,也就是180亩,每年的租金不少。詹坛香后来承祧一侄子而传袭后世。她的孙女至今仍保存着民国十年(1921)当时的内务部颁给“沈詹氏”的银质褒彰的证书。从18岁开始守寡至死,尘封的证书又怎能见证得了一个女子在世俗里一生的心灵挣扎?

桃树岭在过去的时光里,也许真有自然界的万千桃花绽放于春天的山岭上。桃李不言,下自成蹊。烽火连天的抗战岁月,桃树岭的“桃李”,便是求学于斯的青年学子,他们从桃树岭的小道,毅然奔往抗日救国、民族振兴的大道,也让教育的薪火历风雨而不阻于途。桃树岭通往沈詹氏捐建的“寡妇桥”的小道,如果摒弃建桥人在封建节烈观上的一生蹒跚,只去打量修桥这一善举的道德标示,那么,这条小路也是成风化人之逾越。如今,桃树岭人行走在春花烂漫的新时代,奔向小康社会的康庄大道。

三、历史背影

26. 蔡岭镇衙前曹村:南宋朝的辉煌村事

【家训家规】龟山曹氏家规言:宗族不可不睦也。邻里有匍匐之情,亲戚有藩篱之卫,况宗族乎!其有同室而戈矛,一体之牙角,皆见弃于圣贤者也。有无相济,缓急相须,鳏寡孤独相恤,和气致祥,吾宗之幸也。

偏安一隅的南宋王朝,一如落日余晖,光芒尽收,而在没落的宋朝,都昌清化乡的衙前村曹氏,却显赫一时,以至800余年前的辉煌闪耀至今。衙前村现属都昌县蔡岭镇华山村委会,有上衙前、下衙前之分,合在一起有160余人。村庄离有都昌县次中心之地位的蔡岭镇不到3公里。因有南宋朝的厚重历史底蕴,衙前村一直试图跻身江西省历史文化名村之列。

文韬武略曹彦约

都昌在南宋乱世,倒是名人辈出,仅在《宋史》列单传而留史册的就有江万里、黄灏、曹彦约、冯去非等。南宋理学集大成者朱熹重修白鹿洞书院时,都昌人黄灏、彭蠡、冯椅、曹彦约纷纷前往求学,成为历史上有名的都昌籍"朱门四友"。朱熹后来知南康军,与"朱门四友"又有颇多师生之间的交融。"朱门四友"之一的曹彦约,就是衙前村人。其实同时求学于白鹿洞书院的,还有其堂兄曹彦纯。

曹彦约(1157—1228),字简甫,号昌谷。其父曹兴宗,南宋登进士,为左从政郎、鄂州司理参军,累赠光禄大夫。曹彦约南宋淳熙八年(1181)中进士,历仕州县,累官礼部侍郎兼侍读,授兵部尚书,曹彦约以年高体弱为由力辞不往,于是以文华阁学士致仕,知常德府。曹彦约历官孝宗、光宗、宁宗、理宗四朝,任上政绩显著,体恤民情,《宋史》称他"可与建立事功"。曹彦约官至兵部尚书,他在"武略"上的施展,主要表现在抗金守土和平定寇乱上。曹彦约在任京湖宣抚司主管机宜文字，檄摄汉阳军事时，金兵南下，以重兵包围安陆，并派遣游骑及水军沿汉江进兵汉阳。汉阳兵弱将寡，形势危急，曹彦约发动民兵据守，命一路官军守城，另一路联合渔户阻塞汉川，遣勇士焚毁敌船，激战一昼夜，敌兵退走。宋军渡江追击，大败金军。曹彦约乘勇奇袭敌营，斩首千余级。这一大捷，展示了曹彦约的军事才能，他也因功除知汉阳军。开禧、嘉定年间，湖南发生了黑风峒寇叛乱，湖南、江西震动。从朝廷到地方，对峒寇招安、征讨之议，久而未决。官兵围剿，屡战屡败。时任路转运判官、负责督运粮草的曹彦约力主剿捕，并提出了三屯驻兵、步步进逼的方略。嘉定三年(1210)，曹彦约被任命为荆湖南路安抚使，他亲率大军南下进讨，并设利诱之计，次年平定叛乱。

曹彦约的"文韬"，则体现在他师承朱熹，儒学治行上。曹彦约著有《舆地纲目》《昌谷类稿》，久已散佚。现存的《经幄管见》《昌谷集》，《永乐大典》载有全文。《经幄管见》是他阐明《三朝宝训》所录不入正史的故事讲读，"旁证经史而归于法诫"。《昌谷集》中抒发性情的诗文和针砭时事的奏疏、奏状、札子颇值得治史者研读。其诗作收入《江西历代文学艺术家大全》《全宋文》《全宋诗》《全宋词》。2015 年，四川大学古籍研究所副所长尹波教授与都昌历史名人研究会的余星初先生，钩辑文献，考订辨伪，主编了 37 万余字的《曹彦约集》，由四川大学出版社出版，成为后人研究曹彦约最为详尽权威的原始资料辑编。曹彦约 1228 年在衙前故里病逝，享年 71 岁，赐号"文简"，归葬龟山。曹彦约生四子，分别名士况、士规、士衮、士冕，皆入仕宦，堪为名士。

曹彦约的后裔慎终追远，将纪念先祖"文简公"的活动，衍变成一种新民俗。每年农历十月十五，在蔡岭镇属于悠公后裔的衙前、店下、曹琪、曹洪、曹机、曹道元 6 个曹姓村庄，每村一年轮值，接奉曹彦约木雕神像。相传民国某年，从曹机里接走文简公塑像，木杠抬举像轿时，竟断了。曹姓人对此反常现象的悟读是，彦约公有长留曹机村的意愿，于是不再轮值。留在曹机祖堂的彦约公像毁于"文革"中的"破四旧"运动。直至 2001 年，6 个村庄怀着虔诚之心重塑了曹彦约的木制神像，峨冠博带，彩身光亮，曹彦约的后裔重又拾起六年一轮供奉的祖制。1944 年出生的衙前村老人曹光填，德高望重，成了接奉文简公像的总联络人。他讲起 18 年来堪称奇特的自然现象，每年农历十五这天，蔡岭一带都是晴天，哪怕前一天下雨，第二天也会放晴。村民的解读是彦约公福泽后代，天呈吉祥。2018 年农历十月十五日，曹道元村接了"文简公"的"禄身"至前年新修的祖堂供奉，请来湖口县的民间剧团连演四天四晚文辞戏，村民尊祖敬宗，传承祖德，弘扬家训，其乐融融。每年的清明节，都昌曹姓悠公后裔的33个村庄，都会派代表前往龟山曹祭扫悠公及其第七世孙曹彦约的墓茔。

继往开来"星凤帖"

2018年5月19日，江西省博物馆研究员、收藏专家郑毅龙先生考察了衙前村的星凤楼，随后撰写《景星麟凤论法帖——都昌曹氏所刻中国名帖》首发大江网。都昌电视台记者江建峰据此行写就《寂寞星凤楼》一文，为挖掘本土的优秀传统文化鼓与呼。《星凤楼法帖》作为中国书法名帖，重新引起世人关注。"重建星凤楼"的呼吁正当其时。

"星凤楼"的缔造者是曹彦约。曹彦约辞官返乡，皇上念其政绩与声望，拨银御赐建造星凤楼，作曹彦约晚年读书、染墨、收藏、颐养之用，"星凤楼"三字为宋理宗的御笔。清代《都昌县志》载："星凤楼，宋尚书曹文简公建，以贮图书，上有《星凤楼帖》，在张家岭衙前曹家门首。四面环水以水池，前架石桥，文人呼为八角亭。"四面环水，石桥连通；二层楼榭，八卦筑制；瓦脊嵌瓶，斗拱飞檐；古木参天，花园后辍；楼藏万卷，《法帖》甚珍……这是对星凤楼风貌的勾勒。登临斯楼而心旷神怡，后人可以从清雍正十一年（1733）农历四月曹肇杏撰写的重建"星凤楼"序中得到领略："至于经营措置，位则中正，制则浑坚，势则巍峨，峻起超然特出也。且设阁空明，可以披风之乘，可以负日之暄，可以宾月之来，而饯其往。临斯也，不有心旷神怡悠然以志远者乎。匪落已也，倚栏杆，观鱼游，时潜时跃活泼无滞，大化之氤氲，于此流其机焉。若夫，往来时会悦亲戚之情话，朝夕斋居，乐琴书以消忧，又群情所其有身。"星凤楼在建成后不久，即遭元军兵燹毁倾。在《曹氏家谱》中有诗为证："天命百年人悄悄，元兵一炬黍离离""一区瓦砾元兵后，到此重看甲第兴。"抗日战争时期，日寇侵扰衙前村，星凤楼匾额和楼内书画一应珍贵文物被掠夺一空。1949年后，星凤楼一直作为村里的学堂，后来也兼做村里的保管室，"文革"期间被毁。现在在星凤楼遗址上，村民开辟了几方菜园，种些果蔬。春水活泛时节，四面环水；冬季干涸之时，但见悬墟。2019年初夏，"星凤楼"已在衙前村破土动工，建成后将成为中国书法寻宗的一方圣地。

"星凤楼"的扬名，不在于其建筑的精巧，而在闪耀于中国书法史的《星凤楼法帖》。书法业内之人称碑帖之学为“黑老虎”，墨为黑色，以“老虎”喻之，大概是说书法渊源芜杂，难探其真犹如难驯之虎。寻觅一代代名家书法真品的渠道，除了碑刻、书帖，还有法帖。为了让书法大家的名作广传于世，便于墨客低成本、低门槛地临习，碑刻与书帖相结合的拓本产物“法帖”应运而生。北宋的《淳化阁帖》在中国法帖史上令人仰止，被誉为“法帖之冠”“丛帖始祖”。该帖成刻于淳化三年(992)，10卷收录自先秦以来1000余年，103人的书法墨迹420篇。元赵孟頫言“书法不衰，此帖之泽也”。《星凤楼帖》就是以《淳化阁帖》为蓝本，增加一些其他帖和家藏石刻的内容辑就而成的。让我们对曹彦约祖孙三代倾注心力而刻的《星凤楼帖》的“前世”做个梳理。

《星凤楼帖》是曹彦约晚年回归故里，在衙前星凤楼和南康军“湖庄”昌谷巷(今在庐山市星子老县城)来往居住期间，耗费心血着手编辑的。有人将其讹成“北宋赵彦约”所著。曹彦约早在庆元三年(1197)徙居南康军城下时就萌生了刻帖的想法。恩师朱熹《观书有感》言：“半亩方塘一鉴开，天光云影共徘徊。问渠哪得清如许，为有源头活水来。”诗文俱佳的曹彦约要探寻华夏书法的“源头活水”。

曹彦约的四子曹士冕，字端可，号陶斋，以幕僚而仕州郡，曾奉议郎知德化县(今九江柴桑区)。曹士冕自幼聪慧，勤于书法。他承父志，历十余年将《星凤楼帖》臻于辑刻完备，全帙12卷。元代陈绎曾《翰林要诀 · 法书》评价曹士冕的摹刻“工致有余，清而不浓，亚于《太清续帖》”。明代王世贞在《王氏法书苑》中评价《星凤帖》“虽以众刻重摹而精美不苟”。其实真正让都昌人曹士冕在书法史上留下芳名的，是他的《法帖谱系》，其内容以《淳化阁帖》为大宗，诸本为支派，逐条叙述摹刻始末，兼论异同工拙，足资考证。衙前村的族谱上，对曹士冕的后裔无载录，这一支外徙他乡繁衍。

曹彦约的次子曹士规之子曹之格，在宋咸淳四年(1268)担任无为(今安徽无为县)通判时摹刻了《宝晋斋法帖》，共10卷，其帖以祖父、叔父摹刻的《星凤楼帖》为蓝本，收录了《乐毅论》《黄庭经》《曹娥碑》等，尤以王羲之《羲之临钟繇帖》、王献之《十二月帖》等王氏家族的名帖为多。“宝晋斋”是北宋书法家米芾的书房名。米芾1104年曾任无为军使，他在任上将所藏东晋谢安的《八月五日帖》等帖的石刻置于官廨中，到曹之格到无为为官时，石刻已残。曹之格在无为守葛祐之拓本重刻的基础上，复加摹刻，并增入家藏晋帖与米帖多种，汇为10

卷。为纪念米芾,故名《宝晋斋法帖》。1960 年底上海书局将上海图书馆藏本《宋拓宝晋斋法帖》影印出版。古文字学家、金石学家唐兴在 1963 年第 3 期《文物》杂志撰文《宝晋斋法帖读后记》,认为“宝晋斋帖大都翻刻星凤楼”,《宝晋斋法帖》全帙的发现,仍是十分可贵的。《星凤楼帖》原本全帙已不可见,一般所谓《星凤楼帖》,也都是明代杂凑起来的翻刻本,而从这部宝晋帖里却还可以看到星凤的真实面貌。“陈绎曾所谓‘今佳帖难得,学者赖比得见晋唐人仿佛二耳’,在十四世纪初期尚且如此,到现在又经过了六百多年了,能看到这样接近于完整的宋刻法帖,当然是令人兴奋的。”

衙前人曹彦约祖孙三代在南宋朝以法帖之体将都昌人的文墨浸润于古书坛。悠悠岁月已逝,文脉得以赓续。在当下,以吴德胜、黄阿六、曹端阳为代表的“鄱湖三友”都昌书法群体,在中国书坛锋芒毕现,崭露头角。都昌已有中国书法家协会会员 15 名。都昌县委、县政府打好“文化牌”,开展“中国书法之乡”创建活动。都昌县承办的全国性书法赛事,或曰“鄱湖杯”,或曰“星凤楼杯”。“星凤楼”依然是都昌书法的辉煌品牌。

光前裕后“宣慰衙”

曹之格以辑录《宝晋斋法帖》闪耀于中国书法史册,他将他的宣慰官衙代代宣示于故园。

衙前村一度称“留恩村”,据说是曹彦约为感念浩荡皇恩而取名。现在名曰“衙前”,是源于其孙曹之格。曹之格在宋度宗末年任山东提刑。南宋半壁江山风雨飘摇,其时奸相贾似道当道更是加剧了赵氏王朝的崩溃。年幼的度宗乱世思良才,任命曹之格为南海北道宣慰使,属从三品官职。职责是回原籍招讨、剿抚,并筹集兵马粮草以抵御元兵。曹之格回到都昌,将祖父曹彦约在村中建造的旧尚书府作为宣慰衙门,尽心履职。在衙前村邻张家岭老街古市周边,一些村名留下了当年官衙储备军需物资的痕迹:传说曹东村是衙门东的花园,鸟官树村是养鸟之处,谢骡村是存养骡马的地方,降上谢家是放轿杠(降)的地方,仓舍谢村是屯粮仓之地。这些当然只是传说而已,每个村庄都有其不同凡响的历史。

曹之格恪尽职守,但仍无力挽回南宋灭亡的命运。曹之格在公元 1277 年病故,两年后,南宋末相陆秀夫背起小皇帝跳海自尽,赵宋灭亡,忽必烈驰骋江山。昔日的宣慰官衙历经战火炙烤和风雨侵蚀,原来的三进厅只剩下中间一进正堂。1975 年重修过一次,数年前村民对官衙祖祠做了重修,尽管没以前敞亮和堂皇,但正堂仍修葺如旧,呈四叠五加梁风格,喻“梁上加梁,官上封官”。在衙前村,有“留恩八景”,分别是宣慰官衙、水阁遗基、尚书古井、小尖文笔、留恩西障、华表南迎、牌坊础鸟、泉井渔矶。每一处有每一处的神韵,每一景有每一景的故事。比如“尚书古井”,遗址尚存,井已废弃。当初曹彦约建尚书府时,在府前竖置旗杆条石(即“华表”),彰显的是显赫的身份;凿掘一口水井,并建造一个四柱擎天的凉亭,施惠的是饮水思源,德泽后人。村里曹光填老人讲述了一个关于古井的传说。元末明初,龟山一户曹姓人家因史上谜团一样的“红花之乱”,遭灭门屠杀。衙前人被杀的被杀、逃的逃,只有一个老妪,身穿罗裙坐于尚书井沿上,罗裙罩着的井口下,用提筐藏着一个男婴,以这样的方式躲过了官军的满门剿杀。这个叫曹金铭的男婴,后来成为衙前村的兴村之祖。尚书古井至今在通村水泥路上的旁侧,井圈石上依稀可辨清乾隆十九年(1754)重修的刻字。

在龟山曹有“九里三衙”之说,其中的“两衙”指曹彦约的兵部尚书衙、曹之格的宣慰衙,另“一衙”是指龟山曹南宋礼部尚书、端明殿大学生曹孝庆(1206—1276)的官衙。2011 年 7 月,时任北京曹雪芹研究会会长的胡德平先生,带领专家学者来到龟山曹进行学术考察。“红学界”有一种观点认为,曹孝庆是《红楼梦》作者曹雪芹的南宋祖先。曹孝庆与曹之格是同宗族兄弟。

曹彦约其人、星凤楼其帖、宣慰衙其事,足可让衙前村在历史的星空下闪烁其彩。八百载白驹过隙,新时代逐梦而来。据称,衙前村在南宋一代先后有 62 人中举,18 人中进士,为官为宦者有 27 人。诗书传世远,衙前村现有硕士 4 名,博士 1 名。从衙前村走出来的曹森孙博士任教于首都体育学院。2018 年,村民曹建平承包的 500 余亩农场喜获丰收,他的种养家庭农场成为省级乃至国家级家庭示范农场。热心地域文化传承的曹光华,正在山西洪洞县务工,身在异乡的他一直关注着家乡“星凤楼”的热点新闻。曹森孙、曹建平、曹光华们在奋进的路上,书写着新的人生辉煌……

27.春桥乡余呈湾村:余应桂的明末家国

【家训家规】余应桂言:“大凡避事易,任事难;虚言易,捐己难;延誉易,任谤难。”“故无求之心,其心正;无求之目,其目明;无求之感,其感笃。”

都昌县春桥乡官桥村委会余呈湾村,村名“余呈”,是建村二世祖的姓名,村由人名。余呈湾是从毗邻的一个叫“秀才湾”的村庄分居而来的。秀才湾的祖先余天麟(1251—?),南宋咸淳年间中秀才,在现今秀才湾所处的地方设馆教授子弟,尔后入居立庄,村庄便曰“秀才湾”。余天麟的五世孙余秉刚于明正统年间,分居武山东麓的燕窝里,其子余德美,讳呈,村名便曰“余呈湾”。让余呈湾村真正名垂史册的,不是秀才余天麟,也不是余呈,而是余呈的六世孙余光秋(1585—1648),讳应桂,号二矶。余应桂万历四十二年(1614)中进士,村民以此为荣,将村名改为进士湾。后来余应桂官至湖广巡抚,为当时的封疆大吏,荣耀满堂,村民一度将村名改为余二矶湾。如今,村民身份证上规范的标示还是“余呈湾”,余呈湾村有村民380余人。天下余氏可称“新安世家”,源于郡望在浙、皖交界处的新安郡;都昌余氏亦可称“十万世家”,源于唐末都昌始祖余迪,名“十万”;余呈湾称“司马世家”,源于余应桂的大司马宦位,古代掌兵的大臣可称“大司马”,余应桂曾授兵部左侍郎掌尚书印。明末清初的余应桂,立德、立言、立功,展露乱世家国情怀。

家贫好学的少年

余应桂的祖父余恒升,一生务农,生尚淙、尚派、尚汇三子。长子余尚淙有意科举,清同治版《都昌县志》卷九“人物·儒林”称其“博学敦行”。但在功名上终是潦倒,余尚淙生三子三女,长子余应桂。余尚淙因子而贵,去世后追赠陕西道监察御史。余应桂幼时家境窘迫,这可从他在任湖广巡按时寄给家中的《诫子书》上得到印证:“忆我父乙巳岁荒,家中三日不举火。”“又忆于馆中归,我母道已无炊二日矣。”“我又忆我于南阳叔店前偶立,适有担雪梨者至,各分其一。我怀与母,母在晓阳母家易米一升。”“又忆汝之兄大狗得天种,初甚稀,倏而终变，此时家无颗粒，无钱请医觅药，众眼睁睁任其就死。"《诫子书》载录于余呈湾的《余氏家谱》，用语直白，用情真挚。与余应桂同时代的星子人宋之盛，是明亡后反清的举人，他在《余忠节公大司马二矶公实录》中，对余应桂少时贫寒自立这样描述："因里役倾家，公益励勤修。与刘为友，饥无以为食，寒无以为衣，而厥志弗怠。时除日大雪，刘归，公独留庙中拂雪踞石而危坐自律。"在余呈湾老人的讲述里，有一个余应桂"种米长粟"的故事，也可佐证其家之窘。故事的版本是：春桥旱地多，有种粟子的农俗。某日，余应桂从学馆里回家，母亲让他趁着夜月朗照，打个夜工为家里的三分地种上粟。余应桂朦胧中取了种子，扛了农具，种完地只小寝了一会儿，第二天拂晓又回学馆了。十余天后，母亲来到村外自家的地里，竟然见到的是一垄绿意的粟苗，让农妇邹氏喜出望外。原来是族上的一个叔公，在应桂播种的当天从粪土中发觉应桂播错粟种后，感念应桂家为人厚道，便不声张地从自家取来粟种重播了。这块碎米地现今已被村民的屋宅占用了。

余应桂少年时天性聪慧，志向远大，可从流传下来的他应对先生的两副对联得到印证。某日，私塾先生出上联："夜弄银河摇动满天星斗。"余应桂脱口对出下联："日登金榜扶摇万里江山。"又一日，私塾先生触景出了上联："三尊大佛坐象坐狮坐莲台。"才思敏捷的余应桂由物及己对出下联："一位书生登龙登凤登丹桂。"余应桂曾在千年学府白鹿洞书院求学，清代同治版《都昌县志》存录了他的《鹿洞夏读》诗："夕阳欲落万山迎，水石飞凉枕簟青。林鹤三鸣犹不寐，行吟月下和松声。"其诗文笔流畅，意境清新，余应桂的才情可见一斑。

恪尽职守的官吏

余应桂 19 岁时在南康府府试中录为秀才，31 岁时得中举人，万历四十七年(1619)35 岁时得中进士。学而优则仕，余应桂从七品县令做到了封疆大吏，其人其事列《明史·列传一百四十八》。

余应桂入仕的首站是浙江湖州武康县(今德清县)县令，半年后随任就养的父亲一病不起，在县衙病逝。余应桂扶柩返乡服丁忧。27 个月后，服丧期刚满，母亲邹氏撒手人寰，余应桂按旧制在家服母丧，为父母服丧近 5 年。天启六年(1626)，朝廷重授余应桂福建龙岩县令。龙岩是土瘠民贫之地，余应桂访贫问苦、日图抚恤，罢苛税、查"诡粮"，建砥中楼、通龙津桥，当地百姓传颂其政绩。

因“一清如水，慷慨任事”，崇祯元年（1628），余应桂调任福建海澄县（今龙海市）知县。其时海寇猖獗，井邑萧条，余应桂莅任后的主政策略是——修铳城、募练兵、斩寇首、强海防。三年下来，海患基本平息，海澄遂成“金汤之固”。

有了主宰三县的历练后，崇祯四年（1631），余应桂官升陕西道监察御史。明时的监察御史是个“言官”，作为皇帝的耳目，可以风闻奏事。余应桂总结治理海澄的经验，针对晚明武备孱弱，在监察御史任上的第一篇奏疏就是《条陈边务疏》，对布置用兵和用人选将颇有见地。第二篇奏疏是《请蠲驿递加派及生员优免疏》，请崇祯帝广施仁政，蠲免加派。余应桂“职在言官，义无所避”。他先是上《劾户部尚书毕自严》疏，他在疏后说：“臣亦螳臂，敢问豺狼？但臣言官也，畏忌缄口，溺其职矣。”余应桂为纠劾首辅周延儒连上七疏，为此屡受“自毁长城”的崇祯帝的斥责，曾因此遭贬回家，其峭直敢言、不畏权奸的铮铮禀性可钦可敬。两年后，周延儒罢相。乱世思良臣，崇祯帝任命余应桂巡按湖广，他临危受命，去一线平定张献忠农民军所谓的“叛乱”。崇祯帝并把守卫承天府（今湖北钟祥市），保护好他的曾高祖嘉靖帝父母之献陵的重任托付给余应桂。余应桂赴任后，施展自己的军事才华，戍卫承天府，代天巡狩。崇祯十年（1637），余应桂升任湖广巡抚，成为封疆大吏，后遭兵部尚书熊文灿的诬陷入狱。熊光灿被治罪后，余应桂任兵部左侍郎掌尚书印。崇祯十六年（1643），余应桂复被崇祯帝任命为兵部右侍郎兼都察院右佥都御史，总督三边，往陕西进剿李自成。内外交困的明王朝，气数已尽，余应桂亦无回天之术。李自成攻破北京，崇祯帝自缢于北京煤山寿皇亭旁。是年为崇祯十七年，公元 1644 年，余应桂年届花甲。

壮怀激荡的暮年

总览余应桂刚正不阿、傲然而立的一生，家乡都昌既是他学成入仕的起点，又是他人生归途的终点；既是他失意蛰伏时的温馨港湾，又是他英雄气短时的悲壮舞台。

余应桂是一个对桑梓情有独钟的封建官吏。他人生历程中，从 35 岁进士及第远离家乡赴浙江武康任县令，至 64 岁时在都昌为抗清复明慷慨就义，其间和故里都昌的数度命运交集的轨迹为：天启二年（1622）至天启六年（1626），在家丁忧前后达 5 年；崇祯三年（1630）任监察御史时，因劾奏首辅周延儒被崇祯帝驳回而愤然辞职回乡，崇祯七年(1634)周延儒罢相后才应召还朝；崇祯十年(1637)任湖广巡抚时，因与兵部尚书熊文灿不合而遭崇祯帝逮押，谪居都昌5年之久，后奉诏进京，一度任兵部右侍郎兼都察院右佥都御史，总督三边；崇祯十七年(1644)，明亡，英雄迟暮的余应桂回到都昌县城，直至1648年就义。余应桂29年的官宦生涯，在故里赋居就有17年之久。

余应桂远离了官场，每次回归家乡，不以物喜，不以己悲，家国情怀充溢心间。他在都昌前后十余年，主要作为：一是审修《都昌县志》。首部《都昌县志》当是明代万历三年(1575)编修的，到崇祯五年(1632)，已时隔60年。时任都昌知县的陈嗣清启动重修《都昌县志》，"遂礼请二矶余先生取裁订正"。余二矶认为："志亦邑史，史岂易才？予安知后之视今，不犹今之视昔也？"他历时半年，终于完稿，并于崇祯六年(1633)秋作序以记："恭承古人，挹其风采，我都千古上下尽不寂寞。"二是旌表县治良吏。时任知县陈嗣清改革征税之法，减轻商民负荷，余应桂为这一"善政"撰写《革除巡拦抽税碑记》，"以垂永久"。次年，又作《陈侯澹庵荣觐序》，旌表陈嗣清这位"其心如水，其政如春"的好县官。崇祯十一年(1638)，云南举人杨寅旭任都昌知县，修县城，建县堂，余应桂撰《杨侯鼎建县堂碑记》称誉。三是融入当地公益。崇祯五年(1632)，置县推官钱启忠捐俸集资，修建都昌至南康府治中的鄱阳湖中的石桥(俗称千眼桥)，余应桂作《钱公桥碑记》，称颂"钱公祖之德，山高水长"。余应桂和胡夫人亦捐银改建县城近郊的区兴桥。他撰写《改建儒学于南门外碑记》，"所冀后起者，毋忘前劳，意其维竞"。四是教化乡间风俗。余应桂以自己的"忠""孝"之德，成为乡贤楷模。相传余应桂的外婆家在湖口的野鸡畈村，有一天，担任监察御史的外孙余应桂去看望外婆，外婆哭诉准备杀给二矶吃的母鸡连夜被人偷了。余应桂在门外的稻场摆起公堂，智审偷鸡者，令其不打自招。自此，这个村子小偷小摸绝迹。五是誓死反清复明。余应桂在明亡后回到都昌，时常泣诉"唯欠先帝一死"。清顺治五年(1648)，余应桂在都昌尽出家财，募兵起事，响应金声桓、王得仁在江西反清复明，与清军大战于左里湖和都昌县城，在清重兵的攻打下，城破被俘。他被押解到南昌城外清军统帅谭泰营中，怒骂不降，被清军肢解，同遭剿杀的还有其子余显临、中军帅师。余应桂墓现存都昌县城西面的大矶山，1984年被列为县级文物保护单位，2000年予以修缮。

1938年出生的耄耋老人余祖庭对余呈湾村与余应桂相关的风物如数家珍。

村前的砚池塘相传是余应桂读书洗砚之处，塘前有七斗九升的四方丘田，叫“官印田”，再延伸便见笔架山，造就着进士及第的风水。笔架山旁有块四分的“花园田”，相传是余应桂夫人当年的锦绣花园。村西南最高的山坡上先前有座“接官亭”，从亭外往余应桂外婆家去的半里路叫“跑马道”。村前有口塘汇聚八方之水，喻指“八郎探母”，塘形酷似纱帽，两侧官翎外凸，称“纱帽塘”。村后山峦处有口潭被人称作“鲤鱼塘”，相传建村之初看风水的先生起邪念诓示村民挖塘，结果潭底的七条鲤鱼只有一条长开了眼，放置纱帽塘后，其中六条溺亡，活着的一条便是出一个余应桂的吉兆，若是没有地仙使坏，余呈湾会出七个显赫之人。

余呈湾村是“十三五”贫困村，脱贫攻坚中发力整治村庄，村容村貌焕发异彩，余呈湾人在新时代的家国情怀也异彩焕发……

28. 土塘镇鼓楼刘村：刘溉逸事

【家训家规】家训八条：敦孝悌，睦宗族，教子弟，端士品，务忠诚，戒健讼，戒奸险，戒流荡。

都昌土塘镇信和村委会在土塘、杭桥、化民三乡合并成现今的“土塘镇”之前，归化民乡管辖。村名“信和”，源于这一带众多刘姓村庄的祖先叫信和（1373—1441）。信和公明永乐年间由十七都筱港下堡的枣树下，迁至棠山寨头岭桂花园。其后裔为纪念先祖开基而将棠山垅称为“信和垅”。老屋刘村的信和古祠是这一带刘姓人家共同的寻根之所。信和村的鼓楼刘村，始祖叫刘溉（1465—1536），从信和公至刘溉的代系传承是：信和公长子名刘济一，刘济一第五子名刘镐，刘镐第四子名刘溉，刘溉是信和公的曾孙。鼓楼村起初村名叫“二舍”，改称“鼓楼”与皇恩浩荡相关，明嘉靖皇帝赐建一座鼓楼在村头，旌表刘溉的功德。

鼓楼历500余年风雨已成古楼，至今犹存，分前、中、后三进。前为万年戏台，时下成为村民娱乐的好舞台，2018年鼓楼村首届“村晚”就在戏台上铿锵启幕；中为官厅，为接待宾客之所；后为祖祠，现在整座鼓楼已俨然成了村里人缅祖怀宗的祠堂。在岁月的风尘里，鼓楼几经损毁，村民屡次筹资修复。2014 年，政府拨款将鼓楼修葺，修旧如旧。2018 年春，江西省公布第六批省级文物保护单位，“刘溉鼓楼”名列其中，都昌同批列入省文保单位的还有都湖鄱彭中心县委旧址、新四军都昌留守处旧址、都昌县第一个中共党小组成立旧址。

关于“刘溉鼓楼”，1993 年版的《都昌县志》在“文物”卷、“古建筑”章、“楼阁”节独记此楼：坐东朝西，楼进深 8 米，宽 8.5 米；楼柱 20 根，分 4 行均匀排列；柱子下有紫色正方形础石，础石上垫有高 0.17 米、宽 0.25 米的木垫板；楼下高约 2.3 米，楼上高约 3.5 米，砖木结构，青砖瓦风火墙，歇山顶、重檐，八角微翘，窗棂明亮，气势巍峨。在“人物”卷、“闻人表”章留下寥寥数语：刘溉，正德二年举人，滕县、望江县知县。

“刘溉鼓楼”——斯人已逝，斯楼犹存。让我们从搜集到的关于刘溉亦真亦幻的轶事中，远望他的背影。

一 字 师

刘溉，字一清，号泽山，明代中叶成化元年(1465)农历十二月初五日亥时出生，娶曹氏，生五子。刘溉自幼聪慧，孜孜好学，成人后以当私塾先生为业。门生弟子不少人金榜题名，先生刘溉却屡试不中，名落孙山。

某年秋闱，刘溉又试，答着八股文题时听见隔壁传来一考生的低叹：“激字急死人，激字何处寻?”刘溉低声救“激”：“三点白下方，反文在右旁。”解了“激”的考生从此记住了他的“一字师”的出处：“小小刘溉是都昌。”

这位考生叫桂萼，是明中期朝廷里的风云人物。桂萼，江西余江县人，官至翰林院学士、詹事府兼学士、礼部侍郎、礼部尚书、吏部尚书、太子少保兼武英殿大学士等职，是嘉靖皇帝身边的宠臣。其主推的赋税改革“一条鞭法”成为“嘉靖新政”的亮点。桂萼后来告老还乡，殁于 1531 年。刘溉仕宦生涯的诸多传说与桂萼的举荐相关。刘溉殁于 1536 年，与桂萼是老乡，一个是江西南康府人，一个是江西饶州府人，且生活于同一个朝代。史籍上对桂萼的出生年月无确切的记载，从刘溉、桂萼同赴考场且有“一字师”之缘来推断，刘溉是屡落屡考的“晚成”之人，桂萼年龄应该比刘溉小几岁。

"时也命也"

有人在游览过鼓楼后将刘溉的功名记述为"进士",其实刘溉终其一生只是个"举人"。刘溉与"进士"擦肩而过,倒有个传说。

刘溉在明正德二年(1507)赴京赶考,其时已42岁,年逾不惑。阅卷主考正是当年考场"激"死人的桂萼。刘溉凭着厚实的论策功底拟被录为进士,参加皇帝的面察,只待沐恩钦定。正德皇帝在威严的宫殿上正声问刘溉:"朕听说你饱学鸿儒,满腹经纶,为何至今才得中榜?"刘溉心里激动,惶恐不安,竟一时语噎。龙颜愠怒,担心"非聋即哑"之辈误了大明社稷,叱令无言的刘溉退下宫殿,"进士"不晋了。桂萼见了垂头丧气的刘溉,责怪"一字师":"皇上金口玉言问你话,先生怎不作答迟榜之故?"刘溉一腔懊恼地感慨功名路上的跋涉之难:"时也!命也!"桂萼无限惋惜:"'时也命也',有此一语应答皇上足矣。"刘溉时运不济,以"举人"之身在乡邑再执教鞭。

桂萼是正德六年(1511)中的进士,正德二年(1507)应该做不了"举人"刘溉的主考官。"时也命也"的一声嗟叹,或许发生在刘溉与桂萼同赴京城赶考的场合更具合理性。

智取象胆

1519年的冬季,54岁的"小老头"刘溉,在老家已是庭前坐看花开花落的坦然心境。某日,圣旨突至,隆冬季节召刘溉急奔京城。已是重臣的桂萼在京城告之原委:近日寿安皇后邵氏得异症,御医开出的药方是要取大象之胆做药引。圣上派人戮杀数头大象,皆找不到象胆。于是桂萼在皇帝面前举荐刘溉有取象胆之独法。桂萼想以此为"一字师"找到沐皇恩而入仕的捷径。刘溉向皇帝献出他博览古书识得的取象胆之法:象胆在体内按时有序地移动,象亡则胆失,每天午时整,象胆行至右后膝追风穴,此时将追风穴刺破剖开,象胆流出,象体稍事调理无碍。皇上派人依言行事,果得象胆,皇后药到病除。皇上称道刘溉"赛庖丁"。

次年秋,蒙古鞑靼派来使者,拉来一个千斤重的大冬瓜,并修国书一札,言十天之内猜出冬瓜内藏几籽,我邦便臣服大明,并岁岁朝贡。反之的潜台词是"兵戎相见"。正德皇帝谘议众臣有籽几许,皆面面相觑,莫衷一是。桂萼再荐博学多才、通晓天文地理的“一字师”刘溉。皇上想起上年的取象胆之法,欢喜而诺:“此次刘溉若解朕难,定当封官赐爵。”第十天早朝,应召而来的刘溉行谒拜之礼,禀言“千斤冬瓜一粒籽”。皇帝当庭命桂萼持剑而验,果见独籽。蒙古使者服膺称臣。

自此,刘溉擢升山东曹州府定陶县县尹。

入仕图治

正德十五年(1520)十二月,55岁的刘溉终得皇上赏识,上马赴任定陶县县尹,励精图治展示平生抱负。

定陶县毁谤官吏、讼访官衙成风,前任县令不胜烦扰挂冠而去。刘溉到任第三天,街集上的几个无赖无端闯入县衙闹事,刘溉对为首者拘役并处以极刑,杀一儆百,定陶民风渐定。刘溉爱民如子,公正勤勉地调处诉讼。他为政清廉,将自己的俸银经常用于接济饥寒交迫的穷人。他的官服破了,妻子竟找不出好点的绸布片缝补。定陶地处齐鲁要地,朝廷重臣每经此邑,以往县令辄备厚礼相送,以期通天。某日,一太监南下经过定陶,索要厚赂,刘溉不从,凛然相拒:“定陶敝邑,无一相送,唯尔乌纱帽一顶!”刘溉在定陶延揽贤才,振兴吏治,政声远播。两年多后,刘溉得巡按王御史等人举荐,调任山东幅员最大的滕县做县令,定陶百姓泣泪夹道相送“父母官”。时任都御史陈九畴诗赞:“帝与陶丘设好官,两年风力过台端。茅檐密密春风暖,花县团团夜月寒。黎庶有天生意足,奸邪无地骨头酸。牛刀又向邻邦试,咸看天行健翮搏。”

北部旌贤

刘溉履新山东滕县(今山东滕州市)县令是在明嘉靖元年(1522)的四月,真正踏上兖州滕县的土地是在五月初一,端午节的气息扑面而来。

刘溉赴任滕县的“第一把火”是整肃吏治,催收了历年租欠的钱粮赋税。是年冬,山东境内的采矿工揭竿而起,连克山东、河南诸县。历两年,起义军被朝廷剿杀,余部在赵智的带领下转战滕县,据山落寨。赵智勇谋双全,官军几度围打无功而退。身为明王朝营垒里的刘溉,面对领地生“乱”,自觉当为朝廷恪职。刘溉亲自进山下湖拜会赵智,与之结金兰之交,取得赵智的信任。嘉靖三年(1524)元月的一天,刘溉诚邀赵智下山做客,侠气冲天的赵智不知“兄弟”设局，只身赴约。刘溉在赵智毫无防备，酩酊大醉之时缚获杀之。随后，刘溉率领团练，会同明军将赵智余部一举荡平。

朝廷为守土有责、剿乱有功的刘溉颁授“北部旌贤”的奖匾。此匾在 20 世纪 50 年代仍存于鼓楼，后遗毁。

都台奖励

鼓楼悬挂着一块“都台奖励”的匾额，是山东钦差巡抚都御史陈九畴在嘉靖五年(1526)五月题赠给刘溉的。“奖励”背后，是刘溉一段跌宕起伏的人生。

刘溉在滕县县令任上刚正不阿、一尘不染，得罪了不少官吏，奸佞之臣更是谗言诋毁他。“司宗孔事件”更是让他蒙冤弃官。司宗孔是一名盗首，刘溉在将其捉拿归案后，念其家贫持孝，又有重新做人的罪悔，便将他留在县刑房供职。不承想，司宗孔恩将仇报，唆使他人诬告刘溉侵吞官衙的办公费用“纸价银”二十两，省巡按派员核查，不听相涉人员辩白，将刘溉罢官。刘溉其时奔回故里料理祖母的丧事，对官场有点心灰意冷。后经都察院复验，刘溉冤案得雪，荣获“奖励”。

声闻于天

明朝律例规定，三品以下官员年满花甲须“致仕”，回家养老。刘溉入仕既迟，皇上念其治政有方，剿寇有功，加之时任翰林学士桂萼力荐，刘溉在他 61 岁时授吏部天官衔，擢升苏州知府实缺。

上有天堂，下有苏杭。苏州知府是多少官场人渴慕的美差呀。年过花甲的刘溉对庙堂时高时低已是宠辱不惊。浩荡长江的一场风，让刘溉晚年的仕宦生涯在心底的波澜不惊里被改写了。在云遮雾绕、真假莫辨的历史传说里，也许灵秀吴地的苏州府少了一位来自鄱阳湖畔卓尔不群的知府，凝重古朴的徽地却添了一位老有所为的知县。

刘溉经京杭大运河过长江南下赴任，骤遇大风，船受阻难行。一日，他在驿馆坐风，恰遇赴安徽望江县就任县令的邓八金。把酒临风，两人似有相见恨晚之感。邓八金心生旁意，打起“叶落归根”的情感牌，劝导刘溉与他互换关文印照。刘溉老来心慕近乡之地为官，也就答应了。风定船行，各自分道赴任，邓八金畅达苏州府，刘溉改道望江县。刘溉晚年在望江县县令任上，为他的仕宦生涯画上了圆满的句号。刘溉年高体孱,朝廷在望江县城外修建一座接官亭,旨谕"耆宦贤能,来官勿接,去官免送"。

邓八金高就苏州府知府后,鱼肉百姓,贪婪无比,百姓怨声载道,三年后被治罪。邓八金一度带着搜刮来的金银财宝,乘船从太湖回故里。船至湖心,狂风大作,船家喝令邓八金尽悉抛弃不义之财,顾命要紧。可船欲行而风不止,恶浪滔天中船家质问邓八金还身存何物。邓八金哭丧着脸说:"仅存夜明珠一颗。"船家顿足:"正应了乌龙戏珠,快快弃珠息浪!"邓八金忍痛将价值连城的夜明珠掷向水里,果见大风顷息,乌云尽散,总算平安抵岸。

贪婪的苏州府知府邓八金服罪之日,清廉的望江县知县刘溉政声鹊起。鼓楼村的老人讲述的刘溉与邓八金"互换关照"的传说,显然有许多不合情理和律制之处。刘溉年迈不愿赴苏州为官,有碑刻载录为"请假省暮,俯就望江"。刘溉快70岁时致仕荣归。嘉靖皇帝赐建一座鼓楼在刘溉的故里二舍村,旌表贤劳。鼓楼镌刻一副楹联:四任文林升太守,九重魏阙赐天官。横批为"声闻于天"。

刘溉嘉靖十五年(1536)二月二十一日申时在家乡寿终,走完了他71年的人生历程。悠悠五百余年来,他的后裔承祖德、扬新风,在鼓楼村这片土地上厚德载物,生生不息。土塘镇信和村是"十三五"贫困村,鼓楼600余村民将脱贫攻坚奔小康的战鼓,擂得"声闻于天",奏响新时代幸福生活的奋进乐章。

29. 土塘镇江浒湾村:明代进士江一川逸事

【家训家规】谨言慎行,学当慥慥之君子,有所不足不敢不勉,有余不敢尽,若求已未能出言无章,制行不轨,是忘身辱先之阶也,忠孝廉节云乎哉!

据查,在宋代的319年中,都昌进士及第者共36人;在明代的276年中,都昌考中进士者共12人。明代嘉靖二十九年(1550)年登进士的江一川,是他的家乡江浒湾村为之骄傲的一个历史名人。江一川(1506—1562),字两崖,中进士后历任宁国府(今安徽宣城)推官、温州府(今浙江温州市)推官、刑科给事中、吏部都给事。江一川秉性峭直,蔑视权贵,严绝奸邪,声震当朝。奸相严嵩因之敛事而避。江一川以铮铮铁骨，耿耿忠心，成为明朝中晚期的一位名臣。

江一川出生和终老的故里江浒湾村，今属都昌县土塘镇珠光村委会，全村现有880余人。江浒湾村成村于元末明初，"江浒"乃其肇村第四世祖之名，江浒曾祖父名江寿，祖父名江东美，父亲名江鲸。关于江一川的生平，少有史籍载录，江浒湾村老一辈村民能讲述出不少江一川的逸事，让这个460年前的明吏的形象变得鲜活起来。

不耻犬骨　誓奔功名

江一川的祖父江东美中过秀才，到了他父亲江鲸这一辈，家道渐窘。江鲸生育俩儿子取名一川、一蜚，大儿子江一川从小跟着师傅学篾匠手艺谋生。

某日，江一川到狮山卢家上户做篾工，那天正值卢村一名秀才为庆贺中榜而筵宾客。弹冠相庆的欢宴设在祖祠的上厅，宾客酒酣之际抛下吮嚼过的盘中骨头到下厅，惹得群犬争啮。已过了晌午，江一川仍饥肠辘辘地破竹刮片，群犬的狂吠乱窜让江一川心生愤懑。他一气之下收拾起篾刀等一应匠器，放下话来："考个秀才有什么了不起，我定要连超三级考个进士让你们眼馋。"江一川负气挟着具裹，经一个叫游水潭的地方回了江浒湾。决绝而去，何处是归途？江一川在游水潭，望着波光粼粼的水面发了一阵呆。他取出一把篾刀，自言自语："老天佑我，倘若篾刀抛丢出去，临水不沉，我的进士誓言定会兑守！"他像童年时玩"水上漂"瓦片似的，向水面抛飞出篾刀，也是天助一川，那铁具掠过游水潭水面，竟被潭中的网桩兜住，还在水面显出刀柄来。原来这水中立下的木桩、桩间布下的密网，是当地渔民为了防鱼盗而设置的。

自此天资聪慧的江一川发奋读书，在他44岁时荣第进士。

恩师青睐　以女相许

江一川弃匠从学，他的父母勒紧裤带，送他入了邻村汪家乡儒汪大海的私塾。

一日遇雨，江一川戴着一顶破斗笠上学，他看见其他学童打的是油纸伞，就是戴的箬笠也是簇新的，江一川寒碜地将自己的旧斗笠随手放在村头的土地庙菩萨的头上，兀自入了学堂。是晚，先生汪大海心生一梦，梦见菩萨老爷向他诉苦："也不知先生塾馆里哪位来年大官人的纱帽，压得我抬不起头来。求取！"第二天，汪大海便在学堂追查，得知果然是自己的学生江一川将笠置顶菩萨。汪大海也没责罚江一川，只是教他要对神明怀敬畏之心。江一川记住了先生的话，又过了一天，他在家中将新鲜麦秆编织成秆辫，系于那尊受不住斗笠的菩萨脖上，算是以“黄金”式的贵重馈赠菩萨，以示道歉。是晚，先生汪大海又得一梦，托梦人仍是土地庙的菩萨老爷，做痛苦状倾怨道：“我昨日痛苦不堪，脖颈上被大官人套了锁链。求取！”汪大海梦醒当天，又查出麦秆辫是江一川所为。江一川的威仪竟压得住土地庙的菩萨老爷，汪老先生拧眉捻须，悟到了门生江一川的不凡之处，自此对他刮目相看。不只不收取江一川就读的一文费用，还接济江一川父母使其无温饱之忧。

关于江一川在老家从读的神奇故事还在续讲。江一川求学时就住在汪大海先生的家中，夏季置铺在先生家的过道里，没挂蚊帐，也不见江一川被蚊子叮，倒是汪家老小在寝榻频受蚊咬之扰。某日，江一川回家去了，汪大海腾挪到室内过道入眠。上半夜南风习习，甚是凉爽，也无滋蚊嗡嗡。下半夜，隐约听到有阴鬼似的嘟囔：“上半夜却是在给这具狗骨头扇风。官人不在，休想图此享受。”言毕风住，蚊子在耳畔嗡嗡地叫。

汪大海对江一川日后的飞黄腾达深信不疑，他将自己比江一川小两岁的长女许配给江一川。汪氏后来在江家生二子，取名江鲤、江坚。江一川续娶奚氏，又生二子二女。

乡土对联　急死举人

江浒湾人讲述起江一川的逸事，往往会说江一川才情卓然，但貌相平平，如果有堂堂仪表，他的官职还会更大。

江一川从小得了瘌痢头，这多半是家穷生活环境差而得不到调理所致。相传江一川八九岁时在家中放牛，一天他家的饭桌上又断了蔬菜，父亲让他拿着铁勺去村外的流水沟里去翻点泥鳅来，中饭等着下锅。此时从周溪往土塘方向的官马大道上，来了位赴京赶考的举人。经过江浒湾村时，见江一川满手泥巴在挠乡间俗称的“腊里头”，举人便调侃：“越抓越痒，越痒越抓；不抓不痒，不痒不抓。”江一川发亮的眼睛在泥巴脸上扑闪了数下，拉长声音回应举人：“先生先死，先死先生；不生不死，不死不生。”孩童应对得天衣无缝，举人为之一惊，愧惭地赶他的路。江一川将串起来的泥鳅、黄鳝、鲇鱼扬在手中，喊住先生再来一轮对对子。江一川稚嫩地喊出了上联:"一串无鳞,鳝长鳅短鲇嘴阔。"满腹经纶的举人竟一时语塞,望着一身无鳞的三样滑腻之物,对不上乡间气息浓郁的对子,悻悻而去。这举人平日里性格执拗,心理又特脆弱,死要面子,也正是因为这些特性,心无旁骛地求取功名,才有"秀才"到"举人"的荣耀。此行在奔赴京城会试,欲登进士的路上,被一顽劣之童难住,他一路念叨江一川给出的上联,一直未有灵光一现的下联迸出。举人一路赶考一路腹吟,途经安徽淮安府一偏僻之地,找了家驿道上的孤栈落宿。店家相告说剩下的一间客房先前死过羁客,总是闹鬼。举人尽管心有所惧,但也只得别无他选地入住。是夜,举人在旅馆竟忧郁而亡,一命呜呼了。

时光飞逝,36年之后,江一川同样以举人之身赴京城赶考,途经安徽淮安府的同一家客栈,掌柜已是店家的儿子。店家告诉江一川,36年前一个江西举人死于非命。此地前不着村、后不着店,从小胆大的江一川从容落宿。江一川和衣而睡,半夜三更梦到一个先生模样的人口中念念有词:"一串无鳞,鳝长鳅短鲇嘴阔。"江一川猛然想起这不是自己孩童时出给赶考先生的对子的上联吗?难道眼前绰影竟就是36年前的同邑先生?他随口对出下联:"两筐有壳,蚌大螺小蟹脚多。"先生闻听,嗟叹一声跪在江一川的床前:"尔等莫不是江浒湾村那个摸鱼鳅的童孩?"同是赶考人,阴阳两相隔,江一川不胜唏嘘。会考过后返程,江一川找到店家,在客死他乡的赶考先生的坟冢前,带了一抔泥土,抛洒于周溪泗山,也算让他魂归故里,不再为难觅对子下联而耿耿于怀、阴魂不散。

舅母失鸡　上堂智审

江一川在宁国府(今安徽宣城)为推官时公正清廉、断案如神,这年回到家乡,去看望外婆,贤惠的舅母边烧火边说贵为官人的外甥真是没口福,本来要炖来招待你的肥母鸡昨晚被人偷了,一川你可审得出谁是偷鸡婆?江一川让舅舅当晚叫来村里人在祖祠集合,欲以鸡案来教化民风,同时也给外婆家一个体面。村里的百姓都好奇地来到祖堂,一睹官比县老爷还要大的村里外甥的仪表。江一川穿了推官上堂的官服,不苟言笑地让舅舅叙说了一遍失鸡的事理。村民都以为江一川会一个个验审,出乎意料的是,江一川只说了两句话:"鸡不是外村人偷的。偷鸡婆就在现场。退堂!"不少村民像是要等一场精彩的戏开场,不想锣鼓刚一响起,不待戏情一波三折地展开,戏中主角便粉墨下场了,这让观戏人生出满心的失望。村民别过身去离开祖堂,只听身后的惊堂木一声脆响,江一川厉声斥道:“偷鸡婆不要走!”那真正做了亏心事的偷鸡老太婆哪见过这阵势,当即吓得瘫软下来,这一切都被江一川洞悉。他也不深究,村民照常散去。当晚,舅母家的鸡婆被偷鸡婆悄悄送回了鸡窝。

上马下马 病逝故里

篾匠出身的江一川44岁进士及第,自此才踏上仕途。他在其位谋其政也仅仅只短短的6年。他在50岁时便身染重疴回家调养,7年后病逝故里。江一川的坟墓20世纪60年代被盗挖。6年的仕宦生涯中,江一川先是在宁国府、温州府任推官。“推官”一职在明代专掌刑名,为正七品,一年半后,诏命进京,擢调刑部给事中,不到两年,又擢升为吏部都给事中。明代中后期的都给事中为正五品,掌管侍从、规谏、稽查、补缺、拾遗等事,职位说不上隆尊,但都是皇帝身边的近臣。2003年,村里重修祖祠,江浒湾人在门楣上镶嵌“吏部都给事”的碑石,以耀门庭。

江浒湾村村址坐北向南,有吉祥“凤鸡地”之称。“左丞相、右夫人”一说中的“左丞相”,指江浒湾的江一川原是有出任丞相的运数的;“右夫人”,指的是江一川夫人汪氏。江一川所侍朝代正值江西分宜人严嵩担任首辅,履相之职。严嵩在历史上是一代奸相,权重皇室,败坏朝纲,风节峻厉的江一川慎绝朋党,正气凛然。江一川最终未能为相,这在江浒湾村也有一个传说。相传江一川带兵在外效力大明江山,夫人汪氏那阵身体羸弱,渴盼夫君早日平安归来呵护她。一日一地仙经过江浒湾村,汪氏恳请指拨,地仙给出的堪舆之术是“挖塘造庙”。汪氏遵引,请人在府堂前深挖了一口池塘,在村后的黄冈山造了一座庙宇。第二年,丈夫江一川果真应验回到家中,只是不是“荣归”而是“哀回”——江一川得重疾被送回家来疗养。江一川当年的府堂早已废圮,只剩下门楼前两个斑驳的红石础案,府前的池塘一直水光潋滟,据说江一川当年手植的槐树仍在岸边枝繁叶茂。在都昌民间有“槐不过都”的说法,江浒湾的槐树却历经风霜仍在都昌大地撒籽相生,堪为奇观。黄冈山庙也早已毁弃,村民忌讳原庙址有“败相”一说,2010年便在附近重修了黄冈山庙,寺庙的老址还会有附近的香客膜拜祈福。这个传说有两处得不到事实上的确凿印证,一是江一川终其一生是个文官,并没有带兵杀敌的武威;二是黄冈山寺在江一川进士及第的前四年,由汪夫人父亲汪大海等当地耆彦"佥谋重修"。在《江氏大成宗谱》里存录了江一川嘉靖二十五年(1546)亲撰的《重修黄冈山紫庭祠记》,黄冈山祠的历史可追溯到晋朝一个叫黄紫庭的人,黄冈山祠由他始建而得名。

江一川盛年奉旨回家调养,为感念其劳勋,明世宗特敕在江浒湾村口一里以外建上马墩、下马墩各一座,并令凡来回探视的官吏一律依例在此下马而入、上马而出,不可怠慢,以示对江一川的礼待。相传在江一川病入膏肓时,皇上派有司前来抚慰,有司入村时依例在下马墩下马,尔后步行入江一川府第,达告皇上的恩慰。有司见江一川已是日薄西山之人,便生了怠慢之意,回程时没有依例步行到上马墩上马,而是径直在府堂前跃马而去。江一川在病床前听到家人相告,立嘱仆人策马而追,说有一信札要特呈皇上。有司折回来取江一川刚刚草拟的密封好的信札,回京后将此信呈报皇上,第二天,有司被朝廷斩杀了。原来江一川的密信向皇上表达了自己不能为朝廷效忠的愧憾,也禀告了有司的不敬行为,并言"欺我如欺君"。江一川秉性峭直,由此也可窥察。

北宋词人贺铸在《青玉案·凌波不过横塘路》一词中,写下了这样的感伤:"试问闲愁都几许?一川烟草,满城风絮,梅子黄雨时。"贺铸的"一川烟草",抒发的是满腔愁绪。400余年后,鄱阳湖畔有一个叫"一川"的都昌人,在仕宦江湖来不及充分施展才华,其人生际遇便如烟雨中的青草,令人生出几多嗟叹……

30. 苏山乡新屋余村:余濂故里觅余影

【家训家规】余氏"家范"言:治家犹治国,礼法不可一日无之,为尊者以身教为先,一言勿妄发,一事勿妄行,俾子孙以为准则。

明代中期的都昌人余濂,曾先后任浙江道监察御史、巡按辽东、江苏武进县(今常州武进区)知县、苏州府同知等官职。都昌人杰地灵,江万里、刘锜、陈澔等历史名人彪炳史册,余濂说不上声名显赫。在余濂的故里都昌县苏山乡坡垅村委会新屋余村,余濂是妇孺皆知、光宗耀祖之人。在宗谱里、在遗迹里、在村民的讲述里,我们可以寻觅这位敢言直谏、安边有功的明吏日渐远去的背影。

一处《明史》的谬误

在浩繁的《明史》中，关于余濂有寥寥数语载录：余濂，字宗周，都昌人，弘治六年(1493)进士。武宗时，终云南副使。余濂终其一生官秩六品，他能列入《明史》是因了巡按辽东时，与明孝宗时一桩惊天大案“张天祥案”相涉，其传附于地位比他显赫的王献臣之后。

余濂作为浙江道监察御史被派去巡按辽东，巡视长安、长静、长宁三堡(今吉林省扶林县一带)。由于城堡建在河滨，激流冲刷，常被冲圮。余濂发动驻军和当地百姓，按品字形在河边植柳三十一万余株，挡防激流，涵养水土，既围城堡，又益耕种。余濂为此喜吟《巡边插柳》诗：“十里边城十里台，塞下轻骑几度来。且将杨柳深深种，他日桑麻此作媒。”这些杨柳葳蕤成荫后，辽东人敬称为“余公柳”，并立庙祀之。

余濂巡按辽东时，与“张天祥案”劈面相逢。原辽东都指挥佥事张斌因罪丢官，其孙张天祥纳粟得祖父之职。张天祥因劫营乱杀无辜，冒报功劳被告发，当时的巡边御史王献臣正欲勘查时，被调他职。明孝宗新派余濂巡按辽东，与大理寺丞吴一贯、锦衣指挥杨玉一道办查此案，结果张斌被定死罪，张天祥病毙狱中。后来孝宗皇帝听信特务机构东厂的诬告，而为张斌、张天祥翻案，将王献臣等拘逮后贬谪，余濂贬为云南布政司照磨。弘治十八年(1505)五月，明孝宗驾崩，明武宗即位。武宗大赦天下，余濂因而得免，没有赴偏僻之地云南就职，而是官降一级改任了江苏武进县(今常州武进区)任知县，一年许，武宗正德四年(1509)补授苏州府同知。此时，“张天祥案”的另一受谪者王献臣已辞官归隐于苏州，购地兴造拙政园。“拙政”的得名，源自晋朝《闲居赋》中的“拙者之为政”之语。其实，当王献臣、余濂这对同榜进士、同案遭贬的宦海知己在拙政园相叙时，“拙政”何曾不是他们刚正不阿、不附权贵秉性的坦陈。如今的“拙政园”与颐和园、承德避暑山庄、苏州留园一起，成为中国的四大名园，并跻身“世界文化遗产名录”。都昌人余濂见证了拙政园的亭立阁造、石崎桥坦，数年后，母亲翁氏故去，余濂回家服丁忧，尔后病逝长眠于故里。

《明史》中载余濂“武宗时，终云南副史”，与余濂的终任不符。省志、府志、县志和家谱对余濂的生平载录，均未采纳此说。

两段生与死的传说

余濂明英宗天顺七年(1463)出生于都昌苏山新屋余村,入仕前成长于邻村的另一个余姓村庄,以至这个村因他而改称"余濂排村"。在新屋余村,广为流传着一个余濂小时候"遇毡走路、遇'个'识字"的传说。

相传余濂八岁前还不会独立行走,生性愚钝。八岁那年,母亲翁氏抱着余濂去相邻的村上看戏,其间母亲小解,便将儿子蹲坐在后台的毡毯上。不一会儿,翁氏回来找余濂,他却不见了。翁氏情急之下找到前台,竟见儿子在直立行走,她大喜过望。回家的路上,余濂指着湖滩上候鸟留下的爪印,指认是"个"字。翁氏感念该余村是儿子开窍的福地,便将余濂送至村上一门亲戚家抱养,在余濂排村长大成人。余濂排村数年前池塘边还可见一棵相传是余濂手植的柳树,相传虬枝上挂过余濂的官靴,后来硬化村民文化场地时柳树被斫。余濂"遇'个'识字"这个传说有一点经不起琢磨:"个"字明代繁体写作"個",与鸟之爪型相距甚远。在新屋余村的祖祠旁,有一块荒弃了的宅基地,1938 年出生的余松恒老人说,余濂的故居就在此处。抗日战争时,日寇侵扰新屋余村,焚烧了余濂故居的主体,后来村上重修了一次。20 世纪 70 年代,余松恒是生产队的会计,常在此屋记工分,酷暑难耐的夏夜,身处余濂故居,竟然没有蚊子叮咬。1983 年,一场龙卷风将余濂故居夷为平地。

新屋余村也有一个关于余濂之死的传说。余濂的吏治生涯大多在监察御史任上,他自知他的不徇私情、不媚权贵得罪了不少人,在故里病逝前,他留下遗言:莫让外人知他身葬何处,以免遭仇者的抛坟之辱。据说余濂入殓时,回避了八仙近棺,操持殓事的只有身边的至亲,以至新屋余村沿袭这个殡葬之习:亡故之人入殓时,八仙避而不见。直到 2008 年,有的人家至亲偏少,难于操持一应殓事,才改为抬棺的八仙可介入。余濂出殡时,相传有七口棺木,尸首入殓的那口,由余濂的女儿插了根绣花针以标秘记。清代编纂的《都昌县志》记载余濂墓在"安定庙前",2002 年 10 月,都昌县文史专家罗水生一行赴新屋余村考察余濂墓,在离村不远处、原新妙湖新洲垦殖场的一处荒草丛生之地,拜谒了余濂墓。墓碑上的小字已被岁月的风霜侵蚀得难以辨认,中间一行竖刻篆字"明前监察御史苏州府同知余濂墓"的字样,从碑体细辨,这显然不是原墓碑。二十世纪六七十年代,余濂墓遭人盗挖,墓碑被人抬去做了池塘沿的搓衣石。罗水生先生见到的，是后来从池塘沿搬回的墓碑。那次开棺之后，当地村民一说棺椁里发现有一把宝剑，剑伴英灵，喻指余濂生前疾恶如仇，锋芒毕现；一说棺椁里发现有一具铜制的“风波箱匣”，定风波之物长随英灵，喻指余濂对世间歪风有镇风息波之威。余濂一生忠于朝廷，恪尽职守，无论是履监察御史之职匡正时弊，还是尽巡按辽东之责平乱安边，皆功勋卓著。新屋余村的祖祠正厅上方，悬挂的一块“代天巡狩”的木匾，是当朝褒扬余濂功勋的见证。原匾被现在九江生活的一外村余姓后裔保存，祖祠悬挂的是仿制件。

关于余濂之死，至今有一个未解之谜：卒于何年？宗谱没有记载，史册亦无考据。

三篇直谏的奏疏

清康熙朝编纂的《江西通志》中载录了余濂的传世著述，“立朝上章有《陈愚录》，巡按辽东有《安边集》”。在清代编修的《都昌县志》和《余氏宗谱》里，辑录了余濂担任监察御史时向明孝宗上的三篇奏疏。

在《全外戚疏》中，余濂掷地有声，一身正气。《全外戚疏》指斥孝宗“惑枕上之私”，把张皇后两个无功受禄的弟弟张鹤龄、张延龄，一封侯，一封伯，使外戚一门贵盛，达到“祖宗以来，外戚之盛未有也”。余濂犀利的笔锋直指器重提拔自己的孝宗皇帝：“夫王者，祖宗之天下也；法度者，祖宗之法度也，岂可容法度于私戚哉。”奏疏建议孝宗皇帝将张氏兄弟“削去现爵，发还乡里，使之履历艰难，谙练世故，以息人心之怨，消天道之愆”。孝宗皇帝对余濂的奏疏没有采纳，这也是可以预见的结果。后来，张氏兄弟在明世宗嘉靖十二年(1533)被治罪，一个病死狱中，一个被斩于西市，应验了余濂奏疏中的预言：“势之逼者，疑之渐；宠之极者，危之阶，自古以来未有不败者也。”

在《陈六事奏》中，余濂披肝沥胆，献策兴邦。所谓“六事”，一是近接儒臣，伏愿孝宗“至于人才之进退、边将之调用、利害之兴革，凡关乎政务之大者，与之谋议而后行之”；二是辅翼皇储，对作为“家国天下之本”的“储君”皇太子，“涵养气质，熏陶德行”；三是增取进士，每年增取进士 50 名；四是慎重民牧，重用贤流，“使民牧得人”；五是行查诏书，对官吏挪移侵欺、违制征收，“许被害人等指实陈告，论以脏罪”；六是措拔人才，对罢黜为民的一批进士宥过收用。

在《题请陈澔从祀奏》中，余濂推崇理学，荐祀乡贤。元初的都昌人陈澔，著的《礼记集说》，是明清两代科举的必读之书。余濂力陈朱熹、程颐、蔡沈、胡安国皆因注经而从祀于孔庙，唯陈澔没有从祀。陈澔"伏世立教之功大矣。然邑里无香火之祠，孔庙无从祀之典，何哉?"虽然明孝宗皇帝并没纳而办之，陈澔直到清雍正二年(1724)才入孔庙奉为先儒，但余濂情系乡梓之情溢于言表。

明孝宗为宠落人心，对余濂的奏疏虽未纳谏，但在敕命中盛赞余濂"按部有声，久负澄清之志;犯颜无隐，屡陈忠告之言"。在新屋余村保存的《余氏宗谱》里，辑存《封余濂修职郎敕》《封余濂文林郎敕》，以及对他已故父亲余嵩褒封文林郎，对当年健在的母亲翁氏、妻子高氏分别褒封孺人的敕书。

"慷慨当锋骂贼时，一门声价重华夷。虎奔血满长城窟，龙化尸浮止水池。王蠋忠魂无地挽，比干义胆有天知。近来得拜宫墙下，重续文山集杜诗。"这是清康熙年间修撰的《江氏大成宗谱》卷一收录的余濂的《谒双忠祠》，是余濂拜谒同为都昌人的南宋爱国丞相江万里和其弟江万顷的诗。当我们在余濂故里探访余濂的故事时，余濂的"义胆"天知人知，令后人敬仰……

31. 苏山乡柏上袁村:潮州知府的尖山遗踪

【家训家规】袁氏家风"辑图式"言:身董其役，必须查究详细，记载明备，千百世下宗祀虽亡，而坟墓有据，名字有传，不可遗忘删去，斯不至无传之身竟归湮灭也。

都昌县苏山乡人杰地灵，文化底蕴深厚。境内有两座名山:一曰苏山，又称元辰山，元辰文化研究近年渐成氛围;一曰尖山，状其山峰呈尖状。苏山乡尖山村委会柏上袁村，就在尖山脚下。村庄得名"柏上"，有一种溯源是其建村始祖叫袁天海(1471—1544)，明代弘治年间由尖山火烧场迁杨山庄，其子袁廷节(1502—1560)，名柏，村名用了祖先之名。"柏上"在如今又有了新的衍寓，村上有上、中、下三口塘，中塘居祖祠前，当年祖先在中塘上侧栽种的一棵樟树，仍枝繁叶茂，树荫下成为村民休息的好去处，古樟已被县林业部门列入古树名录以挂牌保护。池塘周边除了古樟，后人还植上了苍翠的柏树;入村口的村牌，冠之以"北上袁村"。无论是柏树之"柏"，还是北方之"北"，让这个有着五百余年历史的村庄平添了许多的色彩。村民津津乐道的还是村上在清代出过广东潮州知府袁蕃泰。

袁蕃泰的人生传奇

袁蕃泰，生于清嘉庆壬戌年(1802)，字际熙，讳英，号俊民。道光己亥年(1839)，37岁的袁蕃泰以补了米的秀才之身考取举人，他的功名之路止步于此，没有挤上进士的独木桥，但仕途于他又峰回路转。清代有“大挑”的选官制度，就是在屡次参加会试终落榜的举人中，选拔一些人出来做官，以舒缓应试者仕途淹滞的郁结。由同乡邑有名望的人出具担保，担保之人多为京官，吏部挑选后引见于皇上，一等作为地方知县候补试用，二等则作为学校教谕任用。“大挑”之例始于雍正，盛于乾隆。袁蕃泰“大挑二等”，做了县里的儒学教论。咸丰四年(1854)，来自广东的盗匪滋扰都昌。秉性忠贞、一身侠气的袁蕃泰倡办团练，带着弟弟、儿子和侄子举家剿贼，置生死于度外，后来，干脆投身于曾国藩的湘军门帐下，而崭露头角。咸丰八年(1858)，袁蕃泰(又名袁英)因屡著战功，又有大挑二等的功名，被任用为广东封川县知县。其时有逆反者占地为王，对海边捕捞渔场更是欺行霸市，牟取不义之财，致民怨载道。袁英带着乡勇随同官军攻剿，渔贼鼠窜，袁英乘胜追击，毙贼者众。第二年，袁英被调任广东香山县知县。同治元年(1862)，又调补南海县知县。两年后，因治绩突显，得高宦举荐，拟任肇庆府知府，袁英力辞不就，同治三年(1864)卸职后优游数载。同治八年(1869)，官府调袁英赴广东香山等地，委办积案，伸张正义；围剿匪徒，除暴安良。

袁英古稀之年被清廷录为潮州府知府，任上勤勤恳恳，造福于民，当地百姓称其为“袁天青”。地处粤东的潮州府是潮州文化的发源地，有“南国邦郡”“岭海名邦”之称。袁英在潮州府知府任上只干了短短的十个月，便急流勇退，以孝老和告病为由，辞官回乡。袁英把他一生入仕最后的辉煌留给了潮州，临别时，潮州沿途民众顶香再三劝留，袁英去意已决，潮州民众长程相饯。在“袁天青”离任后，当地乡绅在《舆志》上载录其名宦之功，民间奉其牌位入庙祭祀。

一生驰骋粤地州县的袁英，古稀之年回到了尖山脚下生他养他的柏上村，晚年生涯也熠熠生辉，一是“储积谷建文社”，疏财仗义办学堂，苏山不少后生经他培养而得了功名；二是“编保甲护地方”，以丰富的剿贼清匪历练，为保乡亲安康恪尽心力。光绪十年(1884)，袁蕃泰溘然长逝，享年82岁。

袁英将一个地方官吏的功碑立在南粤大地，亦将对故里的眷恋之心以巍峨的门楼呈现于尖山之麓。清帝为旌表袁英以及家人剿匪平乱、尽忠守义的功德，特赐在袁英的家乡柏上村修建了一座牌楼。当年的牌楼高达20余米，路人仰视可至头冠后倾委地。门楣上是钦定的“一门忠义”四字。门楼半个世纪前已毁圮，“一门忠义”的厚重红石和饰柱残败地弃于村口的荒地上。袁英在粤为官时，在柏上村修建了自家的棋盘屋，后人称“知府堂”。知府堂阔大而古朴，屋顶构式用的是五架梁，喻指“双龙出动”。正房二进，每进长二丈七，宽一丈七；厢房一丈二见方。知府堂建在皇上所赐建的门楼之后，堂前有石狮、马镫石、旗杆石等，整肃而轩昂。“文革”前，袁英的后人将知府堂置换，在村中建了宅子，原堂址现在成了尖山小学的校园所在。

潮州知府的逸事

袁蕃泰诰封中宪大夫，晋封资政大夫，官至清代正四品，但关于他的身世，都昌地方史志鲜有载录，他的逸事留存在柏上袁村老年人的口口相传里。

出生于1943年的袁松柏老人，按世系袁英是他的太祖。袁松柏1977年因妻子患乳腺癌入治当时的南昌中医学院附属医院，主治大夫姓金，从部队医院刚转业。那时和谐的医患关系令人称道，袁松柏夫妇去复查的那天就住在金大夫家中。金大夫的岳母是广东潮州人，当听说袁松柏来自江西都昌，又姓袁时，她兴奋地介绍，潮州清朝的一任知府“袁青天”就是江西都昌人。她的家乡潮州至今在农历八月十五中秋节这天演戏纪念“袁青天”，还有闹草龙灯，插上檀香驱邪气、祛病魔的民俗。当地人把草龙灯叫“赵奶奶灯”，用于纪念袁知府的夫人赵氏。传说潮州当年闹“人瘟”，是赵奶奶教会村民闹草龙灯而祈福避瘟的。

袁松柏老人讲起太公袁蕃泰在广东为官时的传说，鲜活而生动。袁英农历七月赴香山任知县时，当地人禀告，有一种“扁虫”在水田里吃稻禾，有时竟致稻农颗粒无收。袁英不知是何怪物作祟，让乡绅捉来一只“扁虫”看看。但见提来的是鳖，袁英的老家鄱阳湖畔都昌县多的是，这动物又俗称甲鱼、团鱼。袁知县颔首而笑：“这厮有何惧，让它成为盘中美餐就是了。”当地乡绅面面相觑，不知害人的“扁虫”还能食用。袁英亲自示范抓甲鱼的姿势，在甲鱼头部凹陷处相掐夹，头朝下，也就避了啮咬之虞。尔后，袁英又教会厨师对甲鱼施之剖烹。自此，当地人既享用了美味，又除了蚀稻之害。

袁英一生先后娶了四房夫人，原配胡氏生二子，袁英为儿子分别取名绍黼、绍黻，“黼”意为礼服上半青半白的花纹，“黻”意为礼服上半青半黑的花纹。袁英继娶陈氏，续娶赵氏，赵氏生一子一女，后娶副室罗氏。关于袁英的三夫人赵氏，更是有英雄与美人版的传奇故事。故事发生在正值壮年的袁英初入粤地之时。赵氏与两个哥哥在乱世占山为王，骁勇无比。官府派人去山寨招安，竟被杀无赦。官府续派剿匪有功的袁英去劝降，袁英一身凛然地上了山寨，对赵家兄妹动之以情、晓之以理地劝导：纵是梁山好汉，招安终是出路。赵家哥俩慷慨而言：“这暗无天日的天下，哪是百姓活命之世道？我辈也是逼上梁山。要不是早听闻袁大人一身正派，口碑广誉，今日就宰了你如何？且留你一条性命去做你的太平官，我等还做自在山大王。”侧立的赵家妹妹但见袁英仪表堂堂，谈吐不凡，已是芳心萌动。在两个哥哥礼送袁英下山后，妹妹做了一个豪气冲天之举，连夜策马下山，投奔袁家官人来了。下山之夕，便是相拥之宵，赵氏与袁英演绎了一场别样的美人与英雄的欢剧。两个哥哥平日里就仗着妹妹武艺高强而恃山称霸，妹妹走了，他们第二天便带着山上喽啰归顺了官府。袁英的剿匪功劳簿上又重重地记上了一笔。赵夫人比袁英小 8 岁，1900 年去世，享年 92 岁，诰赠四品恭人，晋封太人。明清两代，对官吏之妻和母的敕封有七品，一品、二品曰夫人，三品曰淑人，四品曰恭人，五品曰宜人，六品曰安人，七品曰孺人，赵氏诰“恭人”之列，也算夫荣而妻贵。赵夫人殁后葬尖山下的袁城堰团墩山，是民俗上的“屎葬尿向”之吉地。

关于潮州知府袁英的故事，在他入土百年之后还在续写着异样的传奇。袁英魂归故里安葬于柏上村发脉始祖的墓旁，那个地方叫渤公舍，是块“寒牛出栏”（又叫“卧龙出栏”）的风水宝地。20 世纪 90 年代初的某天凌晨，邻村村庄的一黄姓村民告诉袁松柏，其太公知府的坟头被人盗挖了。民间早就有人放出话来：“刨得府官墓，一夜百万富。”袁松柏和族人当即赶到现场，但见墓地一片狼藉。袁家人在盗挖现场拾捡到四粒玉石明珠，翡翠绿的圆粒珠子，中间有穿线的孔洞；一柄铜质尚方宝剑，剑杆已锈烂；一副眼镜；一顶官帽，正中嵌着一粒红彤彤的夜明珠。袁家人当天报了警，从现场遗留的锨把和一些旁证，本是不难找到盗墓贼的，后也是不了了之。至于袁英后人保存的四件现场遗物，起初被袁家人倍加小心地用破油布纸裹着锯末藏着，三年后，被人花 800 元收走了。袁英的后人将墓茔在原处重修，墓碑还是当年的墓碑。

卧雪家风的传人

都昌袁姓尊东汉名臣袁安为一世祖,承袭着“卧雪家风”。《后汉书·袁安传》载录的“卧雪家风”的故事梗概是:有一年冬天,鹅毛般的大雪纷飞数日,积雪封门堵路。洛阳令外出巡视雪况,但见沿途人家各自扫着门前雪,踏雪出门谋食。来到客居洛阳的汝南人氏袁安的门前,大雪封门,洛阳令以为袁安遭遇不测冻饿而死,便命差役凿冰除雪,破门而入,见到的情状是袁安静卧于床。洛阳令扶起身体虚弱的袁安,问他为何不出门求食。袁安答道:“大雪天人人皆饥寒,我不应该再去打扰别人!”洛阳令感念袁安“卧雪情操”,嘉其德,举义廉。袁安入仕宦后,将清廉高洁的家风弘扬开来。

尖山下的柏上袁村,500余年来代代恪守“卧雪家风”。100余年前的潮州知府袁蕃泰,终生践行的也是“卧雪家风”。袁蕃泰的孙媳妇胡孝女(苏山土目村益溪舍人),是民国年间有名的“女革命”,正是这道红色光环使昔日的知府堂在动荡年月仍可成为袁英后人的私第。

在当下追梦圆梦的新时代,柏上袁村人秉承卧雪家风,在不同的人生舞台上,演绎着工农学商兵各自的人生精彩。450余人的柏上村,改革开放40余年来,有70余名不同年代的学子通过高考,书写着知识改变命运的传奇。柏上村已出了3个博士后,留美博士袁达明夫妇是天之骄子中的佼佼者。1975年出生的袁文明在景德镇成立百花置业有限公司,创新创业铸就事业辉煌,2003年获“景德镇十大杰出青年”称号,广告设计作品获全国平面设计大奖,“宁封窑”产业研发红红火火。柏上袁村2015年着力新农村建设,村容村貌焕然一新,崇尚文明蔚然成风。村民袁水贵在自家高品位的宅院内,打造诗词文化长廊,刻勒当地诗家吟咏乡村振兴的诗篇,让柏上村的农家生活亲近诗和远方……

32. 狮山乡西边山于村：八都山之光

【家训家规】《于氏宗谱》“壬申老序”言：难犬相闻，族大而蕃散居各都，迁家旁邑，务礼义乐耕桑。仕宦显于朝者有焉，儒行称于乡者有焉，仁厚之风，蔼然可挹。

一

都昌县狮山乡有个村委会叫“八都村”，“都昌”之“都”与“八都”之“都”在旨意上并不相通。本土文化人对“都昌”县名来历的诠释是：都昌建县2200余年的历史是从汉高祖六年（前201）置县鄡阳作为起始，尔后“沉鄡阳，浮都昌”，唐武德五年（622）置县都昌，肇基之城在现今的北炎一个叫都村的地方。从都昌的地理位置环视，南接南昌，西望建昌（今永修），故而从“都村”和“南昌、建昌”各取一字，有了县名“都昌”，且从字面望文生义起来也很酣畅：“都”是“昌”盛之地。“八都”之“都”，是明清时期的政区设置，以县统乡、乡辖都、都置图（现在的自然村落）。全县曾以县城东郊为起点，由西向东呈环形依次编列，共分四十八都。东郊一个张姓村庄遗漏入都，为这个村庄补入而新增第四十九都，叫“白都里”，意思是被人白白忘却之都。从大树一都、和合二都、大沙三都、阳峰三汊港四都，依次数都，狮山属八都，这是“八都”村名的来由，也是全县唯一以“都”定位命名的村。

狮山乡八都村委会有花得桥冯村、景昭刘村和西边山、三房、四舍3个于姓村庄，全村共3150余人，其中于姓1900余人。“八都山”通常所指，就是山里的三个于姓村庄。“八都山”不是具体的山名，而是环绕于姓村庄的群山的统称，诸如张家岭、下马山、大冲山、井门山等连绵成了村庄的倚靠。入山来的唯一通途是从狮山垴经花得桥的一条路，2010年硬化了路面。自古入山路一条，这样的地形特征给于姓人家带来安稳的世俗日子。乱世时土匪不敢入山作祟，最惮瓮中捉鳖。平日里打抢的劣迹，在八都山人听来也是奇闻。有了八都山这样的地貌，村民们可谓生活在“世外桃源”，要是山里能走出陈忠实式的名作家，八都山一定会是文学作品里异彩纷呈的“白鹿原”。

在一些关于都昌村庄变迁的书籍里，罗列出八都山里有西边山、三房、四舍和东边山四个于姓村庄。其实东边山于村在20世纪50年代初期，就只剩下5户人家，后来修前进（八都村曾改名为前进大队）水库，东边山村民悉数外迁了，村庄已然消亡了。承袭“东海世家”的都昌于姓后裔，奉于秀为始祖，于秀（1273—1352）于元仁宗延祐年间官授都昌县尹，后升至隆兴路总管府治中兼知路事，秩满后返居故里丰城。于秀生四子，分别取名汝贤、汝能、汝恭、汝和。幼子于汝和（1300—1374）在都昌出生，长大成人后，于元至元年间由丰城迁回八都上石山的曲松树下，即现在的西边山村址。同从丰城迁入的还有于汝和的堂弟于汝谦。西边山自此成为都昌于姓的发脉地，狮山、和合、北山、万户等十余个于姓村庄皆生活着于汝谦、于汝和兄弟的后裔。在西边山村后的山坡上，有十余棵枝繁叶茂的古樟树，从原乡谱系的视界去打量西边山的古樟，一如山西洪洞县的“大槐树”，成为寻根之旅的归处。

二

八都西边山最有影响的历史人物，无疑是明代初年悲壮地赴死而被朱洪武皇帝赐谥“怀远大将军”的于光。于光（1327—1369，一说生于1324年），是于汝谦之孙，《明史》卷一三三载有《于光传》。在1996年版《都昌县志》中有关于于光的传略：

于光，字大用，号暗修，狮山乡西边山村人，少有大志，元末，投红巾军首领徐寿辉于浮梁，封浮梁院判。1360年，徐寿辉为部属陈友谅杀，愤然改投朱元璋，并与左丞余椿率部取饶州献朱元璋。授枢密院判。朱、陈大战鄱阳湖，于光率部屡败陈，以战功升鹰扬卫指挥，此后，随朱部大将徐达平淮东、浙西；1367年擒张士诚后，又取汴梁、克陕洛、下潼关，并佐都督郭兴，大败左丞李思齐部，奉命镇守甘肃战略要地巩昌。时，元河南王扩廓帖木儿率部屡犯边，均被于光击退。扩廓探得明大军将至，遂改围袭重镇兰州，又遇兰州指挥使张温坚守。于光闻兰州围急，遂率部前往救援，不幸于马兰滩遭元军伏击，战败被俘。元军执于光至兰州城下，命其唤张温降，于光却大呼：“公等但坚守，徐将军大军旦夕至矣！”城内将士闻讯，守城益坚。元军大怒，遂杀于光于城下。

于光金戈铁马的一生，在明初威震朝野。于光赴义后，明征戎将军邓愈立碑，宏文阁大学士刘基撰写的墓铭中，称于光“磊落大志，胸富六略”，“呜呼，天下之大，莫大于忠臣，其所以身佩安危，忠扶社稷者，生于人心之自然，非有待于外人也”。明大学大宋濂也为之撰文，颂其功德“缙绅先生称之”。在八都山于光的故里，关于于光的一些传说，比正史更为鲜活。都昌县政协原秘书长冯唐波先生考证，于光家族曾在都昌南峰石桥村生活过几年，当地有“于家垅”“于家山”“于丞相府第”等地名。都昌南峰与鄱阳县银宝湖紧邻，是早年于光揭竿组织农民起义反元的大本营，以致《浮梁县志》载录于光为都昌南峰人。出生于1937年的四舍于村的退休教师于承功，从小就听到过不少于光的故事。于光42岁时遭元朝残军砍杀于兰州城下，被残忍地碎其头、断其手。朱元璋追授于光为“怀远大将军”，遣官祭奠，伏诏旌忠，命配享鸡笼山忠臣庙，并赐金头银手，凑成全躯，葬归故里八都神岭之东。命于光的部下闵自华夫妇竭数代之忠为其守墓。传说为防金头银手引盗贼掘墓，于光入殓时有数口棺椁。真正入土为安的那口，被于光的女儿在棺椁上咬了一口，算是印证。墓碑刻有“明故怀远大将军之墓”，两边阴刻为“洪武四年三月上已征戍将军怀远为南康府都昌县人，葬旧故里神岭之东”。于光墓在狮山乡斗山村冯家山峦，被列为都昌县级重点文物保护单位。每年清明时节，狮山于姓后裔都相约祭扫于光墓。

三

八都村西边山人于光作为一代名臣，忠君报国的一片丹心，留在光照千秋的史册里。在关于千年瓷都景德镇的著述里，写到“军窑”这一章，于光是一个绕不开的人物。2007年11月由广西师范大学出版社出版、著名作家江子创作的关于景德镇历史的文化散文集《青花帝国》，跻身第七届鲁迅文学奖提名行列。在全书的八章中，专门辟出一章《江湖：都昌会馆》，书中谈及景德镇几成都昌人的码头，可溯源于于光：“元末明初，都昌人于光带兵驻守浮梁，部下多为都昌籍。他们借此在景德镇建窑口（称军窑），在景德镇陶瓷行业中潜伏下来，日积月累，有了后来的一片江山。”2018年元月，由中国文史出版社出版，中国作协会员、都昌本土作家徐观潮创作的纪实类文化散文集《烈焰瓷都》写道，于光当年驻守浮梁一带，“军窑”专为军队烧制瓷器，“一来可供军需，二来还可以盈利充作军费”。也有文史专家认为，于光的“军窑”不是出现在他驻守景德镇之时，而是他受封后前往潼关，原部下大部分为都昌县人，不随军前往者就地业瓷，遂为“军窑”。2018 年 8 月 27 日央视纪录频道首播的四集纪录片《景德镇》第一集里，关于于光“军窑”的形成采用此说。纪录片中拍摄的离景德镇约 80 公里的鄱阳县银宝湖乡鉴玉村，多为于姓，祖祠供奉着身材魁梧的于光塑像。于鉴玉是于光的弟弟，这一支于姓也是发脉于都昌县狮山乡八都村的西边山。“廿里长街尽窑户，赢他随路唤都昌。”央视纪录片《景德镇》第一集大篇幅地讲述“都帮”在景德镇艰辛而辉煌的历史，众多都昌人的微信群里广为转发。

一方水土养育一方人。作为生活在 600 余年前的一个历史人物，于光令世代西边山人引以为荣。一方水土也涵养一方物。说到让西边山人引以为荣的物产，首推的当是八都山深处优质的青石，腻滑、润泽而有硬度。早先很多的村民“靠山吃山”，手工凿石，打造成的青石板墓碑、石槽、石碾、石梁等，山里人或推车上户吆喝，或于集镇开店营业，足可谋生。八都山人錾磨成的方形、长形的青石板，将悠长的村巷铺设成多少游子独步天下仍忘不掉初心的乡愁。青石的边角料用来垒塘岸、砌腰墙，层次分明，古韵尽现。随着现代文明的勃兴和对生态环境的保护，西边山的青石业日渐式微。年轮为静卧于深山的青石增添芳华，历久弥坚。

在八都山前进水库旁的大山涧，矗立着一方六米多高的巨石，嶙峋奇诡，当地人称为“坡凸石”。巨石的底部，有四个深深的女人脚印，一串的连步印遇上大雨天，总是汪汪地蓄着水，成为顽童们的欢娱处。于承功老人叙说着一个流传于八都山的故事，说那串脚印是观音菩萨踩踏而成的。八都山里有个白马精，一度兴风作浪，贻害平民。观音菩萨洞悉一切，未及白马精作法施淫威，她抢步坡凸石下，踢飞一块石头，不偏不倚地压得白马精的后脚跟动弹不得。白马精的头在土塘的千子岭，岭上有座庙镇压着白马精，使其永世不得翻身。巨石在山里人的心中有了神性，所以一代代的山里人从不侵损此石，采石时会虔诚地面壁祈福。村里的老人说，请来八都山为亡灵做道场的道士，在超度时口中念念有词：“居在八都长岭乡上石堡……”大山涧的青石，成为逝者生命归途的路标。

狮山乡八都村是全省“十三五”贫困村，西边山现有村民 500 余人。质朴、笃诚的山里人，以踏石留印的执着，一路前行在小康路上，展示新时代的荣光……

33. 西源乡江家畈村:"金银村"里那些背影

【家训家规】《江氏大成宗谱》载录"家训"言:忠孝为人之大端,根于至性,出于内心,人人所觉自矢,不必食禄而后为忠,亲存而后为孝也。廉节尤人所以立身,亟当操持,倘不顾分谊,贪黩黩行,以致遗亲后君,又安所为忠孝之人。

载　宝

都昌县西源乡西源村委会江家畈村,在记者笔下被称为"金银村"。"金银村"的得名,源于1992年那场挖宝。关于挖宝的故事或事故已过去快30年了,当年金灿灿的金元宝放射出的光芒,点燃起掘金者灼热的目光,也让人性变了形——或见金子般高贵的心,或见铜臭般龌龊的灵。拉开金光闪闪的人生戏剧之帷幕,让我们穿过时光的云烟,回望那些渐行渐远的藏金纳银者的背影。

江家畈老宅里的金银肇始于清末一个叫江南金的人,一如他的名字带着"金"字。江南金,字奇圭,官名品三,生于1841年。他少时家贫,在兄弟四人中排行第三,同时"兼祧"叔父,即兼做两房人继承人。江品三聪慧过人,清同治年间江南诸省骚乱不已,科举滞行,江品三至25岁才"入邑庠",参加乡试中举。33岁中了进士。江品三后来辞去功名,回到江家畈侍奉母亲,直至老母故去。乡间十余年,他甘为布衣,其间在好友捐资创办的书社为师授业。光绪辛卯年(1891),都昌老乡胡廷玉、刘贞在京城打听到甲戌科的进士可由主事升仕知县,于是屡次上书敦促品三先生入仕。江品三授京城附近直隶的柏乡县知县。他克勤克俭、以民为贵,政声颇著。江品三在知县任上最获民许的还是亲理讼案,呵安一方。"梁破小案"的侦破足可见他的断讼智慧。村民梁破小深夜被人捅死于野外,数日后,梁家母女又在自家庭院为铁锨所击,梁破小的妹妹身亡。江品三明察暗访,锁定行凶者为梁破小的姑表弟刘小黑,刘小黑与梁破小的妹妹发生奸情怕败露而实施灭口。江品三突传刘小黑审讯,刘小黑力陈梁破小之死与己无关,数语之后以头抢地,鲜血溅染布衫。江品三察觉刘小黑的异常过激行为,查验其衫,原来旧衫上已有污黑的血迹。刘小黑做贼心虚,以鲜血遮掩以铁锨击打梁破小妹妹时留下的血迹。江品三条分缕析地破其心理防线，刘小黑只得据实招供。

江品三的政声颇得抚督直隶袁世凯的褒奖，后官至涞水知府，现在的河北省正定诸县归其管辖。在知府任上，江品三为一起“刨坟案”纠谳，显其断案之正。爱新觉罗皇亲一女眷葬于一寺塔旁，数日后殉葬的金制簪环被刨坟者窃走。当时李县令迫于亲王之威招来一个替身，衙役将细绳勒系替身，悬手三日，替身屈打成招，被治入狱。江品三赴任后，替身大喊蒙冤，江品三重调案卷，发现所录替身关于坟内情形的口供与当时葬礼在场的僧人所言不尽一致。江品三提审替身，验其手指勒迹，知是冤屈，于是秉持公道释放了替身。

江品三官至直隶一知府，60 多岁后辞官回归故里江家畈，朝廷念其功绩，封赠其为“通奉大夫”。江品三有医术之长，晚年以医者仁心救治乡邑。其正配曹氏，淑贤持家，军阀混战时的黎元洪总统褒扬她为“巾帼完人”。江品三安逝于他的“进士第”家中，卒年七十有三。

棋盘老宅“进士第”隐藏着的金银财宝，无疑皆为宅主所有。那么这些数量可观的金银从何而来？其中一部分，自然是江品三在直隶为官三十余载的俸禄。更多的家财来自何方，成为一种传奇。关于金银的来历，江家畈村民有着不同版本的叙说。现任西源村村支部书记江龙庆是与江品三一族最有亲缘关系的人，在他的讲述中关于更多财宝的来历，与清末乱世的大背景吻合。江龙庆说，宅主江奇圭（即江品三）是他的高祖父，江奇圭在京城直隶为官时，深得慈禧太后的欢心，被慈禧收为“义子”。时值八国联军攻打京城，义和团追杀教徒，人心惶惶，江奇圭看出颟顸清室气数已尽，本应缴入皇宫的税银，被他用船载回老家江家畈。乱局下的返程注定不是一帆风顺，护送江奇圭回家的是昔日被他施恩免于一死的一名“江洋大盗”。大盗数年前犯案本应杀无赦，江奇圭以德化人，令其改邪归正，效力清廷，且在江奇圭的庇护下谋得一官半职。大盗武功盖世，以恩报恩，江奇圭的三艘载宝之舟过洞庭湖时，桅杆被湖上土匪用箭矢射中，箭镝垂直地稳钉在桅顶上。但见大盗纵身一跃，拔出箭镝，弯弓射回。箭逼桅杆，于“海盗”，既是一种示威，也是一种暗语。回射箭矢，表明船主同出一门，不得冒犯。满载着金银的船舶，经鄱阳湖径直停靠在江家畈村头。告老返乡的江奇圭，把多少有点来历不明的金银藏于宅子的地下和梁上。

藏　宝

江品三有四个儿子,大多早夭。长子江恕生育两个儿子,取名孝岵和孝岷。江品三的长孙江孝岵,颇具祖父的为人处世之风。从陈忠实的传世名著《白鹿原》的主人公白嘉轩的形象里,可窥视到江孝岵这类人消失在时代港湾里的背影。

江孝岵生于光绪甲午年(1894),育一子五女。他承继祖父遗留下的殷实家产,家业做得更盛。当地有江家的“千亩垅”,鄱阳湖强山附近的岛屿也是江家的置产。江孝岵在景德镇还投资陶瓷业,收益颇丰。民国十三年(1924),江孝岵凭着捐金和名望跻身江西省第三届议员行列。江孝岵是典型的旧时代乡绅形象,有一个细节可凸显他的节俭之风。一碗豆豉红烧肉江家人舍不得大口吃,半个月内天天端上饭桌,以此撑体面。江孝岵有厚植于骨子里的仁厚。乡邻进入他家,无论贫富贵贱,他都会起身泡茶待人。族人遇上饥寒交迫,他热心相助。借债人有的亡故,江孝岵也不去催讨,还宽慰未亡人待儿子成年了再说债事。有的败家子赌博输得要变卖宅子,江孝岵买下后也不急于归己,宅子仍让居无定所的原宅主住着。村里穷人家年关难挨,江孝岵派管家送上一串肉,让穷人过个暖心的年。1951 年初夏,江孝岵在枪声中倒地。

江孝岵家族在摧枯拉朽般的时代洪流中战战兢兢。他的子侄这一辈在一个月黑风高的夜晚,雇了茭塘村一条渔船,从长溪嘴悄悄上船,逃往南昌、高安等地栖身。据说,江家人还携带了不少的家传金银出走。连送江家远行的渔夫也使了个心眼,将裹挟着金银的一个布包沉入浅水中,回岸时捞取据为已有。

夺　宝

江孝岵的后人远离故土,在逆境中经受着磨砺,不少人后来事业有成,有的还成为大学教授。在与故乡失去联络 30 多年后,从 20 世纪 80 年代末开始,江孝岵的后裔清明时节会派人回乡祭扫先人的墓茔。他们念念在兹的还有祖辈藏匿于老宅地下的金银财宝。

时值 1992 年农历正月,江孝岵儿子江德昌(派名江承训)回到江家畈,找到族人商议挖宝一事。江德昌是当年父辈埋宝于地下的见证人,他心中有张他所知道的“宝窖图”。江德昌首先把族人带到一个栋柱磉墩下,言之凿凿:此处“有宝”。可这间房子后来被分到其他族房名下,80 多岁的房主老太太躺在磉墩旁不起身,哭闹着“要挖宝先埋我”,众人只得作罢。江德昌又带族人到另一处,这一户属同一族。江德昌在前厅中堂向前跨三步,示意来人下锄,果然很精准地挖到了一个茶罐,里面有 12 个马蹄银锭,还有一个金元宝。江家老宅挖到了金银宝的消息不胫而走,江家畈精明的后生快速买来探宝仪,探头是日本产的,灵敏度高。江德昌带着 20 多个族人,晚上拿着仪器在宅后墙的滴水屋檐下探宝,试探了十余米,果然听到探头发出“嗞嗞”的响声,大家欣喜地开锹,但见一个锈迹斑斑的铁皮热水瓶套露出土面。有人抱怨南昌来的江德昌信息不准,一应人扫兴而归。令他们后悔不已的是,三年后,此宅被卖给浙江的商人,商人派人开启滴水线处的红石时,在当年探到铁壳热水瓶数米处,挖到了一个宝罐,商人悄悄取出,其价值远胜于买宅子所花的六七万元。

江德昌在 1992 年的新春引爆江家畈的挖宝热后,返回了南昌,1998 年殁于省城。1992 年的春天,对于江家畈来说,是一个“宝光四射”的春天。那座古宅,吸引了四面八方的三教九流,揣了贪婪之心前来、趋之若鹜的各色人等对古宅虎视眈眈。村里的长辈站出来商议,与其让外面的人觊觎宝藏,不如江家畈人有组织地进行挖宝,甚至有人提出房主与村民二八分宝的方案。阳春三月的某一天晚上,在江孝岵族人的主导下,安排好核心挖宝、内圈监管、外围值守三层,推进挖宝计划。探测仪在厢房的床前发出了强档的响声,核心区四位德高望重的长者狂喜不已地掀开木地板,只浅浅地动过几锹,便见由青石覆盖的大瓦缸,一老者探手取出的是金灿灿的大元宝。现场抑制不住的狂呼,让内外两层的人群破门而入,一哄而上,抢宝的一幕就此发生了。据当时在现场目睹夺宝场景的人回忆,大瓦缸里有金元宝 99 个。宝的铸型有两种,一种是禾斛状,一个就重达 4. 2 斤;一种是摇箩状,一个重达 3. 8 斤。金元宝上有皇宫铸造的图徽,具有文物收藏价值。抢到金元宝的村民有人第二天就换成了成沓的人民币,1992 年一个“摇箩宝”卖出 1320 元。现今有人出价 18 万一个,也求购不得。

在 1992 年的江家畈,发生过一起因宝生祸的命案,造成一对母女一死一伤。命案不是发生在那晚挖宝的现场,但的确是由攫宝引起。江家畈有个在景德镇谋生的汉子,听说村里有宝可获,便腰揣尖刀,加入挖宝者的行列。其时南昌、九江、景德镇等地的闲杂人等携刀进入江家畈,张扬者把马刀扛在肩上,一来防身,二来逞强。汉子经过一田垅时,百无聊赖地扯开路旁的枝丫,正在田垅收割油菜的妇人骂了句“牛都可以过，人还不能过”，在与汉子顶撞了几个来回后，气急败坏的汉子竟抽刀刺向田间的母女，妇人在被田间插秧的邻居抬往医院救治的途中身亡。自然，汉子受到了法律的制裁。

江家畈夺宝风波引起当地政府和公安部门的关注。政府组织江家畈在县内工作的干部回到村里协助维稳，公安部门介入追回了30多个被哄抢的金元宝。此后数年，在“进士第”还零星地发现过一些宝藏。有一次，村民得到了一坛银圆，烙刻着的是翔鸟的图案，俗称“鸟元”。这种银圆为民国初年特制，显然是江孝岵的藏品。江家畈的挖宝热也波及邻村，只是几无所获。

至　宝

江郎“财”尽之日，自然成了夺宝风波平息之时。当狂热归于静寂，江家畈人悟出了一个道理：不劳而获的金银终归是虚幻的，真正的幸福，在于拥有自立自强的精神之“宝”，幸福是靠奋斗获取的。江家畈村人如获至宝，脚踏坚实的大地而行稳致远。

2018年暮春，已无从觅见风光一时的“进士第”的风貌。紧邻的曾为“西源大队”办公地的另一间棋盘屋的地基上，废弃着一幢二层的村小学教室。挖宝风波平息后，江品三的后裔要求依法返还祖宅地下被收缴的金元宝，一场官司打下来得到了政府9万元的补偿，江家干脆一分不留地捐给村里建了这座教学楼。后来村小学又规划重建了新的校舍，教学楼空置着。

江家畈现有村民620余户，2340余人。1998年一场百年未遇的洪水冲垮了长溪圩堤，江家畈在随后的移民建镇中，择优而居分成了6个村庄，南北跨了3.5公里。江家畈所在的西源乡西源村是“十三五”贫困村，在市县帮扶单位和当地政府的扶持下，村里扶贫产业风生水起，已建起油茶、龙虾养殖、光伏发电、白莲等基地，带动贫困户致富。村里新建了村民活动中心，江家畈人如今快乐无比，逐梦前行。

江家畈人在新时代凭着勤劳和智慧，创造着属于自己的金子般灿烂的幸福生活。

34. 万户镇东岸咀余村:陶瓷老艺人余式栋的多彩人生

【家训家规】敦伦睦族,兴学建祠,存心立品,治家择友,习勤崇俭,谨言慎行,戒讼守谦。

2019年冬季,景德镇热潮涌动。国务院总理李克强考察景德镇,寄语"创出千年瓷都新风光,打造国际瓷都"。李克强总理提出:要传承工匠精神,用工匠精神传播陶瓷文化。从都昌县万户镇刘仲村委会东岸咀余村走出去的余式栋(1910—1989),当年号称景德镇填色"第一笔",他是瓷都"工匠精神"的杰出代表。关于他的生平几无公开文字资料载录,我们试图通过文字,给陶瓷老艺人余式栋勾勒出多彩的人生画像。

学艺少年

余式栋出生于1910年,是年为清末宣统二年。两年后,"中华民国"成立。算命先生说余式栋命相缺木,父母于是给他取号"金木"。余式栋家境贫困,父亲是鄱阳湖上帮人驾船的一个渔工。家中的一幢老屋不只简陋,而且穿堂而过的是村上的一条"公路",白天不能关闭门户阻隔人通行,村民要从这条特殊的"屋巷"通往祖祠。

余式栋兄弟两人,弟弟在8岁时不幸溺水身亡。余式栋这个家族数代单传,在弟弟夭折后,余式栋成了维系家族繁衍的"独苗",所以尽管家贫,他还是被送入村里的私塾读了三年书。在他11岁那年,父母送他到景德镇学艺,师傅是万户陈家人,是余式栋的姨父辈,同拜一师的还有另一个沾亲带故的少年。入门的瓷艺便是画彩。那时学徒是很苦的,每天晚上,师傅总会拿个尺子拍打伏在板凳上的徒弟的屁股,警示学徒不能偷懒,要用心用功。余式栋日后的填彩"童子功"就是这样练就的。

学满三年,按学制可以辞师了。悟性极高的余式栋在谢过师傅的第二天,揣上积攒下的一块银圆,买了三件白瓷胎茶具,画上填彩的花草,摆在陶瓷集市的一角守待买家。当天上午,一英国人在摊位上把玩了一阵余式栋的"处女作"

后,咧嘴笑了。英国人不会中文,他伸出九个指头,示意要买下三件茶具。余式栋反问:“九块?”并摇了摇头表示不卖。那英国人有些着急地也摇了摇头,将九个手指头在空中有力地震颤,余式栋反问:“九十块?”英国人连连点头,并伸出了大拇指。这是余式栋甫一出师发的一笔大财,时年14岁。

尚武风骨

余式栋习过武,且有一身好功夫。

余式栋有四招绝功。一是“长巾绕”。他挥舞着湿的长毛巾,防——可以将对方刺杀过来的枪矛卷离;攻——可以用毛巾做剧烈的鞭抽。二是“二指功”。他伸出右手二指,力透身背地指向对方的眼睛,对方的眼眶顿觉塌陷;指向对方的胸脯,对方顷刻闷过气去。三是“金枪手”。他勒住对方的脖子,用大拇指顶住咽喉,能让仇者立刻毙命。四是“反手扭”。他运转腕力,可将对方手臂反扣,使其动弹不得,束手就擒。

余式栋年轻时练了一身武功,不只自己“上镇下乡”不惧打劫强盗,而且在景德镇帮瓷行做过一阵护镖。据说,余式栋有一次押了一船瓷器到万年,当地地痞挑衅寻劫,余式栋吼出几句江湖话:“此犯不是犯,胡奎卖人头,寻法犯!”这情景有点像《智取威虎山》里的一个剧情。杨子荣入得威虎山,坐山雕带众匪徒说出一句:“天王盖地虎!”杨子荣答:“宝塔镇河妖!”暗号对上便无虞。万年的罗汉对江湖人余式栋抱拳而退。

余式栋的家乡东岸咀也是他仗义打抱不平的一方舞台。村里与周边有湖域争执,少不了请余式栋凭义勇压压台。有一次,刘山村“赌戏”,台上演戏,观者云集,云集的观者有在台下摆桌赌钱的。东岸咀一个叫余顺坤的人,在赌桌上输了个精光,还欠着一身的赌债,同桌的赢家要扒了余顺坤的皮惩儆。余式栋挺身而出为同族的余顺坤讨公道,斥责对方不人道,钱掏尽了,衣服还要扒光?对方仗着势众,掷上拳来。余式栋抓起一条板凳,气贯满场,对方30多人,无人敢上前硬拼,解了围的余顺坤早已逃之夭夭。

填色绝活

余式栋的盖世功夫,当然不在武功,而在陶瓷填色技艺。

景德镇的陶瓷艺术“七十二套功夫”,一套有一套的真谛,每一个人都不可能尽精其道。秉承了术有专攻,每一个人都只能在熟悉的领域里呼风唤雨,竖起大纛。余式栋独具匠心的是为陶瓷画作填色,添其斑斓。

余式栋的绝活表现在运笔的架势上,让人看得眼花缭乱。面对一件需要着粉彩的瓷画,面前是调配的五颜六色的色料格,余式栋不是手握一支笔蘸着细抹,而是右手同时夹两支,多的有三支,眼疾手快地蘸着需要的粉料施色。在色料的配制,填色的浓淡、深浅、杂糅上,全凭一己之感悟。填色的过程倘是"踌躇",见深化浅,见浓化淡,看似施补,实则留下了色料不匀的凹凸,尽管肉眼发觉不了,但烧制出来后会呈现几分粗粝。余式栋填色一气呵成,铺料匀称,瓷面就是用放大镜去窥测,亦见腻滑。这"一笔过"堪称绝招,更绝的是"初朴终精"。余式栋填完色,在瓷器未入炉烧制前,绝不图华艳,色料经淬火起化学反应,出窑后的效果使众人称誉。余式栋刚出道时,有一次窑里烧制一批填过色的产品,出炉后众口一词说"好"的一件,领导问是谁填的色,余式栋自信地说是自己填的色。领导不信,入窑前并不入眼呀,怎么出窑后那么亮眼?领导于是命众人给一批瓷器重新填色,且署了名,编了号,窑成出瓷时绝无混淆,称奇者果然是余式栋填色的瓷品。

景德镇陶瓷艺术的长河里,有一叶叫"567 瓷"的靓丽风帆。"567 瓷"指 20 世纪 50、60、70 年代出品的陶瓷产品。在"567 瓷"的时代,一个叫轻工部陶瓷研究所的陶瓷艺术研究机构,几乎成了瓷都陶瓷艺术迈向当代高峰的集结地和出发场。这家陶瓷研究所创建于 1954 年,是全国陶瓷行业唯一集技术与艺术为一体的部属专业研究所,当时聚集了景德镇陶瓷艺术界的最顶尖的人才,既有一代宗师式的"珠山八友"年龄最小的刘雨岑(出生于 1904 年),也有"珠山八友"享有盛誉的一批嫡传弟子,还有初出茅庐的艺坛新秀。后来如雷贯耳的中国工艺美术大师王恩怀、王锡良、侯一波等都位列其中,都昌东岸咀人余式栋也以一流的填色技艺跻身陶研所这支队伍,与当时的大师级人物和后来成为大师的人物在一个单位工作。余式栋比王锡良、王恩怀等要大一轮,享受"大哥级"的礼遇。这些年轻人都向余式栋学习,和他切磋过填色技艺,以致后来不少大师的代表作、成名作在填色上都留下了余式栋的笔墨。填色只是陶瓷艺术品中的一道工序,诸如景德镇奉献给人民大会堂、毛主席纪念堂等重要场所的大型壁画、高档瓷品,也许都留下了余式栋填色的得意之笔,他从不署名,从来是"幕后英雄"。据说余式栋被选入创作毛主席纪念堂壁画创作组填色,是经过了三轮比拼才出线的。从初选24人,到淘汰至7人,再到他独入,在景德镇参与填色创作,一画就是一年多。

在景德镇陶瓷艺术填色界,早期有“三支笔”之称,余式栋当然是其中响当当的“一支”,其余两支无考,更有行内人赞誉余式栋就是那个年代景德镇陶瓷填色艺术的“第一笔”。余式栋与同时代的陶瓷名家几乎都有过合作,大师们的一些精品中留下过余式栋的填色之彩。那个年代到景德镇视察和观摩过陶瓷艺术品现场创作的党和国家领导人,如朱德、邓小平等都当场赞扬过余式栋的填色之胜。1972年2月,美国总统尼克松访华,余式栋所在的景德镇为民瓷厂开发的金菊杯、直纹杯等高档盖杯类新产品,被国家有关部门选为接待用瓷,从此,被人们称为“尼克松杯”。“尼克松杯”由秦锡麟大师设计器型,余式栋参与了“金菊着色”。出生于1942年的秦锡麟,1988年被授予“中国工艺美术大师”称号,曾任景德镇陶瓷学院院长。比秦锡麟大32岁的余式栋可说是他的父辈,余式栋的孙子余国良老人回忆,秦锡麟早年租住在东莲花塘,离为民瓷厂很近,爷爷余式栋让他给秦锡麟帮忙搬家,秦大师有个乳名叫“丫丫”,身边亲近的人才这么亲昵地叫。

严师高徒

20世纪60年代,景德镇陶瓷艺术远行的风帆一度阻于途,标志性的事件是1968年景德镇陶瓷学院和轻工部陶研所撤销。其时,部分教授和名家调入为民瓷厂,为民瓷厂的美研室可说是人才济济,胡献雅、黄海云、章鉴、王希怀、秦锡麟、王恩怀、侯一波、吴胜华、余式栋、袁世湖等22人齐聚一堂,从事陶艺研制。为培养充满活力的新生力量,名家带徒,渐成风尚。余式栋在艺术瓷厂、为民瓷厂工作期间亲授了50多个“徒弟”。胡春根是余式栋在轻工部陶研所带的一个弟子,他对余式栋先生的评价是“高德严师”。

1941年出生于景德镇的胡春根是江西进贤人,1958年从景德镇陶瓷学院毕业后,进入轻工部陶研所,拜余式栋为师学习填色。胡春根现为江西省高级工艺美术师、国家一级美术师,在景德镇“中国陶瓷城”开了一家“胡春根陶瓷艺术”馆,王锡良题写了馆名。胡春根在陶瓷艺术界的绝活就是“青花+粉彩”,而一流的粉彩之功,就得益于余式栋先生在陶研所手把手的教导。1965年前后,胡春根离开陶研所调入新华瓷厂,其时,师傅余式栋调入为民瓷厂,胡春根遇到精品需填色，都请教余式栋先生。1970 年初，胡春根画了一幅粉彩老虎图，无论怎么填色都达不到理想状态，他只得向师傅余式栋请教，得先生指点后，老虎图虎虎生威。胡春根画“走兽”在艺坛颇有名气，特别是猴图，灵气毕现。他揣摩余式栋先生对他画虎填色的指点，旋即画了一幅猴图，该图被上海博物馆收藏。

晚 年 身 影

余式栋 1989 年农历正月初二在生他养他的家乡东岸咀村溘然长逝，至今已逾 30 年了。余国良忆及爷爷时，心生崇敬，其音容笑貌仍历历在目。余式栋生育一子三女，儿子余昭宽（小名早生）曾随他在景德镇学填色，抗日战争时期已是有模有样的匠工了。有一次，日本侵略军的战机轰炸景德镇，全家人差点丧命。余式栋惧怕其独子留在镇上性命难保，于是将儿子余昭宽、儿媳卢银荣送到东岸咀生活，躲过乱世之劫。余昭宽回家务农务渔，做过生产队的会计。1965 年因渔耕劳累过度，引发肺结核病，39 岁时壮年早逝。

孙辈余国良、余长娥在东岸咀传承家业，夫妻俩与晚年的爷爷余式栋接触最多。余式栋从为民瓷厂退休后，作为特殊人才仍留用十余年。年逾七旬后，他回到家乡东岸咀，度过了人生最后的 3 年温馨时光。余式栋有湖边人的剽悍之性，家中晚辈平日里都顺着他，不去忤逆他。余国良回忆，他同爷爷在景德镇生活过一阵。他们住的房屋门前的流水沟堵塞，成了一条臭水沟。一天雨停后，余式栋带着余国良手忙脚乱地干了大半天，疏通流沟，做了件有益邻居的好事。干完之后，他高声嚷叫，责怪邻居的不勤，惹得好事也没让大家高兴起来。余式栋刚烈的性格也表现在填色创作上，要是填色达不到他期望的境界，发起躁来时，他可以把手中的毛笔戳瓷面弄秃来。其实，余式栋也是个细腻的人。有一次余国良与爷爷逛街，余式栋捋下一串树叶端详，说要观察叶子的叶脉和颜色。填色哪是轻而易举地练就的，生活积累很重要。

1979 年，余式栋跨入古稀之年时，生了一场大病，病到水米不进，打点滴也不受用，眼睛蒙上灰暗，已气息奄奄。当时为民瓷厂为抢救老艺人性命倾尽全力，请了一位景德镇三院的余姓女医生把诊，说是肺癌，几无可愈。为民瓷厂很是尽心，准备了精品瓷器带到上海，诚心拜访名医。厂领导征求余式栋子孙的意见，家人没同意远诊，担心老人坐飞机的气力都没有而客死他乡。后来，是医院的一个 30 多岁的主攻中医的罗医生，察看了 X 片，发觉十二指肠部有个阴影，诊断是肠道上的毛病。罗医生大医精诚，开了一服中药，余国良花了四毛八分钱从药店抓来三服。真是“药对方，一口汤”，一服中药服下去，余式栋当天主动要面食吃；第二天服下一服，药到病除。中华传统文化中的国粹神奇无比，一如挽救他生命的中医，亦如他炉火纯青的填色瓷艺。

余式栋学徒出身，只读过三年私塾，作为一个陶瓷老艺工，对填色瓷艺他没有高深的理论体系做支撑，凭的是丰富的实践积累。他与王锡良、张松茂、秦锡麟等大师的合作，也只体现在幕后的填色工艺上。所以，评定高级职称、作品获大奖方面一直是老艺人的短板。

余式栋的长曾孙余传红1986年九江师专毕业后，因为照顾曾祖父的缘故，要求分配到当时的景德镇商业学校，与晚年的曾祖父在一起生活过多年。余传红见过余式栋的一本高级工艺美术师的证书，大概是早年景德镇市颁发的。余传红刚参加工作时，曾祖父教导他要按时上班，把工作摆在第一位。上班后不但要打扫自己的办公室，还要帮同事擦抹办公桌，教的都是一些朴素的做人的道理。余式栋以他的傲骨柔情，施爱于他人。余晓霞、余传雨兄弟从小家境贫寒，余式栋将兄弟俩带到景德镇学徒谋生，后来余晓霞、余传雨成就一番人生，分别就任景德镇市财政局局长、市科委主任。余晓霞对东岸咀村建小学、兴水利的项目多有协助。村里的小学教学楼取名“黎明”，即是通了“晓霞”其名之意。余传红听曾祖父讲过他最以为荣耀的一件事。1975年初，景德镇为国家领导人生产了一套生活用瓷，采用高白釉工艺，具有“白如玉、明如镜、薄如纸、声如磬”的特点，工程代号为“7501”。余式栋参与了“7501”工程，还得到过一幅来自京城的勉励之词：“余式栋同志：希你再接再厉，精益求精。”外加300元钱奖金和一支金星钢笔。

余传红也听余式栋老人讲过他的人生磨难。1965年前后，余式栋作为“艺术权威”停了工资，被派到当地煤矿参加挑煤渣的生产劳动。挑煤的工具是尖底桶，因放置不稳容不得半途歇息。那时不但劳动强度大，而且生活条件艰苦，他会捡地上的烟蒂一解烟瘾。晚年的余式栋变得谨慎起来，晚辈劝他退休后为家里人留下填色的精品瓷器传代，他正色道：人不能有私心，那是“资本主义思想”，我们更不能做犯法的事。为民瓷厂留存有余式栋的20余件艺术精品用于国内外展览。余式栋一直喜欢喝酒，每天中、晚餐总要喝上两盅，晚年回到故乡东岸咀，喝的品牌是“李渡高粱”和“襄樊大曲”。在1989年的春节前，老人因高血压引发中风，不到一个月在家乡辞世，享年79岁。

一代陶瓷艺人悄然而逝，他的人生底色在家乡鄱阳湖的碧波里映照，也在千年“瓷都”的烈焰里闪烁。

35. 大树乡玉阶邵村：浮梁知事的乡间逸事

【家训家规】邵氏家规：敬祖先，孝父母，感师恩，和兄弟，正闺闱，慎交友，尚勤俭，睦族邻，务读书，劝职业。

都昌县大树乡玉阶村委会玉阶邵村，依傍鄱阳湖，距县城不到5公里，与大树集镇紧邻，都中公路穿村而过，环境优美，出行便利。玉阶邵村人奉一伯公为始祖。一伯公（1631—1673），清康熙二十二年从都昌县城邵家街（北宋时称恭仁坊）迁至一都篁竺岭。因一伯公长子本宸（1654—1739）名“玉阶”，玉阶村村名由此而来，同时寓意步蟾折桂，拾级而上。

玉阶村现有常住村民1100余人，分别是本宸、本寰、本宝三兄弟的后裔。2016年，玉阶村筹集130万元，新建了颇气派的祖祠兼村民文化活动中心。在祖祠的大门两侧，“博陵世家”的横批下，有一副邵姓家族通用的对联：“家传南国甘棠树，园种东陵五色瓜。”“甘棠树”的典故源于西周周成王时的召公，召公主“自陕而西”（今河南陕县），他常巡行乡邑，在甘棠树下决狱治事，颇有政声。《诗经·召南·甘棠》记其事，后来“召棠”衍变为颂扬官吏政绩的一个词。“五色瓜”的典故源自秦朝时广陵人召平，召平封东陵侯，秦亡之后，因家贫种瓜于长安城郊。瓜有五色，世称“东陵瓜”，“召”通“邵”。西汉时期，散居在河南的召公子孙改为邵姓。“邵”“盛”两姓同源，玉阶村民口口相传的一种解释是，南宋皇帝的老师是邵姓大儒，大儒忠于宋室，有“邵不思元”的说法。大儒惮惧元朝统治者的追杀，便将“邵”姓改为“盛”姓。其实有据可查的关于“邵”“盛”同宗的另一种解释是，天下邵姓多奉周朝的召公奭为始祖，召公奭后裔一支姓“邵”，一支以名为姓，称奭氏，奭氏后人在西汉时避汉元帝刘奭的名讳，改称盛氏。“奭”现读“shì”音，古代盛、奭同音。

提及玉阶邵村的历史名人，当地人首推民国初年曾任浮梁县知事的邵贤南。一县之长，古时称县令、知县等，民国初年称知事，后称县长。邵贤南官为“七品”，地位说不上有多显赫，但他任职经历丰富，民国期间曾历任龙南、贵溪、万年、余干、浮梁诸县知事。邵贤南在其他地方为吏时的情状鲜有载录，唯任浮梁知事时的经历为人乐道，这大半是因了浮梁特殊的历史地位。现今的浮梁县是景德镇市的一个辖区县，可在“前月浮梁买茶去”时，千年“瓷都”景德镇在行政区域上却是浮梁县的治下。民国五年(1916)，浮梁县治从旧城(今浮梁县)迁至景德镇。“廿里长街尽窑户，迎来随路唤都昌。”“瓷都”景德镇的熊熊烈焰，映红了一代代都昌人的面孔，以至于有人说景德镇是都昌人的“码头”。仅玉阶村现定居在景德镇的就有30余户。都昌人邵贤南主政景德镇的故事在他的家乡广为流传，很是鲜活。在小时候见过邵贤南的玉阶村老人的讲述中，浮梁知事邵贤南的逸事栩栩如生，背影并不模糊。

邵徽凤老人出生于1932年，20世纪80年代末从景德镇建国瓷厂退休后告老还乡，一直生活在玉阶村。他13岁“上镇”，在景德镇学做瓷器，耄耋之年的老人讲起邵贤南的故事时，声如洪钟，恍如昨日。邵贤南1882年降生于玉阶邵村，又名爰棠。他毕业于江西高等巡警学堂、江西法政专门学校，有着深厚的法学功底的邵贤南治理浮梁县以严著称。1924年，景德镇驻军一师长的贴身侍卫倚势行奸掠之事，目无地方法纪，邵贤南将他治罪枪毙。师长失了颜面，派兵缉拿邵贤南。其时，直系军阀首领孙传芳任浙、闽、苏、皖、赣五省联军总司令，号称“恪威上将”，邵贤南与孙传芳交往甚密。邵贤南一听到不属孙传芳嫡系的师长要捉拿自己的风声，速派人告诉孙传芳，并连夜找了条小船，从景德镇昌江仓皇逃至鄱阳县的黄岗镇。接到通报的孙传芳叮嘱鄱阳县知事，派了小机帆船将邵贤南接到南昌。1925年底，邵贤南在乱局中辞去浮梁知事，被派往九江市，任了相当于“民政局局长”的官职，兼管理庐山的事务。1926年，邵贤南从九江回到南昌，在法警界就职。邵贤南在玉阶村提携邵继昌、邵同北、邵长生、邵继祥等宗亲，让他们在省城警界安身立命。邵徽凤的父亲邵继祥那时追随邵贤南当了一名“警长”，在南昌老火车站一带维持治安。

邵徽凤老人清楚地记得，邵贤南的这些事都发生在1927年南昌八一起义之前。八一起义之后的邵贤南历仕异地，后期在江西高等法院法官职位上任事多年，在南昌广置家产，安居乐业。邵贤南有个女婿叫朱景文，是都昌大沙桥朱家人，曾在国民党统治时任都昌县第三区区长，管辖三汊港、大沙一片。朱景文从治地到县城总是骑马，途中必经玉阶村。起初朱景文经玉阶村时策马而行，一路威风。玉阶村的小孩用石块掷朱景文，逼迫他下马。村里的大人出来笑着对欲怒的朱景文说："你岳父贵为县长，每次回家都在村头下马步行呢。"朱景文自觉惭愧，之后每到玉阶村都牵马而行，以示对岳父故里的尊重。

邵贤南为官在外，但他对故土怀有眷恋之情。相传他在浮梁知事任上，为王姓与向姓两家窑主断过一场官司，向姓败讼不服，竟自缢而亡，留下万贯家财无人承继归了官衙。邵贤南在乱世为家乡徇了回私情，他将此笔向姓款项以办公益的名义带至家乡，用这笔遗款买来麻石料，从大树铺到县城东门堰埂上。三汊港、周溪一带的人来县城，便减少了不少泥泞之苦。邵贤南乐于为乡邻办积德之事。他以公益会的名义在七角一带置了千亩良田，聘请当地一个叫吴升焕的实诚人管理田产，"客田"的租金用于当地的抚恤与慈善。公益会办起了"育婴堂"，对收留哺养弃婴的人家一年补两担谷。建立起"渡孤会"，对孤寡老人予以救助，遇有惨死野外无人安葬的乞丐、病夫、疯者，由保长按属地请上四个壮汉，对孤魂者予以简单的殓葬，"渡孤会"给予壮汉四担谷的费用贴补。玉阶村的背口渡，此岸到彼岸300余米，公益会聘请义工免费为过往行人摆渡，船工津贴由最初的每年24担谷，涨至新中国成立前夕的每年32担谷。

洞悉时局的邵贤南在年过花甲之后便心生退意，只想叶落归根，过平静的日子。1946年2月，邵贤南雇船装来布匹、洋碱（肥皂）、砂糖等一应的南杂货，请了当地的劳力，推了十土车到玉阶村里的自家宅子里，规划着余生在县城开个店铺，做小买卖安度余年。有一个帮邵贤南推车卸货的人叫朱猴眼，以为土车推的都是贵重财宝，又听闻邵贤南卖了外地为官时的私宅，带了大笔钱财回家。朱猴眼见"财"猴急，心生歹意，向驻扎在徐埠白果的国民党兵营告密，并得到了分些钱财的许诺。国民党当时驻扎在都昌的士兵，派出一个班以剿杀"共匪"为名，对邵贤南实施劫财之谋。村里的邵汉民老人清楚地记得，那时他只是7岁的孩童，是夜11点多，他家隔壁还有人在玩牌，只听到邻居邵贤南的宅子里，有撞击大门的"呯呯"声，随后有了枪声。邵贤南知道此劫难逃，从阁楼里扔出成袋的金元券，这哪能打发掉士兵，只听枪声响过之后，大门"吱呀"一声开了。邵汉民吓得缩在被窝里不敢喘气。士兵将邵贤南反绑着，伏在天井里，见榨不出期待中的钱财，竟用鸡毛掸蘸了"洋油"（煤油），点着火将邵贤南焚身，尔后扬长而去。村民随后将邵贤南和他的小夫人身上的烈火扑灭，第二天将他们送至九江就医。经此一难,邵贤南第二年便病逝,终年 65 岁,葬于玉阶村。邵徽凤老人说,朱猴眼在 1949 年后混进了景德镇建国瓷厂做工,1958 年被人民政府判刑 20 年,罪状是引国民党兵抢劫、焚烧“开明绅士”邵贤南。

邵贤南的老宅至今还在玉阶村中,是乡间“假三进”的房屋格局。宅子后来归公,做过东山公社的办公场所,后来成了银行、学校的临时用房。老宅已破败毁圮,据说产权归属县财政部门。1998 年前的大树乡政府办公地就在玉阶村,后来移民建镇,才有了现在的大树集镇。“老公社”指的就是这间老宅,是不少大树人青春岁月的回望地。

邵贤南生育四子,名德基、德辉、德彝、德毅。1993 年修纂的《都昌县志》收录了邵贤南三个儿子的纪略:邵德基(1901—1981),号伯舆,江西省立农业专门学校、日本国立东京高等师范博物系毕业,曾任江西省教育厅督学。邵德辉,1906 年出生,清华大学毕业,美国伊利诺伊大学化学工程学士、俄亥俄州立大学工学硕士、麻省理工学院博士,历任江西陶业所所长,国立山东大学、北平大学、清华大学教授、院长,后入法国籍。邵德彝,1909 年出生,清华大学毕业,美国普渡大学土木工程学士、普渡大学研究院结构工程硕士、麻省理工学院博士,任铁道部京赣、湖桂路工程处工程师,江西工专、中正大学教授。邵贤南的小儿子邵德毅,先天性残疾,默默无闻终了一生。邵贤南的子孙均不在玉阶村生活,有孙辈在美国、加拿大、新西兰等国家学有所成。2018 年清明节,邵贤南的一个孙子前来玉阶村为其祖父祭扫,玉阶村是邵贤南子孙后代割舍不断的故乡。

浮梁知县邵贤南所处的时代是黑暗的,但他却用人性的光去点亮乡间的慈善之灯。邵贤南的人生悲剧似乎是逃脱不了的时代魔咒。现今的玉阶邵村人,欣逢光明的新时代,他们辛勤耕耘,奋发向上,一步一个脚印、一年一个台阶地创造着美好的新生活。

36. 都昌镇细堰黄村：南山下 学林秀

【家训家规】官不忘民，民不忘本。贫不忘志，富不忘贫。堂正诚实，廉洁清贫。勤劳俭朴，诸事严谨。孝敬父母，善待他人。自强不息，造福子孙。

学 林 堂

宋代大文豪苏东坡在940余年前过都昌时，留下了“水隔南山人不渡，东风吹老碧桃花”的绝唱。都昌城外的南山，早已因有了南山坝而变得“人可渡”。南山，无疑是“鄱阳湖上都昌县”的地理标识。都昌镇所辖的细堰黄村，与南山紧密相连，不只是因为其所属的村委会名“南山”，还因为现今人们指概其地理位置时，往往会以“南山大道南端旁”来形容。当然，细究其村名，便成了更具象的地理概述。“细堰”指的是村头纳芙蓉山系之水，经村旁港堰流经临城的东湖，注入鄱阳湖。堰坝虽难觅旧踪，但在新修的南山大道细堰黄村头，有高2米许的三孔涵道，让原来的水系仍畅通无阻。与“细堰”相对应的，是“大堰”，大堰黄村在都昌镇镇政府对面，属星火村委会。

2014年10月开始，800余人的细堰黄村人筹资160余万元，历时七个月，修建起建筑面积近千平方米、场地面积3600平方米的祖堂，感先人之功德，仰宗祖之典范。祖堂同时也兼具村民文化活动中心的功能，成为办风情事宜之祥地，兴文化乐民之欢场。2019年农历正月初五，村里近300名外嫁的“姑姐”集体回娘家，在祖祠相聚，其乐融融。年龄的两头均为“90后”，最长者95岁，最年轻的1990年后出生。祖祠除了冠之以天下黄氏的“江夏世家”外，还将“学林堂”的石匾镶嵌于巍峨处。溯源寻流，“学林”原是细堰黄村发村祖先的名字。

在“学林堂”祖祠的上厅，有一副对联：三字远随白鹿至，一经曾受紫阳来。“三字”说的是南宋儒学大家朱熹为其弟子黄灏的沙港黄氏所题的“亲义理”三字，细堰黄村是沙港黄氏族裔的聚居地。都昌黄氏多为南宋进士黄唐发(1100—1163)的后裔，“朱门四友”之一的黄灏是黄唐发的幼子，而细堰黄村的南宋祖先是黄唐发的次子黄颐，与县城金街岭黄姓同宗。黄颐(约生于1123

年)，字观伯，由鄱阳主簿秩满后，于南宋淳熙年间徙居都昌县市陶公庙，即现在的实验小学校园之所。黄颐第七世孙黄道明(1337—1411)之长子黄秉端，在家中五兄弟中排行为长，其曾孙黄友轩于明代1535年间卜居九江道前，40年后，黄友轩之子黄振达迁居都昌县城衙前仁义坊(现西街十字路口东南角老都昌镇政府侧)，父子同心在仁义坊建起显赫的黄氏宅第来。黄振达的玄孙黄校臣，号学林，让黄宅更添光彩。不少都昌县城西街的老居民还记得，在老都昌镇政府办公楼靠官塘一侧，有一幢嵌有“学林寺”的宅院，俗称“黄家大院”。细堰黄村人自“学林寺”失了产权后，不再在年节时去“学林寺”祭祀了。起初“学林寺”作为都昌镇政府蔬菜大队的办公之所，后来被人购买在原址建起私宅。原来的那口古井被填于现今的官塘垃圾中转场下。黄氏的堂号有“江夏堂”“忠孝堂”“炽昌堂”“九桂堂”等，而“学林堂”独属细堰黄村。

出生于1660年的黄学林在花甲之年，携嘉炤、嘉煌、嘉炍、嘉煜四个儿子红红火火地从都昌县城西街徙居到数里远的细堰黄村。陶公庙的黄姓人家早在明正德年间就散居于此，只是这些散户皆败落无后，现在的细堰黄村追崇的始祖是黄学林。1948年出生的细堰黄村人黄小生，早年在都昌镇政府所属的乡镇企业任会计多年，他讲述了祖先发脉的另一个故事。黄学林的小儿子黄嘉煜平日里有点桀骜不驯，少了几分三位兄长的淳朴。老四在村里有点站不住脚，便远离故土到外面去闯荡谋生。数年后，老四穿着破衣败絮回到了堰上黄村，三位兄长对其一脸的不屑。老四不愠不火，数日后，他找到兄长，言道：“为人兄个个人财两旺，着实令小弟羞愧，家父置留下这么大的空地盘，只怪小弟不争气，暂也无立足之地，想建造陋室安身。”兄长脱口而出：“现今才知创业维艰呀。你有能耐只管做屋就是了。”这口气分明是在呛不成器的小弟。黄嘉煜谢过兄长，第二天便启动造屋工程。原来，这几年他痛下决心图治，加上财运畅达，攒足了银子，造屋的木排都撑到了东湖码头了。老四在村里占地建房之余，竟将宅邸建到一里之外，三幢三进的宅院一模一样地做，老村居一幢、新拓地两幢，地盘一方方地归己，把三个大哥看傻了眼，生怕失了自己分内的祖业而站出来干预。黄嘉煜这一支除了细堰黄村，另在一里外所兴建的房宅，便形成了现在的新屋黄村，如今同属南山村委会，有村民400余人。

黄吉人其事

细堰黄村人黄吉人(1889—1944),是大革命年代国共合作时期的国民党都昌县党部的重要成员,民国时期都昌教育界的风云人物,曾在抗战时期出任都昌县立初级中学(现都昌一中前身)的校长。关于黄吉人的生平留存下来的资料极少,且让我们遍寻梳理、多方采集,来勾勒出都昌一代教育名家的人生轨迹和道德品行。

《沙港黄氏宗谱》卷十五“道明长房”载录:图钦之子嗣海字文宽,号吉人,名梦华,都昌县立小学毕业、江西省立第三中学毕业、江西公立农业专门学校农学专科毕业、江西实业行政讲习所毕业、国民政府行政院诠叙部甄试及格,历任江西省立农业总部茶叶场场长、农林场技师,西宁职业学校校务主任,江西省立林业学校训育事务主任,并各中学级主任兼教员。生于光绪己丑一八八九年十月廿一日丑时……殁于民国甲申一九四四年七月一日申时。“宗谱”中对黄吉人“各中学级主任兼教员”有语焉不详之处,对他曾任县立中学校长一事未做具体的载录。

由都昌县委党史办编著的《中国共产党都昌历史》(第一卷)记载,黄吉人是1926年4月由中共党员刘越(时任中共都昌第一个党小组组长)、刘肩三(与黄吉人为省农专同学)发展为国民党党员。其时,国共合作的统一战线形成,国民党都昌县临时党部常委为共产党人刘越,共产党人刘肩三、国民党人黄吉人等为执委。1926年底,第一届国民党都昌县党部执行委员会成立,选举产生共产党人刘肩三为常委兼农民部部长,国民党人黄吉人为执委兼组织部部长。在七名执委中,还有一位共产党人向先鹏兼宣传部部长。向先鹏后来成为黄吉人的准女婿,1930年壮烈牺牲,黄吉人的爱女黄正梅忠于革命爱情,终生未嫁,直至1993年以84岁高龄在黄家辞世。

曾任中共都昌县委书记、红十军旅政委的刘肩三1930年壮烈牺牲。他的孙辈刘同颜、刘金明等在2015年其祖母成冬姣逝世45周年时,这样深情地回忆黄吉人关照革命烈士遗孤的恩情:祖母说当时多亏大恩人——黄吉人,他是都昌镇细堰黄家的一个大户人家,是祖父在南昌读农专的同学,当年黄吉人任县城小学校长。祖父的牺牲,令他非常难过,但他又迷惑不解,他常在心里揣摩,肩三同学有学问,待人又谦和,温文尔雅,根本不是强盗土匪,国民党为什么要杀死他呢？讲他是共产党，那这样的共产党也不坏啊！黄先生思考的结果就是：刘肩三是好人，绝对是好人。肩三的遗孤——铜生，我不能不管，我一定要让他读书。黄先生的决心已下，立即找到祖母说明心意。祖母被黄先生的大恩大德感动得泣不成声。母子双双跪在黄先生面前，黄吉人立即起身扶起祖母，连连说："不敢当！不敢当！"就这样，父亲14岁那年，在黄吉人先生全额资助下读了三年书。刘肩三的独子刘继忠在中华人民共和国成立后，曾任都昌县政协副主席，其妻余菊梅与黄吉人的大儿媳余冬梅为亲姐妹关系，续写了两家的一段亲缘。

黄吉人的女儿黄铁仙出生于1938年，从都昌县人民医院退休后在都昌县城随儿子一家颐养天年。她谈及父亲与母亲家族的一些往事时，有历经沧桑后的平静。黄铁仙老人的亲生母亲杨春秀与黄吉人相识于吉安市，是父亲的第二次婚姻。黄吉人那时为躲乱政背负行囊外地从教，他从井冈山下到吉安市，对漂亮的杨春秀一见钟情。杨家在吉安做小木雕刻，也算富裕人家。杨春秀是独生女，其父母晚年随她在都昌生活，父亲逝去后就安葬在都昌。黄吉人一生为人忠诚，在当地有名望，是公认的"大先生"。有一次，一个穷人家向财主借钱却还不上，财主把欠债人关在猪圈里催逼，黄吉人得知后拿钱帮忙还债救出穷苦人。邻村外姓发生械斗，持长矛相杀，父亲出面调停总能止戈而息。父亲喜欢爱劳动的学生，反对只读呆板之书的办学理念。黄吉人与第二任妻子杨春秀生育一男二女。儿子黄芳菅（又名黄国干）参加过抗美援朝，转业后在辽宁省辽阳铁道部队任军医，2003年去世，其子孙多在东北生活。黄铁仙的妹妹从教师岗位退休后在南昌安度晚年。

黄吉人的孙女黄黔桂出生于1940年，爷爷故去时她只有4岁。她记得爷爷的病因是痔疮，记得爷爷后来染重病身体虚弱时躺在老宅摇椅上的样子。她谈起的爷爷的一些身世，是《都昌教育志》里未曾记载的。黄吉人的父亲黄图嵌在武汉汉口做瓷器生意，可惜25岁时染了风寒，过早离世。那年，黄吉人的母亲二十岁出头，自此终生不再另嫁。黄吉人是遗腹子，他有个姐姐从小被送给东余村一户人家做了童养媳。黄吉人的妻子张氏是夏家巷人，也是从小到黄家做童养媳的，比黄吉人大一岁。母亲含辛茹苦养育大黄吉人，他长大后侍母至孝，言听计从。黄吉人与张氏生育一女一子。女儿黄正梅是革命烈士向先鹏的未婚妻，忠贞之情感天动地。儿子黄芳葵（1918—1954），号国桢，又名牛金，早年就读于黄埔军校，后投身国民党军营，1954 年 7 月，貌似悟透风云变幻的世事，病逝于家中。黄吉人先生 1944 年去世时，爱子黄芳葵转战湘、鄂等地已五年未回过故园，直至 1946 年才回到细堰黄村。黄芳葵生育三子一女。女儿黄黔桂的名字就是爷爷黄吉人取的，她 1940 年出生时正是丹桂飘香的季节，父亲黄芳葵正在贵州独山黄埔军校就读，故名“黔桂”。黄黔桂与姑姑黄正梅的感情特别深，她在姑姑身边长大，一直到 19 岁时出嫁至上松峦余家。

都昌县立初级中学在抗日烽火四起的 1939 年至 1945 年，曾为避战乱搬迁至大沙茅铺的桃树林岭沈村办学 6 年。1941 年 8 月，县长彭学游卸任校长（兼），由校务主任黄吉人接任学校校长。曾任都昌县立初级中学总务主任的程致远（鸣山乡人）早年曾撰文《抗日战争时期的都昌中学》，评价校长黄吉人“为人爽直，办事公正，常以‘别人的东西我不要’自勉”。黄吉人办校注重学生德、智、体全面发展，尤其注重学生抗日救国图存的民族大义的教育，培养的一些学生投笔从戎奔赴抗日一线，更有不少学生日后成为中华人民共和国成立伊始都昌教育事业的中坚力量。1944 年暑假，56 岁的黄吉人病逝，全校师生员工无比悲恸。在追悼会上，黄吉人遗像两边悬有全体师生的挽联：大敌当前，国耻难雪，正待救亡图存，君意忍心归佛地；良师顿杳，衣钵空留，此后执经问难，泉台何处觅先生。全体师生以此寄托对德高望重的吉人校长的哀思。

黄吉人辞世后，葬于生养他的细堰黄村，1945 年与夫人张氏合葬，墓志铭这样记其生平：

吉公为图嵚公之哲嗣也。出生前一月而父殁，家境清寒，惟侍母日耕夜织以长育之，秉性至孝而颖异。成童后由中学而卒业农专，屡屡由资金所需，母子间辄相视咨嗟不已，其励志苦孝之概当可想见矣。既而办理实业及服务教育垂三十年，事蓄以外无余积，是其行持正不苟，故乡党咸推崇之。惜天不借年，仅越五十有六寒暑而辞世，惜萱慈当健，惟稚儿弱女侍侧，而主器国桢适靖国难于湘鄂，不得见者近五岁，当不免悒悒于衷而遗泉下之憾然。夫德配张夫人幼娴闺训，长勤妇工，顺承阿姑之领导，操持家计，遂得小康，实与力马。平居处邻以惠，御下以和，更为里人所称颂。不幸竟先公四载殁，以致齐家失其凭籍，良可叹也。乙酉冬其家人营合葬公夫妇，以予与公同事有年，知其身世颇详，请序之，故缀此应，俾遗其芳范，予后裔纪念云。

古语说，盖棺论定。黄吉人先生终其一生，没有显赫的地位，也没有超人的学术,但他在民国乱世孜孜矻矻于立德树人。当我们今天回望他的背影,目光中便对这位都昌“大先生”形象多了几分润泽。这润泽,不只来自黄吉人先生致良知办教育的动人,更来自对中华传统文化这片化人沃土的眷念。

城 乡 一 体

细堰黄村的“学林堂”得名来自其兴村祖先黄学林,如果将“学林”之意进行演绎,这个城郊的村落,仿若氤氲着崇学气息、散发着蓬勃活力的大树林。村里昔日出过进士、刺史、知县若干,当今留学博士、硕士、大学生如雨后春笋般涌现。刚过而立之年的黄旺新在美国攻读博士学位后,就职于美国加州硅谷一公司总部,其妻也在加州斯坦福工作。在惠州创业有成的转业军人黄建华,成为细堰黄村人勇于拼搏、逐梦前行的典范。在距村头数百米处,都昌任远中学新校园在中华人民共和国成立70周年的喜庆之际进行了主楼封顶仪式。任远中学的前身就是黄吉人先生抗战时担任校长的县立初级中学,当来年新迁入的任远中学的钟声响起,学子们的琅琅读书声在村头回荡,“学林”平添书香,更著葳蕤。

细堰黄村人舍小家顾大家,为都昌城市做大、做强、做美,融入征地拆迁,默默奉献。他们相信,在城乡一体化的发展中,美好生活的前景也一如村旁的南山大道,通达而诱人……

37. 芗溪乡黄坡垅余村:1913年县知事被杀一事

【家训家规】事父母、教子女、尚学习、严职业、戒赌博、敦俭朴、睦族邻、慎交游、端家范、守国法。

都昌县芗溪乡黄坡村委会黄坡垅村是一个余姓大村庄,全村有2000余人。黄坡垅村的成村历史可追溯到南宋理宗宝祐年间,一个叫余季一(1219—1300)的人由春桥的石竹桥迁至十都黄坡岭下,距今已有750余年了。黄坡之村名,使人想到“黄土高坡”。曾担任黄坡村委会党支部书记的余传宗对黄坡村周边的地貌这样描述:从东面南峰镇油山村、南面芗溪乡芗溪居委会、西面万户镇杨桥村、北面由岗上山入村来，皆会涉足土坡，也算合了“黄坡”的字面之义。

“黄坡”，在都昌南芗万那方水土上，是个有地理标识意义的村庄，行政村亦叫黄坡村委会，现今的芗溪乡民国期间曾有称“黄坡乡”一说。黄坡村最有名的特产是都昌豆参。都昌豆参已跻身“国家地理标志保护产品”，成为“舌尖上的都昌”最亮丽的名片。中央电视台2018年春节期间播放的《舌尖上的中国》（第三季），2019年4月播放的《中国影像方志·江西卷·都昌篇》关于都昌豆参的拍摄，就是在黄坡村余训启的豆参加工作坊里完成的。余训启2018年元月已被任命为芗溪乡黄坡村委会书记，他也是都昌豆参作为市级非物质文化遗产在都昌的主要传承人，传统节日里，他还会亲自操持炸豆参，让都昌豆参这道美餐，从CCTV的镜头里，幻化进寻常百姓家的饭碗里。黄坡村不少人在江西、安徽、湖南、湖北、浙江、江苏、上海等地制作豆参以及其他精致的豆制品，他们将“都昌豆参”这种“豆制品中的人参”，变成来自鄱阳湖畔都昌县的一道名菜，让天下人品味。

注定让黄坡村名留都昌史志的，是发生在民国二年（1913）黄坡村村民余金苟杀死知事罗成藻的故事。1992年出版的《都昌县志》“大事记”载录：“民国二年（1913）10月9日，余金苟、刘芳发、查老五率众杀县知事罗成藻于芗溪黄坡垅，次日又攻打县城，烧县公署，放囚犯。”中共党史出版社2014年出版的《中国共产党都昌历史》（第一卷）对“余金苟杀官”这样评价：“余金苟、查老五的起义虽然失败了，但在赣东北地区造成了巨大反响。”

县志和党史资料中对余金苟杀县知事的勾勒都极为简略。在黄坡村以及周边万户、芗溪的一些村落里，关于这一历史事件的讲述，其故事本身所呈现的生动性和深刻性，让2010年就着手梳理、记录“余金苟杀县官”来龙去脉的都昌万户镇老中医吴先龙感叹不已，他对这一事件做了较为详尽的载录。

龙门会抗恶扶弱威震瓷都

20世纪初的中国，正处于清朝末年民国初期，社会动荡不安，官家贪婪无度，百姓受尽欺凌。都昌九都黄坡垅村人余金苟很早就随亲友来到有“瓷都”之称的景德镇。当时的景德镇仍属浮梁县管辖，“廿里长街尽窑户，随路迎来唤都昌”，形容的就是都昌人在景德镇的超盛人气。因为南峰、芗溪、万户几个湖区乡镇在地理位置上更靠近景德镇，这一带在“瓷都”谋生的人特别多。

余金苟与妻子于金姣起初在景德镇山龙做点祟谷米的小生意，常受人欺负。上镇下乡途中遭遇土匪强盗打劫是常事，单行总是提心吊胆的。余金苟与几个要好的老乡结拜为兄弟，抱团取势，共御他侮。后来便有了帮派的雏形，于是干脆成立一个叫“龙门会”的组织。当时的骨干成员有十八人，号称“十八罗汉”。在景德镇的“都帮”，有“三尊大佛”“四大金刚”“十八罗汉”之说，这是都昌人在“瓷都”按在商会的显赫程度而排定的座席。“龙门会”的另类“十八罗汉”，则是民间所谓的强蛮“打罗汉”之谓。“十八罗汉”的前四位各有所长，老大查老五喜欢端土铳打猎，外号“山中虎”。老二余金苟一身武艺，有心狠手辣、敢做敢当的秉性。老三冯九生是万户冯烈畈人，以屠为业，力大如牛，杀猪时尖刀从猪喉刺入，深刀止嚎；卖起肉来，一刀下去，说称一斤决不会多一钱，说斫五两决不会少一钱，人称“冯一刀”。老四刘芳发是个神偷，绰号“瓦上燕”。龙门会的人个个讲义气，重侠情，仗义疏财，扶贫救困。一些市民遇到争执，不求官府，反找龙门会的人摆平，龙门会在“瓷都”十八桥一带名噪一时。1955 年出生的余传宗说，黄坡垅村素有习武之风。早在朱元璋与陈友谅大战鄱阳湖时，村里的武艺高强者助了朱元璋一臂之力，朱洪武后来赐“奉天遵命”旗。清末，以余赛毛、余式卓为头的黄坡垅“十八条好汉”凭借武功，逞雄于鄱阳湖的渔业之争。那杆朱洪武所授的御旗，在一次“十八条好汉”参与鄱阳县与都昌县江姓、余姓的湖洲之斗中，猎猎作舞后被弃于湖滩上。

且说都昌有个叫老四的坯房佬老婆生孩子，老四向窑主讨要血汗钱给老婆生产治病。这家窑主心黑手辣，挣下了殷实家财，花钱捐了个举人，并结交官府，包揽讼事，平日里家中经营着数座瓷器窑。他对务工的苦力十分苛刻，工人吃的谷大多是发霉的脚子米，工钱也不按时发放，龙门会的人早就对他怀恨在心。这次忠厚的老四为生儿子救治老婆，也同样讨不到工钱，可怜老婆生产时大出血丧命后，儿子也发“脐疯”夭折了。老四的工友都愤愤不平，找窑主拿钱买棺木葬老四妻儿，窑主口头应允，背地里派人报告道台，昏庸助恶的道台委派兵卒将老四关进了班房。一个与老四同窑场的坯房佬找到余金苟，请求龙门会主持公道。余金苟听到老四的不幸遭遇后，心中升腾起的仗义打邪的火势，一如瓷窑的烈焰熊熊燃烧。他将十八罗汉和众多兄弟集拢，每人一条木杠，带了 50 多位坯房佬冲到窑主家，要窑主出面找官府救出老四，并结清所欠工钱。那天浮梁县的差役到外地办案去了，救人一时无望，龙门会的人将窑主家窑厂的瓷坯、瓷器砸得一片狼藉，窑主求饶，当场拿出一百块银圆作为安葬费。余金苟随即带着这支队伍冲向浮梁县衙门，要求释放老四。围观的市民队伍浩浩荡荡，官府见人多势众，也不敢出动官兵，怕激起更大的民变，只得将老四放出监狱。龙门会为老四伸张正义打出了派头，在景德镇的名声更大了。

这次冲击浮梁县衙门后，官府一直在筹谋对余金苟“秋后算账”。当年年底，余金苟在回都昌过年的山道上，被官府的人设埋伏擒住，关进了浮梁监狱。已回家过年的冯九生、刘芳发等人得知余金苟被擒，连夜赶到景德镇，“冯一刀”主张杀人劫狱，“瓦上燕”刘芳发力主智破。他们在浮梁监狱反复察看地形发现，士兵把守前门，后门院墙角通向丛林，没有设防。龙门会的人让于金姣在给丈夫送牢饭时，在竹篮里夹带一把短匕首，并示意后墙，余金苟自知其意。后来接连三晚，余金苟用匕首一点点将后墙的砖缝划开，撬开墙砖后，趁着监狱过年时的疏忽，在刘芳发、查老五、冯九生的接应下，逃离了牢房，进了后山。这四个人干脆一不做二不休，当晚潜入道台家中，杀死道台，并留下“杀人者龙门会余金苟”的血字，连夜逃回都昌老家。后来官府也上门贴了悬赏缉拿的告示，清廷都在风雨飘摇中，故虚张声势一番后便不了了之。

罗知事持枪显威命丧农家

在万户、芗溪一带，关于 1913 年的那场知事被杀事件始末，其间曲折的情节、生动的细节，不亚于小说家生花妙笔下的演义故事。

1913 年，岁在癸丑，属民国二年。从晚清至北洋军阀、至民国，城头变幻大王旗，底层的百姓既遭受了动乱年代温饱的无常，又官逼民反式地让蛮刚之人有了一方自己的“水泊梁山”。就是在这样的大背景下，余金苟的龙门会在乡间呼风唤雨，气势日盛。那年深秋的某天，查老五的村里有个女子嫁到石门街一“河南佬”家中，受尽号称“三虎”的河南佬兄弟的欺凌，查老五在接到求援后，带着龙门会的兄弟，将作恶多端的“三虎”杀了。查姓女子的父亲为感谢龙门会的仗义相帮，摆了三桌酒席答谢查老五等一干兄弟。酒酣划拳行令之际，刘芳发相告，说都昌县知事罗成藻，带着 12 个士兵，人人背着新式枪支，在九都刘钐村村民刘经灿家下马。县官罗成藻是四川人，1913 年 5 月到任，他坐着轿子，身佩手枪，并捎上一对 18 斤重的铜锏，威风了得。此行到九都十都之地，一是为了破刘钐村的一个案子。案由是该村一个叫赛貂蝉的女子，与奸夫合谋，将亲夫杀了，县府接到报案。二是到黄坡垅封箱查赌。1913 年的“中华民国”大总统是袁世凯，袁世凯逆历史潮流称帝是三年之后。1913 年的袁大总统威震四方，在全国实行查赌。黄坡垅在重阳时节搭台做戏，台上粉墨登场，台下有人开箱集赌。罗知事新官上任，威风凛凛地来到九都十都破案、查赌来了。

对于龙门会的众兄弟来说，他们关心的不是涉案、涉赌者伏法，而是运筹夺取罗知事和其手下总计 13 条枪。余金苟们开始商量在罗知事从刘钐村至黄坡垅必经的冯烈畈村设伏夺枪。可冯烈畈人冯九生站出来反对。在冯烈畈的村史上，一百多年前发生的那场太平天国之劓的惨剧让人记忆犹新。咸丰四年(1854)仲秋，太平天国著名将领罗大纲在都昌一带与曾国藩的湘军展开九江大战。太平天国的“长毛”部队驻扎在德虎山，对周边村庄百姓多有侵扰。冯烈畈人有习武的风尚，且素有湖区人的剽悍，便与长毛相斗。长毛毕竟挟军制之威，将闹事的冯烈畈的青壮年抓来反绑，将铁链从肩胛骨穿过，四人一串，撸起毙命，被杀者众。从冯烈畈的族谱上能得到村里青壮年遭戮之证，冯烈畈良字辈的青壮年，单前头房支房就有 49 人，经罗大纲部屠杀后，仅剩 6 人。冯九生怕在冯烈畈夺枪，村里又将遭官府反扑而殃及族人。夺枪心切的龙门会众兄弟连夜赶到刘钐村，半夜破门而入，哪知早有防备之心的罗知事一行是夜住在了祁山汉港的船上。

罗知事在刘钐村顺利地破了杀夫之案后，第二天便耀武扬威地带着 12 位兵勇开进了黄坡垅。黄坡垅村的戏台上，演的是饶河调《玉堂春》。台上“三司会审”的剧情扣人心弦，台下的赌局吆喝声一片。正红着眼抽头设赌的余金苟的弟弟余花子，被罗知县抓了个正着。余金苟上前理会，为显其孔武，将看戏的长板凳肥臀一蹾，长板凳断成两截。罗知事一声叱喝“大胆”，官兵不容分说地将兄弟俩一同拿下，当即关在村上的祠堂里。罗知事扬言第二天将两人经西湖渡押往县城，严惩不贷。

余金苟兄弟在家门口被抓，而且出了西湖渡犹如进了鬼门关，龙门会的人便商议在黄坡垅通往县城的必经之路上，设伏劫人。官府的腾腾杀气和龙门会的跃跃欲劫，让黄坡垅村笼罩着一股骚动和肃杀之气。时值农历重阳前夕，田垄上的稻禾垛堆后，有村民在窥伺着祖祠里的动静。荷枪而立的值哨士兵，瞄起枪眼射出子弹，将邻村曹伉村的一个叫曹韦驼的村民击中，致其当场毙命。这一枪引爆了官民之间貌似一时之寂静，让黄坡垅村群情激愤。龙门会的人振臂一呼，数百人冲向祠堂，罗成藻慌乱中令士兵紧闭大门，死死撑住。村民有的抛掷石头，有的扛来锄头，围住了祠堂，查老五等人搬来大梁，猛撞大门。大门壁垒坚固，龙门会的人便用火炮轰倒后墙，随之村民涌向祠堂，与12个士兵展开搏斗。也有村民在枪口下倒在血泊中，12个士兵在大刀、锄锹面前失魂落魄。练过武功的罗知事手持一对铜锏，夺路而逃。

罗知事在混战中跑到黄坡垅岭下一个农妇家，取下手中的一个金戒指给这个叫竹英婆的农妇，求着藏匿。竹英婆助他躲在侧室里的一个大箩甏里，用斗笠覆盖住口面。余金苟领着村民一路追来，竹英婆家也是搜寻过的，不见知事踪影。村里一老汉确凿指证那知事就藏在竹英婆家。余金苟又折回竹英婆家，怒目圆睁，竹英婆胆怯地指向箩甏处。余金苟理会其意，一来为防罗知事的手枪，二来正好"瓮中杀鳖"，只见他挥刀劈向箩甏，罗知事顿成瓮中之魂，闷声殒命。余金苟将罗知事血淋淋的尸首拖至岭下场子上，龙门会的人将没被砍杀的士兵五花大绑地掷于场中，被砍死的士兵的尸首也聚于场子上。热血偾张的村民对平日里仇视的官兵杀之而后快。

余金苟杀掉县官后，旋即演变成一场"农民起义"的阵势。当天晚上，龙门会的人带着队伍，攻入都昌县城，火烧县公署，夺钱粮，放囚犯。据说龙门会拉帮结寨，在时山、莲花山一带对鄱阳、彭泽、星子乃至安徽至德等地攻城略地。最后这支2000余人的队伍的结局是遭到官军的剿杀，舍身成仁。

黄坡人费尽计策化解族殃

一县之长，在辖区履职时被百姓杀了，省府得知此事，自然不会轻饶，这也在黄坡垅人的预料之中，余下的就是尽量将惩讨的后果降到最低。

黄坡垅有个绅士叫余昭金，他召集族首商议保村保族计策，他提出要主动递状子首告，不能束手挨宰，于是拟定了罗知事和兵卒在都昌九都十都一带"惯匪觅踪而夺枪殉命"的情状。状纸送给双桥四甲村清末举人余昌炳做修改，颇有名望的"昌炳先生"改动了有千钧之功的一个字：将"惯匪"改成"游匪"。"惯匪"者，可证斯地民匪一体，有匪不报，才致匪窝作祟；"游匪"者，可见是他地之匪偶窜而至，被"游匪"所杀，"觅踪"难矣。余昭金等当地乡绅上县赴省首告。知事被杀，这是铁定的事实，省上派了一高姓营长，带着300多人的一营新军，全副武装地赶赴都昌，执行的饬令是：黄坡垅方圆四十里，居者驱，抗者杀，房宅焚。面对赶尽杀绝的险境，于是便发生了后来被民间文史工作者形容为南芗万“集体大逃亡”的事件。

中国式家族力量在面对罹祸时，总能显示一份共克艰难的凝聚心来。当时的都昌余姓“大老倌”余作民，在城郊的矶山邀请全县余姓族长，联名具保。高营长虽是行伍出身，但也是个通达之人，在他看来，罗知事被杀，固然是村民的狂为，但也有一县之长的蛮横之处，如株连过多，惧怕激起更大民变，所率一营人又如何能化解危局、收得了场？高营长深虑过后，一方面劝导罗母、罗妻这边不去深究罗知县被杀之事，另一方面责罚余姓家庭那边先行找出为首闹事的。龙门会真正的为头者余金苟、查老五们早已逃遁，有个叫余白皮的龙门会兄弟，有股好汉做事好汉当的侠胆，领着几个兄弟挺身投案。余白皮被作为元凶砍头示众，慷慨赴死，高营长对上司便有了“以命偿命”的交差。高营长带兵将黄坡垅的民房烧了20多栋，查老五的房子被付之一炬。到冯烈畈烧冯九生的房子时，冯烈畈已成空村，有个看守的叫冯艺恭的村民，机灵无比，他笑脸迎上去与高营长周旋，并让人拉来两头肥猪，在村里的碾坊摆了十几桌酒席，犒劳列队而来的一百多士兵。酒热之余，带着高营长来到村头一间破房子前，说是冯九生的家。高营长令手下点火烧了，唯此一间，无涉他幢。高营长又在远处的西湖渡等地焚烧了数栋无人居住的空房子，对“火烧横直四十里”便有了一个象征性的自圆其说。据说黄坡垅人对丧命的罗知事也实施了一些“善终”之举。族人集资将他的残骸葬于路旁，毗邻的一口池塘改称“罗官塘”，在村东北建罗公祠，并塑其金身享祭。高营长后来应时局之变匆匆带兵回省，没再过多株连，当地百姓自是万分感恩高营长，以“高公”颂之。

四川人罗成藻担任都昌县知事不到半年，在任上被余金苟所杀，其后一年零两个月都昌县无知事。直到1914年11月，一个叫钱志铭的知事接任。被杀者罗知事以悲剧落幕，那么杀人者余金苟的人生归途在何方呢？传说数年之后南峰余晃村一个渔民经浙江天台山水域，去寺庙祈福，住持叫住了他：“听声音老表像是鄱阳湖边都昌人，我也是都昌人，就是黄坡垅杀县官的那个人。”据此有人推测余金苟逃至浙江天台山出家避祸去了。其妻于金姣夫失丧子，家破人亡，晚年孤苦伶仃地在鄱阳县鉴玉娘家抑郁而终。查老五逃往外地，风波平息后带着子孙悄悄回过家，还去罗公祠嗟叹了一番。刘芳发后来贼性未改，被西山赵家人捉赃致死。

当人们回溯一百多年前都昌知事被杀事件，掩卷而思，此事其实为那个年代的“阶级斗争”做了注脚。知事罗成藻成了统治阶级的殉葬品，龙门会的余金苟们代表的是被压迫者对官府的反抗，尽管最终的出路混沌一片，但他们在乱世为生存而抗争涂抹了满壁的血色，其历史变革的纹理清晰可辨。黄坡垅村因了 1913 年那场知事被杀，载入了地方史志。当下的黄坡垅人在让豆参飘香的同时，也让安稳的生活弥散开一股幸福的气息……

四、家族存史

38. 多宝乡西高村:荣耀满堂的院士家族

【家训家规】"高氏家训":君亲一体,忠孝一道。忘之者谓之逆,遗之者谓之弃,慢之者谓之亵。无将之戒,莫大于忠。王刑之属莫大于不孝。为人臣所当鞠躬尽瘁,为后人所当慎终追远,不可一毫忽也!

高燮堂:湖北商贾　魂归故里

在都昌县多宝乡长平居委会西高村,有一幢建造于150余年前清咸丰年间的老宅,外墙还算完好,内间荒废,被村民堆放着杂物,虬立着的树枝将残墙撑破,木板楼的窗棂让人窥视出旧时大户人家绣房的精致。老宅的原主人高循柳(1846—1912),是清末的教育家,官至按察司。北洋军阀时的大总统为其授匾"光增邑乘",为其夫人郭氏授匾"孝阙流芳"。郭氏的贤惠远近称颂。高家置产颇广,穷人家到高家借谷度荒,郭氏总会泡上一碗爆米给来客,递上热茶,这是必备的礼仪。用斗斛去量稻米,不但不用秤杆抹出平面,而且会让斛面堆出尖顶来。高循柳的父亲思坎公,生育了四个儿子,"循"字辈,皆以树名命名,依次为松、梧、桃、柳。高循柳有三个儿子,分别叫燮堂、润堂、耀堂,个个可圈可点,门门英才辈出。

循柳公长子高燮堂(1870—1926),例授从九品钦加五品衔。他的夫人是湖北巡抚之女,夫妻俩在湖北沙洋县经商。有一年荆门一带干旱,百姓遭遇饥荒,高燮堂头一年收购的三大船大豆价格飞涨,这一年高家的店铺新增不少。

高燮堂有三子,大儿子高敬同抗日战争前夕去世,没留下子女。二儿子高正同(派名圣培)的子女大多在中国台湾和美国生活。高正同长子高甲民民国时期成都航校毕业,抗战时期以中校之衔,任空军地面工程师。三儿子高友同性格喜静,终生爱好传统国学,喜柳体书法,尤钻医学。1938年,日军逼近沙洋,高友同带着儿女从沙洋逃难至国民党的陪都重庆。经历战乱后,1948 年,高友同带着儿女回到老家西高村,淡泊明志以医谋生。他带来的数量有限的青霉素,成为稀缺的灵丹妙药,救治了村里和邻村好几例高烧不退的孩童。中华人民共和国成立后,邻村有人举报高友同是蒋介石手下的"高官",他被揪送到县城接受审查,后患痔疮抑郁而亡。

高友同的长子高已民(后改名济民)在新中国成立前夕在九江一中读书,和班上十余名同学被国民党骗去上海当兵,一到上海下了火车旋即被逼上了军舰,直驱台湾。高济民在台湾艰辛谋生,发奋图强,曾任高雄邮政局局长、台北邮政博物馆馆长,1991 年任台北邮政总局集邮处处长,1995 年曾回大陆祭祖。高济民的儿子高立仁、女儿高立箴年轻时先后留学美国攻读硕士、博士学位,现在台湾地区的科研部门和大学工作,卓有成就。高家在台湾的后裔心系祖国统一,反对"台独"。

高友同有三个女儿,长女高国英曾在都昌县汪墩中学教书,退休后在九江生活,80 多岁的老人身体硬朗,安度晚年。高国英的小女儿吴彬在设于广州的"廖仲恺、何香凝纪念馆"工作。高国英老人 20 世纪 90 年代曾同堂弟赴湖北沙洋祭拜祖父高燮堂,祖父的坟墓被平处建了一间仓库。高国英带着当地的一包泥土回到家乡,定制木盒装上祖父的遗物安葬,并建起纪念碑,让祖父魂归故里。

高润堂:鄱湖红船　救生功高

循柳公的次子高润堂(1879—1938),他的人生轨迹几囿于故乡,也终老于生他养他的西高村。高润堂清末例授国学生,是典型的"乡绅"形象。民国初年,高润堂在村里创办拔萃高级小学,被委任校长,兼省教育厅咨议。学校良师云集,颇有名声,不少徐埠、左里邻乡子弟慕名而来。高润堂曾被选为本区乡自治议员,经知事委任为第二、三、四届江西省议会及国会选举调查员,第一、二届议会初选当选人,未进入复选当选人。时任省长奖给高润堂金、银两色奖章和三等嘉祥章。

高润堂一生最为人称道的功德,是担任鄱阳湖红船同仁堂的董事,成就了一番"救生功高"。鄱阳湖老爷庙水域,地势险要,风高浪急,常有舟沉人亡的事故发生,被称为"魔鬼三角""东方百慕大"。1907 年,民间慈善团体在当局的晓谕下,购置一艘救生红船,专司湖面救生,并命名为“左蠡救生同仁局(堂)”。“同仁堂”的首倡者就是高循柳(又名高应瑞),他当年在外为官坐船回家,就看到不少“湖中狂风浪涌,中流客商舟子尽葬鱼腹”的惨相,遂有拯溺救生之念。1921 年,循柳公的次子高润堂被选为红船救生同仁堂董事。红船的日常维护一是官府的资助;二是募捐;三是置办田地、店铺,以租金辅养。同仁堂从清末成立到抗日战争因战乱停办,前后长达 40 余年。期间会长或董事换了数任,高润堂 1934 年前后担任董事,针对过往军队强行征用红船,影响湖中救难事务,呈文予以制止。40 余年来,红船救生在千人以上,被誉为“鄱湖之慈航”。蒋介石在布告中也称“自光绪年间启组同仁堂,设局置船,专司救生,数十年来,救生功高”。

当代本土作家詹幼鹏以鄱阳湖“同仁堂”为题材,创作长篇小说《红船》传世。中国作协会员董晋先生在 1993 年主编的《鄱阳遗韵》中,也收录了高润堂的一首《谒定江王爷庙》:“炉香未息篆烟浮,岁入禅堂谒比丘。石壁嵯峨浮屋角,雪涛汹涌压船头。西观瀑布云初定,东望扬澜水急流。贾客往来资庇护,巍巍庙貌几千秋。”中央电视台等数十家媒体前来老爷庙水域探秘解密。如今,“东方百慕大”已成为“鄱阳湖上都昌县”响亮的旅游宣传语。

高润堂的长子高乃同,又名高平叔,派名圣坪,一生致力于蔡元培研究。高乃同有子高辛民、高以天。高以天是北航工作的长江学者、特聘教授。高润堂次子高秋同,后迁居多宝乡洛阳村东陈湾刘村生活 20 余年,最后迁至田西高安度晚年。高秋同长子高唤民(1938—2003)在上饶行医为生,殁葬于鄱阳县;次子赐民在家务农,现随儿女在景德镇市生活。

高耀堂:鲁迅同事　晚蛰故乡

高耀堂(1887—1976),是循柳公的三子,中科院院士高镇同的父亲。高耀堂于两江优级师范学堂(南京大学前身)毕业,曾在湖北省教育厅任科长,民国初年任教育部主事,兼任全国教育基金会委员、留学款拨汇专员。鲁迅 1912 年至 1926 年十四年间一直在教育部谋职,后任教育部佥事。鲁迅在《坟·从胡须说到牙齿》里这样回忆:“我曾经是教育部的佥事,因为‘区区’,所以还不入鞠躬或顿首之列的。”而“主事”又比“佥事”职位要低一级。高耀堂与当年的周树人同期谋职于教育部,关于两人私交无资料可查。高耀堂与时任教育总长蔡元培(后章士钊继任教育总长)过从甚密。高耀堂的侄子高乃同16岁时第一次见北大校长蔡元培,就是高耀同在场引荐的。出生于“师爷之乡”浙江绍兴的蔡元培对江西都昌情有独钟。他的第二任妻子黄仲玉就是都昌县城金街岭黄氏家族的名媛。

故乡,总是以亲缘索系着在外游子。高耀堂的第一任夫人陈氏,是与西高相邻的北陈村人。他的第二任夫人张玉珍,娘家是津京的大富商,生意做到了海外。京城四周的山很多都属张家所有,中华人民共和国成立后献给了国家。高耀堂天资聪颖,通晓五国语言。也许是因为有语言的特长,他在教育部的主要工作是选派和管理出国的留学人员。1949年后,高耀堂主要从事文史研究,1968年回原籍,1975年政策落实后回到北京,次年病逝,享年89岁。高耀堂夫妻曾在老家西高生活16年。生活费是每月从北京寄来的30元,起初是直接汇到高耀堂手中的,后来汇至左里一个堂妹的家里,再转到老人手上。画家高峰回忆,那时他在村小学当代课教师,老人喜欢和他聊家族历史,还让高峰找来《参考消息》《江西日报》来看,关注国内外大事。高耀堂平时不戴眼镜,阅读报纸时喜欢拿着一个放大镜照着看。从大都市来的妻子对农情不熟稔也是常理。她把庄稼地里成片的小麦当作韭菜,感叹“这么多韭菜怎么吃得完”。邻居送来晒干的一节节糯米粑粉,女主人起初直接放入粥锅煮,总是夹生,后经村妇指点,才知要搓成团入锅。夫妻俩相濡以沫的8年,张玉珍在亲近丈夫老家的泥土中,收获着另一种人生阅历。老人善良贤淑,她离开西高村返回北京后,还给当年的房东高立荣写信,并寄来治疗风湿病的药品。高耀堂离开西高那天,是村里人用竹摇椅抬着他到鄱阳湖边乘船去九江,经武汉坐火车到北京的。老人体型壮硕,体重在170斤以上,耄耋之年,已没有正常体力翻越沙山踏上归程。

高耀堂生育九子,“圣”字辈,取名皆从“土字旁”。高则同(1904—1974),北京师大毕业,后去台湾,任兵工厂工程师。高惠同(1910—1935),国立交通大学唐山工学院毕业,铁路工程师,从星子坐船经鄱阳湖回家乡,遇恶浪翻船溺亡。高佑同(1914—1933),清华大学土木工程专业学生,又称“三豹虎”,状其长得虎头虎脑。他不但书读得好,而且喜欢体育。在清华大学就读时与英国人打球,被英国人从后面猛踢,伤及腰和肾,不治身亡,英年早逝。高轶同(1921—1969),去了台湾,有子女道英、道锦、道钢。高镇同(1928—),中科院院士,航空结构疲劳专家。高境同留苏回国后，在高校当教授。百同、荣同随父母在北京成长。兄弟中也有早夭的。女儿高秉同是中央人民广播电台首批播音员、北京广播学院教授，其丈夫1955年授少将军衔。

高乃同：皓首蔡学　只为一诺

高乃同（1913—1998），又名高平叔，是高润堂的长子，著名经济学家、中国近代史专家、蔡元培研究专家。高乃同早年从事经济学研究，留学于美国哥伦比亚大学和美国新社会科学研究院，历任国立研究院经济研究所筹备主任及研究员，纽约中国国际经济研究中心执行主任及研究员，中央贸易部中国国际经济所（现商务部研究院）所长等职，南开大学历史研究所教授，北京大学兼职研究员。

高平叔在其编著的《蔡元培年谱长编》自序《六十年前的嘱托：我和蔡元培的一段文学因缘》中，叙述了学界泰斗蔡元培对他的殷殷嘱托。高平叔第一次见到"都昌女婿"蔡元培先生，是由叔父高耀堂的引荐的，那年蔡元培已62岁，而高平叔是一名16岁的中学生。后来，高平叔得到蔡元培的赏识担任他的秘书，一对忘年交的命运交集在一起。1935年，蔡元培委托高平叔搜集并整理《孑民文存》。抗日战火让高平叔整理的稿件散失殆尽，彼时也没有一张平静的书桌能让他潜心研究"蔡学"。五年后，蔡元培先生去世。高平叔1943年写出他的第一本蔡元培研究集《蔡元培先生传略》。60多年来，高平叔历经沧桑，念念在兹的是要完成蔡先生1935年的嘱托。后来，高平叔放弃炙手可热的国际经济学研究，此后的20多年中编著出版了《蔡元培全集》《蔡元培年谱长编》、注释本文集、传略、年谱简编以及蔡元培教育、美学、哲学、史学、政治、语言文学、科学技术等编选集近40册，计1400余万字，实现了"向中国历史交卷，亦向中国伦理道德交卷"的愿望。《礼记·中庸》曰："诚之者，择善而固执之者也。"蔡元培先生慧眼识人乃有一嘱，高平叔先生忠人之事乃有一诺。台湾著名历史学家陶英惠教授感慨："他这一生，几乎皆为蔡先生奉献，这样执着的'傻子'，真是举世难找第二人。蔡先生何其有幸，在晚年获得这样一位知己！"

高乃同的儿子高辛民，早年在安徽芜湖一家报社工作，后自杀身亡。高乃同后妻是刘海粟先生的学生，生育儿子高以天，留美博士，北京航空航天大学教授。高辛民儿子高峰，为上海建筑工程评审专家，国家一级注册结构工程师；高祺从事热交换器跨国采购业务。2014 年夏，高乃同的孙子高峰、高祺一行七人，来到都昌寻根问祖。他们开始时找寻到都昌徐埠镇的高姓人家，经人指点，才找到了老外婆家所在的多宝乡昭兴湾李村，在村中裹上两包泥土，带回洒于祖母和父亲的坟茔上。他们还来到西高祖厅前的池塘四周徘徊，拍摄下祖辈生活过的家园，聊解乡愁。

高镇同：航空报国　立德树人

高镇同，派名圣堉，《高氏宗谱》记载他生于一九二八年农历九月二十九日卯时，结构疲劳专家、北京航空航天大学教授、博士生导师。1968 年加入中国共产党，1991 年当选中国科学院院士。高镇同 1946 年至 1950 年在北洋大学（今天津大学）航空系学习，毕业后曾在清华大学任助教；1952 年起在北京航空学院工作，担任材料力学实验室主任。他自行设计和研制出我国第一台光弹性仪、第一个电阻应变片。1970 年 7 月 16 日，我国一架直升机发生重大事故。当时周恩来总理指示一定要查明事故原因，高镇同被任命为事故分析小组成员。高镇同后来提出飞机结构定延寿理论。“安得盛景吟佳句，桃李成荫赏翠霞。”高镇同教授在航空教育领域成绩斐然：1989 年获“国家优秀教学成绩奖”和“全国教育系统劳动模范”称号。高镇同乐于做善事，吟诵“攀越青山戏海河，世间乐趣何其多。琴棋书画皆称道，为善最乐且自得”诗句抒怀。据不完全统计，30 多年来，他为救助弱势群体奉献爱心捐资达 100 多万元。

2017 年 10 月，北京航空航天大学给高镇同院士颁发学校最高荣誉奖——首届立德树人成就奖，表彰这位“大先生”。高镇同在领奖现场赋诗：“蓝天如洗艳阳春，青山绿水叠翠林。风清气正昭日月，美丽中国颂古今。”耄耋老人高镇同炽热的爱国情怀，在孩童时代就深烙于心。他在回忆少年生活时深情地说：“我小的时候就目睹了旧中国遭受列强瓜分、欺侮的惨状。记得‘七七事变’后，我正在北师大附属二小读书，当局下令撕毁课本封面，将书中一些违禁内容用墨笔涂掉，以此掩盖日本帝国主义的罪行；学校大门面对一个日本兵营，为了多少避开些这群横冲直撞的鬼子兵，学校只好封闭大门，另开一个后门供小学生们进出。从那时起，我就立志自己要好好学习，日后为祖国生产出飞机、大炮，抵御强敌。”在新时代，高镇同赋诗感怀：“爱我中华意志坚，壮怀谱写报国篇。

伟大复兴中国梦，锦绣前程会群贤。”在 2018 年 90 岁生日时，高镇同向学校捐赠 90 万元作为助学基金，帮助贫困学生学习。至此，他已累计捐款超过 200 万元。高镇同从 1952 年参与建设北航开始到退休的 66 年时间里，指导学生逾千人，培养研究生 40 余名，这其中有 6 人当选两院院士，在我国结构疲劳乃至整个航空领域桃李满园。

高镇同人生已历 90 多个春秋，他至今还没有踏上西高这片故土，但他对家乡的情愫一直萦绕于心。20 世纪 80 年代初，村里改建小学，他捐款 2000 元。2017 年 4 月，西高村派出多宝中学退休教师高仁贵、县法院退休政工干部高方宝、创业有成乐于奉献的企业家高满松三人，专程前往北京家中看望高镇同老人。老人十分关心家乡传统文化建设，特别是家训家范的弘扬，并为西高村建文化活动中心和救助孤寡老人捐款 3 万元。高镇同生活俭朴，他的两个女儿在美国事业有成，他和夫人仍住在 20 世纪 70 年代搬进的六层老宿舍里，没有迁往宽敞的院士楼。他的房间几乎被书橱、飞机模型、奖匾填满。高镇同曾说："我从来没有拿钱去买过不必要的贵重物品，像金银首饰之类。我是个做学问的人，全身心投入到学术研究中，没有想过物质方面的享受和爱好。”他在教学科研领域呕心沥血，是一位“为了国家和人民事业永远不知疲劳的结构疲劳专家”。

高镇同院士是共和国航天领域的一代骄子，也是西高村的荣耀。西高村现有村民近千人，从西高村走出的高峰和其子高扬、其女高洁在中国画坛被誉为“鄱湖一家人”。作为一名文化人，高峰和当地不少有识之士热切呼吁，对院士家族老宅的维修与保护迫在眉睫，都昌可以着手把“东方百慕大”老爷庙、高家大院、鹤舍古村打造成当地的一条文化旅游精品路线。

高镇同航天报国的理想高于天，院士家族的根脉永远深扎于脚下的这方故土。

39. 汪墩乡吴家塘下屋村:有一种赓续叫七代为师

【家训家规】吴氏家训族礼言:宗族子弟七岁令入小学,择严肃而明于句读者为之师。于年十岁出就外付聘致名师以训饬之,使之渐进,以底及成。

世人常用“太阳底下最光辉的职业”“人类灵魂的工程师”“辛勤的园丁”“点燃自己照亮他人的蜡烛”来形容“学高为师,身正为范”的师者。在都昌县汪墩乡古岭村委会吴家塘下屋村,有一个家族已七代为师,这种一代代的职业赓续,几成传奇。

一

吴家塘分上屋、中屋、下屋三个自然村,上屋、下屋的建村始祖分别是吴守一(1520—?)、吴守随(1522—?),中屋的建村始祖是兄弟俩的叔父吴舜学(1502—1597),三个村庄均成村于明嘉靖年间。吴家塘之“塘”,指的是村中一口十余亩的大水塘,村因塘而名,祖祠也因塘而名“塘头阁”。先前水塘中央有座方圆丈余的土墩,叫狮子墩。墩上翠竹摇曳,绿水环抱,堪为一景。墩上也生乔木,村中顽童偶尔爬上树去掏鸟蛋。老一辈村民讲道,池塘的水不管如何漫涨,都淹不了狮子墩,水涨墩也升,墩上竹叶风姿更为绰约。狮子墩状如官印,相传有了这枚官印,吴家塘会高官辈出。这当然是一种民俗上的附说,事实上,从2000年改建都蔡公路后,阔道穿村而过,狮子墩被进出都昌县城的通衢平填,吴家塘被劈成了左右两个逼仄的塘域,全然没有了先前的碧波荡漾、竹叶婆娑。“官印”虽消失,村运仍勃兴,吴家塘下屋人的人生大道变得更加宽广。现有480余人的下屋村,2016年新修了祖祠兼村民文化活动中心,更是好运连连。

有史可查的吴家塘下屋最显赫的官,是清道光年间的四品官员吴顺琚(1836—1894),他是七代为师家族的第一代。吴顺琚,号大椿,他从小刻苦求学的故事,成为家族长辈教育晚辈发奋上进的示范教材。吴顺琚的父亲吴必龙谋得一个差役,是挨门逐户替官府收取田亩税的从九品,家境还算殷实。三儿子吴顺琚先是在吴家塘中屋的小私塾读了四年。吴家塘对面三里路左右,有座山叫皇竹峰(又称篁竺峰),峰顶的平坦处名龙望垴,垴上有座庙宇。“皇”呀“龙”呀的得名,皆与后来成为明朝开国之君的朱洪武有关。相传朱元璋与陈友谅大战鄱阳湖,在龙望垴的庙宇里指挥军队血战,满坡的竹子被朱元璋的部下用来制成了射向敌营的箭杆。当一战成“明”的硝烟逝去,龙望垴的庙堂做了“皇竹学堂”,成为吴顺琚新的求学之地。开学一七(七天)一过,父亲吴必龙送干菜给吃住在学堂的儿子,但见小顺琚的被褥卷还是捆绑着没铺展开,仍是七天前自己送儿子来时的模样。30余岁的秀才先生告诉吴必龙,他聪颖的儿子吴顺琚夜以继日地攻读,晚上实在困了,便靠在被卷上小憩,醒来后用冷水冲冲脸又续读,发誓要在功名路上出人头地,小税官吴必龙满是欣喜。

六年寒窗苦读,17岁的吴顺琚满腹经纶地回到村上,接替了年事已高的老先生,做了一名稚嫩的私塾先生,成为吴氏家族为人师的肇始之人。七年之后的咸丰庚申年(1860),吴顺琚考中秀才,同年与罗氏完婚,金榜题名,洞房花烛,喜从中来。随后,应县衙学政之邀,吴顺琚出任汪墩学堂的儒师。秀才除了享受免赋役之外,每年还有60石谷子的回报。饱读诗书的吴顺琚1873年参加乡试秋闱,37岁的他高中癸酉科第49名举人。七年之后,光绪庚辰年(1880)12年一次的举人大挑在京城举行。所谓举人大挑,是清朝每四科(12年)举行一次,作为考不入进士的举人的一次功名上晋位的拾遗,大挑一等可做候补知县,大挑二等授学政之职。当年举人大挑的试题是“洪承畴论”。洪承畴是明末颇受崇祯皇帝看重的督师大员,战败后降清,成为清初的开国大臣。本来这种有着“二臣”经历的人物难作策论,更何况是在爱新觉罗当政的清朝。可文思泉涌的吴顺琚长袖善舞,收展自如。他以“凤头”开篇对洪承畴一顿痛责,历陈其卖义求荣、变节无常;起承转合之际,又在“猪肚”文中盛赞洪承畴识时务、知天命,弃明奔清;在“豹尾”更是对清王朝的浩荡皇恩、太平盛世来一番感怀。最终吴顺琚获得大挑一等功名。按清律,授正印官员需离开原籍赴外省荣擢。于是,吴顺琚的命运与边陲广西有了诸多交集。

吴顺琚踏上仕途的第一站是广西西隆州(后称西林县)候补知县,“适以土苗不靖”,当时苗族百姓揭竿而起,知县刘亨林不知所措。作为忠君之吏的吴顺琚,帮办军务,一边将乱象呈报州府,一边动用库银招兵买马,并亲临征剿一线,“勇治藩抚”,平息了纷乱。吴顺琚的处事才干得到官府的认可,补凌云知县。州府也为他向朝廷报功,光绪帝亲赐“有勇有谋有胆有识”八字褒奖,并加赏戴花翎，由七品县令跃升五品的泗城府知府。

吴顺琚在桂地西林、凌云、苍梧、恭城、泗城五地为官，前后达 14 年，在广西娶郑氏、杨氏为妾，并生育三个女儿。故乡都昌始终是他的牵挂，他给家中寄来银票和造构图案，由长媳郭氏掌家，在吴家塘下屋建造起"大夫第"。在他刚中举人时，父子协力建造过三进深的"举人府"。在他为官广西的后期，三个儿子道扬、道援、道抡先后患痨病而亡。到泗城府赴任后，他将长孙吴绍祖接至知府衙抚养。光绪甲午年(1894)农历九月十三日，吴顺琚心力交瘁，死于任上，享年 58 岁。是年，中日甲午战争爆发。

二

吴氏家族第一代从教人吴大椿(顺琚)人生更多的辉煌是在广西入宦之时。第二代从教人为吴大椿的长子吴道扬(1861—1883)。吴大椿沉溺封建官场十余年，深知入宦之险恶，他对子孙从业的忠告是勿入官、勿经商，宜从儒、宜务桑。吴道扬在村里以教私塾为业，他爱生如子，对家贫的子弟不但不收学费，还贴钱买纸笔墨砚。只可惜吴道扬英年早逝，22 岁时患肺结核(旧时称痨病)离世。所娶同邑郭氏，贤惠能干，持家有方，主持修造的"大夫第"，至今仍存，只是有些破败。在四周村民楼宅高立的衬托下，其雕梁画栋、飞檐走壁的徽派古屋风格，别具乡愁韵味。在"大夫第"青石横楣上方，封火砖嵌着描金石匾"荣封二代"四字。对于被皇朝"荣封二代"者为谁，吴氏后裔有不同的解读。一种说法是"上封"。清王朝念吴顺琚在广西理政靖边有功，升任知府之际，上追两代，诰授吴顺琚已故的祖父吴则桂、父亲吴必龙为资政大夫、例封文林郎，原配夫人罗氏例封为恭人。另一种说法是"下封"。即吴顺琚诰封中宪大夫，其长子吴道扬追封"六品军功"。22 岁便病故的吴道扬没有建功于沙场，但他的墓碑上确切地记载封"六品军功"，显然是得了父恩荫泽之故。

吴氏家族的第三代从教人为吴道扬的独子吴绍祖(1880—1915)，他在 35 岁壮年离世的病因也是肺结核。吴绍祖作为长孙，最得吴大椿疼爱。吴大椿在广西知府任上亡故后，随同两个庶奶奶和三个小姑姑，扶柩乘船，由灵渠转湘水，再入洞庭湖经长江，入鄱阳湖而至离吴家塘仅三里地的郭家桥码头上岸。一路行来，白幡上的"钦敕四品都昌吴大椿"特别显眼，护卫停歇地的官员纷纷登船祭拜。从广西来的侍候庶奶奶的两个丫鬟，在"大夫第"生活数年后分别嫁给村里的两户贫困家庭，繁衍生息，110余年前就成就了两段平凡人家的跨省姻缘。吴绍祖14岁时回到家乡，长大成人后，子承父志，也在乡邑做了一名私塾先生，直至35岁病故。

吴大椿的荣耀若干年后，还折射到子孙的身上。当年吴大椿任职的泗城府和西隆州（西林县），正是封疆大吏云贵总督岑毓英的故乡。岑总督对吴大椿的政绩颇为称道，其三子岑春煊（1861—1933）与吴大椿成了忘年交。岑春煊在中国近代史上是风云一时的政治人物，早年是慈禧太后和光绪帝面前的红人，后来官至两广总督。在晚清官场，有“三屠”之说，岑春煊是“官屠”，喻指弹劾官吏；张之洞是“财屠”，喻指用钱如水；袁世凯为“人屠”，喻指杀人如麻。岑春煊一生反袁世凯，一度成为“护国盟主”。他1918年任军政府主席总裁时风风光光，曾派亲信找到都昌吴家塘，要接吴大椿的子孙到身边重用。当时吴家唯一的年纪大的男丁是吴大椿的曾孙吴先唐，年仅16岁。长少奶奶郭氏哪舍得孙子吴先唐离开都昌？岑春煊只得作罢。吴先唐（1902—1957）是吴氏家族的第四代从教人，又名吴继曾，取名寓意是“继承曾祖父顺琚公遗志”。吴继曾先是在汪墩、左里乡间私塾当先生，民国新式小学兴起后，还是从教，前后达30余年，55岁时去世。

吴氏家族的第五代教书育人者为吴继曾的次子吴毓苏（1933—2006），派名德庸，号竹村。吴毓苏先生少时师从其父吴继曾和舅父谭莺初，皆为名师。吴毓苏1989年8月这样回忆他的从教生涯：“我于一九三三年出生在一个世代书香的教师家庭。高祖系前清举人，曾祖与祖父均系前清秀才，父亲是个小学教师。我从一九五〇年十八岁时起，即开始教小学。后来在都昌县文教科和九江专署文教科从事教育行政工作三年。一九五六年二十四岁时被调到都昌县中学教语文，直到现在，前后共教书三十七年，而工龄已四十载。我没有上过正规大学，只是在五十年代参加过江西师范大学中文专业函授，基本上是边教边学，自学成才的。一九八七年江西省专业技术职称改革，我被评定为第一批中学高级教师。”20世纪80年代在都昌一中就读的学子，很多都是吴毓苏先生的弟子，他深厚的国学功底，让学生受益终生。

吴氏家族第六代为人师表的接捧者是吴毓苏出生于1958年的次子吴江春。吴江春九江师专毕业后，曾在都昌师范、都昌二中、都昌三中工作，担任学校领导多年，教学业绩优秀，2001年9月荣获九江市“优秀园丁工程”学科带头人。吴毓苏的女儿吴江雪,1986年江西财经学院毕业,现在深圳市广播电视大学任教。吴毓苏的侄子吴江涛、侄媳谢勤,均为烟台大学教授。

吴氏家族第七代教师传人为吴江春的女儿吴京。2008年华东理工大学硕士毕业,现任教于上海中医药大学,成为后起之秀。

1985年都昌县委、县政府授予吴毓苏先生"教师世家"光荣匾。其时,第七代传人吴京还未入列。时光流转,日月轮回,"教师世家"吴氏家族在人们的期冀中也许会续写新的薪火相传的故事。

三

吴氏家族七代从教,在180余年的时光里,一部家族史,见证了中华民族从屈辱的清王朝到当今辉煌的新时代的历史变迁,也体察了都昌教育乃至中国教育贯注于间、绵延不绝的传统文化的气息。在可以觅见的文本里,吴继曾、吴毓苏、吴江春祖孙三代更是以搏动的诗心,让这个教师世家的光环别样闪烁。

吴继曾工于书法,一笔正楷,力透纸背,很见功底。有诗词集《雪痕诗草》存世,原稿收录他的旧体诗300余首,后被烧毁,现存于世的是其子吴毓苏1986年根据回忆整理,用漂亮的行书毛笔辑录的,存诗31首、联语一副。吴毓苏在为父亲的诗集拟写的"跋"中言:"先君出自书香门第,好读书,喜吟咏,尤长于书法,性淡泊,远权贵。尝自谓'诗书有味勤开卷,世事无聊懒问名'。先君童年失怙,十三岁抚弟奉母。年弱冠即设帐收徒,离乡背井,盖三十余年矣。"吴继曾在一首五律中这样感叹诗情人生:"不尽沧桑感,飘蓬叹此身。欢愁随幻世,聚散等浮沉。地僻怀钟子,天寒念老亲。雍容诗酒客,烂漫乐天真。"吴继曾曾受聘于左里大绅士陈镜湖家做教书先生。陈镜湖在接风筵上,请先生拟嵌名对联伴中堂,实则为测先生的功底。吴继曾即兴挥笔而就一联:镜迎须眉惊渐改,湖山风月善长留。对仗工整,气势恢宏,书法上乘。陈镜湖叹服吴继曾才学,高薪挽留先生施教了五年。时人评价吴继曾诗风:"落笔天然,风华掩映,无懈可击,一尘不惊。"

吴毓苏的诗学更多来自家教。他曾这样回忆:"我从小就受家庭教育的熏陶,在摇篮里,曾祖母以唐诗为催眠曲,三四岁时即教我读唐诗,如'春眠不觉晓''床前明月光'之类的五言绝句,已能背诵20多首。六岁时父亲即带我上学读书,在私塾里,念的是《贤文》《劝学》《四书》《五经》《古文观止》,加上唐诗宋词，因此从小就对诗词产生了兴趣，由于父亲擅长于写旧体诗，因而耳濡目染，我也就受到了潜移默化的影响和教育。十岁时就能对五言对联，十五岁时就能写旧体诗了。”20世纪60年代初，吴毓苏曾编印诗集《萍踪浪墨》。1989年，吴毓苏重修整理汇编成册，收录诗词300余首，取名《萍踪浪墨》，也是一种寄怀，他以绝句这样诠释：“萍踪身世感劳生，浪墨挥毫写性情。莫道蛩吟无雅意，此中多是不平鸣。”吴毓苏曾任都昌诗词学会常务副会长，《古南诗词》第一任主编。

吴江春得其父吴毓苏之诗教，在古典诗词创作上颇有造诣。他是中华诗词学会会员，现在担任都昌诗词学会副会长、《都昌诗词》主编。父亲在晚年将家传的一套袖珍版《诗韵合璧》，遗传给吴江春。吴江春后来主编的《格律诗词入门》，在普及推广诗词的创作方面，成为示范读本。2018年农历十月初，吴江春携同城诗友来到太高祖吴大椿170多年前求学的篁竺峰，吟咏道：“孟冬初霁天，附友登萧寺。阔别卌余年，重来三昧地。炉烟篁竺萦，香客盐梅寄。造化野人惊，凭谁知旧事？”

从吴大椿、吴道扬、吴绍祖、吴继曾、吴毓苏，花甲之年的吴江春感慨他的家族上五代为人师者的身影，“凭谁知旧事”？他和他女儿吴京分别成为第六代、第七代薪火相传者。时光之下的第n代呢，“凭谁知新事”？定是久霁天……

40. 汪墩乡胡家山村：一个家族三代人的剪影（上）

【家训家规】“胡氏家规”云：惜分阴，戒游乐，慎气质，勤深功，子弟之切务；知所戒，则知所兴矣。清而俭者，始于保命，终于保家，极于保族、保子孙，至要至切者也。君子力学，非以求福，善积而福自至，亦天理之必然者矣。

都昌胡姓，尊唐末的胡城为一世祖。唐天佑年间进士及第的胡城，授国子监博士迁侍御史，晚年避战乱归隐祖居地华林（今江西高安市与奉新县交界处），故胡氏有“华林世家”之称。

公元2004年岁在甲子，都昌华林胡氏重修宗谱，胡城的三十九世孙胡云舞先生任了本届谱局的“局长”。胡云舞先生出生于1933年12月，都昌县汪墩乡新桥村委会胡家山人,1960年毕业于江西农学院(今江西农大),历任都昌县人民政府副县长、县人大常委会副主任、县政协副主席。他退休后主持修撰的《胡氏宗谱》,成为都昌胡氏慎终追远、光宗耀祖的清晰图谱。一部生动的宗族史是由一个个家族史汇集而成的。关于他的曾祖父、祖父、父辈三代人兴家立业的故事,尽管在家谱里未被详述,但在胡云舞先生的心里,先人的鲜活背影从来没模糊过。

一

胡云舞先生的曾祖胡肇海,生于道光戊戌年(1838),这一年,发生了林则徐禁烟运动。胡肇海是兄弟三个中最小的。当年太平天国将领石达开的部队在汪墩新桥驻扎。太平天国军在民间被称作“长毛”,这支农民起义军显然在军纪上是有失规肃的,烧杀抢掠的事时有发生,让许多百姓仇恨。一些走投无路的穷人家子弟,从戎算是谋一条生路。肇海和大他三岁的二哥肇姚同时入了太平军,那年,他17岁,还只是个少年身。胡家兄弟三人,两人从军,大哥持家。

肇海兄弟俩随着石达开的部队开往云南、四川,石达开部在大渡河几乎全军覆没,哥哥在那次战役中殒命,弟弟得以逃生。胡云舞先生的曾祖父抱定的目标就是“回家”。他身藏一把军刀,白天躲进山林,靠吃野果充饥;晚上赶路,好避追查,这样昼伏夜行,历经两年零四个月,终于逃回了家。

肇海拣了条命回到生他养他的故土,却备受歧视。在当时的晚清,随了太平军“造反”的人,还要防着官家追查。肇海的大哥是个屠夫,他也有些瞧不起自己的小弟,平时称呼个子瘦小的弟弟,总是一口一声“矮子”。做兄长的只拿出家业中的五亩薄田和一间偏屋,让弟弟栖身。胡肇海邀了也是从石达开部队逃回家的邻村一程姓村民,同耕作五亩田地度日。一年后,偏屋失火,肇海变得一贫如洗。他对生活格外地灰心起来,整天到新桥头做“小混混”。新桥当时就是个有些热闹的集镇,冬月的一天,姓陆的一家店铺小老板见了无所事事的肇海,微笑着喊了肇海的名字,给了他一份尊重:“肇海,你家遭丙丁啦?”“遭丙丁”就是“发火”在乡间的另一种表述,听上去要雅得多,也有几份忧叹在里面。肇海垂头丧气地答:“是啊。”陆老板温和地说:“烧发,烧发,你有发头。你不要整天打牌,要图着日后兴旺。我家有十担绿豆,你拿去磨了洗粉,粉返给我卖,豆渣归你,一来可度春荒,多余的还可养猪换钱。”

20岁刚出头的胡肇海得人扶助，生活的信心足了些。他在村上搭了间茅棚，借来一口水缸、一扇石磨，一心一意地洗起了绿豆粉。第二年，家境便有了些起色。随着洗粉手艺日渐长进，规模日渐扩大，肇海还经常到永修、湖口等地收购绿豆来洗粉。

胡肇海出外收购绿豆，经常要搭和合七房詹开基老板家的船。老板看中了小伙子诚实、勤劳，便主动提出把自己的独生女嫁给肇海。一个家道的中兴往往与主妇的贤淑相关，胡肇海在妻子的帮衬下，家底日渐殷实起来。鼎盛时，家里置了60多亩田、20多座山，请了4个长工，养了4头牛作田，还养了4头母猪，出栏的猪崽最多时有20多头。那时，他成了当地的首富。

肇海夫妇为富也仁，为人处世讲道德、有诚信。叫花子上门讨饭，肇海首先给一升米(量米的升被胡家当了传家宝至今还保存着)，尔后施一碗饭。遇到村里人来借粮食，肇海也总是宽厚相待。那时的度量衡时兴的不是秤，而是斛桶，四斛一担。肇海借给人家粮食，斛桶漫出尖顶状量给人家，不像有些小气的人，用个十字木架往斛口一抹，稻米便凹在了斛口之下，生生地少出了一些分量。离胡家山只有半里路的陈家的一个老实的长工在胡家尽力终生。起初的两年，长工揣了主家给的工钱过年，可他不敢回到自己家中，兄嫂的斥责令他无家可归，连续两年他都在村头的禾秆堆下孤独地过年。胡肇海知晓后，第三年不顾不留外人在自家过年冲损气数的习俗，诚恳地留下这个长工在胡家欢度除夕。胡肇海的厚道是出了名的，有时故意让利于人。一个流传下来的典故是：村里一户遇到困境的人家将大塘堰的一块田卖给肇海，卖家自报面积"一斗六"，肇海也不去丈量，便认了"一斗六"。旁人笑着对他说："一斗六？好栽得下几十棵辣椒。"其实那块田的田貌至今仍在，明眼人一看，"六升"都不到。肇海人也开明，乡里乡亲的关系处得融洽。乡间要办个公益事，他总乐意捐点钱，以德服人。那时乡间多土匪，可他家从来没遭过土匪的劫，或是盗贼的害。胡肇海殁于1921年，享年83岁。

二

胡肇海生育一子三女，儿子取名盛瑨，便是胡云舞先生的祖父。

胡盛瑨一生与书结缘。年幼时读私塾，从描红开始接受启蒙教育，后来在村里又读了三年，由先生开讲"四书五经"。盛瑨饱读诗书，父亲却不让他参加科举考试。因为父亲对清朝不满，不愿儿子入仕同流合污。胡盛瑨在当地教了一世的书，人称“先生”。对穷人家的孩子，他主动上门劝学，且不收分文学费。胡盛瑨教学生很严厉，在七角、新桥一带是出了名的，轻则罚站，重则用戒尺打屁股，用笔杆压指头。严师出高徒，新桥一带很多名流就拜师于他门下。他平日里也给人义务看看病，那医道所承，大多是父亲在太平军的军营里耳闻目睹而口口相传的。

胡盛瑨的夫人是当地的侯门女子，也是个相夫教子、持家过日子的贤淑妇人。关于她的贤淑，留在胡云舞先生记忆中的有两件逸事。侯奶奶的娘家离婆家所在的村子只有一里多路，娘家族上的侄子结伴来到富裕的盛瑨家的山上偷柴，奶奶听说了，踮着小脚，在家中盛了一撮筐爆米，装了一袋打糖，提了一壶茶水，来到山上。侯奶奶和气地请侄辈们做累了吃点心，弄得尴尬的年轻人羞红了脸。奶奶不但不斥责，反而笑容可掬地劝道：“不要紧，山上柴多，只管斫去。”偷柴的后生们把爆米、打糖吃了，最后每人挑着成捆的柴去了奶奶的祖宅，把柴送上门来了。奶奶一生极疼儿女，从没打过儿女，唯一的一次例外，就是拂了小儿子一巴掌。小儿子排行老六，6 岁时还不曾脱母乳。一天中午，奶奶在灶间切南瓜，弄饭给家人吃。锅都烧红了，小儿缠着要吃奶，做娘的在情急之下，将儿子伸探过来的头扒开了，算是破了一次例打了儿女。

三

在 2014 年由中共党史出版社出版的《中国共产党都昌历史》（第一卷）中，记载着由民盟都昌小组组长、任远中学校长向法宜牵头与垂死挣扎的国民党县政府斗争的一件事：

1949 年 5 月 2 日，国民党都昌县县长蓝楚东接到国民党省政府焚毁粮食的密令并准备焚烧时，向法宜立即牵头召集县城绅士在镇公所开会，以办理善后名义，组成都昌县地方善后维持委员会。参加会议的有 30 余人，中心议题是要保护粮食、档案和其他公共财物，并推选向法宜、胡侠樵、邵翰伯、石叔锦等为委员，向法宜为召集人。此时蓝楚东却想趁混乱之机捞一把，将 1500 担仓谷偷偷装船，在半夜运出。获悉此一消息后，向法宜等人找到镇公所干部邵伦鑫借了 4 支枪，雇了一只船，与地方善后委员会的一些委员赶到刨皮咀，堵截两艘粮船，押回了县城。

在这段文字中出现的“胡侠樵”，就是胡盛瑨的长子，又名胡德润。史志上匆匆一笔带过的一个人名，在其家族后人的讲述中，就是一册命运跌宕起伏的人生大书。胡侠樵独具耿直的秉性，他的人生，成为那个时代大潮中一簇翻卷的浪花。

胡侠樵早年在江西省立农业专门学校（今江西农业大学）农科专业和南京金陵大学（现南京大学）蚕桑专业毕业，曾做过国民党军队团一级的军需主任，后半生以教书为业，曾任南昌女中庶务主任十年，1941 年后任都昌县立初级中学的教导主任。抗日烽火燃遍中华大地之时，胡侠樵先后在江西泰和和都昌大沙沈家祠堂任教。《中国共产党都昌历史》记载的那次“押回粮船”事件，是在晚上发生的。第二天，胡侠樵在课堂上向班上学生讲起了那晚“一夜未宿”的亲历。他与中共都昌县委早期领导人刘肩三既是同学也是同乡。胡侠樵既读陈独秀、邹韬奋所著的宣传革命的书，也读《胡适文存》一类的书，但他没有加入中国共产党，是国民党的参议员，都昌中学国民党支委。1955 年，胡侠樵病故于星子瓷坯厂。

胡侠樵兄弟六人，他是老大，老二胡剑樵，派名德宣，林业工程师，曾谋职于国家林垦部（后改为林业部），自学中医，称誉杏坛。老三胡晓樵，派名德馨，就是胡云舞先生的父亲，是一名兽医。老四胡森樵，派名德和，在当地从医为业。老五胡任樵，派名德懿，曾任鄱阳县等县的医院院长。老六胡乐樵，派名德浒，从医为业。

2019 年清明之际，中央电视台开办了《家国清明》栏目，从普通人的视角去慎终追远。家连着国，国系着家，一个家族的兴衰从来是与整个国家的变迁休戚与共。如今，胡云舞先生家族瓜瓞绵绵，枝繁叶茂，一个个在时代的舞台上，展示着融入家国情怀的身影……

41. 汪墩乡胡家山村：一个家族三代人的剪影（下）

作为胡氏大家族第三代核心成员，胡侠樵的系列剪影连缀起来，就成为在那个时代舞台上演绎的人生大戏的清晰身影。

一

曾在都昌湖港管理局工作，热心都昌历史资料编辑的民盟成员魏先仪先生，生前撰写过《胡侠樵在县中记事》一文，该文刊发于20世纪80年代都昌县政协编印的《都昌文史资料》丛书。1946年春至1949年5月，魏先仪与胡侠樵在都昌县初级中学同事三年，他对胡侠樵形象的评价是："平素爱打抱不平，常仗义执言，力主正义，敢于向陈腐观念和横行霸道者斗争，社会上人士称他'胡大炮'。"

中华人民共和国成立前夕，都昌县立初级中学是公立学校，任远中学是由向法宜等人创办的私立中学，1949年，两校合并为都昌中学。思想进步、追求民主的教导主任胡侠樵，在20世纪40年代末期的都昌县立初级中学是个颇有影响力的风云人物，在那个年代的学潮史上留下了一笔。1947年秋季，学生驱赶校长邵德基，喊出了要胡侠樵当校长的口号，胡侠樵出于保护学生出发，在肯定学生关心学校命运的同时，也对学生驱赶校长、离校罢课、打人闹事等行为提出了批评，并支持邵德基校长返校，倾听学生的呼声，开展校务整顿。

第三天，时任县长陈为潢带领四名身挂驳壳枪的武装人员，气势汹汹地来到学校训话，说学校此次学潮是有组织、有预谋的异党活动，必须揪出异党分子，严惩不贷。胡侠樵义正词严地驳斥，肯定了学生合情合理的一面，县长陈为潢只得留下"等候学校处置"的话灰溜溜地走了。后来经胡侠樵周旋，学校一名在学潮中起主导作用的谭姓学生宣布开除学籍，而背后真实的原因是，谭姓学生本人要求学校签发转学证明，去了景德镇求学；将数位在学潮中起哄而平日也有赌博行为的学生给予记过处分，从而保护了绝大部分学生顺利完成学业。

1948年暑假，一个姓罗的学生自称是县参议会副会长的儿子，在接到留级通知书后，闯进教导处闹事而被强行撵出了校门。这位学生回家告诉母亲，说挨了教导处职员的打。偏袒儿子，又仗权势的家长带着人向学校问罪，并扬言要用尿勺向职员身上拨粪，被学生现场制止。都昌县参议会副会长罗云秋找到县参议员、学校教导主任胡侠樵质问："都昌中学是都昌县最高学府，擅自殴打学生应予以严查！"胡侠樵敢于碰硬，当场驳斥："都昌县的最高学府，岂容学生无故闹事？养子不教父之过，会长先生反而纵容妻子到学校撒泼，忌有此理？"罗云秋自知理亏，未再追究，悻悻而去。

1949 年春，都昌解放前夕，有国民党要员找到胡侠樵，企图在学生中招兵买马组织反动武装对抗新政权，胡侠樵晓以大义，并主张学校提前放假，让学生回家暂避。胡侠樵其时参加向法宜组织的拦截时任国民党政府县长蓝楚东盗运县粮外逃，在中国共产党都昌历史上留下了一笔记录。1949 年 5 月 12 日二野部队进城解放都昌之日，胡侠樵带领在校学生手擎三角红旗，同县城各界人士及群众在北门外夹道欢迎。都昌县人民政府第一任县长李冀础后来到学校拜访胡侠樵，肯定他的进步行为，并征询对新政府开展接管工作的建议。

胡侠樵在都昌中学教书前后有七年，培养了一大批学生。1949 年 8 月，在他 57 岁时，他离开改组后的都昌中学，在本村学堂教学一年，对学生不收学费，由家长换工替他做十天田里的活。胡侠樵也兼着耕种田地，他对农活可以说驾轻就熟。魏先仪在文中做过这样的描述："胡侠樵一面教书，一面帮助他的有中学文化的妻子种田，除寒暑假在家里务农外，开学后每逢星期六下午，他都照常从县城步行回家，星期天在家干一天农活。我们因事到他家拜访，他总是头戴草帽，肩扛农具从田地里赶回来接待我们。"

二

1953 年 1 月 3 日，胡侠樵用毛笔竖写了一份 3000 余字的《自传》，回顾了他的一生。从《自传》的语气，似可推断这是他作为国民党的旧官吏，受到半年管制后，向政府递交的类似交代生平的材料。在《自传》中，他为自己"倾向民主，仰慕共产党的伟大"，与"蒋匪帮气味不相投"做了表白。比如曾保护亡命在外的共产党员王叔平；在都昌解放前夕以个人名义印发通告，动员群众阻挡国民党县政府抢运县粮；补选县政府"二十二个鸟参议员"之一时"自讨没趣，暗中叹气"；向新成立的都昌县人民政府主动报告谋反游击队组织的动静。胡侠樵在《自传》中，最后更是表达自己努力改造、贡献力量的愿望："我更希望求得适合我自己的工作(中小学成员),为人民服务。”

纵观胡侠樵61年的人生春秋,其大致可分为四个阶段。一是求学阶段。30岁前先后在村里的蒙馆、私立小学、南康府立中学、江西省立农业专门学校、南京金陵大学农学院求学。二是办农阶段。38岁前先后在新建县(今南昌新建区)象家山垦地种棉,在景德镇办养鸡场和肇海农场,而立之年在南昌参加国民革命军,任陆军第十四军政治部宣传员、军需。三是从教阶段。59岁前先后在南昌市女子中学、都昌县乡村师范、都昌中学等任教英语,并任教导处主任一职。四是改造阶段。1955年元月,胡侠樵病故于星子瓷坯厂。

胡侠樵一生有三次婚姻。他与第一任妻子刘秀兰是同窗共砚人,刘秀兰1918年(26岁)逝于肺病。她与胡侠樵所生女儿胡拙鸠,1948年跟随丈夫黄汉梁去了台湾。黄汉梁毕业于同济大学,是国民党南京兵工厂的机电总工程师。胡拙鸠二十世纪八九十年代曾到过她的出生地胡家山。她亡故后,其后人现在与都昌这边的家族少有联系。胡拙鸠和小她10岁的同父异母的妹妹胡式珊,1989年曾为父亲一案申请复查。1990年2月5日,都昌县人民法院刑事审判庭出具的《关于胡侠樵伪官吏一案的复查情况报告》,对原判决认定的胡侠樵霸占村民地基、吊打村民、斩碎村民晒篮、妻子朱淑珍殴打村民四个问题,认为“调查失实,不应认定”。每个人的命运,无一例外地会打上时代的烙印。胡侠樵的后人对胡侠樵的人生际遇也能理性地看待,他们翻开新时代的新篇章,以积极进取的人生态度,迎接新的生活,谱写新的历史。

三

1932年出生的胡式珊,是胡侠樵与第二任妻子裘谷斋的长女。母亲裘谷斋是父亲在新建县(今南昌新建区)办农场时相识结缘的,外婆家在新建县(今南昌新建区)乐化江家桥老官庄。裘谷斋1944年在不惑之年病逝,生育一女二子。胡式珊1955年毕业于江西医学院,曾任江西中医学院主任医师、教授,在心血管内科教学、临床和科研方面卓有建树。都昌县政协2005年主编的《都昌骄子》一书收录有胡式珊传略。1946年出生的胡式玖是都昌汪墩小学的一名退休教师。胡侠樵与第三任妻子朱淑珍生育了三子一女,胡式玖为其中的老大。在胡式珊、胡式玖对父亲逸事的讲述里,胡侠樵的乡间“大先生”形象从未模糊过。

胡侠樵的父母胡盛瑨、侯香莲1944年一同过80岁生日，时任县长曹兆征送来一块“同登大耋”的贺匾。胡侠樵在征得父母同意后，将亲友的一些寿礼悉数捐出来，在新桥通往胡家山的途中建起一座“卷木桥”，方便当地人出行。胡盛瑨在乡间开蒙馆，做了一世的教书先生，但就是这个文弱书生有两项“绝技”，一是从其父胡肇海那里学来的来自太平天国军营里的疗伤秘方，胡家的专治皮肤溃烂的“黄龙膏”就源于此。二是看牛相的好把式。周边村民买牛定价，经胡盛瑨现场议定的，买卖双方皆信服。教书先生胡盛瑨治牛还有一套理论，比如两牛相争，不可强攻，只待强势过后为牛穿鼻，避其盛攻其衰，如取驯物。学农出身的胡侠樵在父亲面前也自叹不如。

胡侠樵正如他名字中嵌“侠”，为人侠义，所以成了汪墩乡摆平地方纠葛的“大佬”式人物。新桥蛇形地张家与邻村老山侯家，因田地水源而生“水印”之争，眼看要酿成宗族械斗。胡侠樵是侯家的外甥，他出面平息了争端。胡家山人翻过山岭到南桥岭侯姓的柴山砍柴发生纠纷，村民胡茂柏的妻子在争执中被侯村人用柴刀划了手，鲜血直流。胡茂柏是乡间的“打师”，一身的好武艺，他带着村里的徒弟提着棍棒，去侯家讨说法，并将割伤妻子手的村民抓到胡家山，打得半死后，关入牛棚。侯村人也不服气，召集后生前来械斗，眼看要闹出人命。又是胡侠樵自己花钱请了双方头首在樽俎间和解，赔了侯家一些钱财了结。胡侠樵乐善好施，赌博者没钱过年，他送上救济款；孤寡老人亡故，他资以殓葬。胡侠樵对父母极为孝顺，1937年秋，日寇轰炸南昌，南昌女子中学被迫迁往泰和县复课。作为教员的胡侠樵带着母亲、妻子和年幼的女儿胡式珊、儿子胡式武，在泰和生活了一年多。1938年12月回南昌时，胡侠樵请了人力轿夫抬着老母一路颠簸，还遭到起了歹心的车夫的洗劫。平日里言语不多的儿媳裘谷斋，临危不乱，一家老幼千辛万苦才回到都昌老家。胡侠樵对弟弟和子侄辈也是呵护有加，成了胡家的主心骨。

在曾经的同事的回忆中，胡侠樵仗义执言的身影，留在了都昌民国教育的史册里，20世纪90年代末编辑的《都昌教育志》曾为胡侠樵专列传略。在拟写的《自传》中，胡侠樵将自己作为一个小知识分子在那个时代里跋涉的身影，留在了人生的嗟叹里。在儿女们的讲述中，胡侠樵为人父的身影，从未逝去，留在了这个家族的后辈人的追思里。

42. 汪墩乡下舍孙村:杏林里的魏紫姚黄

【家训家规】春秋时的军事家孙武著的《孙子兵法》,既是用兵之法,也是言处世之道。云:“上兵伐谋,其次伐交,其次伐兵,其下攻城。”“故善战者,致人而致于人……故善战者,求之于势而不责于人……水因地而制流,兵因敌而制胜。”

孙晓初:世事沧桑何足计

生于清朝末期、殁于民国末期的都昌人孙晓初,是江西省一代名医。在1988年出版、由江西中医学院著名教授杨卓寅主编的《江西杏林人物》一书,收录了自东汉建武元年(25)至1987年底,已故的江西省著名中医药家883人,在这1800多年的历史长河中,孙晓初、孙寄冰双双入录。

孙晓初的故里是现今的都昌县汪墩乡细桥村委会下舍孙村。下舍孙村在清朝被褒命为“书香第”,曾有高大门楼显赫地彰显着“书香第”的鼎盛。据《孙氏宗谱》记载,明清两代,下舍孙村有进士2人、举人2人、秀才7人、太学生9人,堪称书香继世长。孙晓初这一代往上溯五代,皆为名副其实的“书香门第”,“道德传家久,文章继世长”融为家训。

孙晓初(1882—1947),派名全炳,别名荛锄,逸名“壶天半叟”。孙晓初天资聪颖,六岁进私塾,十岁能写诗填词。在1993年版的《都昌县志》“人物”卷,孙晓初是医药界唯一单独列传的名医:

孙晓初,字旭升,七角乡下舍孙村人。后长寓县城。青年时先后就学于江西省立农业专科学校森林科、浔阳道地方自治讲习所。毕业后一度任都昌丁区高初两等小学校校长兼主任教员。30岁开始,弃教从医,苦习数载。35岁已以擅长妇儿科而誉邑内。期间曾充县公署顾问兼咨议医官。1935年以医会友赴省,结识名医姚国美,交谊笃甚。应聘任江西中医专门学校儿科教授。为深入浅出地阐明祖国医理,曾自撰中医教材《幼科讲义》。门生现多为各地名医,诸如省名中医姚荷生、张海丰、万友生教授等,当年皆出门下,教学同时,兼佑民医院主治医师，尤其以治疗不孕、聋哑、伤寒、肿瘤诸症名噪洪都，有民谣相传："春到南州，名医数孙姚。"1937 年，省府即以"春到南州"匾见赠，并举行了受匾游南昌的隆重仪式。是年，因日机轰炸省城，由南昌返县，继续行医于县城、三汊港等地。1938 年当选为都昌中医理事会理事。晚年，将平生治愈数千例难症，归纳概括，撰成《临床验方》一书。

史志的记载往往简约而乏细节的润泽。"春到南州，名医数孙姚"，"孙"指的就是孙晓初，"姚"指的是与孙齐名的一代名医姚国美。20 世纪 20 年代，孙晓初与挚友姚国美、刘文江在南昌创办的江西中医专门学校，是曾经的江西中医学院的前身，孙晓初是校董兼儿科教授。从 40 岁到 53 岁一直在南昌行医的孙晓初，其救死扶伤的高超医术，在一些医例中得到印证。来自四川的李师长有一个哑巴儿子，遍访 13 省名医均未见效。1926 年在他儿子 15 岁时，李师长求医于孙晓初，经精心医治，竟与正常儿童无异。师长惠赠"江域国手"匾额褒其让"铁树开花，哑儿说话"。市民沈慧君生产死去半天，家人正合计着办理丧事。孙晓初正好路过，停行细察，诊其产后败血症休克，他当即劝停丧事，开药一帖煎服后产妇渐渐苏醒，后经数日料理，一如常人。孙晓初称誉江西杏坛的，既有他的良术，更有他的"仁心"。病人不管贵贱，孙晓初对求医者总是热情相待。遇到家境困窘的，孙晓初不但分文不收，还会捐钱给患者纾困。孙晓初吟过一首《从高安途中口占》的诗，足见他的"医者仁心"："风雪漫天电报催，车如流水响如雷。问余何事驰驱急，却为苍生救苦来。"

"世事沧桑何足计，因缘翰墨总长留。"这两句诗也是孙晓初的情怀自咏。孙晓初不只是名医生，其诗学造诣亦颇深。他在南昌行医期间加入"友声书社"，代表作有《和朱砚田乙亥重九后一日诗叠韵十次 40 首》等。有《映雪山房稿本》《南州诗草》问世。时人曾评价："'春到南州'一匾语，不但为医界之国手，并为骚坛之宗伯矣！"孙晓初在一首《失题》诗中吟道："疮痍满目倩谁医，国势如斯弱不支。到处哀鸿无乐土，连年惊鹊未安枝。那堪旧事重回首，竟使长吟费捻髭。为问徐亭高卧者，红羊劫换在何时。"生逢乱世，偌大的省城已容不下孙晓初一张平静的医桌。1939 年，日寇轰炸南昌，孙晓初在百花洲万寿宫附近的宅子被毁，他面对"疮痍满目"，扶老携幼返迁家乡都昌县城，继续行医。孙晓初被时任国民党县政府县长彭学游、吕锟先后聘为县政府行政会议委员。孙晓初在县城金街岭与西街交界处，建有"孙氏别业"别墅。正中有名士相赠的

“思邈家风”的匾额。一代名医孙晓初从1939年到1947年，在都昌县城悬壶济世，慕先祖孙思邈的德技，造福乡梓8年。

出生于1942年的孙肖冰是孙晓初的幼孙，爷爷1947年病逝时，他5岁。孙肖冰说，爷爷可能是因患肝腹水而至肝癌而离世。孙晓初患病时腹胀难受，当年还有抗日战争结束后未及遣惩的日本军医在县城外的南山寺庙里。日本军医被请来，每周做一次外科手术为孙晓初排放腹内之水。终是病入膏肓，孙晓初于1947年农历十一月初十病逝于“孙氏别业”家中，享年65岁，归葬下舍孙村。

孙晓初驾鹤西去，尽享哀荣。都昌籍国民党政府政要曹浩森（曾任国民党江西省主席）、刘士毅（曾任国民党国防部次长）、周祥（曾任蒋经国随从秘书、南丰县县长、江西省政府新闻处副处长）等发来唁电致哀。时任都昌县政府县长坐着轿子，让侍从牵着马，两边筐箩里满是爆竹，前来下舍孙村哀奠。都昌县城48位名士结伴在孙晓初的葬礼上进行“歌诗”，以独特的文雅、隆重的哀悼仪式让逝者安息。主祭者为都昌著名诗人吴伞，他在“歌诗”仪式上，声音沉郁地吟诵古往今来有悲情之意的诗词歌赋的上半句。身穿白衣的一应名士，跪伏在生前好友孙晓初的遗像前，接吟下半句，气氛肃穆，诗情激荡。道士做斋数日，超度亡灵。

孙晓初曾有《落花》二首借物感怀，其一云：“一载名花见几番，几番相对几忘言。无声到地浑无意，有色倾城定有痕。瘗玉埋首堆我恨，斜风细雨断人魂。繁花过眼都如梦，魏紫桃黄曷足论。”其实，对于一代名医孙晓初来说，“繁花过眼”并不都如梦，他在江西的医学界，芳名永存。

孙寄冰：阅尽炎凉好做人

孙晓初的儿子孙寄冰（1905—1968），派名仁堃，又名继膑、幼锄。孙寄冰天生就是读书的种子，多才多艺。孙晓初生子有四，孙寄冰排行老三，但老大、老二、老四皆夭亡，孙寄冰承载了孙家太多的延绵世泽，光耀门庭的希冀，孙晓初更是视其如掌上珠。还算殷实的家产，似乎足够支撑孙寄冰读尽天下书。从6岁到32岁，整整26年，孙寄冰在一程又一程的书山跋涉，且从来都是捷足先登者：6岁入私塾，长达6年；尔后入师资训练所、乡村师范；尔后入江西中医专门学校学习4年；尔后求学于南京针灸学院，肄业；尔后，深耕于天津医学院4年；

尔后考取英国剑桥大学医学专业,将要远涉重洋深造。孙晓初劝阻住儿子前行海外的步履,主要原因有二:一是他要留下唯一长大成人的儿子在身边学医,侍候渐老的父母;二是孙寄冰天生行路微跛,为人父者担心儿子远行不便。自此,中国少了一位留洋的医学博士,都昌却多了一个脚踏实地的医界骄子。1939年,孙寄冰随同躲避战火的父母回到故乡都昌,潜心学医。1947 年父亲去世后,42 岁的孙寄冰在都昌已是颇有名气的中医了。1949 年初,孙寄冰以其医名受任国民党都昌县党部执委。1950 年前后,孙寄冰在"孙氏别业"一面坐诊,一面授徒。一年招收七八个 18 岁上下的年轻人学医,所缴学费是每人一年一担米。1951 年,孙寄冰任第一届都昌县卫生协会主任,主管全县医务。在任期间,孙寄冰为后人称道的一件"政绩"是:对全县行医者通过考试准入,颁发"医师执照"。当今实施行业准入制度已是常态,但这在 60 多年前就践行,可见孙寄冰办事恪谨尽职。当时全县有 160 余行医者报名考试,考场设在"孙氏别业"周边的向家祠堂、巴家祠堂、杜家祠堂里,出题和阅卷孙寄冰亲力亲为。最后"名落孙山"者有 20 余人,其余人员"持证上岗",无证照者不准行医。孙寄冰在 1953年前后,同县城名医何懋麟、余式云、陈茂卿、邵醉窗等在彭家角创办医疗诊所,他任所长。诊所后来成了都昌镇医院的前身,孙寄冰任主治医师。1957 年,孙寄冰协办都昌县卫生学校,亲任主讲教师,授《伤寒论》,为全县医疗人才的培育甘做杏林园丁。其间,孙寄冰总结丰富的行医心得,辑《雪庐医案》公开刊发。1958 到 1961 年,孙寄冰在都昌县人民医院任主治医师。孙寄冰行医时,望闻问切,治愈疑难杂症无数。在他曾留下的诊笺中,可查访到一些典型病例。东山乡 56 岁村民郭其民,患食哽症求医 10 余年未愈,1948 年服下孙寄冰调配的 3剂中药、2 两配方丸后渐愈。永修县松门山 40 岁的村妇陈丽英,患血崩症访医5 年未愈,1949 年服用了孙寄冰调配的 4 剂中药后竟药到病除。

孙寄冰从小打下了扎实的中华传统文化的功底,一生作古典诗词 500 多首。他的学生黄汉英有手抄本的《寄冰夫子诗词》,孙寄冰的儿子孙肖冰如获至宝,用中学生的格子作业簿工整地重抄,收藏传代。在《辛未重九夜宿古南寺即事》中,孙晓初、孙寄冰父子同都昌文人徐诵清、彭寿汝四人联句成诗,堪为雅趣。孙寄冰的书法造诣颇深。他幼时师从"字冠京华"的都昌籍书法家石云星,行草隶篆,诸体皆工。20 世纪 50 年代,都昌县城东、西街一带,众多的店铺招牌就是孙寄冰的手迹。现存的关于孙寄冰的生平资料,载录其 1968 年辞世。至于辞世的原因，皆避讳不示。1968 年 7 月 14 日凌晨，孙寄冰以著名翻译家傅雷式的决绝方式，凄凉地在所谋职的都昌镇卫生院，告别了这个世界。孙寄冰魂归故里，葬于下舍孙村。孙寄冰在《题而立自画像》诗中吟道："光阴卅载已成尘，顾影伶仃独怆神。冰雪心肠何处冷，匡庐面目本来真。欲除烦恼须无我，阅尽炎凉好做人。修到梅花原不易，况言明月是前身。"而立之年的孙寄冰吟罢此诗的 32 年之后，"顾影伶仃独怆神"，似乎一语成谶。孙寄冰在 63 年的生涯里"阅尽炎凉"，笃诚行仁，将一代名医的身影长留人间。

孙肖冰：不为良医为良师

孙寄冰初名继膑，后改为谐音"寄冰"，也许其寓意是"一片冰心在玉壶"，他悬壶济世的分明是医者仁心。孙寄冰有二子：长子亚冰、次子肖冰。从儿子的取名可看出孙寄冰有意让儿子承袭家学。大儿子孙亚冰（1931—1986），师范院校毕业后，在景德镇甘为人师，曾担任中小学校长，其后代各自事业有成，有的更是就职于北京大学一展才华。小儿子孙肖冰出生于 1942 年，现今退休在家，安享晚年。兄弟俩都没有成为"良医"而成了"良师"。

孙寄冰也曾希望小儿子孙肖冰学医。1962 年，孙肖冰高中毕业，曾在父亲的劝导下有意报考江西中医学院，但时代风云左右着一个人的命运，因为政审他没有被大学录取，而是在汪墩中学做了一名代课教师。后来一度下放，落实政策后，他先后在县一中、县实验小学任教直至退休。孙肖冰从教 40 年，恪尽职守，勤勤恳恳，立德树人，烛照后学。

孙肖冰最终没有走上从医之路，没有成为"中医之家"的接班人。祖父孙晓初去世时，他 5 岁；父亲孙寄冰去世时，他 26 岁。孙肖冰耳闻目睹，既体察了医道之荣，也见证了医场之险。1952 年，都昌县政府兵役局在金街岭办公，时任兵役局局长半岁的儿子得了急性肺炎，局长请当时在县医院名震一时的邵希平为患儿看病。邵希平为染上重疴的患儿打了一针，不料第二天，患儿病情恶化而夭亡。局长第二天派人把邵希平医生找到家中，邵希平还以为是请他回家复诊，没提防便迈进局长家门，只听一声大吼："还我儿子！"局长所持手枪的子弹飞了出来，千钧一发之际是局长的夫人就近抢偏了枪口，子弹才没击中文弱的邵希平。后来，县医院召集孙寄冰、王玉抱、魏荷生、何懋麟、余式云等都昌当时一流的名医商议，得出的一致结论是邵希平并没用错药，患儿夭亡是回天无术，风波才平息。这件事给孙肖冰带来的阴影就是“恐医”。平生做不了“良相”，不去做“良医”，甘愿做“良师”，孙肖冰在三尺讲台上书写着人生的别样精彩。

孙肖冰的后辈在北京、深圳以及都昌等地就业创业，以各自的人生姿态，弘扬着“书香第”的家风。2011 年，孙家故居进行了原地重建。耄耋之年的孙肖冰夫妇经常会从县城回到 20 余公里外的下舍孙家住些时日。孙肖冰得祖父、父亲之诗教，发表诗、词、联 300 余首(副)，是江西省诗词学会会员，书法也颇有功底。他在一首吟咏家乡下舍村的诗中写道:“青松抱舍西塘山，地隔尘嚣院启关。晨寂诸林群鸟唱，春荣遍野百花看。清风徐至开心境，丽日长悬展笑颜。碧涨南湖鸥鹭戏，邻箫吹透彩云间。”农家院门上的一副自拟联——“厚福怡心歌盛世，昌家绍代谱新篇”，展露着孙肖冰的心迹……

43. 蔡岭镇王进村:一个家族的军中觅影

【家训家规】人不尽富贵，家不尽丰盈，家族日繁，乡邻愈迩，其中不无废疾残喘，盲瞽四穷，室如悬磬之流，以我视之，固有亲疏，以仁人视之，无分彼此。

从 1850 年到 1950 年，此百年之大变局，中国的历史风云何其激荡。让我们来探觅都昌县蔡岭镇牌垅村委会王进村一个家族从太平天国运动兴起之时，到抗美援朝时期，在硝烟弥漫的战场上演绎的家国春秋。

王长福与太平天国

王长福(1826—1894)，字景瑞，号介藩，是南唐兵部尚书王壁第 32 世裔孙。他有个乳名叫“年宝”，因为他出生于清道光丙戌年(1826)腊月二十八日晚亥时，那年无腊月三十日，第二天的腊月二十九便是过年，所以父母叫他“年宝”。

在都昌民间，洪秀全的太平天国军称作“长毛”。九江之战，是太平天国军与曾国藩的湘军的重要一役，结局是太平天国军兵败九江。太平天国军西征军的重要将领石达开、罗大纲、秦日纲、黄文金等所率兵士都曾踏足都昌征战，有不少都昌人加入抵抗“长毛”的官府行动，也有不少都昌子弟追随太平天国军与官府为敌。当时，清化乡王进村的后生王长福，便是护境安民、抵抗“长毛”队伍中的一员。其时，都昌代理县统领尹世堂在全县组织团练护境，按天干分甲、乙、丙、丁等十团。咸丰八年(1858)正月二十四日，尹世堂率营勇在鸣山源头港与太平军检点黄文金部相遇。黄文金有“黄老虎”之称，曾领太平军镇守湖口三年，令曾国藩畏惧。在源头港，太平军诈败，诱尹追击，太平军前后夹击，将尹世堂杀死于马涧桥。《都昌县志》“大事记”载：“同治二年(1863)四月二十日，黄文金率太平军驻蔡家岭，五月至官洞山、汪家墩，七月初四日撤至建德。”王长福在协助团练抵抗太平军时参加了湘军，得到朝廷的褒奖，以至《王氏宗谱》中载有“轮平江军饷事”“积勋授职”、授“国子监”诸语。

护境安民有功的王长福坚决不入仕，唯一的理由是他要行孝，在家侍奉老母。他晚年在家乡设馆授学，以68岁告终。他的母亲刘氏寿至100岁，成为王进村史上最长寿的老太。刘氏生于1803年，殁于1903年，“躬逢五世，寿眉百龄”。相传刘氏暮年比较富态，耳垂近肩，眼皮覆睛，几近聩瞽。她的娘家在九江的洲里(彭泽县)，路程遥远。刘氏晚年经常叫嚷着要回娘家，孝子王长福便让子孙推着土车，咿咿呀呀地在村前屋后到处转悠，嘱咐村中人热情地叫她“姑婆”“姑母”。老人既不能耳清辨声，又不能目明识人，只以为是娘家的晚辈在叫唤她。王长福是老人的嗣子，儿子在老母92岁那年先逝，家人怕老人悲恸，没将噩耗告诉她。本来每天早晚都要请安的“年宝”数天不见，家人哄她“年宝”外出讲学去了。老人心里明白，她躺在床上习惯性地抚摸着进来讨要果饼的孩童，触及头上的丧号帽巾，知道儿子已离世，顿时抚床号啕。九年后，百岁老人在子孙的孝行里谢世。此时儿媳已75岁高龄，行走困难，被人抬着花轿送葬。

王长福的幼子王怀辉(1853—1904)无关兵戎，但在仁义道德之场赢得口碑。王怀辉在蔡家岭一带是有名的大财主，“四县纳粮”说的是他家的田地广置到都、湖、鄱、彭四县。王怀辉一生怀行善积德之辉光，为富也仁。那个乱世有流浪在外的穷困人，或病死或饿死或冻死于路侧，无人殓尸，俗称“倒路鬼”。王怀辉在一个叫丝纽湾的地方买下一座小山，用来埋葬无家可归、客死野外的穷人。王怀辉给请来收葬的人发四块棺木板、一箩石灰、两块银圆、一壶酒、一斤肉，让“路有死骨”有了安息之所。王怀辉对修桥铺路的公益事业总是热心去做，现今湖口县武山镇西桥村有座叫“王家桥”的老桥，相传就是王怀辉捐建的。王怀辉有“拾金不昧”的品行。某天，他到自家的田庄察看时，在万家舍村的港头拾到一个包裹，里面全是银票。王怀辉不为意外之财所动，坐在原处守到日头西坠，直到把包裹奉还给急着来找寻的邮差。他平日里生活节俭，以至有一次去湖口谈商事，穿着土布马褂，初见的人把穿着光鲜的随从管家当作“东家”而冷落了王怀辉。王怀辉生育六子六女，四子六女成人，儿孙兴旺。虽然家财富足，日省吾身，但数子无心进取，持家不善，只知躺在榻上吸食鸦片。佃户挑着谷稻来交田租，王家兄弟不问谷丰谷瘪、谷满谷浅，潦草了事。王家着手建造“官厅”，请来的工匠白天斫刨树料，晚上扛到自家去建房，也没人过问，大厦自是废置难立。尽管有个忠诚的星子县人当管家，但家道从此衰落，只得分家立户，四子各奔前程，自谋生路。

王国华与黄埔军校

王国华（1908—1952）是王进村琅琊新安王氏谱系中的第 35 世，派名王第拔，字汉材。王国华是王怀辉的三子王及湘的次子。在 1993 年版的《都昌县志》中，王国华因其黄埔军校六期的特殊经历而被列入“民国闻人表”。据传，王及湘的夫人刘氏因长子夭折伤心欲绝，她上坟时遭受暴雨惊淋致八年不育，吃了牵骆驼上门的老郎中开出的药方才有了身孕。王国华自幼聪慧，七岁入私塾，因头生乡间所言的“瘌痢”而误学好多时日，但入学后便奋起直追，成为学堂里的佼佼者。王国华先后在张家岭、湖口县流芳、九江的省立第三中学求学。1926 年是他命运的转折年，他上半年在村上教书授徒，下半年受孙中山新三民主义思想影响，报考广州黄埔军校，录入黄埔军校第六期第一大队第二中队第二区队步科学习。三年黄埔生，未曾回家门，让长他三岁的童养媳妻子刘氏望眼欲穿。王国华 14 岁时与刘氏办了婚礼，新婚那天，新郎在小阁楼上羡慕地看着同村孩童捡喜庆的爆竹燃放、嬉戏。

王国华 1929 年 2 月从黄埔军校毕业后，被派往国民党军北平军分会白崇禧部、唐生智部任少尉副官、中尉军需。唐生智部倒蒋，后部队解散。1930 年春，王国华凭着扎实的功底考入中央军校高级班，一年半肄业，随后转战南昌、武昌、重庆、南京、安徽、山东、江苏、浙江等地，军衔从上尉直至 1948 年夏在国民党第 66 军 185 师政治部任上校主任。1948 年 9 月，王国华因病辞退，当年底，携第二任妻子杨氏（上海松江人）和两个儿子回到家乡，随后在徐埠王满村重执教鞭。王国华在贪腐的国民党军营里，秉持忠孝传家的中华传统德行。抗日战争期间，他一度任军政部第二十陆军医院中校监理，某日到一所临时医院察看，见伤兵哀叫，心痛不已。院长为了取悦王国华，在知晓王国华家境并不宽裕后，厚颜无耻地说："我的医院这么多伤兵，只要每天每人克扣一元钱，您家就有用不完的钱。"王国华眉头一皱，如此德行的院长，如何对得起扛枪抗日的伤兵？王国华遂向上司呈报，随后将此院长撤职。都昌大港有个老乡被抓了，在王国华部队做挑夫，他见这老乡家有老母无人照料，便出具证明将其放回老家，该人感恩终生，以至在王国华故去后还总到王家来念念旧情。王国华因病潦倒回家，以他的特立独行在张岭一带闻名。以前农村乞丐多，每次面对上门乞讨的穷苦人，王国华总是从自家米缸里挖米给人家。有一次，来了一个衣衫褴褛、腿烂溃脓的乞丐，他把乞丐请到家中清洗消毒，并给他敷上草药治疗。一个外地人在北炎街卖柴木，依惯例称料不除皮，即不减除篮重。当地人欺负这个外地人，硬是除皮，王国华见了，上前主持公道，解开长衫领口露出国民党上校军服的衣领，让霸市者胆怯。农忙时节，王国华总是叮嘱家人待村民洗完衣服后再洗，以免挤占池塘桥板。1949 年 4 月，百万雄师渡长江，国民党长江防线全面失守，溃军从湖口沿景湖线败退，一路烧杀抢掠。王国华穿着上校军官服，彻夜立在马路上，警告国民党的散兵游勇别做侵害当地百姓之事。1952 年 3 月，44 岁的国民党旧军官王国华在澎湃向前的时代潮流中离世。

王天真与抗美援朝

1948 年，王国华的长子王天真自湖口师范毕业。1951 年夏，在迎风飘扬的红旗下，王天真在父亲的建议下，含泪甩掉追到村口紧拽不放、不让他远行的母亲的双手，毅然考进南昌陆军军官学校，毕业后入朝作战，三年驰骋疆场，主要担任文职教官，负责文艺宣传工作，多次在战场背下牺牲战友的遗体。六年后，王天真才回家，入朝时还未降生的大儿子王乐安，见面时已是能读书的孩童了。回国后，王天真被分配到铁道兵团黑龙江省鸡西市虎林县（今为虎林市）辉崔道班任工长，1963 年因病去世，享年 35 岁。王天真的妻子袁氏 33 岁守寡，未再改嫁，含辛茹苦地带着两个儿子在本村以务农为业，直至 2019 年以 90 高龄去世，她的孙辈有的在北京大学从教。王进村这一家族的后人们，在新征程续写着各自人生的精彩故事。

王进村属琅琊新安王氏，尊璧公第 18 世孙进五为第一世祖。进五于明朝初期建村，由湖口武山迁入，至今约有 660 年历史。全村现有村民 230 余人。

王长福这个家族的历史只是这个“传家训扬新风”系列的一个写作事例而已，其实王进村的每个家族都有一部充满着家国情怀的不平凡的历史。王进村也有不平凡的村史。1960 年，王进村就是科学种田的示范村，200 多亩水田向上缴公粮 12 万多斤，县里组织一批批的人前来参观学习。1984 年，王进村成为全省首批文明村，村主任王冬安成为都昌出席全省文明村表彰会的唯一代表，领来的精美瓷质奖杯至今保存完好，成为王进村的荣耀。2013 年，王进村在当地党委、政府的关心下，开展新农村建设，砌排污道、垒池塘岸、建篮球场、修通港堰，村颜村貌焕然一新。如今的王进村在脱贫攻坚的决战中，士气更高涨，战绩更骄人……

44. 土塘镇中屋李村：郭沫若与李伯农兄弟的生前身后（上）

【家训家规】李氏家规言：训子弟以禁非为，躬稼蔷以知艰难，忍耻辱以保家业，读诗书以明事理。

都昌县辖 24 个乡镇，现今人口最多的是土塘镇，这个由土塘、化民、杭桥老三乡合并的大镇，人口达到 6 万人。土塘镇的曹店村，2006 年由曹店、杨垅、洋港三个行政村合并而成，现有人口 3830 余人，在土塘镇也是个人口大村。曹店村所辖的中屋李村，却是个小自然村，全村 120 余人。中屋村先前写作“钟麓”，后来循了谐音简写成“中屋”。小村在民国时期出了两个“大人物”——李伯农与李幼农。让李伯农、李幼农兄弟在史册上大增声誉的，有“大文豪”郭沫若。郭沫若 1937 年撰写的《李公伯农先生墓志序》中叙述了作序起因：“幼农君由牯岭来书，恸述伯子之丧，嘱予为文，以志其墓。”可见，郭沫若与李幼农的交情很深。中屋村李氏家族的历史，上连着波澜壮阔的民族兴衰史，下系着跌宕起伏的个人命运史。

参加过南昌起义的李幼农

李幼农（1888—1939），派名远洪，又名林翰，幼年在乡间私塾就读，天资聪颖,好学过人。1907 年,李幼农考入南康中学堂,1910 年考入江西农业专门学堂,1915 年农专毕业后留校任教,1920 年,同江西安义人熊式辉等一道去北京考取文官,次年回江西,在省农会任职,因思想进步,屡向当局替农民讨公道、争权益,三年后当选为农会会长,成为士、农、工、商四大群众团体的牵头人之一。

李幼农与郭沫若的相识相交于 1927 年的“八一”南昌起义前后。1921 年,郭沫若发表第一本新诗集《女神》,成为中国新诗的重要奠基人之一;同年,又与成仿吾、郁达夫等人一同在上海创立“创造社”,成为新文化运动的重要旗手。1926 年 7 月,郭沫若投笔从戎,随国民革命军北伐,历任北伐军总政治部宣传科长、副主任。1927 年“四一二”事变前夕,郭沫若发表了著名的《请看今日之蒋介石》。郭沫若因此受到通缉,随即参加了南昌起义,加入中国共产党。比郭沫若大 4 岁的李幼农与郭沫若有了交集。李幼农 1926 年 7 月放弃省农会会长之职参加北伐,任北伐军第三路军总指挥部机要秘书,随军北上。1926 年初冬,北伐军第三路军留守南昌,总指挥朱培德被任命为江西省国民政府主席。朱培德对影响日炽的李幼农许以地方长官的允诺,李幼农的志向不在于谋得一官半职,旨在继承孙中山先生的遗志,从事革命宣传,他向朱培德提出在南昌创办报刊。李幼农得到了朱培德拨付的 10000 块银圆,作为办报的基金。李幼农派人携 6000 银圆去上海购置办报、印刷一应的设备,他与舒味三、陈资始等志士在南昌系马桩创办《贯彻日报》,取名“贯彻”,是表明报纸“贯彻”孙中山联俄、联共、扶助农工“三大政策”之宗旨。李幼农将家里的私蓄无私地献给报馆,弥补运转经费的不足。1927 年 3 月,国民党右派对立场鲜明的《贯彻日报》予以查封,中共江西省委组织领导群众声援《贯彻日报》。时任中共江西省委秘书长冯任与李幼农是都昌土塘老乡,冯任经常代表党组织,到报馆和高桥狮子口的李幼农寓所,共商办报事宜。李幼农在进步力量的支持下,恢复了报社的办公。1927 年 6 月,朱培德违背孙中山三大政策,国民党右派面目暴露,“礼送”舒味三等共产党和国民党左派出境,随后,《贯彻日报》被封。1927 年夏,并不是共产党员的李幼农,同郭沫若一起,参加了中国共产党在南昌领导的“八一”起义,李幼农在革命委员会负责人谭平山手下任秘书科科长。李幼农南昌起义后随军南征至广东汕头,遭反革命武装阻击后,与谭平山、郭沫若等流亡上海。李幼农隐姓埋名在上海法租界建业里,开设一家小杂货店谋生。他利用与时任上海警备司令熊式辉既是江西老乡又是赶考同学之谊,从事掩护、接济和营救共产党人及进步人士的活动,小杂货店成了郭沫若等人在上海的一个活动点。郭沫若后来遭蒋介石围捕,1928 年 2 月流亡日本,十年后才回国,投身革命潮流。

熊式辉从 1931 年底开始接替鲁涤平担任江西省国民政府主席,治赣十年,实施所谓“赣人治赣”建设“新江西”,力邀李幼农重返江西,任江西省农村合作事业委员会副主任委员。1932 年,“一·二八”淞沪抗战爆发后,上海不是立足之地,李幼农回到江西。他宁愿在南昌市高桥开设“老虎灶”卖开水维持生计,也不在国民党政府就职。李幼农的表弟黄再兴是公路工程师,对表哥的廉洁自重很是敬重,将在南昌康王庙的一栋两进半平房送给李幼农居住,价值 7000 银圆。1937 年秋,李幼农携家眷回到都昌老家,以在乡间教十几个学生为业。其间正值国共第二次合作,李幼农为营救中共都湖鄱彭中心县委书记田英而尽全力。田英遭杀害后,他去信指责熊式辉与中共合作毫无诚意。1938 年 6 月,日寇冲破长江马当封锁线,彭泽、湖口相继沦陷。不久,日寇又打通景湖路,沿途烧杀奸淫,钟麓李村遭遇兵燹。李幼农只得带着家人奔赴广西,追随李济深先生,投入抗日救亡运动。在广西桂林,李幼农联合旅桂江西同乡,重操旧业,创办了宣传抗日的进步刊物《新江西半月刊》。由于长期病贫交迫,忧患煎熬,1939 年 8 月,李幼农怀着一片赤子之心客死异乡,草草下葬于旅桂江西同乡陵园。数十年后,李幼农的独生子李挺前往广西桂林,找到了父亲当年殓葬的地方,然而没有谒见到墓碑,李挺在陵园故地手捧一抔黄土回家乡。后来,李挺在中屋祖坟山上为父亲李幼农造了一座坟茔,以那抔黄土导引父亲魂归故里。其时,郭沫若从日本结束流亡生涯回国已有两年,担任国民政府军委会政治部第三厅厅长,其间组织了声势浩大的武汉抗战文化运动。他在此前后创作了话剧《屈原》《虎符》《棠棣之花》《南冠草》《孔雀胆》《高渐离》六出历史悲剧作品以鼓舞士气、宣传抗战。两年前,郭沫若在为李伯农撰写墓志序时言“予于轰炸中讨生活,何敢言文”;两年后,他的故友李幼农在烽火连天的“轰炸中讨生活”,何敢言生?李幼农最终忧愤而死,年仅 51 岁。

上过黄埔军校的李挺

“黄埔军校”在中国现代战争史上声名显赫,一度和美国西点军校、英国皇家军事学校、日本陆军士官学校并称“世界四大军校”。这样的老人,随着岁月的流逝,越来越少了。他们的坎坷人生刻上时代的烙印,每个人的历史都是一部厚厚的书。

李幼农的独生子李挺，就是一个“黄埔生”。李挺1945年7月毕业于黄埔军校西安分校（七分校，校址设于西安王曲）十二总队通信兵科，是第19期黄埔生。1937年抗日战争爆发，时年李挺14岁，他随着父亲李幼农远赴广西参加抗日救亡运动。1939年父亲病死于广西桂林，李挺少年时就备尝国破家亡之痛。抗战时期，吉安市国立第十三中学（今十三中）接纳各地流亡青年，免费提供读书条件。李挺1942年10月从吉安十三中考入黄埔军校。这一年应该是黄埔第18期招生，但因为当年长沙会战正酣，日军封锁长江，李挺无法踏上赴西安的军校求学之路，只得滞留一年，第二年编入第19期黄埔生，列特种总队。

李挺在黄埔军校一毕业，便被编入国民党昆明通信兵第六团，投身抗日战争的大潮中。血气方刚的李挺怀着满腔热血，甚至憧憬着赴缅甸参加远征军，可此时传来了日本宣布投降的消息，中华女儿筑起血肉长城浴血奋战，取得了抗日战争的最终胜利。在昆明，李挺目睹了昆明防守司令杜聿明包围云南省国民政府主席龙云的处所，发动“驱龙事件”，打击蒋介石异己的场面。“云南王”龙云从此失去了对云南的控制权。抗日战争胜利后，国民党挑起内战，本来就有进步思想的李挺厌倦与共产党打内战，请假回江西探望老母亲后，没有随部队开赴东北，随后通过一个同学当军长的父亲的关系，编入驻守在江苏宿县（今安徽省宿州市）的国民党党部第58军，担任独立通信排排长。1947年9月，李挺回到南昌，担任统计专科学校军训队长，而后又升任国民党某部营长。

1949年初，中国人民解放军以摧枯拉朽之势令国民党政权土崩瓦解，国民党残部纷纷逃至台湾。李挺身边的人也力劝他投奔台湾，可李挺一方面故土难离，牵挂着娇妻黄小柔；另一方面，他深知国民党的腐败，心中期盼着共产党能给百姓开辟出一片新天地来。在人生的十字路口，他毫不犹豫地选择留在大陆。1949年5月的一天，他手下一个叫钱怀瑜的连长去台湾前找到李挺，为难地开口向李挺借钱，说身边只留微薄的赴台湾的费用，他要留下些心意给在安徽怀宁的父母亲，此生一别也许终成永别。重情重义的李挺尽管身边没钱接济钱怀瑜，他还是找到了在南昌翠华街洗马池一家银行做会计的老乡，借来十块银圆给钱怀瑜，了却他的孝亲之愿。钱怀瑜去台后官至中将，曾任台北市警备司令，他一直念念不忘李挺当年的相助，1990年10月托人找到李挺，带来照片相叙离别之情。李挺过着平凡的生活，未曾享用荣华富贵，但他从不后悔当年坚守大陆的选择。时事造人生,人生何曾不造时事?李挺常发出这样的感慨。

26岁的李挺在中华人民共和国明朗的天空下探寻着自己的蜕变之路。1949年9月,李挺入中南军政大学江西分校学习,1950年夏季毕业,分配到设在广东曲江的解放军143师独立警卫营做军事教官,当年12月接到命令,赴东北与内蒙古交界处,编入舍身炸碉堡的董存瑞所在部队,在火箭炮兵师做教官。昔日黄埔军校的功底,让李挺在解放军的军营里用丰富的军事知识一展身手。随着抗美援朝战事结束,李挺转业回到家乡,做了一名教师。1982年6月,政策落实后,李挺被安排在土塘中学任教,第二年退休,儿子李和平接过他的教鞭。

年逾九旬的老人李挺在2012年夏季遇到最让他伤心的一件事。9岁的曾孙被一场蚊帐引起的火灾,烧得面目全非,失去自理能力,四处求医花去数十万元。小曾孙的命运一直揪着老人的心,老人的身体经此一击衰弱得很快,特别是老人的视力下降得厉害,连平日里的日常生活也要家人帮衬着。2018年农历正月初六,李挺走完了他坎坷的96个春秋,都昌最后一个"黄埔生"悄然而逝。

45. 土塘镇中屋李村:郭沫若与李伯农兄弟的生前身后(下)

郭沫若撰墓志序的李伯农

大名鼎鼎的时代骄子郭沫若1937年秋为都昌人李伯农撰写《李公伯农先生墓志序》,这篇不到三百字的墓志序全文为:

丁丑秋,抗日战兴,予间关西渡。幼农君由牯岭来书,恸述伯子之丧,嘱予为文,以志其墓。予于轰炸中讨生活,何敢言文,但以幼农君之友爱,犹子异三复与予为小朋友,行不敢辞,谨案状。

先生系出陇右,世居都昌钟麓村。梓亭公冢子,乾元公长孙。性纯朴,内方外圆。素嗜饮,不及乱居,恒慕颜习斋、李刚主,为人亹亹然,动皆中节。甲午中东之役,先生以清诸生上书大府,内有不变法不足以图强,变法须自废八股停科举始。其高瞻远瞩,有过人处。丙午,先生毕业"江西优级师范"。厥后办理教育行政四十余年,绝不以功利之见分其心。知所先务,可以风矣!

先生生于清光绪丙子年九月初一日申时，殁于民国丁丑年二月十三日申时，葬大畈上祖茔之侧。生子一女四。谨志。

“墓志序”也就是“墓志铭”，是刻在墓碑上纪念的文字。且让我们以这篇序文为纲，结合李伯农后裔对其身世的讲述，梳理一代乡间教育家李伯农的人生轨迹。

李伯农“生于清光绪丙子年”，即公元1876年，“世居都昌钟麓村”，钟麓村现为都昌县土塘镇曹店村委会中屋李村。中屋村的建村历史可追溯到明代建文年间，距今已有600余年了。李伯农名运琳，字林瑞，从李伯农这一辈往上溯三代皆为单传——曾祖父李锡卿、祖父李康琦、父亲李宗邦。李伯农有兄弟五人，伯农是老大，四个弟弟依次取名为仲农、叔农、季农、幼农。李伯农生活的家庭算得上书香门第，但又算不上富贵人家。李伯农小时候天赋并不超人，但是勤奋好学。小时候放牛，李伯农只顾边放牧边看书，穿村樾时，将布书包挂在牛角上。按照乡间大家庭的旧规，兄弟中的老大要留在家操持家业，而弟弟们主慕功名，远走高飞。老二李仲农天生敏感，有点受不了塾师的戒尺严罚，仲农赌气对伯农说出“你去读书，我来放牛”的话。李伯农后来的人生之途是“学而优则教”，李仲农则在当地成了一位绅士，说理断讼，声振乡间。

郭沫若在“墓志序”中称李伯农“恒慕颜习斋、李刚主”，颜习斋指明末清初的颜元，李刚主指清康熙年间的李塨。两人皆为思想家、教育家，创立了颜李学派，在教育上主张“习动”“实学”“习行”“致用”。光绪二十年(1894)，中日甲午战争爆发，由秀才而举人的李伯农，“与清诸生”联名上书清政府，“高瞻远瞩”地喊出“不变法不足以国强，变法须从废八股停科举始”。1906年，李伯农以优异的成绩毕业于江西优级师范，“厥后办理教育行政四十余年”，主要人生轨迹是：1912年任都昌县教育课首任课长；创办都昌县师范讲习所，兼任所长；创办都昌县高等小学堂，推行新学；1918年在鸣山源头港创办私立广智高等小学堂，学堂在课程开设上既有国学、历史、地理等文科，又有算术、英语、音乐、体操、图画，并且聘请名师主教，全面提升学生素质，在“修身”课堂上，传播新文化、新思想，激发学生反对封建、追求光明的热忱；1925年，复任都昌县高等小学堂堂长；1926年调任江西省教育厅第一科科长，在此期间，四弟李幼农偕好友郭沫若来访，李伯农与郭沫若有短暂的直接接触，李伯农的执着为教，“绝不以功利之见分其心”的风范，让比他小16岁的郭沫若很是敬佩。李伯农执着于践行颜李学派的“经世致用”,1928 年春,他回到都昌,以兴教办学为己任,贴近基层推行平民教育。1923 年,著名教育家晏阳幼的平民教育运动已在各地铺展开来。1928 年 5 月,李伯农任都昌县教育局局长,其间,土塘、马涧桥等地的义务小学兴起,1931 年春在县城创办都昌县乡村师范学校,为都昌教育培养了一批优秀的新学教师。

教育是塑造灵魂的工程。立德树人的李伯农培养的不少学子在腥风血雨的年代,铁肩担道义,以血荐轩辕。都昌土塘人冯任,1918 年入广智高等小学就读,师从李伯农。冯任在革命的熔炉里,淬火成钢,曾任中共江西省委常委兼秘书长、中共湖北省委代理书记,1930 年英勇赴义,年仅 25 岁。冯任被捕后,李伯农曾组织当地乡绅,揣着“请愿书”到武汉去,试图营救冯任,师生之情至深。1925 年 7 月,中共党员谭和受冯任委派从南昌回到他的母校源头港小学教书,秘密进行革命活动。鄱阳县人李新汉,14 岁时曾求学于李伯农创立的源头小学,后追随方志敏投身革命,1931 年任红十军第三团政委时英勇牺牲,年仅 29 岁。都昌汪墩人刘肩三,既在李伯农创办的学校求过学,又返校当过老师,后来在家乡开办平民夜校。刘肩三曾担任红十军十九团政治委员、早期中共都昌县委书记,1930 年在彭泽血洒刑场。

李伯农 1937 年 5 月病逝于家中,终年 61 岁,安葬于源头大畈上李家山。对于他的离世,原国民党中央陆军大学校长、有民国军学泰斗之称的杨杰赐匾“一方善士”;原江西国民政府省长熊式辉题写挽联:“为国育才虽死无憾,以身殉教其贤可知。”用竖排方格行书凿刻着郭沫若撰写的墓志序的青石墓碑,1978 年在郭沫若逝世后,被都昌县博物馆予以收藏。当年郭沫若文集编辑机构向全国征集郭老的佚文,李伯农的后人将“墓志序”拓印,寄往北京。后来,李家收到了从北京寄来的感谢信和回赠的图书。回赠图书是 1979 年由上海书画社出版的郭沫若诗词墨迹《井冈山的巡礼》。

郭沫若在“墓志序”中称李伯农有“一子四女”,其实李伯农有“一子七女”。儿子李援曾子承父志,在南昌莲塘师范毕业后,担任过源头小学的校长。李援的独生子李平凡,1946 年出生。老人平日里很多的时候在京城随儿子一家生活,儿子李凌峰为一家新能源汽车制造厂的工程师。老人因受父亲李援所谓“历史问题”的牵连,只读了小学,便开始了艰难的人生跋涉,曾外迁到祖父李伯农下葬地的附近村庄落户,五六年后迁回中屋李村。李平凡曾独自去博物馆所在的县城南山寻谒祖父的墓碑而不遇。祖父李伯农在去世9年后，李平凡出生，他在早先家中保存的祖父的瓷画像和广智高等小学堂的同事的一张留影中，见到祖父的模样。祖父体型偏胖，头大而圆，显得有点矮，表情不怒自威。

斯人已逝，风范长存。我们在回望李伯农40余年的教育生涯，感知他执着的教育情怀时，会产生这样的类比：李伯农就是"鄱湖陶行知""都昌晏阳初"。所以郭沫若发出这样的感叹："知以先务，可以风矣。"

郭沫若的"小朋友"李异三

在都昌土塘老一辈人的口中，会有这样的所指"中屋有三团农（脓）"，指的是李伯农、李仲农、李幼农。五兄弟中另外"二农"，老三李叔农中年时在村里开了一家榨油坊，其子李拱曾在湖口教书多年，后从都昌鸣山中学退休。老四李季农种田为业。他们的后代各自在新时代创造着属于自己的幸福生活。

郭沫若在"墓志序"中言及"行不敢辞"的理由时说了两点：一是因为与"幼农君之友爱"；二是"犹子异三复与予为小朋友"。李异三是老二李仲农的独生子。李仲农有着典型的乡绅人生，任过湖口爱民乡乡长、武山一林场的场长，殁于民国时期。在学识上，和小时候放牛牛角上亦要挂着书袋的哥哥李伯农相比，他自叹弗如，但他人情练达，这可从一件逸事中得到呈现。李伯农的外甥女曹小娥嫁给鸣山源头伍家山的后生冯世卿的前一天，曹店的几个秀才在一起捻须吟作新婚喜联，半天而不得。李仲农来了，随口嵌名送上一副对联，上联为"卿卿娥娥卿卿我"，下联为"娥娥卿卿我卿卿"，秀才们众口道好。

李仲农的儿子李异三，"异三"是乳名，谱名李鸿怡，又叫李撰，同他这一辈堂兄弟一样，单名都从提手旁。李异三1930年到1933年在日本东京帝国大学留学三年，叔父李幼农拜托其时正流亡日本的好友郭沫若照顾李异三，郭沫若与他成为忘年交。李异三在日本学的是农学，这也许与李幼农从事省农会的活动相关。至于李异三因何赴日本求学，李幼农的儿子李挺在20世纪80年代写过一篇回忆舅表叔、实业家黄再兴的文章《黄再兴先生事略》，言"堂兄李撰（异三）其时因共产党罪名，刚从上海国民党监狱出来，在国内很难立足，承蒙他资助2000银圆，才去日本留学3年"。关于李异三因"共匪"之故遭国民党通缉一事，已鲜有历史资料载录。李异三的儿子李玉凡对父亲的人生经历的讲述自然是最可信，早年在洋港村委会担任村主任，现从事县城至土塘的短途客运。李玉凡从父辈那里,听说过不少关于李异三的生动故事。1930年,江西省主席鲁涤平将李异三参与革命活动的情况上报蒋介石,南京方面下的密令是“逮捕共匪李撰,就地正法”。与钟麓村相邻的瓦屑李村有个李家儿媳叫刘经霞(1949年后任过省儿童保健院院长),她有个哥哥在南昌电报局当局长。局长接到密令后没有马上送给国民省政府的上司,而是压了一天,先行透露给了李幼农。李幼农连夜派人将此信捎给钟麓村的亲人,其时李异三已从都昌启程正在奔赴南昌的路上。家里人派人在湖口追上了李异三,李异三改道逃出罗网,赴上海避难。

李幼农当年年底也逃亡到上海,开了一家小杂货店(一说茶馆)。李幼农的原配在乡下亡故后,他在南昌娶了知书达理的后妻,也随李幼农在上海生活。时任上海警备司令熊式辉与李幼农私交颇深,他找到李幼农的夫人,说贤侄李撰在上海没有职业谋生,终不是长久之计,让李撰找他,给李撰介绍个公差。谁料李撰一进警备区就让熊式辉给抓了,熊给出的解释是“上峰有令,逮捕‘共匪’,关押六个月后听候处决”。李幼农的少奶奶仗着熊式辉与李幼农的私谊,拼命找熊式辉哭闹,要他救出李撰。熊式辉腿摔伤过,一直有残疾,被人戏称“熊拐子”。少夫人嚷嚷着:“熊拐子,你不放我异三,我跟你没完没了!”她自然是仗了熊式辉与李幼农的江西同乡和赶考同学之挚情,才敢对熊式辉如此地任性。一年之后,熊式辉接替鲁涤平成为江西省国民政府主席。熊式辉想出的宜公宜私的解套之策是,在监狱里找了个杀人犯枪毙,上报给南京方面,“共匪李撰”已被正法了。在乱世,熊式辉其实是做了李撰的“保护伞”。李撰从上海躲过一劫后,回到家乡,在李家祖厅教着小私塾,人称“篱笆学”先生。

中华人民共和国成立后,李撰的人生翻开了新的一页。江西省人民政府副主席刘一峰(吉安人,民主人士)推荐李撰参加在南昌举办的高等知识分子学习班。李撰加入了民主党派,进修后被分配到九江一中,做了一名高三年级的语文老师。其妻赵素是湖南衡山人,早年毕业于东南会计学习班,在九江市女儿街小学教书。后来,李撰一家人回了都昌。李撰在乡村做着扫盲识字班的老师,同时自学了中医,为父老乡亲扎针看病,妻子赵素在都昌马涧桥小学任教。李撰从日本留学回国后,曾翻译出版过苏联小说《未开垦的处女地》,在九江一中任教期间撰写了以自身经历为线索的革命题材小说《夜明前》,当时初稿送往北京,出版社拟分上、中、下三部出版。那时读初中的儿子李玉凡在家里读过父亲这部小说的一些章节，对书中描述的学生运动、农会斗争、抗日打鬼子等情节至今仍有印象。《夜明前》手写稿由李撰班上的学生用钢笔工整地誊抄，以至若干年后还有当年的学生找到李家，问起李撰老师那部小说的手稿的下落。1961年，李撰因肺病而殁；1968年，其妻赵素得胃癌病故。李撰前后育有七子二女，其后裔各撰其华。

李伯农、李仲农、李幼农、李撰、李挺……中屋李村的这个家族成员，一个个在时代的烟云里，或彳亍，或从容，云水间生发变幻出平凡的幸福……

46. 都昌镇金街岭黄姓：金黄色的记忆（一）

【家训家规】爱祖国、报亲恩、亲兄弟、和夫妇、择朋友、重师道、诲子弟、勤职业、省用度、讲道德、息争讼、远异端。

近年来，都昌县直面城市建设与发展中不平衡、不充分的“时代之问”，大力推进老城区改造，让这座城市不断展现新的风韵、焕发新的活力。都昌县政协日前编印出版了《老城的记忆》一书，留存一些“文化中的乡愁，乡愁里的文化”。如果要从这个有着1200余年历史的都昌老城的“九街十三巷”评选出人们最为津津乐道的街巷，金街岭会成为热门。不只因为金街岭的形成历史有800余年，还因为岭下的老县中承载了都昌学子的芳华记忆。说有关金街岭黄姓的记忆的底色是“金黄色”，不只是一种特设的简称，而且对于这个家族来说，那些历史上的人和事，是一些有质地的记忆，比如关于革命烈士黄徽基、蔡元培夫人黄仲玉。挖掘这些“金街岭骄子”的记忆，让金街岭以至都昌这座老城的历史更加厚重。

“金街岭”之名的传说

都昌黄氏承袭“江夏世家”，尊五代十国时期后周的比部郎黄俊伯为一世祖。黄俊伯的九世孙黄唐发（1100—1163），登南宋建炎二年（1128）李易榜进士，初摄永丰令，再任衢州龙游主簿、饶州浮梁丞、温州平阳府丞，秩满后回父黄泽居地都昌一都大宁池（今汪墩乡所辖）定居。黄唐发所生三子黄吁、黄颐、黄灏皆进士及第。第三子黄灏列宋理学家朱熹的“都昌朱门四友”之首位。都昌众多黄姓村庄大多为黄吁、黄颐的后裔，黄灏后裔居星子等地，都昌大沙镇黄家山属其后裔。

如今的都昌县城作为一县之治所始于唐朝大历年间（766—779），距今已历1250余年。一代代都昌人耳熟能详的“金街岭”被叫了800余年。

金街岭作为都昌古城重要的一条老街，其存在的历史显然不只800年，几与城治同生，沧桑已逾千年。从近码头的小南门至现今解放路的余家厅，金街岭所住居民多为黄姓、吴姓等。关于“金街岭”的得名，1936年出生的世居金街岭的黄仁光老人讲述着这样一个故事。

金街岭原称“古南街”，都昌县城的黄姓属黄颐的后裔，最早居住在余家厅对面的陶公庙（现实验小学校园内）。黄颐的六世孙黄忠义（约生于1335年），于元末明初由县城陶公庙分迁至不到一里远的古南街，俗称“岭上黄家”。城中言“岭”，指的是地势高。在黄仁光的记忆里，1954年那场大水致县城西街被水淹，而金街岭据高地故没被水淹。黄忠义的四世孙黄仲贵居市而商，在西街开了家杂货店，兼做卖米的生意。黄仲贵秉承天道酬勤，每天做夜市，打理铺事直到酉、亥之交。夜深人静，他提着盏马灯照明，回安在岭上的家，途中有一段时间总能隐约听到磨剑池附近（今任远中学校园内）的黄家后门塘传出马嘶之声，定睛看时，金光闪烁，能辨出一匹黄马、一匹白马腾跃的身姿。懂堪舆之学的黄仲贵知道，马影之兆，绝不是一般人认为的“闹鬼”，而是“吉验”。

黄仲贵对塘中显马没声张，到了秋冬之交，他请来民工，将后门塘车水汲干，对外说是淤泥过厚，清淤一方面可使塘增加水量，另一方面塘泥可肥黄家麻园。其实，他是想一探究竟，看池塘中有何吉征。汲水见底，清淤显真，黄仲贵得到了分外之“贵”：从泥中掏出十八座金圈椅、十八缸金元宝。很有城府的黄仲贵不事声张，取宝时辰放在了酉、亥之交，并重赏了民工。

黄仲贵取了这份意外之财，将生意越做越大，过鄱阳、通长江，风生水起。第二年，黄仲贵扬帆起航带着儿子又去京城应天府做生意去了。留在家中的夫人和儿媳掀开藏置于厢房的十八缸金元宝，儿媳拿出一块把玩，留意到元宝金身未濯清，还黏着污泥，于是提议在家的女眷拿去清洗。婆婆接过金元宝端详，发觉底座有小筛孔，于是咋呼：“幸好吾辈发现得早，金子都要被虫蛀成洞了。这样窝藏见不得阳光，孔洞还会越来越大。”其实，那金元宝底座的小洞是铸造时留下的气孔,软虫怎能穿之?黄仲贵的夫人带着儿媳,在门前围出一长条地带,将十八缸金元宝悉数放在阳光下曝晒,以避“虫蚀”。这下满城都传开了“晒金”之谈。数日之后回到家中的黄仲贵责怪家人见了光天化日之露富,也解说了一番“气孔”之原理。但黄家晒黄金的事还是传得满城皆知,“晒金街”自此传开来。正德年间,“金街岭”正式成名。

黄仲贵将露了富的金银用来购置金街岭黄家的家产,西边从小南门到城墙脚,东边到新开寺(现任远中学附近)都成了金街岭黄家的地盘。他将金银分给同宗族的黄姓人家外迁发脉,据说一天四座华丽的祖堂同时竣工上梁。黄仲贵得意外之财而“贵”,这当然只是个传说。金街岭黄姓人家的殷实,在宋代的都昌县城就显赫一时。在金街岭黄姓老人的讲述中,有一个“黄邵联姻”的故事。宋理宗年间,金街岭的黄伸文生五子一女,独生女嫁给了邵家。黄家陪嫁除了给了很多的宅子,还将黄婆岭(在今老电影院处,作为烧柴山)当作陪嫁,将思古堰(今丝瓜堰,作为浣衣池)当作陪嫁,可见黄氏家业的厚实。

黄徽基烈士的金色年华

对于金街岭,比黄金更珍贵的是具有金子般高贵心灵的金街岭人。革命烈士黄徽基,面对国民党刽子手的严刑拷打,英勇不屈,将 24 岁的金色年华定格于青史。

黄徽基(1906—1930),又名飞东,小名水生,1906 年出生于金街岭黄家。在《都昌历史名人》《都昌英烈》等书籍里,列有黄徽基的专传。在此,我们不妨编年体式地梳理黄徽基短暂的红色人生轨迹。

1906 年 10 月 24 日,黄徽基出生于都昌县城金街岭黄家,是年,孙中山领导的中国同盟会在日本东京成立。

1919 年,父亲离世,留下母亲许祖香带着 13 岁的黄徽基和弟弟、妹妹相依为命。

1921 年,黄徽基入县立高等小学读书,成绩优异,深得老师刘肩三的喜爱。刘肩三引导黄徽基认识社会的不平等、热心社会变革。

1922 年,黄徽基积极参与刘肩三组织的驱逐县知事刘燮臣运动。

1924 年,黄徽基追随刘肩三发动群众砸县公署的钱粮柜,同年暑假在县立高等小学毕业,留校做教员。

1926年，经刘肩三、刘越介绍，黄徽基先后加入中国共产主义青年团、中国国民党组织，担任了国共合作时实际由共产党领导的国民党都昌县临时党部的执委兼青年部长。

1927年，黄徽基转为中国共产党党员，当选为县委委员，成为都昌大革命运动的主要领导人之一；同年，在南昌学习并出席国民党江西省第三次代表大会，会上慷慨激昂地谴责蒋介石背叛革命的罪行；同年被捕，后经母亲营救“取保”释放；9月被选派去苏联学习，因国内急需年轻干部，旋回。

1928年秋，黄徽基被组织安排设在景德镇的中共江西东北特委工作；1928年冬，奉命在鄱阳康山创建党的组织。

1929年1月，黄徽基任中共乐平县委书记，以开小杂货店兼书店为掩护，领导乐平革命运动，为创建中国工农红军第十军，打下坚实基础。是年冬，由于叛徒出卖，黄徽基被捕，敌人软硬兼施，他正气凛然，视死如归。

1930年，黄徽基被从乐平监狱转押到南昌卫戍司令部监狱，8月3日，遭刽子手张辉瓒手下施电刑，英勇赴难，烈士遗体被抛赣江。

黄徽基烈士的母亲许祖香是一位思想开明、很有主见的慈母。1927年，黄徽基第一次遭捕，她不惜变卖家产，被反动派勒索一百多块大洋，营救出儿子。儿子被释放后初心不改，投身革命，为人母的许祖香深深理解儿子的抱负，洒泪作别。黄徽基在赶赴上海寻找组织的途中，十分思念母亲，在南京给母亲寄去自己的一张照片，在照片背后向母亲表白心迹：懒作返家梦，分成身外身；愿随征雁去，朝夕待慈母。那时母亲已为他定了一门亲事，待字闺中的姑娘王荷兰端庄贤惠，母亲和黄徽基都很满意，但黄徽基想到自己献身革命，生死难卜，便写信给母亲，请求母亲说服王荷兰解除婚约，找个安稳家庭的子弟过日子。深明大义的母亲和准媳妇只好含泪照办。许祖香对革命的贡献，还表现在对共产党人的营救上。在儿子黄徽基牺牲后，1930年，国民党把一次被捕的八位共产党员全关押在县城西街向家院。许祖香倾尽所有，拿出家中所蓄银圆，去营救这批共产党员。老人20世纪70年代在金街岭辞世，将一生的懿德留在了金街岭老一辈人的记忆深处。

在与黄徽基同辈的族弟的记忆里，金街岭相传着一个至今没有任何文字记载，但的确有见证的关于烈士有亲生骨肉的故事。黄徽基1929年元月，在他23岁时调任中共乐平县委书记，为了便于在白色恐怖下隐藏身份开展革命工作，他当时化名姓徐，与当地一名性情相投的女子，公开以夫妻身份，开了一家杂货店兼书店。当年黄徽基与这位从未带回金街岭家中的革命伴侣生下了一个儿子，金街岭的家人是知道这件事的。母亲许祖香还亲手缝制了襁褓中的婴儿用的衣物，托黄徽基的一个族叔黄嗣谷送到乐平，表达祖母对这个孙子降临人世的一份祝福与厚爱。黄嗣谷在民国时期是都昌县城修钟表的名匠，他上景德镇、进武汉等地调配钟表零件时，在乐平黄徽基处落脚过多次。黄徽基当年底被捕，烈士的遗孤自此杳无音讯。现在分析起来，烈士遗孤的下落无非有两种情况。一是死了。黄徽基遗孤母女被国民党当局迫害，甚至被"斩草除根"，献身革命了；或是在那个艰苦的岁月，烈士遗孤在动乱中夭折了。二是活着。1929 年生人至今刚好 90 岁，如果幼子隐姓埋名长大成人，他的子孙会知晓黄徽基先烈的身世吗？对于金街岭黄徽基家族，他们当然期盼能有黄徽基烈士亲生骨肉后人寻亲都昌，以割不断的亲情告慰先烈。

2013 年底，黄徽基烈士的嗣子黄明才先生配合政府有关部门，在南山重立了黄徽基烈士墓。在南山"红色记忆"烈士纪念碑，黄徽基的英名镌刻于烈士墙。其英灵与巍巍南山、浩浩鄱湖长存。

47. 都昌镇金街岭黄姓："大夫第"逸事(二)

金街岭黄姓若按族支来分，可以分为主要的两支。以从西街上金街岭至沿湖路的那条小街为界，在左侧临任远中学这边，主要聚居着祯泰公这一支族；在右侧挨烟草公司原仓库那边，主要聚居着"大夫第"这一支族。黄徽基烈士属祯泰世系，蔡元培夫人黄仲玉则属大夫第世系。

"大夫第"的原意是指称房宅。"第"在古汉语即住宅之意，是那种有品位之所，有别于茅舍。"大夫第"不是特指某一幢个性化的建筑。在不少古村的旧宅上，可以见到门楣上镶嵌"大夫第"三字。"大夫"是明清时对五品以上文官的统称，这些官员建的私宅都可以称为"大夫第"，可见它是身份的彰显。都昌县城金街岭黄姓的大夫第，坐落在县实验小学后门的对面，老一辈人描述大夫第旧址正门所在，往往会说是数年前一个绰号叫"地主"的陈姓老板开"皇家酒店"的地方。大夫第很大，有五进，正门是现在实验小学前面的学前路，往两侧伸展开来包括原农机公司老宿舍、原生资公司一大片地域。后院有近二十亩，至焦子巷。焦子巷十字路口有一个富有神性的土地石龛，傍着大夫第后院墙。住在焦子巷的人，总能在每月的初一、十五凌晨听到爆竹的脆响，那是周边虔诚的市民在土地石龛前祈福。经过那里转角上往实验小学、下去任远中学的学生，也会学着大人向神龛处作合掌状。不过，这些市井生活的场景已然不再，大夫第、焦子巷一带已被征收拆迁了。人们期盼着老城能凤凰涅槃，带给人们一个全新的幸福家园。至于建于清乾隆年间的大夫第，起初的繁花开过之后，1941 年的抗日战争时期，遭战火洗劫已倒塌大半，20 世纪 50 年代初，大夫第后代分居而守，后来那里办过老酒厂，“文革”期间完全废弃。

金街岭大夫第的建造者叫黄鹤龄。据《黄氏宗谱》记载，黄鹤龄生于雍正癸卯年(1723)，殁于乾隆乙未年(1775)。建造大夫第是在他出任山西太原府知府任上。大夫第建造于乾隆甲午年(1774)，第二年，他便驾鹤西行了。

大夫第的主人黄鹤龄有着怎样的身世呢？且让我们拂去时光的尘埃，让曾任山西太原府知府的都昌金街岭人黄鹤龄的背影变得清晰起来。

黄鹤龄派名叫黄绍芳，出生于现今的北山乡横山村委会栎田黄村。在清代有“栎田保”，黄村一带的素仙、余铺、横山旧属栎田保所辖。黄鹤龄另一个名字就叫黄栎田。1947 年出生的黄海清讲述了上辈传下来的黄鹤龄少年求学的故事。

黄鹤龄从小与母亲相依为命，困窘到讨饭的境地。童年的黄鹤龄在上岸的多宝乡帮富贵人家放牛，一年微酬是三担谷。他小时候生了一头的“瘌痢”，大人平日干脆唤他“瘌痢仔”。黄鹤龄从小聪慧，在荒野放牛，对墓碑上的凿刻工整的铭文反复琢磨，识字明义。村里有所私塾，黄鹤龄把牛散放在湖滩上，便躲在窗外，偷听私塾先生授课。有一天，先生布置学童写篇短文，第二天交来批阅。一个学童拿了些零食，请同龄的放牛娃鹤龄代笔。先生批阅后，把戒尺在讲台上一拍，让学童如实交代代笔人。学童犯怵，说出了黄鹤龄。先生息愠，将小鹤龄找来，褒奖了一番。先生有意栽培这一灵童，让鹤龄辞了放牛的活儿，随他在学堂里白天煮饭烧菜、打扫卫生，晚上听他施教，先生照付每年养家的三担谷。黄鹤龄得恩师青睐，知书达礼。乾隆九年(1744)，黄鹤龄考中举人，自此学而优则仕。黄鹤龄日后在山西为官时，将晚年落寞的私塾先生接到身边，担了生养死葬的道义。

这个流传于栎田村的黄鹤龄小时候励志的故事，有一点是需要核正的。据查，黄鹤龄之父黄泰琰殁于乾隆十五年(1750)，母亲殁于乾隆十九年(1754)，其时黄鹤龄已在山西那边知县任上，父母在世时是享受到了儿子的荣耀的，以至于鄱阳湖边的农人黄泰琰(字圭玉，号念宗)亡故后，还被诰赠与儿子同职的奉政大夫、太原府知府，黄鹤龄的母亲余氏被诰赠太宜人。传说中的黄家家贫，不是因为“父亲早亡”，而是子多母苦。黄鹤龄有兄弟五人，派名依次叫绍蒲、绍莲、绍蕙、绍藩、绍芳，穷人家的孩子命贱如草芥倒是真的，当然生命力旺盛得如春草般有活力也是真的。

在1993年版的《都昌县志》“历代闻人表”中，关于黄鹤龄“记略”的一行文字为：乾隆九年举人，山西蒲县襄陵、临汾知县，有廉名，时称山西四君子，累官太原府知府。《黄氏宗谱》关于黄鹤龄仕宦的文字记载是：他历任山西蒲县、祁县、凤台、河津、临汾六县的知县，在擢升太原府知府时，还兼冀宁道一带七府的“水利事务”，担任过乾隆子午、辛卯科山西乡试考试官，诰授中宪大夫。太原知府官职是“从四品”，中宪大夫则属于正四品。今人在网上“百度”黄鹤龄的相关留存信息，可查阅到清乾隆四十八年刊印的《河津县志》十二卷署名“清·黄鹤龄等修”的字样。

金街岭大夫第的后裔、1946年出生的黄孝定先生讲述的黄鹤龄的逸事栩栩如生。“大夫第”三字是清代山西著名书法家孙镛钱的手迹。孙镛钱曾任黄鹤龄的幕僚，做过一阵太原府的“师爷”，以此感恩黄知府为其申冤。据说，孙镛钱的妻子被当地一恶霸欺凌，此霸在当地为非作歹，民怨载道。黄鹤龄初履知县之职，不畏强势，将恶霸抓了治罪。恶霸家人仗势攻县衙截人，哪知黄鹤龄早有防备，早一天将恶霸押往了府衙，恶霸家人气焰嚣张地去府衙截人。乾隆帝御批将恶霸杀无赦。自此，黄鹤龄廉明远播。

孙镛钱后来也官至五品，某年被派往豫章府做乡试的主考。他知道恩人黄鹤龄系赣鄱之人，又担任过两年山西的考试官，临行前拜访黄鹤龄，并询问恩师在桑梓地可有要效力之处。黄鹤龄告诉他的独生子黄星伯正好参加当年的秋闱。话不多言，孙镛钱默默记下“黄星伯”其名。

黄鹤龄与夫人吴氏生育一子二女。独生子黄星伯，派名黄龙星，又名黄映台，是个生情散漫的“公子哥”。黄星伯考试前一日，竟与朋友喝得酩酊大醉，误了赴省府赶考的行程。沉溺酒场、缺席考场的黄星伯我行我素，一派坦然。孙镛钱考试过后密察试卷，竟找不到署名黄星伯的考卷，彷徨一阵后，他找到了与“黄星伯”三字仅一字之别的另一个考生的试卷，怀疑自己对恩人之子其名记忆有误，猜测此卷定是黄星伯的。可这位考生卷面潦草、平庸，孙镛钱暗地让贴心之人代写了一卷置换其中。是年桂花飘香时放榜，这个新建县的黄姓考生意外折桂，金榜题名，自然喜出望外。回到太原府的孙镛钱向恩人黄鹤龄道喜。黄鹤龄差人联络都昌家人，才知其子竟因醉酒误了考试，何谈榜上有名？黄鹤龄只得长叹一声，面对“犬子”不成返利“豕”，也不去声张。

这段“儒林外史”当然只是传说而已，但黄鹤龄独生子黄星伯的放荡不羁在《黄氏宗谱》的记载中确有印证：“公平生淡视名利仕途，诗酒自豪。”黄星伯晋封奉政大夫，是蒙了儿子之光。金街岭大夫第的门前曾有一副对联“一门双进士，五子四登科”，道出的是黄鹤龄孙辈的荣耀。黄星伯生五子，三子黄慎修在《都昌县志》的载录为：“嘉庆十八年举人，道光九年进士，四川新津知县，诰封奉政大夫。”那么，另一个县志上疏漏未录的黄家进士是谁呢？应是黄星伯的次子黄有华，道光二年(1822)进士。黄有华是蔡元培夫人黄仲玉的五世祖。黄星伯生五子，除幼子黄有章早夭外，其余四子均有功名。长子黄慎言，嘉庆戊辰年(1808)举人，诰赠奉政大夫；三子黄慎德，《县志》载其为“道光十七年贡生，癸未县志总纂”。

黄鹤龄成长地栎田黄村也称千字湾村，有上屋、下屋之分。村民黄海清对栎田族系的溯源是：明朝的祖先黄继正生了七个儿子，排行为单的一、三、五、七四个儿子或早亡、或无后，逢双排行的老二成了栎田上屋的祖先，老四、老六成了栎田下屋的祖先，且上、下两黄姓祖先同父异母，大夫第的主人黄鹤龄属于下屋的后裔。1998 年移民建镇，上、下屋的村民毗邻成屋靠屋，俨然是一个村庄了。全村现有 460 余人，其中上屋 350 余人，下屋百余人。

金街岭黄姓“大夫第”一族，是黄鹤龄 250 年前建大夫第而徙居发脉的，其实栎田黄村是明中期从金街岭迁徙至栎田湾的，所以，《黄氏宗谱》对大夫第一支居金街岭用“返迁”一词定义。当年黄鹤龄在金街岭大兴土木建造大夫第，那批木料大多是从北方购进的上等红杉树。黄孝定老人回忆他成年后对屋柱都合抱不住，用料粗壮得赛谷箩。栎田村民黄海清说，兴建县城大夫第锯斫了树根部，剩余的树梢和一些建材则用船装运至故里栎田村，在乡间也建造了一幢“大夫第”。乡间的大夫第构式几成金街岭大夫第的翻版，只是空间上少了二进，只有三进。二楼迂栏曲廊的“跑马楼”，很是气派。栎田大夫第的风水也有讲究，正大门对着的是苍翠的八哥山（又称泡山），门前是清澈的黄家堰，黄家堰上有横山的活泉注入，下通浩渺的鄱阳湖。“洗心水”泛着金波，倚门观山赏水，令人耳聪目明，心旷神怡。大门向是“亥已向”，以至村里人后来并列建宅一丝不偏地也用了此向定位。栎田村的大夫第门槛石还在，如今掩映在杂树丛中。雕刻精美图案的红石磉墩弃置在村头，见证了大夫第昔日的辉煌。大夫第历两百余年风雨侵蚀，一日日衰落。1998 年百年不遇的洪魔过后实施移民建镇，村民搬迁至高处，大夫第原址连踪迹亦难寻觅了。

在栎田村老者的讲述里，黄鹤龄是村里“文说”故事的主角，还有一个叫黄升宝的人是“武打”故事的主角。据说，清代有很多栎田村人在景德镇做瓷，黄升宝在瓷都的镖局谋职，算是威震一方的武士。他最拿手的功夫是“缩身”，五尺有余的大汉子蜷缩成三尺不足的佝偻。某一日晚上，黄升宝将巡察瓷场的“骑排官”杀了，他连夜躲回栎田下屋的家中。三天后，官府带着人前来缉拿栎田村叫“黄升宝”的凶犯。在黄氏祖祠里，官府的人见一小矮人在八仙桌下扫地，官吏问：“栎田可有黄升宝？”小矮人一脸好奇地答：“我便是。”官吏狐疑地向身边当时在杀人现场一同巡察的差役，此人可像凶犯黄升宝？差役面对小矮人在身高上的反差，断然否认。黄升宝躲过一劫，后来他再也没有涉足景德镇，只在乡间驾一叶扁舟，既捕鱼又载客，以此度日。他的儿子叫黄世新，被卖壮丁随着国民党残部，在湖北失踪，生死未卜。

大夫第的历史日渐苍白，后人的记忆之树常青。站在金街岭大夫第的旧址石砾上，远眺都昌县城滨水西区一幢幢拔地而起的高楼，脚下这片土地的历史在翻开新的一页……

48. 都昌镇金街岭黄姓:蔡元培岳父黄炽昌的身世(三)

都昌县城金街岭大夫第后裔黄仲玉(又名黄世振),其夫君是大名鼎鼎的蔡元培先生。蔡元培曾任民国时期首任教育总长、北京大学校长,毛泽东称赞他为"学界泰斗,人世楷模"。黄仲玉的父亲黄炽昌有着怎样的一番人生经历呢?公开出版的书籍对此几无涉猎,且让我们从金街岭黄姓人家的讲述里探其究竟。

金街岭黄姓"祯泰祖祠"

黄炽昌是黄姓"昌"字辈,辈字不紧随姓之后而是置姓名三字之末,这在旧时也算雅趣。都昌黄姓是在2003年统修宗谱时才从第41世系起的辈派趋于统一,之前的世系略有不同。金岭街黄氏第26世至第40世的世派是"嘉泰绍龙图,嗣徽昌世纪,孝友赞熙朝"。大夫第始祖黄绍芳属第28世,这一支嫡传至黄炽昌的世系沿革是:黄绍芳(黄鹤龄)—黄龙星(黄星伯)—黄有华(黄图实)—黄开瑞(嗣字辈)—黄徽勋—黄炽昌(黄尔轩)。这样推演下来,黄炽昌是大夫第的第5世孙,始祖黄鹤龄去世128年后,黄炽昌降生。

大夫第第8世孙黄孝岗(1931—2017)先生在20世纪80年代初曾任江西省文化厅计财处处长,直至1993年退休。黄孝岗先生情系桑梓,对家乡都昌的文化发展事业尽心扶助,广获良誉。作为一个文化人,黄孝岗生前对大夫第家族的历史着力搜集,2017年他遽然离世,留下未竟的遗憾。黄孝岗先生对堂曾祖父黄炽昌的生平做了如下载录:

黄炽昌,号尔轩(1841.5—1921.4),都昌县金街岭大夫第人,清咸丰年间中举,按清制授修职郎,即选巡政厅,任浙江温州府永嘉县二溪巡检。当时陈玉成率领的太平天国军,在浙江风起云涌。黄炽昌很有才学和见识,顺时参加了太平军。初在军中做杂役,他文采很好,能书善画,不久便得以重用,并委以参军之职,随军去天京(今南京)。太平军兵败后,黄炽昌避居广东花县,后与陈氏结婚,返回后流离在浙江绍兴、杭州等地,开设私学以养家糊口。他一面教书,一面养育众多子女,家境十分贫苦,时常以借贷度日。他在逆境中对清政府的腐败无能有切肤之痛,遂绝仕途之念,将精力全用于教书和抚育子女。他不重男轻女,不让女儿缠足,要求儿女都要学好文化知识。他们一家人,大人是先生,小孩是学生,热热闹闹地教书、读书、练字、学画,家境渐渐地好起来。穷人的孩子早当家,数子女都当字卖画,补助家用,特别是大女仲玉和大儿世晖以分担养家为己任。民国政府北迁后,黄炽昌全家迁至北京定居。他时常怀念家乡,常给儿孙们讲述家乡的情景,手书《滕王阁序》赠亲友,有亲书《滕王阁序》扇面存世。黄炽昌于1921年去世,享年81岁。陈氏于1924年去世,享年70岁,俱葬于北京。

在金街岭黄姓老人的讲述中,黄炽昌早年离开都昌之因的另一种版本,不是科举入仕后参加太平天国军,而是因年轻气盛赌博输掉了家族的大花园,怕受族规惩儆而外避。

传说中的黄炽昌年轻时好赌,某一晚,与左里向姓人豪赌,惨输,不得不将大夫第家族的一个大花园,写了契约抵了赌债归向家人所有。黄炽昌自知天亮族人知晓后,绝不会放过他,轻则将他捆绑至黄氏祠堂的"宪树"柱上抽打,重则将他系在石磨上沉塘。他踉跄着回到家中,道出无奈后哀求妻子拿出家中仅存的数块银圆,揣在身上做盘缠,连夜泣别。向姓人家后来不只在赌桌上赢了败家的黄炽昌,还在随后的官场上赢了偌大的黄家花园,后来复售给本家人,成为后来的焦子巷向家院。

黄炽昌外逃的地方是皇城根下的北京,他找到他的一个都昌同学(一说书法家石云星),这个同学其时在民国总统徐世昌的府邸讨了一份抄写机要文件的差事。黄炽昌恳求同学给他办两件事:一是替他在都昌亲友面前保密来京一事,二是替他在京城谋个差事立足。黄炽昌在老乡的引荐下在徐世昌府上收发文书。黄炽昌浪子回头,不只戒了赌,而且勤勉处事,有了一些积蓄后,在京城租下一间店铺,重操在都昌西街开店的本行,经营杂货铺子。其间,那个同学春节回到家乡都昌县城时,悄悄地告诉黄炽昌的妻子她丈夫的下落。离家五年后,思亲心切的黄炽昌跋山涉水潜回了家。当时入城处有壁垒城墙,戍卒把守,闲人免入。黄炽昌把租来的货船停泊在西门港,他拿了些银两打点戍卒,并称自己是城郊栎田黄村人,家中有人得了急病,仓促入城接郎中治病。黄炽昌入城后敲开妻子寝宅的窗牖,妻子对丈夫的突然到来既欢欣又忐忑。黄炽昌自语了一番又悄悄折回至泊船上。第二天,黄炽昌的妻子吴氏去了娘家夏家山村,掏心掏肺地说了丈夫面授的机宜。当天傍晚，夏家山来了十几个挑着扁担的后生，多是吴氏的侄辈。他们嚷着要给人卸船，要在姑母家借宿一夜，好明天去船码头干活。这话是有意说给众邻听的，子夜一过，十多位孔武有力的后生，挑着、抬着值钱的家什送至姑父租来的船上。那守城的差役照例是买通了的，不加盘问一路放行。天蒙蒙亮，黄炽昌带着妻儿老小和满船的家当，扯起风帆作别故土。是年，大女儿黄仲玉 12 岁，大儿子黄世晖 10 岁。

据说，蔡元培先生当年赴京城科考落第，落宿在黄炽昌紧邻的一家歇店，在逛杂货店时见到了黄家挂在店堂里的一张黄仲玉的国画和美如画的姑娘黄仲玉。此后，歇店老板牵线促成蔡、黄的美缘。婚礼是在南京办的，金街岭黄家还派人去贺喜了。

黄炽昌"因赌外避"的故事细究起来，多处有悖事理。比如黄炽昌的夫人不是都昌夏家山吴村人，而是广东花县人陈氏。这一点，他后代的记忆不会有误。比如喜舞文弄墨的民国总统徐世昌真正发迹是在 50 岁那年任军机大臣时，他就任民国总统是在 1918 年 10 月至 1922 年 6 月。黄炽昌比徐世昌大 14 岁，年龄上的差距，让两人在腾达的徐府难有交集的可能。比如蔡元培与黄仲玉结婚是他的第二次婚姻，1902 年的蔡元培已有 36 岁，十年以前就中进士了，早不是情窦初开之时。

关于黄炽昌早年的人生经历，还是应回到公开权威的有关蔡元培先生传略的记载上来：其岳丈黄炽昌为"江西名士"。2003 年重修的大夫第世族家谱，收录的黄炽昌的生平，用了黄孝岗先生的记载版本以传千秋。在"因赌而避"的故事版本中，黄仲玉在大夫第度过了少儿时代；而在黄炽昌参加太平天国军的故事版本中，黄仲玉不是在都昌出生的，与都昌生活上的交集，便只有其父在太平天国军失败后，带着她和弟妹回到故里数年的时光。黄炽昌的父母俱葬于浙江绍兴蔡元培的家乡。

黄炽昌从金街岭大夫第举家外迁是千真万确的，"因赌外避"之说在很多金街岭老一辈的讲述中言之凿凿。2018 年江西人民出版社出版的《都昌老城记忆》也采信了此说。是否有一种可能：黄炽昌早年离开都昌是因输钱而避，后来参加了太平天国军，历练出一条"江西名士"的通达之路？在那个旧时代，年轻人一时性起涉赌也不是不可宽恕之事。铁定的人生结局是，黄炽昌后来励精图治，忠厚传家，让他的"名士"风度熠熠生辉。

49. 都昌镇金街岭黄姓：蔡元培与黄仲玉的伉俪情（四）

以画识人

作为近代著名革命家、教育家、政治家的蔡元培，毛泽东誉其为“学界泰斗，人世楷模”，周恩来评价他“从排满到抗日战争，先生之志在民族革命；从五四到人权同盟，先生之行在民主自由”。蔡元培与都昌县城金街岭大夫第后人黄仲玉结为伉俪，从1902年到1920年，近20年如胶似漆、伉俪情深。蔡、黄的相识，缘于黄仲玉的画作。

蔡元培1868年1月出生于浙江绍兴山阴县。这位钱庄经理的儿子从小就是颗读书的种子：17岁中秀才，18岁设馆教书，22岁中举人，25岁中进士，26岁成为翰林院编修，跻身士大夫阶层。1889年，蔡元培22岁时遵父母之命、媒妁之约，迎娶了他的第一位夫人王昭，生儿子蔡阿根（六岁夭折）、蔡无忌（中国现代畜牧兽医的先驱）。1900年，王昭病逝，是年蔡元培33岁。

青年才俊蔡元培丧偶后，面对起初纷至沓来的说媒人，他提出了续弦的五个条件：一、天足者；二、识字者；三、男子不得娶妾；四、夫妻意见不合时，可以解约；五、夫死后妻可以再嫁。在封建思想阴霾笼罩的清末，这让很多求婚者退避三舍。蔡元培忍着丧妻之痛，在上海、杭州埋首创办新式学堂。1902年，他在西子湖畔的杭州办学。某日，在朋友家中做客，看到一幅线条绢秀、栩栩如生的工笔画，落款题词也颇见功力。一生对美育情有独钟、主张“以美育代宗教”的蔡元培打听到画作出自一个叫黄仲玉（又名世振）的年轻女画家的笔下。她出生于名门望族，父亲黄尔轩是江西名士。黄尔轩很爱这个女儿，没给她缠足。女儿聪颖过人，诗书画俱佳。黄家家道中落时，黄仲玉知艰识苦，出售画作贴补家用。蔡氏“征婚五款”，黄仲玉条条吻合。蔡元培与第三任夫人周峻所生的女儿蔡睟盎后来回忆：“父亲爱美术，先看到黄仲玉的画，还没见到人，就托人去提了亲。”

1902年初，蔡元培与黄仲玉在杭州举办了婚礼，婚礼上留下了中西合璧的美谈。本来浙江绍兴一带新郎家的中堂要贴传统的福禄寿“三星图”，新娘要穿彩服、坐花轿进门，但蔡元培一扫旧俗，在家中中堂挂的是绣了“孔子”二字的大红幛，以示尊重文明和教育。晚上的闹洞房演绎成了以婚姻为话题的演讲会。演讲会上，有的来宾引经据典论述“男女平等”，并现场举例：“倘黄夫人学行高于蔡先生，则蔡先生应以师礼视之，何以平等？倘黄夫人学行不及蔡先生，则蔡先生以弟子视之，又何以平等？”蔡元培笑道：“就学行言，固有先后；就人格言，总是平等。”其夫妻“平等”旨意亦是延续了“征婚五款”的内核。

以德动人

从1902年至1920年，近20年时代风云何其激荡，正值青壮年的蔡元培在时代的舞台上熠熠生辉。作为一个成功的男人，他的背后站着默默相伴的爱妻黄仲玉。黄仲玉以其贤德，给予夫君蔡元培以动人心魄的理解和支持。且让我们顺着时光的轨迹来追溯两人近20年的人生相携。

1902年初，蔡元培与黄仲玉在西子湖畔因佳作会佳人，结为神仙伴侣。

1904至1905年，蔡元培在上海组织建立光复会，第二年，光复会并入同盟会，孙中山委任蔡元培为同盟会上海分会负责人。光复会是以反清为目的的革命团体，宣传孙中山先生的“驱除鞑虏，恢复中华，创立民国，平均地权”的革命纲领，光复会后由徐锡麟、秋瑾负责。1904年春，女儿蔡威廉在上海出生。在风雨如磐的清末，黄仲玉投向蔡元培革命身影的目光总是那么温婉而坚定。

1907年，儿子蔡柏龄在绍兴出生。不惑之年的蔡元培赴德国开始了长达4年多的海外自费求学生活：先是在德国莱比锡大学学习哲学、文学、文明史和民族史，随后游学法国、英国、比利时诸国。其间，《中国伦理学史》出版。蔡元培求学的资费要靠朋友捐助和兼职获得，留在国内的黄仲玉带着幼小的儿女艰难度日，无怨无悔。

1911年，辛亥革命爆发，蔡元培取道西伯利亚回国。1912年，中华民国临时政府在南京成立，蔡元培就任南京临时政府首任教育总长，同年，连任北洋军阀教育总长。袁世凯窃取辛亥革命胜利果实后，蔡元培断然辞职。黄仲玉对蔡元培“出淤泥而不染”的品行，作“荷花图”以勉。

1913年，蔡元培携妻儿再赴法国从事学术研究，留欧三年（其间短暂奉召回国参与处理宋教仁被杀案，并著文讨袁），编辑不少哲学、美学著作，编译《哲学大纲》；在法国成立华法教育会，被推为会长（华方），主编《旅欧杂志》半月刊。

日后周恩来、邓小平、陈毅、蔡和森、聂荣臻等无产阶级革命家旅法勤工俭学得此基金会资助而受历练。黄仲玉在法国、德国随夫期间,相夫教子,让家庭成为蔡元培温馨的港湾。

1916年底,蔡元培出任北京大学校长,1917年1月4日赴任,开启了他“囊括大典,网罗众家,思想自由,兼容并包”的十年半的治校之光。陈独秀、李大钊、周豫才(鲁迅)、胡适、周作人、钱玄同、刘半农、徐悲鸿、梁漱溟、辜鸿铭、冯友兰、刘师培、马寅初、朱家骅等名流在北大度过了他们各自的“黄金岁月”。1918年底,被选为中国科学社董事长。

1919年,五四运动爆发,北京大学为发祥地。蔡元培积极营救被捕学生,提出“读书不忘救国,救国不忘读书”,其后数辞北京大学校长而不允。黄仲玉深明大义,对蔡元培的“饮食、起居、疾痛、疴养时时悬念”,无微不至地关心。

1920年,蔡元培发表《洪水与猛兽》一文,用洪水比喻新思想,以猛兽比作军阀,说中国是“洪水与猛兽竞争”。在他的提议下,北京大学开始招收女生,开我国大学男女同校之先河。中法大学(今北京理工大学)成立后,他被推为校长,年底从上海出发赴法国考察。正当蔡元培开一代风气之先奔波之际,此时的黄仲玉操持家务过度,已积劳成疾。为了不拖累丈夫,她悄悄地住进了一家法国人办的医院,不久病逝,年仅43岁。蔡元培评价贤惠的妻子“对于我所信仰之主义,我所信仰之朋友,或所见不与我同,常加规劝”。

以文动人

黄仲玉溘然长逝时,蔡元培正在欧美考察。对相濡以沫近二十载的妻子的离世,他十分悲痛,撰《祭亡妻黄仲玉》。

呜呼!仲玉,竟舍我而先逝耶。自汝与我结婚以来,才二十年,累汝以儿女,累汝以家计,累汝以国内、国外之奔走,累汝以贫困,累汝以忧患,使汝善书、善画、善为美术之天才,竟不能无限发展,而且积劳成疾,以不得尽汝之天年。呜呼!我之负汝何如耶!

我与汝结婚之后,屡与汝别,留青岛三月,留北京译学馆半年,留德意志四年,革命以后,留南京及北京阅月,前年留杭县四月,加以其他短期之旅行,二十年中,与汝欢聚者不过十二三年耳。呜呼!孰意汝舍我如是其速?耶!

凡我与汝别,汝往往大病,然不久即愈。我此次往湖南而汝病,我归汝病剧,及汝病渐痊,医生谓不日可以康复,我始敢放胆而为此长期之旅行。岂意我别汝而汝病加剧,以至于死,而我竟不得与汝一诀耶！我将往湖南,汝恐我不及再回北京,先为我料理行装,一切完备。我今所服用者,何一非汝所采购,汝所整理！

处处触目伤心,我其何以堪耶！

汝孝于亲,睦于弟妹,慈于子女。我不知汝临终时,一念及汝死后老父、老母之悲切,弟妹之伤悼,稚女、幼儿之哀痛,汝心其何以堪耶！

汝时时在纷华靡丽之场,内之若上海及北京,外之若柏林及巴黎,我间欲为汝购置稍稍入时之衣饰,偕往普通之场所,而汝辄不愿。对于北京妇女以酒食赌博相征逐,或假公益之名以鹜声气而因缘为利者,尤慎避之,不敢与往来。常克勤克俭以养我之廉,以端正子女之习惯。呜呼！我之感汝何如,而意不得一当以报汝耶！

汝爱我以德,无微不至。对于我之饮食、起居、疾痛、疴养,时时悬念,所不待言。对于我所信仰之主义,我所信仰之朋友,或所见不与我同,常加规劝,我或不能领受,以至与汝争论。我事后辄非常悔恨,以为何不稍稍忍耐,以免伤汝之心。呜呼！而今而后,再欲闻汝之规劝而不可得矣,我唯有时时铭记汝往日之言以自检耳。

汝病剧时,劝我按预约之期以行,而我不肯。汝自料不免于死,常祈速死,以免误我之行期。我当时认为此不过病中愤感之谈,及汝小愈,则亦置之。呜呼！岂意汝以小愈促我行,而意不免死于我行以后耶！

我自行后,念汝病,时时不宁。去年11月26日,在舶中发一无线电于蒋君,询汝近况,冀得一痊愈之消息以告慰,而复电仅言小愈;我意非痊愈,则必加剧,小愈必加剧之讳言,聊以宽我耳,我于是益益不宁。到里昂后,即发一电于李君,询汝近况,又久不得复。直至我已由里昂而巴黎,而瑞士,始由里昂转到谭、蒋二君之电,始知汝竟于我到巴黎之次日,已舍我而长逝矣！呜呼！我之旅行,为对社会应尽之义务,本不能以私废公;然迟速之间,未尝无商量之余地。尔时,李夫人曾劝我展缓行期,我竟误信医生之言决行,致不得调护汝以蕲免于死。呜呼！我负汝如此,我虽追悔,其尚可及耶！

我得电时,距汝死已八日矣。我既无法速归,归亦已无济于事;我不能不按我预定计划,尽应尽之义务而后归。呜呼！汝如有知,能不责我负心耶！汝年爱者，老父、老母也，我祝二老永远健康，以副汝之爱。汝所爱者，我也，我当善自保养，尽力于社会，以副汝之爱。汝所爱者，威廉也，柏龄也，现在托庇于汝之爱妹，爱护周至，必不让于汝。我回国以后，必躬自抚养，使得受完全教育，为世界上有价值之人物，有的贡献于世界，以为汝母教之纪念，以副汝之爱。呜呼！我所以慰汝者，如此而已。汝如有知，其能满意否耶！

汝自幼受妇德之教育，居恒慕古烈妇人之所为。自与我结婚以后，见我多病而常冒危险，常与我约，我死则汝必以身殉。我谆谆劝汝，万不可如此，宜善抚子女，以尽汝之母之天职。呜呼！孰意我尚未死，而汝竟先我而死耶！我守我劝汝之言，不敢以身殉汝。然后早衰而多感，我有生之年，亦复易尽；死而有知，我与汝聚首之日不远矣。

呜呼！死者果有知耶？我平日绝不敢信；死者果无知耶！我今日为汝而不敢信；我今日唯有认汝为有知，而与汝做此最后之通讯，以稍稍纾我之悲悔耳！呜呼！仲玉！

蔡元培所撰的黄仲玉的悼文字字血泪，后来还被收入中学课本，成为情感散文的典范。人以文传，黄仲玉也堪称民国贤淑女子的典范。

50. 都昌镇金街岭黄姓：蔡元培的“善管家”黄世晖(五)

都昌金街岭大夫第后裔黄尔轩(派名黄炽昌)娶广东陈氏，生育五子六女。经查《沙港黄氏宗谱》大夫第支系载录，并参阅江西省文化厅原计财处处长黄孝刚先生搜寻的相关资料得知，黄尔轩的子女情况为：长子黄世德，幼殁；次子黄世晖，号幼轩(1879—1929)，曾任民国政府教育部主事等职；三子黄世楫(1882—1902)，出继叔父黄荣昌为嗣，20岁时辞世，葬于浙江；四子黄世蛰，幼殁；五子黄世国(1890—1958)，民国时期任安徽天长县、太湖县和甘肃天水县县长，国民党十九路军军法处处长、故宫博物院研究员，中华人民共和国成立后任北京市文史馆馆员；长女黄世洗，幼殁；次女黄世振，号仲玉(1877—1920)，嫁蔡元培；三女黄世揖，幼殁；四女黄世维(1885—1930)，嫁民国教育部次长陈任中；五女黄世照，幼殁；六女黄世范(1894—1976)，嫁民国“中央研究院”秘书长、北大法语系主任杨芳范教授，中华人民共和国成立后，任北京市文史馆馆员。

“江西名士”黄尔轩11位子女中，有五位幼殁，只存三子三女长大成人。他们每个人都有着不平凡的人生，赓续着大夫第“书香门第”之荣光。

蔡、黄联姻，作为“学界泰斗，人世楷模”，蔡元培的光环让夫人黄仲玉的家族因此而增辉，厚德载物的黄仲玉家族也为蔡元培人生增加光亮而添薪于堂。黄尔轩事实上的长子、黄仲玉的大弟黄世晖终生投身文明进步大业，终身敬仰蔡元培的品行而追随其左右，为蔡元培打理经济庶务。黄世晖是内兄蔡元培的“善管家”，其“善”是勤劳操持，精于运之“善”技，也是勤恳正直，廉洁无之“善”德。姐姐黄仲玉嫁给蔡元培的1902年，黄世晖正处风华正茂的20岁，自此追随蔡元培，忠贞不贰，坚韧不拔，将自己在会计上的突出才干施展于时代舞台。他的27载理财之绩，隐蔽于蔡元培显赫的人生轨迹之后，又彰显于那个时代的风云际会之间。

1902年春，蔡元培与黄仲玉新婚不久，便赴上海，与叶瀚、蒋智由创办中国教育会，蔡元培被奉为事务长（会长）。同年冬，蔡元培创设爱国女子学校与爱国学社，先后担任总理。1903年，蔡元培在上海参加拒俄义勇队（后改为军国民教育会）。1904年，蔡元培重组光复会，并任《警钟日报》主编。蔡元培负责这些组织和活动，繁杂的庶务都是倚仗黄世晖操持打理。蔡元培的浙江绍兴老乡、追随孙中山反清的著名活动家徐锡麟和秋瑾在浙江、安徽等地进行秘密反清的起义活动，黄世晖在其间协助筹款，营运饷械。1907年7月，鉴湖女侠秋瑾留下“秋雨秋风愁煞人”的绝命诗英勇赴义。秋瑾留下遗愿“愿埋骨西泠”，黄世晖帮助秋瑾的朋友徐寄尘等在西泠桥畔为秋瑾购置了墓地。在绍兴的“秋瑾烈士纪念碑”，蔡元培为之撰写了碑文。1907年5月，蔡元培赴德留学，黄仲玉继任爱国女校教务，女校的后勤杂役一直由黄世晖打理。

1912年，蔡元培就任临时政府教育总长，黄世晖被委任教育部主事，主要负责财务管理一摊事，他举家由杭州迁往北京。当年秋，蔡元培、黄仲玉夫妇携子女再度赴欧留学时，据说黄世晖也让自己的两个年少儿子黄纪廷、黄纪兴随姑姑一家出国读书求知。1917年初，蔡元培就任北京大学校长，黄世晖被委任北京大学校舍翻建部主任，北京大学沙滩红楼的基建事务就是由黄世晖襄理的，尔后任北大会计课长。其时，民国政府投之于教育的经费拮据，经常拖欠教职工薪水。卓有建树的蔡元培先生为了整顿旧北大的滞后体制和腐败校风，新设立了理工科，李大钊兼任馆长的北大图书馆要充实大量图书和设备。北大新文化运动高潮迭起，新闻研究会、哲学研究会、少年中国学会、新潮社进德会、画法研究社、书法研究社、音乐研究会等团体皆需或多或少的经费扶持。一身正气、清廉守身的黄世晖力排众难，费尽周折地筹措款项，维持大局，倾心进步。中国共产主义运动的先驱李大钊1927年4月被奉系军阀张作霖逮捕，黄世晖参与多方营救。4月28日，李大钊遭绞杀，英勇就义，时年38岁。黄世晖景仰"铁肩担道义，妙手著文章"的李大钊，他挺身而出为李先生的后事和安抚遗孤发起募捐。北京李大钊纪念馆陈列着的当年的募捐名册，便是都昌人黄世晖的手记。黄世晖历财会总务近30年，精运算、善筹划、严制度、绝弊误，在京城声望日隆。他先后任教育部主事、观象台会计主任、北京大学会计课长、故宫博物院会计主任、历史博物馆主事、中央大学会计主任、清华学校基金委员会委员、北京大学区秘书处会计组主任、中央银行顾问、北平图书馆会计主任等职。

黄世晖于职守恪尽心力，于亲友笃诚相待。黄世晖是个孝子，他在北京为父母置办墓地，选好墓穴后竟自己卧穴多次，体察是否潮湿，无虞后才令下葬。对家人亲情融融，姐姐黄仲玉临终病重入院，其时姐夫蔡元培身在国外，是黄世晖无微不至地关照病中的姐姐，并在姐姐病逝后料理后事，照料幼孤。蔡元培1921年10月回国后，一时没有自己的宅屋居住，黄世晖腾出自家房屋的一半让蔡元培全家安居。后来有一段时间，蔡元培患腿疾难行，又是黄世晖为蔡元培延医和护理，协助蔡先生在北京西单背阴胡同7号楼接待前来商议公务的鲁迅、蒋梦麟、胡适、梁启超等名流。黄世晖对朋友宽容大度，仗义疏财。凡困窘者向他求助，他或赠金或借款，且从不立据，也不告诉夫人郭氏（浙江绍兴人）。对下属特别是工友、杂役等收入微薄者，黄世晖极尽怜恤，他们中有诞育者，即遣人送钱款和粮、蛋营养品慰问，有病患缺医者赠其诊费，有故亡者助其亲属办理丧殓。对于生活于底层的求助者，黄世晖广施爱心，无私奉献，被人誉为"黄善人"。当年，胡适先生有感于中国缺乏有品位的传记文学，曾劝蔡元培先生写自传，蔡先生苦于工作繁忙，无法聚力亲撰，便口述由黄世晖记录，流传下《蔡孑民先生传略》。这部由黄世晖执笔的"传略"，成为蔡元培研究者绕不开的权威资料。

关于黄世晖谢世的情景，他的后人这样描述：1928年底，国立北平图书馆在原京师图书馆的基础上成立，黄世晖任会计主任。开馆前，他受命赴南京取印信，回京时竟遇火车出轨，在纷乱中，他倾力保护印鉴。遭此惊悚劳乏，回京后，黄世晖血压猛增，头疼欲裂，便加服大量止疼药坚持上班。图书馆开馆那天，黄世晖还硬撑着参加了全体员工的集体拍照仪式。数天后的3月17日，是个星期天，他起床后先给朋友们写了一封求职推荐信以成人之美，随后起身洗漱，突觉手臂失去知觉，身体倾斜不能自持。家人急扶他卧床，请医急救，被诊为脑出血，至当日下午五时，心脏永远停止了跳动，时年51岁。

51. 都昌镇金街岭黄姓：长髯法文教师黄纪兴（六）

都昌大夫第后裔黄炽昌的成人长子黄世晖，追随姐夫蔡元培，成为蔡先生最信得过的庶务总管。黄世晖与浙江绍兴的郭氏共生育七子三女，据宗谱载分别取名为纪廷、纪兴、纪桢、纪祥、纪云、纪群、纪泽、纪钰、纪瑛、纪琰。老二黄纪兴的三个儿子黄尊、黄纲、黄骞皆旅居法国，他们在2008年父亲黄纪兴100周年诞辰、母亲马琰逝世一周年之际，编印过一本《我们心中的神圣——怀念爹娘》纪念册，表达“天大地大不如父母的恩情大，爹亲娘亲才是世上最亲的亲”的情感，以此感恩父母。

黄纪兴（1908—1981），字耆龄，出生于浙江泗安，幼年随父母来北京定居，1922年随二姑黄仲玉、二姑父蔡元培及表哥蔡柏龄、表姐蔡威廉、长兄黄纪廷同乘法国邮轮由上海经印度洋、红海、地中海，历三个月航程抵达法国马赛港，开始了他的留学生涯。黄纪兴先是在里昂的公园中学就读，五年后考取了比利时布鲁塞尔比京大学化学系。其间，父亲黄世晖病逝，兄长黄纪廷弃学奔丧，黄纪兴以优异的成绩完成了学业，随后回国效力。

1931年，24岁的黄纪兴南下杭州，以法学教授的资格，执教于国立杭州艺术专科学校（今中国美术学院）。时任校长为林风眠，教务长是表姐蔡威廉的丈夫林文铮，黄纪兴成为杭州艺专第一位，也是唯一的一位法文教授。后来享誉中国画坛的吴冠中、丁天缺、董希文等都是黄纪兴的学生。1937年，抗日战争爆发，黄纪兴离开了从教七年的杭州艺专，来到重庆，开始了八年的大后方生活。抗战期间，黄纪兴以扎实的法文功底，在法国驻重庆大使馆武官处任职数年。1946年，黄纪兴与北大著名教授马裕藻的女儿马琰喜结连理，相伴终生，1954年调入北京外国语学院任教。黄纪兴对三个儿子极尽呵护，培养儿辈“富贵不能淫，贫贱不能移，威武不能屈”的“大丈夫”人格，晚年借天赋和自然，留下了不少画作，以至吴冠中先生在看过昔日老师的画作后感叹：“您如果不学化学而学艺术，一定是大有造诣的。”画家丁天缺在回忆黄纪兴老师时说：“黄老师真是个多才多艺的艺术家，他既对京胡有很深的修养，又写得一手好字，画得一手好画，他在去世前已画了近千幅国画。这些画实在美妙，如果把它混在图鲁兹·劳特累克和亨利·卢梭的作品中，我看不见得有什么逊色，只是黄老师轻易不肯示人。”黄纪兴因心脏病在北京阜外医院离世，享年74岁。

黄纪兴的夫人马琰（1912—2007），祖籍浙江鄞县（今宁波市鄞州区），是近代文化名人、北京大学著名教授马裕藻（1878—1945）的女儿。马裕藻，字幼渔，早年毕业于日本早稻田大学、东京帝国大学，1913年率先提出“注音字母”方案，是我国早期的音韵学家，1920年起，任北大国文系主任，任职长达14年，接任者为胡适先生。马裕藻一生的学术和为人，都留有蔡元培先生的深刻烙印。马裕藻先生一生建功北大，他与胞弟马衡、马鉴、马准、马廉并称北大“五马”。2005年，北大曾为“五马”开过一次纪念会，以此表彰和纪念“五马”对中国教育事业、对北京大学的突出贡献。马琰与大她两岁的姐姐马珏，一个就读北大法律系，一个就读北大政治系。马珏在北大有“校花”之称，她在15岁时就写下了《初次见鲁迅先生》一文刊载。《鲁迅日记》，有53次提到马珏。马珏后来嫁给了笃诚的天津职员杨观保，1994年辞世。

“纪兴老师年轻的时候，体态英俊，风度翩翩，令人倾倒，待到晚年，银白的长须飘拂前胸，越发显得高逸有致，不同凡俗。”黄纪兴的学生、著名画家丁天缺对恩师的形象铭刻于心。都昌金街岭大夫第的后裔黄纪兴，他的履历表“祖籍”栏总是工整地写上“江西都昌”。他在有生之年未曾踏上故土，他的儿子近年来数次从法国前往都昌寻根问祖，故乡是他们永远割舍不断的乡愁。

52. 都昌镇金街岭黄姓:名家眼里的名画家蔡威廉(七)

蔡元培的有关传记叙写的蔡先生子女的情况为:蔡元培第一位夫人是王昭女士,两人生育两个儿子,儿子蔡阿根六岁夭折,儿子蔡无忌(1898—1980),是中国现代畜牧兽医事业的先驱。蔡元培第二位夫人是黄仲玉,两人生育一子一女,儿子蔡柏龄,1907 年出生于绍兴,幼年时期跟随父母旅居德国、法国、比利时等国,长期在法国从事磁学研究;女儿蔡威廉(1904—1939)是著名画家。蔡元培第三位夫人是周峻女士,两人生育两儿一女:蔡怀新(1929—2010)是物理学家;蔡英多 1930 年生,多年在沈阳从事航空发动工作;幼女蔡睟盎,1927 年生,在上海从事物理研究,曾任全国人大代表、全国政协委员。

蔡元培的长女蔡威廉,是中国现代史上最早向西方学艺的女画家和我国早期的美术教育家。蔡威廉才华出众,尤以肖像画称世。在民国乱世,她度过了 35 年的凄美人生。她在短暂的艺术生涯里,承袭着来自都昌金街岭大夫第后裔的母亲黄仲玉的艺术基因。

1904 年 6 月 30 日,蔡威廉降生于上海。父亲蔡元培、母亲黄仲玉给长女取名“威廉”,是源于法语“wilhelm”,其时蔡元培正计划赴德国求学。1907 年 6 月在蔡威廉三岁时,父亲蔡元培抛家别子,自费赴德留学,年幼的蔡威廉随母亲黄仲玉在绍兴、杭州等地居住。1913 年 9 月,蔡元培夫妇带着子女赴欧,威廉先后三次随父亲出国,十余年沐欧风,她在法国等地接受了良好的欧式教育,这为她的艺术创作和教学打下了扎实的基础。1916 年冬,蔡威廉入北京孔德学校(今北京二十七中)求学,成为这所注重科学精神的新型学校的首届毕业生,在力主“以美育代宗教”的父亲的支持下,秉持艺术天赋的蔡威廉决定从事美术事业,在比利时布鲁塞尔皇家美术学院、法国里昂美术专科学校学习绘画,1928 年,入国立杭州艺专(中国美术学院前身)担任西画教授。在此期间,蔡威廉与教务处长林文铮结为伴侣。1937 年“七七事变”爆发,蔡威廉夫妇随校奔波,尝遍颠沛流离之苦,1938 年离开杭州艺专,几近失业。1939 年,蔡威廉在昆明生育第六个小孩时,贫病交加,死于产褥热。

且让我们从当年蔡威廉离世后,一些名家笔下的怀念里和至亲的哀诉衷肠里,勾勒出一代名画家的璀璨才华和凄美人生。

邻居沈从文的“痛苦寒心”。著名文学家沈从文在蔡威廉去世不久留下了一篇《记蔡威廉女士》的怀念文章。沈从文与蔡威廉初识源于蔡威廉为丁玲画的一幅半身油画像。“当时只听说她为人忠厚老实,除教书外从不露面,在客人面前也少说话。画并无什么出奇惊人处,可是很文静,毫无浮嚣气,有功夫。人如其画,同样给人一个有教养的好印象……所以当时丁玲女士就觉得她很好、很可爱,像一个理想艺术家。”后来,沈从文与蔡威廉相遇于湖南沅陵,当时蔡威廉夫妇随艺专外徙。沈从文说:“我当时对于威廉的印象同十年前差不多。她样子很朴实,语言很少,正如她那画像相称。且以为朴实的人、朴实的工作,将来成就一定会大得多。”后来在云南昆明,沈从文与失了业的林文铮、蔡威廉夫妇成了邻居。对于蔡威廉的死,沈从文感慨不已:“死的直接原因是产褥热,间接原因却是无书教、无收入,怕费用多担负不下,不能住医院生产,终于死去。人死了,剩下一堆画,六个孩子。”“真真在那里为了艺术而致力,用勤苦与自己斗争,改正弱点,发现新天地,如蔡威廉女士那样为人,实在不多,末了却被穷病打倒,终于死去,想起来未免令人痛苦寒心。”

画坛圈内人称誉蔡威廉画作“形神兼备”。蔡威廉非常崇拜意大利文艺复兴时期的艺术画匠达·芬奇,认为一个画家应当描绘两件主要的东西:人和人的思想意图。她心仪于达·芬奇的“形神兼备”,曾立志要成为“中国的达·芬奇”。1929年,蔡威廉以肖像油画参加首届全国美展,初露锋芒,展览会上另一位出风头的女画家是潘玉良。美术评论家殷淑在《谈肖像之演化并论蔡威廉女士之画》中这样评说:“试观她的两幅自画像,着色多么沉着,用笔多么简洁,线条多么单纯,而结构多么劲健。她准确地捕捉住人物微妙而瞬息即逝的神采,将其内心片时之形象而凝定于画幅之中。”蔡威廉的颇见功力的自画像,是她自我精神的写照,自画像形象永远是:素面布衣,朴实无华,神情平淡,冷眼观世,坦然自在,一如她的为人。蔡威廉以女性对历史的独特体察和理解,创作过《费宫人杀中贼图》等大型历史画,为“慨于国难之严重,以抒其悲愤”。她1931年春创作的《秋瑾就义图》,描绘的是父亲蔡元培的同乡战友、民国初年的革命女侠秋瑾被绑赴古轩亭口行刑的场面。美术家郑朝当年专撰《早逝的星——女画家蔡威廉》这样评价:“秋瑾着白色长袍,发髻稍乱,神情沉着坚定,而又含着不能掩盖的忧郁和悲痛,四个着黑衣的兵丁簇拥着,面目呆滞而凶顽——整个调子是灰黑色的,弥漫着一种悲惨而沉重的氛围。"蔡威廉在杭州艺专教书时,对画坛新秀独具慧眼。他在一次学生画作展览中看好吴冠中的作品,提出要用自己的油画去换吴冠中的一幅水彩画。对此,后来成名的吴冠中铭感终身,他写道:"她没有在教室教过我,不相识,我只远远以尊敬的眼光看她。她是一个少妇,经常着黑衣,体态优美,少言语,显得分外静穆,内向。"

丈夫林文铮眼中的"山房主妇"。识人无数的蔡元培先生当年看好美术理论家林文铮,让他协助林风眠创办国立杭州艺专。林文铮与著名艺术家林风眠同宗、同乡、同学,在法国巴黎遨游艺海时,双双被蔡元培看中,聘为全国艺术委员会委员,后来,一个任杭州艺专的校长,一个任杭州艺专的教务长,优势互补,配合默契。林文铮在承担繁杂的办校事务之余,同时讲授西洋美术史。1928年,林文铮和蔡威廉新婚,证婚人是蒋梦麟。蔡元培资助一对新人在杭州西湖边购建"马岭山房"别墅,佳婿和爱女度过了数年甜蜜岁月。1939 年,"山房主人"林文铮在"山房主妇"蔡威廉离世后痛苦万分,到佛教中去寻慰藉,后来也曾短暂再婚,1990 年,87 岁时逝世。林文铮在国难家难中痛失爱妻后曾在 1939 年 7 月 30 日的《益世报》刊文《蔡威廉画作》,怀念妻子。他对蔡威廉的画风做如是评价:"个性倔强,不以业师之作风为模范,而欲探索古画之真谛,且好古不滥。"林文铮撰有《苍茫楼诗稿》挥泪悼亡妻。

父亲蔡元培临终哀唤"威廉",可见痛失爱女之恸。蔡威廉在生下第六个孩子三天后去世,这天为 1939 年 5 月 8 日。蔡威廉英年早逝,其时父亲蔡元培正在香港养病,亲友都瞒着威廉去世的噩讯,女婿林文铮每次来信一如往常,落款写上"威廉附笔请安"。令人心痛的一个细节是,1939 年 6 月 24 日,蔡元培在给儿子蔡无忌的信中谈及为林文铮介绍工作时说:"威廉已于前月产下一女,甚清秀,想儿已见过多次矣。"此时,威廉已离开人世一个多月了。蔡元培是从 1939 年 7 月 2 日的《益世报》上报道昆明举行蔡威廉遗作展的新闻中,得知爱女离世的,此时爱女已辞世快两个月了。七天之后,蔡元培写下《哀长女威廉》一文,痛述白发人送黑发人的悲凉心境。1940 年 3 月 5 日,蔡元培在香港走到了生命的尽头。他的小儿子蔡英多后来回忆:"那天上午九点多,他走得很突然……他一直念着'威廉、威廉',可见他多么疼爱姐姐。"

当代著名作家叶兆言的作品集《陈年旧事》,成为一曲民国文采风流之咏。叶兆言记写民国近 50 人的"陈年旧事",其中一篇是写"职业油画家蔡威廉"。

他开篇写道："名人子弟总会沾点光，但沾光也可能吃亏，因为你始终淹没在名人的光圈里，自己无法闪光。你生活在名人阴影中，会有一种无形压力。"叶兆言这种体会更多的是来自他本人，他是著名文学家、教育家叶圣陶之孙。对于蔡威廉，她没生活在名人父亲蔡元培的"阴影中"，她生活在乱世困窘的"阴影中"，在中国美术史上自灼其华……

53. 都昌镇金街岭黄姓：蔡元培与都昌的不了情（八）

没有资料显示蔡元培先生的足迹曾踏上过"鄱阳湖上都昌县"这方热土，但作为都昌人的"姑爷"，蔡元培与这方水土上的人和事便多了份亲缘。

后人研究中国近代思想史，研究近代教育史，特别是研究民国北京大学的历史，蔡元培是一个绕不开的人物。关于蔡元培研究，得蔡先生本人认可、皓首穷"蔡"60 余年、编辑和著述达 1400 万字以上的，唯有高平叔先生。高平叔是江西都昌人，其故里多宝乡西高村离蔡元培夫人黄仲玉的故里都昌县城金街岭仅 20 余公里。

高平叔（1913—1998），原名乃同，与中国科学院院士、北京航空航天大学教授高镇同是堂兄弟关系，他是著名经济学家、中国近代史学家、蔡元培研究专家。高平叔与蔡元培的第一次相见，是在 1929 年秋天。当时他是一名 16 岁的中学生，他的叔父、高镇同院士的父亲高耀堂先生曾在蔡元培任教育总长的教育部做过主事，其职务比"佥事"周树人（鲁迅）要低一档。1929 年初，蔡元培被推举为中华教育文化基金会董事长，都昌人高耀堂曾任此基金会委员。高平叔后来与蔡元培先生的交往日渐多起来，他的虚心好学、笃诚待人也深得蔡元培赏识。1935 年，蔡先生提出让高平叔为他搜集和编辑一部《文存》。高平叔后来这样深情地回忆起当时的情景："1935 年 8 月 5 日以后的几天里，我陪蔡先生在上海兆丰公园（现为中山公园，笔者注）散步，由他口述'五四'以后的经历，我记录，然后整理出一个初稿……我长期流徙后方各地，衣物、稿件丢失殆尽，因而蔡元培文存的编印和《蔡元培传》的撰写工作不得不中途停顿。一直到 1943 年，重庆各界纪念蔡先生逝世三周年，我才赶写一本《蔡元培先生传记》，由重庆商务印书馆出版。从那以后，我无时不想到蔡先生生前的嘱托，无时不为《文存》的流产感到遗憾。但是多年来，我奔波于国内外，生活动荡无常，材料不易集中，使得我无从着手。”高平叔重新着手蔡元培的研究是从1979年开始的，一直到他1998年辞世。他是南开大学卓有声誉的国际经济学教授，但从1979年开始，他放弃了自己的热门专业，而专注于蔡元培研究。历史学家陶英惠这样感慨高平叔的践诺：“他这一生，几乎皆为蔡先生奉献，这样执着的‘傻子’，真是举世难找第二人！蔡先生何其有幸，在晚年获得这样一位知己。”自从1935年蔡先生嘱托高平叔为他编文集和传记，63年来，高平叔编著出版蔡元培全集、选集、注释本文集、年谱、简编等近40册，计1400余万字。高平叔先生为蔡元培研究孜孜以求，重诚守诺，奉献终生，其道德文章也在学术界树起了一座丰碑。

金街岭大夫第的第八世孙黄孝岗（1931—2017）曾在江西省文化部门任职多年，他生前热心大夫第黄姓家族历史资料的整理与挖掘。黄孝岗先生曾写过一文《两块金匾的故事》，说在他少年时见过黄家大院厅堂上挂着两块金匾。右边一块匾文为“画荻从心”，上款嵌书“洪宪元年邵老夫人七十寿庆”，下款为“姻晚蔡元培敬贺”。左边一块匾文为“彩映萱堂”，上款署“贺婶母邵老夫人七十寿庆”，下款为：侄教育部主事黄世晖敬贺。黄世晖为黄仲玉的大弟、蔡元培的“善管家”。“洪宪元年”是做了83天皇帝梦的袁世凯的唯一一个年号，时在1916年，实际上是民国五年。是年，黄仲玉和她的父亲黄炽昌都在世，说明晚年的黄炽昌与大夫第家族是有礼尚往来的，以至女婿蔡元培也以“姻晚”身份为叔岳母邵氏贺寿。这两块金匾后被剔去匾文金粉而劫后余存，1978年，黄孝岗先生还在老宅楼阁上见过原匾。2002年，黄家老宅部分改建，匾被废弃，不知去向了。

在此，不妨原文转录《两块金匾的故事》的后半部分，来感受蔡元培的岳丈黄炽昌的后裔与都昌故里的绵绵不绝的亲情。

我推开院门，见一位面相很熟的老人看着我，好像是想要问我什么的。我心想：这可能就是黄纪祥，他长相与我父亲、我伯父非常相似，一眼看去就知是“自家人”。我急忙自我介绍说：我姓黄，在江西省文化厅工作，老家是都昌大夫第……我话语未完，他老人家就激动地说：“我就是黄纪祥，你们是老家来的人啊！真想念你们！真想念着老家，不知老家是个什么样！”坐下来后，我简要地介绍了都昌老家的情况。黄纪祥（长我一辈尊称他祥叔）介绍他们情况后说：多少年来，无时不在思念着家乡，总联系不上你们，现在你来了，真好，真不容易地找到我们。我祖父黄炽昌参加太平天国农民起义军离家后，已是有三代人没有回过老家，无时不在想念家乡，不知家乡是个什么样的情况，晴天晒衣服都是面朝着南向。至今我们户口簿、单位上的履历表籍贯栏还是填写“江西都昌”。七弟纪泽在西班牙还开设一家“都昌”中国餐馆。我祖父（尔轩）自太平军战败后流落在浙江杭州、绍兴等地，以教私塾为生，子女众多，生活困难，自二姑（仲玉）与蔡元培结婚后，生活才慢慢地好起来。民国政府北迁后，全家也随之从杭州迁到北京。现我们世晖一族有的在法国巴黎，有的在西班牙。在京的有大哥一家随女儿在原总参谋部住。纪瑛姐在故宫博物院工作，现也已退休，一生未嫁。表兄蔡元培之子蔡柏龄仍在法国居里夫人原子能研究所工作，没有加入法国籍。第二天，纪祥叔特地约定了纪瑛姑及全家人再次团聚，畅谈早年往事，特别是谈及早年蔡元培、黄世晖（黄纪祥父亲）祝我曾祖母七十寿庆送的二块金匾尚在时，祥叔特别激动地说：“这是先辈们留下来的文物，定要好好保管收藏。正是有这二块金匾，我们离乡100多年后的今天，才可以见面团聚。”自此以后，我又与法国、西班牙亲属有了联系，去过总参孝严家看望了大伯母。北京孝国，法国黄尊、黄纲等人多次回都昌寻根拜祖，瞻祖居“大夫第”老屋和我家保留下来的二块金匾。重修了祖坟。可谓氏族佳话。但遗憾的是，有近100年历史的二块金字大匾，于2007年我小弟在建新房时毁没无存了！

在蔡元培先生当年任校长的北京大学，如今有近十位都昌骄子在这所中国一流学府任教。2018年7月14日，都昌北京商会、北京大学万柳学院主办了一次蔡元培夫人黄仲玉女士140周年诞辰的纪念活动。在“文化之邦”都昌，蔡元培研究日渐成为一张文化名片……

五、湖光山色

54. 西源乡塘口段村:在湖之西

【家训家规】敦孝悌、睦宗族、立业本、慎交友、调弟子、尚勤俭、遵法律、戒争讼、禁非为。

地处都昌县东南部的西源乡,其四方的地域描述通常是:东隔西湖,与万户镇相邻,南隔鄱阳湖,与鄱阳、余干两县相望,西与周溪镇接壤,北与三汊港镇相连。"西源"的得名缘于境南有西源畈,一个"源"字引出的是斯乡的滨湖,一个"畈"字,指向的是平缓的丘陵地貌。的确,西源乡多源头活水而无崇山峻岭。

濒湖的西源乡,自古大规模以打鱼为业的是沙塘、塘口、长溪三个村,单就地名,是通了水义的"塘""溪"之类,其实所居一侧是中国第一大淡水湖——鄱阳湖。塘口段村2007年会修宗谱时载录的人口是2540余人,12年过去了,村里人说,塘口现在有2800余人,这当然包括在外生活的塘口籍人。

在《京兆段氏会修宗谱》上,记载着都昌段氏的繁衍脉络。都昌段姓承袭"京兆世家",尊唐初的段至中(604—695)为一世祖。段至中的父亲段健为饶州(今鄱阳)牧,段至中随父在饶州读书。生性僻静的他某日闲游莲花岭,见其突兀巍峨,在此构静室、滤静心而居,这里便成为鄱阳湖周边地区段姓的发祥地。段姓有"无田不姓段"之说,其来历是段至中的后裔为序昭穆、辨亲疏,将鄱阳湖区段姓划为三十六田,仅都昌就有十一田。都昌一些带"田"命名的地方,往往能找到不少段姓村庄,比如盐田、大田等地。都昌的贤里(今三汊港西湖村委会辖地)对于段姓来说,是一方寻根之地。"贤里"旧称"新城里",后改"贤里",牵出段姓人家的一段荣耀来。段至中的八世孙段安八(约生于884年),于后梁太祖开平四年(910)参加比武招贤,科场连捷,登武进士,为太祖朱温所赏识,累官至后梁招讨使,后因病告老还乡。后唐闵帝念其忠勇,于应顺元年(934)大诏赐其故地新城里为贤里。塘口段村属三十六田中的"西田",其兴村祖先是元五二公，南宋端午年间由贤里徙居塘口，距今约780余年(一说500余年)。

跨入塘口村的气派门楼，但见村道旁有一块石块彰显着塘口村的品牌：江西省省级生态渔业村。这是2018年10月江西省环境保护厅授予的。

塘口村的村容村貌给人以赏心悦目之感，这主要得益于1998年之后的移民建镇。塘口村村民的老房宅大多建在石牌湖的岸边，沿瓦塘两岸布局，龙神坳贯穿南北。1954年的那场洪灾，使少数村民迁往下岸。1998年百年不遇的洪魔肆虐之后，党和政府实施移民建镇政策，塘口整村迁往现在的干垅一带。时任都昌县人民政府县长甘智德亲自主抓，将塘口村建成移民建镇的示范点。体现高位推动、高品质建设的一个举措就是，建房前先请南昌大学的师生为塘口村移民建镇做科学规划，第一批、第二批移民建镇农户严格按照规划建房，才形成了今天塘口村的合理布局。20余载过去，原来的老村址，铺展在通往湖边的一条水泥道旁，从茂密的树丛中，隐约可见一、二幢废弃的老屋掩映其间。

塘口村的村容村貌，随着时代前行的步伐，越来越新，更新的当然还有越来越美好的生活。在村民的精神世界里，对湖区民俗文化的挚念始终没有变。1944年出生的退休教师段万忠，在塘口小学任教30余年，作为渔村的"文化摆渡人"，他对此感触更深。每年的正月初一上午，全村人集聚湖边广场"拜谱年"，以这种方式缅怀祖功，传承家训，凝心聚力，祈福未来。村头临湖有座庙，曰"水府庙"，村民按户每天轮流为庙中的天灯添油、焚香、滤茶，奉上敬畏之心。老一辈渔民传下来的祈福昭告是，要是村里的渔船碰上月黑风高、惊涛骇浪的恶境，便奔向家的港湾。水府庙火光炯然通明，俨然是湖岸边的航标，导引着塘口人逐光而回，平安抵岸。2007年，塘口村筹资60多万元，在老庙临湖一侧重建了一幢飞檐红墙的水府庙。它承载着一种永不流失的湖区文化，成为村民祈福的一方圣地。

在塘口厚重的村谱里、在入村的宣传长廊里，都有一份"村史简介"，提及数位自清以来的"塘口名人"。其实村史上寥寥数语提及之人，每个人的背后都有一部家国相连的个人命运史。塘口村的年轻人也许并不清楚这些"名人"的精彩故事，但在耄耋之年的老党员段庆柏的讲述里，一个个逝去的塘口人卓然而立。

在清朝，塘口出过两个武功不凡之人，一个居庙堂之高，一个处江湖之远。

段远臣是朝廷的武大夫，是爱新觉罗氏身边的“近臣”。传说段远臣从小在塘口拜师学得一身好武功。有一次，皇帝观看段远臣与另一个武士的比武，遭到主裁的武官的有意打压而屈败。比武的阵势是“一静”“一动”：“静”的是比踢地上牢牢固定的木桩，与另一方串通好了徇私情的武官让段远臣先踢，木桩在被重击后纹丝不动，但却撼动了根基，对手再作老鹰展翅状大“嗨”一声，便将木桩踢翻于地。“动”的是比擒虎。这回武官让段远臣的对手先上，武松打虎式的几番掀扑，制服了老虎，赢得喝彩一片。武官接着让段远臣上，虎威在第一个武者的倒腾后被激发了，老虎吟啸，骁勇无比，徒手的段远臣只得望虎生叹，自甘败阵。一动一静试比武，一前一后有玄机。据说因为这次比武落败，段远臣的官职受了影响，后来只做了个押军粮的武官。其实段远臣擅长的武功既不是踢桩，也不是擒虎，而是抡大刀。段远臣手中的大刀传说有八十斤重，他回到塘口，恫吓村里的孩童：“不听话，就削了你的头！”段远臣言毕，挥刀而去。小孩和家长早已吓得脸色煞白，但见挥刀之后，地上飘落一绺童发，童身却肌肤无损。段远臣第一次上殿见皇上，见面礼就是耍大刀。他的青龙偃月刀的刀尖上系着铜铃，挥起刀来，铜铃顺环而动，伶俐空转，竟至销声，堪称绝功。那次在皇帝面前耍大刀时，段远臣在一丝恐惧中分神，只因多看了“万岁”一眼，铜铃发出数下声响。就是这样，也把皇上看傻了眼，连称：“奇功！奇人！”

塘口村另一个武功了得的人叫段本梅，如果说段远臣的武功用来卫国，那么，段本梅的武功就是在乡间来保家。常言道“湖里无理”“势管青山力管湖”，世代打鱼为生的湖区人，骨子里所呈现的那份剽悍，多半是生存环境造就的。在浩渺的鄱阳湖，周边各县每一个村庄的渔民，都有相对稳定的专属区和共享区，石牌湖的核心区便是塘口人的专捕区。“石牌”，是湖中自然生成的上、中、下三方岩石，是湖疆的界牌。水退时，塘口人站在自家门口，就能看见“石牌”。外村人与塘口人因石牌湖发生湖权纷争，外村人抱团将渔船占满了塘口段姓的石牌湖面，塘口血性的 17 条好汉，情急之下，无以标示，皆赤膊上阵，肉身为识。这场械斗致塘口村段本梅等五人死亡，伤者若干，段本梅中 35 枪，可谓悲烈。关于这场湖权纷争，塘口村的碑亭上记载为“大清同治十五年五月十八日”。清同治年间为 1861 至 1874 年，记世 13 年，显然塘口的此处记载系笔误，“同治十五年”实则为光绪二年，即 1876 年，距今已 143 年了。在塘口也有关于段本梅死于徒弟之手的故事版本流传。据说段本梅擅长的武术之器是钯镲，他用钯镲一压,对方的棍棒被倾轧大片,让人无处近身。有一回,他教的一个外村的徒弟诚恳地请教他如何破此招,他兴致勃勃地说:“破我钯镣,只有一法,就是用两尺有余的毛竹,削尖来,四五个人持竿团团围住我,竹竿既长且滑,钯镣伏压不住,便无反手之功了。”这个徒弟在那次纷争中,就是用师傅教的此法夺师傅于非命的。

民国时期的塘口人段万杰,曾任长江水陆军运处主任,跻身国民党少将行列。段万杰是民国时曾任江西省政府主席、国民党二级上将曹浩森(都昌周溪牌楼人)的女婿,其妻叫曹兰茵。段万杰是个很有家乡情怀的人,他给村民买来枪支,组织治安自卫队,强盗从不敢进塘口村逞凶。段万杰有个弟弟叫段万倜,是中国科学院地质研究所的专家,有《地质力学的创立与应用》《庐山第四季冰期研究的新认识》等著述传世。段万倜做过著名地质学家李四光的秘书,他与人合著过多种版本的《李四光传》。段万倜生前到过塘口村数次,当年担任塘口村委会书记的段庆柏接待过段万倜。段庆柏至今记得段万倜身穿中山装,看见村里可怜的村民会捐赠钱物。二十世纪八九十年代,段万倜为都昌芙蓉山矿泉水题词“江南第一水”,满怀深情地推介家乡的优质矿泉水品牌。塘口是地质学家段万倜魂牵梦绕的故园,家乡的乡亲曾救过他一命。那是在发生南京大屠杀的 1937 年,正在南京求学的段万倜被日寇关进了一所学校,驾着渔船停泊在秦淮河的塘口村渔民段远福得知此事,第二天装扮成卖菜的农民,混进了关了一大群人的学校,悄悄接近段万倜,并让他换了行头,挑着菜筐逃出了魔掌。不然,段万倜很有可能成为当年南京大屠杀中 30 万亡灵中的一位。段万倜在北京去世后,塘口村的乡亲前去送别。

塘口村人段远高(1900—1976),又名段茂发,是中国陶瓷界的一代宗师。段远高早年因家贫,来到景德镇学艺,艺成后在金家弄开设“茂发瓷器”,生产并经营古彩瓷。段远高毕生致力于古彩的研究与创作,成就卓越,被陶艺界誉为“古彩大王”,曾荣获“全国劳动模范”称号。塘口村不少莘莘学子信守知识改变命运,放飞着各自的人生梦想。

塘口,在湖之西,在“田”之西。如今的塘口人,经春夏秋冬,历东南西北,让幸福生活的飞舟奔向诗和远方……

55. 周溪镇蔡公汊曹村:鱼非渔的故事

【家训家规】“龟山曹氏”有家规言:宗族不可不睦也。邻里有匍匐之情,亲戚等藩篱之卫,况宗族乎!其有同室而戈矛,一体之牙角,皆见弃于圣贤者也。有无相济,缓急相须,鳏寡孤独相恤,和气致祥,吾宗之幸也。

“鄱阳湖上都昌县”所辖24个乡镇的取名,含“溪”字的有两个:一曰周溪镇,一曰芗溪乡。淙淙“溪流”所指向的是浩渺的鄱阳湖。“溪”所纳汇的是“汊”,比如在周溪,就有涛古汊、景家汊、蔡公汊等。蔡公汊自然是状摹港汊的地名,但同时又是一个村庄的名字。蔡公汊村不姓“蔡”姓“曹”,至于村名的由来,一说是当年朱元璋与陈友谅大战鄱湖时,陈友谅在此设置了检测弓箭兵器弩力的地方,“测弓”谐音成了“蔡公”。而1928年出生的曹正标老人的记忆是,蔡公汊村所在地早先是姓蔡的人家居住,后来因为战乱和瘟疫,蔡姓人家匿迹。周溪镇至今也没有蔡姓村庄。90岁的曹正标说,“蔡公”当年的居住地就是蔡公汊曹村的老祖堂所在地,1954年一场大水浸塌了祖堂。一方水土呈现一方乡俗,在都昌,同是滨湖乡村,南峰、芗溪、万户一带的祖堂兼具村民文化活动中心功能,动辄造价上百万元,有的造价300万元以上。周溪镇的村庄很少有兴建祖堂的风俗,蔡公汊曹村的祖堂在1954年的洪水肆虐中毁圮,之后没再重修。2014年,村民筹资在村东的老“天灯庙”处,新建起一座背湖面道的“蔡公汊天灯宝座”,用作村民逢年过节尚祀祈福之所。

“靠山吃山,靠水吃水”,道出的是一个地方的资源优势与生存方式的关联。农耕时代浩渺的鄱阳湖,成就了富庶和繁盛的“鱼米之乡”周溪。现今,在“呵护一湖清水,建设生态家园”的绿色崛起浪潮里,鄱阳湖的渔业有了法定的每年3月20日至6月20日为期三个月的“禁渔期”,有了政府给予渔民的从业转型的补贴,有了相关部门对掠夺性渔具捕捞的重拳出击,有了新时代“乡村振兴”战略里的产业兴旺。“洗脚上岸”成了渔民不再以捕鱼为生转寻他业的形象说辞。蔡公汊三面环水,历史上是典型的水乡渔村,其实蔡公汊村民在90年前就基本完成了“洗脚上岸”的转型,不再以捕鱼为生。“靠水吃水”的蔡公汊人弃置了水里的鲜鱼，最初转身选择的是水里的贝壳。不少村民用贝壳切割成纽扣的毛坯，有的进而加工成纽扣卖钱，也算蔡公汊人弃渔之后，生产的第一粒“纽扣”。蔡公汊人由渔而工，在水乡的波光粼粼里折射的是生活的无奈，更是诚信的恪守。老一代的渔民在停泊于港湾里的渔船船舱里，讲述着一个传奇的故事。

对于周溪、西源一带的曹氏宗族来说，西源塝上枣树下，就是他们的“大槐树”“瓦屑坝”，绝大多数曹姓村庄寻根问祖都可以溯源至此。故事所涉及的“四曹”祖先的谱系是这样的：西源沙塘塝上曹家，立村祖先为南宋时的曹丙一（1206—1274）；周溪梅沙曹家，立村祖先为曹丙一的四世孙曹均美之孙曹钜（1391—1452），明正统元年（1436）由塝上枣树下迁莺咀；周溪箬堑曹家，立村祖先为曹丙一的九世孙曹天锡（1539—1610），明隆庆年间由塝上枣树下迁涛古汊；周溪蔡公汊曹家，立村祖先为曹丙一的九世孙曹贵（1452—？），明弘治年间由梅沙咀迁入古塘蔡公汊。此“四曹”历史上的捕捞区都集中在鄱阳湖竹筒湖水域，湖里“无理”，难免发生纷争。“四曹”的族长共同商议，采取抓阄的方式，确定各自的捕捞方式，互不干扰，各得其所，一旦定局，践诺而不逾矩。

宁可他人负我，不使我负他人，于是抓阄。塝上曹家抽到的是“白船为捕”。这种捕鱼方式是将船舷两侧的木板刷成耀眼的白色，渔民行船时用竹篙敲击白板，光线的折射和响声的驱使，搅得湖里的鱼跃出水面，跳入船舱，渔民往往满载而归。箬堑曹家抽到的是“巨网为捕”。这种捕鱼方式是撒开大网，网罗天地，鱼难插翅，一网尽收。梅河曹家抽到的是“滚钩为捕”。这种捕捞方式是用细绳系着一排的鱼钩，钩长 5 厘米许，俗称“滚钩”。船行钩拽，鱼被钩住，越挣越深，入钩者众。到了枯水季节，渔民磨饰滚钩，使其锋利。蔡公汊曹家抽到的是“耙网为捕”。这种捕鱼方式是渔民持一长篙捕鱼，渔网系于竿身，下坠鹅卵石。水满鱼丰时，由于网高不过一米，无法在深水区捕鱼；只待下半年水浅季节，贴近湖底拖网，状如耙田，故称“耙网”。无奈吃力不讨好，所获无几。故事的另一个版本是，参与抓阄的还有周溪虬门曹家，其立村祖先是曹均美的幼孙曹缙。虬门曹家抽到的是“扳罾为捕”，这种捕鱼方式更为原始，收入篓中的尽是小鱼小虾。“倒逼”的效应自古就有，虬门村如今成为都昌作为“中国淡水珍珠之乡”的一抹亮色。

蔡公汊落后的耙网捕鱼，使村民在大半年丰水期被囿了手脚，不能下湖捕鱼，以渔谋生难以为继。蔡公汊人性格中的“践诺”“悍直”，让他们宁愿选择

“临湖羡鱼,退而封网”,也不去改变捕捞方式,违背祖训而有负同宗。蔡公汉人性格中的“悍直”基因融入血液,这可以从村民口口相传的蔡公汉的一个史例中得到印证。1910 年,蔡公汉曹家与邻村曹家据说是因为孩童之间的瓜田小事,发生争执,最终酿成刀光剑影的人命案,以致同是湖区人的两村一时结下冤来。其实两个村庄有太多的和睦相处的纽带:地缘相近,同属古塘村;亲缘相通,同为一族祖。现如今,蔡公汉与邻村曹家已“相逢一笑泯恩仇”,村民们融洽相处,共享盛世。

蔡公汉村现有村民 120 余户,500 余人。现任村民理事会理事长曹玉鹏平日里在当地以安装水电为主业,他把蔡公汉人近百年弃渔后的“业态”,粗略地划分为“四部曲”:民国时期加工纽扣;中华人民共和国成立后的生产队年代,全村人在百余亩的土地上耕守,人多地少,故泥工、木工、篾匠、桶匠等手工业者很多;改革开放春风吹,村民外出“打工潮”兴起,同时村里的珍珠加工业勃兴;跨入新世纪,贝壳装饰业异军突起,最早在外闯荡的一批人创业有成,一展企业家风采,有的在深圳兴办的电子产品企业,做成了上市公司,更有年轻一代在各行各业孜孜以求,逐梦前行。中年曹玉鹏行走在村落里,家园的变化令他兴奋。1998 年移民建镇后,村民大多建起了楼房,远离了水患。他小时候就读的村办小学,曾经书声琅琅的瓦屋已被废弃,藤蔓爬满门窗,见证了时光的斑驳。2000 年,在村东的焦堑圩堤和门守圩堤之间,镇政府建起了自来水厂,源源不断地为周溪镇 6 万余人提供生活用水,村里一些村民在水厂务工也能得到“家门口就业”的一份收入。村后繁茂的“七子樟”,让生态之美蓬勃呈现。正在修建的三周公路 2018 年底已通车,这条民生路、致富路从蔡公汉村前经过,通往泗山方向,那里是“沉鄡阳、浮都昌”的起始地。

有人说,世上本无路,走的人多了,也便成了路;又有人说,世上本有路,遇水架桥、逢山开路,联通起千万条坦途,只等着人去走。蔡公汉人在新时代奔向小康的大道上,演绎着更多的精彩故事。

56. 周溪镇冷饭咀邱村:那场战　这些名

【家训家规】新"邱氏家训":行仁德,重道义,懂礼法,有智慧,守信用,要忠诚,尽孝道,好友爱,乐善施,求福寿。

一

一部取名为《鄱阳湖大战》的电视剧开拍前在江西、北京等地力推文旅项目。"鄱阳湖大战"取材于距今656年前发生在鄱阳湖水域的朱元璋与陈友谅的那场生死之战。在都昌民间,有"大战鄱湖十八年"之说,其实历史上关于这场战争的鏖战之期,有准确的记载:1363年农历七月二十日至八月二十六日,前后37天。决战以陈友谅中箭身亡,朱元璋完胜而告终。"鄱阳湖大战",被描述成"中世纪世界规模最大水战""中国历史上继赤壁之战后的又一个以少胜多的典型战例"。

在北宋就被大文豪苏东坡吟咏的"鄱阳湖上都昌县",所辖的鄱阳湖水域,几成鄱阳湖大战的主战场。地处都昌的"松门""左蠡"等地名,被关于这场战争的众多典籍所载录。都昌民间,流传着许许多多朱、陈大战的故事,很多的地名,也可溯源于这场大战。都昌县周溪镇马山村委会冷饭咀村,就是因为这场战争而得名。

冷饭咀村有新冷饭咀和旧冷饭咀两个邱姓村庄。都昌邱姓承袭"忠实世家",很多姓氏的"世家"来自地名类的郡望,而邱姓的"忠实"彰显的是品行。南宋光宗绍兴年间,丘汤卿(1104—?)由庐山青竹涧迁至都昌三山瓦屑坝,其长子丘谷(1157—?)于南宋光宗绍熙年间由三山瓦屑坝徙居二十三都黄金乡大田社(今大港镇大田村辖区)。丘谷之子丘山甫(1204—?)又名丘岳,官至淮制置使,曾率军在扬州与元军作战,屡建战功,宋理宗御书"忠实"二字褒奖,"忠实世家"自此冠于都昌邱姓祖祠。南宋末年,丘岳率军护驾,转战于福建龙岩、上杭等地。宋灭后,丘岳的亲兵溃散,丘岳潜归家乡,繁衍生息。"邱"作为姓氏原写作"丘","丘"改"邱"始于清雍正三年(1725),是为避圣贤"孔子"(名丘)之讳而改的。谕文曰:“朕以先师孔子圣,理应回避,前降谕旨全九卿会议具奏,经九卿议复,凡系姓氏,俱加阝为‘邱’字……庶手允协,足副朕尊崇称师至圣之意。”

1935 年出生的新冷饭咀村民邱修兴老人对“冷饭咀”村名的来由谈及两个版本,确凿无疑的是,两个版本都指向“鄱阳湖大战”。一种版本是,朱元璋的部队驻扎在冷饭咀村那时所处的临湖开阔地带,有 48 个状如砖窑的“烟墩”,是士兵的营房。某次战役,朱元璋的部队正在用餐,陈友谅部突追而来,士兵放下釜锅,拿起戈戟迎战,杀退追兵回到营地用膳,热饭已成冷饭,村名后来取名为“冷饭咀”。另一种版本是,朱元璋的战备后方在距离驻扎地 4 里多路的下湖,从下湖兵灶处每次送餐至此,热饭变成了冷饭,由此命名为“冷饭咀”。在周溪集镇文化广场的长廊碑刻上,关于“冷饭咀”之名有这样的叙述:“士兵百姓成千上万,来炊之事尽在冷饭咀湖岸广阔地带。由于战事紧急,风餐露宿,凉菜冷饭遂成家常便饭,于是冷饭咀的地名便因此定格。”

二

冷饭咀所在的周溪镇马山村委会现有人口 4300 余人,人口仅次于周溪镇虬门村。马山村由 15 个自然村组成,东片“东五门”有藏军汊邱村、口头邱村、五房里曹村、焦堑曹村、湖子湾曹村;中片有吴万高、陶架、枫林山曹村;西片有新、旧冷饭咀,东、西湖下垅张村,上、下冯村,禾场山江村。一如“冷饭咀”村名来源于“鄱阳湖大战”,马山村委会的“藏军汊”“禾场山”村名皆源于那场战争。

“藏军汊”相传是朱元璋曾于此处港汊藏军,故名。藏军汊村 1998 年遭遇百年不遇的洪灾后,得政府移民建镇之惠,从湖边低洼处搬迁至现在的村址马山垴。藏军汊后来改名为“王公汊”。王公汊的建村始祖是邱秉韶(1411—1491),明正德年间由花门桥(上楼村)迁至禄桐山;冷饭咀的建村始祖是邱道坚(1511—1572),明嘉靖年间由邱家垅迁至黄圮埠。接世系相叙,两个邱姓村庄都是山甫公的后裔,只是藏军汊的始祖比冷饭咀的始祖早了九代。

禾场山村村民姓江,现有村民 280 余人。关于“禾场山”的得名,周溪集镇的“地名攻略”碑记载:“朱陈鄱湖逐鹿,朱军征夫征粮急如星火。适值禾熟,朱传令将收割之禾运至当今禾场山处脱粒、砻米。此地滩涂辽阔,可码放数百担禾——禾场山由此扬名。”1930 年出生的江忠平老人是一名老党员,初级社时任社长、高级社时任治安主任,马山大队成立后任副书记。江忠平老人讲起“鄱阳湖大战”时神采飞扬，对另一个地名“胜之峦”的来历津津乐道。胜之峦在邻近的大屋刘村。某日，陈友谅部追杀朱元璋部至后湖，远远地听见铳炮掀天，红色的“炮筒”在烟雾缭绕中隐约可见。陈友谅惧怕朱元璋叱咤一时的兵力，不战自退，朱元璋反败为胜，将此树峦命名为“胜之峦”。其实哪有什么“炮攻”，当时是村民抬着红色棺椁治丧的阵势。

三

冷饭咀、藏军汉、禾场山，这些村名的由来，皆与那场大战相关，给这些村庄平添了几份厚重的历史底蕴。马山村委会主任邱顺孙是藏军汉人，这位曾经的军人 1983 年至 1986 年以英勇的炮兵姿态，在战场淬火三年。他退役后致力于家乡的治理，曾荣获九江市优秀村民理事会理事长称号。邱顺孙谈到“马山”之名时，做了一番解读：当年此地或许就是朱元璋的马场。

马蹄声远，鄱阳湖大战的硝烟已远去 600 余年，一代代冷饭咀人的生活在延续。

冷饭咀临鄱阳湖，却世代不以渔为生。因为冷饭咀的祖先在建村时没争得湖港之份，也就没有属于自己的捕捞水域。1949 年前，冷饭咀种的烟叶远近闻名，成色上乘，使得烟叶加工户纷纷上门抢购。1949 年后，那时村里人少地多，人均一亩多地，水利条件好，棉花年年丰收，让村民笑得合不拢嘴。1998 年移民建镇，村民的新居建在村东垴上，占去不少田地，现今添丁加口，人均不足 4 分田地，冷饭咀村民大多外出务工，就业创业。幸福是奋斗出来的，村民们的盘中餐天天热腾腾、香喷喷。

57. 周溪镇下湖张村：湖光望极天地宽

【家训家规】张姓有“百忍家声”之说。《唐书·孝友传》序载：张公艺，九世同居，高宗有事太山，临幸其居，问本末，书“忍”字百余以对，天子为流涕，赐缣帛而去。张公艺是张氏第111代世祖，为人急公好义，乐于助人，待人处世，胸襟坦荡，深知小不忍则乱大谋，告诫后裔当忍则忍，忍者有益。

因战扬名

探寻周溪镇下湖村委会下湖张村村名“下湖”之源，要先来溯“周溪”镇名之源。元末时的周溪之域，双溪并行，中夹一洲，名“洲溪”。明万历年间，洪水毁洲，双溪合一，村民居北埂，埂为溪所绕，故名“周溪”，既为“洲溪”之谐音，又状“周身绕水”之意趣。“周溪”意名之说，在同治版的《都昌县志》卷三十六“寺观”载录中，有另一种版本：“（周溪寺）在治东八十里新城乡，唐僧赞建，其地河水环绕其名。旧在泗山，后改建青云坳下。”

周溪镇三面环鄱阳湖，是有名的“中国淡水珍珠之乡”。周溪镇所辖的村委会缀“湖”而名的有四分之一，分别是下湖、后湖、输湖、黄湖、盘湖5个村委会。“下湖”的得名，源于1663年朱元璋与陈友谅的那场鄱阳湖大战。某日，朱元璋亲率一支人马从陆路行至湖边，迎战陈友谅部。朱元璋挥鞭下令：在此下湖！此地自此曰“下湖”。马队奔湖而来的途径，称“跑马道”。从双垅通下湖的三周公路那一段，就是朱元璋当年驰骋的“跑马道”。在下湖村，流传着不少与朱元璋有关的传说。某役，朱元璋在指挥战事时行船搁浅，紫金冠掉入湖中而不得。方士传出话来，需十个亲兄弟齐发力，才有机缘捞取这价值连城之物。邻村的九兄弟外加一个姐夫，驾着大船，撒开大网，跃跃欲试，誓言获冠。金冠眼看浮出水面，老大吆喝一声：“姐夫，攒劲用力！”这一声吆喝透出“十兄弟”有假，外杂了一个“内兄”，但见金冠漏网而没，再寻不得。下湖村北面的泮池、西面的输湖，其得名皆与朱元璋的传说有关。

鄱阳湖大战的硝烟散去189年后，当地渔民张延高的独子张舜文在明代嘉靖年间由周溪上岸盂浪湖村(现湖下咀村)迁至下湖建村。下湖村历史上的几次近迁皆因湖起。村址起初在村西的龙头山附近,傍湖而居。70 多年后,湖水满溢,张舜文的孙子张国麟带着其子张正文,举家迁徙至村东,倚山而居。1954 年那场大水,使部分村民搬迁至刘家山下避洪而居。1998 年那场洪灾之后,国家实施移民建镇,不少村民迁建于蛇盘头附近。下湖村历史上又名下岸、厦屋、大兴垅,现有 1200 余村民。

有塘“扬德”

下湖村村中有口池塘,原名叫“杨家塘”,早先是杨姓人家的居住地,现在叫“扬德塘”,合了“弘扬美德”之意。此塘 20 多年前一度淤塞,近年来修葺一新。下湖村人无论老幼,都能讲出这口塘的一些传说。

故事发生在清代某一年待考之时。一说看风水的地仙察探到下湖村腰斩了他家祖坟的龙脉,一说地仙在下湖张村受到了轻辱,于是起心报复。地仙明知下湖村所处是块宝地,他鼓噪下湖人在村东挖一口塘,村西挖两口塘,才能风生水起、兴旺发达。村西两口塘,是在凤凰双眼的位置,挖至深处,溢出血水,村民称之“上碗督塘”和“下碗督塘”。村东一口塘所处是凤鸡的腹部,挖出两粒田螺,是腹部所孕育的“官”之体——塘底一粒螺,下湖一位“官”。田螺被无端离了生命之源,甚至遭到石灰的腌灭,弃之荒野。地仙的歹心是,未来的下湖村人的“官运”也被连着扼杀。侥幸的是,有两个妇人各取了一个田螺放生至杨家塘。若干年后,下湖村出了两个秀才,相传是那两粒田螺的变体。一位拾螺妇人的族裔出了一个文秀才,叫张圣义;另一位拾螺妇人的族裔出了一个武秀才,叫张圣清。

关于武秀才张圣清如何称雄武林,没有具体的文字传世。但是关于文秀才张圣义,有段文字记载。张圣义出生于清咸丰年间的 1885 年,曾在白鹿洞书院求学,写得一手好字和好文章。同时求学的富人家子弟施惠于他,请他代笔写文章交差,所以张圣义求学的费用是自己以才华挣得的。俗话说“秀才补得米,官在荷包里”,张圣义终生没入仕,英年早逝于乡间。传说张圣义与官场擦肩而过,是家人怠慢了县老爷。一日,县老爷骑马到张圣义家察访,拟荐张圣义入吏。县官下得马来,惊得张家鸡飞狗跳的,惹得张圣义之妻叱责。县官一怒之下打马回县,张圣义一生“廪空”。倒是他的满腹经纶见证犹在,其后裔张育奏是位退休老干部,曾出版地方文化著述《乡梦》,他家中至今还保存着曾祖父张圣义手抄的策论。

在下湖村,“扬德”之义历久弥新,一些民俗中也彰显着诸如勤俭、和睦的美德。下湖村的建村始祖张舜文当年筚路蓝缕,艰苦创业,平日里多是吃糠粑度饥,生活困窘。腊月二十六是乡间除夕前的“还年福”之日,张家煮了锅粥让孩子们饱餐一顿。后来生活日渐改善,但为了教育子孙常思一饭一粥来之不易,村民传承着“还粥年”的习俗。尽管如今下湖村人的生活富裕了,春节期间大鱼大肉也呈常态,但不少人家腊月二十六这日还采取焖饭蒸肉的炊事,让扬沸的粥汤与蒸肉一锅熟,以此留存住“还粥年”的乡愁。“撒帐”是流传于湖下村的婚庆民俗。由一名男主角和两名女配角在办喜事的主家厅堂喝彩,磬、鼓、锣、钹、铙一应乐器铿锵起来,音乐响处,手舞足蹈,东南西北、前后左右、上上下下,五谷物品各撒一通。新娘和伴娘用备好的米筛拦挡大豆、小麦、稻米一类。“撒帐后,好一个撒帐后,新人下面一个流水沟,一条黄鳝来戏水,两个螺蛳在后头”“撒帐南,好一个撒帐南,新人好比摆渡船,只要艄公执舵稳,哪怕狂风浪里颠”,诸如此类的“撒帐”彩词,在“偌么偌天溜,溜么溜天偌”的咏吟中,既有对男女婚事的纵情取乐,又有对新郎新娘美满幸福生活的良好祝愿。

极 湖 扬 帆

在新时代,下湖村人的“扬德”,融汇于社会主义核心价值观的培育和践行之中。螺蛳之殇连着村民的“官运”之畅,显然只是民间传说而已。一代代的下湖村人主宰着自己的命运,书写着各自精彩的人生。

在当下的下湖村,临床病理研究名医张文昌、物理学家张立为、享誉海内外的生物统计学教授张和平、航空航天专家张伦彦等名人名家辈出。下湖村重视对青年才俊的奖掖,从 1988 年起,对村里当年考取二本以上的学子,敲锣打鼓送荣誉匾上门,为后生励志。从 2016 年始,提升档次,改为当年考取一本以上的骄子享此殊举。2018 年,张立志、张妙妙、张璇分别荣录一本以上院校吉林大学、香港树仁大学、江西师大,得到村民理事会的奖励。据统计,历年来下湖村已有 15 人考取研究生,其中 4 人获得博士学位。下湖村的村民在各行各业,厚德立世。20 世纪 60 年代,村里的珠贝纽扣加工红红火火。近年来,建筑浇砼、机械铲挖、木器加工等行业独具特色,诗词会、广场舞、腰鼓队热闹非凡。中华诗词学会会员、耄耋老人张南华吟诗赞美家乡下湖村:“触目波湖观碧水,寄情岁月动津关。百鸟齐鸣歌胜景,千林苍翠舞青峦。”

宋代诗人蔡沈在闽山赣水间送别友人吟咏鄱阳湖时,有诗“闽山岂足展羽翮,湖光望极天地宽”。下湖人极目湖光,在宽广的人生天地里,扬名、扬德、扬帆……

58. 和合乡向阳湾(肖崖湾)詹村:坝内坝外

【家训家规】詹氏“家范”对“守卑幼”言:凡卑幼于长者,偶有纷结,须虚心下气,与之分理,即或有所质于尊长,亦须委心听理,毋得哓哓抗违,就尊长亦要秉公以剖,不得炎凉轩轾。

若隐若现的瓦屑坝

都昌县和合乡黄金村委会向阳湾詹村,又叫肖崖湾詹村。稍上年纪的村民清楚地记得,1984 年开始办理的第一代居民身份证,在“住址”处自然村显示的是“肖崖湾”,二十年后的 2004 年更换第二代居民身份证,“住址”处自然村显示的已是“向阳湾”。肖崖湾村的始祖叫詹邦锦,明代弘治年间的 1489 年由菱塘分居至此。“肖崖”是五世祖的名字,詹肖崖是个教书先生,不少弟子中了科第,被后辈尊崇。用了 500 余年的“肖崖湾”更名为“向阳湾”,大概的寓意是“向阳花木早逢春”的词意。如今的村民还是钟情于“肖崖湾”作为村名,村口的石碑标识的就是“肖崖湾村”,但“向阳湾村”已具有法理上的定名地位。

肖崖湾村现有村民 530 余人,所在的和合乡黄金村,作为“十三五”重点贫困村,2017 年已整村退出。如今的肖崖湾就是一个濒湖的普通村庄,肖崖湾在明代初期铸就过一段辉煌,辉煌的盛景是由“一砖”“一瓦”砌就的。

肖崖湾的“一砖”,指的是当地明初有 180 座官窑(一说 360 座),窑火的烈焰烧制了一船船厚重的城墙砖,运到洪武皇帝开基的南京砌了城墙。如今,细心的游客,特别是来自都昌的游客饱览南京古城墙时,可发现不少城墙砖上的铭文有“南康府”“都昌”字样。而这些古朴的城墙砖,650 余年前就烧制于肖崖湾。明代初年，朱元璋下令江南、湖广地区为南京城墙烧制城墙砖，那时朱元璋就在实行类似现在的“终身责任制”的管理模式。朝廷要求城墙砖烧制出来后，其产地所属的府州县、督造官吏、烧砖民工的名字信息都作为铭文刻在城墙砖上。多的铭文达 56 个字，以便一旦出现质量问题，倒查有据。南京城墙号称“世界第一城垣”，蜿蜒盘旋逾 35 公里，至今有 25 公里的城墙遗存保存基本完好。据南京明城垣史博物馆编纂的《南京城墙砖文》一书，附录的“明南京城墙砖产地表”载录，南京城墙砖的烧造，涉及 34 个府 180 余个州县，其中江西占 11 个府。南京城墙砖的三分之一来自“江西造”，都昌县所在的南康府赫然在列。小小的城墙砖，见证了那个时代的工匠精神，也在漫长的岁月中见证了历史。明城墙砖本身就是一部可读的历史，附载着许多历史文化信息。肖崖湾村中一棵百年古樟下，是村民理事会理事长詹秋生的老宅基地。老宅当年就出土过十多块城墙砖，每块长约 40 厘米、宽约 18 厘米、厚约 12 厘米，重达 20 公斤，有 4 行铭文。不少村民早年用收存的城墙砖来砌猪圈。

肖崖湾村的“一瓦”，指的是瓦屑坝。“瓦屑坝”，又称“瓦燮玲”“瓦西坝”“瓦集坝”等，就是用废弃的砖瓦在鄱阳湖边堆积而成的堤坝。后来的“瓦屑坝”成为与“大槐树”齐名的中国古代移民圣地，有“北有山西大槐树，南有江西瓦屑坝”之说。朱元璋 1368 年建立起大明王朝，为了有效治理国家，对因战乱、灾荒致人口锐减的皖、鄂地区进行大移民。瓦屑坝本是鄱阳湖畔一个古老的渡口，是明初江右民系移民安徽、湖北等地的集散中心。当朝官兵将被安排移民的对象聚集在瓦屑坝，然后上船，过都昌，经湖口，入长江，遣送至安庆府等目的地。因年代久远，移民后代随着传说递减，逐渐淡忘了具体的祖籍地，对故乡的眷恋定格于“瓦屑坝”。清代父子宰相张英、张廷玉，晚清风云人物李鸿章，北洋政府总统段祺瑞，中国共产党早期领导人陈独秀，中国两弹元勋邓稼先，黄梅戏表演艺术家严凤英等，皆是瓦屑坝移民的后裔。据历史学家葛剑雄考证，有 210 万移民从瓦屑坝乘船出发，开始了移民人生。很多史料载录，瓦屑坝具体定位于江西鄱阳县的莲湖乡，鄱阳是古饶州府的所在地。瓦屑坝见证了中国历史上大移民的壮丽情景，也目睹了移民激烈抗争的悲壮场面。近年来，瓦屑坝文化研究风生水起。2017 年底，鄱阳县本土作家程晖创作的长篇历史小说《赶散》，以小说的方式，对瓦屑坝文化进行了解读，展示出地域文化的魅力。

实际上，瓦屑坝不只属于鄱阳县。移民的祖籍地多分布在江西饶州、南康两府各县，都昌、乐平、南昌等地都有“瓦屑坝”之称。甚至有一种观点认为，当年的瓦屑坝就在都昌。合著过《中国移民史》的上海交通大学教授曹树基，2010年两度赴都昌考察鄱阳湖区的移民史。都昌一些姓氏的宗谱上出现了“瓦屑坝”的记载。都昌的“瓦屑坝”在肖崖湾，那时叫“砖塘湾”。当年设在都昌的官窑对制砖工艺要求严格，砖土要在泥塘里赶水牛踩踏，踩熟后才能制坯，“砖塘湾”应运而生。当年移民出发的瓦屑坝，经鄱阳湖泥淤积，被淹没得难觅踪影。肖崖湾在1998年那场百年不遇的大水之后，实行“平垸行洪，退田还湖”，向春坝横亘于门口堰之上，坝上堆积着丰水季节载运来的建筑用砂石。昔日的瓦屑坝早不见坝型，人们只可踏着湖滩在心底凭吊。肖崖湾的村民指着初夏一片碧绿、醉人的草滩说，从李公咀到陶基山，汪水的那方就是瓦屑坝。瓦屑坝已从人声鼎沸归于寂静。

亦真亦幻的“军师冢”

肖崖湾一代代村民，讲述着这么一个故事：肖崖湾始祖詹邦锦的五世祖有兄弟四人，分别取名德渊、德清、德溟、德海，兄弟四人与陈友谅的军师何野云相交甚密。朱元璋与陈友谅大战鄱阳湖，朱元璋的军师是留芳史册的刘基，又名刘伯温；陈友谅的军师是邹普胜，后化名叫何野云。陈友谅战败中箭身亡，何野云在肖崖湾村一带隐居下来。他精通玄学，善卜天机，懂土木之艺，靠给人堪舆行世。何野云问詹氏兄弟是要“财旺”还是“人旺”，詹氏兄弟称心慕“人旺”。何野云为和合一带的詹姓人家择良地而居，瓜瓞绵绵。何野云择吉地每每不同凡响，与肖崖湾紧邻的枫树詹村的一户人家，请了何野云定向择基而建。一年后，邻居家大火，连烧18间居室，偏偏这户人家丝毫无损。肖崖湾的四兄弟感念何野云为詹氏家族的兴旺所做的一切，嘱咐后世将他们的墓与“何军师”的墓并列一排安葬，且皆不立墓碑。这样詹氏后裔前来祭祖时，就不会对何野云这个他姓之冢弃而不祀了，以此作为对何野云的报答。五人并冢据说在李公咀的坟峦里，老一辈的村民还记得1949年前后，有一级级的石阶通往山峦，现在葳蕤的枝条已阻隔进山峦之道。

何野云也算元末的一个风云人物，“百度”可查到其人相关资料。对于他在陈友谅战败后的去向，史料载录的是何野云在兵败之后，担心遭到朱元璋的追杀，便化作乞丐，逃亡至潮汕一带。何野云本是道士出身，上知天文，下识地理，在民间称为“跳蚤仙”。潮汕一带建庙供奉野云仙师，当地人称他为“龙尾圣王”，当地也有何野云之墓。何野云的身世扑朔迷离。肖崖湾村民口口相传的“军师冢”言之凿凿，只等有兴趣的历史学家去考证真伪了。

在肖崖湾一带，有不少朱元璋、陈友谅大战鄱阳湖的遗迹。肖崖湾东南方向约 10 公里处，朱袍山的故事很是真切。朱袍山是鄱阳湖中的岛屿，由“猪婆山”改称“朱袍山”。“战败而名”一说称朱元璋在康郎山失利后，陈友谅一路追杀至此山，但见山上晒着一件湿漉漉的战袍，朱元璋已更衣悄悄地逃走；“战胜而名”一说称朱元璋在此山如遇神助，指挥与陈友谅交战势如破竹，大获全胜，朱元璋长舒一口气，这才发觉汗水已浸透衣袍，于是便脱下战袍就地晾晒。朱袍山附近有大小六座岛屿相连，20 世纪 60 年代，山上有十余户人居住，都是和合当地詹姓村庄派往山上看守祖业的人家。枫树詹村的詹来火在 20 世纪 70 年代，作为领队曾带着和合公社各大队派来的九位民工在朱袍山采石一年，岩石用船装运去筑堤除险。朱袍山十余户人家因山而聚居，村民的生活方式却是因水而渔。詹来火记得那时岛上请了个代课的熊老师，教四五个孩子读书。村民的四五亩菜地在与主山相连的一座小山上。朱袍山上的人生活出行十分不便，还时常遭先前强山一带渔民的侵扰。于是，朱袍山村民在当地政府的扶持下，先迁至大前何家附近，复迁至大前村现村址，有村民 30 余户。如今，四面环水的朱袍山因为特殊的地理位置和人文环境，成为鄱阳湖旅游观赏蓼子花、拍摄候鸟的好去处。

肖崖湾的瓦屑坝，在历史的深处若隐若现，“洪武赶散”的人潮中显出几多神圣；肖崖湾的“军师冢”，安逝的是漂泊异乡的灵魂，长存的是老表笃义的秉性，亦真亦幻处满是神秘；朱袍山上，朱元璋战胜也好，战败也罢，讲述的是“流血漂橹”的神奇。这一幕幕，演绎着一代王朝的构建、一顶皇冠的铸就。如今的肖崖湾，雄鸡啼晓、渔舟唱晚中，寻常人家在太平盛世生生不息。

59. 和合乡新朱山庄詹村：今昔朱袍山

【家训家规】詹氏家训十六条：训尔孝、训尔弟、训尔忠、训尔信、训尔慈、训尔让、训尔忍、训尔廉、训尔勤、训尔馆、训尔耕、训尔读、训尔庄、训尔俭、训尔宽、训尔严。

一

都昌县和合乡的朱袍山，在都昌着力打好区位、生态、文化、旅游“四张牌”，扬优成势特色发展的身段中，可以说是一袭亮眼的袍衣。

初冬季节日渐走火的都昌生态旅游，有两张亮丽的名片，一是蓼子花海，二是候鸟云集。朱袍山一带的花呀、鸟呀，格外得抢眼，这从当地媒体的游览攻略推文中可以体察得到。每逢秋冬之交，倘若久有晴天，没有水漫浸的湖滩便盛放着姹紫嫣红的蓼子花，湖面连着花海，蔚为大观。鄱阳湖上都昌县的县城印山岛、和合朱袍山、多宝马影湖、大树大沔湖、周溪棠荫岛是几处赏花佳地。只是2019年的这场花事，因为长久干涸的暖冬天气，蓼子花开得有点羞答答，朱袍山的袍衣少了几分花之艳。好在岁岁年年看花人，年年岁岁景不同。“鄱湖之美看都昌”已成为一句响亮的口号，初冬赏景，除了看花看鸟，西河千眼桥、大沔池瀑布也是胜景之一。再说观鸟，都昌县2016、2017、2018、2019连续四年举办“鄱湖驿站，候鸟天堂”全国摄影大展，天南海北的摄影家前来都昌拍鸟的聚焦点便在朱袍山一带。江西省继1986年确定樟树为“省树”、杜鹃为“省花”之后，2019年将白鹤确定为“省鸟”。2019年12月6日至10日，江西举办主题为“湿地滋润赣鄱·候鸟联通世界”的鄱阳湖国际观鸟周活动。都昌朱袍山到三山湖区这一带，已被列为省级候鸟保护区，成为全省最佳观鸟点之一。

关于朱袍山之名的由来有两个耐人寻味的故事。一种版本说650多年前朱元璋与陈友谅大战鄱阳湖，朱元璋在康郎山失利，败溃至此山，将战袍脱下晒在岩石上，造成朱元璋滞留于朱袍山的假象，真身已穿洞而遁。还有一种版本，说朱元璋在此山被骤雨淋湿了战袍，雨过天晴就地晾晒，重披战袍后，杀敌势如破竹。朱元璋做了洪武皇帝后，此山便称“朱袍山”。朱袍山还有个很俗的名字，叫“猪婆山”，状其形一如母猪带着五只猪崽；朱袍山也有个很雅的名字，叫“舟泊山”，意为倚山停船，是避风的好选择，风雨天久泊，山上还可助炊，这应该是文人墨客的一种谐音附会。

二

朱袍山是鄱阳湖中四面环水的小岛，岛上曾有一个詹姓小村庄。村民世代以渔为业，在朱袍山繁衍生息了300多年。

朱袍山其实由六座小山组成，当地人分别叫华山、泰山、横山、下山、独山、罗家山。山与山之间秋冬季节河道干涸时有坝堰可步行来往，春夏季节即丰水期，从这座山到那座山，则要靠行船。朱袍山上在清初就有人家居住，最早的村民是和合当地青龙嘴、三房、舍北、中间厅“四门”詹姓，每个村庄派一户人家上岛看山护湖的，世居下来便繁衍成了近百人的村庄。在水运畅达的古代，寂寞的朱袍山也曾有过繁盛之时。朱袍山一带是饶河、信河的流经之地，是修河、赣江的回流水域，堪称“五水一湖”之中心，于是此处便形成了一个停歇的码头。倚山临湖，商铺相连，甚至八步那儿还有戏台，供南来北往停泊的船上人观赏。在湖边至今还能找寻到杯碗的古瓷屑，见证着这里曾有的烟火人家。

繁盛只是短暂的时光，朱袍山四面囿于水，并不是适宜人居住的乐土。1940年出生的詹元柏老人世代捕鱼为生，直至20世纪90年代，岛上生活留存在记忆中的是艰辛的生活条件和简陋的生存环境。岛山一直没通电，点的是煤油灯。入得山来，全凭摇橹的小舟，遇上刮风下雨，船阻于黄金嘴，村民只得躲在山洞或是到外村人家躲雨，披着件雨衣在船中淋雨也是常事。遇上急诊，村民往往选择到五六里水路远的周溪镇老街，因为到和合乡所在地水路有十五六里远。岛上的子弟少读书，村里有所复式学校，招收一至四年级，不到十个学生。岛上唯一的老师是读过高中的詹太春，外地的教师是留不住的。村里不上学的孩童，农历正月、二月提着竹篮在湖滩边采摘藜蒿，一毛钱一斤卖给岛外的人做了美味。生活的窘迫，不只来自恶劣的自然环境，还来自外部势力的侵扰。“势管青山力管湖”在先前盛行一时，不到百人的朱袍山人，常常遭到鄱阳、余干等一些大渔村的欺凌。1958年出生的朱袍山人詹菱花，对于生存环境的恐惧，印象最深的一次是1989年，强山的渔民因水域捕捞纠纷，开来如蚂蚁般多的渔船,围住朱袍山,要对朱袍山人“起巢”,意为灭村。朱袍山的老、弱、病、残都躲到外村亲戚家去了,村里剩下 18 条男子汉,誓死与家园共存亡。后来是政府从县城派来两船的民警和武警战士,给朱袍山解了围。出湖捕鱼,船上遭抢是常事,电瓶、电视机、拖网一应的物件眼睁睁地被人结帮抢走。山上的家园也无安全感。有一天,村里的青年都上船捕鱼去了,年过半百的村民詹开希那天留在家中照看 80 多岁的老人,被外地来的行劫者反绑着在家中楼梯上,家里养的鸭子和能搬得动的值钱的东西被洗劫一空。村中每晚都派人巡逻值夜,遇有急袭,鸣锣让人外逃,村民连个安稳觉都睡不成。詹菱花前几胎生的是女儿,1988 年大儿子出生,都不敢放在朱袍山养育,怕遭劫掠出意外,一直放在娘家呵护着。

三

70 余年前的惊天一响已让大多数朱袍山人忘了发生的具体时间,有的回忆是在 1942 年抗日期间,有的言之凿凿,说发生在 1949 年后。具体的情节是:某天,村民在村前的朱袍山水域,发现一个金黄色的圆筒状的金属质地漂浮物,朱袍山人以为发现了黄金制作的宝贝,将其拖上岸来,几乎全村的人都来围观。村里的大男人从家中扛着锄头、握持着斧头,对金黄色物体的四个触角进行敲打,想打开圆筒一看究竟。当时的村民硬是孤陋寡闻到不知这是日本侵略军投掷的未爆的一枚水雷,他们敲击触角一下引爆了水雷,当场炸得朱袍山 30 余人血肉横飞,瞬间毙命。这起悲剧让朱袍山人口锐减至三四十人。

常言道“故土难离”,但面对恶劣的生存环境,朱袍山人还是渴盼能逃离故土,找到一方幸福家园。党和政府成了朱袍山人追求幸福生活的主心骨。第一次整村搬迁发生在 1996 年,朱袍山 50 岁以上的村民提及那次迁村,还会以朴素真诚的情感感恩于当年的陆县长。陆县长叫陆元初,他亲自来到朱袍山考察,随后县、乡政府给予村民搬迁一定的资金扶助,协调新迁村庄用地。当年 18 户村民搬离朱袍山,到六里外的一个叫牛背埂的山坡处定居。在孤岛听惯了汹涌的涛声的朱袍山人,脚踏土地格外心安,尽管还是以捕鱼为生,但至少没有了时时防着劫波袭来的惊悚。搬迁的那天,陆县长亲临现场剪彩,并题写了“新朱山庄”的村碑立于村头,每家每户还收下了陆县长代表县政府送的一床被子,村民们心里感觉到的温暖更是写在张张笑脸上。朱袍山人华丽地转身,成为新朱山庄村民。政声人去后，民意闲谈中。曾经的“陆县长”如今已故去，但新朱山庄的村民对他的念叨和感恩，足可成为共产党人俯身为民解困、普通百姓信服党员干部的生动教材。

村民的第二次整体大搬迁，是在距第一次搬迁11年后的2007年。牛背埂让朱袍山人远离了水患，但当年那是个血吸虫病重疫区。十年间，村里数个中年人得了血吸虫病，受到病魔的折磨，有的早早地死去，村民们用“死的多、生的少”来表达人口的负增长。新朱山庄人于是有了新的想法——第二次迁村！这一次的搬迁，又让新朱山庄人对身边的共产党人心生敬仰。新搬迁地选在离和合乡老街不远的水产专业捕捞场所在地。当时的场支部书记、七房詹村人詹开河（现已故）倾心帮扶，协调好中间厅詹家、踏子口朱家等村庄腾售的建房用地。新朱山庄的17户村民，在党和政府的扶助下，2007年整体搬迁至现在的村址，真正远离了水患和疾患。每年的清明节，新朱山庄人相约去祭扫留在朱袍山的先人的墓茔，重拾岛上岁月的点滴记忆。

新朱山庄人在历经两次整体大搬迁后，在新家园开辟着新生活。新朱山庄现有村民110余人，村民住上了三四层的楼房，用上了高压电、自来水。村里已出了两名大学生，不少年轻人外出创业有成，不忘回报家乡。新朱山庄村的支柱产业还是传统渔业，他们在党和政府的号召下，披袍上阵，脱贫攻坚志在全胜……

60. 西源乡南邹村：幸福像花儿一样绽放

【家训家规】邹氏家风言：崇孝行、隆友爱、和夫妇、重丧祭、肃闺范、笃宗族、敬师友、睦乡里、急供赋、尚勤俭、择艺术、端蒙养。

天下邹姓的起源，可追溯至3400余年前的春秋时期。有个叫正考父的人做了宋国的上卿，正考父有两子，长子叫孔父嘉，官至宋国大司马，后宋国发生叛乱，孔父嘉被杀，其长子木金父为避祸而奔鲁，后以亡父首字“孔”为姓；次子宣靖沿袭邹邑（今山东邹县一带），后以食邑地“邹”为姓。孔、邹同源，尊正考父为祖。现行的中学语文教材中选自《战国策》的《邹忌讽齐王纳谏》一文中的齐国谋士邹忌,就是宣靖的十世孙。宣靖的55世孙邹荐,隋初任洪州(今江西南昌)刺史,率眷始迁南昌。其幼子邹昭任饶阳(河北中部)刺史,秩满荣归,携眷渡鄱阳湖,但见莲花寺(今湖口县五里镇北四公里)附近山清水秀,平川沃野,遂流连忘返,肇基莲花寺东。邹昭的11世孙邹之纯,南宋绍兴九年(1139)由湖口莲花寺肇居都昌荷塘老屋里,即今天的都昌县西源乡南邹村委会老屋村。如今当地人所言的"南邹村",更多的是一个行政村的所指,包括老屋邹村和新屋邹村。新屋邹村是邹之纯十四世孙邹正铎,清康熙年间由老屋村分居而建的。1998年洪灾过后,策应移民建镇,新屋村又迁分出新屋前村、新建村、新发村、新兴村,形成现在事实上的六个自然村,合为南邹村,有村民2160余人。都昌县大树、周溪、汪墩、大港、北山、都昌镇6乡镇11个邹姓村庄,皆发脉于南邹村,承袭"范阳世家"。

村庄在这儿,故事在那儿。悠悠八百余载,南邹村有多少情物,承载着乡愁,生发着幸福。

民俗里的祈福

一方水土养育一方人,一方人涵养一方民俗。南邹村的一些独特民俗,源于三尊菩萨。

相传元代的某年,洪水肆虐,南邹村的祖先某日在鄱阳湖边的一个湖湾避风,第二天凌晨,在晃荡的船舱睁开眼来,但见船头有三尊木雕菩萨面湖而排。中间的一尊是女菩萨,上半身慈目善眼,下半身却残缺,用稻草绑续着代替了双腿,自然只取坐姿。分立左边的,面相儒雅;分立右边的,脸显刚武。船主平日里就虔诚敬神,他请来当地的巫师,做着"起码"的法事,求神保佑邹家平安多福。神秘的巫师在一通指天画地之后,给出的说法是,此三尊菩萨,居中的叫蚕姑,与魔敌厮杀时,痛失双脚;左立的叫陶二,年龄最大,是尽忠的文官;右立的叫承三,年龄最小,是尽勇的武将。三人结为兄弟姊妹,生死不可分离。自此,三尊菩萨被邹姓人家敬为神明,顶礼祈福。

故事还在延续。相传南邹的祖先,视女儿如掌上明珠。爱女外嫁隔湖相望的都昌万户黄家洲,为人父者让她出嫁时,尽数说出陪嫁之物,木奁、船舟、锦衣、玉食,乃至广阔的草洲家业,都不在话下。聪慧可人的女儿道出的心愿是:什么值钱的陪嫁物品都不取,只要菩萨伴嫁。父亲颇为意外,又有点为难:要一尊还是二尊，三尊是不可分开膜拜的。女儿倒有成全之策：三尊都要，只是三年一轮，娘家供奉两年，婆家供奉一年。女儿余下的话更是说得贴心：父亲湖中风里来雨里去，攒下的家业亦不易，做女儿的又如何忍心要娘家的家产？择菩萨相伴，一来遂了父母之愿，让神明赐福于女儿；二来菩萨轮着供奉，邹家与黄家世世代代都有份亲情相牵，不至沦于“一代亲、二代表、三代走走了”。父亲满心欢喜地应允。三尊菩萨自此在南邹村和黄家洲“你二我一”地三年一值。轮到接菩萨的年份，日子固定在年初正月初十这天。比如轮到黄家洲人到老外公家的南邹接菩萨，当天上午，南邹人抬着三尊菩萨，敲锣打鼓地先在村中所辖地域，沿阡陌巡视，以求来年南邹的土地上五谷丰登。南邹到黄家洲直走也就十五六里远。农历正月时，湖底大都干涸，黄家洲人同样铳炮掀天，用木轿将三尊菩萨，从湖洲上接回村里祈福。

后来的故事便有了跌宕。相传到了清朝末年，黄家洲的人生出有接不还、长留菩萨的念头。那时的南邹村有 300 余户，黄家洲只有 80 余户，南邹人理直气壮，村民利用湖产出租所得的会资，连办三天大席，后生们酝酿着侠气，大口吃肉，大碗喝酒——勇打黄家洲。那一次，南邹硬是采用强力接回了慈悲为怀的菩萨。后来的结局是可以预见的，伤了和气的南邹人不再让黄家洲老姑婆家的人接回菩萨了，黄家洲人也没有了强接的胆量和阵势。

一甲子的时光，一如鄱阳湖的浩荡之水，悄然而逝。过了 1959 年，时任南邹村的党员干部为南邹与黄家洲和解“全心助力”。当年南邹村的农民剧团排演了《将相和》文辞戏，村干部主动上了趟黄家洲，诚恳地摆理，说现在是共产党领导的人民政府，我们基层的同志，要讲团结讲风格，更何况我们两个村庄数百年前还是姻亲。黄家洲的长辈们很感动，把南邹一行人奉为座上宾，说老外公家的人要是在鄱阳湖打草遇上大风大浪，尽可把黄家洲当作第二个家，只管来避风暖身、做客赴席。握手言欢之余，南邹剧团到黄家洲连演三天，台上《将相和》，台下“邹黄和”。当年的端午节，南邹人到黄家洲港汊划龙舟，兴高采烈，排桨齐发。三尊菩萨在一团和气中恢复了祖制，三年一轮，你接我送、你兴我旺。20 世纪 80 年代，三尊菩萨在南邹、黄家洲之间又有了接送仪制，只是不再涉湖轿抬，而是车接车送，很方便。

当年三尊菩萨在南邹祖先的船头显身时，三人于农历九月初一拜祭。于是，每年的这天，成了南邹人的第二个“年”。南邹人家杀猪剖鱼，热情待客，这天前来做客的亲友，到村中殿堂里的菩萨神像前烧香膜拜，祈福者众，此一风俗延续至今。

草洲里的赐福

鄱阳湖畔南邹村，祖先靠湖吃湖，靠的不是捕鱼，而是草洲。据说，明初朱洪武时期，南邹与周边的沙塘、泗山、长溪、勘上诸村有民间协议，对于南邹村周边的鄱阳湖水域，南邹人只管湖底不管水面，其所约定的是，湖水丰满时，南邹人不能以捕鱼为业，只待枯水季节，湖底资源尽现才可享用。南邹老一辈的农民都有这样的经历，寒冬腊月，湖床露出，生产队组织挑起乌黑的湖泥冻土，用作田地铺肥。湖底干涸时，显出的赖以生存的馈赠，是一望无际的湖草。湖草既可沤肥，又可作柴火，更是南邹人一方领地的宣示。

出生于1947年的邹全奎，是原三汊港供销社的退休职工，前几年参与过《邹氏宗谱》的编修。他查阅到的谱牍上记载，明末一个叫邹威光的先民，为草洲守业"烙奔"的故事。南邹村与相邻的余干县的一个村争鄱阳湖草洲，官司打到了官府，南康府决断不了，讼至省府南昌。五品官大人在听了一番双方的各执一词后，令衙役置一双赤炽的铁鞋于惊堂木下，看都昌人和余干人，哪个敢赤脚穿此铁鞋在草洲上狂奔，奔至止步处，草洲界址便设在步止处。余干人胆怯，不敢试鞋。都昌南邹人邹威光，一如他的名字，"威"风凛凛、"光"彩照人。他刚毅无比，裸脚而着烙红的铁鞋，至死也要让南邹的草洲延拓。至于邹威光穿着铁鞋到底在草洲上奔走了多远，无须去查核确切的记载，他的冲天豪气已让南邹赢了这场官司。邹威光凭赤心、倚赤胆、揣赤脚，将"势管青山力管湖"做了一回张扬。对于都昌沿湖草洲打草可及的范围，旧时有"上到滕王阁，下到蜈蚣脚，见青就斫"的民谚。南岸洲、下岸洲等宽广的湖草洲域，是都昌人挥割的疆场，也是大自然对都昌湖区百姓的恩赐。

南邹人因草洲而得福泽的，还有个传奇故事。明末清初，都昌县的中心腹地有名闻遐迩的四大富豪：三汊港石家的石政仁、阳峰卢家的卢异佐、周溪邱家的邱尔添、西源邹家的邹灵仙。也许这四个人的身上都有一部警醒后人的发家史，载录有机遇的青睐，有终生的打拼。富甲一方的南邹人邹灵仙，谱名叫邹曰骥。相传邹曰骥在发家前，只是个普通的农人。有一天，他和村里的壮汉合租一条船，在枯水季节，沿着老港去滕王阁一带打草。那几日正逢他身体有恙拉肚子，船泊岸歇息时，他慌不择路地下了船，到一偏僻草洲处解手，随手扯起身边的湖草，揉叠做手纸揩。那扯起的湖草松动处，竟露出光滑的石块。邹曰骧好奇地扒开石块，底下显出的是几个大瓷缸，盛装着金光闪闪的金银财宝。城府很深的邹曰骧，按捺住狂喜，提着裤带，佝偻着腰身，做痛苦状，连言拉肚子很厉害，实在出不了船，无奈要搭乘便船回家养身体，让同行者先去打草。邹曰骧待打草者远离了视野，就近租了条小船回到家中，同儿子带着锹耙，划来自家的船，悉数将草洲下看好的满满一船的金窖装回了家，也不管是何人所藏。第二年，邹曰骧在南邹大兴土木，三进深的厅堂建了一栋又一栋，巷道间铺了西源产的红石，过往船客一时云集村上，有“南邹街”之称。古宅后来渐渐败落，直至1998年遭遇百年不遇的洪灾，才完全倒毁。在如今办起了一个生态养鹅场的地方，扒开茅草，还可觅见当年古朴的红石。二十余年前，有村民还从古宅的磉墩下挖出过铜钱。传说村头石碾旁的枫树下，埋着邹曰骧后代所藏的金窖，一些人想掘得意外之财，终未果。

小康路上的幸福

不劳而获的一时之财，终究有用尽时，且不能惠遍村民。南邹人深深懂得，幸福是奋斗出来的，奋斗的过程本身也是幸福的。

南邹村人多地少，在20世纪70年代，是出了名的穷村，周边詹家、杜家生产队一天的劳力工分合八毛钱，南邹不过合八分钱。有民谣称：“千嫁万嫁，莫嫁邹家；早晨起床，两个糠粑；中午蒸菜，堆成高坝；夜头煮粥，孝敬爹妈。”说的就是南邹人过去的困窘生活。后来改革开放春风吹，南邹人的生活芝麻开花节节高，一年更比一年好。

南邹村列为“十三五”省定贫困村，脱贫攻坚蹄疾步稳。九江市军休一所等单位定点帮扶，产业扶贫成效明显。南邹村引进红米、黑米有机水稻，扩种53亩。不施化肥、农药的优质大米供应军休所的老干部，助推农民增收。由能人牵头，打造1200亩的绿源生态油茶基地，520余户村民以土地入股分红。油茶基地套种白玉兰花、樱花、蔷薇等，春花烂漫时节，成为生态游的一方乐土。南邹村跻身全国乡村旅游扶贫重点村。村民利用临湖生态优势，办起了生态养鹅基地，带动贫困户致富。两座光伏发电站，成为村民脱贫的“蓝板板”。占地8亩的村小学重建工程2019年秋季完工。党支部书记邹全华为人正派、务实肯干，他所带领的党支部，成为村民奔小康的主心骨。

南邹村关心下一代工作，打造成了全省的亮点。村青少年服务站针对全村16岁以下的150余名留守少儿倾情关爱。村里2015年10月兴建的建筑面积280余平方米的两层活动中心，成为孩子们的一方乐园。村委会组织老党员、老军人、老干部、老教师、老医生“五老”，对留守儿童帮扶帮教。开通留守儿童与外出务工家长的视频聊天，开展写心情日记、定期家访、节日家务、成长档案等亲子活动，让留守儿童健康成长。南邹村青少年服务站成为全省、全市关爱留守儿童的示范基地，邹全华荣获全省关心下一代工作先进个人。

南邹村村民邹乐祥从小喜欢学习和表演都昌鼓书，2013年，52岁的邹乐祥获得全县首届都昌鼓书大赛冠军。都昌鼓书俗称“唱传”，2010年被列为江西省非物质文化遗产，邹乐祥以这种民间曲艺的方式，走村串户、说古道今，仅这一个“文化活”，一年的收入在10万元以上。邹乐祥有时会将家乡的巨变自编自唱入都昌鼓书：“鼓板打来喜洋洋，各位乡亲听我唱。今天不把别的表，单表南邹变化强……”

小康路上，南邹人踏歌前行，幸福像村中生态园里的白玉兰一样，尽情绽放……

61. 大港镇高塘村：远山故事多

【家训家规】《游氏宗谱》在阐述“尚浑厚”言：人尚聪敏守之以愚，人如辩言应之以钝，人如争先处之以让，人如夸诈结之以诚，门渐望而气益下，户渐大而心益小，使同里称为盛德，无忘我先人称忠厚焉。

岭的故事

都昌县大港镇高塘村委会辖9个自然村，人口约1400人，有谢、雷、黄、王、游诸姓，不少是1969年建大港水库时迁入的移民。俗话说“天高皇帝远”，地处偏远深山的高塘，倒是流传着与明朝开国皇帝朱元璋有关的不少故事。

高塘村焦源山自然村，隔着一座山梁，就是彭泽县天红镇的四界冯村。当年朱元璋与陈友谅大战鄱阳湖，陈友谅一路厮杀，曾饮马于彭泽的马当，马当属长江水域。朱元璋败走天红而匿藏于焦源山。此山岭的高处，曾是朱元璋转战武山的吉祥地，一年前，马夫人在此岭为他生下一个儿子。朱元璋彼时在岭上平坦处操练自己的战队，岭陡缺水，士兵生活困窘，朱元璋扬眉剑出鞘，在山腰把宝剑猛一插，泉水竟从剑指处汩汩地涌出。现今在焦源山的山腰，有数处泉眼，经年不涸，传说就是朱元璋剑通地穴而凿就的。

朱元璋当年从马当落荒而至昔时的“吉地”，却兵败如山倒，很是落寞。他把溃败的原因归于战场上督战的另一个成年的儿子，怪他军纪不严，贻误了战机。朱元璋一怒之下，用手中的戳地宝剑将亲生的儿子斩首，以儆全军。朱元璋斩子振威，第二天从焦源山对陈友谅杀个回马枪，陶醉在胜利中的陈友谅麾下措手不及，丢盔弃甲，退出马当。焦源山顶峰的那座山岭因了朱元璋的故事，先是称作“产子岭”，后又改称“斩子岭”。一前一后，一生一死，生的欢愉总比死的悲情要好，人们还是习惯性地叫“产子岭”。当地人说在产子岭上，有块石块竖立着，十余行模糊难辨的字迹记载的就是“产子”变“斩子”的故事。

高塘村黄家塘“卸衣岭”卸不掉的也是朱元璋的传说。当年朱元璋在武山老林集训部队，有一天，他骑着马去陡峭的黄家塘岭。骑马累了，朱元璋从马上跳下，把浸有汗渍的战袍，挂在一棵挺拔的松树枝条上，便顺势在侧旁的一棵断折了的松树桩上坐下小憩。朱元璋不一会儿起身，裤子上沾上了黏黏的松油，引他不爽，他轻嗔了一句：“绝蔸的树。”朱元璋金口玉牙，一言九鼎，自此，这棵松树中了魔咒似的，不再发新枝，岭也被称为“卸衣岭”。

石的故事

在卸衣岭偌大的坦场上，一高一低的圆柱形石头立于其间，高的达 3 米，低的 2 米 6，中间 1 米的间距由横着的石料相连着，当地人称其为“夫妻石”。石头无语，故事凄美。宋元间，高塘的一位穷秀才爱上了财主家貌美如花的千金，财主硬是阻绝这段情缘，山盟海誓的年轻人身置情感的绝境，便手挽手纵身一跳，殉情于悬崖。财主后悔莫及，将两个有情人合葬在一起，秀才和女子在生未做连理枝，死后化作比肩石。从此，世间少了一对“痴情人”，岭上多了一对“夫妻石”。在高塘自然村村口右侧的岩石旁，生长着两棵高大的银杏树，古树已有 300 多年了。先前雌银杏多年不挂果，后来移植来一棵雄银杏，长连成一体，自此雌银杏果实累累。人们常用“海枯石烂”比喻爱情的忠贞，在高塘的浪漫里，石未烂，树未萎，情亦未了。

高塘嶙峋的石头浸染着革命者的鲜血，传颂着腥风血雨的红色故事。20 世纪 30 年代初，高塘是陈毅指挥的游击战争的活跃区之一。都湖鄱彭中心县委书记田英在武山山脉的土目、高塘、望晓源一带开展了三年艰苦卓绝的游击战争。行走于高塘，眼前精美的石头或许就连着一段战争年代的传奇故事，村民把自家“二奶奶”“三爷爷”打游击的故事讲得绘声绘色。在叶冲涧（又称“尿冲涧”），有用石块围垒起来的 3 亩多平坦地，是当年田英的“练兵场”。附近樟树湾的山崖下，2008 年安葬了一位 82 岁的老人黄龙娇。黄婆婆 10 多岁时就给田英领导的游击队传情报、送布鞋。中华人民共和国成立后，民政部门给予这样的“老革命”以优抚。焦源山的石头见证了山里儿女赤诚的一生。

洞的故事

高塘的丛林里有不少的山洞，最出名的有五洞，洞名简朴中见古朴：龙洞、雷公洞、燕子洞、野猪洞、箕口洞。一代代的高塘娃有年幼时随着小伙伴探洞，被大人急寻的经历。

景随人走，情入景来，山外的游客觅洞探幽，高塘的山民是最好的向导。向导腰间往往系着麻绳，背后别着木板刀夹，砍刀插进去，稳稳当当的。进洞照明的电筒是必备的。向导在前面引路，路遇被风吹倒的竹枝，或是蔓伸出来的柴藤拦路，便“嚯嚯”举刀下去，清理掉路障。细心的向导还给每个人斫根木棒，行进中既可用来劈开芭茅，又可做拐杖。沿途山林中的竹子，让进山的人从心底冒出“青翠欲滴”这个词来形容。穿过山林，踏越山溪，约莫半个小时便来到“龙洞”的洞口。但见洞口逼仄幽暗，一行人猫着腰，就着电筒光，摸索前行。行至半里，洞内通道被一块岩石挡着了，向导劝游客就此止步，前面还好深好远好险。他小时候随着同伴进洞，凭着个子小绕过巨石前行，一玩就是大半天。向洞中流水撒把米糠，山那边洞口流出的淙淙溪水浮着米糠，可见龙洞穿越了整座山。向导引着游客折回去，看不远处的“箕口洞”。洞名“箕口”，说的是其状如箕筐，口窄且浅。洞顶密密麻麻地布满了蝙蝠，“唧唧”地叫，地下覆盖着一层暗黑的蝙蝠排泄物。向导介绍道，这是一味中药，早年村民还收集起来卖过，现在已无人问津了，宝也成了废物。向导带着游客看了两个洞，其他的洞就不引着去了。不是自己怕走山路，而是担心客人崴了脚，或是嫩皮细肉的被荆棘划着了，向导会过意不去，山里人就是这样纯朴，体贴人、善待人。向导讲述着雷公洞里面的宽阔，有石钟石乳、石桌石凳，还有抗战时期日本佬在山洞堆积的大米风化成的“麦饭石”；讲述着燕子洞、野猪洞如何有趣，可与彭泽县的龙宫洞相媲美，只可惜没人出钱开发成景点。

高塘别有洞天，静幽奇幻是洞的前世，何日能让旅游开发成就洞的闪烁喧腾呢？

村的故事

大港高塘村委会高塘自然村，现有 120 余人，以游姓村民为多。高塘自然村从地理位置来看，在都昌占着“三最”。一是海拔最高。据测，高塘海拔最高点为 678 米。二是离县城距离最远。2006 年以前入高塘来，要从大港集镇所在地到大港水库，然后坐轮渡涉水进山。2006 年 9 月 9 日，当地政府为打破高塘、土目源的交通瓶颈，开工修建进山的路，山路蜿蜒约 12 公里后至高塘；2007 年底修通了砂石路，2010 年秋，4 米多宽的水泥路修通。从高塘村委会所在地曹站里，到高塘仍有一段砂石路，碰上雨天，泥泞难行。高塘是都昌版图上最北的村庄。三是地理位置最特殊。高塘自然村与四县相邻，当地有民谣形容“都昌立足，彭泽一溜，鄱阳一扭，湖口一昼”，意思是高塘人生根立足在都昌县的地界，一溜出去就到了彭泽县，紧邻的彭泽杨梓乡的村庄就叫“邻都村”，扭一扭腰就到了上饶市鄱阳县响水滩的地界，翻过山岭，一上午的工夫，就涉足湖口县的地域了。所谓“高塘”，实有其塘。“高”，即海拔高。池塘在村口，常年有水，既是村民洗漱之处，又是 120 余亩田地的灌溉之源。2017 年，高塘在政府的扶持下整治村容村貌，池塘砌起了花岗石块，尽管坚固亮眼了，但也失了原貌。

高塘村 2018 年春铺上了水泥路。在公路左侧有一垄田，是块沼泽地，村民故事化地讲述这方沼泽地之深。数十年前，村民从山上割来葛根藤，扭结着石磨往泥淖里沉，藤枝续了又续。有妇人清早放牛，试图去牵扯跌入沼泽的水牛，结果连牛带人一同沉没，沼泽之上遗留下轻飘的花头巾。后来村民在沼泽地填上树丫、竹枝，才渐渐地让底部填实来。山里人有山里人的想象，认为高塘地貌的形成，一定是沧海变桑田的例证。高塘的山已现煤山的迹象，未来的高塘会拥抱着“金山银山”。

高塘的绿色生态，让“舌尖上的高塘”别具风味。山里的果，饥荒年代，用于充饥；太平盛世，可作延年。2017 年退休的石岩，在家乡的高塘小学教了 38 年的书，村里不少人父辈子辈两代都是他的学生。石岩自编自导自演的相声、小品，不时活跃于乡村舞台。石岩会用诗的语言，向进山的游客推介高塘的春、夏、秋、冬四季的美景和美食。他创作新民谣歌咏山里野果的诱人：“三月茹株（指一种类似提子的野果）四月苞（指野草莓），五月杨梅熟成糟，六月盛产猕猴桃，山楂山茄野葡萄，七八九月吃个饱。”山里的石鱼、竹笋、荞藤花、野生葛根、苦槠粑、厥杞粑，美味多多。农家饭用柴火灶、木炭炉、甑蒸饭、吊罐汤，使得佳肴格外喷香。高塘村医石瑛一生在家园为乡亲看病，2016 年获得“江西好人”称号。山里的 1000 余种中药材，也让“扁担医生”石瑛的美名传得更远。

这方土地上的生生不息的子民也有故事。高塘小学校长游寿源在课堂上给学生讲过不少生动的故事，在他的心里，也有一段关于家族历史的故事。从他这辈上溯八代，180 余年前，他的祖先过世，时值农历十月。治丧的八仙抬着棺木去山上，行至半路，突遇暴风骤雨，八仙只得放下棺木回村避雨。雨住再行，但见棺木已被泥石流堆积掩埋，无迹可寻，成了事实上的“天葬”。风水先生说，“天葬”之处，此地甚好。自此，游家家道兴旺。游寿源兄弟四人，如今个个事业有成。

沐改革开放之春风，不少高塘人走出大山，逐梦山外，有的成了走出国门的精英。1963 年出生的游忠庆当年考入南京航空学院（现南京航空航天大学），现在在美国从事自动控制学科研究。比他小两岁的同村姨表弟黄长华，考取清华大学数学系，现在在美国成为学有所精的科学家。在外游子无论身在何处，心永远连着生他养他的小山村。

远山里的高塘，小村故事多，充满喜和乐。若是你到小村来，收获特别多。看似一幅画，听像一首歌。人生境界真善美，这里全包括。高塘村岭的故事、石的故事、洞的故事、村的故事，真正精彩的永远是人的故事。小康路上的高塘人，在续写着一个个真不错的新故事。

62.鸣山乡谢阳山程村:深山中的鸣山观

【家训家规】《程氏家谱》中列“十戒”:戒忤逆、戒凌长、戒欺弱、戒健讼、戒酗酒、戒淫乱、戒流荡、戒偷盗、戒赌博、戒滋事。

一

鸣山观在深山中,山叫鸣山,地处都昌县鸣山乡。鸣山乡马涧居委会的谢阳山村就在鸣山观所处的鸣山山脉下。谢阳山人不姓谢,姓程,明代宣德年间建村,距今有590余年的历史了,现有村民800余人。

马涧桥、鸣山观、源头港是“大鸣山”三个地标式的胜地。登鸣山观经鸣山集镇的途径有两条:一是从谢阳山村入口,一是从叶家山村入口。从谢阳山觅道,途中多荆棘,所以世人大多从邻近的叶家山村入山攀缘,约走半小时山路即到,既健身又赏景。山路不仅崎岖,还嶙峋,路面上裸露的是当地人所称的“粉石”。坡滑之时,会有虬枝横过路面来,成了行人阻滑的藤阶。倘若进山的季节是在春季,山路两侧野花芬芳,特别惹眼的是映山红。路旁有竹笋被剥落的痕迹,让去山顶朝拜鸣山观的人,觉出几分人间烟火味。转过一道山弯来,但见斜逸出的松枝上挂着一件妇人鲜艳的衣褂,深崖之下隐约听出人声,那是褪了外套的采茶女劳作时传来的。这意境让人想起一首唐诗:“松下问童子,言师采药去。只在此山中,云深不知处。”只是“采药”变成了“采茶”,云深处的人并不是仙风道骨之师,而是山下村庄的世俗农妇,这人间烟火味便更浓了几分。

二

鸣山观在外观上给人的感觉是朴素的,一幢砖瓦结构的普通屋舍的外墙上大书着“阿弥陀佛”四字。进得两合的铁门来,右侧是锁着的偏房,大概是附近的居士上得山来的日常所居之地;左侧是柴火灶,既是信众的炊处,又是炒茶的所用,大厅的后部,是让人膜拜的神像之处。简朴的鸣山观,却有着迷幻的传奇。

鸣山观据说始建于明代洪武年间，距今已有600余年的历史了。后来，鸣山观历经风雨而毁圮，但传奇故事却在当地村民口中代代相传。鸣山乡马涧居委会主任冯中华做着这样的讲述：东晋的江西南昌人许逊，又称许天师、许真君，是道教的“四大天师”之一。彭蠡湖（今鄱阳湖）的孽龙精想施威把江西化作一片东洋大海，许真君和菩萨为了阻止孽龙精的害民之举，一路追剿而来。孽龙精仓皇往大鸣山深处的文山庵方向跑，途经鸣山观时，精疲力竭的孽龙精向鸣山观里的和尚讨水喝。和尚早已得到了菩萨的旨意，不得对逃窜的孽龙精施救，但慈悲为怀的和尚经不住孽龙精的“救命”哀求，便用竹筷蘸了一滴水，放进孽龙精火烧似的嘴里，使之元气渐复。孽龙精逃脱许真君和菩萨的追捕后，回到鸣山观报恩于和尚，施魔法在道观后造了一亩多水田，并掘山井一口。山井既成鸣山观和尚的生活用水之源，也成了田地耕作灌溉之流。即使是干旱之年，这口井也不浅半分，以致山下的村民有了饮水之虞时也会上鸣山观取用井水。孽龙精与鸣山观的故事，成为“滴水之恩，涌泉相报”的生动诠释。这个故事在谢阳山村民的叙说里，还有不同的版本。说孽龙精在摆脱许真君和菩萨的追擒时，逃到了离鸣山观不远处的文山庵。文山庵的住持将孽龙精藏于庙宇的铸钟下而躲过了一劫。孽龙精为了报恩，提出为香火不旺的文山庵造田100亩。在施法造田的过程中，如果住持撞那口救命的钟，魔法便会终止。孽龙精施起魔法后，只见乌云翻滚，地动山摇，文山庵的住持觉得非常难受，便拼命撞钟，钟声绕梁而响。孽龙精在钟鸣中终止魔法，山田未及百亩，仅造两亩五分。两种版本的故事结局一致，孽龙精慑于许真君和菩萨之威，也念及寺观人相救之恩，便弃害而相安于江湖。至于那口古井，已不存，现在鸣山观后的水井，是二十世纪七十年代凿垒的，井水清冽无比，临井有潭，暗香浮动。

1956年出生的谢阳山村民程春菊，13岁随师傅学理发，后来又学得一手好兽医手艺，数十年走村串户地营生，程春菊的肚里装满了关于鸣山观的民间故事，是知晓鸣山观前世今生最详尽的当地人之一。程春菊讲述200余年前谢阳山人程理芬牵头重修鸣山观的历史故事时绘声绘色。谢阳山村的后生程理芬经常上鸣山观一带砍柴，一天在鸣山观前的白果树下挥舞利刀时，发觉一个掩于棘丛下的菩萨木塑像，菩萨像后脑勺部已凹陷。平日里信佛的程理芬，生出善心，将菩萨用乱石围挡在正中一方，并覆盖了芭茅遮风避雨。程理芬料理完毕，膜拜一番后便挑柴下山回家。大鸣山的蓝天云卷云舒，从春季到夏季，庸常的日子在一天天逝去。夏天，程理芬生病了，得的是烂脚病，小腿处溃烂，流脓渗血，久治不愈。程理芬想到求神，一日他带着一瓶香油上了大鸣山，在被他呵护起来的菩萨木像前乞求祛病，尔后天天涂抹那从菩萨面前取回的香油，烂脚竟一天天痊愈了。程理芬念叨这是菩萨显灵了，于是他再次来到菩萨前跪拜许愿，倘若菩萨保佑，让他生个儿子，他一定牵头组织重修鸣山观，让菩萨安享香火。第二年，没有儿子的程理芬果然喜得贵子，他喜不自禁地在村人面前张扬着自己的得子之缘。村民劝他践行牵头修庙的允诺，这时，程理芬却得意忘形地说："世间许多人生子也不修庙，我为何要操劳修庙？"大鸣山的山上花开花谢，庸常的日子在一天天流逝，转眼到了第二年冬天，程理芬乐极生悲，他的儿子夭折了。痛定思痛的程理芬内省，悟到了是因为自己的戏言亵渎了菩萨，而遭到报应。他再次带了奉品来到菩萨面前，虔诚地祈愿，倘若重生儿子，得子之日，定是他倾心修庙之时。大鸣山的远处鄱阳湖潮起潮落，又过了一年，程理芬复得贵子。当天，他在菩萨面前还愿，开始了牵头重修鸣山观的善举。百姓响应者众，有钱的出钱，有力的出力。程理芬给他的儿子取名"程受恩"，以示感恩菩萨。儿子小名叫"考生"，寓意是儿子经受了菩萨的考验而降生的。当然这只是传说，但程考生确有其人，讲故事的程春菊幼时见过老年的程考生。

三

谢阳山人程理芬牵头重修的鸣山观，后来毁于大火，直至 20 世纪 90 年代末，谢阳山和附近村庄的村民再修，只是规模不到先前的一半，香火也不及先前的旺盛。

清末民国初年来鸣山观朝拜的，不只是鸣山本乡的和邻近的乡的善男信女，还有外县如湖口、星子、鄱阳的信众，风雨无阻，怀了虔诚之心远道而来。谢阳山人原是不种黄心薯的，当年星子来的拜谒者用布袋揣了黄心薯做途中跋涉的中饭，俗语叫"打中伙"，后来这种优质薯种被来鸣山观的朝拜之人引进谢阳山栽种。程春菊从上一辈听来这么一个故事：一个星子县的单身汉前来鸣山观抽签，签文说他有"得子之喜"，男子觉得十分地荒诞，自己可是困窘到老婆都讨不上的人，何言得子？不料在从鸣山观回家的途中，他拾捡到一个被遗弃的私生子。单身汉甚喜，抱养成人，后来到鸣山观菩萨面前隆重谢愿。

那时的鸣山观香火旺盛时，长年有十余个和尚。晨钟响起，远处的鄱阳漳田渡都能听到。1949年前，鸣山观最后一个和尚叫叶佑喜，老家是鄱阳的，据传，他把家中的十余亩良田卖掉，净身出家后，用田产所得请工匠将鸣山观的菩萨神像都涂抹上一层金粉，伺奉香客也格外贴心。

对于大山深处的鸣山观，信众不会去探究此处是道教的圣地还是佛教的净土，反正是心中的神圣之地。这或许正折射出民间信仰的相互体恤、相融相生。

四

与鸣山观同具神性的，还有树，还有茶。

树是银杏树，在鸣山观坦场的坡下，苍翠而繁茂。说不上粗壮的树身，还有更细瘦的树缠立着，容易让人产生“母子树”一类的联想。先前这棵雌银杏树是结果的，银杏果平咳祛痛的效果尤其明显，但忌树上摘果，只宜地上拾取。现在银杏树没有了公树的授粉，已不再结果了。据说十余年前有浙江客商慕名而来，用高超的园艺授粉，银杏树也结过果。在年逾花甲的谢阳山人的记忆里，早先的银杏树壮硕无比。村民20世纪50年代建造马涧桥农会时砍伐了这棵银杏，在鸣山观前锯板，因树围过大，左右两侧拉锯的工匠，相隔着互相望不到彼此，需第三个人坐在横卧着的树身上，吆喝着指挥左拉右拽，才可稳了锯齿移动的节奏。鸣山观前的银杏树是不是真的如此粗壮，人们只能去遐想一番了。会讲故事的程春菊说，很久很久以前的许真君在鸣山观炼长生不老丹，银杏树上的白果是丹心的妙药。

茶称“仙茶”，特指一丛。这丛仙茶在银杏树坡下十余米处，底部被有心人用碎石块圈砌了。茶从外形看与其他茶几无差异，但的确是鸣山茶的“品牌代言人”，或者可以说是品质上乘的鸣山茶之母。这棵茶树，据谢阳山人说，是从彭泽县云游到鸣山观的一个和尚，带了茶树苗来栽插的，距今已近两百年了。后来，鸣山观周边漫散开来的茶树，都是从此茶分插出去的。20世纪70年代，山里办过林场，让杉木成了杉树林。现今鸣山观茶零零星星的，面积也不过百余亩，并未形成当地的特色产业。物以稀为贵，能品上一杯地道的鸣山观茶，已是一种难得的缘分和享受了。茶不在广植，有“仙”则上茗。当地人把鸣山观茶敬为“仙”茶，不只称誉茶冲泡多次而不失清香，还有那份神奇的治病的药性。在海拔320米以上的绿树掩映丛中的鸣山观茶，其优良的品质是这方水土赐育的。

“走遍天涯，我只想与你相依为命，大鸣山，三千大千世界，你是我唯一的家。”就职于中国艺术研究院的著名学者摩罗这样深情地对大鸣山表白。摩罗原名万松生，他的家乡就在大鸣山的万家湾。在他的成名小说《深的山》、散文集《我的村，我的山》、长篇小说《六道悲伤》等作品中，“大鸣山”成为充溢在作品里的魂牵梦绕的乡愁。鸣山山脉之麓的谢阳山人，瞩望“辽远的山野”，一如大鸣山的每一个子民，都那么深情地拥抱着大鸣山……

63. 多宝乡马家堰村：萧疏渡尽唱欢歌

【家训家规】《马氏宗谱》“家训家规”言：宗族不睦宜戒，子弟逞凶宜戒，盗伐祖山必究，祖宗坟墓必祭，完国课以免追呼等。

千村薜荔人遗矢

对于都昌县多宝乡多宝回民村委会马家堰的读书人来说，一代伟人毛泽东的《送瘟神》诗二首耳熟能详。马家堰曾是血吸虫病的重灾区，村子的兴衰与此息息相关。

1958年10月3日的《人民日报》刊发毛泽东的七律二首《送瘟神》。毛主席在题引中喜不自禁地写道：“读六月三十日《人民日报》，余江县消灭了血吸虫。浮想联翩，夜不能寐。微风拂煦，旭日临窗，遥望南天，欣然命笔。”

诗“其一”是对血吸虫肆虐时的沉郁吟咏：绿水青山枉自多，华佗无奈小虫何！千村薜荔人遗矢，万户萧疏鬼唱歌。坐地日行八万里，巡天遥看一千河。牛郎欲问瘟神事，一样悲欢逐逝波。

诗“其二”是激昂抒写送走“瘟神”后的欢快：春风杨柳万千条，六亿神州尽舜尧。红雨随心翻作浪，青山着意化为桥。天连五岭银锄落，地动三河铁臂摇。借问瘟君欲何往，纸船明烛照天烧。

马家堰村姓“马”，中国的马姓，多以战国时赵王之子赵奢为得姓始祖。赵奢以善于用兵著称，因功卓著被赵惠文王封为“马服君”。所谓“马服”者，就是能驭服驰骋疆场的战马。赵奢子孙最初以“马服”为其姓，后省去“服”字，遂有马氏。马氏世居河北邯郸，后一支迁至陕西宝鸡扶风，成为望族，马姓祖祠冠“扶风世家”即源于此。

都昌湖区的不少村庄建村都与朱元璋、陈友谅大战鄱阳湖相关。都昌马姓有5个自然村，其中多宝乡有四个：马家堰、上舍马村、沙港马村、松口马家；左里镇一个：马家畈村，村民总计1300余人。马良（字仲良）是都昌马姓始迁祖。马良是马姓第68世裔孙，生于元代至元年间的1388年，原居四川重庆府（今重庆市）巴县，明洪武初年官授中宪大夫，直隶北平府。据称，洪武二年（1369），马良被朱元璋谪贬至现今鄱阳湖的老爷庙水域，任了左蠡巡司一小吏。老爷庙一带数年前就是洪武皇帝的征战地，传说朱元璋与陈友谅大战一次兵败遭追杀时，一只鼋将军救了他。获巨龟涉水而救的朱元璋剑刻“水面天心”四字。登基后的朱洪武赐封“定江王庙”，又称老爷庙，祭祀“鼋将军”。此地水域现在是“东方百慕大”所在，成为一方旅游胜地。马良在驻防地老爷庙的西山繁衍生息。140多年后，其后裔马伯荣（生于1465年）、马伯序（生于1478年）于明弘治年间，分别迁往柑园西舍和坂上东舍，兄弟俩的后裔合集成马家堰村。

据说马家堰的此次迁村也是迫于无奈。那时的西山有雷姓和马姓两个村庄，以山头而分，有“雷上马下”之说。某夜，狂风大作，“过风”来袭，其实“过风”现在的解释就是台风引起的沙尘暴，一夜之间飞沙将雷姓村庄覆掩，马姓村庄的良田和房屋被侵袭得几无生存之便，只得迁徙至12里外的现村址。20世纪70年代兴盛一时的老爷庙型砂厂，在江南最大的沙漠地的深处，淘挖出直径达2尺的柱基磉墩，可推测马姓村庄曾经在沙地上的人烟。马家堰的祖先葬在老爷庙的山后，并存有墓碑，清明时节马家堰村民还会铭记“祖宗坟墓必祭”的家训前来祭扫。

明末清初，马家堰因湖边水运便捷繁盛一时，人称“马家街”。马家堰村彼时男丁就有千余人，正月初一在祖堂给上年出生的男丁上谱，某一年有99人，择添上一个女婴，“百子谱宴”热闹非凡。元宵节马家堰人到20余里外的傅桥马家畈闹龙灯，48面大锣声震林樾，700余人的队伍浩浩荡荡，叠了7层桌子戏狮，盛极一时。

1998年一场百年不遇的洪水肆虐过后，党和政府实施“退田还湖，移民建镇”政策，马家堰整村搬离低洼的原屋宅，迁往畈上高地避水患。2007年，马家堰被列为新农村建设示范点，村容村貌焕然一新。先前的马家堰有“一村五墩头”的讲究，村庄以老祖堂为中心，在不同方位的五处造屋而居。据说这样的村庄布局来自一个“五马破曹”的传说。清代中期，马家堰与曹家塘相邻而居。某日，一位风水先生经过曹家塘，向一位正在用石碓臼麦的妇人讨口水喝。妇人忙得不耐烦地拒绝了，风水先生很气恼，顺路来到了马家堰。村里长者热情地招待他小憩，风水先生感念马家堰人的好客和厚德，又狭隘地生出一份“害人”之心，便面授机宜：马家堰依“五墩拓村”，喻“五马破曹”，必旺！“五马破曹”是流传民间的一个故事，说的是刘备和曹操争夺汉中，关、张、赵、马、黄五虎上将骑着战马大破曹营，京剧《定金山》演绎过此故事。曹家塘后来果真是“灭”村了，当然不是风水先生的秘籍所致，而是因为“瘟神”血吸虫作祟。

在马家堰周边，因“小虫”而致“大灭”的村庄还有范垅张村。张村出了个张大路，元末在军营做小吏。某年，张大路押戒军粮顺鄱阳湖水路入长江，他趁着乱世竟起了私心，将军粮和军饷“大路不走走小路”，偷运至故里，尔后用当朝的那种三角形的钱币，在家乡大兴土木。张大路新建的宅院天井就占了一亩二分地。张大路的墓穴与西山长伴，马家堰当地至今还留传一句俚语“张大路抛大网”，用来形容不切实际的好大喜功。据说，范垅张村因病疫迁移至了现在的北山乡亭下张村。

纸船明烛照天烧

同处鄱阳湖区的余干县 1958 年消灭了血吸虫病，当时的都昌县送“瘟神”激战正酣。直至 21 年后的 1979 年，都昌县多宝乡宣布基本消灭血吸虫病。说起都昌血吸虫病的防治史，马家堰村是绕不开的一页。在 1993 年 10 月由新华出版社出版发行的《都昌县志》卷三十“血防”一章中对马家堰的疫情有两处载录：“多宝乡马家堰村，清朝末年属都昌一个街市，有 300 余户集居，一年出生男丁 90 余口，都由于血吸虫病危害，至建国时仅有 26 户 78 人。”“民国三十二年(1943)，县卫生院院长曾到马家堰了解疫情，无可奈何而返。”1949 年，中华人民共和国成立，百废待兴，人民政府把“为人民服务”的宗旨刻写在中华大地上。作为鄱阳湖区血吸虫的重疫区，都昌县开展史无前例的“送瘟神”运动。合着时代的节拍，马家堰村人以舜、尧般的意志和执着，终于送别了“瘟神”。

1953 年，九江地区血防站的医务人员首次在都昌开展查螺活动，1955 年，通过普查，初步掌握了全县的钉螺状况。1956 年，都昌开展内湖灭螺，采用铲草皮放火焚烧的土方法灭螺。1957年，都昌成立县血防站（1985年曾获“全国血防先进单位”）。1960年冬，全县组织万人开展北庙湖堵汊灭螺大会战，新修建的新妙湖大坝，兼具血防、水利、交通等多项功能，马家堰直接受益。1964年，全县提出“一手抓生产，一手抓血防”，将灭螺纳入农田水利规划，同时用五氯酸钠药物灭螺。1970年，血吸虫防治再掀高潮，围堤灭螺成效明显。1972年，灭螺专业队远征鄱阳湖，配合飞机撒药进行草洲灭螺，同时采取连续冬季大会战的形式，打赢送“瘟神”的人民战争。1979年底，都昌宣布基本消灭血吸虫病。

1945年出生的马家堰人马徽朋，曾担任村支书20余年。他亲历了马家堰加入全县送“瘟神”大会战中的每场战役。那时多宝乡的孩童都记住了大人口中的顺口溜：“马家堰，水连天，男子大肚女不生，面黄肌瘦两头尖。”血吸虫病人的典型特征就是“大肚子”，肝脾肿大，在那个年代几成绝症。马徽朋的父亲就是1961年感染了血吸虫病过世的，年仅49岁。不少村民逃到景德镇谋生。马徽朋记得村民起初最原始的灭螺方式，是用筷子去草湖寻找，夹进瓶中，收集焚烧。送走“瘟神”后的马家堰，村民的生活芝麻开花节节高，幸福指数日渐提升。2017年，马徽朋发自肺腑地在祖堂贴上自拟的一副对联：“村兴不忘共产党，人旺感谢毛主席。”

红雨随心翻作浪

有人言“十个回回九个马”，马姓与伊斯兰教渊源深厚。2008年，马家堰所在的多宝乡多宝村委会正式更名为“多宝乡多宝回民村委会”，是江西省唯一一个回民行政村。党的民族政策，让马家堰村人在生产、生活条件改善，子女上学、就业等方面得到诸多优惠。省、市、县也安排相关单位对口帮扶，共唱民族团结之歌。马家堰村人在送别“瘟神”之后，神清气爽，容光焕发。

马家堰紧临马影湖，马影湖其实是浩渺的鄱阳湖的一方水域，这里曾经是滋生血吸虫钉螺的丛生地，现在日渐成为打造“东方百慕大，鄱湖都昌县”的旅游胜地。人们探幽马影湖，早春涉过清时修建的马家石桥，可在青绿的湖草丛中听溪流淙淙，夏季可泛舟湖中领略鄱阳湖二桥的跨湖长卧和西山“江南沙漠”的黄金湖岸线，深秋可在蓼子花海闻香心动、雀跃弄影，冬季可观赏鄱阳湖候鸟翔集，水天一色。“马影湖”，一个颇具诗意的名字，其名因何而来？一生呵护候鸟、闻名全国的湖畔老人李春如的说法是，雨后的彩虹，多宝人称“马影”，倒映于水面上，状如“马影”而得名。也有人因文慕义在冬季的湖洲，策马而行，逐影遐想，“马影”遂生。且让历史爱好者以笔为橹，在马影湖的湖心撷取一朵浪花，一窥历史深处的马影湖得名的另一帧背影。民国五年(1916)5月，马家堰村与邻村李姓曾因“互争牧刈草坪”而诉之官府，由时任都昌县知事饶宗羲判决李姓人家“理曲”，马家堰人胜诉。关于此讼的“事实”陈述是：“缘此案李从祁等于去岁春间放牛下湖牧草，马鸣球等以为马影湖及旁湖荒田等系马、许、雷、程四姓之私业，李姓不应混争，牵李姓牛二头，杀伤一头。李姓则称治湖水草系黄砂滩公有地，与马影湖无涉，经公户调处，将牛挂彩送回，而议约照履行。今年李姓仍然牧放，马姓阻止，李从祁起诉马姓，辩诉各抄呈议约一纸约载云云。”

本案的堂断公文洋洋数千字，但寥寥数行的“事实”，掸去历史的埃尘后仍光鲜灵动。历史学家从中考据的是鄱阳湖区的契约史和民国初年的诉讼史；文学家从“将牛挂彩送回”中看到的是鲜活的生活细节；血吸虫防治专家从“马、许、雷、程”诸村庄的存废，论证出几多的“小虫大害”。这段“事实”陈述之后，诉状竟然侧击“推定马影名湖之始”：“勘得靠南湖岸有明嘉靖癸卯年所葬马伯莹公坟一穴，坟甚高大，‘莹’‘影’一音之转，犹沙港诸契称为细港也，当时马、许、雷、程均有鱼课而马姓最大，在势力范围圈中，遂以‘马莹湖’为‘马影湖’为俗称相沿之始。”原来，湖洲有马莹之墓，“马莹”与“马影”谐音，故得名“马影湖”，这不失为有文字载录的马影湖得名来由之一说。马影湖的产权归属如今已发生变化，但马家堰人钟情马影湖是不变的情怀。村民自发成立“马影湖大雁保护志愿者协会”，吸引村里和周边50余人加入协会，为保护生态环境奉献爱心，年年受到省、市表彰。

马家堰入村公路旁，建了一座具有伊斯兰教风格的亭子，彰显着回民村的特点。在马家堰村村民理事长马琴宝的记忆中，早先村民摆上谱酒和举办婚宴还会遵循一些民族习俗。在《村史碑记》中载，“《祖谱》在‘九戒’第六条中，戒食猪肉及酗酒。在当时的以牛为耕的年代，竟有三家宰牛商户常年供应牛肉，马影湖草洲是马氏独有的肉牛养殖基地”。如今的马家堰人回民情怀融于血液，藏于心间。

马徽朋老人准确地道出马家堰村的建村历史，就是从洪武二年(1369)算起，2018年，仲良公立村649年。“坐地日行八万里，巡天遥看一千河。”世事沧桑，时代巨变，马家堰村曾经“万户萧疏鬼唱歌”，如今“春风杨柳万千条”。马家堰祖祠的“湖上文章千词浩荡,山前井地五谷丰盈”的对联尽展襟怀。村史碑上镌刻如是感言:有了共产党,才有了新的马家堰。

64. 多宝乡洞子李村:让候鸟飞

【家训家规】洞子李村清朝初期从多宝寺前李村分迁至鄱阳湖畔马影湖半岛。2016 年,李春如一家自筹 30 余万元,新修了一幢颇为气派的“陇西世家”祖祠。大唐盛世的李氏家风,乘着“绿色”的翅膀,在生态家园飞翔。

一 座 岛

都昌县多宝乡仁义村委会洞子李村村民李春如被人称为“鸟痴”。1946 年出生的他已是年逾七旬的老人了,老人 36 年爱鸟护鸟的事迹被上百家媒体宣传报道,成为“新闻达人”。他头上的荣誉光环也熠熠闪光:感动九江十大人物、全市劳动模范、全省鄱湖十大卫士、全省鄱阳湖区越冬候鸟和湿地保护工作先进个人、国际斯巴鲁生态保护奖获得者……

洞子李村是在一座三面环水的小岛上。十年前,《光明日报》记者夏桂廉、胡晓军在一篇题为《鄱阳湖畔护鸟人》的通讯里,这样描述洞子李村进村入岛的交通状况:“车离开县城不久驶上了县级公路,半小时后,转入村级公路。那路很窄,其实就是一条人车走出的土路,坑洼不平。我们乘的车颠颠簸簸行驶,人们坐在车上要不时地抓紧扶手。随着路的延伸,我们发现两边的环境越来越好,树高林密,像是进入了一个绿色的世界。”十年的时光流转,洞子李村“绿色世界”依然,进村入岛的路变得畅通起来。都九高速上的“都昌西”收费站,离洞子李村不到 2 公里。随着省道 S214 线多宝至县城段改造工程 2018 年初的正式动工,都昌县城至洞子李村也就 20 分钟的车程了。

洞子李村居住着李春如一家,子孙三代 32 人,有人戏称李春如是“家长”“村主任”“岛长”一肩挑。洞子李村在清朝中期有 60 多户,村庄的衰败之始颇为惨烈。清咸丰年间,鄱阳湖区太平天国石达开部纵横驰骋,民间称之“过长毛”。其时,洞子李村出了个武举人,投身曾国藩帐营。武举人在邻村的平顶山张村杀死了石达开麾下的一个陶姓小首领。石达开部追杀报复，围剿、火烧洞子李村，对年轻人更是杀无赦。村民闻讯纷纷划着甩稻穗的四方禾斛，慌不择路地向村外的鄱阳湖逃命。

禾斛飘入湖中，水渐渐渗入，加上岸上“长毛”乱箭纷射，洞子李村人大部分丧命。60余户的村庄只剩下10余户幸存，且都是老弱病残。李春如的曾祖父躲在芋头垅的沟里，用牛栏杆覆盖身子，才免于此劫。剩下的村民后来因血吸虫病全去世了，老天赐福，独存李春如曾祖父，一代又一代地繁衍生息。至李春如这一辈，本来兄弟5人，李春如的四个哥哥一个个殁于瘟疫。李春如生育4个儿子，3个女儿，如今儿孙满堂，乐享天年。

一 群 鸟

在李春如的眼里，洞子李村不仅是他的出生地，也是鸟儿的天堂，岛上一年四季都看得见鸟。夏候鸟每年立春时节从南方飞来，到8月立秋后离开。夏候鸟离开的时候，大批的冬季候鸟来此越冬，你来我往，岛上的林子成了两季候鸟共同的家。中国林科院鸟类环志中心的专家认定，洞子李村所在的小岛夏候鸟有11个种类、20余万只，是江南品种最全、数量最多、保护最好的夏季候鸟自然保护区。

李春如爱鸟就像爱亲人，他常说一句话，叫“鸟赶祥地，鸟通人性”。曾有一只受伤的鹭鸟在李家休养了三四个月，刚放飞的那段时间，由于受别的鸟欺负，它每天都要回家二三次，后来，它终于融入鸟群当中。此后，每年开春，那只鸟都早早地到岛上来，并且来岛上的第一件事就是围着老李家老房子的屋顶转上两圈，算是感恩来了。

随着夏候鸟的增多，岛上常有一些盗鸟贼寻踪而来。刚开始，由于缺乏护鸟意识，有些人常到岛上来偷鸟蛋，最多的时候，一个人一天居然能偷1000多只蛋，李春如一家看了很心疼。想到失去了安全感的候鸟们，也许会远走高飞永不回来，李家决心对候鸟倍加爱护，不让任何人去干危害鹭鸟的事。

老李带着儿子们在林子里搭了个简易帐篷，一家人包括儿子媳妇轮流在林子里睡。夜里巡山的时候必须穿上及膝的雨靴，把裤脚扎紧塞进靴筒里。因为林子里潮湿闷热，时常能看到色彩斑斓的蛇和五六寸长的绿头蜈蚣。巡山的时候不能用手电筒，怕惊动熟睡的鸟儿。应急灯提在手里，只能在有老鹰来袭的时候用。平时老李一家人巡山的时候只能深一脚浅一脚,在黑漆漆的林子里摸索着前进,当然身边少不了一只忠实骁勇的狗。

2001 年,李春如的小儿子李华艳和几个偷鸟贼干了一场。那天是个白天,李华艳远远地看见一条船悄悄地在湖滩边靠了岸,下来三个人,都穿着特制的专门上树的鞋,鞋底上有两排密而结实的小钉子。小李喝住三人,请他们原路返回,可来者出言不逊:“这鸟蛋我们不吃还不就给你吃了,凭什么呀?”三言两语,三个人和小李扭打在一起。李华艳身板粗,年轻气盛,虽然寡不敌众,鼻子被打出了血,却也把两个人打翻在地。小李此后发动周边村庄十多个人建立了一个防盗鹭鸟网络,情报员只要一发现可疑人员出现在鸟岛周边地区,就会立即向他打电话提供信息。小李如今已成为老李最得力的护鸟助手,小李前往辽宁、南昌等地的野生动植物保护站进行了就业培训,曾被评为“全省爱鸟模范”。小李和哥哥平日里都在外承揽工程,赚下的钱也会贴补到老父亲的护鸟事业中来。

同在蓝天下,人鸟共家园。都昌被授予“小天鹅之乡”,有“珍禽王国”“候鸟天堂”之称。都昌县 2016 年至 2019 年已连续四年举办全国“鄱湖驿站,候鸟天堂”候鸟文化节暨鄱阳湖候鸟全国摄影大展,彰显候鸟文化品牌。天空候鸟翔飞,李春如逐梦随行。

一 生 情

李春如爱鸟护鸟,注定会因了 36 年乃至余生的痴情,成为时代的新闻人物。他的故事在建设“生态文明”的中国、“绿色崛起”的江西、打好“生态牌”的都昌这种大背景下深情地演绎。

李春如年轻时从九江卫校毕业,后来又在乡间行医多年,数十年与候鸟共家园,对鸟的生活习性了然于心,“候鸟医院”在他的生活中应运而生。先前,李春如对受伤的鸟是居家临时救治。2011 年,他花费 13 万元,买下早年下放知青遗弃的一排房子,7 间 270 余平方米,进行简单的装修,办起了“候鸟医院”,这是全国首家民办候鸟医院。2017 年 6 月,他在县民政部门进行了登记,“鄱阳湖候鸟都昌救治医院”名正言顺地叫响了。候鸟医院像模像样地设置了手术室、抢救室、重症监护室、病房。李春如成为医院的值守医生,同时他还聘请了县医院的骨伤科主任担任医术顾问,组织了一支当地医生参加的志愿者医护候鸟的队伍。李春如给鸟看病时,穿上白大褂,填写病历,俨然就是一名“治病救鸟”的医者。他发现候鸟在病情特征上有很多与人相通之处,鸟无语,李春如便观鸟相、察鸟情、诊鸟症,力求达到最佳救治效果。粗略统计,他 36 年来救治候鸟 1.4 万余只。常见的鸟症有两类。一是受外伤。伤势重的要动外科手术,李春如每年要为 10 余只候鸟施行截肢术。二是中毒。候鸟啄食田间洒了农药的食料,或是误吞塑料袋致病。李春如的治鸟医术远近闻名,湖北、安徽等地都有人送来得病的珍禽让李春如诊治。三年前,永修县吴城候鸟保护站发现一只一级保护动物东方白鹳受伤,吴城站请来了农大教授,似觉无术。站里的同事想到了都昌的李春如,于是把他请到吴城。李春如只见那只体重本来在 10 公斤左右的东方白鹳,瘦成了不到 3 公斤,且脚发抖,闭着眼,奄奄一息。老李掰开鸟嘴,一股恶臭袭来。李春如问了发病症状后,诊断此鸟为腹泻、脱水导致水电解质紊乱,出现酸中毒。李春如对症下药,输液三天后,东方白鹳奇迹般地精神起来。

李春如喜欢吟诗作对,兼着多宝乡诗词分会的会长。当他的故事用诗的语言去讲述,便显得格外动人了。媒体记者引用得最多的李春如的“鸟诗”,一首是:“山上结草庐,枝头鸟语酥。窗前望明月,枕边一卷书。”另一首是:“春风和畅鹭衔巢,夏日荷花鸟歌谣。秋凉菊意闻雁语,冬寒雪飘鹤舒腰。”2015 年,李春如救治的一只“小白”在放飞后,年年听从李春如呼唤的心,飞到马影湖来感恩李春如。思念“小白”时,李春如如泣如诉:“空中飞影袖上泪,寄到北地万余里。小白还在耳东西,思君无了时。”“从别时,忆相逢,夜夜梦见与君同。”与“小白”重逢时,李春如喜极而泣:“思绵绵,意绵绵,思意绵绵总万千,人情鹤情景相连。马影边、射山边,金秋相逢起暮烟,拥抱诉离别,泪洒鄱湖天。”

《让候鸟飞》是讲述李春如保护候鸟故事的纪录片,荣获国家新闻出版广电总局 2016 年“中国梦”原创优秀网络视听作品,江西省新闻出版广电局、中国网络电视台、省广播电视台联合主办的“乡愁——赣文化的保护与传承”纪录片大赛一等奖。让候鸟飞,是年逾古稀的李春如终其一生不变的情怀。

65. 万户镇古岭於村:方是潮平今岸阔

【家训家规】仲宽德宽,救民佑民。

中华姓氏中的“俞”“于”“於”三姓,读音几乎相同,姓源相通。三姓人氏往往会以“人则俞”“吊脚于”“方今於”让听者悟出到底是哪个姓。都昌县万户镇塘美村委会古岭於村,现有村民560余人,“於”姓村庄在偌大的都昌唯此一村。

於姓之源可追溯到5000余年前。据《世本》载,黄帝时有臣子名於则,发明了用麻编织的鞋子,适足而履,其功至伟,於则被封于於(今河南内乡)。於则的子孙后来以封地为姓,始有於氏,於则便为始祖。据古岭於村的老人说,於家迁居至九都万户应在唐朝前期,当年有於(俞)家湾(今属新屋村委会辖地),那时此地属古鄡阳县,“都昌县”的设置是在唐高祖武德五年(622),於家徙居彭蠡之滨至少在公元622年前。从於家湾迁居至现在的村址,是在南宋嘉定年间,距今也有800余年了。

於姓在南宋年间徙居至现在的村址,在周边地域已属早来者了,因此,於姓所属的湖港,大有占先而据之势,变得格外的阔大。据说在古代,整个焦潭湖都属於家村管辖,其四址的表述为东至长垅沟,南至长山虎尾,西至石牌,北至官坝。关于鄱阳湖中的焦潭湖属於姓管辖,民间故事传说是朱元璋所赐。

元末,朱元璋与陈友谅大战鄱阳湖,朱元璋部驻扎康山,“朱(猪)见康(糠),喜洋洋”,方术家言这本身就是个吉兆,而军事家的评价更具理性:康山居鄱阳湖中,山势峻拔,易守难攻。陈友谅驻兵吴城(今属永修县),吴城在当下着力打造“候鸟特色小镇”,可600余年前战云密布的朱、陈大战之时,陈友谅的夫人便成了一只“候鸟”,盼着每次出征的夫君能胜利归来。吴城有遗址“望夫台”,便是当年陈友谅夫人登楼翘盼之处。某日,陈友谅部追剿朱元璋部,战船行至都昌九都、十都地域。当时湖洲上有数百渔民在打湖草,正逢天降小雨,打湖草的渔民头戴斗笠、身穿蓑衣,右手挥着长柄草刀在刈草,左手持木镰盘。闻听远方兵船旌旗飘飘,不少人直起腰来好奇地观看。陈友谅的前探回禀的情况是:东北湖洲上有一群妖兵,头戴尖尖帽,身穿绿毛衣,右手握钩镰枪,左手拿圆形盾牌在严阵以待。陈友谅得报，怕中了朱元璋“妖兵”之圈，忙令撤兵。朱元璋实有的少量兵力，乘勇追杀，大败陈友谅。

朱元璋大胜之后，回谢打湖草之人，才探得牵头的是古岭於家村的三兄弟。三兄弟本姓俞，水浒人家分别取名叫俞通源、俞通渊、俞通海，还有个小妹叫俞四妹。这兄妹四人不只水性好，且以德处世，受人敬重。老三俞通海凭借“铁圈丸”的奇功行侠一方。俞通海人高马大，腰圆背阔，平日里专在鄱阳湖替人押运树排、竹排。那年月水运是黄金通道，婺源、乐平、鄱阳以至安徽祁门的树竹行销，完全靠水路转运至吴城、湖口等枢纽码头。运送途中，风高浪急，考验着护排人搏击风浪的能力，而俞通海高超的驾排术，令人叫绝。他用苎麻捆成粗绳，在绳端系一个铁圈和数枚铁弹丸，重达八十余斤。排行湖中遇有大风，倘若没固定好，惊涛骇浪便会冲散排系。值此险象环生之际，俞通海勇立排头，瞄准岸边的大树或是巨石，铁圈随着铁丸抛掷出去，系住岸上固定物，树排、竹排稳稳地拴住，只待风平浪静之时，再重新启程。欲取天下的朱元璋将俞氏四兄妹收入水军寨中，俞通海还成为一个小头目。他的“铁圈丸”功屡次让朱元璋部的战船免遭湍水之祸，应战状态下还以铁丸击敌，致人脑浆迸裂，人仰马翻。

朱元璋成了大明的开基皇帝后，俞通海们便面临“鸟尽弓藏”“兔死狗烹”的处境了。这当然也有草莽英雄本身的不自律，比如倚功倨傲，比如子女做出出格的事。如何“藏弓”“烹狗”？据说，朱洪武的夫人马氏想了个计策，让俞通海诸兄弟等 24 人，从南京城去鄱阳湖乘舟踏歌而游。此行的结局是，经历了无数惊涛骇浪的俞通海们这次命丧鱼腹，沉舟于浪涛中。朱元璋下旨厚葬遭遇不测的有功之臣，封赐以缅其德。俞通海兄妹分别被奉为大相公、二相公、三相公、四姑娘。三相公俞通海功勋卓著，朝廷在鄱阳湖沿岸建十三座庙宇，塑神像享受香火。对俞氏的后代子孙，则封赐当年相助打败陈友谅的那片焦潭湖，每年向皇朝上交少量湖税，大部分用作子孙后代的俸禄。

万户镇地方文史工作者吴先龙先生数年前根据于家述等的口述，留存下了这个民间故事的生动叙说。那么，俞姓后来在周边怎么成了於姓乃至于姓的呢？1944 年出生的於德胜讲述了这个民间传说结局的另一个版本。俞氏三兄弟在朱元璋夺取天下坐上龙椅后，故土难离，有了在鄱阳湖边占寨为王的气焰，便遭到朝廷追围。为避祸端，其父俞廷玉命老大俞通源仍姓“俞”，远走他乡；老二俞通渊改姓“于”，在鄱阳县银宝湖一带繁衍日盛；老三俞通海大有“坐不改姓,行不更名”的硬汉气概,这一支终姓“於”。在焦潭湖一带,有於相公庙存立,渔民出湖前会到庙中膜拜,祈求风平浪静、人寿年丰。

在万户镇,没有俞姓村庄,除了古岭於村,塘美村委会还有个于家村。关于于家村的兴村历史有不同的说法,比较可信的一种考证是,80余年前的民国年间,于家村由於姓易为了“于”姓,也有人考证是始于一个叫“于国禄”的人。古岭於姓有“国”字辈,前两辈分别是“承”与“宗”,后两辈分别是“扬”与“芳”。

于国禄是民国时期乡贤类的人物,幼时聪慧,读过私塾,才学过人。民国后期,在万户“下九都”一带,深孚众望的乡贤一类头面人物有大屋的洪钟、沙塘的江礼河、古岭的于国禄、刘家山的刘世銮等,他们在调解争执、协调公益、沟通官民等方面成为旧时代乡村治理的有效力量,被百姓称为“大老倌”“大先生”。于国禄颇有才学,有一次,他到芗溪麻园村的余昆才家做客,余家有药店、屠店,家产殷实,也是芗溪当地的名士。余昆才请于国禄为他家撰写一副对联,在余家后生磨墨裁纸间,于国禄已有了腹稿,尔后挥笔而就。上联为:一药店一屠店,药主生屠主死,二店分开生死路。下联为:亦士人亦商人,士为名商为利,几个能逃名利关。众人赏毕连称“绝对”。

于国禄所在的村庄原姓於,与古岭於家同宗同源。相传于国禄与邻邑的狮山八都山的于禅悟、于梅山私谊甚笃,民国辛巳年(1941)首议全村与于姓联宗,易姓于。据说当时于国禄策谋易姓的一个动机是,於姓是小姓,在“势管青山力管湖”的湖区,常受他姓欺负,湖权难于守业便是明证。而于姓在鄱阳县银宝湖一带属望族,银宝湖的鉴玉于村是都昌县八都于家山人于光的后裔,于光是明代景德镇“军窑”的创立者。从全国范围来看,据统计,现在於姓只有15万人左右,而于姓超过550万人。将“於”姓改成同音同宗的“于”,似乎有了势力上的依靠。于家的“大老倌”于国禄中华人民共和国成立后以渔业为生,家境困窘。据说,他在20世纪50年代的一日清晨,在渔船上洗漱时,突发脑出血而亡故。

方是潮平两岸阔,今朝风正一帆悬。在新时代,“湖里”不再是“无理”,古岭於村人融入联防联谊的鄱阳湖区大家庭,奔向美好幸福的新生活。

66. 芗溪乡井头八房村:渔乡欢歌

【家训家规】《江氏宗谱》"祖训篇"家训十二条,有关于"孝悌、睦族、处邻、谨言、慎行、勤力、节俭、惰穷、废赌、安业、致富、庭教"的详述。

都昌县芗溪乡井头村委会有 8 个自然村是江氏后裔,其中八房、九房、沙塘、韫吾里、程家园等江姓村落的祖先是济九公。济九公是南宋时期显赫的京官,颇得当朝皇帝的恩宠。济九公告老还乡时,皇帝赐柳枝相送,以此褒扬他的质朴无华和忠心耿耿的品格,同时杨柳顽强的生命力也适宜在济九公的南方故里栽植。皇恩浩荡,济九公的后裔于是以"御柳世家"相称。对于"御柳"的吟咏,早在唐朝韩翃就在《寒食》一诗中写道:"春城无处不飞花,寒食东风御柳斜。日暮汉宫传蜡烛,轻烟散入五侯家。"诗中歌咏的是暮春京城长安的美景。皇历翻至风雅大宋,济九公在彭蠡之滨的"御柳"下颔首而笑。

世系一代代传承至明朝末期,济九公的第十三代裔孙称廿公,他的第八个儿子从老屋迁至现在的井头村。这一支脉繁衍生息下来,因排行第八,村名便冠之"八房"。

芗溪井头八方村现有 170 余户,700 余人,是"十三五"贫困村。村民现在的收入来源,主要是传统的渔业,再就是外出务工挣钱。

八房村最亮丽的文化名片,是比渔歌更有韵味的赣剧。赣剧兴盛于湖区鄱阳、余干、万年、都昌诸县,早先称为"饶河调"。在文化园地单调乏味的 20 世纪 70 年代,村里的赣剧团演出仍很活跃。那时生产队对参加演出的社员记工分,演出的是赣剧版的样板戏,诸如《智取威虎山》《红灯记》《沙家浜》等。20 世纪 80 年代初期,村民们请来师傅教戏,排练出好几个传统剧目,比如《满堂福》《万里侯》《二度梅》《失金钗》《芦花荡》等,演一出戏要两三个小时。村民们也不计报酬,南峰、西源等乡镇的江姓村庄,哪户人家办个喜事来请八房村人去唱赣剧,角儿们都喜滋滋地隆重登场,"戏如人生""人生如戏",精彩一出接一出。唱罢卸妆,角儿们得到的是主人家馈赠的一段红帛,讨个喜气,谓之出了场"红台"。今日的渔乡,合着时代的节拍,村民的文化生活已呈多元化。留守的大妈跳起了广场舞,空巢的老人练起了太极拳。当年的角儿嫁的嫁、老的老,留下来的已撑不起一个"团"。于是碰到哪家办个红白喜事,日渐衰老的角儿们三三两两地凑到主人家,咿咿呀呀地"唱曲"过个戏瘾。

井头村委会江孟升是土生土长的八房村人,30多年前,他在赣剧团演的是小生。时光的大幕开开闭闭,如今已是知天命之年的他,用"日晒黄金夜不收"来形容八房村夜不拾遗的好村风。

八房村人谨记"家训",特别重孝道。要是哪家小子对父母不孝顺,性格豪爽的湖边人就直言劝诫,村里从没有虐待老人的事发生。八房村今年农历正月初八动工建祖堂,兼具村文化活动中心功能。工程承包给外村老板,施工工地从没丢失过一根钢筋。村民江冬泉与人合伙在村头办起了一家水产公司,从事"邮乐购"业务,鄱阳湖的鱼借助"电商"平台销往全国各地。公司的一晒场的鱼干露天过夜,也从不会出现丢损。8年前,20多岁的江春柏出现肾衰竭,需要做换肾手术,花去60多万元,村民们主动捐款,献上一份爱心。芗溪村江换来的儿子不幸患上白血病,八房村村民们也热心相助,尽显"睦族""处邻"的美德。

六、登楼览桥

67. 鸣山乡大田洲李村：风雨马涧桥

【家训家规】《陇西李氏家谱》"家法切要"中载：孝悌忠信是谓四宝，礼义廉耻是谓四维，酒色财气是谓四贼，备举其维，谨防其贼，完守不失其宝，则行成名立，上无贻先代之羞，下可为后人之法敬哉。

桥 之 名

在"大鸣山"，源头港、马涧桥、鸣山观，是三张地标式的名片。大田洲李村，属都昌县鸣山乡马涧居委会。马涧桥，坐落在马涧居委会所辖地域，紧临鸣山集镇。

"逢山开路，遇水架桥"，是时代弄潮儿披荆斩棘、勇往直前的励志语。日常的事理是，从此岸通往彼岸的桥，皆因涉水的功用而造，马涧桥就是因跨马涧港而建。马涧港汇聚鸣山深处的九山之水，流经源头港，再经土塘冯家坊而注入浩渺的鄱阳湖。马涧桥历经风雨沧桑，其建造历史可以追溯到元代延祐年间，距今已有700余年的历史了。"马涧桥"因何而名，史志上难觅确凿的记载。在当地的传说里，在文人的笔下，"马涧桥"是明朝开国之君朱元璋的赐名。

相传朱元璋与陈友谅大战鄱阳湖的某一战役，朱元璋被陈友谅的麾下追杀得一路逃窜，一人一马落荒而至大鸣山，自东向西的鸣山涧横亘于前，朱元璋闻听追兵呐喊而来，哀叹"天绝我也"。面临绝境，他挥鞭跃马，恍如神助般跳涧而过，脚下的石块都踩踏出马蹄印。朱元璋惊魂甫定，蓦然回首，但见敌兵止步于涧的对岸，望涧兴叹。做了皇帝的朱元璋赐封此涧为"马涧"，桥便称"马涧桥"。这个故事也有疏于推敲之处。比如桥是元代所建，朱元璋遇险于鸣山涧时，已有桥在；再比如涧南北宽20米，扬鞭催马如何能一跃而过？被宋代大文豪苏东坡吟咏的"鄱阳湖上都昌县"，确有很多地名的得来与朱、陈大战有关，诸如遇架山、斩子岭、朱袍山一类。对于朱元璋赐名“马涧桥”的传说，后人其实可以赋予更多的想象空间。也许朱元璋逃脱追杀发生在仲春时节，朱元璋携威跃涧之后，山洪暴袭，将陈友谅追兵阻于对岸，也算“天助我也”。此说铺陈的背景应是元代修建的桥已毁圮。

大田洲李村奉宗三公（又名平山）为世祖，在《陇西李氏宗谱》“宗三”谱系有如此载录：“公避陈友谅乱迁翻车岭粉璧塘，厥后相马涧桥东有巨州，中有古井镇之焉，于洪武四年领户帖，娶横塘查氏。”翻检古谱可推测，至少在朱元璋立大明的第四年（1671），就已有“马涧桥”之称，这也佐证了此桥首建于元代的稽考。在大田洲的老人口中，至今流传着远在元代关于“马涧桥”定名的另一种版本的传说。

元代中期，鸣山涧一带已是“下通九广，上达饶徽，虽非重镇，亦是要津”之地，跨涧修桥势成必然，桥为单孔石拱桥。当地有种习俗，但凡建桥，合口竣工前要祭桥，才会保桥安人宁。“祭桥”的仪式，不是宰猪杀鸡滴血而祭就能了事，而是要庄重且沉重的“人祭”。造桥师傅留着拱顶的砖缺不砌，只待“祭桥”才封合。在夜深人静之时，造桥师傅手持稻草人，附带上铁链，到周边的村庄吆喝着，呼唤乡间人常用的绰号“矮子”“瘌痢”“包皮”一类，要是哪个人正合其名答应了，师傅便把铁链往稻草人身上一套，牵扯着应答者的魂魄去“祭桥”。桥合口之日，即应答者遭凶之时。可偏偏四邻八屋的人都知晓这一风俗，大人更是叮嘱自家的小孩夜晚千万别应答陌生人的呼叫。建桥师傅呼唤多日，“桥祭”无着。某一日，一马姓县令去断案，途经此桥，见好端端的砖块散乱着不去完工，马县令对治地的怠工心生不悦，责令建桥师傅对桥拱疾施合口。师傅答曰：“还没遇上贵人过桥？”马县令掀开官轿帘布，厉声而叱：“本官难道不算‘贵人’？”师傅遂答：“好！”当天便将砖块砌入隙口，修桥大功告成。“祭桥”要的就是“祭人”的应允作答，马县令趾高气扬地宣示，正合了应诺之旨，马县令便成了“祭品”。果不其然，数月之后，马县令病亡于任上。自此，桥被命名为“马涧桥”。

无论是皇帝赐名，还是“祭桥”得名，抑或其他冠名之由，历史深处的马涧桥，桥上涧下，氤氲着文化的气息，让后人平添幽思。

桥　之　造

高山长青，涧水长流。马涧桥的兴废，无不折射出时代的变迁。我们且依着时序，来检视马涧桥的前世今生。

马涧桥于元延祐年间（1314—1320）初建，由李善庆所造。在中国传统的价值观念里，修桥建庙是积善积德之举。

明洪武初年，大田洲村祖先李平山慷慨解囊，对坍塌的原桥进行修葺。桥身为单孔拱形，桥亭为一层飞檐。

清咸丰年间，鄱阳湖区闹“长毛”，洪秀全的太平天国军过境时焚亭毁桥。

清晚期，邑人李笑山、李昌恭等募集资金，重修马涧桥。

民国十年（1921），山洪暴发，冲毁桥身，李昌琥等重修马涧桥，桥亭扩建为“四叠三层”，建“明桥寺”于桥上，祀佛供神。前后历经8年建成。

抗日战争期间，马涧桥见证了中华民族的受辱与抗争。1940年9月，日本侵略军陆军第116师217联队窜扰源头乡（今鸣山乡），焚毁马涧桥。抗战胜利后，乡贤李道英“聚众捐资，重新造亭”。

中华人民共和国成立后，马涧桥数度小修，但经风雨侵蚀，日见衰败。

1984年，都昌县人民政府将马涧桥列为文物保护单位。

1994年，时任都昌县政协副主席李树深（查山李村人）牵头，政府和民间多方筹集资金，修缮马涧桥，桥亭为砖木结构。

2010年，县、乡政府组织重修数度被洪水冲刷的马涧桥，依原貌尽力恢复。改砖木结构为砖混结构，改单层为双层。李树深以退休老干部身份任顾问，倾情投入改建工作。

2012年春，“明桥寺”照旧设立了如来佛祖、观世音、许君真神像，祈福求安。聘请专人护桥守寺。

2017年，九景衢铁路都昌段穿鸣山而过，在距离马涧桥200米处，新修了一座横跨马涧的桥，以畅通人流、物流。

马涧桥屡损屡建，坚韧不拔，久久为功，成为桥之脊梁。

桥　之　庄

马涧桥附近的村庄多为李姓与冯姓。关于马涧桥，有“李氏四大股”之说。四个村庄的迁居脉络是：大田洲李村由宗三公之子奈春（1369—1457）于洪武十四年（1381）由粉壁塘（今中馆排山）迁入，奈春子侄于明正统年间迁至丁峰山李村，四世孙兰晟于明嘉靖年间迁至查山李村，四世孙兰英于明崇祯年间迁至乌竹园李村。

在大田洲人的讲述里，成村、兴村与一口“古井”相连。相传祖先平山公起初从粉壁塘迁至一个叫“拜堂湾”的山麓生活，原址在景湖公路南边的老粮站后面。有一天，一位先生在李家门前小憩，平山公的贤妻查氏以茶水热情相待，先生指点此地难发人丁，田畈当中的那块芭茅地盘是迁居的福地。平山公夫妻听从良言启迁，挖开芭茅，下面有一口古井，于是傍井而居，取甘露而饮，家道年复一年地兴旺起来。这口古井遗迹现今仍在村庄北头，早已废弃，被硬化的村道覆盖着，路面有方形标识井位。1954 年出生的村民李会升记得，1966 年曾抽干古井，井底宽敞得可容纳四张八仙桌。

大田洲村在清初曾鼎盛一时，号称“千烟”，实际也有 800 户以上的人家，在这片土地上生生不息。这自然与马涧桥附近是“浔饶古道”的必经驿站相关。村庄后经战乱和自然灾害，人口渐减。大田洲李村现有村民 390 余人。1960 年出生的村民李会旭，曾担任村主任多年。他记得年少时看到 1972 年的“园田化”改造场景，平整田地时挖掘到青石板，石板路依稀通往马涧桥。现今马涧港还有青石板的遗迹，可见当年的繁华。

大田洲李村十余年前被列为第一批新农村建设点。村民们在新时代安居乐业。村里有用米汤煎制豆折的传统，马涧居委会副主任袁玉英通过互联网热销村里及周边村民的豆折，多的时候一天能代销 300 余斤，为贫困户增加收入。此举在 2018 年的春节成为当地媒体关注的热点，袁玉英一时成为“网红”。年轻的袁玉英成为大田洲人不懈追求幸福生活的代表。马涧桥也见证了大田洲人把向上向善的挚念立于心头的过程。

68. 苏山乡彭埠桥徐村：谜一样的传说

【家训家规】徐氏家风有“十训”：一训父慈，二训子孝，三训臣忠，四训夫义，五训妇从，六训友恭，七训敬长，八训择交，九训睦祖，十训和邻。

都昌县苏山乡彭埠村彭埠桥自然村，现有村民近 500 人。彭埠桥为钟灵毓秀之地，有一组美丽的传说，神秘的山水会唱歌……

“祖师”为谁?

“祖师”,通俗的理解是“祖师爷”,即师傅的师傅的师傅,或是先生的先生的先生,对“祖师”望文生义,也可理解为“先祖的老师”。传说彭埠桥村的先祖徐玉如,家道中兴,聘请的塾师聂百桓身世不凡。关于“聂百桓”其人,无只字片语的载录,所以村民一代代口口相传的有“玉百凡”“郁伯繁”“聂伯繁”等谐音。聂百桓何许人也? 相传是陈友谅的军师。陈友谅与朱元璋大战鄱阳湖“败者为寇”后,他的军师化名聂百桓,流落在鄱阳湖畔的彭埠桥、鹤舍一带生活,与徐玉如成为莫逆之交,并且成了徐家的私塾先生,为徐玉如的儿子徐镠传道授业解惑。满腹经纶的聂先生对徐家提出了一个很苛刻的条件:他所教的弟子不可科举入仕。言明的道理直截了当:心念旧主的聂百桓,感情上不能接受自己精心培植的栋梁之材,去为他曾誓死而战的洪武皇帝效力。徐玉如不悦:“天下读书人,谁不图功名光宗耀祖? 不入仕,如何谋生?”聂百桓倒是张弛有度地道出了两条“谋生”之路:一是可事堪舆,意思是不做朝官,去做风水先生;二是可隔代为官,意思是徐玉如的孙辈可步官宦之途,策马远行。徐玉如生育的四个儿子,其长子徐镠生育四个儿子,玉如公的长孙徐相后来果真入仕,明嘉靖年间官至广东兵宪道,官衔上相当于现在的省军区司令员。

说“聂百桓”是陈友谅的军师,其实有诸多疑点。史载,陈友谅军师名邹普胜(1325—1393),是明初的道士,在陈友谅兵败后化名“何野云”,化装成乞丐逃至潮汕一带,被当地百姓奉祀为“跳蚤仙”。都昌县民间文艺家协会主席杜振助近年来致力于都昌杜氏世祖杜云华(1196—1274)的研究。杜云华是都昌宋亡后抗元的农民起义首领,其三子杜可用(1228—1280)在元时的南康府谋反,立国“万乘”,封“天王”。杜可用的孙子曾在彭埠桥一带顽强抗元,徐玉如家当年的“祖师”或许是杜可用的侄孙。在彭埠桥村祖堂神龛两侧有一副斑驳的对联“狮子山前旧地,凤凰岗上世家”,说的是都昌“东海世家”的徐姓,是南宋理宗宝祐年间由鄱阳凰岗迁入,首迁都昌的始祖叫徐应午(1186—1235)。应午之子徐学宾(1234—1267),南宋景定五年(1264)钦授河南通判之后,致仕移民都昌双港画林(今徐埠镇子云村辖地)。徐学宾幼子名岳卿,其七世孙徐熙让(1394—?)于明永乐年间由徐埠枣树下徙居至彭埠桥。徐百如是徐熙让之子,所生活的时代距明初已有八九十年。这样一梳理,聂百桓是陈友谅军师,或是杜可用的侄孙之说，在时间上均有悖论。

在彭埠桥的南山山麓，2016年，村民筹资兴建起一座精致的亭子，取名“隐儒亭”，其意是纪念当年的“祖师”。“祖师”者谁？550余年前一位隐居乡间的大儒是也。

古樟谁植？

彭埠桥村最惹眼的乡愁标识，是村头的那棵古樟。古樟已有500余年树龄了，仍枝繁叶茂，树干的洞里藏得下五六个顽童。村民在树荫下休息，看青山绿水，聊家长里短，呈现一派祥和的气象。

这棵樟树为谁手植？这在彭埠桥村也有谜一样的传说。江西省作家协会会员徐红生是彭埠桥养育的一名优秀本土作家，在县城东湖中学立德树人。徐红生曾出版抗战题材的长篇小说《夜鸣郎》，小说中瘌痢们演绎的抗日故事发生在“文桥埠”。很显然，徐红生就是以他的家乡彭埠桥为文学创作背景的。徐红生整理出十余篇关于彭埠桥的动人传说，其中《姑祖蓄樟》写道：

当年姑祖十八岁的时候，做了一个梦，梦里有个人说他是姑祖前世的父亲。姑祖前世的一家人也住在彭埠桥这个地方，姑祖前世的爹经常带着人打仗，后来打输了，被人拐走了。姑祖前世的父亲让她在村头栽一棵大树，说他马上就要回家了，村头有那棵树，他就知道家在哪里。姑祖第二天起来，到村头的港边就发现一丛老根上长出的樟树，就砍去小的，留了最大的一根，还天天守在树下，说是等人来。姑祖生来面相高贵，心灵手巧。樟树一年年地长大，姑祖也一年年地长大，到了出嫁的年纪，却说谁家也不去。姑祖年纪小，在村头等人来算是个玩笑，年纪大了，就有外人风言风语说闲话，缪公夫妻脸上就挂不住了。缪公想让姑祖去婆家，就要先斫了那棵树，姑祖坚决不让。缪公就说：好地不栽樟，栽樟发他方。意思是说樟树会发别的地方，对自己不利。姑祖说，这樟树不是栽的，是蓄的——好地要蓄樟，蓄樟源脉长。樟树留下来了，姑祖一生未嫁，天天在樟树下看着远方。缪公在大儿子屋边给姑祖建了一座观音堂庼。姑祖快七十岁的时候，忽一天无疾而终。多年以后，观音堂庼倒了，观音的座位转到祖堂庼。

彭埠桥村民关于这棵古樟为谁所植的另一种版本是“徐相植樟”。徐相在广东为官，在故里手植樟树，寓意叶落归根。徐相还为彭埠桥带来了南国的仙乐“十番”。十番又称十盘、十番鼓、社盘、石磐等。所谓“十”指一个乐队十个人，十个人吹奏击唱的七种乐器中，有四个人使用不同规格的横笛竖箫。“十番”是广东一带古老的民乐，古代皇帝举行大典时以此作为高亢激越的宫廷音乐，寺院道观祭祀时亦用此作为迂回沉静的宗教音乐。十番在都昌其他地方也有流传，但至今能组成乐队演出的唯有彭埠桥村。每年正月十五闹龙灯，或是重要节日迎宾展演，十番齐奏令人耳目一新。2018 年元月 12 日，首届元辰文化节在都昌苏山鹤舍村举行。作为元辰文化的核心区域之一，彭埠桥的村民们登台表演十番。著名文化学者摩罗先生听过十番后感叹：“音乐旋律充满金戈铁槊、战马血号的力量感，它既非民间音乐，也非宫廷气息，而像是随军文人的大作，跟大元帅陶侃的军威剑势十分匹配。我在乡村从来没有听到过如此震撼的音乐。”

彭埠桥人徐相为吏颇具政声，是村史中引以为傲的一个人物。古樟的葳蕤，让一股从善如流的力量在蓬勃生长；古乐的缭绕，让一种向上如登的激情在展翅飞翔。

祖祠谁兴？

秀美乡村彭埠桥处处为景，景景生情。“南山当户”，指的是村前青翠欲滴的南山堪为护村门户。“翠竹为屏”，喻的是村后山上修竹亭亭玉立，宛如锦绣屏风。清朝末期，修竹山峦下是一条阳关大道，饶州府一带从水路经屏峰取道浔阳，或是逆向从浔阳取道瓷都景德镇，彭埠桥都是一个必经的驿站，歇脚、打尖的店铺林立，呈现一派繁华盛景。“高桥横锁”，说的是村中一座突兀的石拱桥，俗称“高桥”。鄱阳湖漫漶之年，彭埠桥村遭洪水之虐，此桥高拱成为路标，更衬其“高”。有人干脆指证此桥就是“彭埠桥”，也有人推测“彭埠桥”早先应有彭姓人家栖处，只是后来因为瘟疫和战乱而灭迹，更有文化人考据“彭埠”之“彭”，指的是“彭蠡”之“彭”，鄱阳湖古称“彭蠡”。彭埠桥村“高桥横锁”，锁住的是吉祥之气不外泄、邪恶之气不外来。“三水合经”，指的是发源于苏山的南港、老山的北港和云顶山的溪流，在彭埠桥村中汇合，尔后注入鄱阳湖，形成“三水合经”的风水宝地。“莲开七瓣”，指的是村内村外有七口潭，就像盛开的七朵莲花，而莲心就是村中的门口塘，犹如“怀抱明珠”。如果要从文化渊源上去找寻意旨，彭埠桥的莲花祥地意联“白莲教”，无论是陈友谅还是杜可用，“白莲教”在抗元的旌旗上猎猎作响。

彭埠桥的每处胜景，都有一段动人的传说。彭埠桥人文景观的高地，不在山与水，也不在树与桥，而在独具风采的祖祠。彭埠桥建于明代的祖祠，规式上简朴而粗犷，“四进三天井”的阔大，在都昌堪称唯一。现任彭埠小学校长徐建国，叙说起祖堂的建造，力陈其与传说中的“祖师”聂百桓相关。聂百桓当年追随陈友谅而兵败，存留下可观的军中钱财。聂百桓与徐玉如情同手足，资助彭埠桥先祖徐玉如兴建祖祠。其阔大，是为起兵谋反大明而准备的，祖堂可作屯兵练武备战之用。只是忠厚传家的徐氏先祖，容不下半点“反骨”，“祖师”的如意算盘自然落空。徐建国讲述了关于聂百桓遗存下丰厚财宝的另一说。邻村鹤舍的袁绍起，在景德镇低价收购濒临倒闭的窑户，注入资金使之起死回生，渐大渐强，袁家富甲一方，成为鹤舍袁村中兴的标志。袁绍起的“发家史”如谜，他的父亲是彭埠桥徐玉如家的一个佃户，他自己是个放牛的底子，发迹没有通常的含辛茹苦的“奋斗史”做铺垫。有后人便演绎，袁绍起在南山漫山遍野地放牛时，偶然挖掘出当年聂百桓埋藏在南山的数坛金银，后来不露声色地去景德镇发家去了，再后来荣归故里大兴土木。

彭埠桥的祖祠是徐埠、苏山一带“东海世家”的徐姓村庄共同的精神家园。一说当年兴建祖祠时，周边四十八屋徐姓共同建造。翻阅都昌徐姓村庄的迁徙史，更合情合理的情况应该是，徐埠、苏山一带的不少徐姓村庄是从彭埠桥外迁的。周边四十八屋的徐姓人家，曾把彭埠桥祖祠作为寻根问祖的圣地。为了方便周边的徐氏后裔前来祖堂朝拜、祭礼落歇，乾隆年间，徐姓人家在离祖祠不远的小巷深处，建了两幢老宅，门楣上分别嵌有“海岱传芳”和“龙泉世泽”的青石牌匾。老屋经时代风雨日渐衰败，遗址尚存。彭埠桥祖祠“无蚊”也有传说。且说祖祠上梁那天，有个胡人牵着一头大骆驼进入朝(音“巢”)门，好客的村民热诚相待，胡人在酒足饭饱之后面露喜色，放言挥动三扇，可致方圆十里从此无蚊蝇相扰。一个村妇嘴长接过话头，哂笑道：“十里”太远，大堂庑无蚊叮虫咬足矣。此地无蚊三间屋，村上童叟不曾散。至今留在老一辈彭埠桥村民记忆中的是，20 世纪 70 年代，祖堂的中厅成为村民晚上记工分、纳凉的好去处。

彭埠桥祖祠根根合抱的柱子，承载着种种厚重的民俗文化。村民除了有除夕烧“岁火”守岁的习俗外，还有正月十五皎洁月夜烧“元宵火”的独特民俗。元宵节之夜，彭埠桥支族头首在祖堂中厅聚起柴堆起火，其中必有一棵壮硕的树干做“火胆”。孩子们闹过龙灯后，围着火堆烧起灯粑，灯粑被拿捏成各式各样的畜禽状，惟妙惟肖，吃起来满口生香。传说彭埠桥祖堂的桁料的联结没有用卯榫构式，寓意是“高居无榫(损)”。笃实的村民据实道来，这仅是传说而已，祖祠梁柱间还是用榫头构架的，不然如何能历数百年而不倾？

69. 苏山乡铁门袁村：门拱弯弯

【家训家规】袁氏家风“尚勤俭”条言：家道之盛衰，视乎勤惰，更因乎奢俭。农要胼胝三时，学须讽诵五夜。饮食不妨菲薄，衣服不妨朴素。克勤克俭，自在皆得乐地，家道自尔日崇也。

明朝的开国皇帝朱元璋，在建立大明王朝的前五年(1363)，与陈友谅大战鄱阳湖，因为鄱阳湖大战的完胜，而一战成“明”。鄱阳湖畔都昌县不少的村庄，也因这场战争而有了迷人的传说、谜一样的典故，或增其村名的人文华彩，或显其深厚的历史底蕴。苏山乡徐港村委会铁门袁村的历史之光，就在那场大战的烟云中闪烁。

铁门袁村亦称下西庄村(邻近的上西庄从下西庄分迁)。相传朱元璋与陈友谅交战时，一度在西庄的施家舍屯兵。某日，陈友谅的战船一路浩荡，从湖口屏峰直逼朱元璋部。在一公里外的谢湖水域，只见对面山上一干人马，扛着粗壮的暗红的大炮式的兵器，铳烟掀天，往山脊高处逶迤。陈友谅部以为是早有备战的朱元璋部有了特制的新式厉器，便仓促掉头回营。兵力单薄的朱元璋本以为此役在劫难逃，但见敌方弃甲而逃，此时倒仗着声势击鼓助威，呐喊声一片追杀陈友谅。其实朱元璋这边哪有什么新式武器，对方看到的只是西庄村一位老人去世，八仙抬着棺木，逝者亲友相送出殡而已。登基后的朱元璋感念西庄村让他打了一场胜仗，便在袁家老祖厅前赐建了一座门楼。门楼在构式上有三个特殊之处。一是门拱是弯弯的半圆形，进得门来才见紧邻楼墙的门楣是四方条石。这种“外圆内方”，相比于“外方内圆”的规制，独树一帜，也只有沐了皇恩，才敢取圆拱门形。二是两扇门的材质是厚实的杉木，但门面上还包了一层结实的铁皮，成了“铁门”，想必是寄寓当时朱元璋部壁垒森严，拒敌于门外的钢铁般的气概。西庄村自此又称“铁门袁村”。三是门楼正中的顶部有个祭红瓶，瓶内有面风宝铜镜。相传不管刮多大的风，门楼附近的灯火都不会被风吹灭，只因有这面铜镜呵护。瓶口安插了一把钢叉，直刺苍穹。祭红瓶毁于“文革”期间。朱元璋还赐封了村后那座作为葬场而胜于战场的山，取名为“得胜山”。得胜山脉绵延至苏山集镇，苏山乡曾有村委会曰“得胜村”，现在改称“石城居委会”。如今的得胜山一片苍翠，出生于1956年的村民袁卖阳记得小时候大人称这座山为“剥皮山”，言其裸貌。相传朱元璋某日登山，见山尽秃，便插双筷子在山顶，后来并排长出两棵松树来。一已之皇恩浩荡，其实哪抵得了百姓身上蕴藏的无穷伟力，正是铁门袁村人多年来的封山育林，才造就了得胜山的一片生态之绿。后人还将得胜山下的白茶与朱元璋的传说相连，说当年朱元璋钦点铁门袁村产的茶为“贡茶”。村上现有40余亩白茶基地，得山水之胜，其一流的茶品倒是千真万确。

唐代边塞诗人岑参曾有诗句：“银山碛口风似箭，铁门关西月如练。”所吟咏的是位于新疆库尔勒的铁门关的苍茫。对于鄱阳湖畔的铁门村，正可谓：胜山叠翠绿如葱，铁门斗拱弯如弓。悠悠650余载，门楼的砖木还是当年的原物，只是经岁月的锈蚀，铁皮换了几茬。也有村民指证，现在能见到的靠近门槛石50厘米许的铁皮，还是数百年前所蒙。铁皮斑驳锈蚀了可以更换，一些浸润到村民骨子里的民俗却亘古未变。铁门村现有80余户，400余人，每年的除夕夜，家家户户端着聚盘，带上祭品和蜡烛齐集祖厅，待一户不漏地到齐后，族上头首将铁门关上，先前是用木棒穿过三个洞孔横杠住铁门，后来两侧对应的孔洞阻塞了，抽插失灵，只得简便地拉上木栓关门了。村民祭拜过祖宗，还要到一侧的朱元璋的塑像后祭拜。这种民间的仪式感，倒也印证了铁门袁村的历史的确与洪武帝相关。祀毕，将铁门重又打开，各家的年夜饭便在爆竹声中动箸举杯，共贺团圆，祖厅的岁火也熊熊地旺起来。

从苏山集镇通往徐港、土目、马安的苏马公路2019年正在重修，徐港桥、马鞍岛一线因了苏山优质石材的开发而码头效应渐显，陶家冲、屏峰等旅游开发渐热，铁门袁村人的幸福之路也在渐延……

70. 苏山乡舍下徐村:舍·厦

【家训家规】徐氏《十训》"训和邻"言:我族散处各乡,其往来者,岂尽皆本支,尽皆姻戚哉? 有邻焉。鸡犬既已相闻,田产亦且相挽,出入既可相友,守望亦可相助。

成村之舍

都昌苏山乡舍下徐村是个有着1100余人的大村庄,所处"舍下",是苏山乡政府所在地,全乡经济、文化的中心。舍下徐村先前属得胜村委会,"得胜"其名,来自朱元璋在此一带战胜过陈友谅,有得胜之欢。2003年,得胜村委会与兰野村委会合并为石城居委会。石城者,指的是当地有优质的花岗岩石材,终归是红火一时的支柱产业。

与共和国同龄的舍下村村民理事会理事长徐天孙,已是古稀老人了,为村里的事操心不少,堪为乡贤。他归纳的舍下村的地理特征是"三山二川九桥十八湾"。所谓"三山",指村周边有品字形的大团包山、小团包山、牛头山;"二川",指村南、村北各一港,水系来自元辰山和老山,流向谢湖,而注入鄱阳湖;"九桥",指曾有凤凰桥、桂花桥、陈家桥、麻石桥等九座小桥通村;有桥自然有水,"十三湾"指的是绕村曲水潺潺、玉带环抱,实为一方江南水乡的秀美之地。

都昌徐姓承袭"东海世家",尊唐代的徐密(829—933)为一世祖。徐密有"大太翁"之称,大唐甲子科(904)进士,授职吏部侍郎。他在唐庄宗同光二年(924)卸任南归,见鄱邑凰岗山清水秀,逐率妻儿定居于此,古鄱邑即是现在的上饶市鄱阳县。真正迁入都昌的徐姓始祖是徐密的九世孙徐应午(1186—1235),南宋理宗宝祐年间由鄱阳凰岗迁至都昌秃山(今蔡岭镇田民水库边)。都昌徐氏祖堂常用联"狮子山前旧地,凤凰岗上世家"说的就是这一历史。

溯源都昌徐姓,"双港画林""彭埠桥"是两个绕不开的迁徙之源。"双港画林"由今徐埠镇子云村辖地,是都昌徐姓始祖徐应午的儿子徐学宾(1234—1267)南宋年间致仕后的移居地。"彭埠桥"由今苏山乡彭埠村委会管辖,彭埠桥徐村是徐学宾的六世孙徐熙让(1394—?)于明永乐年间由枣树下徙居而来的。舍下徐村的祖先徐策(1484—?),派名纹谋,字燕庵,是徐熙让的四世孙,于明正德年间由彭埠桥迁至舍下,至今已有500余年了。

在苏山,广为流传着一个出嫁女儿向父亲借地,将租期"十"年加一撇改为"千"年的故事。尽管对于父亲所在的袁家是哪个村子有不同的版本(一说袁翰村),但"袁家女婿"的确指的就是舍下村的肇村始祖徐策。早先徐策住在彭埠桥,苦于兄弟多无拓展之基,妻子袁氏打起"悲情牌",某日,到娘家父亲面前哭诉生活的困境。对女儿呵护有加的财主父亲,将一方大的地块,写了十年的租契给女儿,女儿将租契藏于发簪内,躲过了后来半途追逐而来的兄长的盘问。徐策夫妇将租期"十"年加上一撇,变成了"千"年,成就了舍下村的一番基业。当代人听来会产生这样的质疑:明代有"十"字吗,或许是"拾"?其实检索晋代王羲之这位"书圣"的碑帖,"十"字早就入了书。据舍下徐村退休教师徐辉讲述,起初,徐策夫妻在袁家种南瓜的刺蓬处搭了个茅舍独居,便有了"舍下"的村名。后来在族人的鼎力相助下,徐策夫妻神速地建起八间厅屋,以至袁家兄弟将"十年""千年"之争诉之官府时,官家察巡现场既定事实,而循了"只有借基做屋,没有拆屋还基"的民俗,断谳了此地早已是舍下之业。舍下村在旧时称"原(源)泉村",显然含了饮水思源之意,既有不忘祖上创业艰辛之源和族上提携相助之源,也包含着不忘袁姓祖婆娘家的让地之源。

徐策的父亲徐庭贵(名镠)是当地绅士,先后有三任夫人,徐策是第二任夫人欧阳氏(湖口邑人)所生,其余两任夫人所生儿子取名皆从木字旁,欧阳氏所生徐策兄弟取名皆从竹字头,寓意竹子比树木生长得更快。徐策在七兄弟里排行老三,先后娶袁氏、周氏,生五子二女。相传徐策中年有戍边抗倭的经历,为国尽忠,久无音讯,后嗣立了衣冠冢与袁氏合葬。

兴 村 之 厦

2019年10月4日,是日为己亥年农历九月初六,舍下的"官厅"举行了隆重的竣工庆典,这将是载入舍下村史一个辉煌的日子。用庆典具体组织者之一徐少平的话来说,是"数百年来等一回"。

舍下村的"官厅"说到底就是祖祠兼村民活动中心,全村人自筹300余万元,历时一年零四个月,由令村民信服的徐天孙、徐晓初、徐光平、徐火金等组成筹建班子，热心奉献，监督工程建设。全体村民拧成一股绳，投资投劳，为官厅的兴建添砖加瓦。官厅由湖北省黄石市一工程队承建，木工、石工、神案全都请当地技术一流的师傅来完成。官厅分上官厅、中官厅、下官厅三进，明清式木质结构，颇有清恭王府的气派。舍下徐村“官厅”大厦的落成，留住了很多辉煌的又几近绝版的古建筑文化记忆，也成了传承家训家规、凝聚村民蓬勃向上正能量的一方胜地。

舍下“官厅”是拓了原址、依了原向而兴建的。大厦前的大塘还在，通了源泉，护了石栏。传说官厅的坐向是与朱元璋一夺天下的陈友谅的军师聂百桓定的，说聂百桓兵败后流落彭埠桥一带，与舍下祖先徐策之父徐锣成了莫逆之交。聂百桓懂堪舆之学，是大名鼎鼎的风水先生，徐锣几成其“关门弟子”。作为侄辈的徐策请他前来舍下择向，聂百桓搬来一把圈椅坐着只顾饮茶。徐策在送别深不可测的聂先生一程后，才问择向一事。聂百桓颔首而告，让徐策回去看他刚才就座的圈椅是否挪动了，如在原方，则是最好的宅向。徐策掉头而回，圈椅仍纹丝未动，于是选择了一块紫红麻石，雕了“七星眼”，埋于正门的槛石下，自此，舍下得吉地一代代繁盛。这当然只是民间传说，徐策与陈友谅的军师生活的年代相隔了120年以上，两人的交集在时间上是有悖的，更何况对“聂百桓”其人史籍无只字记载。舍下村的“官厅”在20世纪60年代做了粮油所，也做过学校，20世纪80年代归还给舍下徐村。

祖祠向是原向，名也用了老名，曰“官厅”。在偌大的都昌，阳峰乡府前江村，那是南宋名相江万里的故里，祖厅被冠以“圣厅”，意为接皇帝圣旨之厅。舍下将祖祠名为“官厅”，显然彰显的也是族人的显赫，意为官家辈出，仕宦捭阖。据徐天孙老人统计，舍下村在明清两代出过3位进士、7位举人、18名贡生、300名秀才。在新修的官厅，悬挂着复制的“大夫第”“进士”“举人”匾额，让舍下后裔敬先崇贤，肃然起敬。那些从舍下村走出去的先人背影，似乎从未走远。

晚明的徐孔徒父子忠孝留佳话。舍下徐村明万历年间有个进士叫徐孔化，做过太学教谕。关于他的生平事迹的史料极少，以至在官厅二楼的徐氏名人宣传栏内都未列单传录入。舍下村明万历年间还出了个与徐孔化同辈派的举人徐孔徒，他在明末抗击张献忠屠川有过壮烈之举。徐孔徒崇祯年间授四川邛州牧，在任7年颇有政声。与李自成齐名的农民军领袖张献忠既反明也抗清，在历史上有值得肯定的一面，但他入川后的屠杀，导致生灵涂炭，有个统计说蜀中人口从崇祯前的300余万锐减至清初的8万，才有了后来的康乾年代从湖广移民填四川。崇祯十七年(1644)，张献忠的大西政权攻陷邛州，以凶暴闻名的张献忠对抓获的知州徐孔徒，却慕其贤名而招降他。徐孔徒为明王朝践忠，至死不降而遭杀戮。当地民众将徐孔徒尸首安葬于邛州都府巷。徐孔徒的次子徐孟深(1629—1674)为清朝康熙时期的举人，博学笃行，事亲至孝。父亲在蜀地殉明后，徐孟深艰辛跋涉6000余里，前往四川邛州寻找父亲的尸首，号泣而返，为父招魂而归故里，时人赞其“忠孝济美”。康熙二十年(1681)，《都昌县志》三修，徐孟深为主纂。

清代中期的徐芳增夫妇节烈留名。徐芳增功名上只是童生，英年早逝。其妻戴氏生于书香门第，父亲戴高为举人，弟弟戴凤翔为进士。戴氏与夫君恩爱有加，在徐芳增病逝后，她痛不欲生，投湖、绝粮以求同穴共眠，在家人劝慰后，忍痛向生，以德行世。她对公婆尽极孝道，年方十八时持家守寡28年，后以侄承嗣，嘉庆二十年(1815)得朝廷旌表并为之竖立贞节牌坊。舍下现今年逾半百的人还会记得小时候在牌坊下的嬉戏，直至20世纪60年代，牌坊被毁，一些石梁做了附近的桥料。

徐懋绩夫唱妇随有清名。舍下村官厅悬挂的一块落款“嘉庆甲戌菊月旦立”的“大夫第”蓝底金字匾额，彰显的便是清代进士知府徐懋绩的荣耀。“大夫第”在清代指五品以上文职官员的私宅。徐懋绩(1776—1847)，派名徐芳辰，《都昌县志》载其：“嘉庆十三年举人，十九年进士，四川大邑令，广元巴州牧，锦州、直隶州知州。”《徐氏宗谱》载，其在川北为官多年，治绩显著，曾任乡试主考官，并捐俸组织维修乐山大佛，“以复唐代佛皇原貌”。他在任直隶州知州时，剿匪安民，加封知府。其妻周氏是古代典型的贤内助，随夫履职蜀地，“勉夫清勤爱民”，广施善政。徐懋绩在任上劬劳而卒，她数千里扶梓归葬，晚年在乡闾延师课孙，积德行善。其子徐春廉曾任四川内江县知县。同治二年(1863)，太平天国军侵扰舍下村，她——一个古稀之年的老人力避诱扶外走，坚守家园，并痛斥焚掠行为，被活活烧死。她丈夫生前的同僚四川总督骆秉章赐匾“大节昭然”、云南巡抚林鸿赐匾“慈竹节松”褒其懿美。

民国时期的舍下村村民徐少松，著名的保定陆军军校毕业，曾任国民党江西警察厅督查员，在民国乱世为家乡苏山一带的保安避扰做了一些有益的事。时到当代，舍下村人更是工、农、学、商、兵、政各行各业各展其彩。

曾经荜路蓝缕小舍，如今巍峨壮观大厦。舍下徐村人在乡村振兴的大业中，一年年让幸福生活的大厦光彩夺目……

71. 都昌镇牌楼余村：一座贞节牌坊的“九重门”

【家训家规】余氏家训“谨闺门”言：今子姓日繁，不可不重为约束，务宜各相训诲，妇执妇诫，女习女经，尽不游庭，夜行以烛，怡声敛气，教子助夫，则家通自享和平，而风俗益加敦厚矣。

牌坊，是封建社会皇帝表彰有贡献的人而建立的门楼或碑。贞节牌坊是特指为了表彰封建女性对自己的丈夫坚贞不渝、一生恪守贞节而建立的牌坊。“贞节牌坊”只是物化的昭示，核心是“节烈观”。提及“节烈观”，最有影响力的文章当是鲁迅先生的《我之节烈观》。先生对“节烈论”横眉冷对，他在文中叩问：“一问节烈道德否？”“二问多妻主义的男子，有无表彰节烈的资格？”鲁迅自我解答了三个疑问。节烈难吗？答道，很难。节烈苦吗？答道，很苦。女子自愿节烈吗？答道，不愿。鲁迅在痛斥了“业儒”的“饿死事小，失节事大”的话后发愿：要除去虚伪的脸谱，要除去世上害己害人的昏迷和强暴。鲁迅的《我之节烈观》拟文时间署“1918 年 7 月”，距 2018 年 7 月整整一百年了。同年同月，胡适先生在《新青年》上也发表了《贞操问题》的文章，对“中国人的贞操问题”表达了三层意见：第一，这个问题并不是“天经地义”的，是可以彻底研究的；第二，我以为贞操是男女双方交互的道德，不是偏于女方一方面的；第三，我绝对反对褒扬贞操的法律。文学大师巴金在《和读者谈〈家〉》中平静地叙述过“贞节牌坊”的话题：我有个表姐，在民国初年还有过抢牌位成亲的“壮举”，不用说，她念《列女传》入了迷，甘愿为她未见过一面的亡故之未婚夫守节，还梦想有人为她立一座贞节牌坊。

在都昌县都昌镇矶山村委会牌楼余村，存留一座建于道光十年（1830）的贞节牌坊，牌坊四柱三门，红条石砌成，通高 6 米，面阔 5.2 米。正门从上到下的三层青石，上刻“圣旨”二字；中刻“节孝流芳”四字，并有方块青石块刻勒入“窃维”，载录贞节者的节烈情形；下刻“旌表文童余全宝妻李氏节孝之坊”。牌坊正门红石柱上刻联:奉养高堂妇兼子职;抚摩孤幼母代父严。牌楼余村的建村始祖是余显援(1616—1669),顺治年间由余家湾迁至四十七都的中堡,立"望仙中堡余村",后来以"牌楼"命村名,是因为这座牌坊的缘故。在2008年编纂的《余氏宗谱》"卷首",保存有旧时这座牌坊的图示,是一座三门洞开的标准牌坊建筑规式。而现在保存下来的牌楼,呈现在世人眼前的,是斑驳的斗砖墙体与门楼合为一体,拱形的正门被厚重的木门封闭,两侧门砌砖而封,倒是左侧开了一门进出。显然,牌坊在180余年前建成后,被余氏后裔改造过,利用牌坊后的空地建造起宅子来,也算别具一格的利用,又起了保护牌坊的作用。细心地把宗谱上的图案与现实的牌坊进行比对,可发现牌坊顶尖部的"方天画戟"和底座的"葫芦宝瓶"不见了。老一代村民说,戟和瓶毁于20世纪70年代。

清朝受"旌表"的贞节女子众多,当人们以牌楼余村这座保存下来的牌坊为范本,探寻从小村到皇宫关于建立牌坊的文牍之迹,也能得出鲁迅先生慨叹的"节烈很难"的另一种解读。清代贞节牌坊逐级申报的"九步法",无异于"九重门"。

第一步,家族自报。按清制,"凡有合例表之节妇,许令全家据实报明"。自报之后,族长画押担保,确证属实,谓之"甘结"。

第二步,乡儒恳请。当地读书人和乡贤一丝不苟,仗义为文上报。为余全宝之妻李氏呈词的有廪生余芳信、陈拜赓,增生余日升,附生余襄赞四人。所谓"廪生",就是民间形容的"补了米的秀才"。"廪"为"仓廪",是吃了国家皇粮,可享受不服兵役、徭役的特权。"增生"是"增广学员",府、州、县儒学生员中有固定的名额限制。"附生",附于诸生之末,初入儒学皆可列入,增生和附生都无廪米。矶山四乡儒之所以热心为李氏呈词,有一个直接的原因是李氏之夫李全宝生前也是个读书人,"儒生"英年早逝。呈词的上报时间为道光七年(1827)八月廿八日,李氏已于上一年离世。李氏的贞节情况在呈词里得以陈述:李氏系邻村李自远的女儿,从小贤淑。19岁时,李氏与李全宝完婚,孝敬老人,勤俭持家,特别是"纺绩"之功颇有好名。举案齐眉的一对夫妻只在一起生活了10年,丈夫便辞世。李氏痛不欲生,但她坚强地担负起侍奉公公、照顾小姑和幼儿的"母谊"兼"父谊"。李氏从29岁始,寡居38年,直至67岁故去,人伦节义,堪合纲常。

第三步,官府核勘。官府在收到秀才们的呈词后,派人核查,得出的结论是李氏“闺识蘖荼之苦,心存正气,永持水雪之操,此诚节孝两全,允协表扬”。

第四步,知县鉴批。当时都昌县知县姓曹,对李氏上报“贞节”一事的签批是“洵为巾帼人,宜沐旌扬巨典”。

第五步,知府鉴批。清时都昌县属南康府,时任知府姓狄,狄知府写下“看语”:允沐旌扬盛典。

第六步,巡抚鉴批。时任江西巡抚姓韩,韩巡抚写下批语:“应如所请,准其旌表矣。”

第七步,布政例行。江西的布政使司给出的办理意见一如他例:“该地方官给银三十两,听本家自行建坊,其该县节孝祠内题名设位之处,照定例遵行。”此时离秀才们的呈词时间已过了一年零四个月。

第八步,礼部题奏。清廷礼部官吏对建坊事宜提出明确的意见:“该节妇建坊银三十两在于征收道光九年地丁项下动支。”

第九步,皇帝御赐。道光皇帝钦批,要求对李氏建坊“遵行毋违”。牌坊上的“圣旨”,不是皇帝的御笔,而是表明是皇帝恩允的。道光十年(1830),牌坊落成。

牌楼余村的这座贞节牌坊距今已近200年了。牌坊的前世,昭示的是“风化与纲常”之门,封建统治者让天下多少青春女子在所谓的道德光环下,鲜活的生命有了桎梏;牌坊的今生,更多彰显的是“文化与旅游”之门,凝聚了余氏家族史和旧时代价值观诸多文化基因,成为不少人旅游赏景的一个去处。如今的牌楼余村人,按照生活的惯有轨迹轻松地生活着。紧邻牌坊新修的祖祠,宽敞而气派。大门门楣上方“诒谷”二字,宣示的是“新安世家”的村民“乐善好施,五谷丰登”的现世愿望。近年来,节妇余氏的第七世后裔余满崽,在都昌镇矶山村委会主任的岗位上,常入百姓门,忙着扶真贫、真脱贫。矶山长跑分会应时成立,年轻人以奔跑的姿态让“我运动、我健康、我快乐”的歌声在矶山联圩随鄱湖之风飘荡。由县城滨水西区通往矶山村的路上,车流多起来了,因了棚户区改造,不少居民住进了离牌楼余村不到2公里的公租房小区,城乡日渐融为一体。新时代的牌楼余村人,将长长的小康路立于家园,变成高高的幸福丰碑。

72. 徐埠镇袁钜村:古楼·鼓楼

【家训家规】《后汉书》载,东汉汝南人氏袁安(三国时袁绍的高祖),因“卧雪”不出,宁愿饿死,僵卧家中,巡官深为感动,遂请其为官。袁安出山,为官清廉,不负众望,传为佳话。寓意清廉高洁的“卧雪”,演绎成了袁门“家风”。

都昌袁姓村庄多分布在徐埠、苏山,其中徐埠镇48个,苏山乡22个。袁钜村属都昌县徐埠镇山峰村所辖。村名“袁钜”,来源于三世祖袁钜(1450—1521)之名。袁钜村奉袁钜的祖父鲁成公为始祖。鲁成(1378—1458),号双溪,因排行第七,又称“钦七公”。鲁成取别名“双溪”,实有所指。现今的徐埠港,就是由起源于武山山脉的两条溪流汇合成港。主港上的大桥就是闻名遐迩的徐埠桥,次港上的桥便叫“细桥”。两溪汇一港经新妙湖注入鄱阳湖。

鲁成公明永乐年间在双溪汇合之地定居下来。“双溪畈”指的是这一带更广阔的地域,鲁成公的祖辈避元末之乱,从丰城袁家坊首迁至此。在袁氏后裔的讲述里,鲁成公官宦荣身。他早年在朱明皇宫做过皇帝的老师,享受过皇宫里的娘娘动用“半部銮驾”护送御师荣归故里的殊荣。鲁成公中年便回到家乡生活,他生了10个儿子,这就是徐埠一带“袁氏十房”的起源。在民间,还有袁氏“10+1”房的版本。据说,鲁成公曾在南康府入仕。有一天,鲁成公从南康府所在地(今庐山市)乘船经鄱阳湖回家。船过湖来,下起瓢泼大雨,鲁成公只得在摆渡的渔民家过夜。艄公把袁鲁成的仪表和才识看在眼里,喜在心头。雨夜天寒,渔翁让17岁的女儿给“官人”暖足。彼夜自然有故事发生了。后来年轻貌俊的姑娘为鲁成公生下一个儿子。鲁成公临终前将10个成家立业的儿子叫来,叮嘱他们要照顾好幼弟,后十位兄长在鲁成公第11个儿子所居住的苏山西河岸,集资建造袁氏宗祠,并筑坝围圈,可算是第11房。

在袁钜村有栋楼,两层飞檐,楼高8米,占地120平方米。相传这座楼就是鲁成公于永乐年间所建,距今已有600余年历史了。鲁成公双溪生育的10个儿子,就像他精心哺育的10只小鸟,他要为自己的小鸟垒巢栖息。在外闯荡多年的他,便建造了这座造型别致的楼。现在袁钜村一些老人口中,还是习惯性地把此楼唤作“巢门”。起初,楼的底部左右两侧有四间住房,后来又在两侧各加了3间。随着添丁立户,巢门内的宅子渐渐多起来。

巢门现今是书写为“古楼”还是“鼓楼”,袁氏后裔也各有其辞。已近九旬高龄的袁世爵,曾在都昌县文化部门任职数十年,晚年致力于搜集和创作都昌民歌。袁世爵认为,他儿时记忆中的“巢门”称为“古楼”,表明此楼历史悠久。比袁世爵小9岁的袁新华老人,曾任山峰村委会党支部书记。在他执笔拟写的《重建祖堂序》的载录中,此楼被称“鼓楼”。翻检传统建筑历史,大凡中国“鼓楼”所具征象,一是城郊的报时建筑。“鼓楼”往往与“钟楼”相呼应,所谓“晨钟暮鼓”的规制。二是战时的“发令地”。鼓楼雄居一个城市中央的制高点,俯瞰城内城外,遇有突发战情,敲钟击鼓报警。鼓楼在城为应战而建,置于乡邑,更多的功能是防盗匪。盗匪袭村,村民一鼓作声,再鼓而驱。三是尊贵的象征。无论是阛阓还是远村,鼓楼的气息似乎总是和浩荡皇恩相连。袁钜村这座楼的建造者就曾贵为御师。

袁新华老人见证了这座楼数十年的兴衰。同一风格的楼在周边村庄还有两座,曾分别坐落在大岭村和南港舍村,早已毁圮,了无踪迹。袁钜村这座楼能保存至今,依靠的是一代代袁钜人的呵护。袁新华记得,1965年,村民筹资数千元,对鼓楼大修过一次。为防逾墙,村民将早先的半腰高外墙砌至底梁,封闭起来。后来,雕梁画栋的精美构件被毁,至今仅剩一点残件。1998年,一场洪水肆虐鼓楼,8个飞檐塌折了1个。2000年,村民自筹资金5万余元修复鼓楼。楼顶尖镶嵌着的祭红瓶被文物盗贼毁坏,现在置放于楼顶的是从景德镇购来的仿品。对古楼的维修保护,袁钜村仅得到过文物部门一笔3000元的支持,乡村文物保护的困窘可见一斑。2015年,袁钜村人自筹资金80余万元,在鼓楼后的旧祖堂原址,新建了砖木结构的新祖堂,村民文化活动也有了好去处。原祖堂是袁钜村的九世祖袁洎在明代正德年间始修的,袁氏后裔把“洎公祖堂”的匾额置于中央,以示纪念。

袁钜村现有村民400余人,村民在2000年得移民建镇之惠,把新宅都建在了老村址对面的暗山高处,远离了水患。旧址上的古楼和祖祠四周变得寂静起来。静默斯楼,见证过前世的几多繁华。袁新华老人忘不了孩童时在“巢门”外一排旗杆石间的嬉闹。旗杆石立在地面的部分有一米五高,填埋在地下承重的部分也有一米多。石料的上端镂了圆洞,是古时用来拴系扬威之马的。在村庄旧址池塘边，旗杆石横铺着做了搓衣石。20 世纪 70 年代建造的生产队仓库的基墙处，两米多的旗杆石凄凉地做了墙砖之用，精美的纹饰斑驳难辨。

袁钜村的人文底蕴，赋予古楼的每块砖以厚重，每片瓦以灵动。袁新华记得“鼓楼”里曾保留过数块有“文元”字样的木匾。“文元”是清朝官府对中举之人的旌表。清朝中期的袁廷夔，袁钜村人谈起村史时常会提及，尽管对其评说褒贬不一。百度“袁廷夔”，出现如此介绍：“清道光二十一年进士，江西都昌县人，充四川副考官，善诗词，过文登时作《不夜诗集》等行世。”袁廷夔何年过山东威海市的文登，记载不详。关于袁廷夔的传奇人生，在他的家乡袁钜村流传至今。

袁廷夔，又名成勋。他幼年时父亲早亡，与母亲相依为命，十几岁便跟着当地的桶匠师傅学手艺。“桶匠”所从事的活儿是圆柱形木器的手工制作，比如水桶、尿痛、薪桶、饭甑一类。师傅怜恤孤儿寡母，每年给两担谷子的工钱。村上一个族叔开了家私塾，族叔见廷夔聪慧可爱，劝说其母将儿子送到私塾念书。袁廷夔入得学来，先生呵护有加。课暇帮着弄饭、打扫，袁廷夔的母亲每年还会得到两担谷子的贴补。一年之后，在一个冷寂的冬夜，先生考同眠一床的学生的才思，出了对子的上联“一夜风兼雨”，小廷夔脱口对出下联“三更雪和霜”。先生对他的才情赞叹有加。袁廷夔后来赴京参加科举，中了进士，并被派往广东潮州任了一名知县。在知县任上，潮州地域遭遇天灾，朝廷下发赈灾的钱粮。彼时的袁廷夔官德失范，竟将一部分赈灾钱款连夜租船装运到家乡。村里人知道的银宝多是“三酥缸，八吊罐”。袁廷夔拿出一部分在袁钜村建造起自家富丽堂皇的“袁府”，还取出一部分在村里办了一所学堂，资助一名如他当年一样贫寒的子弟，剩余的大部分埋在双溪畔的地下窖藏。袁廷夔在学堂亲自为师，“传道”多少心中有愧，“授业”“解惑”也算名师，所教弟子十余人连中秀才。三年后，潮州府派来衙役前来袁钜村查办“贪官”，袁廷夔早有防备，让人在老宅设了自己的灵位牌，造成“此人已故”的假象。袁廷夔的办学善举，也让族人对其多有护佑。知府正好是袁氏的同宗同乡，他念了私情，不了了之，袁廷夔终老于袁钜村。不义之财难发家，据说“袁府”不到三代就被后人变卖了。流传下来的形容袁家没落的一个细节是：袁家的儿媳妇冬天取暖没钱买炭，用柴棍在薪桶熏灼取暖，袁家人从旁人身边经过，散发出烟火味，早没有了富贵气。

“古楼”无语，在时光的隧道见证了一代又一代袁钜村人的荣辱兴衰、生生不息。“鼓楼”有声,承袭着“卧雪家风”的一代又一代袁钜村人,如今合着时代的铿锵节拍,创造着属于自己的幸福生活。

73. 徐埠镇花门楼高村:“双溪”依旧在

【家训家规】《高氏宗谱》序言中称:“以家教移之国,以孝悌移之忠。”“以忠孝为首,廉耻次之,而归重于四民之生理,不率有朴犁然凛然。”

在都昌,以“花门楼”命名的不止一个村庄,每座花门楼都有其出处,蕴含着具有历史文化底蕴的故事。徐埠镇平塘村委会花门楼高村,现有村民480余人。南宋淳祐十年(1250),高恩二从都昌高姓的发脉地桃源乡荻坑(今属多宝乡罗垅村)迁入,距今已770年了。

都昌高姓承袭“渤海世家”,尊春秋时辅佐齐桓公的高傒为一世祖。至于“高”之得姓,一曰高元氏是为黄帝主管建筑宫殿的大臣,皇殿以“高”为尊贵,其后裔便以“高”为氏;一曰高傒的祖父食邑于高(今河南省禹州市),人称公子高,其后裔以高为氏。迁入都昌的高姓始祖叫高光,接高傒叙辈下来,属61世了。花门楼村始祖高恩二是高光之孙、高垍次子。高光之光耀在于他的进士身,南宋初年授湖南永平路佥判,秩满后于端平元年(1234)择居都昌县桃源乡荻坑,此处当初可是“生态美景”之地——桃花之源,芦荻一片。高光后裔迁居至离发祥地300米处,形成现在的多宝乡罗垅村委会东高村。悠悠近八百载,在鄱阳湖畔的都昌县,分徙出23个高姓村庄,散居于徐埠、周溪、多宝、土塘、都昌镇、苏山、北山、蔡岭、左里等乡镇,尤以徐埠镇平塘一带为最盛。

1944年出生的花门楼村人高文祥,从科级领导岗位退休后,热心地方文化研究,从事老年门球、老年科协等工作,著有《曦阳剪影》文集,让老年生活变得充实无比。高文祥说,花门楼村原本叫花园丘村,高村人的女婿余濂在明代弘治年间捐资为岳父高渊村里兴建门楼,自此村庄便称“花门楼”。余濂1463年出生于都昌苏山新屋余村,29岁中举,30岁荣登进士,历任行人司行人、浙江道监察御史、巡按辽东、江苏武进县(今常州市武进区)知县、苏州府同知等职。余濂在任监察御史时,以敢言直谏闻名,明孝宗褒扬余濂“按部有声,久负澄清之志；犯颜无隐，屡陈忠告之言”。他最高官职为六品，晚年因忤触东厂，卷入“张天祥案”而遭贬谪。《明史》有极为简略的“余濂”传条目，附于其后的便是“张天祥案”相涉的“王献臣、吴一贯传”。

余濂正妻高氏，在余濂任浙江道监察御史时，于明弘治十四年(1501)“妻随夫贵”，被敕封为“孺人”。敕文中这样评价高氏的懿德：“出自德门，嫔兴儒彦，贤良有则，恪供馈祀之勤；敬戒无违，恪守图箴之训。”余濂与高氏所生一女，嫁给苏山大坂上徐村的徐文表。余濂感岳父之恩为高村建门楼，应是他在1500年前后讨叛凯旋，回故里后所建。这样推断，旧时花门楼建造时间距今有500余年了。门楼高三层，顶部冠红、黄、蓝三色瓷瓶，大门为拱形，楼前有旗杆石、系马桩石。门楼上嵌有据说是余濂亲书的“双溪世族”四字的长方形青石，“双溪”喻指门楼前后流过的两条发源于武山山脉的溪流，双溪注入徐埠港，后入鄱阳湖。据考证，其实在余濂捐资建造花门楼的原址“秧田脚”，原有一座简易门楼，建于南宋灭亡的祥兴二年(1279)，经200余年的风雨侵蚀，至明中期已破败不堪。余濂捐资重建的花门楼其时可谓气派、堂皇。1940年前后，日寇入侵都昌苏山、徐埠一带，花门楼顶端的黄、蓝二瓶被子弹打碎了。后来，花门楼几经损毁，仅剩下一只祭红瓶和“双溪世族”石匾。1995年，花门楼村在八旬乡贤高圣虞老人的倡议下，筹资重修，1996年5月竣工。重建的门楼基本仿制旧式，主楼三层，琉璃飞檐，残存下来的祭红瓶仍被置于楼顶，傲然而立；“双溪世族”石匾仍被镶嵌于门楣之上，让斯楼古韵犹存。门楼之后是花门楼西头和中间堂前两族房的简易祖厅。重修的花门楼门前是一条硬化了的入村大道，对面是连绵的蜈蚣岭。1997年，花门楼东头族人兴建了另一座相仿的门楼，与西头门楼形成双门并矗、巍然壮观之势。1998年，鄱阳湖区遭遇百年不遇的洪水，花门楼村人享受移民建镇政策，数十户村民重建新居。村民同时对祖祠兼村民文化活动中心也进行了修缮。

一代名吏余濂不只为高氏捐建门楼，还应邀为甫修的《高氏宗谱》撰写序。余濂在谱序中这样寄语高氏：“以耕读为业，以礼义廉耻为坊表，其最下者不失为愿谨自守，一时习尚无愧标示，卒以此垂裕，吾知高氏之必有兴也。”

为《高氏宗谱》作序的还有明崇祯年间曾任湖广巡抚、兵部右侍郎的余应桂。封疆大吏余应桂(1585—1648)又名二矶，是距花门楼村不远的余呈湾村(今春桥乡余二矶湾村)人。余应桂为《高氏宗谱》作序，时在明崇祯十三年

(1640),比余濂撰序晚了130余年,《高氏宗谱》已经历了7次修改。其时,余应桂因熊文灿诬陷受了牢狱之灾,熊文灿后来伏诛,余应桂才得返家乡都昌谪居。余应桂与同邑的花门楼村的交集是,他的连襟是花门楼村的高寅伯。余应桂少时在花门楼村蒙馆求学,受教于老儒高文垣。高文垣是邻村的旧舍高村人,对家贫的余应桂呵护有加。余应桂在恩师辞世后,这样评价他:"意气若虹,肺肝如雪,遇有公愤抵掌操觚,绝无趋却。"其浩然的秉性给余应桂的人格以滋养,以至于余应桂感叹"观斯谱如见其人"。余应桂在序言中这样称赞高氏"宗子者":"族约而俗刚,风清而气朗。"

岁月匆匆,白云悠悠。花门楼村前村后的"双溪"依旧在,潺潺溪水,汇入徐埠港,注入鄱阳湖,奔流到江不复返;花门楼上的"双溪"石匾依旧在,古朴凝练,见证了时代的变迁,也瞩望了这方水土上耕读传家的人文之源。新时代的花门楼高村人,在溪上溪下唱着幸福的欢歌,奔向花团锦簇的远方……

74. 大港镇王顼村:留住乡愁

【家训家规】《太原王氏通宗谱》卷首载:身范宜端,子职宜尽,友恭宜笃,祀典宜崇,祖茔宜护,睦族宜重,生理宜务,闺门宜肃,嫁娶宜慎,家法宜严,交游宜重,贫苦宜周。

都昌县大港镇繁荣村王顼自然村,现有460余人。"王顼"之"顼",音xū,《新华字典》对"顼"字仅存"颛顼:传说中上古帝的王名"的释义。"顼"字属偏僻字,当地人对村名的书写干脆谐音写成"王旭村",其实,旭日东升之"旭",音xù。

王顼村先前叫舍里(老屋)村,王顼是其明初祖先的名字,用来称作村名。天下王姓的始祖可追溯到公元前565年的周朝的太子晋,其嫡裔王祐,祖籍莘县(宋时属大名府,今属山东省),历事后晋、后周和宋朝,皆以文武忠孝而显名。宋太祖赵匡胤封其为监察御史,官至兵部尚书侍郎知制诰。宋开宝二年(969),有人密告大名府节度使符彦卿谋反,宋太祖派王祐知大名府。王祐的家乡莘县归属大名府(魏州),宋太祖让"衣锦还乡"的王祐核查符彦卿的谋叛事实,并且治罪于谋叛者后对王祐以相位相许。正直的王祐恪尽职守，明察暗访，数月下来并没查证符谋反的事实。他在宋太祖面前直言相谏，宋太祖不悦，把王祐改派知襄州。如此下来，王祐升迁宰相的许诺成空言。王祐淡泊明志，在襄州的宅院内，手植三棵槐树，表明高洁的品行，并言“吾子孙必有为三公者”。后来，他的儿子王旦在宋真宗时做了宰相，应验了王祐的自信和远见。“三槐堂”成了王祐一支的堂号，“三槐王氏”是王氏的重要望族之一。王项村人就是“三槐堂”的裔孙，属太原王氏的分支。

旧时王谢堂前燕，飞入寻常百姓家。世事沧桑，迈步新时代的王项村人，秉承着祖先的正直品行，享受着太平盛世的欢愉。

大港，在“鄱阳湖上都昌县”的地域概念中，属于山区。与通常的山区“发展滞后”形成反差印象的是，王项村村民的私宅格外地抢眼，一幢幢楼房清新大气，风格各异。令人欣喜的是，王项村散发着乡村振兴气息的家园里，氤氲着浓浓的乡愁。

丁酉年，王项村的祖堂兼村民活动中心进行了一次大修，在“存”“废”之间获得了凤凰涅槃般的新生。村里的祖堂有数百年的历史，曾几度兴废。最早的一次大修是清同治年间，最近的一次大修是 1984 年。20 世纪 80 年代初刚刚改革开放，经济条件有限，大修全凭一村之力。石匠、木匠都是本村人，村民每家每户筹交稻米，供养师傅，同时摊工出力，每个男丁出不少于八个工。大修完毕，工匠还将保护祖堂财产的村规民约镶于墙上，警示村民。悠悠三十多载流逝，祖堂经风雨侵蚀，又破败不堪。面对四乡八邻兴修祖堂和村民活动中心动辄造价上百万元的现状，王项村也有人提议，筹集重金对祖堂推倒重建。省审计厅派驻繁荣村扶贫的“第一书记”刘国晨和乡村干部找到村理事会，商议着“修旧如旧”的最佳方案。2017 年 4 月动工，年底竣工。青砖墙头的飞檐、敞亮厅堂的栋梁，古朴的前戏台、沧桑的镶青石，乡愁无处不在，民俗扑面而来。

如果说乡愁是一泓浅浅的港湾，那么，对于王项村，一方数百年前的“中流砥柱”——石楣就是乡愁之舟的压舱石。相传，遒劲、方正的“中流砥柱”四字，是明代官至巡抚的王项村的一位游子，回到家乡为村中学堂所题写的。在王项村的村头，有一方草木葳蕤之地，门口堰、枞树堰、马家堰上下贯通，春溪潺潺。这方钟灵毓秀之地，自古称为“学堂墩”，一直是成风化人、书声琅琅的私塾院落。年逾半百的村民王教育孩童时，听曾祖父忆起自己孩童时在“学堂墩”读书时的情景,梅雨时节,学堂外潮湿一片,学堂内却干得起灰,打扫卫生要浇水除尘。学堂在1949年前已倾毁,“文革”期间,砖石被村民用来做了猪舍。当年巡抚题有力透纸背的“中流砥柱”四字的门楣石,散落到池塘边,光滑的底面朝上,用来做了村妇的搓衣板。八年前,王项村修进村大道,这块青石被弃置泥沼里,村民王林兵请人将石料抬至自家院落里收存。后来不少人找上门来求购,议价从200元升到2000多元,王林兵就是不为所动。2017年,王林兵将石楣无偿地给了村里。

王项村计划在村外的百年碾坊旧址上,筹建一间民俗馆。村民理事会已着手收集了不少的古老农具和生活用品。理事长杨春如对村里打造乡愁寄居之所信心满满。

75. 三汊港镇韩婆庄石村:氤氲丁仙垴

【家训家规】端身范,孝父母,和兄弟,敦族谊,训子弟,敬师长,睦邻里,慎择友,重丘垅,恤鳏寡。

一

对于都昌县三汊港镇政府大院所处方位,“丁仙垴下”是一种表述。丁仙垴是周边最高的山峰了,量化的精准描述是“海拔225米”。

从三汊港往土塘方向的老都中公路上,在左侧的三汊港中小旁岔出一条硬化的水泥路来,开着车子盘旋着可直达丁仙垴顶。上山去的人,大多是去峰顶的能仁寺祈福膜拜的。明洪武年间,天台高僧性觉大师云游至此,但见古木参天,径深林密,泉水叮咚,鸟语花香,观其曰:“山杰地灵,能仁也。”大师心喜,此地确是佛家静修的宝地,于是在此搭棚建寺,名“能仁”。寺建在山顶,云雾缭绕,宛若仙境,又名“丁仙”。直至民国末年,能仁寺依然香火鼎盛,朝拜者众。

能仁寺自然也是有故事的。相传清朝乾隆皇帝下江南曾在此一游,留下“真乃灵山佛地”的御叹。江南才子解缙也曾在此小住。民国时期曾任江西省省长的曹浩森,其家乡都昌周溪离此地不远,他也曾上丁仙垴来拜佛供养僧人。

1935 年三年游击战争时期，陈毅在时任都湖鄱彭中心县委书记田英的相伴下在此小住过两天，以播撒红色火种。1949 年后，能仁寺渐趋冷寂败落，20 世纪 70 年代被拆除。改革开放春风吹，不少善男信女在能仁寺原址搭棚烧香求佛。1988 年，当地村民石坤泉、石乾东、石植仁、石坤明等牵头发动居士信众，出工出力重修能仁寺，后逐年建了厨房、斋堂、禅房等。2013 年，出生于四川，曾在普陀山深修佛法的年轻的释慧海法师，任了能仁寺的住持。他利用在佛界的影响，筹资扩建能仁寺，其镇刹之宝是用精美的缅甸玉制成的大型佛像。进山的公路、援山的石级、照明的高压电等配套基础设施令人耳目一新。

丁仙垴的地域属三汊港镇岭东居委会韩婆庄石村。岭东居委会与港头街的三汊港居委会相接，一度叫“丁仙大队”，岭东居委会现有 2600 余人，除了一个 100 余人的周姓村庄，其余都是石姓人家。石村名曰“韩婆庄”，很容易使人望文生义，认为此地是一个韩姓老婆婆的肇基地。村民石坤朋老人的说法是，石姓祖先徙居前，此地有座坟，埋葬的是一个死于非命的孕妇，民间称挺着个大肚子的孕妇为“韩（寒）婆”。此墓茔年隆一年，其实是后人年复一年地培土所致，但乡间的讲究是坟茔高涨之地便是吉地，此地便流传下来，叫“韩婆庄”。

也有一种说法，将韩婆庄之“韩”与都昌徐埠的韩田之“韩”相连。韩婆庄石村是明洪武年间从徐埠石才里分迁过来的，而关于徐埠“韩田”的故事，是都昌石姓溯源的共同念想。天下石姓望出甘肃武威，称“武威世家”。都昌石姓尊石碏（春秋时期人）的 26 世孙石仲先（？—30）为一世祖。石仲先的父亲石祎（前 21—？）东汉光武帝建武六年（30），从桂阳令上秩满，租了条船经鄱阳湖回故里河南邑田，船行至武陵时遇到了姓单、姓程的两个劫匪拦船劫财，石仲先为了父母兄弟及自家妻儿的安全，挺身而出与水匪搏击，中箭溺水身亡。全家老小在石仲先血染鄱湖以命相护后逃脱虎口，藏入九庙深林。次日，石祎携一家老小，望山而行四十余里，为避途中骤雨而入一庙，见庙宇书“韩田”二字。在“韩田”之庙，石祎遇到一个叫张纯之（字克铭）的老者，亦入庙祈福。张老汉祖籍河南阳武，因儿子服徭役而亡命于外。他老迈之身带着幼童，田地也荒芜了。石祎与张纯之既为河南同乡，又同命相怜，于是挽手相泪前行，寓居张家已定居三代之地（今蔡岭镇洞门村辖地）。石仲先的遗孤石益仁娶了张克铭的孙女孙秀兰为妻，在韩田相依为命，经近 2000 余年的繁衍，石氏在都昌瓜瓞绵绵，繁衍 108 个村庄。韩婆庄石村的兴村始祖叫石震东（1273—？），元代至大年间由徐埠三角塘枣木墩迁至都昌三汊港韩婆庄。

二

韩婆庄建村600余载，丁仙垴氤氲着的灵秀之气，让这方水土的人家，代代演绎着精彩的人生。100多年前，村民石征仁的传奇人生故事，在韩婆庄石村老一辈中口口相传。

石征仁在其近知天命之年的前半生，就是一个普通的庄稼汉。这从一句关于他人生的俗谚可得到印证："借债还债四十九，兴家创业五十三。"说的是石征仁49岁以前还是靠举债生活，53岁那年的勃然"兴家"有个传奇故事。丁仙垴山高林险，明清时是土匪出没之地。某日，农人石征仁在丁仙垴下的自家一方地里打草皮、烧火粪，一锄下去，夯到一块红木棺材面料。善良的石征仁仍用草土遮覆住，回到家中取来纸钱焚烧，并响起爆竹安抚亡灵，也为自己避罪。当晚，他做了个梦，梦中有一老者抱怨说，他已为石征仁守财三年了，石征仁还没去昨天鸣炮之地收匪首之宝。第二天，石征仁扛着锄头来到覆草之处深挖，红木之下竟有三缸金子。他不声不响地取回家去，后来用这笔意外之财造豪宅，广置田。

关于石征仁建宅子进树料"买一送一"的故事版本，与都昌其他村庄的精明财主买树的版本如出一辙。石征仁在永修白槎买树，将金子放在破棉袄里，三天下来只是在木排上左转右瞧的。卖排的主人讥讽他："你要买得起，我卖一送一。"于是石征仁从身上的破棉袄里取出藏金，连进七排粗硕的树料，最终雇人将翻倍的十四排树料连夜顺水撑至三汊港码头。石家首造的是一幢徽派风格的三进棋盘屋，一百个红石磉上竖立着一百根屋柱，蔚为壮观。韩婆庄的"百仓嘴"，相传就是因石征仁家的房子绵延一里多，仓廪都有一百间而得名。在清末的三汊港一带，石征仁与西源邹家、阳峰卢家等成为名噪一时的富户。

石征仁嫁女赠田也有个故事。石征仁的妻子是同邑铁炉吴村人，生育一子一女。儿子拿了老子身边的金银在外经商，女儿爱慕的是堂下山方村的一个英俊的后生。嫁女的场面很是阔气，从石家到方家，用红布铺地，上面垫上稻谷和黄豆，以民间的方式显示娘家的富有。女儿的婆家家境一般，女儿便回娘家找父亲诉苦，要父亲帮衬，手心手背都是肉，石征仁应允女儿，让女婿扶犁在大堂下的那垄田地劳作一天，犁了多大面积就赠予多大面积的田地。酷热难熬的农历六月天,方家小伙起初老老实实地将一块田一圈圈地犁,方家娇妻移步阡陌,纤手一挥让夫婿一块田只犁一道辙,相续犁下去。一天下来,一道犁痕延伸了百余亩田。女儿怕父亲和哥哥后悔,便请私塾先生草拟了赠契,除了亩数,还附录了取水的权益约定,悄悄地盖上了父亲的印章,将田契藏在千层底的棉鞋里。年底,石征仁在外做生意的儿子回到家中,得知妹妹获赠田产一事,质问妹妹的不义,妹妹从容取出鞋底里的契约,呈上白纸黑字红印,哥哥也只得默认。自此,兄妹结下冤怨来,这是后话。

留作"后话"的,还有那没有用完的三大缸金子。相传石征仁将兴宅购田后剩下的金子,亦埋窖而藏。留下窖诀是:"金银十八车,埋在西边墙脚下;整蹄的车、破蹄的马,老糠搓绳隔壁扯。"这封与车、与马、与碾米有关的窖书如同"天书",后人无从破译。

三

悠悠六百余载,丁仙垴下韩婆庄,留下了无数耐人寻味的故事。有的叙述的是整个村庄的"大事件",有的言说的是某个村民的"小面貌"。

光绪四年(1878),韩婆庄村与堂下方村因田地灌溉水源之争,诉之官府,在《武威石氏宗谱》里保存着140年前关于这场案谳的判决书。起因是方姓田地里自古就有一道拦水坝,一位石姓村民耕作自家田地时不小心铲掉了此水坝。两姓村民产生纠纷,石姓不再让杯水丘的余水灌溉方姓的田地;作为报复,方姓将一个叫玉儿堰的坝体加高阻水以淹石姓的田地。断案的结果是水畅其流,皆大欢喜,县官告诫"以全戚谊而杜争端"。在村里老人的叙说中,关于那场杯水丘行水之讼,留下了一些鲜活的细节,让后来的文化人可在笔下演绎出许多的生动来。韩婆庄作为"原告",具名的职业身份为"农",堂下方村作为"被告",具名的职业身份是"儒"。原告的诉状是一个叫石规锦的29岁的后生写的,其幕后的"军师"却是当时大名鼎鼎的江西省参议员石坻如——都昌大港的石姓名流。石姓村庄在三汊港唯韩婆庄一村,石坻如诉之官府时打了"悲情牌",言三汊港村庄的姓氏布局是"五里千烟段,七里八百查,方家六族下,欺负我石家"。何县官接状后坐着官轿下到实地断案,方家文风昌盛,秀才、举人一应的十二红顶去大兴桥头恭迎,方家一个平日里以武艺闯荡江湖的小个子村民,闻讯也赶到港头接何县官。县官过了桥头,方家红顶儒人施礼恭迎之际,石武人从衣袖里取出一挂爆竹炸响开来，导引着县官到石姓茶坊喝茶听诉，让石姓人先入为主。结案后，石村一位大力士扛着门槛石去垫高坝口，让杯水丘受惠，这块青石至今仍在。20 世纪 60 年代，三汊港修筑了“同心水库”，石、方两姓的田地更是同时受益，新社会共唱世代和谐之歌。

韩婆庄石村有农历六月初四过半年的民俗。这天，村民抬着菩萨祈福，村民浩浩荡荡，晚上举着火把，擂鼓助威。村里的每户人家接亲朋至家中做客，共度半年节。话说有个叫石祖盛的，平日里孤身一人，靠篾匠手艺谋生。20 世纪 60 年代某年过半年，他用锅熬了一个猪头，作为佳肴招待女儿回娘家。那时百余斤的猪就成了刀俎之肉，猪头只有八九斤重，石祖盛盛一碗猪头肉端坐在门前吃，同时等女儿回来；未见女儿的身影，等了一阵又去盛一碗猪头肉，津津有味地吃掉。几个回合下来，一锅的猪头肉吃得只剩下汤水了，女儿还是没回来。石祖盛独吃一只猪头，成为那个年代的村民茶余饭后的话题。20 世纪 50 年代在景德镇瓷厂当工人的一个绰号叫“胖子”的韩婆庄人，酒量奇大，堪称“异人”。胖子从鄱阳县的丈母娘家，用独轮车推着一坛酒从昌江河东到河西，那时要经过一座浮桥，桥头有政府工作人员设置关卡，严查市民投机倒把。胖子行至桥头，检查人员说此酒可疑，怕是私自买卖之物，便要收缴。胖子再三辩白说是丈母娘酿的酒，平日里自己喜欢饮几盅，着实是自用。检查人员硬是不放行，情急之下，胖子竟捧起酒坛，“咕噜咕噜”地将坛中约 10 斤米酒一饮而尽。胖子像水浒好汉似的抹着嘴巴，倒着空坛说：“自己喝的酒都不够，哪还有酒贩卖，这回你们信了吧！”尔后，胖子踉跄而去。

韩婆庄这方水土养育的石祖盛、胖子们，质朴豪爽，个性鲜明。先人们远逝的背影里，当然也有所谓的“逆子”。清朝咸丰年间，村里有个男子贼性难收，屡犯之后被族人捆绑在祖厅，按族规，或是系着沉重的磨盘石水中溺亡，或是猛推至石灰窖下活埋。在男子的哀求下，一位乡绅给他担保，放了他一条生路。男子后来在乱世入了太平天国反清的军队，凭着心狠手辣，几分鲁莽，混得一官半职。“长毛”石达开部曾在鄱阳湖一带得势，男子“荣归故里”，便将当年家族夺命之仇铭记于心。他夤夜潜入韩婆庄，在当年附和要活埋他的户主的大门上，用黑炭一个个划了圆圈。第二天，他安排部下残忍地将“黑圈户”斩尽杀绝，连摇篮里的婴儿也不放过。30 余户共百余人在此浩劫中丧命，后来村民用禾斛装尸首，葬地都占了七分面积。逆子的归宿无人知晓，想必是遭了报应。

四

新时代的丁仙垴下，云蒸霞蔚呈美景，文明村风拂面来。

韩婆庄石村 2003 年兴建了祖堂兼村民文化活动中心，村里成立了广场舞队，添置了音响设施，文化活动中心真正成了村民的精神乐园。村里还设立奖学基金，从 2018 年起，当年考上一本院校、二本院校的分别每人奖 1200 元、600 元。2018 年有 15 名学子得到这分来自家乡父老的鼓励。韩婆庄石村人才辈出，当年执笔代写争水官司诉状的石规锦，诗书传家，如今他孙子在国务院机关施展抱负。村里拥军优属蔚然成风，应征入伍的青年每人奖励 1200 元。从韩婆庄走出的石坤荣，投身军营，在祖国的蓝天放飞梦想。村理事会贴出“告示”，每月固定四天，请理发师来村里，上门为 60 岁以上的老人理发。岭东村 2018 年开辟油茶基地，吸纳村里的贫困户务工，每户年增收万元左右。

从韩婆庄走出的中年作家石买生，在东莞以立德树人为天职。他在 1998 年 1 月发表在《散文》杂志上的《自然的回声》中写到了他的家乡：“丁仙垴，是一座山。站在山顶上，可以望山处之山，可以望远方的鄱阳湖。”才华横溢的石买生 2008 年春在散文集《冬日阳光之书》的自序中写道：“缅怀故乡风物，使我的生活更质朴、单纯、健康，让我永远铭记出发时的路……因为他们既闪耀着故乡露珠般的晶莹，又寄托了我在他乡时的缕缕乡愁。”石买生用灵动的文字，回望“出发时的路”，抒发对家乡的“缕缕乡愁”。丁仙垴下的韩婆庄石村人，一个个将爱家乡、兴家乡的情愫，氤氲于心间。

76. 西源乡陈大宠村：义之宠

【家训家规】《陈氏家范》十二条第六条“训子孙”云：匡维义族，后起联翩。兰含春媚，桂馥秋妍。何以栽培，护其性天。巍巍桢干，饱乎云烟。农亩有经，诗书有田。耕食凿饮，为诵为弦。终身远到，基于少年。循矩斯方，受规则圆。非规非矩，遗羞昔贤。父兄之教，在所宜先。

天下“义门陈”

在都昌县西源乡茅蓬村委会大宠陈村的祖祠兼村民文化活动中心的一楼，满壁都是“义门陈”文化的宣传专栏，县文化部门挂牌此处为传统文化研习基地。人们徜徉于“义门陈”文化长廊，感知着中国传统文化的魅力。

将“义门陈”置于中国的姓氏文化史中，从一些角度切入，很多地方是可以冠之于“最”“唯一”一类的修饰语的。比如“最大的家族”，据统计，“义门陈”后裔在海内外已有4000万人；“最神奇的家族”，唐、宋两朝历经15代，332年的时间里，聚族而居，同炊而食，繁衍子孙3900多人；“唯一由皇帝颁旨并派官员监督分家的家族”，宋太宗御封义门陈氏家族为“天下第一家”。

这个家族源出于江西德安县车桥镇义门陈村，德安县现今属九江市管辖。唐代诗人白居易在“浔阳江头夜送客”后写下千古名篇《琵琶行》，其中诗云“座中泣下谁最多，江州司马青衫湿”，因德安古属江州，义门陈氏亦称“江州陈氏”。这个家族的始祖叫陈旺（753—836），唐文宗太和六年（832）率儿孙三代，由江西广昌秀谷庄徙居义门，构建合族居住的大宅邸。最能动人地诠释义门家风的是一个关于“百犬”的故事。据说宋太宗亲临义门陈村，带来100个肉包子，放在狗槽内，群狗互相呼唤着聚了过来，各叼一个包子在口中，只有一条白狗叼了两个包子走了。众人尾随其后，只见它到了一间柴屋里，里面有一条瘸腿的老黄狗在那里。白狗将肉包子丢了一个给老黄狗，回去后众狗才开始摇头晃脑，有滋有味地啃起嘴里的包子来。陈氏家族重义尚德，家风甚至教化了畜类，宋太宗为此题写了一副对联：“一犬未至百犬不食，家中异类皆效义；一吠突起百吠齐怒，寨内同声共护门。”

义门陈氏以义立家，基本的规制是家法 33 条、家范 12 则、家训 16 条，拥有学校、藏书楼、接待馆、祠堂、田庄、园林等一应设施。聚也因“义”，散也因“义”。义门发展到宋仁宗时，人口 3900 多人，家族势力已显膨胀，朝廷开始担心陈氏危及自己的一方统治。再者，随着人口的不断增多，每遇灾害，一大家的日子也愈显艰难。在文彦博、包拯等朝廷重臣的建议下，宋仁宗以陈氏家族分散到全国各地，作为忠孝典范，教化民风为理由，下旨让江州陈氏分家。据说，“真良家”分家析产也有个故事。面对皇权恩威并重下的家族大迁徙，义门族长把祖堂的一口大锅吊在祠堂的大梁上，让锅瞬间落地，结果摔成 291 片，用锅片抓阄，决定去向。最终陈氏分为 291 庄，分布于华夏四方，“义门陈”村自此成为代代后裔寻根的一方热土。“义门陈氏”后裔有的至今还保存着分庄的锅片，印证了“千人同灶，灭锅为记”的历史事实。

在大宠村弘扬“义门陈”文化的资料《龙福庄虎公世系简介》中，关于都昌南桥庄再析十八庄有如下记载：“都昌南桥庄开基祖继铭公，官至左仆射，于公元一〇六三年奉旨从义门陈老庄析迁豫章，因爱都邑阳储山之灵秀，这里山明水秀，人杰地灵，盛世百载，家阔人众，再析十八庄。龙福庄开基祖虎公，系继铭公第十五世裔孙。”都昌南桥庄再析十八庄，除了大宠陈村所属龙福庄，还有善进庄、茗洞庄、石金庄、松巷庄、南园庄、太平庄、中堡庄、西山庄、中街庄、马陂庄、西街庄、松口庄、白凤庄、天井庄、懒石庄等。公元 1063 年是宋仁宗赵祯的驾崩之年，这位在位 42 年（1022—1063）的宋朝第四位皇帝创造过“仁宗盛治”，他逝世于 53 岁盛年之时，如果说“义门陈”的分家析产发生在宋仁宗当政时，那么，根据都昌关于陈继铭其时从“义门陈”外迁的年代记载，似可推断“义门陈”析家分迁的准确时间从宋仁宗嘉祐二年（1057）7 月，当朝派转运使谢景初，太守吕海，县令穆荀等亲临监护析产，直至第二年的阳春三月还在延续。

透过都昌义门陈氏 900 余年的历史，我们来回望都昌义门陈南桥庄那些熠熠生辉的传义之人的背影。陈继铭德高福厚，发都昌十八庄，子孙繁衍，簪缨累代，有“三代五进士”“六代七进士”“三代注理学”等荣耀。

“三代五进士”说的是陈继铭书香门第。陈继铭，登宋进士，官至左仆射；其三子陈昉三，政和五年（1115）进士；其孙陈瑛一政和二年（1112）进士，官拜枢密使，陈瑛三政和二年进士，陈瑛四政和五年进士，官拜池州太守。

“六代七进士”说的是陈辉家族的显赫门庭，都昌县城曾建有七进士牌坊。陈辉是陈继铭的七世孙，登大观二年（1108）进士，任四川通判。父亲陈畦，登宣和四年（1122）进士，官职为司理，因直谏触怒宋徽宗，被判以死刑。陈辉毅然以身代父就刑。事白后朝廷封他为中散大夫，赐赠谥号忠孝公。陈辉的儿子陈缙、陈篆，双双为进士，授朝议大夫。历下数代，陈家进士辈出。

“三代注理学”说的是先儒陈澔三代皓首穷经，践礼继世。翻阅历史，其实大可定位为“四代注理学”。陈澔祖父陈炳，字奋豫，淳祐四年（1244）进士，治《礼》屡有所得。陈澔父亲陈大猷，字文献，号东斋，为朱熹三传弟子，开庆元年（1259）进士，历任从政郎，改惠州判官，著有《尚书集传会通》，曾于都昌创办东斋书院，对《礼》的传习尤专。南宋爱国名相江万里就是陈大猷的外甥，与陈澔是姑表兄弟。陈澔（1260—1341），字可大，号云住，都昌北炎人。他在都昌县城创办云住书院，又称经归书院，讲学其中。陈澔被后人称为“经归先生”，意在褒扬他对经学的弘扬与回归。陈澔博学好古，为人师表，入元后不求闻达，终生不仕，曾主教白鹿洞书院两年。他在所著《礼记集说》的自序中言道：“前圣继天立地之道，莫大于礼；后圣垂世立教之书，莫先于礼。礼仪三百，威仪三千，孰非精神心术之所寓，故能为天地同其节。”陈澔力求“以坦明之说，使初学读之即了其义”。清雍正二年（1724），陈澔入孔庙、文庙东庑，享先儒之礼。在他的故里都昌，“云住”摩石移至都昌一中校园内，附近有“云住路”，并新建了“云住学校”。从古代的书院到如今的中小学，陈澔“教学相长”“教学为先”的教育理念一脉相承。在都昌，对一代理学家、教育家陈澔的研究方兴未艾。陈澔的三子陈师凯，字叔才，纂述《书蔡传旁通》行于世。陈澔祖孙四世皆以办学与著述有功理学，被后世传为佳话。

大宠小山村

陈大宠村是“小山村”，在地理位置上，村庄被茅岗、长岭环抱。其实，岗源连通的是浩渺的鄱阳湖，山清水秀成为大宠村的妆容。村名“陈大宠”，源于肇基祖的姓名。陈大宠（1566—1609），是陈继铭的第24世裔孙、龙福支庄陈虎的后裔、陈胃的重孙。村民口耳相传着大宠村明代建村400多年来，一些零星的历史叙说。清同治年间的1863年，“被兵掳去世、前两辈壮丁十名，仅一人成家生子，大多一去不复返”。民国年间，最为后人津津乐道的事是陈垂锦、陈垂阶一对堂兄弟,开办的油榨坊香飘千里万家的创业故事,其间有初始采野果榨油的含辛茹苦,有鼎盛期经营的笃诚守信,有末期衰弱时治家的无奈和时局的变迁。陈大宠村,1952 年至 1980 年这 30 年左右,村里人口未增加,退休教师陈茂涧对此感怀不已。30 年的岁月更替,陈大宠村人口一直在 81 人至 98 人之间徘徊,始终过不了百人大关。原因是得“痨病”早死者众,鲜有寿命超花甲的。陈茂涧的父亲 39 岁那年得“痨病”而亡。陈茂涧现在分析致病原因,可能是那时口吸黄烟,烟杆在村民间传递,互相感染了肺结核,当时医疗条件有限,得病者短寿。陈太宠村的陈功湖(字子英,1923—1993)习得一身好武功,思想上追求进步,投身革命,1948 年率部在都昌、鄱阳山区、湖区剿匪,威震四方。其一生信守坚毅,令人敬佩。改革开放春风吹,陈大宠村生机勃发,近年来开展新农村建设,村容村貌焕然一新,尽显生态之美。陈大宠村现有村民 210 余人,人寿年丰,蒸蒸日上。

从大宠村走出去的农家子弟陈明宇,秉承义门家风,事业步步辉煌。陈明宇 1965 年出生,他创办的南通理工学院成为中国民办高等教育的一面旗帜。陈明宇的父亲在他少年时去世,是贤淑的母亲把陈明宇兄弟拉扯大,他们当时住的是土坯茅屋。早年的苦难生活磨砺了陈明宇,他大学毕业后,在民办教育之路跋涉前行。1997 年 7 月,他创办“南通新世纪学校”,从事中小学教育;后来,在南通创办第一所民办高校“紫琅职业技术学院”,2014 年更名为南通理工学院,升格为本科大学。陈明宇的办学理念上烙印着“真心办学,良心办学”八个大字,其旨意在“义”。他做着这样的阐述:“所谓真心,就是要一心一意,认认真真,全力以赴,把学校办好,要舍得投入。所谓良心,就是要对得起家长,对得起学生,对得起社会,最终对得起自己的良心。”小山村里走出的陈明宇,成为大宠村的荣耀之子。他是南通理工学院董事长,是江苏省南通市人大代表、市工商联常委、中国民办教育协会高等教育专业委员会副理事长,先后获得南通市五一劳动奖章、南通市劳动模范、中国民办高等教育优秀个人等荣誉。陈明宇慷慨解囊,捐资 200 余万元,用于兴建村民文化活动中心,从规划设计到一应设施的配备,尽显回报桑梓之心。他还被聘为中华义门陈联谊总会永久名誉会长,为弘扬义门陈文化尽力奉献。

陈明宇是时代的宠儿,他成功的秘诀里有“义”字,正是依凭“义”行天下,让更多的大宠村人在新时代得到满满的宠爱……

七、民俗风情

77. 多宝乡刘家山村:山村道情

【家训家规】《刘氏家训》八条:敦孝悌、睦宗族、教子弟、端士品、务忠诚、戒健讼、戒奸险、戒流荡。

一

都昌县多宝乡昭兴村委会刘家山村,肇基之祖为明万历年间的刘执旨,成村已400余年了。刘执旨本也是皓首穷经的读书人,郡试途中,但见此地山清水秀,地显灵气,便置买了甘姓人家的一块老宅地,由呈九庄(今苏山乡辖地)迁建"水磨庄",一代代繁衍成村。关于刘家山兴村传说的另一个版本是,刘执旨与村里土著甘婆婆情同母子,甘婆婆无儿无女,亡故后,刘执旨在甘家庄园建起厅堂,造就刘家山的发脉之地。刘家山人至今还感念甘婆婆之恩,每年的清明,族首在祭祀过祖宗后,也会来到据说是甘婆婆的长眠之地的村后大樟树下,焚烧纸钱。至于刘执旨的功名,有一种记载为"候补儒学正堂",大概相当于当下的一所学校的校长。

"刘家山"所指,当是以数万亩计的西山,有"江南戈壁"之称。明清时期的刘家山管辖的西山范围,南齐老爷庙,北到团子口。广袤的沙漠之地长不出参天之木,却漫山遍野地铺展开蔓荆子的藤蔓。蔓荆子是一种珍贵的中药材,主要功效为疏散风热、清利头目、除湿通关节。蔓荆子以都昌西山的为上品,以至李时珍在《本草纲目》中以"都荆子"作为蔓荆子的别称,而且留下了一首五绝称颂:重来白衣山,为圣采药还;识得蔓荆子,心似菊花瓣。

所谓"靠山吃山",野生的蔓荆子便成为刘家山人的一笔财富。从农历八月至十月,都是采摘的季节。蔓荆子晾晒后成褐色的颗粒,惹得天下的药材商人前来采购。现今的西山蔓荆子成为多宝乡众多农民增收的资源,沙山和蔓荆子成为多宝之“宝”。在民国前,西山的蔓荆子几乎为刘家山人所独享。辖治内蔓荆子的有序采摘,靠的是村规民约。暑期蔓荆子成熟的某日,族首半夜敲锣,作为可以采摘的集结令。村民闻锣而炊饮,随后男人挑着谷箩,女人和体弱者挽着筛筐,争先恐后地上山。男女老少攥着满把的蔓荆子,“哗哗”地掷入器具中,迸出满心的欢喜来。自开山之后,天天可摘。倘若哪户人家响锣前窃摘,破了规矩,便要受请全村人吃酒之罚。仅限本村人采摘蔓荆子,包括过了门的准媳妇,出嫁之女被排除在外。那时民风淳朴,采摘好的蔓荆子,当天来不及全部挑下山来的,打个堆放在沙山上,数日也没人去跨界侵蚀。

刘家山人能守护住万亩沙山,村人的尚武是一道护围之栅。刘家山人至今仍津津乐道的是清代时的一道荣耀——文有祖望,武有祖利。刘祖望之“文”体现在善讼上,他替人打官司,能言善写,有时还夹杂着几分狡黠。刘祖利之“武”,在刘家山流传有不少的故事。多宝中小退休教师刘亮初戊戌之秋,着手收集过往村里先辈的传奇故事。刘祖利被当地人称作“月师傅”,摹状的是刘祖利穿着行侠的白褂,团身凌空,飞檐走壁,若圆月出山。当地人对“月师傅”精深武功的形容是“头可撞断麻石条,指头可钻破厚火砖,咽喉能抵折长铁条”。1851年前后,洪秀全的太平天国军进攻鄱阳湖一带,刘祖利带领乡勇袭击太平天国军停泊在老爷庙的战船,砍杀六人,“长毛”追兵来剿,刘祖利掠上西山而遁。刘祖利的奇功据说曾得到曾国藩的嘉奖。一代武师刘祖利的家人后来遭到太平天国残部的追杀。晚年孤身的刘祖利教村里的后生学武,骁勇一时,亦在乡间行医,善泽乡邑。

从刘家山翻过西山,就是浩渺的鄱阳湖,与星子隔湖相望。因处都昌西部,山叫“西山”,湖便叫“西河”。刘家山明清时管辖的水域很辽阔,上齐饶河口,下到蛤蟆石。一些刘家山人以捕鱼为生,湖里的小贝壳捞上来,卖给做纽扣的商人,正所谓“靠水吃水”。

二

在刘家山,一代武师“月师傅”的身影迅疾而逝,一代名艺人刘天宝打着鼓板踏歌而来。

生于1936年的刘家山人刘天宝,是江西省非物质文化遗产“都昌鼓书”的传承人。“都昌鼓书”俗称“唱传”,由花鼓词、道情曲演变而来。凭借一鼓一板,有时也配锣、钹渲染,将民间故事、今古演义、生活万象融合于一种说唱形式的曲艺之中。在文化生活单调的年代,都昌鼓书成为民间教化人心、愉悦精神的一朵曲坛奇葩。刘天宝60余载的从艺摸索,也是都昌鼓书60余年兴衰的生动见证。

刘天宝还在襁褓之时,便染上眼疾。那时他的家里要说也算个殷实人家,父亲收购蔓荆子、茵陈等中草药,县城的何懋麟等名中药师都在他家落歇转购。家中还有12亩土地,请了长工。父亲为刘天宝的眼疾遍访名医,但疗效甚微。1954年大水之年,时年18岁的刘天宝完全失明,从此人生之路陷入黑暗。

在旧时的乡间,盲人的谋生之计往往是“唱传”和“算命”,刘天宝从小天资聪颖,他最早在民间文艺上得到启蒙是在十三四岁时。少年时的刘天宝眼睛还没完全失明,那时他到景德镇的姐姐家住上一段时日,独自行走无碍,他凑热闹到昌河边听人唱传和看人演戏。大人边赏边饮,茶水冲过三遍,一场演出就收场了。大人是要付费的,少年刘天宝乐得只要揣上耳朵入迷地听。刘天宝在眼盲后入道都昌鼓书,拜过四个盲者为师:先是多宝湾里赵家的赵炳元,后是多宝火龙山李家的杨崽,再是同村的刘胜章。这三个师傅是父亲请上门来教艺的,除了包吃包住,每年每人还要付八担谷的学费。刘天宝后来学艺于多宝长平朱村的朱毛仔,是随着他走村串户,潜心琢磨,长进技艺的。朱毛仔年纪上要大刘天宝十多岁,朱毛仔唱传的功夫最好,名声最大,派头最足,也最受欢迎。比如请朱毛仔唱传,要预约排号才能轮上;比如吃住一应的接待,朱毛仔都很挑剔;比如朱毛仔总会花钱请女孩在前面牵引着、照顾他走村串户;比如景德镇、乐平等地的人家都争着请他唱传。朱毛仔的晚景却有些凄凉,他跌宕的人生,本身就是一部传本。

刘天宝从艺60余年,从未带过一个嫡传弟子。按他自己的说法是,徒弟若是愚笨,唱得不好还坏了他的好名声。刘天宝虽未收徒,但他也曾享受过作为盲人鼓书队“领导”的惬意。那是1960年初,刘天宝在生产队舂谷,干些力所能及的活,讨些口粮钱。当时多宝、左里同属左里公社,公社成立文工团,刘天宝被作为民间文艺人才,请到了文工团,拉二胡、打锣鼓,以文辞、高腔、采茶等传统戏曲翻唱贴近新社会的内容,比如白毛女,以及控诉恶霸地主刘文彩之类。进文工团也不开工资,只管生活上有稀饭、荞麦粑饱腹,数月之后刘天宝还是选择回家。1961年,徐埠片区成立盲人宣传队,左里、徐埠、苏山等公社的30多位唱传的盲人组织了自己的团队，刘天宝凭声望做了会长。宣传队约定中午到演出的大队集合，下午或晚上到生产队唱传。有时十多人同进一个村庄，刘天宝开个“鼓板头”，便可在队上安排的农户家歇息，其他盲艺人没有歇息的待遇，要轮流着唱到天亮，第二天解散各自回家休息。回家路远盲人不方便，刘天宝便将徐埠区分成数个小片区，三四个人组成一个精干的小演出队。1970 年，盲人宣传队解散，刘天宝又回到了散唱的生活状态。刘天宝以“唱传”“算命”作为谋生的方式。到了 20 世纪 70 年代末期，给人算个命，可得半升米。集米的布袋叫“口哨袋”，米从中间的“哨口”灌入，身前身后都背着米，布袋口扭结在肩上。生产队唱一宿传，往往能得 3 元钱的报酬，比一般农户的劳动所得高了许多。刘天宝其时已生育二子一女，靠从艺养家糊口。

“日出东山一点红，秦琼催马进山东。怀抱一对金妆锏，五湖四海访英雄。程咬金访过王伯当，尉迟恭访过白袍将。赵匡胤雪夜访赵普，刘备关张访卧龙。张良背剑访韩信，文王访过姜太公。只有我小弟无人访，五湖四海访宾朋。五湖四海是兄弟，人到何处不相逢，山相逢水相逢，朝朝暮暮在心中。有朝一日心发闷，齐动鼓板响咚咚。鼓好比良田万亩，板好比种田的耕牛。千里不带柴和米，万里不带点灯油。”陈旧的祖祠内，通亮的汽灯下，听刘天宝唱传成为那时多宝村民的文化乐场。刘天宝最擅长的是宋代传奇故事《狸猫换太子》和元代李春方传奇故事《天宝图》，一连唱上六七晚才能把一个全本唱下来。刘天宝的唱传不但赢得了听众的好口碑，而且也得到了政府的金奖银奖。1981 年，江西省在南昌举办全省盲艺人曲艺会演，都昌多宝的朱毛仔以《黄贵香智炸敌碉堡》获得第一名，刘天宝以《新旧婚姻对比》获得第二名。三年之后，刘天宝再次获得全省同类比赛的第二名，之后，还四次获得过九江市的曲艺比赛奖。其中《桃红绿叶好春光》是刘天宝在九江市参加比赛的前夜，不满意他人所编鼓书题材而连夜独创的。刘天宝至今仍记得鼓词：桃红绿叶好春光，盲人会演下浔阳，乐得心花放；旧社会我也到浔阳，一路讨饭带卖唱，痛苦实难当；如今我们下浔阳，轮船班车越三江；幸福全靠党，谁个不夸奖；社会主义大家庭，美好前程放光芒，幸福乐无疆；幸福盲人放声歌唱，歌唱人民歌唱党，为四化胜利辉煌。

刘天宝表演的都昌鼓书带着浓郁的地方文化特色，成为不少都昌人的乡愁。2010 年，“都昌鼓书”被列为江西省非物质文化遗产，刘天宝被确定为唯一的省级传承人。2013 年，都昌县举办首届都昌鼓书大赛，刘天宝应邀参加，大赛后面的背景布置,用了他戴着墨镜击鼓扬板的影像。刘天宝在这次的鼓书大赛中名落孙山,老人有点愤愤不平,发誓县内的同类比赛再也不参加了,省、市有舞台他才去比试。都昌每年举办一次鼓书大赛,培养了一批都昌鼓书新人。得了全县冠军的,品牌效应彰显出来了。冠军选手被人请去在红白喜事的场合唱传,一小时100元上下的报酬,一年下来,收入可超10万元。耄耋之年的刘天宝,再也没有去省、市级比赛摘金夺银了,老人变得有点落寞了。刘天宝现今还会在多宝、左里一带上户替人打卦算命,一人次所得不过三四十元。但他作为省级非遗传承人的品牌熠熠生辉,中央电视台2018年冬在都昌拍摄《中国影像方志》都昌专集,拍摄都昌鼓书这幕,入镜的非刘天宝莫属。

40多年前的多宝乡,有"四大盲艺人":杨崽、朱毛仔、余希毛、刘天宝。岁月如梭,鼓板渐歇,如今四人中只有年逾八旬的刘天宝在人世间踽踽独行。刘天宝晚景安康,小儿子在九江从事涂刮一类的建筑活,孙子2018年考取了南昌的一本院校。老人平日里多在多宝乡西陈村的女儿刘红庆家生活。刘天宝一生替人算命无数,他对自己的命运可曾预测得准?刘天宝2018年农历十月在左里镇走村入户替人算命时迷了路,求助无门,竟在野外荒坡上度过了两个晚上。幸好刘天宝身上携带了只有接听功能可利用的老人手机,直到第三天才被女婿找到。刘天宝觉得这就是他掐算过的斯年斯月的"一险"。老人已很少出门,一天要吸5元一包的"庐山牌"香烟。在袅袅云烟中,刘天宝回首百味人生,一派坦然。2019年4月,一代鼓书艺人刘天宝走完了他的人生之路。

三

刘家山的山还在,水也在,尽管权属已不尽再,但山清水秀为刘家山加盖了生态文明的戳记。

刘家山的田地先前沙化现象严重,现在在西山上采取工程与植物相结合的模式,治理风沙。村后的山上,老爷庙风力发电场的大风车悠闲地旋转着,风车下连片的苍松直立。金色的沙丘上,一丛丛的蔓荆子铺展开来。1977年,县水务部门在村旁建了一家水土保持技术推广站,打造沙山的秀美环境。中国科学院一流的江豚保护专家来到鄱阳湖刘家山水域,开展有"水里熊猫"之称的江豚保护科研工作。老爷庙、千眼桥等名胜临近刘家山。好山好水好心情,让刘家山人"仁者寿"。全村现有村民780余人,80岁以上的老人就有30多位。年龄最大的是百岁老人余宽山婆婆。2018 年正月初七，老婆婆五代同堂的 120 多名子孙，相聚刘家山，为老人热闹地过了个百岁寿诞。

都昌鼓书，多用道情腔表演，融注其间的是世情。生前的刘天宝时常会用都昌鼓书歌咏家乡的巨变。村民刘玉山在家安享晚年，他用质朴的语言表达眼中的山村："改革 40 年，换了刘家山！"

78. 左里镇李秦亮村：手工拉面一家和

【家训家规】《陇西李氏宗谱》"家训"言："凡我族众宜谦以自，下恭以接人，有无则相通。出庆则与共心和气平，情投意合一门，雍雍何乐如知。"2007 年重修的《秦氏宗谱》"义规"中言："息争竞，处家之道，贵孝友。故诗云，世好无尤，书曰和睦九族，凡我宗盟亲亲相爱无或乖争。"周姓是"理学世家"，以"仁和"为操守。"手工拉面之村"李秦亮村李、秦、周三姓和睦相处，亲如一家人。

2017 年丁酉仲冬，参加"鄱湖驿站 · 候鸟天堂"第二届全国候鸟摄影大展的 70 多位摄影师，齐聚都昌县左里镇左里居委会李秦亮村，将镜头对准手工拉面制作的内环外节、远场近景。李秦亮村这个"手工拉面之村"，名声在外，芳香远播。

李秦亮村现有 80 余户，340 余人，其中李姓人家 90 余人，秦姓人家 210 余人，周姓人家 40 余人。李秦亮村手工拉面的历史到底有多长？村头墙壁上的彩喷简介这样表述："李秦亮村手工拉面至今已逾 200 年的历史。相传最初是为了度饥荒，村民用面粉、盐和成面团，拉成面条，佐以汤水，便能快速充饥，不曾想，出锅后的面条美味可口，引得四方近邻争相购买，手工拉面自此发展而来。"这自然是关于村中手工拉面来由的一说。当我们撩开历史的面纱，小心求证的时候，李秦亮村手工拉面的历史几可追溯至清咸丰年间，迄今 160 余年。160 余年的岁月沉淀，足够使一种民间饮食工艺趋向成熟。

因类风湿卧床不起数月的 96 岁老人秦绍春言之凿凿，村里的手工拉面是始于秦姓人家。李秦亮村世居的是李姓。19 世纪 50 年代（清咸丰年间），李家有个叫李遵经的村民，做得一手好的木工活，常在临近县城的北山汉亮湾秦家一带，靠斧凿谋生。他在秦家结交了一个同年出生的“老庚”，叫秦光阶，以手足情相待。彼时，洪秀全的太平天国军横扫九江，特别是在鄱阳湖区逞雄。这支农民起义军逆清王朝“剃发易服”而行之，行伍之人皆不剃发、不蓄辫，披头散发，被民间称为“长毛”。“长毛”所到之处，烧掠频发，秦光阶为了躲“长毛”，同时也为了远离湖区的“大肚子”（血吸虫）瘟疫，带着新婚不久的妻子郭氏，投靠老庚李遵经，遂落户李家。至于李家建村的历史，最晚应在明朝。秦绍春老人还记得儿时见到的李家祖堂，立着柱子的磉墩是木头材质的，而在明代，官衙是按石头磉墩课税赋的，“以木代石”便可规避税赋。汉亮湾秦村人祖上有“白案”的绝活相传。所谓“白案”，就是以白米、白面为食材的饮食厨艺，是相对于以鱼、肉为食材的“红案”厨艺而言的，秦光阶深谙家传手艺。起初，夫妻俩借着李遵经家村头的一间偏屋生存，扯面、做糕点谋生，同时租种李家人的田地贴补家用。凭着勤劳的双手，秦家的家境芝麻开花节节高地好起来，秦光阶便在村头建造起一间属于自己的圈屋，在一些秦氏后裔口中，有时还以“秦家圈”称呼现在的村名。秦家不仅财旺，人丁也旺，生了四个儿子、四个女儿。早期，秦家在当地并没有家园的产权，以至于秦光阶夫妻辞世后都安葬于汉亮湾，魂归故里。后来子孙日渐融入，在当地获得了与李姓人家同等的待遇。

周姓人家迁至李秦亮村的时间更晚，是 1949 年前后，从左里赵子才村附近迁入一家，繁衍至现在有 7 户，38 人。李秦亮村现在是李姓、秦姓、周姓一家亲，三姓都有做手工拉面的人家。追根溯源，手工拉面手艺的传承，来自 160 余年前的秦光阶。

美味可口的手工拉面，成为“舌尖上的李秦亮村”的金字招牌。一部手工拉面的历史，何曾不是一部村民的忧乐生活史？有着 160 余年历史的手工拉面，在不同时代的舞台上，展示着相同的丝丝缕缕，演绎着不同的分分合合。

人到中年的秦世华在左里居委会担任会计，平日里也会帮着家人做手工拉面。秦世华的爷爷秦德禄是左里镇知名度很高的“白案”名师，排饼、茶饼各式糕点样样精通，做油条、做拉面手到擒来。他在左里、多宝、苏山等地带会了不少徒弟，最有名的当数魏和平。魏氏“茶饼”入选九江市名糕点，魏家第二代至今仍在左里镇开着一家糕饼铺，生意火爆。安享晚年的魏和平至今叹服师傅身怀一手“绝活”，比如用圆圆的竹编篮盘为饼坯上芝麻，师傅颠搓数下，只一闪，饼坯像听从命令式似的一律反转过来，均匀地粘烙上黑亮的芝麻。秦世华记得他小时候由爷爷带着上集镇玩耍，爷爷的徒弟会很客气地递给爷孙俩香喷喷的茶饼。秦德禄40多年前79岁时辞世，以现在的眼光去打量，老人定是省级“非物质文化遗产”的传承人。

李桂和老人家也做手工拉面。手工拉面既是凭“匠心”的手工活，也是一门操劳的辛苦活。手工拉面的制作过程包括和面、开条、搓条、盘条、上杆、醒面、拉面、收杆等十几道工序，耗时耗力。正因为是手工制作，拉面色泽光匀，入口溢香，筋道，易消化，不只是世俗生活中的日常美味，更是老人的软食首选和妇人产前产后的上乘滋补品。拉面制作与温度、湿度关系很大，其间的拿捏全在手艺人的日积月累、心领神会。

细究起来，李秦亮村一带在秦光阶迁入前已有零星的乡间制作拉面的习俗。花甲之年的周时虎记得小时候听父亲讲过爷爷粜面的故事。爷爷挑着面箩到多宝刘家山走村串户，面条被一些村民分了，面钱却归不了兜，无奈地空担空手而归。20世纪70年代，生产队成立“副业组”，李秦亮村5位村民采取承包的方式做手工拉面，用牛拉的石磨磨成粉，制成面，然后肩挑手提地上户兑换。一斤面粉可产一斤拉面，一斤麦子换七两半面，另收6分钱加工费。一天下来，“副业组”的5个人合在一起可做50斤粉的拉面。年终将所挣的麦子和加工费交到队上，换自己的工分。后来改革开放春风吹遍中国大地，政策宽松了，村民就各显神通，各自拉面卖。

时下，村里的年轻人大多外出务工，李秦亮村真正坚守做手工拉面的也就十五六户人家。一斤手工拉面的价钱为7元钱左右，小本小利，但秦世华、李桂和、周时虎们仍在“留住乡愁”的情结中坚守。左里镇政府引导村民成立手工拉面合作社，筹备注册自己的商标，彰显品牌，让传统的手工拉面丝丝有味，缕缕生香。

79. 三汊港镇吕家埂村:港头街上的手艺人家

【家训家规】吕氏家训言:教者宜以是式训,学者必敬而听之,则而效之,始无负乎。天地之生成而祖宗亦可以无遗憾于后起也。

一

都昌人通常所称的“三汊港”,是个乡镇的概念。名曰“三汊港”,顾名思义,摹状的当是地貌特征。位于县城东南部的三汊港镇,距县城20公里左右。老一辈的人考究“三汊港”所指,是源于侯家山、阳储山、芭蕉山(一说侯家山、墩上坳、黄梅岭)的三条港水汇合,于此注入鄱阳湖,而后通江达海。

在道阻且长的古代,哪里水运畅达,哪里就容易造市而兴。三汊港俗称“港头”,又称“港头街”,其街市成于明代而盛于清朝和民国初年。抗日战争时,国民党都昌县政府搬迁至当时归三汊港管辖的卢村,三汊港一度成为战乱时全县的政治中心。历史上的港头老街长约800米,花岗石铺就的街面有些逼仄,土库门面和活动响板的店铺,早开晚闭,屋宇相连,前店后坊,街行设肆。有港便有桥,最有名的叫大兴桥,长300米,宽3米,清康熙时冯魁三出资兴建。乾隆三十年(1765),众姓重修,嘉庆时复修,亦称三汊港桥。港头街有正大街、东大街、河街、北河街、东后街、横街、纵街等,百货店、药铺、糕饼店,油坊、染坊、丝坊,餐馆、茶楼、旅店,金铺、铁铺、篾铺,杀猪、宰羊、贩鸡……一应俱全,各有其市。现今的港头,凭借居三岔路口而辐射周溪、西源、土塘、大沙等乡镇的地域优势,亦是商贾云集。来港头落户的,一是周边村庄的土著,二是纷至沓来的客商。港头有36姓之说,诸如吕、方、吴、罗、程、梅、俞、熊等姓氏。港头街现在行政区划上属于三汊港镇三汊港居委会,当地人叫“港头村委会”。港头村中人口最多的是吕家埂,近500人。吕家埂建村历史有600余年,可以说还没有港头街的时候,就有了吕家埂。

二

天下吕姓,会津津乐道于两个历史人物:一是距今有3100多年的周初“百家宗师”姜太公吕尚，一是编纂《吕氏春秋》的秦朝丞相吕不韦。都昌吕姓承袭“河东世家”，尊奉“愿者上钩”的姜子牙(吕尚)为一世祖。按这样的世系叙下来，吕不韦属26世，而都昌的吕姓世祖吕太郎(约生于1162年)是75世。南宋庆历年间，吕太郎由鄱阳高埠夏阳坂(今鄱阳县响水滩辖地)，迁都昌四都团林(今阳峰乡株桥村辖地)。吕太郎生两子，长子吕千一，号明卿，其后裔称东乡吕氏，集中在三汊港一带生活；幼子吕千五，号禹卿，其后裔称西乡吕氏，从都昌县城杨思巷(县电影院背后)分迁，集中在北山一带生活。

吕家埂的兴村始祖是吕谓宾，明永乐年间由四都团林迁至都昌吕家埂。吕家埂的老村址临近现在的都中公路，1998年百年不遇的一场洪灾之后，政府启动移民建镇，吕家埂人大多搬迁至三汊港新街。旧址已列入三汊港镇新区的规划范围。吕家的秦代祖先吕不韦起初的身份是个商人，“奇货可居”这个成语故事就源于吕不韦。也许是传承了吕不韦善商的秉性，吕家埂人在商贸之地港头街，如鱼得水，传统手工艺更是在港头溅起一簇簇浪花来。纸扎匠、皮匠、榨油匠一应的手艺都得于家传，其承载的民间文化底蕴深厚。

三

1954年出生的吕家埂人吕宜林，成了港头吕氏纸扎手艺的代表性传承人。吕宜林在港头租了间门面，主要经营纸扎品。2019年的元宵节前，春雨连绵，闹龙灯的便少了些，多少影响了吕宜林店中各式龙灯的销售。“道是无晴却有情”，店中纸扎的十二生肖灯、花钵灯的销售，还是让吕宜林一个元宵节有了万余元的收入。

吕宜林的纸扎手艺是父亲吕士旭教的，父亲兄弟四人，有三个是纸扎手艺的传人，且各有所长：老大擅长纸扎品的装饰和绘画，画龙点睛，栩栩如生；老二是裱糊纸扎品的行家，上黏下连，自成一体；老三的纸扎篾功了得，片细条粗，左编右织。吕宜林的父辈的纸扎绝活，又是得吕宜林祖父吕德泉的真传。祖父、父亲的一些纸扎活计，让吕宜林自叹弗如，有的只见过，却没学到手。他小时候见过爷爷最气派的纸扎，是在万户的九都冯家。冯家打醮，村里人在上亩大的祖堂前的空地上，延请吕德泉扎“峨眉山”。山景扎成后，用铸丝拽着，但见峨眉山上庙宇嵯峨，流水欢畅，林木深幽，车马微喧，各色景致，惟妙惟肖。爷爷带着三四个人整整扎了一个月，热闹过后，“峨眉山”被付之一炬照天烧了。

吕宜林和哥哥吕宜桃从小就跟着父亲打下手，他年轻时还去鄱阳学过三年篾匠，纸扎的基本功很扎实。纸扎品当然不限于元宵龙灯，凡是吕宜林见过实物的，他都可以灵巧地照着模样扎出来。比如有的人家要为亡人预订冥祭纸器，从高楼大厦到飞机汽车，从彩电冰箱到桌椅板凳，吕宜林都能令人满意地用纸扎出来。吕宜林的拿手好活还有新娘出嫁时陪嫁的鞋面篮，其状如脸盆，周沿用不同颜色的篾丝，扎成凹凸有致的“福”“禄”“寿”“喜”的字样来。小巧精致的鞋面篮被新娘带到婆家，放置做鞋帮、鞋底的针线用器。纸扎品要逼真亮眼，少不了彩纸。20 世纪 80 年代，吕宜林通常先买来白纸，再用颜粉匀色，形成各色颜液，涂抹白纸而成赤、橙、黄、绿、青、蓝、紫等各种颜色的扎纸。现在文具店里的成品扎纸五彩斑斓，再也不用手工去制彩纸了。2018 年 9 月 23 日，时值“秋分”，第一届“中国农民丰收节”举行，一些村庄请吕宜林做庆祝丰收节的纸扎品，纸扎手艺在乡村振兴的背景下多了一方出新出彩的舞台。

如果说吕宜林的纸扎手艺还有业余地做着帮手的儿孙传承，在传统文化中还有一丝活力，那么年逾八旬的吕敬常老人制作皮鼓的手艺已然成了绝活。吕敬常老人用牛皮蒙鼓，这种“皮匠”活亦是家传手艺。蒙鼓通常的环节是，依鼓面的大小裁剪皮面；太阳底下晒皮；室内晾干；用铁钉钉定鼓皮。经过了这样的程序，鼓皮紧绷且鼓声清悦。吕敬常做过最大的一面鼓是黄港山庙宇定做的，直径达四尺二。桶匠用杉木做出鼓身就花了 10 天，吕敬常蒙鼓皮用了 6 天。吕敬常老人最后一次试手是在 8 年前，时下人们都到文具店里买合成鼓，那种手工制作的古色古香、古味古音的皮鼓已渐渐匿迹了。吕敬常的家中还保存着他年轻时制作的一面牛皮鼓，咚咚的鼓声已渐渐销声，老人的皮鼓人生只在梦里去回味了。

吕家埂的木榨手艺消逝得更早。1954 年的那场大水，将村中祖堂的三套菜油木榨冲毁了，从此数个汉子吆喝着撞击木榨的声影也不见了。吕宜林记得父亲兄弟在世时，往往是上半年在木榨坊用猛力，下半年在纸扎店操轻功，挣一份手艺人家的安定生活。在不少文化人慨叹的“乡愁”里，吕宜林坚守港头街传承着纸扎手艺；无奈的是，很多可以列入非物质文化遗产的手艺，笼罩上了失传的愁绪……

80. 三汊港镇港头俞姓人家:"微缩版"乡愁

【家训家规】春秋战国时的俞伯牙,弹起琴来琴声优美动听,犹如高山流水一般,樵夫钟子期成为知音。钟子期死后,俞伯牙认为世上再无知音,摔琴而终身不再鼓琴。俞伯牙重义笃情的秉性,在一代代俞氏后裔身上得到了传承和弘扬。

在江西都昌定居的俞姓人约有 150 人,主要是从安徽泾县和赣南迁入的。都昌没有俞姓村庄,三汊港镇老街上散落的七八户俞姓人家,奉清乾隆末的俞仲蒲(1771—1834)为始祖。俞仲蒲自安徽泾县榔桥河南山村逃荒至都昌县城,定居在金街岭附近。他的曾孙俞中棠(1872—1938)于清末民国初年,由金街岭迁至三汊港港头胡家坝,现属三汊港港头社区居委会所辖。

俞中棠 130 余年前由县城迁往三汊港,是因为当年的三汊港凭着畅达的鄱阳湖水系,成为商贾云集的码头。俞中棠的老家安徽泾县有"中国木梳之乡"之称,但泾县榔桥俞姓的家传手艺却是"绣花线"工艺。河南山俞村人既可将蚕丝纺织成纤柔的绣花线,又能把绣花线的营生做到三江四海。时光的长线不绝如缕,五彩的绣花线在现代文明的背景下,有的打起了结头,不再在巧手间穿引;有的已然化茧成蝶,华丽转身。现在,港头的俞姓人家已没有一家从事老祖宗传下的绣花线行业。

"缘愁似个长"的绣花线,扯不断的是俞姓人家与原乡的那份乡愁。1995 年,港头俞氏派出"圣"字派的长辈赴泾县榔桥河南山村寻根问祖。河南山村如今只剩寥寥几户俞姓人家。昔日俞庄的绣花线一头系着锦缎亮身、轻挪莲步的享用"小姐",一头牵着风尘仆仆、走南闯北的供商"大户"。据说俞姓人家在民国时期靠着绣花线的生意,家境大都殷实。中华人民共和国成立之初,不少人迁徙他乡立足谋生。榔桥俞氏"河涧世家"的老祖祠还在,偌大的天井被别姓人家围砌起来养鱼,可见昔日天井之阔大。河南山俞村早先除了绣花线产业,还有不少人行医。关于"俞"得姓的一种说法,是远古祖上有个叫"跗"的人是太医,能药到病除治愈疾患之人,"俞"通"愈"而授姓。

乡愁是一边流浪一边播撒的种子。三汊港镇俞姓人家在心安处落地生根，把港头视作他们的第二故乡。

港头的俞姓人家和港头社区的吴姓、石姓、段姓等诸姓人家组成了一个大村庄，五湖四海的人和睦相处，过着平常且安定的日子。1946 年出生的俞圣记老人晚年因为自己制作的微缩农具，成了当地的“网红”。如果说俞姓祖上的一匝匝绣花线让乡愁牵扯不断，那么，俞圣记的微缩农具浓缩的是“乡愁”的精华。

俞圣记 16 岁时就跟着师傅在港头学木工活，1960 年在三汊港木器厂做了一名手工业工人。1968 年，三汊港在大办工业的热潮中，合并木器厂、铁器厂等，成立三汊港农机厂，俞圣记在新厂做“木模工”。当时，用生铁铸造机械配件，需要先用木料做精致的模子，然后依着模型翻砂，锻铁水铸就。俞圣记干木模活一干就是 30 年，30 年的“木模人生”精进的是手艺，不渝的是匠心。

三汊港农机厂 1998 年解散后，俞圣记回到家里。他扎实的木工活派上了用场，家里的木沙发、太师椅、八仙桌、瓷画框一应的日常木器，都是自己动手，锯拉斧斫地做出来的。2004 年，一个做家具生意的朋友要做辆微缩的农用水车收藏，他用“激将法”调动俞圣记的热情。俞圣记花费半个月，潜心做成了他的第一部微缩农具作品。自此，俞圣记找到了老有所为的活计。当下机械化程度日渐提高，他要让失传的传统木制农具“复活”，制作用料少、易收藏的微缩版，以此记住乡愁。

水车、风车、木碾、石碓、油榨、粉箱、禾斛、犁耙……传统的各色农具模型在俞圣记的手下一件件惟妙惟肖地制作出来。俞圣记的微缩农具“圣”在三处。一是缩比精准。按一定比例微缩的农具，真切且美观。比如 4 米长的水车，做的微缩版为 40 厘米，每个部位几乎都比实体缩小 100 倍而成。二是技艺精致。微缩农具各个部位的衔接凭的是卯榫，可组装可分拆，而且皆能转动起来。农耕时代，江南山区泉水叮咚，水碓利用山涧流水的冲击力而捣谷碎麦。俞圣记在庭院小井边，常常向观赏者进行演示。他手中的微缩水碓在水力下骨碌碌地转起来。三是用料精良。俞圣记做微缩农具的木材，皆选择上等的红梨木、檀香木、栗木、樟木等，做出来的农具质优品佳。

十余年来，俞圣记制作的各类微缩农具有 200 余件，他的儿孙辈成套地取去收藏。老人夫妇的庭院前面就是集镇上的一所小学，他家中的微缩农具也成为孩子们感知家乡的生动课堂。不少媒体记者前来采访，对俞圣记的微缩农具进行报道。三汊港镇政府挂牌成立了微缩农具“乡愁馆”,彰显乡村特色文化。县文化部门与俞圣记老人曾商议,创造条件开设“俞圣记微缩农具展示室”,将其列入非物质文化遗产予以保护和传承。市、县工会组织着手推荐他为“工匠”。耄耋之年的老人心境淡泊,他的体力在日渐衰弱,谁来接续微缩农具的工艺?这是老人泛出的愁绪。在老人眼里,乡愁是转动的水车,汲水在源头,浇灌在心头……

81.三汊港镇铸犁山村:铸铁传家远

【家训家规】《李氏家规》载:敦孝悌以重人伦,笃宗族以昭雍睦,和乡党以息争讼,尚节俭以惜财用,解仇忿以重身命,训子弟以禁非为,躬稼啬以知艰难,忍耻辱以保家业。

久远的铸铁业

都昌县三汊港镇铸山村委会铸犁山李村,村委会和自然村皆以“铸”而名。铸犁山人以铸铁为业,在明洪武年间就已成型。铸犁山人的祖先是明初的政二公。政二公早年科选“拔贡”。所谓“拔贡”,是明清时,每隔6年或12年,由府、州、县推荐,各省学政从生员中择文行兼优者“拔贡”入京。经过朝考的合格者,可以充任京官、知县或教谕。政二公的吏职查无记载,大概是罢归“废贡”了。政二公是居住在十八都的徐埠高桥。在《李氏宗谱》“政二”条目下载:“习铸泻农器手艺,命子弟世守其业。”其子英二由高桥迁至五都筱水园,即今三汊港幸福水库处(铸山村曾称幸福大队)。其孙明一,明永乐年间由筱水园迁居舍下菖蒲塘,即现村址。政二公后裔“铸泻”一直沿袭,农耕时代主要以铸犁为业,村名便叫“铸犁山”。

“铸铁”,指的就是生铁。明代李时珍《本草纲目·金石一·铁》曰:“铁,今江南、西蜀有炉冶处皆有之。初炼去矿,用以铸泻器物者为生铁。”明代宋应星《天工开物·五金》曰:“凡铁分生、熟……凡造生铁为冶铸用者,就此流成长条、圆块,范内取用。”生铁、熟铁、钢三类,在含碳量上有个量化标准,比例分别为

2% ~4.3%、0.2%以下、0.2% ~1.7%。在生活中,“含碳量”是一个不能直接感知的概念。生铁最显著的一个特性是“脆”,几乎没有塑性,断口是粗糙的。铸铁的传统手艺,在铸犁山李村一代又一代地传习下来。1935年出生的李运源老人年轻时就是走南闯北地铸犁的好手。李家铸铁手艺有“传男不传女”的祖训,李运源的铸铁技艺就是父亲手把手教的。铸犁山村现有380多户,1800多村民。至20世纪末,村里有九成的人家从事铸铁手艺,半数人家有铸铁炉。现今村里只有50余座铁炉,在城镇化、工业化程度日渐提高的当下,这也正常。

铸犁山人用的铸铁的原料,是收购来的废铁。铸铁没有时令和季节限制,在酷暑天气,火炉烤得人难受,人们一般会停炉三月。通常开炉后,会“做一天歇一天”,所谓“歇”,就是头天凌晨四点发炉,当天下午四点熄炉,第二天便要安排一天的时间检修模子,也没真歇着。早先,是人工拉风箱催旺烧焦炭的炉火,温度最高只有700度,现在用的是鼓风机,温度最高可达1200度。铸造生铁锅通常温度要在千度以上,所以早先铸犁山人不铸锅,多铸造农具。现在铸犁山人除铸造犁耙、炉格等外,还铸造生铁锅,并且根据市场需要,铸造新产品,比如祖堂里的磬,寺里的钟,庙里的香炉、聚宝盆等,造型精致,栩栩如生。有600余年工艺积淀的铸犁山铁具,虽没有注册商标,但有的人家会烙款“李氏”,彰显品牌,取信于客户。

铸犁山人铸的是农具,几无兵器,即使有涉枪炮,也没有在疆场的搏杀中逞威,而用作保持村庄尊严的自卫式宣示。铸犁山是三汊港唯一的李姓村庄,周边是段、查等大姓,旧时有“七里千烟段,五里八百查”之说。在铸犁山老人的记忆中,铸犁山人清末因与周边村民山林权属的纠纷,让自家的铸炮逞过一次威。村民铸造的圆筒炮,长约1米,直径前大后小,炮筒里填满土硝、铁砂子,点燃筒侧引线,瞬间引爆射出,最远可攻击至500米。铸犁山村史上唯一的那次响炮,长者谆谆告诫,让炮口避开对方的人群,而射向山野。最近的一次逞威,是在20世纪70年代初,铸犁山村与邻村因为幸福水库水源发生争执。村民觉得受了欺侮,义愤填膺,扯起旗帜,扛起大炮,为体面而争。县、乡领导闻讯迅速来到村里,促膝谈心,申明利害,并且收缴了土炮。从此,铸犁山再无炮影。不过,震慑的作用显而易见,邻村的大人吓唬自家小孩:“不要和铸犁山的娃玩,他们有炮!”旧日的硝烟已散,如今,铸犁山人与邻村和睦相处。

遥远的铸铁人

从久远的历史深处一路走来的铸犁山人，怀揣家传绝艺，路迢迢，走四方。

铸犁山人的铸铁业走出村庄后到的最近的去处，是三公里外的港头集镇上。生产队年代，当时的三汊港公社组织成立三汊港农机厂，铸造犁耙和农机配件。铸造的师傅换了一茬又一茬，来自铸犁山村的“李师傅”是不变的称呼。20 世纪 80 年代初实行家庭承包责任制，分田到户，农具需求剧增，三汊港农机厂红火起来。港东港西，岁月更替，1998 年，农机厂关闭。

铸犁山人的铸铁业最大规模的外出地，是在南昌新建区、南昌县，以至老一辈铸犁山人总是习惯性地将二县简称“新南”。20 世纪 70 年代，新建区、南昌县几乎每个公社都成立了供销社所属的农资公司，代售当地农民耕作需要的铁具。为缩减成本、保证货源，每个公社轮流请来自“铸铁之乡”的都昌三汊港铸犁山的师傅，在当地开炉铸铁，生产农具。铸铁行当一人两人干不成，按工序一般要 6 至 8 人组成搭档，才形成一个铸铁工艺链。手拉风箱要 2 人，管炉、化铁、铺模、泻铁、修模，样样都是专业活。结伴同行的铸犁山师傅，成为“座上宾”，被安排在当地公社的旅社住宿，自带的被子连包扎带都没打开过。1956 年出生的李咸木的铸铁手艺是跟着二叔学的，1972 年，他随村里人去南昌县一带的大塘、生米、西山铸铁。那时一个男劳力每年上交生产队 150 元的“积累”，而在外的所得，让家人的小日子过得很是滋润。

铸犁山人的足迹踏遍湖北、安徽、四川、陕西、福建、浙江等省，特别是山区，铁具很有市场。铸犁山人在外拓展铸铁产品，火车上的零配件、城市下水道闸等，应铸而造。铸铁产品也不再靠肩挑车推地上门吆喝销售了，规模化制造的产品通过物流托运至销售点，快捷而经济。有的年轻人干脆在网上销售“李氏”铁具。令人称奇的是，远走他乡的铸犁山人制模的泥土，还得从家乡带去。往往通过长途运输，将鄱阳湖畔都昌县的“羹泥”带到当地，用都昌的泥土来制模，才能制出上乘的产品。

1942 年出生的李会沐，耄耋之年已不再在一线铸铁了。李会沐夫妇居住在自家一幢保存完好的古宅里，古宅是祖上在 280 余年前兴建的“花厅”，栋柱上古朴的“莲花盘”“兽头”等精致木雕仍在。三汊港镇政府在古宅挂起了“铁具乡愁馆”的牌子，李会沐收集了不少村里人在不同年代制作的铁具，以此留住乡愁。

铸犁山人铸铁为犁，用于耕耘良田，让天下人的饭碗里稻米生香，同时也成就了一代代铸犁山村民讨生活的“铁饭碗”。他们跋山涉水，远在他乡铸铁为业，“踏破铁鞋”处，炉火熊熊，工夫费尽，得来的既有传统工艺的薪火相传，亦有幸福日子的红红火火。铸犁山人点燃激情，创造着铁定美好的明天。

82. 周溪镇高家湾村：最是匠心堪为师

【家训家规】敦孝悌，敬尊长，和乡党，饬妇女，务读书，勤本业，崇节俭，急官税，禁赌博，戒充役。

都昌县周溪镇高家湾村委会高家湾村，“镇村相融”是最好的写照，周溪镇政府就坐落在高家湾村。周溪镇是有名的“中国淡水珍珠之乡”，集镇上的城镇一体化气息扑面而来。触摸高家湾，“乡愁群像馆”里匠心独运的各色人物穿越时空缓缓走来。

篾　师

高家湾传统手工艺最具代表性的是篾匠。农耕时代的日常用品，一是出自木匠之手，比如桶、犁、桌椅、板凳一类；二是出自篾匠之手，比如筐、篮、摇椅、簸箕之类，当然还有窑匠烧的瓷器、铁匠锻的农具等。高家湾的篾匠工艺师带徒、父传子，一代代相袭，且一般不传外姓。篾匠的刮刀状如瓦片，高家湾的老人形容昔日篾匠之多用了如下语句：村里的篾刀如当瓦，可覆盖一幢三间屋顶。高家湾的篾匠除了在当地走村串户谋生，还远至安徽的东至县，景德镇的浮梁县，南昌的新建、安义县，九江的永修县等地抱团立业。

如果说“篾匠”只是对一般的竹制品手艺人的称谓的话，那么，“篾师”则是对这个行当里身怀绝艺的高手的褒扬。高家湾的高圣黎无疑是篾师中的翘楚。高圣黎20世纪50年代随村民来到永修县，靠手中的篾刀谋生，60年代当上了永修花篾厂（后并入手工业联社）的厂长。高圣黎的绝活是将颀长的圆竹剖开，直至如丝一样纤巧。在那个火红的年代，他以刺绣般的功夫，用细如发的竹丝编织毛主席像，编得栩栩如生。只有小学文化程度的高圣黎，仿遒劲的毛体书法，用竹丝编织毛泽东诗词，气韵生动，惟妙惟肖。高圣黎因独具一格的编织领袖头像而获得“全国劳模”称号。20世纪60年代末期，他带着自己的竹编毛主席头像作品，去北京的人民大会堂展览，据说受到了周恩来总理的接见。高圣黎的小儿子高云虎小时候曾在父亲身边生活，后来从军，转业后担任高湾村党支部书记多年。在他的记忆里，父亲一生编织过三个毛主席头像，规格约为长60厘米、宽30厘米，一个留在厂里、一个放在县里、一个送进了中南海。厂里、县里的不知去向，送进中南海的或许作为珍品仍被国家珍藏着。高圣黎在京城交流展览期间，令他佩服的有来自福建的一对姑嫂，她们制作的竹制工艺品，竹丝就像绸缎一样细腻，巧夺天工。

大凡出神入化的传统工艺，皆是博采众长、千锤百炼而造就的。高圣黎做篾的技艺，至少得三个师傅的真传。起初，他拜师于族兄高圣辉的门下，学做谷箩、竹床一类的活计，在启蒙老师那儿打下扎实的竹活基本功。高圣辉的篾功在南昌蒋巷一带很出名。后来，高圣黎师从安徽一个擅长编织花草的篾匠，皖篾的灵动融进了他的竹编作品的风格之中。真正让高圣黎的工艺渐入佳境的是同村的师傅高孔礼。高孔礼用竹丝编织的人像、花鸟虫鱼堪称一绝。永修云居山的和尚请他织竹垫装点佛室，十余尊菩萨神相编织其上，高孔礼侍弄得丰满而生动。高孔礼一生未娶，仗义疏财，喜做善事。高家湾村头有口古井，早先全村人在古井挑水饮用，高孔礼20世纪40年代捐资，从星子装运来上好的麻石料，铺就宽1米、长400多米的麻石路，方便村民挑水。

高家湾不只篾师辈出，而且科举功名路上奔赴者众。清末举人、秀才出了五六个，高循肃、高循谋家学渊深，高孔林父子皆为秀才，国民党江西省省长曹浩森非常敬重恩师高孔林。忠厚传家久，诗书继世长。竹器在时下的家居生活里渐渐地淡出，塑料制品取而代之。现在2400多人的高家湾已很少再有以篾匠为业的了，高孔礼、高孔波、高圣黎们的篾师形象已不可复活，只留存在后人的记忆里。

讼　师

人生历程跨了清代与民国时期的高家湾人高文佳，派名高必美，以擅讼闻名乡邑，以至乡间有俚语云：“说到高文佳，县官吓得抓。”在高家湾，流传着高文佳作为讼师的不少经典案例。

某日，高文佳到二都和合一位友人家中做客，返回高家湾的途中遇到一水沟横亘难涉。在附近湖洲上放牛的一个年轻人，主动背着高文佳涉水而过。高文佳念其厚道，聊起家常，得知年轻人父母早亡，家贫，又是少发的“瘌痢头”长相，至今孤身一人，以给邻村的一位财主家放牛为生。财主对他总是声色俱厉，财主家的貌美女儿倒是不时地对他莞尔一笑。高文佳笑着问年轻人：“你想娶东家的小姐吗？”放牛郎羞赧起来：“晚上想想又能怎么样？还不是做白日梦。”高文佳为他支着，让他当年腊月里按照当地风俗，去东家给“准岳父”行“隔岁”的礼仪，其他的事就听他吩咐了。到了年底春节前几日，放牛郎果真提着竹篮，置办了简单的猪肉、糕点，去给东家“隔岁”。财主顿觉蒙受羞辱，将羞辱重重地还击放牛郎：将“隔岁”的竹篮扔进村口的池塘里去了。放牛郎去找高文佳讨主意，高文佳似有所料，将早写好的诉状递给放牛郎，让他去县衙告财主背信弃义——“悔婚”。诉状上叙述的内容是：放牛郎的父亲与财主是至交，并约定了儿女亲家，后来男方父亲病故，财主嫌弃其家道困窘，竟不送准姑爷求学而让他在家中放牛出苦力，婚约也付之一炬。县官同情弱者，传财主家的小姐和放牛郎当堂对质。县官很是威严地将惊堂木一拍，问女子：“你到了谈婚论嫁之年，到底许配给了谁？”话音刚落，跪伏在小姐身后的放牛郎暗里猛拽了一下小姐的衣襟，小姐本能地掉头看了一下身后人。县官放出话来：“明白了，你是许配给了身后之人。”最后的结局是，一波三折后，放牛郎抱得美人归，娶了财主家的千金小姐，高文佳被尊为“恩媒”坐了上席。

又是清末的某年某月，阳峰卢村兄弟七人仗着人多势众，抢占村里的祖宗遗地建造私宅。村里人忍气吞声，派头首找到高家湾，向高文佳请教讼事之法。高文佳给出的应对之策是，村里可派力大如牛的小伙子刺死强占者，并在自己屁股上小刺一刀。村民果真那样做了，出了人命，少一手足的六兄弟告至官府，要“杀人偿命”。高文佳给卢村人写的诉状是十六字：“后面追杀，前面敌杀，左右围杀，不得不杀！”这句式显然是暗袭了书籍上载录的一刀笔讼师替求嫁的年轻媳妇拟的十六字诉状：“氏年十九，夫死无子，翁壮而鳏，叔大未娶。”皆为寥寥数语，极尽不得不为之绝境，卢村人赢了官司。数日后，六兄弟得知高文佳又入卢村，齐聚村头守着，寻衅报复高文佳。高文佳在村民的帮衬下，戴了顶蒙满阳尘的草帽，换了身上的衣服，化作算命的盲人，探着棍出了村，躲过一劫。

高家湾民国初年与泗山的一个村庄，为争一座山的权属诉之官府。高文佳事先派村民到山上历数有几棵大树、什么树料、在何方位，而对方却一问三不知。做足了功课的高文佳让村里赢了官司。县官对高文佳这样的讼师惧怕几分也是有实例的。相传某任县官赴新，没到高家湾拜访高文佳，高文佳便有意找茬。他取得此县官上堂时怀抱过自家的幼儿的口实，便击鼓上告至府上，言都昌县官“一官两印”，县官为此丢了乌纱帽。高文佳终老于高家湾，安葬在庵嘴山的一座庙后。不出数年，高文佳的坟墓上荆棘丛生，有人戏谑，讼师高文佳在生让人怕，死了也让人怕得不敢近前。他的墓葬之地20世纪50年代因开荒山被夷为平地。在高文佳死后的某夜，他的子孙从高家湾销声匿迹。高文佳知晓他在讼界浸染太深，打了无数官司，难免结仇于人，临死前留下遗嘱，让子孙远走他乡去安身立命，且不可以讼为业。据说，高文佳的子孙在江苏南通一带繁衍生息，再未与故里高家湾有任何联络。高文佳逝去的背影如此地决绝，一如出自他之笔的诉状，满纸千钧，令人望而生畏。

舟　师

“舟师”在古代的一种解释是“水军”，比如明代抗倭名将俞大猷在《舟师·倚剑东冥势独雄》诗中云：“队火光摇河汉影，歌声气压虬龙宫。夕阳景里归篷近，背水阵奇战士功。”另一种解释是舵手，比如清代黄遵宪在《八月十五夜作歌》诗中云：“舟师捧盘登舵楼，船与天汉同西流。”无论从哪种意义上说，高家湾的高圣仉都堪称“舟师”。

民国时期的周溪街，有“程家礼维的田，高家圣仉的钱”之说。程礼维是周溪新建树下村人，富甲一方，当地人从程家步行到老街上，一路上只要行走在程礼维家的田产上。高家湾的高圣仉同样家境殷实，鄱阳湖畔高家的“钱”是靠水里行船水涨“财”高的。高圣仉有三艘大型商船，三个儿子都在船上帮衬，小儿子在警察局做刑侦科长。通常的航程是装运景德镇的瓷器到上海，返程从上海装运食盐到江南，一年跑上一趟就能挣得金银满舱。高圣仉是高氏家族船帮的掌舵人。他在数十年的江湖生涯中，练就了造船行舟的满身技艺。高圣仉年少时姑母将他带到和合学木匠。俗话说“三年徒弟，三年奴隶”，三年期满，高圣仉再学三年，做屋、造船、打农具样样功夫了得。据说，他制作的木犁平稳无比，农夫放手，犁铧照样前移数步而不倾倒。南京十二圩集天下舟楫无数，每逢大船桅杆难立之时，船主总会想到请高圣仉出手相助。高圣仉拨弄一番，总能借助巧力将粗长的桅杆立起来，一帆风顺行大船。有一次，高圣仉在饶州港湾避风，一连数日风刮不止而阻于途。饶州港有家船厂，斧斫凿击，一片忙碌。高圣仉闲来无事到船厂蹓达。他谦逊地对厂主说想打个零工，混碗饭吃。厂主让他将合抱的树料斫成船舷两侧的主筋。高圣仉持斧平劈，不但两根主筋合规到如出一个模子，而且弓状的舷面平滑得像被刨过。厂主知道遇到了一流的高手，恳请舟师长驻，高圣仉作别而去。

如果说，盖世的船艺是高圣仉作为舟师的华丽外衣，那么家国情怀则是舟师高圣仉的高贵的灵魂。1938 年 6 月，中日两军的武汉会战爆发，武汉会战的前哨阵地在彭泽县长江边上的马当。国民党当局为阻寇西进，力保九江、武汉的安全，在江心横亘一条拦河坝式的阻塞线拒敌，而日本侵略军冒死逾越，双方进行了空前激烈的攻防战。国难当头，同仇敌忾，是年，高圣仉的三艘商船被征，沉于马当阻塞线，谱写了一曲抗战悲歌。高圣仉 1940 年以 85 岁高龄安逝于故园。

高家湾的篾师、讼师、舟师……师道上凝附着的都是匠心。在这方土地上演绎着精彩人生的师者，他们的身影在渐渐淡出幕后，但他们身上所秉承的工匠精神，融入一代代高家湾村人的血液里。高家湾村党支部书记高靖波对高家湾昌盛的文脉引以为傲。他历数村里考入北京大学的就有 3 人，中科院、浙江大学、香港科技大学、北京航空航天大学、吉林大学、西安交大等一批国内顶尖院校都有来自高家湾的学子。人们期待着更多高家湾人，成为“大师级”的精英，在新时代的舞台上闪亮登场。

83. 芗溪乡杨太和村：风吹细细香

【家训家规】《杨氏家规》"十条"有言：人生斯世，除士农工商之外，皆非正业。凡我子孙务宜各安一业，不可游手好闲。

中国香文化渐热

在中国传统文化的谱系图上，"书圣"指王羲之，"史圣"指司马迁，"诗圣"指杜甫，"茶圣"指陆羽，"画圣"指吴道子，"药圣"指李时珍。那么，"香圣"指谁呢？

媒体报道，2017 年 8 月 27 日，由中国民俗学会主办，中国香文化研究中心、北京沉香协会承办的香圣黄庭坚研讨会在中国社科院举行。江西修水人黄庭坚被确立为中国的"香圣"。据相关专家介绍，香文化萌芽于上古，起始于春秋，完备于隋唐，至宋达到鼎盛。宋朝的文人士大夫们甚至民间大众，皆流行以香会友，以香寄情。以文人为代表的士大夫们留下了无数咏香的诗词，文人成了用香、和香的主导者，推动香文化走向历史高峰，而其中的杰出代表就是宋朝的黄庭坚。黄庭坚不但工于书法、长于诗词、精于茶道，还醉于香道。他既精于香的制作和配方，又对香的艺术体现形式进行了提升，使香文化达到形式与精神的统一。黄庭坚的"隐几香一炷，灵台湛空明"诗句，将香文化上升到禅和道的境界，意境深远。黄庭坚在国内的香文化中具有广泛的影响力，还推动了中华香文化在海内外的传播。当代人将黄庭坚尊为"香圣"，以此缅怀黄庭坚为中华香文化的发展所做出的杰出贡献。

香事有着久远的传统，一是礼制中的祭祀之用。《诗·大雅·生民》载，"取萧祭脂"，"其香始升，上帝居歆"，意思是熏燃蒿草和动物脂肪，使气味上达于天，祖先神灵于是安而飨之。日常的传统节日祭礼，对亡故之人的哀挽追思，就是此种礼仪。二是沐手焚香。焚于室内，以祛秽气；熏衣与被，以取芳馨。焚香以求雅韵，把香事的日常化、诗意化推向极致。文人雅士"更将花谱通香谱"，将香事作为一种生活情趣。伴随而生的香炉、香囊、软香、香饼等各呈异彩。

村里香产业渐冷

在香文化渐热的当下，村里的制香业却渐冷起来。

都昌芗溪乡新丰村委会杨太和村的兴村祖先是明景泰年间的杨秀三，字太和，后人以祖先字名冠于村名。杨太和村所处的芗溪乡，“芗”指的是一种鄱阳湖畔的水草，也是熏香的一种原料。当地人习惯将点燃的香称作“竹香”，原因是细细的香杆是劈竹而成的。杨太和村600余年前由山区迁居湖滨，至于杨太和村制香的历史可追溯到何时，大多村民也无从考据。

杨太和村公认的制香高手，是今年61岁的杨宽权。杨宽权文弱清秀的外表，使他看上去更像个先生。他10多岁时，就跟着生产队里的大人们学做竹香，纯手工工艺。他对村里那个年代制香的基本流程的描述是：香液是自调的，挖来周边山上的榆树皮、根，剁碎后晒干，用石磨磨成粉末，拿绢筛过滤掉杂屑。然后用三两到半斤榆皮树根粉兑一桶水，含有黏度和香料的香胶液便制成了。用作香杆的是当地的山竹，将篾破成二三毫米般粗的细长体。香粉是当地的锯末，用榆树胶拌匀，往香杆上搓粉。开始是一根根地压搓，两个人一天下来可搓5000余支，后来手握六七根齐搓，再后来握紧一把合搓，一天下来能搓十万根以上。晒香时，道路侧、荒坡上、池塘边，到处都是线香。若是染了红呀、绿呀的彩色，入村来是满眼的灿烂。晒香的入境之处，不在简单地平铺，而是制香人握着满把的线香，竖立于地面，香与香之间互倚而不倒伏，每一捧都是一朵盛开的香花。竹香赶上日头晒过一两天后，便是成品了，除了老宾主上门来购香，更多的是村民挑担推车，到周边村镇去吆喝售卖，远的到彭泽县、鄱阳县、安徽省安庆市上门销香，换回辛苦钱。

这样的芳香缥缈之景在杨太和村，是十余年前才有的。同不少传统手工艺一样，乡间的制香业已然式微。原因是多方面的。一是制香工艺的改进。特别是排香，已实行机械化作业，效率不断提高，手工艺几乎被淘汰。二是线香市场的萎缩。线香的袅袅青烟一般只升腾于庙宇的祈愿和祭祀的仪式上。电子香一类的替代品应运而生。三是手工制香粉尘飞扬，年轻人少有人愿意吃苦受累地专注于香业。

杨太和村一品制香高手杨宽权也不再在村里制香，揣了好功夫，远赴浙江金华等地，在规模化产香线上一展香艺。杨太和村鼎盛时有100多户从事香业，全村半数以上的人家庭院里飘满“香”味。如今在1100余人的杨太和村，只有3户人家还在坚守着传统手工制香。而长年制香的，唯剩下杨述虎夫妇两人了。今年75岁的杨述虎做了一世的手工香，他在用老一辈人的挚念，让一炷心香长燃。

唐代诗人杜甫吟咏“雨洗娟娟净，风吹细细香”，宋代诗人杨万里诵道“别有国香收不得，诗人熏入水沉中”。古时雅致的香事到了当代，热也好、冷也罢，飘逸成一缕缕心间的乡愁。

84. 苏山乡大坂上徐村：元辰山下鹳巢垅

【家训家规】徐氏《十训》“训和邻”言：我族散处各乡，其往来者，岂尽皆本支，尽皆姻戚哉？有邻焉。鸡犬既已相闻，田产亦且相挽，出入既可相友，守望亦可相助。

一

都昌县苏山乡苏山村委会大坂上徐村，与鹤舍古村相距不过300米，袁多公路穿村而过。大坂上的“东海世家”奉徐庭白为一世祖。徐庭白（1461—?）是彭埠桥徐姓望族徐熙让（1394—?）之孙，明景泰年间由彭埠桥分迁至鹳巢垅。大坂村的现村址离原村址又外迁了500米左右，是徐庭白的儿子徐文表（宗谱上记为“纹表”）迁居建村的。徐文表是苏山新屋余村曾任明代监察御史的余濂的女婿。据地域文化专家罗水生考证，一代名臣余濂，正妻高氏生一子一女，其子余光英，无嗣，以余濂的侄孙余永茂续嗣。余濂后娶蔡氏，又娶李氏，生子余宝英，夭亡，以余濂之兄余澜的第四子余宏英为嗣。可以说，嫁给徐文表的余氏，是余濂唯一延续的嫡裔。大坂村上了年纪的长辈至今还记得，年前年后一应的祖祠祭祀，村民在祖厅上进正中的神龛前敬过祖宗后，还会到摆着余濂像的左侧叩拜外祖公。此习俗一直延至20世纪60年代，后来，余濂像不知弃于何处，当年祭祀的四方供桌至今还在原处摆放着。大坂村人祭祀外祖公余濂，既有对声名显赫的余濂直谏安边、坦荡磊落功德的传承，也有对余濂为大坂村肇基之兴的感恩。在大坂村，广为流传着一个余濂遣“阴兵”替女婿家挖塘的传说。

余濂之女貌美如花，聪慧贤淑。开始时，“媒妁之言”是牵线于大坂上邻村的一个袁姓后生，但她对“一表人才”的徐文表更为倾情。嫁入徐门后，余氏到父亲余濂面前诉说郎家没有池塘，平日里要到邻村的井边去洗涤，有时还会受到耍赖之人的调谑。余濂当即应允为徐家新掘一口井和一口塘。余濂的功德已修炼到能调遣“阴兵”的境地，对另一个世界的人马喝令成兵。第一夜，余濂遣“阴兵”掘了一口深井。邻村的人觉得很是惊奇，一打听才知是“阴兵”所为，而且徐家人还放出话来，要新挖一口塘，塘取弓箭型，弓顶正对着邻村。这种池塘的格局，表面上是地形所范，暗地里还有对调谑余氏之人的报复，让这个村的人遭众矢之伤，折损元气。第二夜，余濂调派来的“阴兵”车水马龙地掘塘。“阴兵”也有见不得“阳谋”的软肋，一听到鸡啼便会被土地公公唤回，了无踪影。是夜，“阴兵”掘塘突飞猛进，按照预期天亮就可完工。倏时，只听半夜鸡叫，“阴兵”闻啼遁形，丢下弓背处未及砌就。其实，这鸡鸣是邻村人故意使坏未到时辰学雄鸡啼晓。尽管池塘最终没完工，弓背正对处的邻村还是中了“阴招”，村庄从此落败，人丁总难兴旺。

据说，弓背处的塘岸屡修屡塌，直至 2011 年新农村建设，围了方料的花岗岩石，才圆满砌成。村民在塘栏上立篆刻青石“鹳巢坂万弓塘”，此塘世代造福于民。在一些村民的口耳相传中，关于“阴兵”掘塘的传说还有更生动的细节。掘塘的泥土不在原地留下痕迹，“阴兵”当夜肩挑车推的，经苏山与尖山之间的通途，运往鄱阳湖畔的屏峰。“阴兵”途中听到鸡啼歇工的告知，便半路将塘泥就地倾倒了，以至现在的黄土岭有一片土质与岭上岭下殊异，相传是余濂派遣的“阴兵”倾倒的塘泥。

“阴兵”之说，自然只是民间传说而已，但余濂将独生女视若掌上明珠，呵护有加，六品朝官的他，动用人间的劳力为女儿家掘塘，现实中这不是难事。护女情深的亲情篇在徐文表夫妇身上得以续写。苏山八成以上的山权为徐文表家所有。苏山又称元辰山，徐文表的父亲徐庭白，字元辰，足可见徐家之于元辰山的倚重。徐文表生四子二女，长女适袁村，次女适吴门。长女所嫁的袁家家贫，一如当年母亲余氏找父亲余濂诉苦，徐氏回到大坂上，在父亲徐文表面前诉说夫家的困窘。徐文表给出的馈赠是：女儿家推窗而望，视线所及的苏山山林便属袁家。自此，女儿村里有了苏山山脚下一方权属。若干年后，大坂徐家与徐文表女婿村里有了联姻芥蒂，在移风易俗的新时代，终会有真情男女再成眷属。

二

徐文表当年择良地而衍，相中的鹳巢垅一带山清水秀，宜居宜业。“鹳巢垅”其名，或许就是摹状鸟鸣山峦，可证“山清”。至于“水秀”，大坂村处“排形地”，木排、竹排联系着的是浩渺的鄱阳湖狭长的内港，排划水响，分明是欢歌。港分南港和北港，皆发源于苏山山脉，其源相传可溯及苏耽修仙的那口“橘井”。曾任都昌蔡岭镇党委书记、都昌县国土局书记的徐石钟，以厚德立世，在村民心中备受敬重。他解读历史上大坂村的“渔樵耕读”厚德载物，如数家珍。

所谓“渔”，大坂村祖先勤劳致富后，买塘买田置业，周边曾有360口塘是大坂村的，南港、北港的畅达，也成就了大坂村“鱼米之乡”的富庶。所谓“樵”，大坂村拥有包括苏山在内的大片广阔山林，村民就是安于做个“樵夫”也可过衣食无忧的日子。所谓“耕”，大坂村的传统农业曾称羡一方。清末的徐春干，广置田产，苏山王茅岭周边都是他的地业，唯有一块三分田是徐港涧吴姓人家所有。徐春干为铺设在王茅岭一带不走他人田塍的排场，对那三分地放出话来，甘愿一个禾桩上摆一块银圆重金购置，吴姓人家硬是不肯转出地契，只得作罢。所谓“读”，徐文表是增生，也就是没补米的“秀才”。自然，在进士出身的岳父余濂面前，只能算个“小文人”。

大坂村的“渔樵耕读”，逢了乱世便失了安稳，有了生灵涂炭的悲烈。《徐氏宗谱》记载，大坂村在清同治二年（1863）七月，不少青壮年死于“发匪”。“发匪”即指民间称作“长毛”的太平天国军，以至宗谱“达”字辈以下的两辈男丁锐减。村里人也有参加洪秀全太平天国军的，有个绰号叫“老鼓”的，武功高强，吃饭时蹲在凳上，桩功了得，后来入了“长毛”。老鼓是个长工，家贫单身，总是仗着孔武之力向村里的“广鑫号”钱庄的财主借钱，并且有借无还。财主下了狠心灭孽债，雇人在一天夜晚将老鼓暗杀了，第二天放出风来，说老鼓从了“长毛”造反被官军追杀了。村民本就对“长毛”反感，也没有谁会去深究老鼓的死因。

抗日战争爆发后的1939年3月，日寇1000余人由星子县渡过鄱阳湖，从屏峰登岸进犯都昌，在苏山、左里一带有驻军，蹂躏当地平民有三年以上。国民党的军队当时以川兵为主，驻军在徐埠的云顶山。某日，日本鬼子在苏山脚下的凉亭开会，国民党的小分队奇袭，打死2个日本兵。日寇迅速集结苏山哨所的士兵进行剿杀，沿途对尖山附近的龚家、谢家、周家烧杀抢掠。日本兵的机枪在大坂村外的田埂上扫射，村子里的狗追着子弹狂吠，大坂村眼看面临一场血洗。正此时，国民党士兵在日本兵身后打了两枪，日本兵掉转枪头去反击，大坂村得以纾难。日本鬼子的那次暴行，“周龚谢”三姓不少人遭屠杀，一时难请到埋死者之人。大坂村一位喜食鸦片的村民，封葬一具尸首得一块银圆的劳力费，也是乱世中的世相一瞥。

三

大坂村现有村民460余人，在太平盛世，奏响“渔樵耕读”的新曲。

已93岁高龄的徐良元老人，是一名老党员，老人在天气晴好的日子，还会悄悄地避着儿女去田间打理田地。大坂村如今有80岁以上健在的老人12位，是周边的“长寿村”。老人们的长寿秘诀，徐石钟归纳为，一是老人生活知足，心态平和；二是自然环境好，比如数百年前的麻石巷道下的下水道仍然功能完备；三是子孙孝顺；四是村风文明。大坂村的祖祠里张贴着一张大红色的感谢信，是村民徐雪娇写给村里人的。2018年3月，一场狂风将徐雪娇家三间铁皮屋的屋顶掀翻。徐雪娇夫妇年老体弱，还有80多岁的老父亲需要赡养，无力维修房子。村民理事会在村里的微信群里发出捐款的倡议，不到三天，就募集捐款7900元，加上政府的帮扶，徐雪娇的房子得到了修复。

大坂村的老人颐养天年，年轻一代各自创业有成。刚过不惑之年的徐明，早年在广州打工，2012年返乡创业，在村里创办服装加工厂。徐明还与堂兄一起，成立种养专业合作社，拓展白茶基地，流转村里150余亩土地，带动一些贫困户在家门口就业增收。

在大坂村入村门牌两侧，有一副对联，上联为“承祖德苏公庇佑濂祖遗风家族兴”；下联为“感党恩国政惠通鹳巢后嗣人财旺”。“鹳巢”之“鹳”，是一种状如白鹤的吉祥之鸟。盛唐诗人王之涣在山西永济黄河边，留下过千古绝唱《登鹳雀楼》。如果要给大坂上徐村的这副对联拟个横批，取《登鹳雀楼》诗意，用于鄱阳湖边的鹳巢垅，“更上层楼”最为合适，这也是对新时代的大坂村人美好的寄语……

85.大树乡华垅罗村:灼华城东

【家训家规】罗氏祖训“勤诵读”言:学为日益,不学无术。圣人论学,首重时习。春诵夏弦,苦心孤诣。嘉言善状,典型在昔。玉不受琢,焉能成器?猛着祖鞭,出人头地。道德文章,功建名立。

都昌罗姓承袭“豫章世家”,尊迁江西始祖罗珠为一世祖,罗珠第41世孙罗功勋(1113—1185)为迁都昌之始祖,南宋绍兴年间始居株桥(今阳峰乡金星村委会咀上罗村),至今已有800余年了。都昌豫章罗氏宗亲研究会2018年元月编印了15万字的《罗姓漫记》(罗嗣寿编著),将都昌、彭泽豫章罗氏罗列成八大片,大树乡罗岭村委会华垅罗村与七房、六房对门,下湾,储家咀等六个村庄同属罗岭片。除储家咀罗村属大树乡玉阶村管辖,其余5个罗姓村庄皆属大树乡罗岭村委会。

华垅罗村的村名前往往会加冠“市东”二字,指“县城之东”之意。同从县城罗家塘外迁而冠之“市东”的,除了罗岭的五个罗姓村庄,还有属翰公片的市东卢桥罗家圈、市东喆桥罗家山村。华垅村的阖祖为秉价公,明代万历年间肇村,距今已有600余年了。村里的旧祠堂呈徽派风格,分上、中、下三进,三条过巷成为“虎头”上“王”字的三横。因了堂皇,也因了近市,华垅村的祖祠曾被县官设为公堂,开庭审案。祖堂经岁月侵蚀破败不堪,2013年,村民筹资在原址上重建了祖祠兼村民文化活动中心,大门直通鄱阳湖大道。

华垅罗村在历史上不乏文韬武略之人。在清代,华垅村有“十八担书籍”之说,村里不少读书人在外做传道授业解惑的先生。教书人过了元宵节离家外出从教,都要带一只木箱,放些书籍和文房四宝,再带上简单的衣物,挑着书籍便出门了。华垅罗村不只受人尊崇的先生多,匡正扶弱、替人打官司的善讼者也多。旧时华垅村有“话家垅”之称,指的就是村里能言善辩者众。华垅的长者讲述道,清朝某年某月,县老爷在华垅祖厅升堂审案,见一个伶俐的学童凝神在旁,县老爷称赞道:“小孩儿十分清秀。”孩童随口以绝对相应:“县老爷一品高升。”县老爷更是喜不自禁。清末村里有个叫罗古梅的秀才,写得一手好字,替人泼墨新居落成的照壁大字,一块现洋一个字。罗古梅到南康府考举人,小解的功夫,就能记下墙头上张贴的三千言的榜文,回来复述一字不差。令人唏嘘的是,罗古梅金榜题名的佳音传到家中,他却在而立之年猝然离世了。华垅人的文气不只在“十八只书箱”的摇晃里,耕读传家已然成为一种民俗。外村人到华垅来请先生代写信札,村姑指着正在田间的牯牛尾巴后扶犁而铧的蓑笠汉说:“待会请犁尾先生执笔。”华垅村也出过武官,最有名气的是罗嗣海。他于清光绪五年(1879)投笔从戎,后得钦差大臣、陕甘总督举荐,由甘肃行营前往新疆、内蒙古、山海关等边塞剿匪平乱,被朝廷赏戴花翎总兵官,军功五品。其弟罗嗣汉赏军功六品。据说,罗嗣海所率兵营里帅旗上大书谷箩样大的一个“罗”字,他手持的80斤重的刀戟,挥之连斩敌营七颗头颅,骁勇了得。回到故里时,见两个村民抬着一桶200斤重的菜油,上船远航,他走上前,一手提一桶,快步将桶掷于船舱,力大无比。罗嗣海英年早逝,没有将华丽的功名袍完全披挂开来。

华垅罗村人在新时代的舞台上“灼灼其华”。一批才俊在养殖、仿古瓷器、外事翻译、传媒、建筑、金融等领域崭露头角,绽放着人生的芳华。居于城东的华垅罗村,现有人口520余人,如火如荼的县城建设征用了村里不少土地,华垅人做出了自己的奉献,同时东扩西连的城市建设框架的拉开,也为华垅人搭建了就业和创业的平台。在鄱阳湖大沔池旁昔日沉寂的土地上,鄱阳湖大道穿村而过,都昌大市场、城东汽车站(在建)矗立于华垅大地。曾任大树乡乡长、汪墩乡党委书记的退休老干部罗松林吟诗赞美家乡华垅:

祖德宗功世代崇,曾经文武誉华垅。

先贤遗产真无价,光大须凭才智雄。

86. 大港镇岗上村:欢快的《打岔伞》

【家训家规】《钱氏家训》分“个人、家庭、社会、国家”4 节,其中“个人篇”云:心术不可得罪于天地,言行皆当无愧于圣贤。曾子之三省勿忘,程子之四箴宜佩。持躬不可不谨严,临财不可不廉介。处事不可不决断,存心不可不宽厚。尽前行者地步窄,向后看者眼界宽。花繁柳密处拨得开,方见手段;风狂雨骤时立得定,才是脚跟。能改过则天地不怒,能安分则鬼神无权。读经传则根柢深,看史鉴则议论伟。能文章则称述多,蓄道德则福报厚。

根在河南

岗上村属都昌县大港镇大田村委会,现有人口 230 余人。岗上村是个河南移民村,村民除了一户周姓人家是 50 余年前从大田汊港村迁入外,其余钱、彭、杨、穆、余、李诸姓人家都是先后从河南商城、光山等县迁入的。

岗上村的钱姓人家人口数占了全村的 1/3。都昌钱姓村庄除了大港岗上,还有芗溪马垅钱村,总计约 200 人。承袭“彭城世家”,尊五代十国时的吴越王钱镠(852—932)为一世祖。钱王后裔名人辈出,现当代的钱玄同、钱穆、钱学森、钱三强、钱伟长、钱正英、钱其琛等都是钱镠后裔,比如钱玄同、钱学森父子分属第 33 世、34 世。1961 年出生的岗上村村民钱国锡按钱镠为一世叙下来,他这一辈为 35 世。钱姓徙居岗上,是在 1946 年前后,钱国锡的父亲钱明香同弟弟钱明见、钱明义从河南信阳的商城县迁入。迁徙的原因是居住的商城县清化乡人多地少,难以生存,为活命逃饥荒而外迁。从河南逃荒至江西,钱氏三兄弟曾在彭泽乐观乡、鄱阳县响水滩燕窝里短暂落脚过,最后选定在与响水滩一山之隔的岗上定居,是“投乡”而来的,岗上有河南的老乡聚居于此。

最早从河南徙居武山山脉黄金山山麓岗上村的,是彭姓人家,200 多年前便从河南迁入,现在的人口约占全村的 1/3。最晚迁入的是河南余集的余姓人家,1957 年融入岗上。当社会学家研究中国乡间的移民史时,都昌大港镇岗上村可以从小的角度提供一个范本。移民外迁的原因有避战乱的,有原住地生存环境恶劣逃荒寻找安身之地的；移入地的选择，要求要有闲置的山水庄园拓展生存之地（岗上人均水田有 1.6 亩），如有先期迁入的老乡的接纳，更是成为选择地的一种吸引力。

岗上村在黄金山的西麓，山那边是鄱阳县响水滩。黄金山乱世时是土匪出没之地，这也成为从河南迁入山区的散户人家，在岗上村抱团成村，共御外扰的一个诱因。相传黄金山上有 72 庵，当地人至今能叫得出月光庵、仙姑庵、莲花庵的名字来。关于众庵的兴起有个传说，说黄金山有处吉地，谁葬于此地，子孙中会出可当皇帝的“真命天子”，于是皇上怕被人夺了江山，在黄金山建庵镇地，并在山之东南西北四角分别铸青铜鼎相扼，不让他姓所谓的“真命天子”降世。岁月不居，庵宇大都不在了。

岗上人根在河南，那份来自故土的基因在血脉里代代相承，销蚀不了，割舍不掉。岗上人能说都昌当地方言，但他们互相之间多用河南话交流；岗上人喜欢吃包子、馒头、面条一类的面食；岗上人与河南老家的亲友跨省走动；岗上人生儿育男的还会去祖籍承续宗谱。岗上人更是把老家河南的民俗表演《打岔伞》带到了鄱阳湖畔的都昌，文化的交融与创新，成了一道亮丽的风景。

乐在都昌

都昌迄今有曲艺《都昌鼓书》、传统舞蹈《打岔伞》、民间文学《老爷庙的传说》三项跻身江西省非物质文化遗产行列，其中 2010 年申报省级非物质文化遗产成功的民俗表演《打岔伞》就发源于大港镇岗上村。

《打岔伞》的形成，最早可追溯到隋末唐初，且与唐太宗李世民相关。相传隋朝末年，秦王李世民带领军队与隋军作战，遭隋军追剿，李世民情急之下，令军士们化装成花鼓娘，他混入其间手舞足蹈。隋军围追而来，只见欢快的民间歌舞场面，不见秦王。隋军盘问秦王下落，人群中打着伞作丑角貌的李世民答非所问，军士们故意装着怪脸、唱着小调打岔，骗过了隋军，李世民最终脱险。做了皇帝的李世民派了宫廷一流的乐师，将当年的场面整理采编成舞蹈，并命名为《打岔伞》。每年正月初二至元宵节闹花灯，当地民间艺人表演《打岔伞》，以祈逢凶化吉、赐福保安。《打岔伞》流行于河南商丘、商城一带，岗上钱姓原籍地商城，凭借当地特色民歌，入选 2018—2020 年度中国民间文化艺术之乡。由《打岔伞》演变成的《花伞舞》曾获维也纳第十届青年联欢节佳作奖。

钱国赐是岗上村《打岔伞》民俗表演队的队长，无论是公家安排调演，还是自行外出活动，都由钱国赐接洽。钱国赐经历了近半个世纪《打岔伞》的幕升幕落、锣响锣歇。二十世纪五六十年代，扎竹灯笼最好的把式是钱国赐的父亲钱明香。后来钱明香患了眼疾，70 年代几近失明，但他扎花灯、花船，唱小调的兴趣不减，读小学的钱国锡放学后便帮着父亲打下手。那时村民的文化生活单调，钱明香邀上沾亲带故的村里人，冬夜围着火炕唱起来，村里的后生也跟着练习。20 世纪 80 年代初，钱明香、杨春发等牵头组织村里人去都昌、鄱阳周边的村落表演《打岔伞》，玩起赶春牛、划旱船、舞蚌、花挑等民俗表演。2003 年，一代《打岔伞》民俗传人钱明香老人以 86 岁高龄谢世。2010 年，《打岔伞》被列为省级非物质文化遗产，品牌效应日显。2016 年，先前在福建打工的钱国锡回家后被推举为岗上村民俗表演队的队长。作为一支农民业余演出队，演员难以集中。《打岔伞》全套表演一般要 18 人，其中花鼓娘（女）4 个、花鼓腿（男）4 个、举灯笼 4 个、举伞 1 个、锣鼓手 4 个，外加领队。为保证平日里县里组织外地的嘉宾前来观摩和特定活动的调演，钱国锡牵头制订了严格的“村规队约”。有表演任务时，队员要无条件地参加，哪怕是放下一天数千元的生意，也要保证赶来参加义务演出。《打岔伞》演员后继乏人，也日渐成为一个难题。打伞的主角要求唱、演、编功夫熟稔。唱词是根据现场内容的需要，临时编的，比如是主题活动的表演，就要围绕某个主题编词；是私户请来的贺喜，就要围绕那门喜事编词。现今在台上唱主角的是今年 79 岁的杨春发老人，他带的徒弟钱先友 1970 年出生，很快可以登台接演主角的班了。《打岔伞》的表演在创新中传承，蔡岭、鸣山一带也有村民表演，县文化馆组织县里的文艺骨干排演的升级版《打岔伞》，成为都昌地域特色文化的一张名片，在县内外赢得满堂喝彩。岗上村的民俗版《打岔伞》最近的一次闪耀亮相，是 2019 年 4 月 23 日央视科教频道首播的《中国影像方志·江西卷·都昌篇》，成为“都昌精神”在文化自信上的一次欢腾。

“山歌好唱口难开，
樱桃好吃树难栽，
干饭好吃田难种，
馍馍好吃磨难捱，
鲜鱼好吃网难开。

什么是团团团上天？
什么是团团团水中间？
什么是团团团长街卖？
什么是团团团姐面前？
太阳团团团上天，
藕叶团团团水中间，
烧饼团团团长街卖，
镜子团团团姐面前……”

又一场《打岔伞》的“丢山歌”欢快地响起，岗上村人唱不尽对美好生活的向往……

八、文明新风

87. 中馆镇小河向家村:美在水云间

【家训家规】 尊孔子之言,以孝、悌、忠、信、礼、义、廉、耻为准则,以耕读为本,以善为至尚。

都昌县中馆镇小河村委会向家村,在2019年春季,再次成为“网红”。由《江南都市报》牵头组织的第二届“江西十大秀美乡村”大型公益评选活动启动微信投票。中馆镇小河村、苏山乡鹤舍村作为都昌两个秀美村庄代表跻身初选之列。小河向家村已然成为“明星村庄”:2018年由中国江西网、《信息日报》和《江西手机报》共同主办的“乡村振兴看江西——十佳美丽新农村”推选活动中,都昌小河向家村最终成为九江市唯一获得此次“十佳”的村庄,“美丽”成为其最亮丽的名片。

村史之奇美

1945年出生的向惟旺,退休前曾任中馆镇水管站站长,在他的讲述中,小河向家村的建村历史与南宋的那场“红花之乱”相连。

“红花之乱”的发端可以定在都昌蔡岭的龟山曹,“红花之乱”的故事有不同的版本,向惟旺从老一辈村民口中相传下来的版本是:赵宋在靖康之耻后,宋高宗赵构在1127年建立南宋,后来将行都设在浙江临安(今杭州),其时,岳家军抗金正酣,江西都昌衙前龟山曹一带盛产一种红花,是疗伤的上品之药,珍贵如金,蔡岭、北炎一带就有红花冲、红花塘、红花坡之称。苟延残喘的赵宋王朝令龟山曹氏押送数车红花至临安,以慰战伤。推车行至蔡岭、中馆交界处的红花涧,因坡陡路滑,翻下涧去,红花飘落成泥,此处后来干脆被称作翻车岭。不良官吏禀告赵构,说龟山曹心生反意,故意隐匿红花而不至,昏庸的皇帝下旨对龟山曹杀无赦。为了活命,曹姓人家或逃往深山和远湖,或隐姓埋名避难,小河向家村的始祖本姓曹，是龟山曹一族，其时为避“红花之乱”由曹氏改向姓，“向”是其母之姓。肇祖先是在十四都土塘彭村徙居，明洪武初年，向祖二由彭村迁居小河里，至今已有650余年。其兄向祖一的后裔一直居住在土塘彭村，据说1913年弃“向”归“曹”了。

关于先“曹”后“向”的跌宕交汇，小河向家村人慎终追远，在宗谱里可以做到“无缝对接”。向惟旺的手头，既保存有《曹氏大成宗谱》，又保存有《向氏大成宗谱》。“向祖二”亦称“曹钦二”，在向家宗祠祖宗画像下，有着如是文释：祖为红花忤宋君，逃身改姓自龟分；半毫不浊源流远，一脉无差谱系真；贫贱至宗安失续，富豪非族敢来亲；从头彻尾重修纂，世世相传与子孙。

尽管当下小河向家人也会参加一些曹姓的宗祀活动，但六百余载，“向”字已然代代大写，也成为如今的法理之姓。独特的村史，给小河向家的人文历史平添了几分神奇之美。

村貌之秀美

小河向家村现有村民620余人，距都昌东大门的中馆集镇仅2公里，离304省道约1公里远，离九景高速2公里远，区位优势明显。7年前的向家村只是一个极为普通的村庄，7年后，旧貌换新颜，跻身“江西省省级生态村”行列，村貌变得靓丽起来。

2013年，向家村祖堂兼村民文化活动中心建成，翻开了村容村貌渐美的崭新的一页。村民们不会忘记一个细节，2011年、2012年连续两年的正月初一，曾担任都昌县物价局局长的向礼栋，说服德高望重的村民向惟海任村民理事会理事长。村民理事会干的第一件取信于民的事，就是改建村民文化活动中心。从2013年农历正月二十六正式破土动工，到当年农历十二月二十六日全面竣工，历时11个月，村民筹资85万余元，建成“港南世家”祖厅兼村民文化活动中心，建筑面积达850余平方米，内设有老年活动中心、图书室、大型舞台、议事厅等，且有可容纳500余人的会场。文化中心前场建有村民健身广场，后场建有篮球场，是村民健身娱乐的好去处。2014年至2015年，小河向家村重点开展新农村建设，以“三清七改五普及”为重点，投入奖金150余万元，村容村貌令人刮目相看。2016年开始，着力美丽乡村全省示范村建设，仅此项试点政策性资金扶助就达300万元，向家村村貌自此发生了质的变化，让人有惊艳之感。

现在，走近小河向家村，一座巍峨的青石门楼矗立在村口，材质精良，雕刻精致，是山东济宁工匠的精品之作。进得门楼，但见绿树成荫，小桥流水，马雕腾跃，国旗高扬。向家村头立着这样的“水韵”特色推介牌：“小河向家三面环山，大山深处有源头活水，泉水顺流而下，一年四季不断。两条小港绕村，聚小成堰于村头，后汇流于小溪而流入浩渺鄱阳湖，一派江南水乡景象。水，成就了小河向村的灵性。漫步绕村小港赏荷，可有亭阁休憩，‘碧水亭’里石凳、石椅品茗畅叙，‘怀古亭’里石槽、古碾寄寓乡愁。”

村民之崇美

小河向家人对美好生活的追求，既展露于秀美的村貌，又注入于乡风文明之中。2017 年 11 月，向家村被评为“九江市乡风文明示范村”，2018 年 3 月，被评为全市农村社区建设试点工作示范社区。

小河向家村在起初的村庄整治中，发挥村中老党员、老干部、老军人、老教师、老模范的示范带头作用，村理事会一班人更是以正派无私的秉性实事办好、好事办实。村中拓宽村道，他们带头拆除自家的院墙和偏屋；对于一时顾及一宅之私利的村民，理事会成员反复上门做工作，获得他们的理解、参与和支持。村民理事会引导村民订立“村规民约”，传承家训家规。移风易俗简办红白喜事，访贫问苦关心弱势家庭。村里的卫生环境采取“门前三包”，同时聘请专职清洁员，实行全天候净化环境。村民将保护生态环境外化于行、内化于心。少年儿童小手拉大手，共创卫生村。少数不讲卫生的村妇一改乱扔垃圾的陋习，举止变得文明起来。村民成立了太极拳队、广场舞队，村民的精神生活变得丰富起来。村里在现任村民理事会理事长向恭学的带领下，成立了关心下一代工作小组，组织“五老”定期为村里的留守儿童开展以德育人的系列活动，该小组被县委、县政府评为都昌县关心下一代工作先进集体。村民在凤凰山下栽种的 300 余亩油茶，被打造成特色产业的一道风景。村民办起了农家乐，绿色食品称誉四邻。

仰观蓝天白云，纵览青山绿水，小河向家村的生态美景赏心悦目。心中若有美之源，何处不是水云间？小河向家村在乡村振兴的大舞台上，一派生态美景在徐徐展开……

88.大港镇曹百四村:深水里　大山外

【家训家规】龟山《曹氏家规》云:本业不可不务也。古人云:“有田不耕仓廪虚,有书不读子孙愚。”故耕读二者,传家之本业也。子弟聪则教子读,不聪则教子耕,不然虽执艺可也,不然虽为商为贾可也。

一

曹百四村属都昌县大港镇漂水村委会,现有人口380余人。漂水村的得名,显然是因为村域有黄金山,黄金山上有漂水岩。黄金山属武山山脉,满山的绿得名“黄金”,一说大港旧属黄金乡,一说是因山上多金色画眉这类鸟。其实其名倒合了时下的生态观念:绿水青山就是金山银山。黄金山之西有漂水岩,一条白练从山腰飘下,瀑声震耳,白沫飞溅。石壁间有洞,有大有小,如门如窗,犹如花果山的水帘洞,幽深奇幻。“漂水”之水,对于曹百四村的人来说,只是“一瓢水”的景致,曹百四村半个世纪前世居的原村址,已沉于大港水库底下,那才是山区的一汪阔水。

提及曹百四村,一些人会误以为叫“曹八四”村。在都昌民间流传着一个故事,说有个姓曹的耄耋老人84岁了,老年生子发起了一个村庄,便叫“曹八四村”。都昌并没有曹八四村,这个故事的主角可以演绎成“甲八四”“乙八四”一类。84岁的叟公老来得子,这显然有悖人的生理规律。倒是曹百四的村民津津乐道地讲起另一个“老来得子”的故事:60岁的一对老庚甲与乙,富甲一方的甲老汉相中了厚道待人的乙老汉貌美如花的女儿,想娶为妻传后。乙对甲说:“家财万贯也是买不来妻贤子孝的,你总要让人相信老态的你有享男女之欢、儿女之乐的好身板。”于是乙让甲老汉对着一箩筐的柴火灰撒尿,按民间之法测试其身体是否硬朗。甲老汉的尿淋了灰烬,且力透箩底。最终故事的结局是甲老汉抱得美人归,花甲之后生儿传代,繁衍成村。

曹百四村祖祠兼村民文化活动中心大门前有一副嵌了“宗承鹿岭”“业继龟山”内容的对联,道出的是都昌曹姓的渊源。都昌曹姓是人口数居全县第二的大姓,承袭"谯国世家",尊唐末的曹荐为一世祖。曹荐的世居地在安徽宣州南陵鹿岭,因避黄巢兵乱,于唐广明元年(880)由鹿岭迁至九江彭泽悬鱼洞。其子曹贺(862—939)由彭泽徙居都昌清化乡之龟山(今蔡岭镇北炎村辖地),后世称龟山曹氏。曹百四村的祖先于明永乐年间迁至黄金乡绿荫坡。村名为何取"曹百四"?1934 年出生的曹俊帮老人说,村里的祖先活了 140 岁,所以得名"曹百四"。更多的人认为这种说法同"曹八四"之说一样,有悖常理。明代的乡间百姓长寿至140 岁,几成虚妄之言。让人信服的"曹百四"之由来有二:一说村里的祖先叫"曹百",在兄弟中排行第四,便名"曹百四",百四之前有兄百一、百二、百三,百四之后有弟顺称到"百九";一说村里的祖先在龟山一分支同辈分的位序排列为140 位,也有说位序为 114 位的,故名。

二

600 年前的曹百四村就肇居于武山山脉的绿荫坡。50 年前,大港水库建成,曹百四村整体搬迁至山外,原址浸于水底。崇山峻岭中的曹百四村,在血雨腥风的20 世纪 30 年代,留下了太多的红色记忆。

1933 年 10 月,国民党军集结 100 万兵力向苏区进行第五次"围剿",1934 年 10 月由于博古、李德等人的错误领导,各省的革命形势急剧变化。1935 年 6 月,根据中共闽浙赣省委的指示,在武山山脉都昌望晓源建立中共都(昌)、湖(口)、鄱(阳)、彭(泽)中心县委,田英任书记。随后,田英组建中国工农红军都湖鄱彭游击大队,形成以武山为中心的游击根据地,开始了艰苦卓绝的三年游击斗争。处于武山怀抱的曹百四村,自此成了一片红色的热土。

在 2014 年底由中共党史出版社出版的《中国共产党都昌历史》(第一卷)第十章"艰苦的三年游击战争"中留下了权威的关于曹百四村的红色记载。当时,国民党正规军和保安团在根据地的交通要道、集镇和大的村庄,采用"碉堡政策",派重兵驻扎,曹百四村就筑起了碉堡。中心县委和红军游击大队针锋相对地开展"铲碉堡,拔毒刺"战争。1937 年 11 月底,中共都湖鄱彭中心县委由望晓源村迁至距大港街约 1.5 公里的曹百四村,并且安装了电话,协调部队的整编和行军动员。三年游击战争结束后,红军游击大队根据项英、陈毅的指示,开往浮梁瑶里进行改编,然后奔赴抗日前线。武山根据地的群众,从彭泽黄土港,湖口文桥,都昌徐埠、土塘、蔡岭、大港等地敲锣打鼓,来到曹百四村送猪送米,慰问游击队，曹百四村沸腾起来。宣传、发动、关心、依靠群众是游击队赖以生存的基础，山区群众与游击队员鱼水情深，他们相聚在曹百四村，度过了一个欢乐的元旦。随后，田英安排留下11名同志和11支枪在根据地继续进行革命工作，其余150余人随他离开曹百四村，经安徽祁门，至瑶里被改编为新四军第一支队第二团第三营七、八连，在抗日战争、解放战争中浴血奋战，屡建奇功。田英后来根据形势变化的需要，又返回大港街，牵头设立新四军都昌留守处。1938年4月，田英血洒武山，英勇就义。曹百四村一直是中共都湖鄱彭中心县委的所在地，直至1940年初革命形势发生变化，中心县委遭到破坏。

曹百四村人为支持红军游击队，做出了无畏的奉献和牺牲。1957年元月建立的大港烈士纪念碑园，镌刻着田英、陈光林、刘国民、苏运全、曹显泉等革命先烈的英名，其中曹显泉就是曹百四村人。1993年版的《都昌县志》“都昌革命烈士英名录”中，留下了曹显泉烈士简单的生平资料：曹显泉，武山游击队战士，1935年参加革命，1937年6月在本村就义，时年20岁。

三

淹没于水底的曹百四村无法回望，迁出山外的曹百四村浴火重生。

都昌大港水库流域面积58.4平方公里，总库容达4716万立方米，是仅次于柘林水库（庐山西海）的九江市第二大水库。大港水库是一座以灌溉为主（灌溉面积达5.6万亩），结合防洪、发电、养殖、休闲等资源利用的中型水库枢纽工程。水库建设迄今经历了三个阶段。第一阶段，1958年按大（2）型水库规模设计，当年8月开工，次年停工缓建。第二阶段，1966年按中型水库编制设计，1969年冬基本建成，1970年5月竣工受益。山里处于库区的五个村庄实行了搬迁。1966年，原属宝光大队的下埠岗曹村搬迁至现在的大港镇繁荣村委会，农中谢村搬迁至大田村。1969年，原属和平大队的黄家塘村址上移，现属大港水库深山里的高塘村，谢庭国村搬迁至高塘村，曹百四村搬迁至漂水村（少数村民搬迁至高塘曹站里）。第三阶段，2008年3月至2010年10月实施除险加固工程。1953年出生的曹菊生清楚地记得，国家组织曹百四村统一搬迁至现在的村里生活，是在1969年11月30日。50年的沧桑巨变，现今的曹百四村人已完全融入了同处一个镇的漂水村的生活。50年前搬迁的点滴记忆，在老一辈曹百四村人的心中不曾湮灭。

曹百四村搬迁的新址在漂水石岗，这里早先是石姓人家的居住地，后来荒弃了。1969年的农历七月，曹百四村人就启动了石岗的新居建造，每幢房屋国家补偿350元。用的砖木大多是原屋拆下来的，当时建造水库的数万民工，每天收工时将迁居村民的厚重青砖，顺手带至大港水库的内坡下，再辗转翻过高高的主坝放置于外坡下，随后用手扶拖拉机将砖木运至10公里外的石岗。原来的老宅砌墙是灌斗双层垒的，旧砖利用时改成单砖垒墙，除去破损，也就不再另行添砖建屋了。建造房屋的三个多月过渡期，村民住在原址上搭起的临时芭茅棚里。故土难离的搬迁，实行党员干部带头。去年故去的曹俊臣当时是生产队队长，又是党员，他家第一个带头搬迁。那时建造新屋是在暑期，工人要歇息，就在墓茔旁的小树丛里躲一会儿。1969年11月30日，曹百四村所有的村民皆迁往石岗上匆忙建起的新居。这一天，值得载入曹百四村村史，让后裔铭记。

起初在石岗新村生活的岁月，曹百四村人最深刻的记忆就是“贫穷”与“饥饿”。1969年农历五月，大港水库“扎管”蓄水，眼看着还有半个月可挥镰收割的早稻淹于一片泽国。村民没向国家要一分钱的农作物补偿，水退去后村民收割再生稻式的谷芯用来充当主粮。世代居住的绿荫坡原是好田地，且有山林辅收，曹百四村人的生活条件在当地可算优渥。村民搬迁至新址后，破草开荒，田是瘦田，产量极低，一垅20余亩，只收了浅浅的4箩稻谷。生产队为度粮荒，只得向邻村石坛里借粮。村里交足公粮后，仓廪已见底了。机米析分出来的谷糠，被村民用来做糠粑充饥。曹百四的学生娃忍饥挨饿是常态。外村的同学在武垦学校读书玩打“米仗”的游戏，曹百四村的学生捡起地上散落的米粒，放入饭盒蒸饭。在绿荫坡时，生产队一个满分劳力日值一元多，搬迁后才值二三毛钱。当年外村的女子都不愿嫁给穷窝里曹百四的后生。流传下来的一句顺口溜描述的就是曹百四人的穷困：“进得百四门，稀粥两大盆。盆里照得碗，碗里照得人。要想猪肉吃，除非猪生瘟。”20世纪70年代，一批上海知青在曹百四村“上山下乡”，艰辛成为他们重塑人生的一笔宝贵财富。曹百四村贫困的日子持续了10余年，一直到20世纪80年代初实行家庭承包责任制，分田到户的曹百四村人的生活水准才渐渐与邻村无异。

泱泱库水，可以淹没曹百四村的老村址，但其承载的红色记忆和舍小家、顾大家的奉献精神被载入史册；巍巍武山，给予了曹百四村人挑战困难、自强刚毅的秉性。在撸起袖子加油干的新时代，曹百四人续写着黄金般耀眼的新篇章。

89. 徐埠镇李家炉村：古道新风

【家训家规】《李氏家规》云：敦孝悌以重人伦，笃宗族以昭雍睦，和乡党以息争讼，尚节俭以惜财用，解仇忿以重身命，训子弟以禁非为，躬稼蔷以知艰难，忍耻辱以保家业。

承袭“陇西世家”的都昌李姓人家，据统计已成村111个。村名带“炉”的有四个：徐埠镇合力村委会的李家炉村、西冲李家炉村，三汊港镇铸山村委会的铸犁山李村，春桥乡十方村委会的李铁炉村。李姓一分支的祖先确实有冶“炉”铸铁的家传手艺。至今仍让炉火熊熊燃烧形成业态的只有铸犁山李村。而对于徐埠镇的李家炉村民来说，真正让他们津津乐道的村事，是旧时的繁华驿道和当下的新村风韵。

古　道

现今的都蔡公路高桥至袁宣中段之西，距主路80米远处，坐落着李家炉村。都蔡公路的修建是20世纪90年代的事，遥想数百年前的明清时代，李家炉村旁有一条“官道”，是都昌通往浔阳的必经之道。漫漫驿路，车马喧喧，人来人往，成就了古时李家炉村的繁华。

李家炉村有“一村十三姓”之说，现今全村有近400人，其中李姓有260多人，占了超过半数的人口。其他如吴、陈、袁、江、陶、许、饶、张、安诸姓加在一起百余人。诸姓齐聚李家炉村，主要成因便是当年傍着驿道开店铺的商家后裔，落户在李家炉，融入这个和睦的大家庭。1978年出生的合力村委会主任袁国斌说，袁姓人家从两公里外的袁新舍村徙居李家炉，是因为清末其曾祖父在此开歇店而落户。据村里老人讲述，鼎盛时李家炉村驿道旁的歇店就有6家，多为外姓人所开设。

喧腾的古驿道在李家炉村中的路段，已被硬化成水泥路面。村外通向远方的古道被荒草遮蔽了路型，已然难觅。拨开弃径，一座石桥跨于仄溪之上，人称“太平桥”，想当年多少旅人的行囊成为桥上世俗的风景。那上着响板、底层经商、上层住宿的店铺只留存在老人的记忆里。记忆的风尘里，不只有旅途中的风景，还有跋涉者的故事。村里有个叫谭姣妹的妇人，在驿道旁开了一家都昌米粑店。国民党的一支残兵从驿道进城，吃了可口的谭氏米粑，把嘴巴一抹，没付钱走人。谭姣妹有个哥哥叫谭京，是徐埠老屋场人，谭京其时担任国民党政府徐埠区的保安大队长一类的显赫之职。他追讨粑钱的结果是，国民党残兵不只为扰民之举赔礼道歉，而且付了双倍的谭氏米粑钱。抗日战争时期，徐埠一带是日寇滋扰的重灾区，李家炉的民舍也曾被日本兵占用。古道阻且长，李家炉村见证了途中的风风雨雨。

世　风

李家炉村成村于元末，距今已有 670 余年了。“一村十三姓”，每个姓氏、每户人家都有属于自己的故事，故事里折射着人心，拂开来世风。

李家炉村在清朝出过一个叫李康雄的秀才，秀才的父亲叫李锡进，早逝，母亲高氏年纪轻轻就守寡，把李康雄拉扯大。秀才是个孝子，为了感恩，在村中为母亲建造一座类似于贞节表彰的牌坊。牌坊在匠人的劳作下，一天天巍峨、精致起来。最后一道工序是在顶部放置一个石圆球，昭示着功德圆满。可石球无论如何放置，都会滑落。匠人悄悄地对秀才道：“你母亲怕是守寡不贞，难耐寂寞做过不检点之事?”秀才赧然，晚上回家悄悄地问母亲是否有不可齿人之隐情，母亲涨红着脸说：“为母清心寡欲，无半点愧对你父亲，确无一丝的污迹。要说一时欲念，唯有一次看见房宅坦场上有一只公鸡追着一只母鸡‘赶样’撒欢，为母心有所触，会心笑了一下。”只此一点，便为破谶。第二天，石球再砌便稳当当地置于牌坊之顶。秀才李康雄生了 8 个儿子，家族兴盛起来。当年的牌坊已了无踪迹。当然这只是个传说，且封建迷信的味儿浓。

李家炉村的西北有座饶家山，饶姓人家落户徐埠的年代比李家炉成村时间还要早些。饶姓是个小村庄，后居的异姓人家在徐埠繁衍日盛。异姓人家有个地仙，精于堪舆之学，他相中了饶家山顶的一方吉穴，嘱咐子孙在他驾鹤西行后将其安葬于此地，永祐昌盛。为得到此方吉地，地仙便用起了损招。某日，地仙将自家的一件羊皮袄典给了饶家人开的典当行，说赌钱输了，今后扳本赢钱了，定将羊皮袄赎回。那羊皮袄被地仙喷洒了卤盐水。一个月后，地仙揣了响当当的银圆来赎羊毛袄。饶姓老板从柜底取出羊皮袄，但见羊皮在卤盐水的化学反应下褪尽了，已斑驳得面目全非。饶家人谦卑地提出赔付，地仙却不依不饶，说祖传的羊皮袄价值连城，是无价之宝，你饶家赔得起？

几番周折后，地仙主动提出，拿饶家山的那方山顶赔给自家了事，饶家只得屈从。一年之后，地仙溘然长逝，他的儿孙遵了地仙生前之愿，将他卜葬于饶家山顶。地仙对饶家“一损到底”，生前还向儿孙交代了一个“损招”，意欲对饶家人赶尽杀绝而后快，免得遭饶家人“秋后算账”，发生“完山归饶”的事。地仙亡人之招施的是巫术：为他盖棺卜葬悄无声息地选定丑时，在深更半夜“下字”，那时饶姓人家漆黑一团，饶家人会罹厄运，将身家性命搭进黑渊，以致有灭族之虞。深更半夜，地仙棺椁被悄悄地抬至饶家山，途经饶家，举村皆暗，唯见一老太婆深夜在纺织棉线。对这个民间传说版本最后的解读是，饶姓人家后来遇天灾人祸，败落下来，唯剩纺纱老妪的一个儿子存世传代。数百年来，饶姓人家在当地总是发脉不旺，但也不至绝断，倚了纺线婆的那支独苗，三五户地赓续着。饶姓人家的故事当然只是个封建迷信的民间传说而已。李家炉村 1954 年出生的村民理事会理事长李澄清是饶家的女婿，他为村里树立文明新风奔波劳碌。现在李家炉村与众姓人家亲如一家人相处，互帮互助蔚然成风。

新　业

新风尚催生新产业，新时代展示新风貌。李家炉村历史上家传的铸铁工艺曾红火一时。1958 年出生的徐埠镇合力村原党支部书记李松林小时候见村里人辟地建宅，挖过的墙基槽里总能见到铸铁的遗渣，村民称之“铁屎”。他这一辈的人，不少人年轻时就靠铸铁谋生，生铁犁头、生铁锅一类的手工制品在都湖鄱彭一带颇有美誉。只是灰暗的铁屑渐渐不见了，铸铁工艺渐渐失传了。

近年来，李家炉村的生态农业风生水起，成为乡村振兴的一道亮丽的风景。党员袁国斌创办的都昌老百姓种植农业专业合作社，种植瓜篓 160 余亩，“两茶”（油茶、茶叶）300 余亩，成为带领贫困户脱贫致富的支柱产业。当地政府利用李家炉周边优质的山水资源，引进在黑龙江创业的客商，打造野生动物养殖基地，黑熊、鹿等珍稀兽禽规范养殖，将成为徐埠这个千年古镇的一张农业与旅游业结合的“生态名片”。李家炉村2019年在各级政府的关心和支持下，着力打造新农村建设“秀美乡村”的升级版，一个“产业兴旺、生态宜居、乡风文明、治理有效、生活富裕”的李家炉正浴火重生，惊艳于世……

90. 左里镇山下邱村：旧山下新风吹

【家训家规】不为天道，不悖人伦。利而勿害，与而勿夺。尊强扶弱，尚富恤贫。雍睦一堂，和蔼千秋。

左里镇永华村委会山下邱村村子并不大，现有村民150余人。周边以“山下”命名的村庄有四个：山下邱村、山下邵村、山下熊村、山下李村，“山”指的是旧山。都昌邱姓承袭“忠实世家”，全县有15个邱姓村庄，除左里山下邱村、三汊港玉环邱村外，其余13个皆居周溪镇。山下邱村成村于明代永乐年间，至今已有660余年了。村庄在清初曾鼎盛一时，老一辈传下来的场景描述是：清晨有88个人担着水桶去井边、塘边排队挑水；晚上有48面铜锣在庙会的戏台上喧闹。山下邱村的衰败起于清咸丰年间的太平天国军，民间俗称“长毛”，村里很多的青壮年被太平天国军杀了，或许也有裹挟着入了“长毛”远走他乡征战而亡的。

旧 山 烟 云

紧邻山下邱村的旧山，位于左里镇的西南部。此山海拔虽然只有144.1米，但在丘陵地带已属高峰了。站在旧山之巅俯瞰，山下的新妙湖尽收眼底，房屋田畴平铺开来。旧山的形状如一只蹲伏着的狮子，古称“狮子山”，又称“浮丘山”。“狮子山”改名为“旧山”，是在久远的西汉年间。邻乡苏山因西汉年间的湖南郴州人苏耽在此修仙而得名，其时，苏仙公到都昌修道，首站在狮子山，修行的庙叫广福庵。苏耽后来去苏山修道，旧地便曰“旧山”。三百余载后，东晋道士吴猛在广福庵修行。豫章人吴猛是道教十二真君之一，都昌众多的道庵都留下过吴猛与许逊（许真君）安抚百姓、利化众生的传说。吴猛的道法卓然，在旧山有“斩蛇精”“降湖神”的故事。让吴猛流芳千古的还是他名列古代“二十四孝子”之一,“恣蚊饱血”的主角就是吴猛。八岁的吴猛心疼劳累了一天的父母在盛夏之夜受蚊虫叮咬,便贴身睡在父母身边,赤膊而眠,天真地想着让蚊子叮他的嫩皮细肉,让蚊虫不再叮咬父母。吴猛被宋徽宗册封为“神烈真人”。有九江文史专家考证,东晋名将陶侃(都昌人)游历旧山时曾吟咏过一首诗:“满炉香火满炉烟,满堂书生满堂仙。今夜寒霜空对弈,豪吟直到五更天。”广福庵后来改名“旧山庙”,再后来又称“凌云寺”。据《神仙传》记载,明代正德三年(1508),四川来的济深大师将佛教传入旧山,并在山顶建造起“凌云阁”。自此,旧山之“烟云”便变了模样,不只是建筑的构新,而且旧山的三清教主让位于释迦牟尼,道庙变成了禅宇。据传,济深法师在旧山用山上的樟树根、铁树叶,在水井洞的泉水里浸泡多日,施于当地百姓饮用,以避瘟疫。更早的传说是,吴猛也曾采旧山之药,以甘泉熬煎成丹药,给百姓止痛疗伤。

在凌云寺的香炉上,有一副对联:净地何须扫,空门不用关。这种佛地的超脱,一旦遭遇到俗世的无情,便会被现实击得粉碎。1940 年,入侵左里一带的日本鬼子利用旧山的高势,在寺旁修建炮台,挖起战壕,构建工事,耀武扬威。灭绝人性的日寇在佛法圣地犯下不可饶恕的罪行。日军逼隆修长老在寺前的菜园里挖好土坑,然后将隆修长老推进自己挖的坑内活埋了。山下邱村也被战争的乌云笼罩。1947 年出生的邱金龙退休前曾任多宝乡兽医站站长多年,父亲邱修经在抗日期间的经历留给幼小的邱金龙的记忆刻骨铭心。1940 年秋,山下邱村有个老太婆去世,邱修经和村里的“八仙”各挑着一担新麦去多宝陈让村替亡者换一口棺木回来入殓。走到山下熊村路口时,只听背后传来清脆的枪声,是日本兵从旧山的哨所射出的。邱修经挑着满满一担小麦魂飞魄散没命地跑。当天回来后梦中惊悸连起,随后重病缠身,27 岁时离世。旧山南麓有口古井,井水冬暖夏凉,且永不干枯,民间传说是狮子山的狮子尿化成了神奇的井水,山下徐姓村庄视此井水为甘霖。驻扎在旧山顶上的日本士兵的生活用水,也是逼着民工挑的此井水。挑水的村民往往会使坏在水桶里撒些污泥,更有甚者在桶里撒尿,来发泄对日寇的仇恨。与邱金龙同年出生的同一个村委会的江圣仔,数十年来一直热心旧山庙的修葺与重建。他 19 岁那年在生产队里挑塘泥挣工分,门首塘的底层现出一枚废弹,是日本鬼子当年在旧山向下发射未引爆的炸弹。村民当即向区政府的干部做了报告,政府组织人将炮弹安全移出。江圣仔小时候在旧山放牛,能随地拾捡到满兜的子弹壳。

抗日的战火逝去，寺庙的香火渐起。缭绕的烟云，其实缕缕连着尘世的悲喜交集。旧山庙被拆后，砖木材料被运往山下，用来建设在傅家桥的一所中学。寺里的那架古钟也悬在校园里的木杠上，上下课时按时敲响。后来钟声沉寂，古钟被埋没于傅家桥港底。从20世纪70年代末开始，多宝、左里、苏山一带的善男信女心系“凌云”，拾级而来，简易的瓦棚里供奉着的神像接受心诚则灵的信众的膜拜。

话说旧山脚下石桥亭王村有一个叫王升和的国民党老兵，年轻时被抓了壮丁参军，1949年去了台湾。1995年，王升和跨过台湾海峡回到离开了快半个世纪的故园探亲，从小与他相依为命的慈母已故去。亲友转达了母亲生前去旧山庙许下的祈愿：如果我儿得神明保佑有朝一日能从台湾平安归来，我一定让我儿子捐建寺殿以还福愿！王升和回家后上了趟旧山，目睹了寺院设施的破旧，也重拾了当年在旧山上放牛的记忆。他回到台湾后，寄回3000美元，委托村里人牵头，重修旧山庙，以遂母愿，这就是现存的凌云寺大门左侧的观音殿。旧山庙大雄宝殿的重修，始于2000年。山下邱村1950年出生的邱银龙，算是“乡贤”类的文化人，爱好诗词写作，还兼了都昌县佛教协会的副会长。他同江圣仔、李春如等热心人在观世音菩萨三个生日（即农历二月十九的诞辰日、农历六月十九的成道日、农历九月十九的出家日）举办庙会观戏，发动群众自愿捐款，从数元到数百、数千元不等，2000年建成，“凌云阁”更名为“凌云寺”。现今凌云寺（旧山庙）有硬化之路直达，已成为左里、多宝一带颇有影响力的宗教场所。

邱村新风

旧山之上凌云寺的晨钟暮鼓，在沧桑世界经久不息地敲响；旧山之下的邱村，穿越600余年的时光隧道跨入新时代，一股文明新风轻拂这个小山村。

2011年春节，山下邱村事业有成的公务员、诚施仁术的名医等人倡导，利用很多外出务工的村民回家过年的时机，大家欢聚一堂，召开一次恳亲会，并对村里品学兼优的学生予以奖励，对年过六旬的老者给予慰问，以涵养文明新风。有文化有见识的村里人更是围绕“打造浓浓乡情新年俗，建设乡风文明新家园”的定位，提出创建“五好邱村”的目标。“五好”即讲好故事，传承家风；育好人才，浓厚学风；壮大产业，夯实业风；打造环境，营造村风；易好风俗，培育新风。

村里的陈仙春老人在儿子的支持下承办了首届“恳亲会”。2011年农历腊月二十七，全村20余名户主和村民代表齐集陈婆婆家，吃了个“团圆宴”，村民们在一起畅谈一年来的生活变化，交流乡情亲情，其乐融融。第二天腊月二十八，村民按祖俗吃过“玩年福”的早饭后，聚集到陈仙春老人主动腾挪出来的一幢老宅，老宅经简易修缮后改成了村民文化活动中心。左里镇和永华村的领导也应邀前来参加活动，并热情洋溢地致辞，鼓励村民将“五好邱村”的创建活动融入践行社会主义核心价值观、融入新农村建设、融入脱贫攻坚。随后举行了奖学金和尊老资金的发放仪式，首笔奖励资金是由陈仙春当年在湖口县政府任职的儿子和村里另一个在景德镇医院工作的名医捐资的。奖学金颁发给幼儿园、小学、中学、大学里的优秀学生。邱家出嫁的女儿的子女也列入了评奖名单。未获得表彰的一些学生，有的悄悄地流下了眼泪，下决心发奋学习，誓言明年自己也要登台领奖。获得表彰的学生代表上台发言，表达感恩之情、上进之心。村里10余位60岁以上的老人喜滋滋地领取了每人100元的尊老红包。村里的长辈以德行、声望传承家训家风，勉励莘莘学子再展风采、各行各业的村民见福见喜、全村男女老少平安幸福。创“五好邱村”仪式结束后，年轻人在文化活动中心展示才艺，尽情表达对美好生活的向往。

山下邱村的“五好”创建活动不断丰富创建载体，助力乡村振兴，成为都昌新时代文明实践的一个亮点。县宣传部门、文化部门在文化活动中心开辟了农家书屋，让村民远离麻将声，亲近读书声，“稻香”里更添“书香”，弘扬耕读传家之风。村里成立了“五好”创建基金，村民自愿捐建并完善取信于民的资金管理办法。2019年春节“恳亲会”现场筹集到一笔2万元的捐献资金，用于村里的公益事业和公共事务。碰上哪个村民患了重病或是突遭变故，村民还纷纷自发捐款扶助和慰问困难的村民。村里鼓励在外拼搏有成的村民返乡创业，带动更多的乡亲共同致富。在奖教抚老的基础上，村里还启动开展孝顺儿媳妇、道德模范等评选活动，让身边的正能量影响身边的人。山下邱村不断探索新时代乡村治理的有效方式，让“乡贤”治理模式爆发出新的生机。

91. 春桥乡余良三村:“药王”后裔的为“仁”

【家训家规】在《余氏家训家规十万公宗谱》中载有“家训六条”:淳孝悌、谨闺门、习勤俭、睦族邻、端蒙养、循家礼。“新家规九则”:爱祖国、孝父母、尚科教、遵法纪、重礼信、睦乡邻、勤职业、戒奢侈、恤孤寡。

都昌县春桥乡云山村下余良三自然村现有105户,410余人。余良三现有上、下余良三两个村庄。余良三村的祖先叫思明,人称“良三公”。良三公有三子:秉性、秉忠、秉衡。老二秉忠“生于明永乐戊子年。自幼聪颖过人,既成年,学通经史。然独钟岐黄之术,胸怀济世之心。游历四方,遍访名家名士,拜师学艺。返乡后,结庐独居”。

余秉忠是一代名医,为贫困人家治病从不收费,还亲自到山间采药,救治沉疴重疾。他医术高超,医德高尚,被人尊为“药王”。殁后葬于村后翠竹成荫的山上,余氏后裔为旌表祖先的功德,在山上建有“药王山庄”,并辟有纪念亭。“药王”终生未娶,余良三村人脉相承于秉衡公。

下余良三村让家训家规在当下焕发出成风化人的勃勃生机。该村由老干部、老党员、老教师、老模范、老退伍军人组成“五老”关心下一代协会,利用节假日,结合身边的事例,讲述家训家规的故事。在村民文化活动中心,建有留守少年儿童关爱之家。村民理事会在药王山庄将村民自编的“公民道德三字经”立于山下路旁,润物无声树立文明新风。村民余桂三前几年不幸得了肝癌,急需一笔医药费,村民秉承“睦乡邻”的祖训,自发捐款3万余元,送到患难之中的余桂山手中。邻村曹家塘有个5岁的小男孩不幸患上白血病,下余良三村人也纷纷捐款,多的上千,少的也有百元。下余良三村“淳孝悌”不断衍化新的习俗,孝敬老人蔚然成风。比如过年了,村里的鱼塘按户头分鱼,没立户头的老人照例也会分得一份,其乐融融。村里兄弟多的除了平日里孝顺父母,还在腊月二十四至年后的元宵节,每年轮流把父母接到自家一起生活,既让老人享受到大家庭的天伦之乐,也减轻了老人春节里在亲友间迎来送往的操持。

作为“药王”的后裔,余良三村不少老人得家传、悟医道、惠民众。今年70

岁的村关心下一代协会理事长余松三老人,识得百余种中草药。他的儿子从九江医专毕业后至今仍在村里行医,播撒"仁心"。68 岁的徐贵菊老人早年得公公传授的医术,俨然一位女郎中。前几年,她还亲自上苏山、武山采草药,为人治病。对于风湿之疾,她更是有疗治之奇功。徐贵菊老人早年丧夫失子,与儿媳妇共同撑起这个家。如今,她的孙女在读首都师范大学研究生,两个孙子也正在大学就读。徐贵菊老人感受到生活在社会大家庭的温暖。

92. 春桥乡凤岭新村:凤兮涅槃

【家训家规】段氏宋代家训言:耕例务积粟,读例务成名,勤例务有恒,俭例务有节。

都昌县春桥乡凤山村委会凤岭新村是个段姓村庄,1998 年前村庄的名字叫段家咀,属都昌县万户镇塘美村委会。20 年前那场百年未遇的大洪水,改变了段家咀村史的册页。当年段家咀"百里大搬迁",成为抗击洪魔、重建家园的亮点新闻。

段家咀兴村始祖叫段愈庆,南宋淳熙年间由贤里迁至古岭村。这里三面环水,又叫"凤凰寨"。关于凤凰寨,有一个神奇的传说。明朝末年,崇祯皇朝风雨飘摇。大将洪承畴经略西北防务,军粮主要靠江南征集,尔后经长江入海北上。大约是 1639 年 7 月,明军在江西乐平、鄱阳等地征集了 12 大船军粮,由士兵押运,途经鄱阳湖入长江。船至都昌所辖鄱阳湖水域的凤凰寨时,西南风大作,12 艘军粮船只得在凤凰寨泊岸避风。第二天,士兵发现四千担军粮一夜之间踪影全无。湖面上漂浮着空瘪的麻袋,如果是遇到了劫贼,绝不会悄无声息,且绝不会腾袋运粮。洪承畴后来粮乏兵懈,束手就擒。历史上的洪承畴面对恩威并施投降了清朝,他随清军入关,又被清廷起用,官至太子大保、兵部尚书兼右副都御史衔,列内院佐理机务,翌年,赴江南招抚南方总督军务大学士。洪承畴在改朝换代享尽荣耀后,至死也没明白,当年翘盼的军粮为何在凤凰寨不翼而飞了。清朝康熙年间的法师给出的风水解释是,凤凰寨就像一只巨大的凤凰,12 船军粮是被神凤所食。这个神奇传说的后续是,康熙帝从都、湖、鄱一带征粮,为不重蹈覆辙，下旨让法师施法，斩断凤凰寨的龙脉。施法的方式是先用100坛白酒、100只雄鸡祭奠凤凰寨神，然后令500名士兵日夜不停地挖两丈深的沟，将凤头与凤身割裂开来，凤凰的灵气自此殆失。

段家咀的村民赖以生存的，当然不是传说中的神凤所啄的过往船只上的稻粱，他们靠水吃水，世代捕鱼为生。他们管辖有焦潭湖，在万户境内的“九嘴十三汊”风帆正举，渔舟唱晚。水能载舟，也能覆舟。公元1998年，岁在戊寅，当年的一场水患让段家咀几遭“灭顶之灾”。那时，全村55户，280余人，只剩在地势高处的3户，尚可在一片汪洋中见其屋脊，其余房屋皆浸沉于泱泱泽国。对于当年肆虐的洪魔，段家咀人至今仍心有余悸。洪水浸漶之时，村里一位老人病逝，村里的坟山被水淹了两米多深，自然无法下葬，天热棺木又不能久置，最后选择了一块洪水还没来得及浸漫的庄稼地匆匆浅葬。第二天，大水眼看着又要浸过新冢，老人的子孙只得挑来泥石，添高茔体，以免棺椁被洪水冲走。

洪水无情，人间有爱。党和政府关心灾区人民，党员干部带领受灾群众勇战洪魔，筑起一道永不溃决的精神之堤。时任九江市人民政府市长刘积福，来到段家咀察看灾情，慰问灾民，但见段家咀失去家园的妇孺在市长面前哭成一片。市长为之动容，当即指示陪同的都昌县人民政府县长甘智德，规划段家咀村整体迁至高处重建，如果当地没有合适的安迁之地，可考虑远迁他乡，永离水患。于是便有了后来的“百里大搬迁”——段家咀由万户镇塘美村迁居至60公里外的春桥乡凤山村。县民政部门下拨了首期每户4000元的启迁资金，后来村民享受到了移民建镇的优惠政策。各级领导干部纷纷来到建设中的凤岭新村，关心离了故土的段家咀村民的新生活。“我见得最大的官是民政部部长多吉才让，还握了手。”“1998年我在凤岭新村临时搭的救灾棚里过年，县长下雪天来村里和我们一起过小年。”水患的日子一去不复返后，不少村民在回望当年的重建生活时，便有了许多的温馨。

1998年的冬月，原处万户镇凤凰寨的段家咀人定居在春桥乡凤山村菊花岭。新的村名没有标识是段姓人家，但认祖归宗已融入村民的血脉，成为一种永远割舍不了的文化的传承。村民在村口的村名石碑上的“凤岭新村”四字前特地加注了“段氏西田”。昔日鄱阳湖里打鱼时供奉的四兄妹菩萨也被移来供奉在相公庙里，祭祀祈福。清明时节去凤凰寨为先人扫墓，也是每年固定的活动。大多老亲旧友还在万户镇，两边的人员礼尚往来维系着彼此的牵挂。更为辉煌的彰显是:2016 年,全村 410 余村民筹资 160 余万元,建造起气派的段氏祖祠,“京兆世家”描金添彩,熠熠生辉。

凤岭新村的村民新的一天来到时,已由先前的“出门行水”,变成了如今的“开门见山”,更本质的变化在于生活方式,每户村民都有其生动的见证。1953 年出生的段兴保,15 岁时就随着祖父、父亲出湖打鱼,搬迁至凤岭新村那年,他正值中年,夫妻俩带着皆未成家的三儿一女,一家 6 口落户新村。20 年过去了,段兴保的两个儿子已结婚,生育了 3 个孙子、1 个孙女,女儿已出嫁,家里的人口由 6 人增至现在的 11 人。段兴保十余年前去过北京、山西、广东打工,现在年纪大了,在村周边池塘港堰里放养龙虾,也算小试昔日的“水技”。大儿子在村里办起了隆华蛇类养殖专业合作社,二儿子、三儿子分别在武汉、温州打工,一家人和和美美地开创着新的幸福生活。村民段兴珍在他的第三个本命年,舍弃了世代相袭的渔民生活,加入大搬迁行列。起初在“他乡便是故乡”过日子,备尝生活的艰辛。他机过米、养过猪、开过店,如今在春桥集镇茅店街办了一家铝合金加工部,兼做过一阵村主任。段兴繁是一名村小教师,1999 年随着家园的迁徙,由万户塘美小学调至春桥凤山小学,继续着“孩子王”的生涯,变的是师生交流的方言,不变的是传道授业的谆言。凤岭新村生活环境不断得到改善,村容村貌日渐得到美化。当年村中高高的给水塔,由于村民用上了自来水,已失去了供水功能,成为一种过去式的印迹。当年所植的行道樟树,已然郁郁葱葱。当年的孩童也已长大成人,村里十余对年轻人与春桥乡当地人喜结良缘,新生代在这片土地上茁壮成长。

二十年风去风至,二十载春华秋实。伴随着改革开放前行的铿锵足音,凤岭新村绘就了一幅山清水秀的画卷,谱写了一曲改天换地的赞歌。

93. 汪墩遇驾山村:沐浴党恩民风淳

【家训家规】遇驾山村《沙港黄氏宗谱》有"家训新编"十则,其意为:一、尊祭祖宗;二、厚养薄葬;三、改葬慎之;四、兄弟手足,相依爱敬;五、耕读为本,义理为先;六、睦族和邻;七、积福行善;八、戒赌戒毒;九、戒淫欲;十、戒贪利。

八百里浩渺的鄱阳湖,是朱元璋与陈友谅大战的古战场,留下了很多迷人的传说。"鄱阳湖上都昌县",这方水土上不少地名都打上了成者为王的大明皇朝开国之君朱元璋的烙印。汪墩乡古岭村的遇驾山自然村,村名"遇驾山",就是这位洪武帝所赐。

朱元璋与陈友谅大战鄱阳湖,曾驻兵魏家山,那时的魏家山在现七角与大树交接处的篁竺峰(后改名为龙望垴),最早是从都昌县城的金街岭迁居于此的。朱元璋的夫人马秀英战乱中几经奔袭,与失散多年的夫君在魏家山相逢。夫妻相遇,既解了相思离乱之苦,又夫唱妇随,马秀英助朱元璋击敌,势如破竹。朱元璋夺天下后,感念魏家山这方相聚之地,赐名为"遇驾山"。村周边也有多处地名因朱元璋夫妇相逢而得名,如龙望垴、望夫垴、寻夫岭、圣夫冲、望夫石等。1971 年,因国家修建水库,遇驾山村整体搬迁至七角塘尾桥背后的现村址。

遇驾山村近年来获得一块块锃亮的荣誉奖牌:全省精品农村社区、全省最优美村庄、全省关心下一代工作先进集体、九江市新农村建设先进试点村、九江市卫生村等。最让遇驾山"誉"满天下的,是 2005 年前后的村落社区建设。《人民日报》、中央电视台、《中国社会报》《江西日报》等数十家媒体报道了该村村落社区建设的经验,全国各地前来取经的络绎不绝。2004 年,江西省村落社区现场会在都昌召开,民政部副部长前来遇驾山考察。2006 年,全省新农村建设热潮涌动,遇驾山村精神文明与物质文明建设又迈上新台阶,特别是村容村貌发生巨变。农田排灌系统建成,全村通了水泥路,村民有了休闲场所,用上了自来水。曾先后任安徽省委书记、宁夏回族自治区党委书记的黄璜,轻车简从地来到遇家山村,并欣然题写了村名。

遇驾山村落社区建设红红火火,离不开老党员黄谷泉的无私奉献。黄谷泉

2002 年从都昌县国税局副局长岗位上退休后，为家乡村落社区建设孜孜以求、竭尽心力。他先后荣获全国税务系统优秀退休干部、江西省最美家庭、九江市第三届道德模范等称号，其事迹被拍成微电影广为宣传。黄谷泉年近八旬了，仍精神矍铄地为村里的公益事业操劳，成为乡贤投身新农村建设的一道亮丽的风景。

640 多年前的“皇恩”，并没让遇驾山村感受到“浩荡”。世事沧桑，时光流转到当下，330 余位遇驾山村村民沐浴党恩，好日子似芝麻开花节节高。

遇驾山村的“家训”中有“耕读为本，义理当先”的内容，遇驾山之“义”，在培养和践行社会主义核心价值观的今天，迸发活力。2014 年 9 月，在东莞务工的村民黄志红晚上突遭车祸，急需一笔手术费，在村民理事会的倡导下，村民三天之内就捐献 16 万元，最多的捐了 1 万元，挽救了这位村民的生命。黄志红的两个儿子先后考上大学，面对窘困的家境，又是村民慷慨相助。在政府和大家的帮助下，兄弟俩顺利进入大学就读。村民黄友仁是远近闻名的企业家，在安庆、九江等地都办有食品生产企业，在村里还办起了一家茶厂，解决不少村民的就业问题。黄友仁致富不忘乡邻，为兴建村民活动中心捐资 7 万元。该村“五老”组成的关心下一代协会，开展“红花少儿”“环境小卫士”“我与小树同成长”等活动，丰富留守儿童的假期生活。针对村里部分空巢老人的日常生活缺少亲人照料的情况，黄谷泉牵头成立关爱居家老人服务中心，为空巢老人提供送米送菜、修水修电、办证办卡、护医护心等服务活动。数年前，年过八旬的蒋婆婆突发疾病，是村里的居家服务中心的志愿者联系上 120 救护车，及时将老人送往医院。遇驾山村村民理事会秘书长黄福初老人说：“我村早先有一家‘永泰油坊’，无偿将榨出的菜油送给贫困家庭，这就是一种扶贫的方式。遇驾山人‘义’为先，好村风要一代代传下去。”

94. 多宝乡傅超灵村:姹紫嫣红唱遍

【家训家规】傅氏家训六则:孝顺父母、尊敬长上、和睦乡里、教训子孙、各安生理、毋作非为。

抚今追昔

2018 年初秋,仍旧热浪袭人,都昌县多宝乡枫树村委会的傅超灵村农民剧团在同乡的上沙马村连演三天三晚,场场观众爆满。请剧团来演出的人家“双喜临门”:新居落成和儿子考上大学。傅超灵剧团全团 18 人悉数参与了这场演出。年龄最大的两位耄耋老人,一位是 83 岁的傅经喜,一位是 81 岁的傅列祺。老人年轻时是主角,年岁高了在剧团司理乐器;年龄最小的演员也都年逾不惑了。她们两个是嫁入傅门的媳妇,一个演武旦,一个演文小生。剧种照例是文辞戏和赣剧,演出的剧目照例是古装戏《平贵回窑》《王昭君》一类。每一场的演出主家除招待伙食外付演出费 1500 元。傅超灵剧团 18 位演员三天三夜连演下来,每人分得的演出费不到 300 元,此次剩余所得的 6000 余元添置了搭戏台的脚手架和方板,以后到村镇演出,可节省主家搭戏台的千余元支出。

傅经喜、傅列祺是傅超灵农民剧团坚守 60 余年的亲历者,老人抚今追昔,剧团的历史一幕幕在他们脑海里呈现。

都昌傅姓承袭“清河世家”,现居都昌的 31 个自然村,有 30 个是发源于宝泉(今汪墩乡大桥村辖地)的傅太郎(1134—1201)的后裔。唯独傅超灵村是明正德年间从南康府(今庐山市)迁徙至多宝金沙的松口,清康熙年间从松口迁居现村址。傅超灵村地处鄱阳湖畔,沐赣鄱文化之清风,村民多能歌善舞。傅超灵农民剧团的雏形可以追溯到 20 世纪 50 年代初期,村民文艺演出的铿锵声伴着中国人民载歌载舞。现已作古的傅经书等人,百年前处于孩童时期,就跟随着外村的赣剧团跑跑龙套,做做帮手,学得一招半式。1949 年后,这些人在村里组织了四五人的小戏组,有板有眼地排练歌唱新生活的短剧来。村里的剧团真正组建是在 1957 年的夏季。那一年的端午节,傅超灵村人在白尾港水域划龙船，与邻村的龙船队在浪遏飞舟中船翻人伤，于是傅经书等人倡议，都是娱乐活动，不如将划龙船改为唱赣剧。

唱戏也不是张口就唱那么简单，服装道具的添置和舞台演技的训练是首先横在村民面前的两道坎。与傅超灵村毗邻的团子口长冲湾刘村，砖瓦窑行业享誉县内县外。当地流传的一个传说与“罗隐”有关。唐末，杭州富阳人罗隐，有铮铮风骨，聪颖睿智。安徽、福建、广东、浙江、江西等地都流传着与罗隐相关的故事。相传，罗隐因避瘟疫随父母来到都昌新妙湖畔住了下来。有一天，秀才罗隐来到团子口向窑工讨口水喝，忙得汗流浃背的窑工没有理会。罗隐阴沉着脸说：“这好地方本是屯兵养马之地，只可惜‘千军万马’变成了‘千砖万瓦’。”窑工觉得拂袖远去的秀才不是个平常之辈，急忙去追赶，算是赔礼。罗隐以他惯有的出口成诗的语言风格说了四句：“你不要追我，窑里走了火。若要想挣钱，担水上窑田。”团子口的窑工照着罗隐的点拨在窑成火熄后，担水上窑顶而淋，窑里的砖瓦由红黄而变灰青，成色好、硬度强，卖价也见涨。尽管罗隐的话往往有“谶语”之验，但团子口的“千砖万瓦”之地，并不输于“千军万马”之处。窑场的勃兴，让百姓家多了份谋生立业的安稳，少了份兵家之争的血腥。

傅超灵村得“千砖万瓦”之浸染，素有烧制砖瓦窑的传统。1957 年，为筹备成立剧团，村里两个生产队的砖瓦厂烧制了 10 万片青瓦，卖到阳峰，有了 2000 元的公益积蓄，加上山上材木、水中砂石的收入，凑足了组建剧团的 4000 元钱。村里派了两个懂行的人奔赴武汉，添置戏服戏袍、长鞭花枪之类的服装道具。村里至今仍保存着几件那批从武汉购来的“王莽四扣”的戏袍，图案是手工刺绣的，很是精致。

道具齐备了，随后是选人到村里剧团学戏。那时农村的文化生活单调，村民学戏的热情高，男女老少有 60 多人报名，最后通过现场测考，选定 24 人进剧团。20 世纪 60 年代初期，傅超灵农民剧团名声渐起，湖口县的不少村庄都盛邀剧团入村演出。20 世纪 60 年代，剧团几乎停止活动，剧团的一应道具也被束之楼阁。20 世纪 70 年代，现代京剧火热起来，傅超灵剧团唱起《红灯记》《沙家浜》《智取威虎山》有板有眼，很见功底。改革开放春风吹拂，傅超灵农民剧团活跃起来。周边的湖口县和本县的苏山、左里、土塘、和合、阳峰等地纷纷请傅超灵剧团登门演出。2011 年，傅超灵剧团赴县参加首届农民艺术节，获优秀节目奖，多次参加县文化部门组织的“送戏进城”调演活动，赢得一片喝彩。

台前幕后

傅超灵农民剧团坚守60余年，成为鄱阳湖区现存历史最久的农民剧团之一，台前幕后，几多泪水，几多欢笑。

剧团的一招一式、一板一眼，都来自师承。有三位教戏的师傅，在剧团成立之初，对培育演员功不可没。剧团1957年请来的“拓荒者”的师傅是来自湖北的蒋经国。蒋经国的儿媳妇是多宝金沙下陈的女子，蒋经国来下陈走亲戚露过几手唱功，傅超灵剧团请他给村民教戏，一教就是两年。第二位师傅叫龚旱狗，是左里公社教文辞戏的名师。第三位师傅是来自鄱阳县朱湖乡的何长更师傅。当时多宝、左里一带傅超灵、下陈、长垅刘村、交椅湾村4个农民剧团合请何长更教赣剧，一年的工资是1000元。

师傅领进门，修行在各人。傅超灵农民剧团的成员，其实都是业余的。这些平日里奏着锅碗瓢盆“交响曲”的大婶大姐们，这些平日里哼着四季更迭的“农事歌”的大爷大叔们，一有演出活动，锣鼓响起，就成了戏台上的主角。他们赴外演出，报酬极少，有时连着演四五场，台上戏不歇，台下演员就着简单的点心应付。剧情或悲或喜，声腔或亢或喑，舞台虽小，心却辽阔。有些村民的人生命运，甚至因迷戏恋戏而得以改变。2018年已72岁的傅普英是傅超灵村土生土长的女子，15岁时进剧团演戏，扮相好、身材好、嗓子好，是四乡八村喝彩的“名旦”。傅普英到了出嫁的年龄，村里的长辈为了留住剧团的“台柱”，做通了她的工作，招了同村的年轻人傅经泰做上门女婿。傅普英年逾古稀了仍活跃在舞台上。她的丈夫在剧团司锣，妇唱夫随终生缘。儿子在小时被演“秦香莲”的母亲牵着上台，出演真儿子角色，从小耳濡目染，年过半百的儿子现在偶尔还会登台亮相，一家人因戏而乐和着。村民胡小霞年轻时在供销社做售货员，为了能在村里演戏，放弃了很多人称羡的工作。她的丈夫当年在公社农机站是有名的机手，为了演戏，宁愿留在村里零星地做一些机耕的活儿，而放弃了“香饽饽”——固定的工作。傅列祺老人少年时读过4年私塾，算是个乡间的“文化人”。起初，剧团演过几出《斩岳飞》《回龙阁》《白蛇传》等之后，没新的剧本可演。傅列祺就将从长辈那里听来的故事，结合自己的舞台经验，自编剧本，谱上“上凡六五尺”的曲谱，排演起来，《昭君和番》《新玉堂春》等剧目就出自傅列祺之手。傅超灵农民剧团里的一些“戏骨”，为伊消得人憔悴，衣带渐宽终不悔，给乡村传统文化注入生生不息、源源不断的血液。

戏内戏外

戏如人生，人生如戏。傅超灵村人在幕开幕落间，合着时代的节拍，奏响幸福生活的乐章。

傅超灵村现有村民580余人，1998年实施移民建镇后，村容面貌大为改观。2003年，村民义务投工投劳，并筹资近10万元，新建祖祠兼村民文化活动中心，村里剧团有了自己的固定舞台。戏台两侧有一副对联：锣鼓响观台上借虚事指点实事；鞭炮放看演员托古人提醒今人。2018年秋季，村民对祖祠前的石级和广场进行了升级改造。2008年，傅超灵村被列为全县新农村建设示范点，被评选为“先进村”。多宝乡枫树村委会是“十三五”贫困村，傅超灵村近两年来村庄整治如火如荼，焕然一新。农民剧团已成为扶贫扶志、精神扶贫的一张亮丽的名片。

傅超灵农民剧团在成风化人、引领风尚上发挥着独特的作用。村里数十年来无一人违法犯罪而被绳之以法。平日里村里找不到一桌打麻将赌博的，学戏、演戏让村民的文化生活变得别样丰富。村民理事会对村里的公益事业统筹管理，服务于民。2013年，华能风电集团开发建设蒋公岭风力发电场，傅超灵村大力配合和支持。村里组织200余亩水田集中流转，统一管理，让村民受益。对村民建房实行“一户一宅”，严禁违规乱建。村民从古典戏曲中悟到“忠义大道”，尊老爱幼、团结互助蔚然成风。

傅经喜老人是村里的“文化乡贤”，他从15岁开始担任傅超灵村农民剧团的团长，一直到三年前80岁的时候卸任，“团长”一当就是65年。老人是一名老党员，曾担任枫树村党支部书记27年，曾经有领导和专家来村里观摩剧团演出，老人在骄傲地忆起“我的团长我的团”时，也谈到了他对剧团发展的忧虑。比如年轻人外出务工者多，都不愿学传统戏曲，乡间戏曲面临后继无人的窘境；比如“文化惠民”的政策如何真正惠及挚守乡村舞台的农民剧团。剧情有起伏，结局大欢喜。傅经喜坚信，傅超灵农民剧团的铿锵之声一定会响彻乡村振兴的天空……

95. 南峰镇舍里村：程门立箴

【家训家规】《程氏宗谱》“家训”云：莫不孝二亲，莫弃本逐末，莫盗贼累耻，先灵知，四畏远，五刑政，宽以调民，躬事廉俭，勤习经艺，用九思立德，勿忘好善。

理学之光

对于天下程姓人家，北宋的理学家——“二程”，是令程氏后裔引以为荣的历史名人。程颢（1032—1085），提出“天者理也”的命题；程颐（1033—1107），认为“一物之理即万物之理”，“二程”两兄弟的“气禀”说的指向为“去人欲，存天理”。程颢、程颐上承北宋儒家理学思想的开山鼻祖周敦颐。2017 年是周敦颐诞辰 1000 周年，在其晚年仕宦和魂归之地——九江，举行了“濂溪先生”的纪念活动，彰显着他“吾乐盖易足，廉名朝暮箴”的名节。“二程”下启南宋理学集大成者朱熹（1130—1200），“程朱理学”成为风雅大宋一张光耀千秋的文化名片。

都昌南峰镇暖湖舍里程村保存的《程氏宗谱》上，载有“程子四箴”：非礼勿视、非礼勿听、非礼勿言、非礼勿动。其实这 16 字箴言是孔子所言，程颐对此从视箴、听箴、言箴、动箴四个方面做了阐发。明世宗推崇理学，亲自注释，颁行天下学堂。舍里村的祖祠上镶有“理学世家”四字，上厅悬挂着“千秋文章二父子，万载宗脉一江南”的对联。“二程”的理学光环，规范着程氏后裔的行为。“程子四箴”所含义理大行于天下，更成为舍里村人的坚守。

舍里村的先祖是明初的志善公，志善公于明英宗正统丙辰年（1436）由二十都榆木坂（今鸣山乡程浪村）迁至现村址。舍里村的长者口口相传着志善公“三子分家”的典故：志善公的长子分得老宅正屋，厚道的二儿子分得茅舍偏屋，三儿子分得丰饶的田庄。三兄弟一代代繁衍生息，依次形成现今的老屋里、舍里、田埠里三个程姓村庄，其村名对应了分家立户时的家产状况。三个村庄都属南峰镇暖湖村委会管辖，老屋里有 620 余人，舍里有 800 余人，田埠里有 80 余人。

古井之甘

舍里的村头有口古井，村民说，舍里成村有多长，这口井历史就有多长。

古井紧邻村头的池塘，2017 年村里将先前的小池塘清了淤泥，垒起石岸，拓展成了今天有模有样的大池塘。正是初冬时节，浅浅的池塘底部和壁沿，有涓涓细流从井眼冒出，不分昼夜。古井从外部乍一看，已用水泥砌起了砖沿，辨不出年代的久远。当我们俯视井口，只见露出水面半米的井壁是斑驳的红石垒就的，岁月的沧桑感便立现。

古井滋润着一代又一代舍里子民的心田，舍里村的长辈们会津津乐道于并不遥远的年代关于古井的回望。花甲之年的程受模老人至今记得，他五六岁时，正月初一，家里的大人挑着一担古井里的水，到外婆家拜年。这种礼仪不能用“人谊好，水也甜”去诠释，其实折射的是那个年代物质生活的困窘。碰到干旱的年份，周边村庄里的水井都干涸见底了，舍里村的这口古井却总是满盈盈的，邻村的人挑着水桶，排着队来古井取水饮用。二十世纪六七十年代，这口古井成了 500 多村民的“生命源泉”。清晨，舍里村的人排着队挑水，家长里短地聊着，那是一幅温馨的世俗生活图。那时的水桶不是现今系着绳索的塑料桶、铁皮桶，而是圆柱形的涂着桐油的木水桶，带着铁钩，主人用被肩膀摩擦得发亮的扁担将水桶置入井中，顺势一沉一浮，满满的一桶水便提了上来。生产队年代，县里和公社的干部下村来同群众“同吃同住同劳动”，坐队的干部往往首选舍里村，因为恋着这口古井，平日里舀上一碗井水喝，沁人心脾。现在村民们用上了自来水，不少村民还是喜欢担井水蓄着作饮用。烧开的井水用来泡茶，口感特别好，与烧的自来水泡的茶相比，一品咂就能分出好歹来。村里的学生娃上学也不愿带矿泉水，喜欢用瓶子装上井水，课余吮吸起来好凉爽。

舍里村四年前对古井进行了一次淘漉。起初，村民只用一台潜水泵抽，井上抽出、井下渗来，大半天也未见水浅。于是村民又放入一台功率大的泵头，两台潜水泵整整抽了一夜，才抽干 11 米多深的井水。尔后，一边抽，一边淘，才将清淤进行到底。村民发现井底别有洞天，估摸着可容得下一张八仙桌，东、西、南、北各据一方玩牌也绰绰有余。

在舍里村老人的心目中，这口古井是口“福井”，有“井神”护着。他们亲眼看见几个小孩不慎跌入井里，却未沉入井底，而是浮于水面，等着赶来的大人们施救。年轻人解释说,这是因为井中总有泉眼往上迸水,让失足的孩童在浮力作用下不会迅速下沉,免于罹难。

古井,让舍里村人无论走得多远都记得住的乡愁。幽深的古井,映照出的是洞明的人心。

村容之变

数年前,舍里的村容村貌一直被人形容成"脏乱差",一度让"理学世家"的舍里人在周边很是掉面子。雨期,入村的路总会让来舍里走亲访友、串村行商的人望而却步。开着小车来的、骑着摩托车来的,都要把车停在村口,踏着泥泞不堪的小道步行入村。

舍里村的村史,应该给一个叫"程受焰"的老人重重地记上一笔。对于舍里近年来村容村貌的改变,67 岁的老人程受焰功不可没。2011 年农历正月初八,程受焰在村里发起第一次修路,由房屋在路旁的村民自筹资金,当年硬化了村中 100 多米的村道。2013 年农历正月初一,十多个在外务工回家过年的后生,相约推开了德高望重的程受焰老人的大门,恳切地请老人"出兵挂帅",组织村民修路。在乡亲们的支持下,村民当年筹集资金 15 万余元,硬化了 1000 余米长的村道。施工落下了 4 万余元的缺口,程受焰硬是从自家一年挤出一万,分四年还清了村里修路的欠款。南峰暖湖村是"十三五"贫困村,村庄整治标准高、压力大。程受焰 20 多年来一直在景德镇经营陶瓷材料生意,一年收入有十几万。面对镇村干部的信任和村民的期盼,老人 2017 年放弃经商,担任村民理事会理事长,一头扎进故里,成为家乡脱贫攻坚的带头人。村里已拆除空心危旧房 34 栋,硬化村主干道和入户便道 3000 余米。道旁栽植红叶石楠、桂花树等树木进行美化绿化,成为赏心悦目的好去处。作为乡贤,程受焰能让村民信服的重要的原因是"心底无私天地宽"。主干道取直要拆除程受焰家的一间老宅,老人二话没说,带头拆除。程受焰的孙子不幸患上白血病,老伴也体弱多病,身体有点瘦小的老人面对磨难,初心不改,为村容村貌的改变竭尽心力。

美好的生活之路就在追求者的脚下延伸——舍里村人将此箴言铭记于心。

96. 万户镇湾头洪村:家家都有大学生

【家训家规】孝以事亲,义以睦族,敬以持己,恕以及物。

一

都昌的“耕读传家”是最具影响力的家训了,以至本地人在向外人介绍脚下的这方水土时,常会用这样的语言:“都昌人一会读书,二会养猪。”这是都昌人在传统农耕时代的生活方式。沐浴改革开放春风之后,都昌人会在“一会”“二会”之后递进式地阐述:“会养猪”是为了有钱送子女“读书”;“会读书”是为了子女将来跳出农门不“养猪”。对于都昌县万户镇新屋村委会湾头洪村来说,村里人“会读书”,是远近闻名的,以至万户湾头洪村有“秀才村”之称。湾头村是个普通的湖滨小村,现有常住户籍人口27户,120余人。以“秀才村”称誉,不是以考上大学的绝对数字来论,而是以比例计——家家都有大学生,多的一户出了三四个“天之骄子”。当然,湾头村人苦攒资费送子女读书,不是全凭“养猪”所获。在早年,打工是村民供子女读书的主要经济来源;现在,一般农户打工挣的钱足够供子女求学,以知识改变命运。

忠厚传家久,诗书继世长。湾头洪村“读书”之“久长”可追溯到祖先洪皓。洪皓是南宋著名词人,但他在史册上的华章不是文采,而是气节。他出使金国,被扣15年而威武不屈,宋高宗称誉他“忠贯日月,志不忘君,虽苏武不能过”。洪皓和他的8个儿子中的前三个儿子洪适、洪遵、洪迈都官至宰相职级,后人称“一门四相”。湾头村人是洪适(1117—1184)的后裔,洪适在“读书”上的显达在于金石学和诗文创作。湾头村是明代弘治年间(一说洪武年间)由洪适的第16世孙洪万本由芗溪株垅迁至九都湾头而建村的,兴村已有520余年了。

二

湾头洪村五百余载的文脉绵延,港汊上、树峦间升腾起书香,让这个江南小村在农耕时代如此地安详、静谧。

浩渺的鄱阳湖激荡得湾头村人总想拥有一方自己的港湾，于是，他们将祖辈捕捞的传统水域叫“湾头湖”，将架在湾头湖上通往对岸塘美小山嘴的桥，唤作“湾头桥”。秋冬枯水季节，湾头湖窄处仅剩4米，湾头村人抬来一截分半而锯的长木料，搭起一座桥，连通了此岸与彼岸。村民在木桥的这边搭起棚舍，方便来往的行人歇息；晚上在木桥四周铺起小竹网，随了流水收捕起小鱼小虾。第二天早晨，家家户户提着菜篮来到桥舍的湖滩，按户取去应得的一份，做饭桌上的美味。春季来临，湖水漫漶，湾头村人将木桥扛回岸边，不让木桥沉浸于水里而被毁。

“上半年有柴烧，下半年有鱼吃”，湾头村人把那时令人羡慕的田园生活的俗语写进了村志碑。“下半年有鱼吃”指的就是每天不捕而获的桥头分鱼，而“上半年有柴烧”指称的不是丘陵地带漫山遍野的樵事，而是村后的背口峦，绵延200余米的300余株樟树、栗树等形成的一大片林子，大风吹来，残枝败叶掉在地上，村民拾捡起残枝败叶，便能让灶膛燃起火来。湾头村老一辈村民回忆道：少时在林间嬉闹，从这根树枝攀缘到那根树枝，虬枝横斜，从东到西，不用落地。最粗硕的一棵大樟树，6人合抱都圈不住。东西南北伸展开来的树枝，锯断一枝，木板都聚了4方，打成了一艘载重量10吨的帆船。这棵翠绿的古樟，消失于1968年，万户造船厂谋取巨木打船，花2600元购得了此树，每个村民平均分得24元。香樟可去秽，据说湾头村猪瘟鸡瘟不沾，小孩子也不易患病。树峦本坐落在村后的高处，1998年，湾头村实施移民建镇，远离水患，将村宅移至紧邻树峦处。湖滩处的一口孤井见证了原村址的烟火气。如今树峦仍存，只是规模比以前小了很多，大部分樟树经1954年那场大水浸毁和村民时不时地砍伐，留存下来的便少了茂密。

港汊、树峦连着人家。近代湾头村里显赫的家族，当属洪世厚一裔。洪世厚和他的儿子洪显荣民国时期发家于星子县（今庐山市，据说南宋时作为南康府址的县城），民国时“第一财主”是当地的杨裁缝，第二财主便是渡河而来的都昌万户籍人洪世厚，在城里开的百货商店店号取名“新昌”，“新昌”的票号在星子享有可作钱币流通的殊荣。洪家在秀峰一带置地30余亩，农庄有12匹马，城里商号的地下仓库有11部缝纫机，在“哒哒”地踩出生财的线路来。洪世厚的大儿子洪显荣也是个精明的商人。洪家有数艘大船，请了四五十个船工从星子当地装运制瓷的高岭土到景德镇，返回时从瓷都装运瓷器通江达海，带来滚滚财源。在景德镇中山路上经营商铺的是洪家另一个儿子洪显富。万户故里洪家有油榨等作坊。湾头村民国时最气派的一幢宅子，是洪世厚家的花屋，三进，天井的四角有精致的“狮子撑”，狮子口中的戏珠可玲珑起转。厅堂里摆着从孔子到曾国藩的修身治学的“名人名言”。世事沧桑，人生沉浮，20 世纪 50 年代初，洪家花屋这一支衰败下来，但这一支在“诗书”世界荣光闪耀至今，洪世厚的不少后裔如今在军营，在瓷业、媒体等行业各展才华。

三

安详、静谧的湾头小渔村也有波澜勃兴之时。中国的一个小村庄，曾见证过 77 年前世界发生的一件大事件——美军轰炸日本本土的一架战机坠落于离湾头村不远的平池湖。且让我们穿越历史的迷雾，来了解这架不平凡战机的天上地下。

20 世纪 40 年代初，中国人民抗日战争暨世界反法西斯战争中，有个著名的“杜立特行动”。1942 年 4 月 28 日，美国空军詹姆斯·杜立特中校率领第 17 轰炸机大队 16 架 B－25B 轰炸机，从“大黄蜂”号航空母舰上起飞，超低空进入了日本领空，分别轰炸东京、横滨、名古屋、大阪、神户等目标。这是继 1941 年 12 月 7 日日本偷袭珍珠港，美国正式对日宣战，中国和美国结成反法西斯统一战线后，美军第一次对日本本土的军事轰炸。原定 16 架轰炸机完成任务后降落在浙江衢州、丽水和江西玉山的机场，空袭时间提前，加上天气突变，导致导航衔接上失误，16 架轰炸机只有 8 号机降落于苏联符拉迪沃斯托克，其他 15 架飞机在浙江和江西境内全部坠机。其中，坠落于都昌平池湖的是 13 号机，幸运的是，5 名机组人员跳伞降落在鄱阳县游城乡朗埠卢村区域被安全营救。

暮春的平池湖雨水并不丰盈，美军 13 号战机坠落平池湖，离岸 200 多米，机头栽入湖泥之中，机身露出水面。机组名为“复仇者”，尾翼编号 40－2247。对于当时都昌在坠机第一时间所发生的情况，万户镇地方文史爱好者吴先龙先生在 2007 年 4 月，听景德镇人民瓷厂的年逾九旬的退休工人洪国栋讲述过。洪国栋时任平池乡代理乡长，他是湾头村望族洪世厚的孙子。洪国栋满腹经纶，写得一手好诗，流传最广的诗是将同宗的万户洪姓八村悉数入了一首七律，载录在《洪氏宗谱》里。洪国栋口述的美军机坠落后的情形是：

那天晚上，洪国栋正在乡政府和一个干事下象棋，突然听见外面有飞机“嗡嗡”叫的不正常的响声，随即一声巨响，便归寂静。洪国栋警觉到可能是飞机出事了，便停下了象棋上的楚汉相争。不一会儿，北汊村姓吴的保长跑到乡政府报告，说北汊湖里落下了一架飞机，机上没人，也没伤着地面上的人。芗溪有几十条渔船，渔民用锄头、铁耙、鱼镣等在哄抢机舱里的物资。洪国栋立马带了三名荷枪的乡丁赶往事发地，同时向县政府报告此事。洪国栋一行到了平池湖岸边，面对哄抢乱局，他让乡丁向天鸣三枪，但与平池乡不属一乡管辖的博爱乡、鼎新乡村民偏偏不听警告，我行我素。一个多小时后，驻景德镇的国民党第三作战处的周处长带了几卡车士兵到了平池湖，向湖面开枪，哄抢的渔民这才划船而逃。随后，士兵奔赴芗溪八房村，追剿参与哄抢的村民。其时，国民党驻军和都昌县政府已接到第三战区司令顾祝同和省政府的电令：对坠落飞机进行清理打捞，特别饬令机上物件严防外流，以免流入日伪手中。飞机上后来打捞出军事机密：“太平洋航线图”和密电码本。时任江西省政府主席曹浩森就是都昌周溪人，他发给全省专员县长的密电称：“据报，18 日午轰炸东京之美机一批，因气候关系，降落浙赣境内，各部队机关对此项被迫降落之盟国飞机与其人员应抢救保护，希饬属知照。”面对奉令而来的严究，村里保长出面求情，说跑掉的人不敢回家，家里的人是无辜的。一个士兵不由分说，对讨恕的保长横扫一铁棍，将其门牙打落一排。国民党士兵将40 余名村民关押在北汊村，一间房十余人，一个班把守。随后的半个多月，对关押的村民逐个审讯，没一人承认参加了哄抢。当地人向乡长洪国栋求情，洪国栋向县长吕锟(江西兴国人)反映请求放人事宜。吕县长让洪乡长写了份报告，周处长在上面签了“不枉不纵”字样，这40 多个村民由家属找人担保，被陆续地释放了。飞机的打捞清理仍在继续。机内的军用物资有大批尼料军衣和手枪子弹。庞大的飞机用绞车拖上岸后，能拆的零部件由省里派来的技术人员拆卸运往南昌，剩下的机头机翼弃置于北汊村好多时日。

平池湖畔的湾头洪村人，见证了都昌抗战史上特殊的一页。

四

湾头人“会读书”，那么，“秀才村”的奥秘何在？有人戏谑：“洪家祖坟埋得好。”这里倒有个传说，说湾头的某代祖先葬于鄱阳县过贤渡一良穴，墓茔前环水，且有一港湾，过往船只多择此湾泊船避风，是“日有千人掸扇，夜有万盏灯明”之地。所谓“千人掸扇”，喻指的是千帆对茔，状如扇对；所谓“万盏灯明”，喻指的是渔船点点，灿若星辰。也有人说，湾头村址落得好，临湖左有溅头咀，右有彭家咀，成“狮、象把门”之势。还有人说，湾头人会读书，是生存环境所逼。在湖区，村子人少便势薄，子女铆劲读书，家家不攀世间富贵，户户只慕书山跋涉，是倒逼出的发奋之路。1944 年出生的洪爵福老师一生以教书为业，桃李满天下。他有两个儿子分别从九江师专、南昌大学毕业，孙辈也都考取大学，孙女还考取了知名大学的研究生。洪爵福用朴素的语言道出湾头村人“会读书”的真谛：“家长卖命送，子女卖命读！”

湾头村 1977 年恢复高考制度后考取大中专的第二人是洪爵鹏，他的求学苦旅，就可以很好地诠释“卖命读”的含义。洪爵鹏的父亲长期瘫痪卧床，生活都难以自理，瘦小的母亲邹宝田拉扯三个孩子艰难度日。对于母亲的贤淑，众口皆碑，她 20 世纪 60 年代发明的三眼节柴灶，烧水、弄饭、煮潲三通热，曾被推荐为勤俭节约模范上省城戴大红花。洪爵鹏天资聪颖，为了节省读书费用，小学从一年级跳到三年级，再跳到五年级。读高中时自学木工上户替人干活贴补家用。恢复高考制度喜讯传来，在外做木工活的洪爵鹏看到了改变命运的转机，刻苦求学。人家去外村赶场看电影，他复习功课至深夜，母亲为其掸扇驱蚊。洪爵鹏后来如愿考入九江师范英语专业后，读书期间也以帮人刻字、修手表等攒生活费用。洪爵鹏迈入社会后在当地中学教书，英年早逝，他的儿子黄山学院毕业后，被择优录入黄山环保部门工作。

据统计，常住户籍人口仅 120 余人的湾头洪村，近 40 年来考取大中专院校的学子就有 40 余人，其中一本院校占了六成以上，硕士毕业生 5 人，兰州大学、辽宁大学、北京邮电大学、北京理工大学、北京商学院、中华女子学院、南昌大学、江西师大、江西财大……湾头村的学子一个个跨入知名高等学府，有的还远赴美国攻读博士。一个个湾头骄子的背后，站着“卖命送”的家长。好学风涵养好村风，湾头村人绝赌博陋习、讲文明和谐，持敦厚之德、骛兴家之业。从家乡出发，一个个湾头骄子的前方，是弄潮时代的辽阔际涯……

97.和合乡二舍詹村:乘着音乐的翅膀

【家训家规】《詹氏家范》有言:“宗族间子弟有聪明颖异志向上达者,父兄贤者则加意造就,富者则德师以教,其有不给者,贤者宽束脩,富者资其纸笔,盖子弟之后,难得成之,亦是以光门户。”

传说宛如歌

都昌县和合乡滨湖村委会二舍詹村的村址所在,有“仙女现掌地”之说,“掌心”就是二舍祖堂坐落处。形如“美女侧卧”的杜家山属于和合乡田畈村,杜家山又称岸头山。相传清朝时和合的杜家与大树的陈家争这座山的归属,陈姓最有力的证据是山头有其先人的坟墓。县令亲临裁断,杜姓人家得到此消息后,提前来到现场,给漫山遍野各村放牛的孩子分发糕饼,并嘱咐得了甜零食的放牛娃见了县官的身影就欢呼:“到杜家山见县老爷!”县令在热喊承欢之余做出断语:“孺子都道‘杜家山’,此山定为杜家山。”从此再无争执。当地村民把逶迤的静山直观地形容为“仙女献羞”。“仙女”伸展出的手掌,在堪舆老者的眼里,是块福地。

“二舍”村的得名,一说二舍村是从老舍村分迁而至,相对于“老舍”便有“二舍”之分。还有一个关于“二舍”由来的传说:明嘉靖年间,二舍村的祖先全诚公在小泞池树峦居住(现滨湖村委会所在地),全诚公家里养了母猪,母猪常带着一群猪崽到一里外的马家鞭放逐。每天傍晚,主人都要赶着猪回树峦里的圈。主人不耐烦,干脆在母猪善拱之地搭了两间茅舍,让自家的猪不回圈里也有栖身之处。后来全诚公看此地实为一方宝地,于是兄弟分家时,全诚公在“二舍”旁筑屋而居,瓜瓞芃芃,成为现今1100余人的二舍村。

不只是“二舍”村名有故事,附近的山山水水也有不少传说。二舍村最为神秘的还是“赶龙祈雨”的传说。大旱年份的农历六七月间,乡间有“赶龙祈雨”的习俗。二舍人“赶龙”的方式是村民扛着筲帚、粪勺、猪屎耙等秽器,去村后万茅山的山坳,那里有一个终年不涸的水潭。赶龙人搅动清澈的潭水,惊醒龙王关心民瘼，为人间降雨。赶龙的人，可以是孤身一人，也可以男女老少成群地去。早先赶龙，赶龙人要口诵“咒语”，后来只剩下简单的搅潭之举了。神奇的时候，赶龙者还未下山，顷刻便乌云翻滚，狂风暴雨，赶龙人得抱住树木才不致被刮倒。通常赶龙后三天之内下起雨来也属应验。周边村庄得了雨霖的百姓，主动送来米、麦、花生等酬谢二舍村人。外村的人到同一水潭去赶龙，不止失效，而且赶龙者还会闹个头疼肚痛。

祈雨的那泓潭也颇具神性。潭在一个香炉石钵旁，此处先前有座龙王庙，清朝末期毁圮，只遗墙基残迹。原址有两棵大栎树，是村民心中的“把口龙王”。20 世纪 70 年代，二舍村人常到万茅山弄柴，其他松树一类被删枝，这两棵庙前的“神树”从来不会有人去削斫。时至民国，庙早已毁，但在大沔池水域过往的船主还会怀了虔诚，从池口嘴寻迹而来焚香乞安。庙侧平地处，本来有块大岩石，约 3 米长、2 米宽，“火石”的仰面像个人形，有鼻有眼的，是二舍村放牛娃休息的好去处。40 多年前的植树造林，掩埋了“火”石。

飘荡高腔曲

和合乡滨湖村是“十三五”贫困村，精神扶贫、扶志扶智成为滨湖村脱贫攻坚的一个亮点。滨湖村 2017 年成立了高腔剧社，传承和弘扬中华传统文化。高腔，因起源于江西弋阳，又被称为“弋阳腔”，也称“青阳腔”。高腔剧种鼎盛于明代，其特点是表演质朴，唱腔高亢激越，以锣鼓等打击乐器为主，辅之以喇叭、唢呐伴奏。唱词往往雅俗共赏，比如唱词从不出现“死”字，而用“殒”来表达。节奏上“三眼一板”，“三眼”舒展着悠长，“一板”铿锵着矫捷。二舍村人唱高腔戏历史悠久。年逾古稀的詹冬初老人记得小时候村里新居上梁、年轻人拜堂成亲、老人庆生做寿，都有高腔曲热热闹闹登堂入室唱起来。詹冬初 16 岁时同村里的詹昌宏、詹九红等 10 余个小伙伴，跟着他的大伯父詹昌宋学高腔戏，义公村的熊先彩也是教高腔戏的名师。从 1961 年到 1963 年，每年冬季农闲时学一个多月，二舍村老一辈扎实的戏功就是那时打下的。1964 年，高腔戏渐渐沉寂，且一喑就是 20 余年。

高腔戏在老一代二舍村人的心中薪火从未灭过。2003 年 10 月，59 岁的村民詹济生老来得子，狂喜之余找到詹冬初商议，在第二年的正月初六，让“启灯”的习俗复活。2004 年正月初六，詹济生邀上 2003 年喜得贵子的人家，买来蜡烛、鞭炮、糕点，请詹冬初等四五个老角，在祖堂唱起高腔戏，咿咿呀呀地欢闹到深夜一点。正月十五，又依了旧的习俗，在高腔戏的锣鼓声中舞狮、发龙灯，谓之“闹灯”。自此，二舍村的高腔曲年年伴着“启灯”“闹灯”，乐了全村人。2016年正月初六，二舍村举办了一场“九龙八凤闹花灯”活动，去岁，村里有9个男孩、8个女孩幸福降生。滨湖村其他村庄也有唱高腔戏的传统，三汊港中学退休教师王未水热心组织二舍、彭婆垅、西崖咀等村的高腔戏爱好者，组成滨湖村高腔剧社，活跃一方文化。王未水捐资2000元，添置了大小锣、钹、笤鼓等，“东厂”（指唢呐）、“西厂”（指鼓）一应俱全。村剧社成立后，老戏迷翻出箱底保存下来的旧戏本，排练起高腔戏的传统曲目《逼上梁山》《长坂坡》等。老调识谱是“工尺调”，詹冬初请村里科班出身的音乐人，照着他的录唱，转换成“哆来咪”的简谱，让年轻人好接受。

詹冬初是村里高腔戏的“台柱子”，唱、击皆通，他的老年生活也因为高腔戏而变得充实、快乐起来。大树乡、西源乡等不少村庄慕名请他上门教戏。他的高腔唱曲被人录制成视频，在朋友微信圈流传开来，吸引不少“粉丝”。

梦随歌声飞

如果要给二舍村这个传统村落的人文特色定位，那么“音乐之村”或许是二舍村亮眼的标签。老一辈爱好的高腔戏，让二舍村浸染了戏曲音乐的宫商角徵羽，二舍村的新一代乘着歌声的翅膀，飞翔于高雅深邃的艺术原野。

二舍村二十世纪六七十年代出生的人中，有6个大学音乐专业毕业。詹国强，1993年毕业于江西教育学院声乐专业；詹育新，九江师专音乐教育专业毕业，现为狱警；詹志华，九江师专音乐教育专业毕业，江西省声乐协会会员，任蔡岭慈济中学副校长，从事音乐教育；詹玉龙，九江师专音乐教育专业毕业，在都昌开办“贝多芬钢琴班”和“贝多芬早校”；詹美斌，九江师专音乐教育专业毕业，现在深圳现代教育出版社任艺术总监、音乐制作人；詹建锋，九江师专音乐教育专业毕业，现在杭州担任一家音乐教育集团的董事长。6个人不仅同属一村，而且沾亲带故，前带后，老育新，一个个与音乐结缘，成就着自己的人生梦想。1963年出生的詹国强无疑是二舍村新一辈“音乐人”的领唱者。当20多岁的詹国强在村头引吭高歌时，少年詹志华们的音乐潜力被激活。当然，报考艺术专业也是当年扬长避短跨入大学之门的一条便捷之途。

詹国强从小讷言，母亲和教书的父亲小曲唱得都很动听，给因贫困而生沉闷的家庭带来欢乐，也给詹国强幼小的心灵播撒了音乐的种子。1983 年，詹国强在职考入江西教育学院声乐学院脱产学习两年。当时，省教育学院的音乐教师很多是从江西师范大学聘请的名师，詹国强大气、畅达的民族唱法在班上崭露头角，作曲的悟性也得到老师的褒奖。他获得过“纪念一代伟人毛泽东”的全国歌手大赛三等奖；1992 年参加了江西电视台《相聚今宵》的录制；填词作曲歌吟家乡的作品《美丽鄱阳湖》获全国“放歌中华”铜奖。流传最广的一首作品是詹国强 2008 年创作的歌曲《太阳村——我的家》。太阳村是由爱心人士张淑琴创办，对服刑人员的子女和特困家庭的孩子予以救助的慈善中心，詹国强成为都昌县鄱阳湖太阳村的爱心大使。“你曾问我，有没有家/伤心的眼泪哗啦啦地下/我是山野的风啊/我是无根的花/冬天的小苗风吹雨打/爷爷对我说，孩子呀，咱有家/开心的脸上笑出两朵花/没有了饥饿寒冷/还能学文化/快乐幸福的太阳村/是我温暖的家……”这首由詹国强作词作曲的《太阳村——我的家》，成为全国太阳村各类爱心活动必唱的曲目，詹国强享受到了音乐人生的成就感。

二舍村人将音乐融进血液，让歌声长伴生活。1965 年出生的詹林成，当过两年二舍村的村主任，热心公益事业，平日里也从事小工程建设，他是个音乐“发烧友”，在村里自家楼房里，辟有文体室，吸引村民既唱歌又打球。周边每逢有歌唱比赛，他总会去一展歌喉。2011、2012 年，他连续参加都昌县主办的《鄱湖红歌会》；2018 年参加都昌《鄱湖歌友 K 歌赛》，入 20 强；2019 年参加首届彭泽歌会，入 20 强。1973 年出生的詹建新，从 2017 年 3 月开始，投资承包了村里的油茶基地 400 多亩，带动贫困户增收脱贫。詹建新受建筑维修工的父亲的熏陶，从小听着录音机里的歌从而喜欢上了唱歌。他在油茶基地的农民专业合作社，安装了一套卡拉 OK 音响，村里的年轻人，可以方便地来到他的基地亮着嗓子唱上一曲。詹建新还在坡梁上安装了三个高音喇叭，既可传播乡村振兴信息，也可为在田间劳作的乡亲送上音乐，愉悦心情、消除疲惫。

二舍村人在如歌的岁月，创造着甜美的生活。

98. 和合乡西崖咀王家：风从滨湖来

【家训家规】孝顺父母，尊敬长上，友爱兄弟，和睦乡里，隆师教子，祭扫大典。

相 合 图

都昌县和合乡滨湖村西崖咀王家村名“西崖咀”之“咀”，通“嘴”。和合乡域内，有“十八咀”之谓，诸如黄金咀、大田咀、义公咀、独墩咀等。“咀”者，形容伸出去与鄱阳湖相接的狭长地带似“嘴巴”形，“西崖咀”摹状的是最西端岸崖临湖之状。

王姓在都昌算是望族，据最新统计，王姓人口在全县达 3.37 万人，是居刘、江、曹、余之后的第五大姓。王姓村庄在和合乡，仅西崖咀一村，现有人口 560 余人（其中常住人口 430 余人）。西崖咀王家的一世祖为明末的懋相公，懋相公生于 1596 年，卒年不详。从王懋相上溯七代的祖先叫王定理（约生于 1350 年），定理公在明永乐年间被明王朝太医院聘为御医，后告老还乡，肇基于如今汪墩乡古岭村楢树垅，村庄被明宣宗赐名“医官湾”。懋相公明末随母晚嫁于和合二都的岭上詹家，成人后另立门户，瓜瓞绵绵。

敬祖重宗，是中华民族的传统美德，也是桑梓情永续的根脉。后裔口口相传的关于祖先的传奇人生、泽世功德的叙说，比历史典籍、家乘族谱中的寥寥数语要生动、饱满得多。西崖咀王家的老人从先辈的讲述中，知晓到的懋相公发家的掌故鲜活无比。俗语说“前头一点子，后头顾到死”，王懋相在詹家长到 18 岁，贤惠的母亲让刚成年的儿子，到与继父家毗邻的荒芜之地立门头撑起家。懋相公所徙居的西崖咀临近滨湖，本来用来耕种的土地就少，其时除了詹姓人家，还有邓、燕、汪诸姓人家，因此懋相公赖以生存的土地甚少。好在懋相公娶妻后，邻村的老丈人家土地丰沃。后来，邓姓、燕姓、汪姓有的迁居他乡，有的殁于瘟疫，西崖咀王家的地盘拓展开来。懋相公之子名运通，运通公生两子，名梦洪、梦渠，王家一代代繁衍，人丁日渐旺起来。相传若干年后，葬于岭上的懋相公贤惠的母亲被起过一次棺椁，吉气外泄，王家人深夜蒸上三甑糯米饭，热腾腾的随入墓穴而“补气”，祈愿“太祖婆”保佑王氏后裔昌盛。

和合乡滨湖村现今有近4000人，大多为詹姓。西崖咀王家秉承祖先“和睦乡里”的家风，与周边邻村融洽相处，共享太平盛世，共绘和谐图景。

镶 牙 业

滨湖的村庄大多缺田少地，西崖咀王家有田地300余亩，2001年正式启动的移民建镇占了一小部分土地，现在人均田地不足半亩。“靠水吃水”，西崖咀的先民很多人以捕鱼为生，浩渺的鄱阳湖成为西崖咀人的“母亲湖”。20世纪70年代，生产队安排社员打“撑网”，撒下大网，鱼跃人欢，卖鱼、分鱼的所得作为生产队的副业收入。80年代初分田到户后，村民以“扯腰网”为主，村里有20多条船，渔民站在湖岸齐腰的水中，收获着喜悦。鄱阳湖的水患一度是西崖咀人的心头之患。建村之始，村里做生意的人，在村头将芝麻、红薯、芋头等农产品搬上小船，运至南京等地，换来值钱的油、盐、布匹。在村西，至今还存留用红石料垒就的码头遗迹。和合乡滨湖村是“十三五”贫困村，西崖咀在2017年的村庄整治中，将水泥路沿田埂修到了崖前的金棘峦。晚冬时节，凛冽的寒风从湖边吹来，傍着枯木的葳蕤的金棘树，满丛的青翠。村民说，春上金棘叶头上的白蕾，是止血化瘀的良药。如今的金棘峦，身后是村民正在修建的安居的新宅，眼前有小宁池圩堤安澜，是大修水利的年代肩挑背扛所筑，水患已不再。

西崖咀人如今用以谋生的方式，一如中国内地其他村庄，外出务工成为村民增收致富的主要渠道。要说“特色产业”，不得不提镶牙业。和合乡堪称“牙医之乡”，一度引起CCTV《新闻联播》的关注。如今，仅西崖咀王家，在外从事镶牙业的就有30多户。村里的牙医一半在城市里承包医院口腔科，或是开办牙科诊所，一半在乡间做“游医”，俗称“跑乡”。“跑乡”者走南闯北，当然也有自己大致固定的营生地盘。他们在市区或县城租住下来，白天骑着摩托，带着药箱，走乡串村。起初，他们要靠“镶牙哟，补牙哟”的吆喝，招来乡间的牙痛患者。后来人缘熟了，经朋友推介，“跑乡”者的身影一出现，求治者便知晓。“跑乡”的牙医一年有半年时间在老家生活，因为老家的农活忙，要帮忙打理，也因为酷暑和严寒天气不适宜医牙。牙医行当材料成本低，收益空间大，“跑乡”者一年的收入在四五万元。在城市里包科室、开诊所的，生意更是红红火火。

镶牙行业如何规范管理暂且不去探讨,和合镶牙业兴盛的发端何在?西崖咀村的老人说,镶牙不是当地家传之业,其疾行的脚步是伴着 40 年前的改革开放大势而来的。在和合乡当地,特别是田畈上湾熊村一带,有不少的金、银匠,打金、箍银、包铜倒可以说是"传统手艺"。有金银存货的宽裕人家,讲究的主人喜欢打个金套、银套金灿灿地装饰牙齿,特别是要靠补牙藏拙、治疼的,于是打金银的师傅顺手成了最先"试水"的一批镶牙之"医"。牙医业后来在和合的勃兴,更多的是靠"师傅带徒弟""亲戚牵亲戚"的方式来壮大从业队伍,带富一方百姓。从西崖咀村走出的镶牙从业者,沐浴改革开放的春风,尝遍了酸甜苦辣。

乡 贤 情

实施乡村振兴战略,产业兴旺是重点,生态宜居是关键,乡风文明是保障,治理有效是基础,生活富裕是根本。"治理有效"的承载方式是自治、法治、德治相结合,而乡贤在打造充满活力、和谐有序的乡村社会中发挥着独特的作用,成为一个村庄建设的核心人物。王未水,便是西崖咀村典型的"乡贤"。

年逾花甲的王未水退休前是三汊港中学的工会主席,他具备"乡贤"的诸多特质:生于斯长于斯,对故土情挚意深;德高望重,在村民中有威信;公道正派,深得村民信服;名列"五老"(老干部、老党员、老教师、老退伍军人、老劳模),对内有服务百姓的热忱,对外有协调各方的资源;家境宽裕,乐于奉献,有实力组织村里的公益事业;治家有方,家庭和睦,引领道德新风尚。

王未水平日里在九江大儿子家生活,遇上村里推进公益事业,他二话不说,主动回到生养他的村庄,贴心为父老乡亲办实事。王未水兼着滨湖村老年体协会长,他在西崖咀村成立了老年体协分会。近五年来,每年重阳节村老年体协在祖堂举办"孝亲敬老文化节",邀请村里 50 余名 60 岁以上的老人参加,王未水自掏腰包请老人们吃顿"长寿餐"。组织老人们在一起叙旧,对村里的发展发表看法。王未水还请来在外担任领导干部的村里人,为老人宣讲时政和党的富民政策,开阔老人们的眼界。2015 年,老人们反映村道无灯,夜行不便,建议安装路灯,王未水第二天就找来村理事会理事长商量办理。村里一时无资金安装路灯,王未水自垫 2 万余元。第二年,32 盏路灯照亮着百姓门前的路。村理事会制订管理路灯的“乡规民约”，详细规定亮灯时间、节假日和红白喜事通宵亮灯的费用分摊，明白人办明白事，村民心里也一片亮堂。2017年，王未水牵头成立了滨湖村高腔曲农民剧团，传承传统文化，活跃群众生活。剧团成立之初，王未水自费2000多元，用于添置锣鼓一应乐器，还在筹资统一演出服装，购置音响设施，让非物质文化遗产高腔曲这个民间古老剧种，在新时代焕发出活力。

王未水的小儿子、小侄女和两个外甥（在王家长大），均为名牌大学的博士，“一门四博士”在当地传为佳话。小儿子王学刚北京理工大学毕业后就读丹麦奥胡斯大学，取得博士学位，参与国际人类基因组计划1%测序任务，是我国在人类基因研究领域的精英式人才，获北京市优秀十佳外来青年荣誉称号。曾任欧洲华大CEO、美洲华大CEO、华大基因医药公司CEO等职，现任精准基因集团董事长。刚刚不惑之年的王学刚对故园西崖咀村眷恋不已，只要一回到家乡，便融入村里的民风民俗。在西崖咀村，一个个学子崭露头角，留学德国的王非凡博士，为我国的航天事业搏击。

有一种故园情怀，叫乡贤。王未水们成为实施乡村振兴战略征程上的一道亮丽的风景。

99. 大沙镇伍家畈村：最是文明著华章

【家训家规】《安定伍氏宗谱》中载录家训诸“宜”：宜教先，宜训后，宜睦族，宜敦礼，宜守法，宜享礼，宜勤俭，宜尚礼义，宜尽忠孝。

国史、党史，以史为鉴，开辟未来；省志、县志，以志为铭，检视变迁。对于都昌县大沙镇店前村委会伍家畈自然村，“村史”成为寻根脉的乡土教材，谋兴盛的精神家园。伍家畈村虽未辟“村史馆”，但村祖堂门楼的侧墙上，有五块石刻镶嵌着“村史”。

每一个村庄的历史，总是连着中华姓氏文化史。伍氏的“安定世家”，来源于郡望安定（今宁夏固原），“武陵世家”来源于天下伍氏的发祥地——今湖南常德一带。“忠孝世家”源出春秋末期的历史名人伍子胥。伍子胥，名员，春秋吴国大夫、谋略家，军事上堪与同辅一君的孙武齐名。伍子胥的父亲伍奢为楚平王子建的太傅，因受谗言所害，和其长子伍尚一同被楚平王杀害。伍子胥揣着父兄被戮的国仇家恨逃往吴国，成了吴王阖闾的重臣，辅佐吴王西破强楚。阖闾的儿子夫差后来继任吴王，伍子胥劝谏夫差乘破越之势杀掉越王勾践，夫差不但不听良言，反而听信谗言，赐剑伍子胥自刎。伍子胥的刚烈之气，在史书的记载里惟妙惟肖。伍子胥为避楚平王追杀，投奔吴国过昭关时“一夜白发”。伍子胥襄助吴王阖闾破楚后，在郢都“掘墓鞭尸”，对楚平王鞭尸三百为父兄报仇。对于这种极端之举，宋代苏轼为其辩曰“发其至痛，无所择也”。公元前484年，伍子胥在被吴王夫差赐死的悲愤之时，留下遗言，要亲人在他死后把他的眼睛挂在城门上，亡灵也要亲眼看着越灭吴。九年后，卧薪尝胆的勾践果然灭了吴国。伍子胥的刚烈在人性上表现为敢爱敢恨、大情大义。伍子胥功成名就后不忘曾在他行乞途中施惠于他的一个浣纱女，姑娘已投水自尽了，伍子胥伤感地掷千金于姑娘投水处，了却千金报恩的心愿。这是“千金小姐”的由来。对于“端午节”的来历，有一种说法是农历五月初五划龙船、包粽子是纪念裹尸沉入钱塘江的伍子胥的。比伍子胥晚出生近220年的屈原在《楚辞·九章·涉江》中把伍子胥视为“精神知己”，长叹“伍子逢殃兮”，感慨“忠不必用兮，贤不必以”“与前世而皆然兮”。司马迁在《史记》中也推崇伍子胥为“烈丈夫”。

伍子胥刚烈赴死2025年后，伍氏后裔伦政公于明嘉靖二十年(1541)从老屋伍村迁居至伍家畈。巍峨的凤凰山、浩渺的鄱阳湖成为伍家畈的地理标识。伍家畈从建村之日至2018戊戌年已有477年的历史了。470多年的家族史，何曾不是一部伴着时代前行的民族史的缩影。这里有人世间的悲欢离合，有家国里的爱恨情仇。在村民繁衍的生命之树上，刻下一道道深深浅浅的年轮。清顺治年间，伦政公之孙应胜分一嫡嗣在新屋伍村定居。清乾隆六年(1741)冬，村里接红丁捐款建造祖祠，次年竣工。濒湖的伍家畈在旧时代常遭水患，“一根扁担两只筐，茶叶黄烟销四方”便成为村民谋生的写照。中华人民共和国成立后，在“水利是农业命脉”的热潮中，龙潭圩堤筑就，伍家畈受益颇多。1998年百年不遇的洪灾肆虐伍家畈，洪灾过后，党和政府组织移民建镇，村民在地势高处建立起一排排的楼房。2003年11月26日，村内水泥路与都中公路相连，至县城仅16公里。水利设施在重建家园中也得到改善，畅通的渠道作排洪与抗旱两用。杨梅塘得到加固和美化,堪称乡村一景。2003 年秋,祖堂得到“修旧如旧”的维新,同时兼具了村民文化活动中心的功能。在伍家畈当代的村史里,伍国文是应该着墨记载的一个人。伍家畈土生土长的伍国文,从 1990 年开始担任大沙店前村委会党支部书记,至 2017 年底卸任,在 27 年的履职期为伍家畈村容村貌的改变恪尽职守办实事。

伍家畈村最出彩的一段历史,当属 2004 年前后红红火火地开展的村落社区建设。村庄 2003 年获全县“明星社区”,2005 年获九江市卫生村、九江市小康示范村,2006 年获全省新农村建设巾帼示范村。省市领导多次来到伍家畈调研指导,时任副省长来了两位。尽管有的身居要职者后来被钉在了腐败的耻辱柱上,但民间的“村史”还是无关人物臧否地直笔而录,“庙堂之高”和“江湖之远”任后人去品咂。

大沙镇店前村村名的由来,有人考据“店”其实有所指。20 世纪 50 年代初期,这一带成立农会,农会办公就设在邻村周家的老祠堂里。祠堂在一家远近闻名的豆腐店前,同村被定位为“店前周家”,后来便有了店前大队,以至沿袭至现在的“店前村委会”。店前村获得的规格最高的一块奖牌,是“国字号”的:2005 年中央精神文明建设指导委员会授予的“全国文明村镇”。店前村获此殊荣,其时正在如火如荼开展村落社区建设的伍家畈功不可没。时序更替,年轮叠加,农村精神文明建设成为伍家畈新时代续写村史最出彩的华章。

伍家畈村民理事会理事长伍正银对村里的文明新风如数家珍。伍家畈每年年底开展评选“好媳妇”活动,作为弘扬社会主义核心价值观的一个载体。对一年评出的一到两个“好媳妇”,村里或是敲锣打鼓,风风光光地将匾牌送到“好媳妇”的娘家和婆家,或是将“好媳妇”的光荣榜张贴在祖堂内,让村民引为示范。“80 后”年轻媳妇伍环环多次荣登红榜,这位身材有点瘦弱的女子,将“孝亲敬老”的德行旗扛在肩上。伍环环的丈夫为了生计一直在外务工,她留守家中,上孝老、下育小。特别为村民称道的是,丈夫 80 多岁的老奶奶卧床四年,伍环环尽心服侍。伍环环的婆婆体弱多病,不只帮不上忙照顾老奶奶,自己都要伍环环费心照料。“端屎端尿”这句简单的评语,道出的是伍环环照顾耄耋之年的老奶奶 1400 多个日夜的艰辛。老奶奶以 86 岁高龄在 2018 年的初春辞世,在老人生命的最后一程,孙媳妇呕心料理,让她的暮年世界温暖如春。

伍家畈村推进移风易俗,树立文明新风。村里成立红白喜事理事会,倡导婚事新办、丧事简办。时下姑娘定亲,娘家动辄收受男方送上门来的8万、10万的彩礼。伍家畈人嫁女,不收一分钱彩礼钱,新娘乘着爱情的翅膀欢欢喜喜地奔向幸福的婚姻。村里办老人的白喜事酒席,不上高档菜、高档酒、高档烟,而且一改早年的主人家办三次酒为一次酒酬谢亲友,厚养薄葬蔚然成风。村里正月初一按照民俗拜谱年,过去每家每户比谁家爆竹圆盘大、烟花档次高,全村130多家集中燃放,放得震天动地、昏天黑地,既带来开销上的浪费,又污染了乡村的生态环境,村理事会找来村民商议后,一改陋习,正月初一不再每家每户都到祖祠放鞭炮,而是由村里统一组织,放上两封鞭炮和两盒礼花,既文明又节俭。本村或邻村哪家因大病需大笔钱救治,村民踊跃捐款奉献爱心。村里的村规民约对畜禽的圈养立了规矩,村民自觉遵守,合力创建"卫生村"。伍家畈村现有村民560余人,平时有一半的人在外务工和生活,仅从事牙科医疗的就有50余人。村理事会针对在家青壮年劳动力少的现状,引进鄱阳县种粮大户成片承包村里的200余亩土地。全村400多亩土地没有出现抛荒现象,村民农业收入稳定。

大沙镇店前村现任党支部书记伍国庆是邻村的伍家山村人,在他的带领下,村党支部推广伍家畈乡风文明的典型做法,让"全国文明村镇"名不虚传,文明新风遍拂大地。

100. 苏山乡袁如岗湾村:条条麻石巷

【家训家规】传家两字,曰读与耕。兴家两字,曰俭与勤。安家两字,曰让与忍。防家两字,曰盗与奸。亡家两字,曰淫与暴。家处贫困,当念守分。家处富盛,当念惜福。

村志煌煌

都昌县苏山乡苏山村委会袁如岗湾村,以浓郁的古村文化气息,频频引起媒体关注。第一次引起关注的高潮,是《袁如岗湾村志》的公开出版。这部由袁如岗湾村人袁剑秋、袁木荣、袁美泉、袁雄、袁银初、袁泉春、袁水斌、袁少斌等着力颇多的村志，达 26 万字，由江西高校出版社 2017 年 1 月正式出版发行，是公开出版的江西首部高质量的自然村村志。江西省地方志办公室编审、《江西省志》总纂室主任刘柏修作序，对《袁如岗湾村志》“在资政、存史、育人中发挥的经世致用的积极作用”称道有加。2019 年春，《袁如岗湾村志》被国家图书馆、国家方志馆永久收藏，主编袁银初先生领授了“入藏证书”。

盛世修志，志载盛世。村志从袁姓渊源、村庄建设、产业沿革、民俗文化、世系人物诸方面对袁如岗湾村的古往今来做了载录。袁如岗湾村的肇村历史在一页页的书写中清晰起来。都昌苏山、徐埠一带袁姓村庄的发脉，大多可追溯到明初的袁钦七。袁钦七（1378—1458），又名鲁成，号双溪，他年轻时好学上进，先后在白鹿洞书院、南京等地求学，明永和年间登进士，升为云南省上林州州判，后擢升为四川成都正守备官。袁钦七随父迁居双港畈（今都昌徐埠镇山峰村委会袁钜村）后，娶熊氏生 6 子，继娶卢氏生 4 子，又娶汤氏生幼子，这样，他的 11 个“崇”字辈的儿子，形成后来的袁氏十一大房。袁如岗湾的兴村祖先为第十子袁崇美。袁崇美曾追随父亲的求学之路，赴白鹿洞书院传承理学，路过元辰山（苏山）一个叫普湾的地方，见是紫燕展翅的祥地，便于明弘治年间从双港袁钜村迁至普湾开村。至于村名“如岗”的来历，是说徙居之地如龙卧岗，崇美的一个曾孙干脆取名“如岗”，也就有了“如岗湾”的得名。袁崇美在村庄南面的观音峦办学舍，兴教明理，分支的子孙们后来在学舍之地繁衍生息，形成现在的鹤舍（学舍）袁村；族裔外迁，又形成后来的割猪湾袁村。

祖堂是一个家族认同的凝聚地，或许也可成为一部村志的“题眼”。袁如岗湾的总祖厅（另有湾东勳公祖堂）依山傍溪、坐北朝南，按堪舆来论，有“左青龙，右白虎”的特征。袁如岗湾村的祖堂前有三口池塘，塘呈圆形，上塘洗捣、下塘供饮、隔水潭塘净物，各有其用。下塘的水通了泉源，澄澈无比，直至 30 余年前，还是全村人生活用水的最佳选择。湾东的人相信长饮下塘水，人亦健康长寿，于是宁愿翻过龙筋埂山岭挑桶取水。村落连接祖堂的有东三巷、西三巷，巷弄相通，户户相连，曲折多变，犹如迷宫。祖厅的总门叫巢门，巢门前竖立着很多麻石料制作的旗杆石。旧时村里出了一定身份的入仕者，才立旗杆石招摇标示。二十世纪六七十年代，很多的旗杆石被村民拾起铺路架桥。2002 年，新农村建设重立时，旗杆石不到原有的 1/3 了。紧临由挖塘泥土堆积成的青龙嘴，有三排21根竖立着的麻石条,2米多高,是村里露天戏台的台脚。村里唱饶河调的赣剧团,或是外请的演出队,要在袁如岗湾村登台演出了,管理杂务的村民将存放在祖厅的木质横梁和台板取出,花上一个时辰便可搭就一个近200平方米的戏台。台下的坦场,可容纳数千人看戏,锣鼓响起,村民在家门口品尝文化大餐,其乐融融。祖堂背后的山叫灯山,袁如岗湾村的元宵节闹龙灯、端午节池塘垂钓成为赏心悦目的民俗。但"灯山"的得名并不源于喧闹的龙灯,而是早先的族首把村里每家户主的名字写在一方木牌上,每户每天依次掌管并点亮山前祖堂上厅的灯盏,因而名之"灯山",苏山村委会一度被称作"灯山大队"。

村宅幽幽

作为古村,袁如岗湾村最美丽的名片还是明清和民国时期留存下来的民宅,古色的民居附了古老的故事,更平添了几分古韵。

袁如岗湾村1949年前后存老宅70余幢,历经70年风雨,现在留下能识墙垣的只有20余幢,还能住人的只有10余幢。对古宅的保护,村民显得有些无奈:一是缺少文物专项经费的扶持;二是原屋主后裔分了族支,古宅业主变成了数户,难以形成维修保护的共识;三是村民建造楼房不少会选择拆旧腾基;四是缺乏修旧如旧的材质和技艺。前世的繁盛也好,今天的毁圮也罢,游人徜徉其间总会唏嘘不已。袁如岗湾村的老宅青砖黛瓦,飞檐斗拱,大都是徽派建筑的风格。"三进"是建有2个天井、3个厅堂、8间正房、4间厢房;"大八间""小八间"是建有1个天井、2个厅堂、6间正房、2间厢房。窗牖木雕巧夺天工,梁柱撑饰栩栩如生。麻石料铺设的天井,既采光又聚水,汇水叫"四水归堂",寓意财不外流。雨水顺着底部的红石暗道口,流入村中具排水功能的暗道明沟,纵是暴雨,数百年来也从不淹不涝,足见古宅匠心独运。

兴造"三进""大八间""小八间"的棋盘屋,无疑是家境富裕者。从学舍弥散开来的书香,在袁如岗湾村一直似花般浓郁。据粗略统计,明清时村里出了知县3人、贡生15人、举人2人、国学生76人,登仕郎、儒林郎、文林郎、修职郎一应10余人。到了当代,袁如岗湾村还是远近闻名的"大学生村",据统计,从1977年恢复高考至今,袁如岗湾村考上一本的有40余人,二本有100余人,研究生有12人。封建时代由学而仕本就是人才辈出的一条腾达之道。从袁如岗湾村分迁过去的鹤舍村,现在是闻名遐迩的历史文化名村,人气远胜于袁如岗湾村。鹤舍村在民国时期出了"十八根半横皮带"的荣耀。腰间能系上威武的横皮带的,军衔要在少校以上,尉职便只能算半根了,其实"十八根半"中,包括袁如岗湾村的"五根",《村志》上记载的此五人是袁训彦与袁祖昆父子、袁祖源与袁德峻父子以及少校袁祖彭。这些在国民党政府谋得一官半职的人,荣归故里后,建造宅子。跻身"横皮带"之列的袁祖源,20 世纪 30 年代曾任江西省横峰县、进贤县县长。他父亲早年建造的老宅,至今仍保存较完整。袁祖源,号剑池,生于清末,曾就读江西警务学校、江西公安法政专业学校,后授法学士。袁祖源投笔从戎,在江西、福建等地转战,最高军衔为军政部上校秘书长,一度任横峰县、进贤县县长,"倦游政治,退隐林泉"之际,在景德镇中学执教鞭。袁祖源在《适园鳞爪》文集自序中言自己"性耽翰墨,尤喜遨游"。他在自家的故宅,辟有近 5 亩的花园,取名"适园",寓意"适可""适便""适已"。他回到生他养他的袁如岗湾村,既怀了"稍尽子职"的孝道,也迎合了骨子里的对腐败官场的厌倦。他在适园植木莳花、观鸟赏鱼、裁笺召客、张宴为欢,"适适然自惊且喜"。适园建于 1921 年秋,第三年春天,袁祖源的父亲病逝,"承欢于老父"的袁祖源十分悲伤,写下《适园记》感旧伤怀。袁祖源的大儿子袁德崇是开糕饼铺、油榨坊的财主,先后生育了十个儿子,用天干的十个字取名,从老大叫"甲孙",一直到老十叫"癸孙"。1947 年出生的谭细桃是袁祖源的第九个儿子袁壬孙的媳妇,老人至今住在故宅内;十兄弟中的老小袁癸孙至今还会做些轻巧的桶匠活。"适园"不再,袁祖源的后裔各自创造着属于自己的舒适生活。

苏山当地盛产优质花岗岩石材,现今的石材工业园区颇得外商青睐。袁如岗湾村古宅的天井里、巷道里,岸坡上、门楣上,都能触摸到数百年前的面目斑驳的麻石料。袁如岗湾村依坡而建,村中的巷道便不是一律的平铺,而是有了高低的律动。行人或拾级而上,或移阶而下,在逼仄的麻石巷,随便折拐进一幢旧宅,总能听到不一样的故事。袁如岗湾村素有拜师学艺之风,手艺人多,铁匠、桶匠、篾匠、石匠,弹花、糕饼、油漆、榨油,木雕、扯面、酿酒、屠宰……各色工匠各展其艺。匠从四方走,钱自八方来,手艺人勤劳致富了,便回桑梓地造屋。袁如岗湾村人在景德镇做瓷器手艺的人颇多,最有成就的是后来成为景德镇大窑主的袁宗岱(号魁东)。袁宗岱的成功,也得于他的家训家教。相传清末,袁如岗湾因村里大峦里的权属把邻村诉至官府。县衙的县丞姓孙，前来实地定谳。邻村由族长带着浩浩荡荡的一干人来到山上助阵，而袁如岗湾村只有乡绅袁明仪带着年幼的孙子袁宗岱两人来到现场。孙姓县丞问袁明仪所带孩童是谁，袁明仪为避县丞姓讳，不明言“孙子”，只答是“长子之子”。县丞会心一笑，又问袁家为何只来一老一小，袁明仪回应道，我辈怀敬畏之心，依赖县老爷为民做主。孙姓县丞点头称许，随后对山界的划定，也维护了袁如岗湾人的诉求。这些像袁宗岱一样在瓷都的烈焰里涅槃过的人，飞回家乡筑巢造屋，蔚为大观。

在袁如岗湾村，哪怕是一天学都没上过的老妪，都能说出“磨砖砌地”这个建筑上的词语来，她们是从村中一座戏楼得到会意的。戏楼位于祖厅东，“三进”的分布，大堂前是室内戏台，中堂前和上堂前是观戏之地，可容纳数百人。如果说祖堂前的露天戏台是平民百姓的欢场，那么这座室内戏楼便是富贵之人的雅聚了。村里来了贵客，或是富户人家的节庆佳期，在戏楼雇戏班子演戏，已是那个年代很体面的狂欢了。款待宾客的茶几和太师椅用的是名贵的红木，四檐有精致的木雕，有狮子戏球、双凤朝阳等图饰，人物和山水的画板超凡脱俗。所谓“磨砖砌地”，指的是地面用方形的石砖铺就。戏楼成为村里标志性的建筑，不只在于有雅致的气度，还在于楼分三层，这在老宅里是极为少见的。旁边有一间平顶小屋，室内是演员的衣物间和化妆阁，屋顶用于晴天晾晒戏服。戏楼在 20 世纪 90 年代遭遇一场火灾，大堂前被烧得不见了楼影，中堂前和上堂前也已破败不堪。至于那场现实版的火，也有村民私下议论说是某年的元宵节，在祖堂里接了外村的红身龙灯，招惹来了红焰，老一辈传下来的规矩是：燕窝地忌入红龙灯。现在袁如岗湾村闹龙灯，龙身“橙黄绿青蓝紫”皆可，唯不能洇渍大红，龙头的喜红点缀倒也无碍。

袁如岗湾村的戏楼因火而衰败，村里的另一古宅则因水而灵动。这座古楼的原主人也是在景德镇做瓷器发家的，主体至今基本完好。后墙上不同年代的“福”字、“忠”字，无不烙上了时代的印记。大门有两重，一重为嵌有木格子的耳门，一重为厚朴的正门。大门外是回廊，半人高的墙上安设着一排响板。回廊外是一亩大的水域，透过卸下的响板，可倚栏观赏池中的四时美景。只是门前的这潭水现在已不再泛波，景致远逝。

村歌袅袅

青墙灰瓦，条条麻石巷。
一缕幽香，随风起舞飘荡。
徽派古朴，雕梁花窗；
屋檐雨滴，岁月沧桑。
心心相恋，你千年风霜，
人生浩荡，你如龙卧岗。
漫山花开，蝶舞飞扬，
千山如黛，路过千帆。
梦里花开，赣剧浅浅唱，
南飞紫燕，让我想家乡。
绿树成荫，白茶阵阵香，
英才红装，乡愁在心上。
鄱阳湖畔，听到乡音唱，
袁如岗湾，是我的家乡。
卧雪家风，家训记心上，
锣鼓龙灯，乡恋永难忘。

这是《如岗湾之恋》优美的歌词。2018 年 10 月，由钢琴吟唱诗人、音乐才女袁洁琼作词、作曲、演唱的新歌《如岗湾之恋》发布。这是“80 后”客家才女袁洁琼继《梨花泪》《等待》《天使的眼泪》《把幸福留在梦里》《我和瑜伽有个约会》《只有钢琴陪着我》《今生只做你的新娘》《夏天的影子》等脍炙人口的歌曲之后创作的又一精品力作。

古风韵味之词，让人留恋秀美乡村。袁如岗湾村具有迷人的风光、古朴的民居、精彩的传说、昌盛的人文，素有“小婺源”之称。作为同为袁姓的客家女子袁洁琼，受袁如岗湾村袁少斌等人的邀请，2018 年仲夏深入古村采风，穿越时空般体验古村生活，在和秉持“卧雪家风”的袁氏宗亲的相识相知中感受到他们对家乡古村落保护的热切期盼。“英才红装，乡愁在心上。”袁洁琼乘着音乐的翅膀，用歌声唤起全社会以实际行动投入对古村的保护。“青墙灰瓦，条条麻石巷。一缕幽香，随风起舞飘荡。徽派古朴，雕梁花窗；屋檐雨滴，岁月沧桑。”袁洁琼用“古风”体的清新歌词，展现古村独具特色的风情，特别是改革开放40年来焕发出的生机与活力。

行云流水之曲，使人依恋秀美乡村。生活在南国的袁洁琼毕业于星海音乐学院，十余年的钢琴演出和教学的历练，以及各类歌唱赛事的磨炼，使她打下了扎实的作曲功底。《如岗湾之恋》在曲调的风格上追求柔美与抒情，婉约动人，并将古筝、笛子、吉他等伴奏乐器融为一体，受众听来，似水乡船舱里的摇曳灯光，弥散温馨；如古村樟树下飘逸的茶香，沁人心脾。满山花开，绿树成荫，赣剧浅唱，锣鼓龙灯等情景，让人在优美的旋律和画面中，无限依恋。

情深意浓之唱，令人眷恋秀美乡村。为音乐而生、为音乐而痴的袁洁琼，在乐坛被人称为继李玲玉、杨钰莹之后的“甜歌”第三代掌门人、“广东邓丽君”。袁洁琼用大情怀演绎“小村歌”，柔美的歌声、精美的制作、优美的画面，让人对鄱阳湖畔的古村眷恋不已。

这是一首保护古村传统文化的乡愁歌吟调，更是一首唱响乡村振兴的浩荡奋进曲。动人旋律中，如岗湾梦里萦怀；动情歌声里，新时代铿锵前行。村歌《如岗湾之恋》2019年1月9日在都昌举行了新闻发布会，在全国KTV和30余家品牌音乐网站上线，并获得中国音乐著作权协会注册，在大江南北传唱。这首精品村之恋歌《如岗湾之恋》，也让音乐才女袁洁琼与钢琴音乐之恋如火如荼。2019年，袁洁琼走进音乐之春，担任2019“中国好声音”佛山赛区评委，还荣获2019澳门钢琴邀请赛总决赛优秀指导教师奖。

如岗湾人秉承袁氏“卧雪家风”，厚植元辰文化，在新时代沐浴文明之光，村风称誉乡间。

1948年出生的袁木荣早年从部队退役后，在九江市搬运公司工作，年轻时身材魁梧，孔武有力，又仗义正派，有好口碑。随儿女在九江定居的袁木荣2016年在村民的诚邀下，回到如岗湾村，做了村民理事会的理事长。他多方筹资10余万元，拓宽和硬化了入村的一条道路。《袁如岗湾村志》也是在他的力推下启动编修的。袁木荣同袁银初、袁剑秋、袁水斌各捐款1万元，资助村志的出版，并倡导设立奖学金，从2017年开始，对当年荣录一本的学子每人奖励1000元。老人在一年多的村民小组组长的岗位上，往返九江、都昌数十趟，从没报销过一分钱差旅费。2018 年,老人查出患有肿瘤,辞去称作“零号首长”村主任一职之后,回到九江生活,但他的心仍在牵挂着如岗湾。

“外来媳妇”林芳燕悉心照顾患病的婆婆在村里传为美谈。1993 年,海南姑娘林芳燕随同在海南当兵的丈夫袁国赐回到袁如岗湾村。当时家里经济困窘,她无怨无悔,与丈夫同心合力,创业兴家。年迈的婆婆 2012 年摔伤后瘫痪在床,林芳燕无微不至地护理。老人有时发脾气,林芳燕从来忍着,并疏导老人放平心态,理顺情绪。老人 2017 年 90 岁那年,在家人的温暖里安然长逝。

2019 年已 80 岁的袁才孙,享受着四世同堂的幸福生活。袁才孙年轻时是村里热心肠的“大力士”,公益上的重活累活总是抢着干。岁月是把刀,无情催人老。袁才孙 2016 年患了一场大病,三个儿子袁玉平、袁柏平、袁安平尽心筹措医药费,带老人到杭州、南昌等地看病。老人的病情稳定后,三个儿子将老人独自一人居住的旧宅进行修缮。为了更方便照顾老人的生活起居,儿子和儿媳合计着,要以老爸为中心,弘扬孝悌之道。2018 年,他们又合力新建了一栋二层的砖混结构的楼房,添置冰箱等一应的生活用品,让老人平日里享受舒适的生活。儿子和儿媳立下孝亲敬老的“家规”:每年的农历腊月二十四小年到第二年的正月十五元宵节,大家相亲相爱,在父亲的新居一起吃饭,团团圆圆地陪父亲过春节,让老人感受亲情的温暖。

袁玉峰和村里许多年轻人一样,靠外出务工迈出起初的人生之路。他 24 岁那年,怀着创业的梦想,赴浙江温州打工,在一家房地产公司从事管理工作,并担任了温州都昌商会的常务副会长。2011 年,36 岁的袁玉峰返乡创业,在家乡的山清水秀间谱写创业新篇。他从浙江安吉引进优质茶苗,建设白茶基地数百亩,在村里创办元辰茶业社,利用苏山的优质生态资源,打造一流的“都昌白茶”品牌。

2019 年 3 月 10 日,《江南都市报》全媒体记者石鹏撰写的关于袁如岗湾村文化旅游的报道,在《江南都市报》以 4 个整版浓墨重彩地推出。文化振兴的背景下,如何让古村焕发崭新活力,再次成为媒体关注的热点。袁如岗湾村的条条麻石巷,从乡愁的深处走来,通向诗和远方……

后 记

“没有一个冬天不可逾越，没有一个春天不会来临。”在全国人民众志成城、共克时艰，抗击突如其来的新冠肺炎疫情的2020年春季，这句话上了热搜。其实，我们对此话可做更有诗意的解读：一些朝向内心的期许会在琐碎的生活中开花，一些面向未来的梦想会从平淡的日子里升起。2020庚子年的早春，我的第一本书《家训里的乡愁》即将付梓。如果让她附着春天的气息探出头来，她胆怯得不敢在文艺的锦绣园里繁花与共，她只是一棵很不起眼的带着雨滴的小草。

在近40年的职业生涯里，我始终百无一用地以笔为伴，先是捏着粉笔为人师，后来谋职于县教育行政部门和县委宣传部门，多半是干着“写材料”的活儿。拟写一应公文、誊写领导讲话、采写新闻报道，这些文字时过境迁后，丧失了长久的鲜活的生命力。其实，我心底里最挚爱的还是文学，只是终生徘徊在神圣的文学殿堂的门外，以低到尘埃里的姿态，对名作家仰慕不已。尘埃落定之后，作为一个初心不改的文学爱好者，我对高不可攀的文学的追随反倒有了一份澄明和淡定：没有了名利之想，只是将文学创作作为充实精神生活的方式，让空闲下来的日子不空虚。《家训里的乡愁》便是这种心境下的产物。

《家训里的乡愁》是“传家训扬新风”这个系列的百篇结集。说到其体裁，我是自不量力而心向往之地按照“地方历史文化散文”的样式来写的。所谓“地方”，自然是生于斯长于斯的“鄱阳湖上都昌县”。我将摹写点定在自然村庄（个别为县城某个姓氏的聚居地），一个个有特色的村落构成这方水土的韵致。所谓“历史”，我试图梳理大时代背景下一些小村庄的历史脉络，探索这些村庄的前世今生。在这个系列里，我将都昌出过历史名人的村庄、发生过有影响的历史事件的村庄、留存过名胜古迹的村庄、流传过别致的历史故事的村庄渐次纳入采写范围，借“村史”的一朵朵浪花，汇成“县史”的一泓清泉，甚至激荡起“国史”的一股潮涌。我的书写，对都昌这方热土上的村史或许有抢救和传承的意义。我曾采写过的数位耄耋老人,在我成文之后亡故了。他们带着满脸的沧桑、满腹的典故离去,特别令人痛惜。现在的年轻人已没有了坐在火坑边听老人讲过去的故事的气性了,不少村庄的历史将随着老一辈的逝去而湮灭,这个当口就显示出我的载录的价值了。所谓"文化",是我的家乡一张亮丽的名片,"都昌文化现象"异彩纷呈、引人注目,都昌正发力打造具有鄱阳湖地域特色的文化高地。我将文化这根线牵搭在传统"家训"的檩柱上。家训文化是从以宗族血缘为纽带的中国农业社会产生和发展起来的特有的文化现象,是一种以儒家文化为基本内核的伦理性文化,弃其糟粕之后,为我国的精神文明建设提供了极有价值的借鉴。家训连着家风,它是嘉言懿行的代际沉淀,是一个怀揣乡愁的人精神成长的母体和走向外部世界的"源代码"。在大力弘扬传统文化,加强家风建设的当下,我似乎找到了轨物范世这根线。我每到一个村庄采访,都会提出翻阅谱牒,察观祖祠,甚至去拜谒祖墓,以更深入地触摸这个村庄的家训文化。所谓"散文",于我当然是一厢情愿地攀附风雅。不久前,我读到一位名作家的这样一句话——"散文本身就是一种生活方式",才疏的我突然就感觉释然了。传统家训文化的基本载体除了文本文献,还有教化活动,我试图用有别于相对固化的公文笔调的随笔式写作方式来铺陈家训教化、训诫下的村庄里的人和事,以呈现"乡愁"这个多面体的要义。

《家训里的乡愁》辑录了我近三年来断断续续所写的 100 个村庄的故事,分为 6 辑。"源远流长"辑录了 13 篇,多从村庄的姓氏起源和肇村历史考据开来。开篇所记的徐埠镇石柴村,成村于东汉年间的公元 68 年。这个村庄的石姓原住民繁衍生息了近 2000 年,这可能是都昌兴村历史最悠久的村庄了。社会学家倘若以此为标本研究村庄的变迁史,一定能找寻到一块成色不错的"巨石"。"红色记忆"辑录了 12 篇,所写村庄多有仁人志士、革命烈士,他们的慷慨悲歌、英勇赴死的事迹,不失为地方红色教材的良好素材。"历史背影"辑录了 12 篇,一些都昌的历史人物从故里的岁月烟云里走来。"家族存史"辑录了 16 篇,载录的家族历史彰显着家国情怀。其中关于都昌县城金街岭大夫第后裔——蔡元培夫人黄仲玉的家族历史的文章共有 8 篇。"湖光山色"辑录了 13 篇,着墨的村庄或钟灵于鄱湖,或毓秀于深山。"登楼览桥"辑录了 10 篇,所写村庄多有楼、桥一类的人文胜景,氤氲着厚重的历史烟云。"民俗风情"辑录了 10 篇,涉笔的村庄多展示出非物质文化遗产的魅力。“文明新风”辑录了 14 篇，清风拂过的村庄徐徐呈现着践行社会主义核心价值观的秀美画卷。

起初，“传家训扬新风”这个系列的每一篇文章都配发了照片，并在都昌县委宣传部主办（后转为都昌县融媒体中心主编）的微信公众号“九江都昌发布”上刊发，此外，还刊发于《今日都昌》报、都昌在线网。不少网友进行了转发，提出了宝贵的意见，并一再鼓励我结集出版。一些村庄还将我所写的文字收入相关推介资料，甚至收录至重修的宗谱。这给了我坚持不懈地将这个系列写下去的动力。在采写的过程中，不少领导、同事、编辑、文友、读者给予关注和支持，在此，我一并致谢。都昌县委宣传部领导对此书的出版给予大力支持，任教于北京大学中文系的柳春蕊先生为拙作赐撰序文，中国书坛“鄱湖三友”之一的吴德胜先生为拙作题写书名，让我倍感荣幸。我拟写这个系列时，一直秉承在场的“非虚构”文学立场，对采写的每个村庄的着笔都不敢有懈怠，总是反复斟酌，亮其光泽，其间，甘苦自知。由于能力、视野等诸多原因，书稿难免会出现一些地方史料不准确、表述不当、关联不周等问题，敬请方家指正和谅解。

孜孜矻矻，以勤补拙；只管耕耘，不问收获。这应该算是我处事的一个可取之处吧，几乎可溯源到我的祖辈“整齐门内，提撕子孙”的家训的教化。我的“传家训扬新风”系列还在一篇篇地写下去，我给自己定的目标是写满 300 篇后告一段落，数年坚持下来，连续结集出版三本书，每册辑录 100 篇。我连书名都想好了——《家训里的乡愁》《家训里的村庄》《村庄里的乡愁》，欲借此传承家训、凝望村庄、寄托乡愁……

2020 年 2 月 29 日